PHILIP CAPUTO

DELCORSOS BILDER

ROMAN

PAUL ZSOLNAY VERLAG
WIEN · HAMBURG

Berechtigte Übersetzung aus dem Amerikanischen
von Werner Richter

Mein besonderer Dank gebührt Eddie Adams, Philip Jones Griffiths, Don Kincaid, Lawson Little und Don McCullin dafür, daß sie mir die Grundbegriffe der Fotografie erklärt und Einblicke in das vielschichtige Bewußtsein von Kriegsfotografen gewährt haben.

Umschlag und Einband: Werner Sramek
Filmsatz: Wulfenia, Feldkirchen
Druck und Bindung: Wiener Verlag
Printed in Austria
ISBN 3-552-03617-2

CIP-Kurztitelaufnahme der Deutschen Bibliothek
Caputo Philip:
DelCorsos Bilder : Roman / Philip Caputo
[Berecht. Übers. aus d. Amerik. von Werner Richter.]
Wien ; Hamburg : Zsolnay, 1984
Einheitssacht.: DelCorso's Gallery ‹dt.›
ISBN 3-552-03617-2

Für meine Mutter und meinen Vater

Von Zeit zu Zeit läßt Gott Menschen auf die Welt kommen — und du bist einer davon —, die es in die Ferne zieht, um dort unter Lebensgefahr Neues zu entdecken . . . Solche Naturen sind selten, und von den wenigen zählen nur zehn zu den Besten.

Rudyard Kipling, *Kim*

Erster Teil

1

Er hatte gerade O'Brien im Sucher, der seine Angel in das tiefe Flußbecken unterhalb des Wasserfalls auswarf, als plötzlich durch das Rauschen und Brausen ein Ton an sein Ohr drang, den er noch nie zuvor gehört hatte. Er ließ die Kamera sinken, drehte sich um und sah, wie die Farbe eines Hügels in der Ferne langsam von Grün in Weiß überging. Neben ihm am Flußufer sagte Margaret in ihrer aufgeregten Art, die ihm früher einmal so reizvoll vorgekommen war: „Schau mal, Nick, das sieht aus, als ob jemand einen Krug mit Sahne über den Hügel da ausgießt. Du mußt unbedingt ein Foto davon machen!" Noch während sie sprach, hatte DelCorso schon mit einer einzigen Bewegung die Kameratasche unter dem Poncho hervorgezogen, der sie vor dem Regen schützte, das Objektiv ausgetauscht und war losgerannt, flußaufwärts in Richtung auf die Furt.

Margarets Vergleich mit dem Sahnekrug sagte ihm zwar nichts — er lebte davon, daß er die Dinge so festhielt, wie sie waren —, doch sie hatte zweifellos recht damit, daß er die Szene unbedingt auf seinen Film bekommen mußte. Während er dem fremdartigen Geräusch lauschte und auf die dichte weiße Masse starrte, die sich über den sanft geschwungenen, baumlosen Hügel ergoß, war ihm bewußt, daß er hier einen Augenblick erlebte, den er rasch einfangen mußte, bevor er für immer vergangen war.

DelCorso hüpfte über die flachen Steine der Furt, den Fotoapparat eng an die Brust gepreßt, kletterte am anderen Ufer die Böschung empor und lief dann über die Weiden, wobei er immer wieder über niedrige Steinmäuerchen springen mußte. Seine hüfthohen Watstiefel hatten sich mit dem schlimmen Bein verschworen, so daß er mit dem grotesken, torkelnden Gang eines Betrunkenen über den unebenen Boden stolperte. Mehrmals rutschte er auf dem feuchten Gras aus. Das Geräusch wurde nun lauter — ein hoher, vibrierender Ton, so gleichmäßig wie das Murmeln des Flusses hinter ihm; die weiße Masse sah aus wie ein Ausbruch von milchiger Lava, wenn sie überhaupt wie etwas anderes aussah als das, was sie in Wirklichkeit war: eine riesige Herde von Schafen, die schon die obere Hälfte des Hügels bedeckte, als er noch mehr als hundert Meter bis zu der Steinmauer vor sich hatte, von wo er die Aufnahme machen wollte. Im Laufen stellte er rasch ein paar Berechnungen über Zeit und Entfernung an; mit dem 50mm-Objektiv konnte er sein Foto bekommen, falls er es bis zu der Mauer schaffte, bevor die Schafherde den Weg am Fuß des Hügels erreicht hatte. DelCorso war recht gut im Abschätzen der Strecke, die er in einer bestimmten Zeitspanne rennend zurücklegen konnte, ganz einfach, weil schon oft sein Leben davon abgehangen hatte; und weil sein Lebensunterhalt wiederum davon abhing, daß er die Abstände richtig einschätzte, in denen verschiedene Objektive die besten Ergebnisse brachten, konnte er dies ebenfalls sehr gut. Zu weit weg, und man bekommt das Foto nicht — zu nahe dran, und man lebt nicht lange genug, um es zu machen. Das hatte ihm Dunlop vor langer Zeit einmal eingeschärft, und egal, was er mittlerweile über Dunlop dachte, war es doch der brauchbarste Rat, den er in seinem sonderbaren Beruf jemals bekommen hatte.

Nicht, daß DelCorso in diesem Augenblick in Lebensgefahr schwebte. Das einzige Risiko lag darin, diesen Moment zu verpassen, den er festhalten und bewahren wollte, für viele Jahre und Jahrzehnte, ja für immer, wenn er gut genug arbeitete. Mitten in diesem Unsterblichkeitstraum stolperte er über einen Stein, der unter einem Grasbüschel verborgen war. Indem er den Sturz mit einem Arm abfing und mit dem anderen die Kamera schützend in die Luft hielt, führte er eine perfekte Schulterrolle aus und kam gleich wieder auf die Beine. Geschieht dir recht, sagte sich DelCorso, während der Schmerz in seinem linken Bein pochte. Anmaßung war in seinem persönlichen Moralsystem eine Todsünde, und als jemand, der daran glaubte, daß jede Sünde auch eine Konsequenz nach sich zöge, betrachtete er den Sturz als Strafe für seine Einbildung, er könne irgend etwas Ewiges schaffen. Die Fotografie ist keine Kunst, hielt er sich vor, und keine deiner Aufnahmen wird in den Plastikgalerien des nächsten Jahrhunderts hängen.

Wie ein Infanterist, der in Deckung geht, warf er sich hinter der Mauer zu Boden, benutzte die kalten, nassen Steine als Auflage für die Kamera und stellte auf den Hügel scharf. Durch den Sucher sah er die flinken, wendigen Hunde, die am Rande der Herde umherflitzten, und zwei Schäfer, die bis zu den Hüften in der wogenden weißen Masse verschwanden. Rasch drückte er mehrere Male auf den Auslöser, wobei seine Hände in einer ungewohnten Aufregung zitterten. Hier hatte er Schönheit vor sich, und zwar eine Art, die er für gewöhnlich nicht fotografierte; es lag Schönheit in den plötzlichen Drehungen der schnellen Hunde, im Sturzbach der Schafe über den grünen Hügel, im fahlen Licht des bewölkten Nachmittagshimmels, in dem vom Wind geröteten

Gesicht des einen Schäfers, der gerade den Mund öffnete, um seiner Herde etwas zuzurufen, darin, wie diese große Masse als Ganzes den Eindruck einer gewaltigen Flut hervorrief. DelCorso verkürzte die Verschlußzeit, um einen Hund mitten im Sprung festzuhalten, die Hinterbeine gestreckt, die Vorderpfoten unter der Brust angezogen, wie ein Pferd beim Satz über eine Hürde; dann blendete er ab, damit das ganze Bild scharf wurde. Er stellte sich vor, ein Zauberer zu sein, der Licht und Bewegung manipulierte und das Ereignis, das er aufnahm, voll unter Kontrolle hatte, auch wenn er wußte, daß dieses Gefühl, Kontrolle auszuüben, eine Illusion war. Er hatte nichts unter Kontrolle außer der kleinen Kiste voller Trickspiegel in seiner Hand, und sogar dessen konnte er sich unter den gegenwärtigen Umständen nicht sicher sein. Er arbeitete nicht in seiner gewohnten Umgebung, weshalb ihm auch sein Instinkt, der ihm sonst nahezu unfehlbar meldete, ob die Kamera auch das aufnahm, was er wollte, nur unklare Signale gab. Er probierte eine Reihe von Einstellungen, um das Foto zu erhalten, das diesen Eindruck von unwiderstehlicher Wucht vermitteln würde, in dem Menschen und Tiere zu einer Einheit verschmolzen, und das ausdrücken könnte, dieser Hügel werde . . . *überrannt,* das Wort fiel ihm als erstes ein, rief jedoch so viele unangenehme Assoziationen hervor, daß er es gleich wieder verwarf . . . überflutet von Lebendigkeit. Um das zu erreichen, brauchte er genügend Details, damit das tatsächliche Ereignis hervortrat, aber wiederum nicht zu viele, sonst würde das innere Geheimnis hinter der nüchternen Tatsache zerstört. Nach Geheimnissen suchte er vor allem; nicht im Sinne von Rätseln oder komplizierten Problemen, sondern im Sinne von etwas Magischem. Das Foto sollte im Betrachter dasselbe auslösen wie das wirkliche Ereignis in ihm selbst. Daß ein paar Schäfer und Hunde eine Herde auf die Weide trieben, war hier im Westen Irlands eine ganz alltägliche Begebenheit; und doch hatte der Anblick DelCorso einen Stich versetzt und ihn mit dem Staunen eines Zeitreisenden erfüllt, der in eine Epoche zurückversetzt worden war, als die Menschen alle noch Nomaden und Hirten waren und über die wilde Erde zogen.

Dann war es vorbei. Der letzte Nachzügler der Herde zockelte auf den Weg; nun sah der Hügel nicht anders als vorher aus, bis auf das flachgetretene Gras, dessen Halme sich schon wieder im Wind aufrichteten. Das Gefühl von Magie und ehrfürchtigem Staunen verließ DelCorso wie die Erinnerung an einen bewegten Traum nach dem Erwachen. Schafe, Schäfer und Hirtenhunde boten immer noch einen malerischen Anblick, wie sie so in einer dichten Kolonne den Weg ins Tal nahmen; doch es war eben nur malerisch — der Szene fehlte die Kraft, die mehr als ein flüchtiges Interesse erweckt hätte. Daraus ließe sich höchstens ein gutes Werbeplakat für die Fluggesellschaft machen, in deren Auftrag er hergekommen war. Er sah es schon an der Wand irgendeines Reisebüros hängen. URLAUB IN IRLAND MIT ERIN AIR.

Die Leica über die Schulter geworfen, machte er sich auf den Weg zurück zum Fluß, wo O'Brien, ein Mitarbeiter der Werbeabteilung von Erin Air, schon die ganze Zeit versucht hatte, einen Lachs anzulocken, den DelCorso dann womöglich mitten im Sprung aufnehmen sollte. Immer noch hörte er die langsam leiser werdenden Töne hinter sich, das vibrierende Blöken der Schafe, das scharfe Bellen der Hunde, und er hätte gern diese Geräusche ebenfalls eingefangen. Aber Geräusche konnte man mit der Kamera nicht andeuten. Wenn man die richtigen Tricks und Filter einsetzte, dann konnte man Hitze und Kälte, vielleicht sogar Geruch vermitteln, aber Geräusche nicht.

Er erreichte die Furt, doch anstatt sie zu überqueren, setzte er sich ans Ufer und zündete eine Zigarette an. Sein linkes Bein schmerzte von dem Sturz und dem Lauf über das steinige Gelände, deshalb brauchte er eine kurze Rast, bevor er sich den Balanceakt auf den marmorglatten Steinen zutrauen konnte. Außerdem brauchte er ein paar Minuten Zeit, um seinen Geist wieder in eine Verfassung zu bringen, in der es ihm möglich war, O'Brien dabei zuzusehen, wie er einen Fisch davon zu überzeugen versuchte, ein Angelhaken mit ein paar Haaren dran sei etwas zum Fressen. Die Fluggesellschaft wollte solche Fotos von Lachsen, die aus dem Wasser emporschnellten, für eine Werbekampagne, deren Zielgruppe wohlhabende amerikanische Sportfischer waren. Mit diesen Bildern sollte ihnen klargemacht werden, daß die Republik Irland im Gegensatz zu Nordirland keine Spielwiese für fanatische IRA-Bombenwerfer und britische Fallschirmjäger war, die Gummigeschosse in demonstrierende Menschenmengen pfefferten. Den Auftrag hatte DelCorso aus vielerlei Gründen angenommen: wegen des Geldes, um etwas zu tun zu haben, und wegen Margaret, die gern das Land ihrer Vorfahren hatte sehen wollen. Aber jede Minute, die er damit verbrachte, ging ihm auf die Nerven; er war Bildreporter, noch dazu in erster Linie Kriegsberichterstatter, und kommerzielle Fotoarbeiten betrachtete er als Götzendienst, auch wenn er ohne solche Aufträge nur die Hälfte seines Einkommens hätte. Er rauchte und sah über den Fluß, dessen Wasser die Farbe und Klarheit des Whiskys besaß, den man hier trank. Dann blickte er über die Wiesen, deren grünes Wogen ihn an Verdun denken ließ, wo man noch heute kilometerweit die alten Schützengräben und Bombenkrater unter der Decke aus ungewöhnlich kräftigem Gras erkennen konnte. Dieser Gedanke erinnerte ihn flüchtig daran, daß auch Fotos von Kriegsschauplätzen eine finanziell lohnende Seite hatten — Tod, Zerstörung und menschliches Leiden waren DelCorsos tägliches Brot. Er schnippte die Zigarette in den feuchten Wind, und das Hochgefühl, das er gerade noch gespürt hatte, war nun einer leichten Depression gewichen. Vielleicht war das düstere Wetter die Ursache für seine Melancholie, aber sie erinnerte ihn daran, wie er sich oft fühlte, nachdem er mit Margaret geschlafen hatte — eigentlich nicht so sehr unbefriedigt oder enttäuscht, als vielmehr beunruhigt durch den vagen Eindruck, irgend etwas sei ihm entgangen oder vorenthalten worden. Aber jetzt gerade, vor ein paar Minuten, war ihm nichts vorenthalten worden, und es fiel ihm nicht ein, was ihm entgangen sein könnte. Der Anblick dieser Schafherde, die den Hügel herabgeströmt war, hatte alles geboten, was sich ein Fotograf nur wünschen konnte: Bewegung, Farbe, die pure Energie des Lebens — weshalb also dieses nagende Gefühl, etwas verpaßt zu haben?

„Nur weil ich Kriege fotografiere, habe ich noch lange nicht meinen Glauben an das Schöne verloren." Er wußte noch, wie er das zu Margaret gesagt hatte, vor zwei Jahren in Spanien, wo er für einen Bericht über das Ende der Franco-Ära gewesen war. Damals hatte ihn Margaret, die einen Magistergrad in Kunstgeschichte hatte, und daneben noch das selbstgesteckte Lebensziel, den Geschmack ihres Mannes zu verbessern, durch eine Unmenge von Museen geschleift, nachdem er seinen eigentlichen Auftrag hinter sich gebracht hatte. DelCorso hatte sich zu Tode gelangweilt bei dieser endlosen Parade von spanischen Königen, Heiligen mit verträumtem Blick, gütigen Madonnen und Darstellungen des blutenden Christus, bis er dann im Prado die Zeichnungen das genialen Goya gefunden hatte, die *Greuel des Krieges.* Margaret hatte diese Skizzen zu geschmackloser Propaganda erklärt und angedeutet, DelCorsos Arbeit habe ihm die Fähigkeit genommen, für etwas anderes als blutrünstige Schreckensbilder empfänglich zu sein. Und um ihr klarzumachen, daß er eben kein Kriegsfanatiker war, der mit seiner Kamera die Gewalt nur glorifizierte, hatte er ihr damals gesagt, er habe den Glauben an das Schöne nicht verloren, nur weil er Kriege fotografiere, womit er das Vertrauen in seine eigene Fähigkeit gemeint hatte, das Schöne auf der Welt zu erkennen.

Doch hier, an einem Fluß im trüben Irland, kam ihm der Gedanke, er könnte diese Behauptung bloß zu seiner eigenen Beruhigung aufgestellt haben. Vielleicht hatte Margaret recht gehabt. Vielleicht war er mittlerweile innerlich ebenso ausgebrannt wie all die Panzerwracks, die er auf den Golanhöhen gesehen hatte. Was ihm da vor ein paar Minuten gefehlt hatte, war nicht das Schöne an sich gewesen, sondern die Gewißheit, auf diese Schönheit ohne jede Absicht, ganz um ihrer selbst willen zu reagieren.

Es kam ihm nun so vor, als habe er nur aus Angst gehandelt, er könne die Fähigkeit zu reagieren schon verloren haben. Er war über diese Viehweide gerannt, um sich selbst etwas zu beweisen: daß er nämlich sehr wohl, mit all seinem Können und Wissen, auch etwas anderes als Schmerz und Tod zu fotografieren imstande war. Großer Gott, warum denn auf einmal diese morbide Nabelschau? Er lebte doch schließlich in einer Welt, in der die Menschen handelten; und er gehörte nicht zu denen, die ständig ihre Psyche unter dem Mikroskop betrachteten und sich wegen jeder kleinen Unregelmäßigkeit in ihrem Gefühlsleben gleich Sorgen machten.

Der Wind wurde stärker, und es begann wieder zu regnen.

„DelCorso! *DelCorso!*" Durch das Rauschen des Wasserfalls waren O'Briens Rufe kaum zu hören. „Verdammt noch mal, wo sind Sie? Ich hab einen an der Leine!"

DelCorso erhob sich und steckte die Leica unter die Regenjacke. Gerade wollte er die Furt durchwaten, da trat er mit dem schlimmen Bein auf einen Stein, der so glatt und rund wie eine Bowlingkugel war, rutschte ab und spürte einen derartig stechenden Schmerz im ganzen Körper, daß ihm der Atem wegblieb. Er suchte nach einem Stock, um sich im Wasser abzustützen, fand jedoch keinen. Wie ein Artist auf dem Drahtseil betrat er die Steine, denn einen Sturz ins Wasser konnte er sich nicht leisten; seine Leica, eine M3D, war für den Gefechtsgebrauch konstruiert worden und inzwischen über tausend Dollar wert, wenn man überhaupt noch eine finden konnte. Die letzte dieses Modells war 1958 gebaut worden.

Obwohl das Wasser ihm nicht höher als bis ans Knie reichte, hatte die Strömung eine mächtige Kraft und riß und zog an seinen Stiefeln, als sei es ihre feste Absicht, ihn umzuwerfen und zu ertränken. Da sein eines Bein außerdem noch zitterte, war jeder Schritt mit größter Behutsamkeit auszuführen.

Er mußte daran denken, wie er in Vietnam auf verminten Pfaden gegangen war, und diese Erinnerung ließ plötzlich eine sinnlose Wut in ihm aufflammen, auf den gesichtslosen Maschinengewehrschützen, dessen Kugel die Knochen in seinem Knöchel und der Wade in einen Scherbenhaufen verwandelt hatte. Neun Jahre war das jetzt her. Verdammt, neun Jahre, und das Bein war noch immer nicht in Ordnung. Wahrscheinlich würde es auch nie mehr in Ordnung kommen, und eigentlich war das auch logisch: seit damals waren eine Menge anderer Dinge nicht mehr in Ordnung, und sie würden auch nicht wieder in Ordnung kommen.

„DelCorso, jetzt zieht er davon! Wenn die Schnur zu Ende ist, wird er springen! Wo zum Teufel sind Sie denn?"

DelCorso stand in der Flußmitte und spürte, wie ein Teil seiner Wut sich nun gegen O'Brien richtete, diesen Oberschicht-Iren mit seinem gebildeten britischen Rolls-Royce-Akzent. Er machte noch ein paar vorsichtige Schritte, dann kippte einer der glitschigen, flachen Steine unter ihm, und die Strömung erfaßte sein schlimmes Bein, zog so heftig daran, als wolle sie es ihm aus dem Körper reißen. Er blickte hinunter, sah das Bein durch den weißgoldenen Strudel im Wasser, die anwachsenden Ringe der Regentropfen auf der ruhigen Oberfläche unterhalb der Furt, die Stromschnellen dahinter, die sich noch einmal schäumend auftürmten, bevor sie den sieben Meter tiefen Wasserfall hinabstürzten. Margaret kam auf dem Weg ans Ufer, den Poncho hochgerafft, so wie altmodische Damen früher ihre Röcke rafften, wenn sie eine schmutzige Straße überquerten.

„Nick!" rief sie. „O'Brien braucht dich."

In seiner schwankenden Stellung auf einem Bein konnte DelCorso sich nur noch vorstellen, wie seine unersetzliche Leica im Fluß unterging, und falls sich seine hüfthohen Stiefel mit Wasser füllten und die Strömung ihn umwarf und mitriß, wie auch seine unersetzliche Person selbst zusammen mit der Kamera unterging. Er kämpfte um sein Gleichgewicht, indem er das linke Bein gegen den Sog der Strömung auf eine Sandbank zu stellen versuchte, die einen knappen Meter entfernt war. Das gelang ihm zwar, doch als er nun sein Gewicht verlagerte, um das rechte Bein nachzuziehen, durchschoß ihn der Schmerz aus dem linken Knöchel mit solcher Heftigkeit, daß er merkte, wie sein Gesicht alle Farbe verlor.

„Nick, er hat einen Lachs an der Angel, und du sollst ein Bild davon machen!"

Wie durch einen Vorhang aus Farbflecken, blinkenden Feuerrädern und Leuchtkugeln sah er Margaret weniger als zehn Meter entfernt oben auf der Böschung stehen. In seiner Kehle steckte ein heißer, salziger Kloß.

„Was ist denn los?" fragte Margaret.

„Bein", brachte er durch den Kloß im Hals hervor. „Hat wieder versagt. Tut rasend weh."

„Kann ich dir irgendwie helfen?"

DelCorso zögerte einen Moment lang. Er war ein Mann, der nur äußerst ungern auf die Hilfe einer Frau angewiesen war. Überhaupt wollte er auf niemandes Hilfe angewiesen sein.

„Ja", sagte er. „Ja, das kannst du."

Die Schmerzwellen verebbten langsam, als er nun ruhig auf der Sandbank stand. Da er das linke Bein quer über das rechte gelegt hatte, ähnelte seine Stellung der eines Kranichs. Margaret kam seitwärts die lehmige Böschung herab, wobei sie immer noch den Saum ihres Ponchos hochhielt, als wäre es ein Abendkleid. Darunter sah DelCorso ihre kniehohen Lederstiefel, sehr elegant, aber unangemessen. Ganz schickes Modell, das zum Spazierengehen auf einer nassen Straße in, na zum Beispiel London, genau das richtige gewesen wäre, aber hier war so etwas unbrauchbar in diesem unwegsamen Gelände. Margaret hatte die Watstiefel ausgeschlagen, die O'Brien ihr angeboten hatte, weil sie plump, unbequem und — jetzt kam das Schlimmste — unattraktiv waren. Der Poncho sah wohl auch nicht gerade schick aus, doch hatte sie vor der Wahl gestanden, ihn überzuziehen oder völlig durchnäßt zu werden. Und trotz allem sah sie darin noch schön aus; selbst die unförmigen Falten konnten die Formen ihres herrlichen Körpers nicht gänzlich verstekken.

DelCorso sah ihr zu, wie sie ins Wasser stieg, ebenso graziös, wie sie in seiner Vorstellung früher in die Limousinen eingestiegen war, mit denen ihre Bewunderer sie zu den Abendgesellschaften und Tanzveranstaltungen gebracht hatten, die ihr Lebensinhalt gewesen waren, bis sie ihn geheiratet hatte. Margaret Delaney Fitzgerald, die ewige Partylöwin. Sie trat jetzt auf eine Steinplatte, taumelte kurz nach vorn, fand ihr Gleichgewicht wieder und blieb dann vor der tiefen Rinne stehen, die sich die Strömung zwischen den Steinen und der Sandbank geschaffen hatte. Das Wasser in der Rinne sah aus wie fließendes, goldgelbes Glas. Margaret starrte hinein.

„Nick, das ist viel zu tief!"

„Sieht bloß so aus. Das reicht dir höchstens bis zu den Oberschenkeln."

„Aber meine Stiefel gehen mir nur bis zum Knie."

„Deswegen hättest du ja die verdammten Anglerstiefel anziehen sollen."

„DelCorso! Verflucht noch mal!" O'Briens dröhnende Stimme wurde vom Wind herbeigetragen. „Er ist zweimal gesprungen!"

„Selber verflucht", meinte Margaret und steckte vorsichtig einen Fuß in die Rinne. Sie zog ihn jedoch sofort wieder zurück, als sie merkte, wie kalt das Wasser war.

„Es ist ja schrecklich kalt!"

„Wär nicht so schlimm, wenn du diese Anglerstiefel hättest."

„Richtig eisig!"

DelCorso sagte nichts mehr. Das Leben hatte ihn nicht sanft behandelt, aber er war auch mit sich selbst niemals sanft umgegangen, und deshalb empfand er nichts als Verachtung für ihre Empfindlichkeit. Dabei war es gar keine körperliche Empfindlichkeit — sie war eine großgewachsene junge Frau in guter Form —, sondern eine Schwachheit der geistigen Einstellung, aus der heraus sie sich nur widerwillig unbequemen oder lästigen Situationen aussetzte. Ein Windstoß riß ihr plötzlich die Kapuze vom Kopf, und ihr Haar flatterte in ungezähmten rotbraunen Wellen hervor, so daß sie mit ihrer weißen Haut, den ovalen Augen und dem angedeuteten Schmollmund wie ein Engel von Botticelli aussah.

Augenblicklich wich DelCorsos verächtliches Gefühl einer Verzauberung. Da sein Beruf einen guten Blick für Symmetrie und Proportionen verlangte, war Schönheit für ihn immer mehr als nur ein oberflächlicher Eindruck. Wenn es nach ihm ginge, so müßte man einer Frau, die so wie Margaret aussah, bis hin zum Raubmord so ziemlich alles verzeihen.

Er verlagerte das Gewicht auf das linke Bein, was die lautlosen Feuerexplosionen wieder losgehen ließ, und watete durch die Flußrinne. Ein wenig kaltes Wasser schwappte über den Rand seiner Stiefel und rann innen hinab, was den pulsierenden Schmerzkreis zwischen Knöchel und Oberschenkel für einen Augenblick unterbrach. Als er auf der anderen Seite ankam, legte ihm Margaret den Arm um die Taille und half ihm, ans Ufer zu hinken. Dort legte er sich hin, wobei er immer noch erstaunt war, wie sehr ihm diese alte Verwundung zu schaffen machen konnte, wenn sie sich erst einmal meldete.

„Was ist denn eigentlich geschehen?“ fragte Margaret, die ihm nun vorsichtig den Knöchel massierte.

„Weiß nicht genau. Hab mir den Fuß auf einem Stein verdreht. Da muß sich ein Knochensplitter gelöst haben, der jetzt den Nerv abklemmt. Sie sind in der Fototasche, neben den Putztüchern für die Objektive.“

„Glaubst du, das ist es wert gewesen?“

„Das werde ich erst wissen, wenn ich die Abzüge sehe.“

„Es war wunderschön, wirklich. Als ob jemand einen Krug mit Sahne ausgegossen hätte. Wer weiß, wenn die Bilder gut sind, dann ist das vielleicht ein Anfang.“

„Ein Anfang?“

„Ein neuer Anfang für dich. Vielleicht könntest du dich auf Landschaften verlegen, anstatt diese schrecklichen Sachen zu fotografieren.“

„Sie liegen direkt neben den Putztüchern. Und bring auch die Flasche mit.“

„Nick . . ."

„Maggie, hol jetzt die Flasche und die verdammten Tabletten!"

Sie drehte sich um und sah ihn direkt an. Der Ausdruck ihrer grünen Augen forderte seine Zerknirschung über die harten Worte.

„Entschuldige", sagte er. „Du weißt doch, wie ich bin, wenn mir das Bein so zu schaffen macht."

„Ja, ich weiß ja", gab sie mit Vergebung in der Stimme zurück. „Ich hol dir die Tabletten."

Sie kam zusammen mit O'Brien wieder. Er ließ sich die Böschung hinabrutschen, in der einen Hand seine drei Meter lange Angel, in der anderen einen silbrigen Lachs. Mit der Angel, dem Fisch und dem Tweedhut, der übersät war mit Fliegen und Blinkern wie mit exotischen Insekten, könnte er direkt einer Lithographie des 19. Jahrhunderts entstiegen sein — der Gentleman und Sportfischer. Er ließ den massigen Fisch neben DelCorso in den Schlamm klatschen.

„Zehn Pfund", bemerkte er. „Ganz respektabel für dieses Gewässer hier. Hab einen Schwarzen Goldfinken dafür gebraucht."

DelCorso antwortete nicht. Er war kein Angler, und O'Briens Fachchinesisch über Schwarze Goldfinken, Hagedorn-Nymphen und Königskutscher verwirrte ihn nur.

Margaret nahm eine Percodan-Kapsel aus dem Arzneiröhrchen und reichte sie ihm zusammen mit der Taschenflasche.

„Man soll sie nicht mit Alkohol mischen, Nick."

Er überhörte ihren guten Rat, steckte die Kapsel in den Mund, spülte sie mit zwei großzügigen Schluck Whisky hinunter und gab Margaret die Flasche zurück.

„Wie fühlen Sie sich jetzt?" fragte O'Brien mechanisch.

„In ein paar Minuten bin ich wieder auf dem Damm."

„Ihre Frau sagte, Sie hätten eine Beinverletzung." O'Brien vervollständigte die Erscheinung des Gentleman-Anglers noch, indem er nun eine Pfeife aus der Tasche zog. Beim Anzünden schirmte er den Pfeifenkopf mit der Hand gegen den Nieselregen ab. „Hoffentlich nichts Ernstes."

„Nein."

„Ihre Frau sagte, daß es sich um eine alte Wunde aus dem Krieg handelt."

„Stimmt genau."

O'Brien kaute nachdenklich an der Pfeife, als wäre er gerade in ein großes Geheimnis eingeweiht worden. Dann deutete er auf den Lachs und fragte: „Und, was halten Sie davon?"

„Tja, wie Sie schon sagten, ein ganz respektabler Fisch. Der sieht sogar so ungeheuer respektabel aus, daß sie ihn wahrscheinlich in einen von diesen Clubs einlassen würden, bei denen Leute wie Sie Mitglieder sind."

„Nick, das ist überhaupt nicht witzig."

„Ich meinte natürlich, was Sie von seinen Eigenschaften als Fotomotiv halten, junger Mann."

Bei diesem herablassenden ‚junger Mann' stellten sich DelCorso die Haare auf. In wenigen Monaten wurde er dreiunddreißig; allerdings war ihm klar, daß man zum Altsein nicht unbedingt warten mußte, bis man fünfundsechzig war.

„Als Fotomotiv ist er lausig, wenn Sie mich fragen. Schließlich ist er tot."

„Ja, das mag schon . . ."

„Aber schließlich habe ich ja mit dem Fotografieren von Toten Karriere gemacht."

Er spürte bereits die ersten Wirkungen seines Percodan-Whisky-Cocktails: Der Schmerz ließ etwas nach, und seine Zurückhaltung ebenfalls.

„DelCorso, ich wollte Ihnen gerade sagen, daß ich genau das meinte." O'Brien saugte mit einem gurgelnden Geräusch an seiner Pfeife. „Dieser Lachs ist jetzt tot, aber wir haben Sie angestellt, damit Sie uns Fotos von lebenden Lachsen machen, von springlebendigen Lachsen, verdammt noch mal!"

DelCorso fühlte jetzt nur eine große Betäubung, und er grinste.

„Finden sie das etwa lustig, was ich gerade gesagt habe?"

„Nein, ich fühle mich bloß sehr gut. Nichts ist so gut, O'Brien, wie sich wirklich gut zu fühlen, wenn es einem vorher wirklich schlecht gegangen ist."

„Das freut mich zu hören. Aber bleiben wir mal beim Thema: diesen Fisch hier habe ich zwei oder dreimal sehr hübsch springen lassen. Daraus hätten sich wunderbare Bilder machen lassen, aber im entscheidenden Moment waren Sie ja nicht da. Ihre Frau sagte . . ."

„Meine Frau sagte", DelCorso ging O'Briens Tonfall auf die Nerven, und er setzte sich auf. „Meine Frau sagte Ihnen dies, meine Frau sagte Ihnen das . . ."

„Ihre Frau sagte, Sie hätten Schafe fotografiert", fuhr O'Brien geduldig fort.

„Stimmt."

„Mr. DelCorso, wir bezahlen Sie dafür, daß Sie Bilder vom Lachsfischen machen. Wie kommen Sie dazu, im entscheidenden Augenblick davonzurennen, um Schafe zu fotografieren?"

DelCorso war versucht, darauf wieder eine Bemerkung zu machen, hielt sich aber zurück und überdachte die Frage.

„Das habe ich gemacht, weil ich ein Dieb bin, O'Brien."

„Was meinen Sie damit?"

„Alle Fotografen sind Diebe." DelCorso blickte auf die Regentropfen im Wasser. „Sie stehlen Augenblicke."

„Um Himmels willen, wovon sprechen Sie eigentlich?"

Margaret schaltete sich ein: „Er meint, daß ihm dieses Foto als Künstler wichtig gewesen ist."

DelCorso warf ihr einen Blick zu. Er freute sich, weil sie zu ihm stand, ärgerte sich aber gleichzeitig darüber, daß sie ihn einen Künstler genannt hatte.

„Wovon sprechen Sie beide bloß, das möchte ich wissen. Wir sind doch hier, um Werbefotos für Zeitschriften zu machen."

„Von Augenblicken, Momenten", erklärte DelCorso. „In einem Augenblick geschieht etwas. Auch wenn es etwas so Einfaches ist wie eine Herde Schafe, die einen Hügel herunterkommt, bedeutet es einem etwas, es bewegt einen, und man will, daß es andere Menschen auch bewegt. Und wenn man das will, dann muß man die Aufnahme in dem Moment machen, wo es passiert. Ein Fotograf kann seine Bilder nicht aus dem Gedächtnis komponieren. Er muß sie unbedingt genau zum richtigen Zeitpunkt machen, sonst kommt die Gelegenheit niemals wieder, niemals."

O'Brien klopfte mit dem Pfeifenstiel an die Spitze seiner rotgeäderten Nase. „Also gut, Mr. DelCorso, wir treffen jetzt ein Abkommen. Wir werden es morgen noch einmal versuchen. Vielleicht schlägt das Wetter um, dann ist das Angeln auch leichter. Auf jeden Fall wäre ich Ihnen sehr dankbar, wenn Sie tun könnten, wozu wir Sie bezahlen, anstatt einem von Ihren komischen Augenblicken hinterherzurennen."

„Sie wollen Fotos vom Lachsfischen, hab ich recht?"

„Genau."

„Von springlebendigen Lachsen?"

„Wir haben uns verstanden. Wie geht's Ihrem Bein?"

„Dem Bein geht's beschissen, aber ich fühl mich gut."

„Gut genug zum Gehen? Kommen Sie, ich helfe Ihnen." O'Brien klopfte ihm auf die Schulter und streckte die Hand aus — lauter intime und herablassende Gesten, für die DelCorso dem Mann am liebsten den Kiefer gebrochen hätte.

„Brauche keine Hilfe." Er kam auf die Beine und dachte: Ich brauche gar nichts, ich brauche diesen Auftrag nicht, ich brauche mich nicht mit dieser Witzfigur abzugeben, ich brauche auch keine Fotos von Fischen zu machen, wer zum Teufel will denn diese blödsinnigen Fische überhaupt auf einem Foto sehen? Der Whisky und das Percodan schlugen nun voll durch, und der Fluß vor seinen Augen schien sich auf der einen Seite zu heben, dann kam die andere Seite wieder herunter, wie Suppe, die in einer Terrine schwappte.

„Dann können wir ja gehen." Wieder klopfte sich O'Brien mit dem Pfeifenstiel an die Nase, die aussah wie eine verkleinerte Darstellung des menschlichen Gefäßsystems. „Wenn wir den Fisch unserem Hotelkoch geben, dann können wir ihn heute zu Abend essen. Er macht einen hervorragenden Lachs *à la russe*. Was sagen Sie dazu?"

„Was ich dazu sage? Dazu habe ich gar nichts zu sagen."

DelCorso kam auf O'Brien zu, der daraufhin zwei Schritte rückwärts machte und die Angelrute hob, als wollte er sich verteidigen. Dieses Zeichen von Schwäche stachelte DelCorso zu einem seiner Ausbrüche von Frechheit an. Er bückte sich, hob den Fisch beim Schwanz hoch, warf ihn klatschend auf den Sand am Ufer und tat dann so, als würde er ihn fotografieren.

„So, O'Brien. Sie wollten doch ein Bild mit einem Lachs drauf — bitte sehr!"

O'Brien war viel zu überrascht, um eine Antwort zu geben. Er stand nur reglos da und hielt seine Angelrute wie ein Florett vor sich.

„Ach so, hatte ich ganz vergessen. Sie wollten ja einen lebendigen, *springenden* Lachs. Gut, also noch einmal."

DelCorso packte den Fisch mit beiden Händen, und während Margaret ihn anflehte: „Nick, hör doch auf damit!", wirbelte er mehrere Male um die eigene Achse wie ein Hammerwerfer, bis er den Lachs endlich in den Fluß schleuderte. Der leblose Körper blitzte in den Stromschnellen auf, und einen Augenblick lang schien sich das Wunder seiner Wiederauferstehung zu vollziehen. Dann trieb er mit dem Bauch nach oben und wurde vom Wasserfall in die Tiefe gerissen.

„Da geht er dahin, unser Freund mit den Flossen, O'Brien. Wenn Sie unbedingt Lachs *à la russe* haben wollen, können Sie ihm ja hinterherschwimmen. Und dann schieben Sie sich das Vieh genau da hin, wo Sie sich diesen Auftrag hinschieben dürfen."

In einem Schwindelanfall drehte sich DelCorso zu O'Brien um. Plötzlich fühlte sich sein Kopf an, als wäre er mit Helium vollgepumpt. Er sah den sandigen Boden auf sich zukommen, und im letzten Augenblick gelang es ihm gerade noch, die Leica zu packen und hinter seinen Rücken zu halten, bevor er das Bewußtsein verlor und mit dem Gesicht voran in den Schlamm fiel.

2

Im Hotelzimmer beobachtete er Margaret, die vor dem Spiegel saß, um ihre Haare zu bürsten, und dabei vor sich hinsummte. Deutlich spürte er die Spannung zwischen ihrer Wut und ihrem Bedürfnis, diese Wut hinter einer äußerlichen Gelassenheit zu verbergen. Diese gekünstelte Beherrschung ärgerte ihn. Obwohl er sich nicht gerade zu den Gefühlsexhibitionisten zählte, deren Motto es war, „alles herauszulassen", so bestand für ihn doch ein gewisser Unterschied zwischen Selbstbeherrschung und Selbstverleugnung. Er legte sich aufs Bett, schob sich ein Kissen unter den angeschwollenen Knöchel und fuhr fort, seine Frau zu betrachten. Sein Blick hing an der Bürste, die mit langen, heftigen, knisternden Bewegungen durch das Haar glitt. Am Ende jedes Bürstenstrichs hob sich Margarets Stimme um eine Oktave, als wäre sie kurz davor, einen Schrei auszustoßen. DelCorso wünschte sich, sie würde ihn anschreien oder die Bürste nach ihm werfen, die feurige Irin spielen und ihren Ärger gleich abreagieren, denn wenn sie es jetzt nicht tat, würde alles in ihr schwären und zu einem Abszeß werden, der sich dann irgendwann in einem Anfall blinder Wut entladen müßte. Und dann würde sie auf ihn losgehen, nicht nur wegen seines Benehmens zu O'Brien heute nachmittag, sondern für jede Untat, die er jemals verübt hatte, für jedes unbedachte Wort, das er je zu ihr gesagt hatte. Schließlich würde ihr ein solcher Ausbruch von schlechter Laune, in dem sie ihre sonstige Fassung völlig verlor, derart heftige Gewissensbisse verursachen, daß sie ihre Zerknirschung wochenlang mit Valium und Alkohol betäuben müßte. Denn die Iren, von denen Margaret abstammte, waren nicht die feurigen Mädchen, die wahnsinnigen Dichter und Wirtshausraufbolde, sondern die *crème de la crème* der irischen Aristokratie von Boston, jene Familien, die aus sich katholische Imitationen der puritanischen Pilgerväter gemacht hatten, und die es bereits als unhöflich empfanden, Gefühle überhaupt zu haben, geschweige denn, sie zu zeigen.

„Hör doch auf damit, Maggie. Sag es und bring's hinter dich!"

„Was soll ich sagen?" Sie legte die Bürste weg und stellte sich im Slip vor ihm auf. Ihre vollendeten Formen boten sich seinem Blick dar, und ihr rotes Haar hing fast bis zu den Hüften offen herab.

„Das weißt du ganz genau. Daß ich mich vorhin wie ein Arschloch aufgeführt habe."

„Wenn du unbedingt willst, daß deine Frau auf diese Weise mit dir spricht, dann hättest du wohl lieber eins von den Straßenmädchen heiraten sollen, mit denen du aufgewachsen bist."

„Ich will doch nichts weiter als ein bißchen Ehrlichkeit", sagte er und starrte an die Wand.

Aus den Augenwinkeln sah er, wie Margaret in eine dünne Strumpfhose schlüpfte. Der untrügliche Indikator seiner Lust schwoll an und drückte gegen die enge Unterhose; aber er war mit dieser Frau nun schon fast sieben Jahre lang verheiratet und wußte, daß er besser keine Annäherungsversuche unternahm, wenn sie in einer solchen Stimmung war.

Sie knöpfte sich das Tweed-Kleid zu und fragte: „Solltest du dich nicht auch anziehen, Nick? Ab neun wird unten nicht mehr serviert."

„Nein, ich werd das Abendessen wohl ausfallen lassen. Hab immer noch Schmerzen."

„Wenn du die Treppe hinaufgekommen bist, dann kannst du auch in den Speisesaal hinuntergehen."

„Ich meine das ernst, Maggie. Mein Knöchel tut höllisch weh."

„Auf keinen Fall esse ich da unten allein, zwischen all diesen Männern. Nicht, nachdem du mich heute nachmittag so bloßgestellt hast. Oder betrachtest du es etwa als Strafe, mit deiner Gattin zu Abend zu essen?"

DelCorso warf einen Blick auf seine Regenjacke. Der Schlamm, in den er bei seinem Zusammenbruch gefallen war, hatte inzwischen eine trokkene Kruste gebildet.

„Also gut", sagte er und stand vom Bett auf. „Also gut, ich komme mit."

Im Speisesaal aßen beide unter angespanntem Schweigen, das nur von Margarets Bemerkungen über das *Beef Wellington* unterbrochen wurde. Sie fand es hervorragend, und wer hatte denn gesagt, die Iren könnten nicht kochen? Von Zeit zu Zeit sah sie über seine Schulter zu O'Brien hinüber, der an einem der Nebentische mit einigen Anglerfreunden ebenfalls beim Essen saß. Seine Tischnachbarn hörten ihm aufmerksam zu, wie er seinen Kampf mit dem Lachs schilderte. DelCorso bekam einen Gesprächsfetzen mit, in dem er sagte, der Fisch sei ihm in dem Moment wieder entwischt, als er ihn gerade mit dem Netz habe packen wollen.

„Das war wirklich anständig von ihm", fand Margaret. „Ich könnte keinem der Männer ins Gesicht blicken, wenn er ihnen die Wahrheit erzählt hätte. Ich glaube, er hält dich für verrückt."

„Das ist mir doch völlig egal, wofür er mich hält."

„Vielleicht änderst du deine Meinung, wenn er mit seiner Werbeagentur geredet hat." Maggie sprach jetzt mit dieser atemlosen Stimme, die früher einmal etwas Bezauberndes, Mädchenhaftes an sich gehabt hatte, heute aber für ihn nur wie eine Imitation von Jackie Onassis klang. „Naja, es ist ja deine Karriere."

„Was soll denn das schon wieder bedeuten?"

„Ich nehme doch an, er erzählt seiner Agentur von deinem . . . von deiner kleinen Show heute. Das ganze wird sich herumsprechen, und du wirst es bald schwer haben, Werbeaufträge zu bekommen. Nick DelCorso ist ein Verrückter. Und genau diesen Ruf möchtest du ja auch haben, oder?"

„Sprich es endlich aus, Maggie. Hör auf mit dem Herumgerede!"

„Was du vorhin getan hast, war deine persönliche Art, alle Brücken hinter dir abzubrechen. Mit einem schlechten Ruf bei den Werbeagenturen wirst du weniger Aufträge von ihnen bekommen. Also mußt du statt dessen Reportagen übernehmen. Und dann brauchst du dein Versprechen nicht zu halten. Sehr geschickt von dir."

DelCorso sagte nichts. Wegen seines aufbrausenden Charakters tat er häufig Dinge, ohne auch nur im geringsten zu wissen, warum. Ihre Erklärung für seine Beweggründe war deshalb ebenso plausibel wie jede andere. Das Versprechen, das sie erwähnte, hatte sie ihm im vergangenen Sommer nach seiner Rückkehr aus Zypern abgerungen. Zusammen mit Bolton hatte er den ersten Tag und die erste Nacht der türkischen Invasion in einem Hotel in Kyrenia miterlebt, wo sie unter Mörserbeschuß und MG-Feuer in der Falle gesessen hatten. Nachdem sie entkommen waren und sich bis Nikosia durchgeschlagen hatten, über Straßen, auf denen Granaten explodierten, und über den Kyrenia-Paß, der mit Napalm bombardiert wurde, hatte Bolton eine sehr anschauliche Schilderung ihrer Abenteuer verfaßt. Die meisten Zeitungen der USA hatten die Story übernommen. Zwei Tage danach erhielt DelCorso ein dringendes Telegramm von Fiona, Margarets englischem Au-Pair-Mädchen: MAGGIE EINGELIEFERT. ERNSTLICH KRANK. KINDER WOHLAUF. KOMMEN SIE SOFORT. Als er in New York eintraf, befand sich Margaret in der psychiatrischen Abteilung des New Yorker Universitätskrankenhauses, wo sie mit einer ‚akuten Angstneurose' eingeliefert worden war, wie es ihr behandelnder Arzt ausdrückte. Fiona erzählte ihm, sie habe Boltons Bericht in der *Times* gelesen, einen Nervenzusammenbruch erlitten und sich dann mit Wodka-Valium-Mischungen in Überdosis betäubt.

Als er die schöne Margaret zusammen mit Schizos und Rauschgiftsüchtigen eingesperrt sah, überkam DelCorso ein solches Schuldbewußtsein, daß er sich am liebsten im hintersten Winkel verkrochen hätte. Sobald sie entlassen war, willigte er ohne Zögern, ja fast wie auf eigenen Wunsch in ihre flehentlichen Bitten ein, ihr so etwas in Zukunft zu ersparen. Er schlug ein Angebot von *Newsweek* für eine

Reportage über Belfast aus, ein anderes von *Time Magazine,* das ihn nach Äthiopien schicken wollte, und erst letzten Monat hatte er wieder abgelehnt, als *Newsweek* ihm einen Bildbericht über die jüngste Offensive der Nordvietnamesen vorgeschlagen hatte. Statt dessen fotografierte er für Werbekampagnen wie diesen Erin-Air-Auftrag, für Broschüren mit Jahresberichten von Firmen und — sein absoluter Tiefpunkt — einen Foto-Essay über Goldie Hawn für die Klatschzeitschrift *People.* Das ganze war Prostitution, wenn auch die Callgirl-Variante und nicht der Straßenstrich. Selbst nach Abzug der vierzig Prozent für seinen Agenten und der unvermeidlichen Provisionen für die Werbeleiter und Grafiker hatte er in den vergangenen acht Monaten mehr verdient als in den beiden Jahren zuvor. Eine Zeitlang hatte ihn das Geld darüber hinweggetröstet, daß die Arbeit für Werbeagenturen sein Selbstwertgefühl beeinträchtigte. Margaret hatte sich mittlerweile sehr rasch erholt, was nach den Worten ihres Psychiaters ganz erstaunlich war. DelCorso selbst hatte dies nicht so erstaunlich gefunden; schließlich hatte sie ihn ja schon vor Zypern wochenlang gelöchert, aus dem Reportergeschäft auszusteigen, weil es für Freiberufliche fast immer ein Risiko bedeutete. Sie wollte nicht Witwe werden, was verständlich war; er wollte sie ja auch nicht zur Witwe machen. Er hatte ihr gesagt, er könne sehr gut auf sich aufpassen. In all den Jahren, in denen er Kriege fotografierte, habe er nicht einmal einen Kratzer abbekommen. Aber seine Beteuerungen blieben ohne Wirkung, und er hatte den Verdacht, daß bei ihrem Nervenzusammenbruch auch ein wenig Theater dabeigewesen sei, wie so vieles in ihrem Verhalten zumindest teilweise gespielt war. Als er ihren Arzt diesbezüglich fragte, hatte dieser die Möglichkeit zwar eingeräumt, ihn jedoch darauf hingewiesen, daß eine Frau, die so stolz auf ihre Selbstbeherrschung war wie Margaret und trotzdem einen solchen Nervenzusammenbruch vortäuschte, schon sehr verzweifelt sein mußte, wenn sie so weit ging. Dies leuchtete DelCorso ein; und doch fühlte er sich als Opfer einer Heuchelei, einer emotionalen Erpressung, weil er gegen ihre Schwachheit machtlos war.

Sie aßen schweigend weiter. Der Kellner kam an den Tisch, ein kleiner Mann mit dem breiten, roten Gesicht der Torfstecher. Er nahm die Flasche *Château Latour* aus dem Eiskübel und verbeugte sich leicht und schwungvoll, um Margarets Glas nachzufüllen. Wie um zu zeigen, daß sie sich sehr wohl fest im Zaum hielt, deckte sie das Glas mit einer Hand ab, wobei sie DelCorso ihr strahlendes, gewinnendes Lächeln zuwarf, mit dem sie ganz bestimmt zur Königin des Football-Fanclubs gekrönt worden wäre, wenn ihre Schule so vulgäre Zeremonien wie Anfeuerungschöre beim Football überhaupt veranstaltet hätte.

„Möchte der Herr vielleicht noch ein Glas?" fragte der Kellner.

DelCorso nickte.

„Ist sonst alles zu Ihrer Zufriedenheit?"

„Oh, mehr als das", erwiderte Margaret.

„Ich werde es an den Küchenchef weiterleiten. Wo in den Vereinigten Staaten sind Sie zu Hause, wenn Sie mir die Frage gestatten?"

„New York."

„Ich habe einen Cousin in New York. In der Bronx. Er hält Vorlesungen an der Universität. Am Fordham College, wenn ich mich nicht irre."

„Wie interessant." Margarets Tonfall drückte deutlich aus, daß es alles andere war als das. Der Kellner blieb einen Augenblick lang etwas unsicher stehen, weil er offensichtlich noch herausfinden wollte, ob sie seinen Cousin in Amerika kannten. Dann schickte ihn Margaret mit einer knappen Kopfbewegung fort, der dezenten Geste einer Frau, die schon sehr früh gelernt hatte, wie sie höflich, aber unmißverständlich mit jenen umzugehen hatte, die auf der Erde waren, um ihr zu Diensten zu sein.

„Einfach großartig", bemerkte DelCorso.

„Was?"

„Wie du ihn abgewimmelt hast."

„Nick, es gehört sich eben nicht für einen Kellner, um die Gäste herumzuschleichen und von ihren Verwandten zu erzählen." Sie machte eine Pause, um eine Gabelvoll Erbsen nach europäischer Art mit dem Messer zu zerdrücken. „Und sag jetzt bloß nicht, daß ich wie ein Snob rede."

„Abgemacht. Du redest nicht wie ein Snob."

„Ich bin kein Snob. Ich habe nur ein gewisses Niveau."

„Geld hast du, Maggie."

„Da hast du eben die falsche Zeitform gebraucht."

Sie sagte es mit ganz zarter Stimme, und ihr großherziges Lächeln strahlte ihn an, wie um ihm zu zeigen, daß keinerlei Bosheit beabsichtigt war.

„Dieses Jahr ist es uns doch ganz gut gegangen", verteidigte DelCorso seine Fähigkeiten, ihr zumindest einen Abglanz des Lebens zu vermitteln, das sie gehabt hatte, bevor sie seine Frau wurde.

„Das weiß ich ja. Außerdem ist es für mich ohnehin nicht wichtig, wieviel du verdienst."

„Wie in aller Welt kannst du das sagen, ohne dabei eine Miene zu verziehen?"

„Weil es wahr ist."

„Jetzt hör mal zu: Du wolltest dieses große Haus in Brooklyn Heights, und du hast es gekriegt. Du wolltest ein Au-Pair-Mädchen, jetzt hast du eins. Du willst Danny nächstes Jahr in eine Privatschule schicken, und er wird in eine gehen. Du wolltest ein Dienstmädchen für zweimal die Woche, und es kommt eines . . ."

„Nicht so laut." Sie deutete mit dem Kopf zu O'Briens Tisch hinüber.

„Ich will dir nur klarmachen, daß es für dich verdammt wichtig ist, wieviel ich verdiene. Mann, die Hypotheken und die Steuern auf dieses Haus kosten mich fast einen Tausender jeden Monat."

„Ich dachte, du magst das Haus."

„Habe ich gesagt, daß ich es nicht mag?"

„Na gut." Sie fuhr mit dem Finger über den Rand ihres Glases. „Die finanzielle Belastung für dich wäre geringer, wenn du nicht auch noch die Miete für dieses Studio in SoHo zahlen müßtest."

„Jeder Fotograf braucht ein Labor."

„Ein Labor könntest du dir auch zu Hause einrichten. Wir haben neun Zimmer."

„Ich arbeite nicht gern zu Hause."

„Ach, so ist das. Als ob du so oft zu Hause wärst. Du bist fast nie zu Hause. Ich will noch ein Glas Wein, Nick."

„Maggie . . ."

„Und ich will keinen deiner Vorträge über die Anonymen Alkoholiker hören."

DelCorso verspürte ein kaltes, stechendes Ziehen in der Brust; vor ihrem Nervenzusammenbruch hatte er ihr latentes Alkoholproblem ignorieren können, aber seit damals wurde er jedesmal nervös, wenn sie mehr als ein Glas von irgend etwas Alkoholischem trank.

„Laß den Kellner kommen, wenn du mir nicht selbst eingießen willst."

Er packte den Flaschenhals wie ein Huhn, das er erdrosseln wollte, und füllte Margarets Glas.

„*Grazie, Nicolò.*" Sie berührte den Stiel mit ihren weißen Fingern, deren Nägel zu vollendeten Ovalen manikürt waren.

„*Non fa niente*", gab er zurück. „Ist schon gut."

Neben ihnen kratzten und quietschten die Stuhlbeine auf dem polierten Holzboden, als O'Brien und seine Bekannten aufstanden und in die Bar hinübergingen.

Als Margaret und er das Essen beendet hatten, erhob sich DelCorso rasch und ging zu Margarets Stuhl, um ihr beim Aufstehen behilflich zu sein. Konventionelle Aufmerksamkeiten waren ihr sehr wichtig. Er bemühte sich, die kleine Geste möglichst elegant auszuführen, fühlte sich aber dabei unbeholfen, vor allem als sie dann beide standen. Ohne Schuhe war Margaret einen Meter fünfundsiebzig, nur drei Zentimeter kleiner als er selbst; und mit derart hohen Absätzen, wie sie heute abend anhatte, erhob sie sich auf über einsachtzig, so daß er sich neben ihr eher wie ein jüngerer Bruder als wie ein Ehemann und Bettgenosse vorkam — noch dazu ein häßlicher kleiner Bruder. Mit seinem übermäßig muskulösen Körperbau, dem ewigen Anflug von Unrasiertheit und den zusammengewachsenen Augenbrauen über der Nase, die seit einem Boxhieb im Kampf um den Goldenen Handschuh vor vielen Jahren plattgedrückt war, konnte man DelCorso nicht einmal mit dem Euphemismus „von herber Attraktivität" beschreiben. Manchmal bereitete es ihm ein perverses Vergnügen, die Reaktion zu beobachten, die der Gegensatz zwischen Margarets Aussehen und seiner Häßlichkeit bei anderen hervorrief. So wie jetzt, als sie beide an der Bar vorbei zur Rezeption gingen, wo er O'Brien und die anderen sitzen sah, die seine Frau mit hilfloser Begierde und ihn mit verständnislosem Neid anstarrten, so wie sie einen Mann anstarren würden, der mit zerknittertem Anzug aus einem Ferrari stieg. Margaret war ohne Zweifel ein Ferrari unter den Frauen, und in den seltenen Momenten, wo er sich fragte, warum er sie eigentlich geheiratet hatte, mußte er zugeben, daß es auch etwas mit Besitzerstolz zu tun hatte. Er mußte sich dann auch eingestehen, daß dieser Besitz seinen Preis forderte: sie zu behalten, hatte sich sowohl finanziell wie emotionell als aufwendiger erwiesen, als er gedacht hatte. Die emotionalen Kosten wurden in kleinen, aber dafür häufigen Raten beglichen. Gerade jetzt bezahlte er eine davon. Als sie in die kleine Lobby traten, entschuldigte sich Margaret für einen Gang zur Damentoilette. Eine Befürchtung kroch über DelCorsos Rücken wie eine Schlange: die Damentoilette erreichte man auf dem Weg durch die Bar.

„Warum wartest du nicht, bis wir im Zimmer sind?"

„Es ist eiskalt in unserem Zimmer."

Er fand es dort nicht so kalt, und während er ihr nachsah und überlegte, ob sie ihn vielleicht absichtlich ärgerte, bezwang er die Versuchung, hinterherzugehen und aufzupassen, daß sie nicht doch einen Schluck zu sich nahm. Schließlich konnte er sie ja nicht jedesmal wie ein Schießhund bewachen, wenn sie einer Flasche nur so nahe kam, daß sie das Etikett lesen konnte.

Statt dessen ging DelCorso zur Rezeption, um nach der Post zu sehen. Der Portier reichte ihm ein Telegramm von *Northstar,* seiner Agentur in New York. Beim Lesen überkam ihn ein Gefühl wie beim ersten Einsetzen eines hohen Fiebers.

1.APRIL 20.30 GMT

NICOLAS DELCORSO SPORTSMAN'S INN LEENANE IRLAND. NORDVIETNAMESISCHE OFFENSIVE WEIT UEBER DEMARKATIONSLINIE HINAUS. DA NANG GESTERN EINGENOMMEN. SAIGON ZWEIFELLOS NAECHSTES ANGRIFFSZIEL. NEWSWEEK WIEDERHOLT ANGEBOT UEBER TAUSEND PRO WOCHE PLUS SPESEN WENN DU TITELSTORY FOTOGRAFIERST. WILSON ALS ERSATZ. FALLS EINVERSTANDEN VERGISS ERIN AIR UND ANTWORTE BALDIGST. HABE BUCHUNG FUER DICH AUF AIR FRANCE FLUG 612 AB ORLY DONNERSTAG NEUN UHR PARISER ZEIT. ZU DEINER INFO: DUNLOP SEIT LAENGEREM IN VIETNAM. MFG KAPLAN.

Er würde kaum Probleme haben, den Auftrag von Erin Air zu vergessen, dachte er. In seinen Händen, die das Telegramm hielten, kribbelte ein wohltuendes Angstgefühl. Was die Beziehung zu seiner Frau betraf, hätte die Nachricht zwar in keinem ungünstigeren Moment kommen können, doch er wußte trotzdem sofort, was er antworten würde. Kein Zweifel, wenn die Nordvietnamesen Saigon einnähmen, wäre das die größte Auslandsstory des Jahrzehnts. Einen Augenblick lang kam ihm der Gedanke, er sollte das ganze mit Margaret besprechen, bevor er sich verpflichtete, aber dann kam die Angst, sie könne ihn mit ihren Tränen oder mit der vagen Androhung selbstzerstörerischer Handlungen wieder einwickeln, und er bat den Portier um einen Kugelschreiber, um schnell die Antwort aufzusetzen:

AL: TELEGRAMM ERHALTEN. FAHRE 2. APRIL NACH DUBLIN. DONNERSTAG AB NACH SAIGON. MFG NICK.

Der Portier versicherte ihm, das Telegramm würde gleich am nächsten Morgen abgehen. DelCorso hörte das Klappern von Margarets Absätzen und steckte Kaplans Nachricht in die Tasche, ebenso verstohlen wie ein Mann, der einen Brief von seiner Geliebten zu verbergen hat. In gewissem Sinne war dieses Telegramm ja auch nichts anderes: die Arbeit war seine Geliebte — nicht weniger zeitraubend und fordernd als die leidenschaftlichste Frau.

3

Margaret erschauerte vor Kälte, weil der Nachtwind durch die Ritzen der Fensterrahmen blies. Sie zog ihr Kleid aus, hängte es sofort auf einen Bügel und schlüpfte dann in einen grünen Morgenrock mit eingesticktem Monogramm und ein Paar weiße Fellpantoffeln, die aussahen wie zwei geköpfte Kaninchen. DelCorso wunderte sich über das Phänomen, daß ihre Schönheit selbst trotz dieser gräßlichen Hausschuhe keinen Schaden litt. Margaret schlurfte ins Bad, wo sie ihr allabendliches Ritual vor dem Zubettgehen begann: sie putzte sich die strahlend weißen Zähne, bürstete ihr Haar mit genau einhundert Bürstenstrichen, und reinigte dann unter dem laufenden Wasserhahn ihr Gesicht, wie es in den Kosmetikratschlägen empfohlen wurde, mit kreisenden Bewegungen des Waschlappens.

DelCorso griff nach der Fototasche und ergab sich einem seiner eigenen Rituale — dem Ordnen der Ausrüstung. Margaret würde eine logische Erklärung dafür verlangen, daß er den Auftrag von *Newsweek* angenommen hatte, und er hoffte, die vertrauten, mechanischen Griffe beim Sortieren der Objektive, Belichtungsmesser, Filter, Putztücher, Kameras und Filme könnten auch in seine Gedanken eine gewisse Ordnung bringen. Wie viele impulsiv handelnde Menschen bemühte er sich oft, seine Impulsivität zu rechtfertigen, indem er im nachhinein gute Gründe für Entschlüsse erfand, die er völlig spontan getroffen hatte. Normalerweise gelangen ihm solche nachträglichen verstandesmäßigen Erklärungen recht gut, aber diesmal wirbelten ihm nur wilde Gedanken durch den Kopf. Am Donnerstag ging sein Flugzeug nach Saigon. *Nach Saigon.* Ich fliege am Donnerstag nach Saigon, sagte er zu sich selbst, als könnte er nicht recht glauben, daß es tatsächlich möglich war. *Nach Saigon.* Jeder seiner Instinkte sagte ihm, daß diese Offensive die letzte Vorstellung war, daß sie das Ende bedeutete, und er mußte einfach dort sein, um diese letzten Bilder und Szenen des längsten Krieges in der Geschichte Amerikas festzuhalten. Er würde sich wie ein Deserteur fühlen, wäre er nicht dabei. Ob diese Verpflichtung Margaret einleuchten würde? Natürlich nicht.

Sie stand nun am Fenster und starrte in den Regen hinaus. Die Arme hatte sie unter der Brust verschränkt, so daß ihre Formen sich unter dem Ausschnitt des Morgenrocks deutlich abzeichneten.

„Jetzt weiß ich, warum meine Urgroßeltern aus diesem Land fortgegangen sind", sagte sie. „Es ist wunderschön, aber mein Gott, was für ein fürchterliches Wetter!"

Ihre Stimme war nicht viel mehr als ein Hintergrundgeräusch für ihn, Berieselungsmusik, die ihm in den Ohren klang, während er sich auf das Praktische konzentrierte. Ja, das Praktische. Er hatte alle Kameras und Objektive zusammen, die er brauchen würde, aber nicht genügend Filmmaterial. Filme konnte er in Saigon kaufen. In Saigon gab es immer genug Filme zu kaufen. Der am meisten fotografierte Krieg in der Geschichte, jeder G.I. ein bewaffneter Tourist, der zum Angriff seine Minolta mit einpackte und Schnappschüsse von Leichen damit machte, die er seinen Leuten zu Hause zeigen konnte. Die amerikanischen Soldaten waren längst abgezogen, aber die Märkte hatten noch so viele Filme auf Lager, daß es für ein Jahrhundert reichen würde.

„Wahrscheinlich war dieses Klima auch für den Stil von O'Casey und Yeats verantwortlich", redete Margaret weiter, die immer noch aus dem Fenster blickte. „Es ist kaum vorstellbar, daß Griechenland oder Italien einen O'Casey oder einen Yeats hervorbringen könnten."

Wer zum Teufel war denn O'Casey? Kleider. Er hatte ganz vergessen, etwas zum Anziehen einzupacken. Über den Gepäcktisch gebeugt, durchwühlte DelCorso seinen Koffer. Rollkragenpullover, Flanellhemden, Cordhosen. Alles in Vietnam völlig unbrauchbar, bis auf ein Paar feste Navy-Hosen, ein grünes Drillichhemd und seine alten Dschungelstiefel, dasselbe Paar, das er bei den Luftlandetruppen getragen hatte. Er würde auf den Ben-Thanh-Markt gehen und Mr. Minh bitten, ihm ein oder zwei Hemden zu nähen und noch eine Hose für ihn zu kaufen. Seine warmen Sachen konnte Margaret nach New York mitnehmen, zusammen mit den Filmen, die er hier gemacht hatte. Einen Moment lang dachte er an das Bild, das er am Nachmittag aufgenommen hatte, und verspürte einen Anflug von Bedauern, weil er nun erst in vielen Wochen erfahren würde, wie es geworden war. Dann schüttelte er dieses Gefühl wieder ab und machte sich ans Packen.

„Nick?"

„Was denn?"

„Hast du mir überhaupt zugehört?"

„Du hast irgendwas über das lausige Wetter hier gesagt."

„Was machst du denn da bloß?"

„Ich packe."

„Wir müssen doch nicht gleich abreisen, nur weil du dich vorhin zum . . . nur weil du den Auftrag nicht bekommen hast. Wir haben noch genug eigenes Geld, um ein paar Tage hierzubleiben."

„Ja, das weiß ich."

„Machen wir doch noch etwas Schönes aus dieser Reise. Wir könnten ein bißchen die Gegend erkunden. Seit zwei Jahren haben wir nicht mehr gemeinsam Urlaub gemacht. Seit Spanien damals."

„Ich dachte, du findest das Wetter hier so fürchterlich?"

„Das stimmt ja auch, aber ich hätte trotzdem nichts dagegen, ein bißchen im Land herumzufahren."

In ihrer Stimme schwang echte Gelassenheit, und DelCorso war es sehr unangenehm, ihr diese Ruhe zu nehmen. Außerdem gefiel ihm ihr Vorschlag einen kurzen Augenblick lang. Sie würden diese Insel der Nebellandschaften, der steinernen Dörfer und der grauen Seen erforschen und — vielleicht — die Harmonie ihres ersten Ehejahres wiederfinden. Auch diesen Gedanken schob er von sich, und bevor er den Mut wieder verlor, sagte er: „Wir müssen morgen nach Dublin zurückfahren. Hab ein Telegramm von Kaplan gekriegt, als du vorhin auf der Toilette warst. Ein neuer Auftrag."

„Ist das denn so dringend?"

„Ja. Also, *Newsweek* . . . ach was . . . lies bitte das hier."

Er reichte ihr das Telegramm. Sie las es durch, faltete es langsam und ordentlich wieder zusammen und gab es ihm zurück.

„Ich dachte, du darfst gar nicht mehr nach Vietnam?"

„Das ist doch fünf Jahre her. Außerdem ist ja Wilson da. Dem kann ich vorher telegrafieren, und er wird alle eventuellen Schwierigkeiten bereinigen."

„Also hast du Kaplan schon geantwortet."

„Ja."

„Das war nun wirklich ‚baldigst'. Du hättest dir wenigstens ein paar Sekunden Zeit nehmen können, um es mit mir zu besprechen."

DelCorso gab keine Antwort.

„Statt dessen stellst du mich vor vollendete Tatsachen. Wie aufmerksam von dir." Jetzt klang ihre Stimme hart wie der Regen, der gegen das Fenster prasselte. „Und es war auch sehr aufmerksam von Kaplan, gleich deinen Flug zu buchen. Du hast wirklich Glück, einen so aufmerksamen Agenten zu haben."

„Maggie, hör mir bitte zu. Ich weiß, daß ich dir etwas versprochen habe, aber hier geht es doch nicht um irgendeinen Krieg zwischen zwei Bananenrepubliken. Das ist einfach zu wichtig, als daß man es versäumen dürfte."

„So wichtig, daß du dein Leben dafür aufs Spiel setzt?"

„Nein, aber ich habe eine Verantwortung . . ."

„Komm mir jetzt nicht mit deiner Verantwortung. Ich will nichts davon hören. Was ist denn mit deinen übrigen Verantwortungen? Für mich, für Danny und für Angela? Wenn du schon unbedingt deine Verantwortung ins Spiel bringen mußt, dann sprich auch einmal über diese!"

„Schon gut. Sprechen wir also darüber. Ein Tausender pro Woche. *Newsweek* nimmt eine Menge Farbe, das heißt, Kaplan kann das Schwarzweißmaterial weiterverkaufen, das sie nicht selbst bringen. Angenommen, dieser Auftrag dauert einen Monat oder länger, dann muß ich mich schon sehr blöd anstellen, um nicht mit, na sagen wir acht Mille auszusteigen."

„Du kannst noch mehr verdienen, wenn du . . ."

„Jaja, ich weiß schon. Wenn ich Fotos von Goldie Hawn mache. Aber achttausend sind auch nicht gerade ein Taschengeld. Mit achttausend können wir das Haus weiterbezahlen und dein Au-Pair-Mädchen und die Privatschule, damit Danny lesen, schreiben und rechnen nicht etwa gemeinsam mit einem Haufen Neger und Kanaken lernen muß."

„Nimm dich zusammen!"

„Entschuldige. Ich wollte sagen, mit Schwarzen und Puertoricanern."

„Bist du jetzt fertig?"

„Noch nicht. Jedenfalls sage ich dir: Ich werde diesen Auftrag annehmen. Es ist einfach das, was ich am besten kann, ob es dir nun gefällt oder nicht."

„Red weiter."

„Ich rechne damit, diesen Auftrag zu Ende zu führen. Womit ich nicht rechne, ist wieder ein Telegramm von Fiona zu kriegen, wo drinsteht, daß du im Krankenhaus liegst. Ein zweites Mal kaufe ich dir das Theater nicht ab."

Damit hatte DelCorso das Geheimrezept gefunden, wie Margarets eiserne Zurückhaltung zu durchbrechen war. Mit anderen Worten, jetzt hatte er seine feurige Irin, die auf ihn losstürzte und ihm eine solche Ohrfeige versetzte, daß seine Lippe zu bluten begann.

„Theater?" kreischte sie. „Du erbärmliches Schwein, du meinst also, das war nur Theater? Zehn Tage habe ich in diesem schrecklichen Irrenhaus gelegen!"

Ihre Augen funkelten wie zwei grüne Steine, und sie holte nun mit der anderen Hand aus. Er blockte sie ab und trat einen Schritt zurück, obwohl er insgeheim diesen erlösenden Gefühlsausbruch sehr genoß.

„Das soll Theater gewesen sein, daß ich zehn Tage mit lauter Wahnsinnigen hinter Gittern eingesperrt war, zehn Tage lang von meinen Kindern getrennt? Verdammt, Nick, als ich das damals in der Zeitung gelesen habe, da war mein einziger Gedanke: Was soll ich den Kindern sagen, wenn er da unten getötet wird? Was soll ich ihnen sagen, wenn das passiert? ‚Euer Vater ist für ein Farbfoto in *Newsweek* gestorben'?"

„Maggie . . ."

„Ich könnte es ja auf deinen Grabstein setzen lassen: ‚Nicholas DelCorso, 1945 — 1975. Er gab sein Leben für *Newsweek*.'"

„Das ist gegen die Regeln, Maggie. Kein Gerede über Grabsteine vor einem solchen Auftrag."

„Mir scheint, du hast doch wohl auch gegen eine Regel verstoßen, als du diesen Auftrag übernommen hast."

„Ich habe dir meine Gründe erklärt", erwiderte DelCorso.

„Deine Gründe sind mir egal. Ich weiß nur, daß ich für dich eine Menge aufgegeben habe, und ich bekomme anscheinend nicht allzu viel dafür von dir zurück. Und fang jetzt bloß nicht mit dem Haus und Fiona und der Privatschule an. Ich spreche hier über Gefühle."

„Alles was du aufgegeben hast, war ein Leben, das du gar nicht weiterführen wolltest."

Mit der Spitze des kleinen Fingers wischte sich DelCorso das Blut aus dem Mundwinkel. Bei dieser Geste wurde Margaret weich. Sie tupfte seine Lippe mit einem Papiertaschentuch ab und bat ihn um Verzeihung für die Ohrfeige. Diese Entschuldigung war nicht nur für ihn bestimmt, sondern ebenso sehr für sie selbst. Um die Beherrschung wiederzufinden, ging sie ins Badezimmer, wo DelCorso sie eine Schachtel Tabletten öffnen hörte. Valium — es half Margaret DelCorso, die Rolle von Margaret Delaney Fitzgerald zu spielen. Sie kam zurück, zog eine Schublade heraus und begann zu packen, wobei sie ihre Kleider peinlich genau zusammenlegte; es war, als hätte diese Genauigkeit eine therapeutische Wirkung auf sie. DelCorso ging zu seinem eigenen Koffer zurück, und so packten sie beide ihre Sachen — weniger als zwei Meter zwischen sich, aber durch eine so große Distanz voneinander getrennt, daß sie ebenso gut in verschiedenen Zimmern hätten sein können. Auch gefühlsmäßig packten sie sozusagen ein, bereiteten sich auf den Augenblick der Trennung vor. Eigentlich hätten sie es dabei belassen sollen, ohne mehr als einige belanglose Worte zu wechseln, doch geht es im Leben nur selten so geordnet zu.

Margaret untersuchte den braunen Rock, den sie während der Fahrt tragen wollte, auf etwaige Falten, und wie nebenbei fragte sie plötzlich: „Nick, was mache ich eigentlich falsch?"

DelCorso wußte nicht genau, was sie meinte, und gab keine Antwort.

„Also, Nick? Schließlich bemühe ich mich doch, dich einigermaßen glücklich zu machen."

„Das weiß ich, Margaret." Er war immer noch unsicher.

„Ich kümmere mich um die Rechnungen, damit du dich nicht mit Kleinigkeiten belasten mußt und dich auf deine Arbeit konzentrieren kannst. Ich versuche, unser Haus so in Ordnung zu halten, daß du es dort schön hast, wenn du einmal zu Hause bist. Ich habe unsere Kinder ganz gut erzogen, glaube ich, und ich sorge dafür, daß sie dir nicht auf die Nerven fallen, wenn du nach einem deiner Aufträge heimkommst."

„Maggie, das weiß ich doch alles."

„Und manchmal nachts, wenn du nicht da warst, habe ich dich so sehr vermißt, daß ich oft nahe daran war, mir irgendeinen Mann ins Bett zu holen, irgendeinen, nur um einen Mann bei mir zu haben, aber ich habe dich trotzdem nie betrogen."

„Soll das eine Drohung sein?"

„*Nein.* Das würde ich niemals . . . ich meine nur, daß neun von zehn Frauen nicht mehr mitspielen würden, wenn ihr Mann sechs Monate im Jahr von zu Hause weg wäre, und schon gar nicht, wenn er sich in solche Gefahr begibt wie du."

„Nein, wahrscheinlich nicht."

„Mein einziger Fehler war ein Nervenzusammenbruch. Ein einziger, und der war nicht gespielt. Als ich damals diese Story gelesen habe, bin ich Gott dankbar gewesen, daß du am Leben warst. Aber in der Nacht konnte ich nicht einschlafen, und dann schlug mein Herz plötzlich so schnell, daß ich glaubte, ich bekomme einen Infarkt, mit Schweißausbrüchen und dem ganzen . . ."

„Schon gut, reden wir nicht mehr davon."

„Ich tue doch alles, was ich kann, um dich glücklich zu machen, und trotzdem bist du nicht glücklich."

„Wer sagt denn, daß ich nicht glücklich bin?"

„Wenn du es wärst, dann würdest du ein bißchen mehr Zeit mit den Kindern und mir verbringen, wenn du da bist. Aber du bist ja nie zu Hause, selbst wenn du einmal nicht unterwegs bist. Dann bist du dauernd in deinem komischen Labor."

„Maggie, worauf willst du damit eigentlich hinaus?"

Sie antwortete ihm nicht sofort, sondern ging erst ins Bad und legte ihren Rock über den Handtuchhalter neben der Heizung, damit die Falten sich aushängen konnten.

„Ich will von dir wissen, was ich denn so falsch mache, daß du den größten Teil deiner Zeit ohne mich verbringen willst", sagte sie und drehte sich dabei in der Tür um. In ihrem Blick lag eine Entschlossenheit, die er noch nie zuvor an ihr gesehen hatte.

„Was du falsch machst?"

„Ja, was mache ich falsch?"

„Du machst überhaupt nichts falsch", erwiderte er, doch sein Puls ging plötzlich schneller, als er sah, daß diese Antwort ihr nicht genügte.

Er hatte die Situation ja heraufbeschworen. Er hatte wissen wollen, worauf sie mit ihren Fragen abzielte, und jetzt, da es ihm klar war, wollte er nicht mehr weiter vordringen. Denn sie war mit ihren Fragen der Wahrheit über einige seiner tiefsten Beweggründe gefährlich nahe gekommen, der er selbst sich keinesfalls stellen mochte. Es war nicht die ganze Wahrheit. Niemand tut irgend etwas aus einem einzigen Grund, und tatsächlich wurde auch er in seiner Ruhelosigkeit und der zwanghaften Anziehung, die Gefahren und Extreme auf ihn ausübten, von mehreren Motoren gleichzeitig angetrieben. Sein Pflichtgefühl war einer davon; aber auf eine Weise, die er mit Worten nicht hätte ausdrücken können, war ihm doch auch bewußt, daß das Gefühl von chronischer, unheilbarer Unzufriedenheit eine weitere Antriebskraft darstellte. Grund dafür war sicherlich nicht Margaret. Der Katalog traditioneller weiblicher Tugenden, den sie gerade verlesen hatte, war nicht nur zutreffend, sondern sogar unvollständig gewesen; aus Bescheidenheit und Anstand hatte sie weder ihr gutes Aussehen noch ihre Fähigkeiten als Köchin und im Bett erwähnt, wenn sich letztere auch wegen ihrer starren irisch-katholischen Erziehung in Grenzen hielten. Trotzdem, irgend etwas stimmte nicht, stimmte absolut nicht. Vielleicht lag es an ihm, vielleicht aber auch an der Art ihres Zusammenlebens. Er wußte weder, warum das so war, noch wollte er es erfahren. Es herauszufinden würde eine schmerzliche Selbsterforschung verlangen, wozu er weder Zeit noch Lust noch Talent hatte. Außerdem sagte ihm ein Instinkt — und er hatte gelernt, seinen Instinkten zu trauen —, daß eine solche Untersuchung zur Entdeckung eines Defekts im Fundament seiner Ehe führen könnte, der entweder aufwendige Reparaturen erfordern würde, die seine psychischen Kräfte überstiegen, oder aber den Abriß des gesamten Gebäudes.

„Hast du gehört, was ich gesagt habe, Maggie?" fragte er, um die unangenehme Stille zu beenden.

„Ja, ich hab dich gehört."

„Es liegt nicht an dir. Du machst es schon ganz richtig."

„Schön, das zu hören." Sie rang sich ein Lächeln ab, und er sah die Entschlossenheit aus ihrer Miene weichen. Auf Neuland wollte sie sich ebensowenig wagen wie er. „Also findest du nicht, daß du ruhig mit mir hättest sprechen können, bevor du Kaplan zugesagt hast? Schließlich bist du ja kein Handelsreisender, der mal kurz ins nächste Dorf rüberfährt, um ein paar Socken zu verkaufen."

„Ja, das hätte ich wohl tun sollen. Hab einfach nicht nachgedacht, das ist alles."

„Ja, so bist du eben. Du denkst nie vorher nach."

DelCorso schluckte die Wut über ihren Tonfall hinunter, in dem die gleiche liebevolle Verärgerung mitschwang, mit der sie die Kinder zurechtwies, wenn sie sich schlecht benommen hatten. Er umfaßte ihre Taille und gab ihr einen unschuldigen Kuß auf die Wange.

„Nächstes Mal mach ich's besser, einverstanden?"

Sie entwand sich steif seinen Armen und machte sich in ihrer ordentlichen Art wieder ans Kofferpacken.

4

Ein Flugzeugabsturz.

Sie hatten ihn aus Beirut abgezogen, über den ganzen verdammten asiatischen Kontinent geflogen, und seine erste große Story nach der Ankunft war ein Flugzeugabsturz gewesen. Zugegeben, das Unglück hatte seine dramatischen Seiten gehabt: mitten in der wichtigsten Offensive des Krieges war eine amerikanische Transportmaschine mit lauter vietnamesischen Waisenkindern drin runtergekommen, wenige Minuten nach dem Start von Tan Son Nhut. Aber es war nur eine Katastrophenstory gewesen, von der Sorte, auf die er sich gestürzt hätte, als er noch Feuerwehrautos hinterhergerannt war, die ihn jetzt aber nicht interessierte. Die Recherchen am Absturzort hätte Grey machen sollen, der übereifrige, überkecke junge Reporter, und nicht Harry Bolton, der sich an allererster Stelle als Kriegsberichterstatter betrachtete, als den allerbesten seiner Meinung nach, seit damals Pyle und Hemingway auf Europas Schlachtfeldern in die Tasten ihrer Underwoods gehämmert hatten. Im Zeitalter der Spezialisierung war er der Meister in einem spezialisierten und gefährlichen Gewerbe und wie alle Spezialisten außerordentlich stolz auf seine einzigartigen Fertigkeiten. Deshalb hatte er es als Beleidigung, ja als Erniedrigung empfunden, als New York ihm per Telex mitteilte, er solle Grey von dem Flugzeugunglück abziehen und die Story selbst übernehmen. Das war etwa so, als hätte man dem höchstqualifizierten Elektronikexperten in einer Fabrik für Fernlenkraketen aufgetragen, den Lichtschalter in der Männertoilette zu reparieren.

Als guter Soldat hatte er getan, was man ihm befohlen hatte. Jetzt saß er in Laxalts altem Büro, die riesigen Füße auf dem Schreibtisch, und sah den fertigen Text der Agenturmeldung auf Fehler durch. Er fand keine, aber beim Lesen seines Artikels kroch Bolton die Wut in den Bauch, den Sitz seiner Emotionen.

SAIGON — MINDESTENS 178 PERSONEN ZUMEIST VIETNAMESISCHE WAISENKINDER IM ALTER ZWISCHEN 8 MONATEN UND 12 JAHREN KAMEN AM SAMSTAG UMS LEBEN ALS EINE AMERIKANISCHE TRANSPORTMASCHINE VOM TYP C-5A GALAXY DIE SIE NACH DEN VEREINIGTEN STAATEN IN SICHERHEIT BRINGEN SOLLTE KURZ NACH DEM START VOM FLUGPLATZ TAN SON NHUT BEI SAIGON ABSTUERZTE.

DAS GROSSRAUMFLUGZEUG MIT 243 WAISENKINDERN 44 BEGLEITERN UND 16 BESATZUNGSMITGLIEDERN AN BORD WAR AUF DEM FLUG ZU DEN PHILIPPINEN DER ERSTEN ZWISCHENSTATION IN DER HILFSAKTION DIE DIE KINDER IN DIE ARME IHRER NEUEN AMERIKANISCHEN ADOPTIVFAMILIEN FUEHREN SOLLTE. NACH AUSKUNFT DER U.S. BOTSCHAFT IN SAIGON UEBERLEBTEN UNGEFAEHR 100 WAISEN UND 20 BEGLEITPERSONEN DIE TRAGOEDIE.

Bolton warf den Block mit der Meldung auf den Schreibtisch. Hilfsaktion. Tragödie. Journalisten-Reizworte, die er nur benutzte, weil die Redakteure so etwas erwarteten. So ein Dreck.

„Grey!“ brüllte Bolton ins Nebenzimmer hinüber, wo das Stottern einiger Fernschreiber dem gurgelnden Todesröcheln zweier sehr alter Klimaanlagen Konkurrenz machten.

Grey kam hereingeschlendert. An der Zimmertür hing ein Metallschild mit der Aufschrift INTERNATIONAL PRESS SERVICE — BÜRO SAIGON. Darunter, wo früher Laxalts Name gestanden hatte, fand sich jetzt ein Stück Pappe mit den handgeschriebenen Worten: „Harold W. Bolton, Amtierender Bürochef. *Was nicht verboten ist, ist Vorschrift!*“

„Was gibt's denn?“ wollte Grey wissen, ein kleiner, langhaariger Kerl von dreiundzwanzig Jahren, der gerade in der achten Klasse gewesen war, als Bolton mit einer M-60 aus der Luft die Landeplätze von Maschinengewehrstellungen säuberte.

„Hier ist die Story über den Absturz.“ Bolton reichte dem jungen Mann den Block. „Rufen Sie die Botschaft an, um die neuesten Zahlen über Tote und Verwundete zu bekommen, und dann geben Sie den Artikel durch.“

„Okay.“

„Und nehmen Sie im zweiten Absatz dieses blödsinnige Wort ‚Tragödie‘ raus. Ändern Sie's um in ‚Katastrophe‘, ‚Unglück‘, ‚schreckliches Ereignis‘, ‚riesengroße Scheiße‘, was Sie wollen, bloß nicht ‚Tragödie‘.“

„Okay. Wissen Sie, ich hab ja schon viel von Ihnen gehört, aber daß Sie so an den Worten herumdrechseln, war mir neu."

Bolton spürte, wie sich die dumpfe Wut in seinem Bauch langsam in schrille Raserei verwandelte. Grey besaß die Frechheit eines Straßenlümmels, der noch nie bei einer Schlägerei den Kürzeren gezogen hat, aber nur deswegen, weil er noch nie bei einer dabeigewesen ist. Bolton mochte ihn nicht.

„Hören Sie mal zu: Wenn ich Ihnen sage, Sie sollen in einer Story etwas ändern, dann ändern Sie's, ohne dabei irgendwelche Bemerkungen zu machen!"

„He, so hab ich das doch gar nicht gemeint."

„Mir ist es doch scheißegal, was Sie gemeint haben. Ich bin nicht Laxalt, und deshalb wird dieses Büro hier auch keine Demokratie mehr sein. Ich bin hierher geschickt worden, damit euer Verein endlich einmal aufhört, immer nur Nachlaufen zu spielen!"

„Oh Mann. Schon gut, ja?"

Die handgearbeiteten Stiefel immer noch auf dem Schreibtisch, lehnte sich Bolton in seinem Drehstuhl zurück und starrte auf die Schimmelflecken an der Decke.

„Grey", sagte er gedehnt und mit drohendem Unterton, „Sie setzen jetzt ihren erbärmlichen Arsch in Bewegung, gehen ans Telefon, rufen die Botschaft an und geben dann diese Meldung durch."

„Jaja, okay, Horseman, ist schon gut."

Grey ging hinaus, und Boltons Wut glich jetzt der vordersten Spitze eines Wilkinson-Säbels. Mit einem Schwung setzte er die Füße auf den Boden, ging mit langen Schritten ins Reporterzimmer hinüber und wirbelte Grey an den Schultern herum.

„Jetzt hören Sie mal zu, Sie kleiner Scheißer. Ich weiß nicht, von wem Sie meinen Spitznamen erfahren haben, aber merken Sie sich eins: Den Namen hat mir ein Bursche namens Gillette angehängt, das war ein Mulatte aus New Orleans und der beste Einsatzleiter, der je in diesem Krieg einen Helikopter geflogen hat. Er war etwa so groß wie Sie, Grey, aber glauben Sie mir, wenn Gillette mit 'nem Steifen in einer tiefen Grube stünde, und Sie auf 'ner drei Meter hohen Leiter, dann wären sie immer noch nicht groß genug, um ihn am Schwanz zu lutschen. Ich bin über zwanzig Einsätze mit ihm geflogen, bis es ihn dann einmal zerfetzt hat, so daß seine Einzelteile über der ganzen Militärregion Eins verstreut lagen, was so ungefähr zu der Zeit passiert sein dürfte, als Sie das erste Mal unter der Bettdecke an sich rumgespielt haben."

Verblüfft blickte Grey in das breite Gesicht, das wie aus Holz geschnitzt wirkte. Dann sah er sich rasch im Zimmer um. Es war leer bis auf die beiden Telexleute von der Tagschicht und Hoang, den Fahrer und Übersetzer des Pressebüros. Hoang las ungerührt in einer Zeitung.

„Mann! Also echt, Mann. Bolton . . . richtig so? Bolton? . . . Ich weiß ja, Sie waren ein Kriegsheld und so, aber wir sind hier nicht beim Militär, und ich bin nicht irgendein Soldat, den Sie herumkommandieren können."

„Sie hätten beim Militär sowieso keine Sekunde lang durchgehalten, aber ich werde Ihnen trotzdem noch zu einer Versehrtenmedaille verhelfen — wenn Sie mich noch einmal ‚Horseman' nennen. Es gibt nur einen einzigen Mann in diesem Job, der das Recht dazu hat, und das sind ganz bestimmt nicht Sie!"

Grey schob sich eine Strähne seiner langen Haare aus dem Gesicht und verlagerte das Gewicht von einem Fuß auf den anderen. „Sicher, alles klar. Ich sag ja gar nichts."

„Das ist auch besser so. Wenn ein kleiner Mann das Maul so weit aufreißt, dann sollte er auch die Fäuste dazu haben, sein Gequatsche zu bekräftigen. Und irgendwie habe ich immer das Gefühl, Sie könnten nicht einmal ein Loch in einen chinesischen Lampion hauen."

In diesem Augenblick kam Vincent herein und lenkte Bolton von Grey ab. Vincent, der Laufbursche des Pressebüros, war ein erfahrener Mitarbeiter. Er lebte seit fünfzehn Jahren in verschiedenen Rollen in Indochina, und war wertvoll wegen seiner Verbindungen, obwohl dieser Wert durch die schlechten Gewohnheiten vermindert wurde, die Weiße seines Schlages unweigerlich annahmen, wenn sie zu lange an Orten bleiben, wo sie von vornherein niemals hätten hingehen sollen.

„Willkommen daheim", begrüßte ihn Bolton mit einem angewiderten und zugleich nachsichtigen Blick auf den verschwitzten, zerknitterten Anzug, der lose an dem von Opium und Alkohol gezeichneten Körper herunterhing.

„Ich hab sie erreicht, Harry." Es gelang Vincent nicht, den schuldbewußten Beiklang in seiner Stimme zu verbergen. Er sprach von der Frau aus Santa Monica, einer der überlebenden Begleitpersonen des Flugzeugabsturzes. Die Zeitung ihrer Heimatstadt, einer der Abnehmer von IPS-Agenturmeldungen, hatte eine Story über sie angefordert.

„Mir scheint, das einzige, was du erreicht hast, ist die Bar in Caravelle, wo du dir schnell ein paar gar nicht so schnelle Drinks genehmigt hast, stimmt's?"

„Bei Gott dem Allmächtigen, Harry. Ich hab im Krankenhaus mit der Frau gesprochen. Steht alles hier drin." Er zog ein zerdrücktes Notizbuch aus der hinteren Hosentasche und tat so, als hätte er es äußerst eilig, an seine Schreibmaschine zu gelangen.

„Vinnie, ich bin nicht mehr die Rotznase von 1968. Ich bin fünfunddreißig, und ich würde sagen, du hast ein paar Glas getrunken. Deine Augen sind rot wie ein Hahnenpimmel."

„Na gut, Harry, du hast ja recht. Aber erst nach dem Interview."

„So, nach dem Interview. Vinnie, du arbeitest jetzt schon zehn Jahre lang als Reporter für uns. Warum also muß man dich ständig daran erinnern, daß wir Termine einzuhalten haben? Das ist hier eine Presseagentur und keine Schülerzeitung!"

„Ich hab's gleich fertig, Harry. Gar kein Problem."

Vincent hatte sich eine Zigarette angezündet, die von seinem Alkoholikerschweiß schon ganz gelb verfärbt war. Er nahm an seinem Schreibtisch Platz, schlug das Notizbuch auf und versuchte, den Eindruck eines Journalisten zu erwecken, der sich den Aufmacher für einen Artikel ausdachte. Bolton trat hinter ihn und griff nach dem Notizbuch.

„Du bist ein Opiumraucher und ein Schlucki dazu, Vinnie, aber ich hab dich gern. Für mich brauchst du hier kein Theater zu spielen."

„Was denn für ein Theater, Harry? Ich hab die Alte wirklich interviewt."

„Davon rede ich nicht. Wir wissen doch beide, daß du nicht mal einen ungedeckten Scheck ausfüllen kannst, wenn du ein paar drin hast. Gib deine Notizen lieber Grey, der schreibt die Story zusammen."

Vincent, das hagere, blasse Gesicht Bolton zugewandt, zuckte nichtssagend die Achseln.

„Haben Sie gehört, Grey? Sie schnappen sich Vincents Notizen und machen zwei zündende Absätze über unsere Heldin aus Santa Monica daraus."

Grey hatte gerade die Botschaft am Telefon und nickte nur.

„So, Leute, ich bin im Schelf, wenn jemand nach mir fragt", erklärte Bolton.

„Sie brauchen Wagen?" fragte Hoang.

„Später vielleicht. Bleib jetzt lieber hier. Vincent könnte dich möglicherweise noch brauchen, damit du ihn auf ein paar glückliche Pfeifen nach Cholon rausfährst. Wie viele hast du denn inzwischen nötig, Vinnie, um so richtig high zu werden? Zwei Dutzend?"

Vincent starrte geistesabwesend aus dem Fenster, über das Durcheinander aus Wellblech und roten Ziegeldächern auf die Reisfelder hinter dem Ben-Nghe-Kanal. Seine Augen hatten die Farbe von Bluejeans, die wochenlang in Bleichmittel gelegen hatten.

„Weißt du, Harry, als ich dich '68 zum ersten Mal getroffen habe, da wußte ich, daß du das Zeug dazu hast, ein Riesenarschloch zu werden, und du hast es eindeutig geschafft."

„Ist es nicht schön, wenn es einer schafft, das zu werden, was in ihm steckt?"

„Ich ruf dich im Schelf an, wenn irgendwas ist."

„Und falls du mich da nicht erreichst, dann bin ich dort, wo ich nicht erreicht werden möchte."

„Daß du dich ja gut einwickelst, sonst holst du dir was."

„Nicht, was du gleich wieder denkst. Ich bin zwar erst ein paar Tage hier, aber Horseman reitet schnell. Möglicherweise, ich sagte: *möglicherweise* bin ich einer Sache auf der Spur, bei der zur Abwechslung einmal die Konkurrenz unseren Meldungen nachlaufen wird."

Draußen schloß sich die Luft um Boltons Mund und Nase wie ein chloroformgetränkter Lappen. Die Luftfeuchtigkeit lag weit über neunzig Prozent, die Temperatur um die fünfunddreißig Grad, und der Straßenverkehr, der beide Fahrbahnen des Boulevard Le Loi im Würgegriff hatte, spuckte genügend Gift in die Atmosphäre, um einem Umweltschützer für den Rest des Lebens Alpträume zu bereiten. Bolton ging langsam zum Hotel Continental; er hatte noch viel Zeit bis zu seiner Verabredung mit Christensen, und bei der Hitze konnte er sich ohnehin nicht sehr beeilen. Er schwitzte jetzt schon. Die Sonne bahnte sich einen Weg durch den schmutzigen Dunst und wurde von den Bürgersteigen zurückgeworfen, auf denen die Zuhälter ihre Fellatio-Künstlerinnen anpriesen und Gelegenheitsdealer Fünferpäckchen mit Kambodscha-Gras verkauften, genau wie die anderen Straßenhändler mit ihren Reiskuchen und Enteneiern, Uhren und Tinnef, Montagnard-Armreifen aus gehämmertem Silber, Jadeschmuck und purem Talmi, Transistorradios, Kassettenrecordern, Kameras, Filmen, Zigaretten, Präservativen und Seife, und alle riefen im Chor: *du kaufen du kaufen.* Saigon war der Amoklauf der Konsumgesellschaft. Sie konnte einem alles geben, was man haben wollte, und dazu eine Menge Dinge, die man gar nicht brauchte. Bolton blieb hin und wieder stehen, um ein paar wertlose Piaster an die verkrüppelten Veteranen zu verteilen, die ihn anbettelten, an Monstrositäten wie den Typ, den alle den Krebs nannten, ein Mann, dessen Gliedmaßen wie die Schnörkel einer modernen Plastik verdreht waren und der sich seitwärts bewegte; an Smiling Jack, der weder Arme noch Beine besaß und dessen Lippen wegen eines geschädigten Gesichtsnervs zu einem immerwährenden Grinsen erstarrt waren; an Fixer-Kitty, eine heroinsüchtige Nutte, erst einundzwanzig und schon so zerstört vom Gift, daß sie nicht mehr das Geld dafür verdienen konnte, nur noch die Passanten anbetteln, in dem Ghettoslang der schwarzen G.I.s., die sie süchtig gemacht hatten: *He, Mann, haste bißchen Kleingeld, weil sonst werd ich nich wieder gesund;* an Fast Eddie, den er schon jahrelang kannte, ein ehemaliger Sergeant bei den Rangers, der seine Beine in einer Schlacht verloren hatte, an die sich niemand mehr erinnerte, und der sich nun auf einer Art Go-Cart mit den Armen durch die Straßen schob, so daß er aussah wie ein Zwerg auf einem Floß mit Rädern. Saigon.

Hinter dem Nationaldenkmal des Krieges — einem riesigen, unglaublich schlecht ausgeführten Steinklotz, der zwei vietnamesische Soldaten im Gefecht darstellte, der erste vornübergebeugt in der Pose des Infanteristen beim Sturmangriff, der andere genau hinter ihm in derselben Stellung, wobei sein Beton-Unterleib beinahe den Hintern des Vordermannes berührte, was der Statue auch gleich ihren Spitznamen verliehen hatte: ‚Nationaldenkmal der Homos' — mußte Bolton warten, bevor er den Place Lam Son an der Kreuzung Le Loi und Tu Do überqueren konnte. Durch das Getöse der Motorräder, Mopeds, Taxis, Autos, Kabinenroller und Lastwagen plärrte aus den Lautsprechern an den Masten der Straßenlaternen ein Gemisch aus Ansprachen und Musik. Um die Saigoner Bevölkerung zur Verteidigung ihrer Stadt anzufeuern, hatte Präsident Thieu seit dem Fall von Da Nang die Übertragung von patriotischen Gesängen und Propagandareden an jeder größeren Straßenkreuzung angeordnet. So begegnete er der nordvietnamesischen Offensive auf seine Art. Inzwischen hatte er sich in seinem Palast verschanzt, von wo aus er gegen Amerika wetterte, weil man sich dort weigerte, ihm noch mehr B52-Bomber zu überlassen. Und trotz dieser Gesänge und Parolen blieben seine Untertanen hartnäckig desinteressiert. Sie machten einfach weiter mit dem Verhökern und Anbetteln, Feilschen und Bescheißen, obwohl Bolton etwas Neues in diesem wahnwitzigen Kommerzrausch auffiel: die ersten Anzeichen von echter Panik, die wachsende Einsicht, daß das Ende kurz bevorstand, zugleich aber auch die paradoxe Entschlossenheit, genauso weiterzumachen wie bisher. Saigon. Vielleicht war es tatsächlich einmal diese Stadt gewesen, die in den Reiseführern das Paris des Orients genannt wurde. Als Bolton zum ersten Mal hergekommen war, hatte sie wirklich nicht übel ausgesehen. Jetzt aber ähnelte sie einer alten syphilitischen Hure, die zwar wußte, daß eine Razzia kommen würde, aber zu schwach und zu krank war, um etwas anderes dagegen zu tun, als die letzten Kunden noch so viel wie möglich auszunehmen, bevor die Sittenpolizei ihr den Laden dichtmachte.

Er rannte durch den Verkehr — dabei kam er sich vor wie ein Footballstürmer, auf dessen Spielfeld gerade ein Demolition Derby stattfand — und hatte schließlich die Treppe zur Terrasse des Hotel Continental erreicht. Bei den meisten hieß dieser Aussichtspunkt das Continental-

Schelf, doch Bolton nannte ihn lieber den Geierfelsen. Es war Wasserloch plus Futtertrog für die Reporter, die aus einem Dutzend Länder hergekommen waren, um beim Zusammenbruch von Saigon mit dabeizusein. Da waren die Sonderkorrespondenten der großen Zeitungen, die Spezis mit den dicken Gehältern und den fetten Spesenkontos; die Mitarbeiter der Nachrichtenagenturen, Boltons Kollegen, deren Gehalt sie gerade noch vor der Armut bewahrte, vorausgesetzt, man konnte Wasser treten; all die Reporter und Fotografen der Zeitschriften, die Beleuchter, Toningenieure, Kameraleute der Fernsehgesellschaften und ihre Teamleiter, die sich dann in teuren Safarianzügen vor die Kamera stellten, um ihren Text zu verlesen; unterbezahlte Journalisten im Auftrag von obskuren Blättern wie der *Sun Valley Sun;* undurchsichtige Abenteurer, die ihren Presseausweis zur Tarnung für dunkle Aktivitäten im Zusammenhang mit dem Export von bestimmten gewinnträchtigen Pflanzenprodukten benutzten; und schließlich eine Auswahl von selbsternannten Freiberuflern, die normalerweise wegen Landstreicherei verhaftet worden wären, wenn die Polizei von Saigon nicht Wichtigeres zu tun gehabt hätte. Es war sogar eine gutaussehende junge Frau vom *Rolling Stone* darunter. Was der *Rolling Stone* für ein Interesse an der Offensive Nordvietnams haben mochte, das konnte man wirklich nur raten. Vielleicht wollten die einen Artikel über die Top Forty von Saigon, dachte Bolton bei sich. Die ganze Bande verströmte eine Atmosphäre von billiger Sensationsgier, die Bolton dasselbe Gefühl im Magen verursachte wie eine Reklame für ein Mittel gegen Sodbrennen. Die wirklichen Profis in diesem Haufen konnte man an zehn Fingern abzählen, und dabei würden noch ein oder zwei frei bleiben. Der Rest bestand aus Leuten, die auf Nervenkitzel aus waren, aus Voyeuren und Schlagzeilengeiern, die einen Panzer nicht von einem Panzerspähwagen unterscheiden konnten, keinen Schimmer hatten, wie viele Soldaten ein Bataillon bildeten, und der Meinung waren, ein Feuergefecht habe etwas mit Sirenen und großen roten Autos zu tun. Elizabeth St. John zum Beispiel: eine großgewachsene, schöne Engländerin, früher Konkubine des britischen Königshauses, jetzt mit einem bekannten BBC-Reporter liiert, mit dem sie die Reisfelder durchstreifte, in Urlaubskleidung und mit einer Nikon um den Schwanenhals, was ihrer Anwesenheit den Anschein von Rechtmäßigkeit verleihen sollte. Dieses beschissene Saigon. Damals im alten Rom hätten sie es als Tritt in den Arsch empfunden, wenn solche Typen dabeigewesen wären, als die Germanen an die Tore hämmerten.

Bolton verachtete diese Leute, weil Professionalismus für ihn eine Religion darstellte. In den acht Jahren beim International Press Service hatte er über die Tet-Offensive, den Einmarsch in Kambodscha und den nordvietnamesischen Großangriff von 1972 berichtet. Er war in Israel gewesen, als die Ägypter die ganze Welt und vor allem die Israelis verblüfften, indem sie die Demarkationslinie von Bar Lev überschritten; er hatte sich mit den Söldnern der Rhodesian African Rifles in den Dschungel einfliegen lassen und in Londonderry den Schüssen der Heckenschützen gelauscht. Durch puren Zufall hatte er mitten im Landegebiet der türkischen Fallschirmjäger Zwischenstation gemacht, als diese gerade Zypern einen Besuch abstatteten. Zwischen den großen Waffengängen hatte er sich in Form gehalten mit Reportagen über kaum bekannte Aufstände, etwa im Ogaden oder in der Westsahara, über Flugzeugentführungen, Terroranschläge, Militärcoups, Bürgerkriege, Rebellionen und Revolutionen. Bolton folgte den Kriegen wie ein Wanderarbeiter den Ernten.

Seine Arbeit hatte ihm einen Pulitzer und zwei Preise des Overseas Press Club eingebracht, seine Ehe zerstört und ihn die menschliche Natur in einer Weise betrachten gelehrt, die nicht so ganz im Einklang mit der bei westlichen Liberalen gängigen Überzeugung stand, derzufolge der Mensch im Grunde gut war. Er fand seine Scheidung bedauerlich, kümmerte sich wenig darum, daß andere ihn für einen Zyniker hielten, und noch weniger wichtig waren ihm die Auszeichnungen. Er hatte sich nicht einmal die Mühe gemacht, diese beiden Blätter Papier einzurahmen. Sie sagten ebensowenig über sein Talent aus wie der Silver-Star-Orden über seine Tapferkeit als Helikopterschütze. Talent und Tapferkeit mußte man jeden Tag von neuem bestätigen. In der Armee konnte der Held von gestern heute ein Feigling sein, und im Reporterberuf besaß das alte Klischee, jeder sei nur so gut wie seine letzte Story, immer noch Gültigkeit, und daran konnten noch so viele Pulitzer-Preise und OPC-Auszeichnungen nichts ändern. Im übrigen wurden solche Journalistenmedaillen von genau der Art Menschen verliehen, die Bolton so verachtete, von aufgeblasenen Redakteuren, die im Rotary Club ihre Reden schwangen über das Recht auf freie Meinungsäußerung und die Aufgabe der unabhängigen Presse in der Demokratie. Er selbst hatte keinerlei Illusionen über seine Aufgabe. Er sah sich ganz einfach als einen vollendeten Profi, dessen Arbeit durch das Können gerechtfertigt wurde, mit dem er sie ausführte. Nach Boltons Meinung hätte man den Tresorspezialisten Willy Sutton zum Präsidenten der Chase Manhattan Bank machen sollen, statt ihn ins Gefängnis zu werfen.

Bolton war wie geschaffen für seinen Beruf: größer als eins neunzig, und hundert Kilo schwer. Er war im Gebirge des westlichen Teils von North Carolina aufgewachsen, wo er Beinmuskeln so hart wie Teakholz bekommen hatte, und beim Jagen und Fischen in seiner Jugend hatte er weit mehr über Deckung, Tarnung und Gelände gelernt, als man aus den allerbesten Taktiklehrbüchern erfahren konnte. An der Kadettenanstalt Citadel hatte er die hohe Kunst des Krieges studiert, bis man ihn nach zwei Jahren hinauswarf und er zum Militär ging. Er war auf einem Dutzend Schlachtfelder des amerikanischen Bürgerkriegs herumgegangen, auf Mt. Lookout und Mt. Kennesaw, bei Cold Harbour und Fredericksburg. Ein Schlachtfeld ‚lesen' konnte er ebensogut wie die besten Generäle, die er getroffen hatte; er wußte nach einem Blick auf die Landkarte, wie Angriff oder Verteidigung aufzubauen waren, und er konnte sein Wissen in eine klare, präzise Story umsetzen und sie per Telex durchgeben, bevor die Konkurrenz es tat. Mit seinem scharfen Gehör — einem Sinn, den er noch mehr schätzte als seine guten Augen, denn die heutigen Armeen kämpften oft, ohne den Feind zu sehen — war er in der Lage, nur anhand des Geräusches verschiedene Gewehrtypen zu unterscheiden, das Kaliber eines Geschützes und seine Entfernung vom Ziel zu beurteilen. Außerdem besaß er die Nerven und die Zähigkeit, um nach Winston Churchills Devise zu handeln, die er sich zu eigen gemacht hatte, daß es nämlich die Pflicht eines Kriegsberichterstatters sei, so weit wie möglich zu gehen, und zwar so rasch wie möglich. Harry Bolton ging fast immer rascher und weiter als die übrige Meute, und er hatte es überlebt, weil sein gesunder Menschenverstand ihm jedesmal den Unterschied zwischen weit und zu weit, zwischen rasch und zu rasch sagte.

Er erblickte DelCorso, der an einem Tisch mit Wilson saß und in die gegenüberliegende Ecke des Raumes starrte, wo Dunlop bei Wein und belegten Brötchen Hof hielt, umringt von seiner üblichen Entourage aus Mitläufern und Klugscheißern. Da er über Eitelkeit keineswegs erhaben war, richtete sich Bolton zu voller Größe auf und durchschritt die Terrasse mit dem wiegenden Gang eines Cowboys in einem Saloon voller Schafhirten, wobei er seine Stiefelabsätze auf den Fliesen klicken ließ.

„Hallo, Harry", rief ihm ein verlebter Korrespondent aus England zu, den er flüchtig kannte, „habe Sie über den Platz kommen sehen. Sie werden anscheinend auf Ihre alten Tage ein wenig langsam, was?"

„Nicht halb so langsam wie Sie, wenn Sie einen hochkriegen wollen, Purcell. Was Sie auch immer von mir wollen, ich weiß es nicht."

„Ach, ich habe nur eben gedacht, daß Ihr IPS vielleicht etwas über das Flugzeugunglück hat, das Sie uns überlassen könnten. Es geht ja das Gerücht, die Amerikaner hätten einen Sabotageakt noch nicht völlig ausgeschlossen."

Dieses Britenarschloch. Holte sich seine Story, indem er andere Reporter interviewte. Bolton beugte sich zu Purcell hinab und flüsterte ihm ins Ohr: „Also gut, ich hab was für Sie, aber ich wäre Ihnen dankbar, wenn Sie's noch so etwa eine Stunde lang für sich behalten könnten. Bis wir das Telex raus haben."

Der Engländer nickte feierlich.

„Es war tatsächlich Sabotage. Wir haben rausgefunden, daß eins von den Waisenmädchen in Wirklichkeit zu einem Selbstmordkommando von Vietcong-Zwergen gehört hat. Sobald die Maschine in der Luft war, hat sie eine Bombe gezündet, die in ihrer Barbiepuppe eingenäht war."

„Vielen Dank, Harry Bolton", Purcell prostete ihm zu, „Sie waren mir wie immer eine große Hilfe."

„Für Mütterchen England tu ich alles."

Bei DelCorsos Tisch zog Bolton einen Stuhl heran und bestellte sich ein 33er-Bier.

„Na, wie ist der Tag verlaufen für dich?" fragte ihn Wilson. DelCorso schlürfte Zitronensaft — er gehörte zu jenen Meistern der Selbstdisziplin, die bei der Arbeit niemals vor Sonnenuntergang tranken — und sagte kein Wort.

„Hart geritten und naß übern Zaun gehängt."

„Klingt wie eine ländliche Redensart", meinte Wilson. „Was soll denn das heißen?"

„In meinem Fall heißt es, daß ich zehntausend Kilometer weit fliege, um über einen Krieg zu berichten, und dann was über einen Flugzeugabsturz schreiben muß. Außerdem heißt es, daß ich einen Klugscheißer namens Grey im Büro sitzen habe, der glaubt, er wäre ein zweiter Peter Arnett, nur weil er irgendein Publizistikdiplom in der Tasche hat. Dann gibt's da noch einen Mitarbeiter namens Dalman, der schwirrt irgendwo mit ein paar Flüchtlingen herum und hat seit zwei Tagen nichts mehr von sich hören lassen, und dann noch Vinnie als Hilfsreporter, der die Hälfte der Zeit im Land der Lotosblüte vor sich hinträumt. Bei der Mannschaft ist es kein Wunder, daß Laxalt durchgedreht hat."

„Ach ja, Laxalt. Hast du noch was über ihn gehört?"

„Nein, bloß daß sie ihn dann in ein Flugzeug gesetzt haben, mit genügend Thorazin in den Adern, um einen Käfig voller ausgeflippter Affen in den Schlaf zu befördern."

„Wieder ein Opfer."

„Zum Teufel, Mark, Laxalt ist auch vorher nicht der richtige Mann für das hier gewesen. Sie hätten ihn in Washington behalten sollen und ihn Presseverlautbarungen umschreiben lassen. Haben sie übrigens im Labor dein Material ordentlich entwickelt?"

„Halb-halb", sagte Wilson achselzuckend. „Deine Leute habe da ja auch wirklich eine ziemliche Schrottausrüstung. Die Temperatur können sie nicht richtig regeln, und das Wasser ist dreckig. Sieht aus, als würde es direkt aus dem Gully reingepumpt."

„Das wird wohl daran liegen, daß es direkt aus dem Gully reingepumpt wird. Tja, Saigon."

„Schon, aber Conklin drüben bei Associated Press hat uns mal einen Blick auf die Bilder werfen lassen, die Dunlop bei ihnen durchgibt. Die haben verdammt viel besser ausgesehen als unsere."

„Was soll ich darauf sagen? Wenn ich so viel Geld wie die Jungs von AP hätte, könnte ich neue Geräte kaufen. Dann könnte ich auch Leute für die Dunkelkammer anheuern, die nicht das Positive hervorheben und das Negative wegretuschieren. Aber IPS wird immer noch vom Generalleutnant im Ruhestand Lou McDaniels geleitet, und der ist ebenso knausrig wie konservativ. Ich meine, ich habe hier zwar ein Fotolabor, aber der Scheißkerl will nicht für einen einzigen festangestellten Fotografen Geld herausrücken. Statt dessen muß ich irgendwelchen Typen der zweiten Garnitur jeden Mist abkaufen."

„Jetzt, wo du die Nummer Eins im Büro bist, kannst du ja vielleicht wenigstens das mit dem Labor klären", brach DelCorso sein Schweigen.

„Nick, du weißt genau, daß der Bürochef nicht allzuviel Macht über die Dunkelkammer hat. Ich zahle den Burschen doch nur ihr Gehalt."

„So wie die Abzüge heute ausgesehen haben, bezahlst du ihnen jedenfalls doppelt so viel, wie sie wert sind."

Bolton nahm einen langen Zug des bitteren Biers, wischte sich den Schaum aus dem blonden Schnurrbart und lehnte sich vor, die Ellbogen auf den Tisch gestützt.

„Zum Donnerwetter, was hast du eigentlich?"

„Die Abzüge haben echt mies ausgesehen. Ich habe keine Lust, mir den Arsch aufzureißen, um die besten Fotos zu schießen, und sie mir dann vom Labor kaputt machen zu lassen."

„Einverstanden. Aber daher kommt deine schlechte Laune doch nicht."

DelCorso nahm eine Zigarette aus der Brusttasche seines alten, verwaschenen grünen Armeehemdes, auf dem über der linken Brusttasche sein Name eingedruckt war.

„Ich bin müde, sonst nichts. Vor vier Tagen habe ich noch in Irland irgendeinen Hampelmann beim Angeln fotografiert. Irland, kaum zu fassen. Ich glaube, ich leide unter chronischer Zeitverschiebung, das ist alles."

„Darunter leiden wir doch alle."

„Um die Wahrheit zu sagen", warf Wilson dazwischen, „hatte Nick vor einer knappen Stunde eine kleine Reiberei mit Dunlop."

„Dachte ich mir schon. Er läßt den Alten ja keine Minute aus den Augen. Was war denn los, Nick?"

„Nichts."

„Wenn du mit Dunlop zusammentriffst, dann ist noch nie nichts los gewesen."

„Ich werd's dir sagen." Ein dünnes Lächeln lag auf Wilsons Gesicht, das mit seinen feinen Konturen eigentlich vor, und nicht hinter einer Kamera sein sollte. „Anscheinend hat Dunlop erfahren, daß wir uns seine Sachen angesehen haben. War auch nicht böse deswegen oder so. Er kam bloß zu uns an den Tisch und meinte, er wisse schon, daß wir mal einen Blick riskiert haben, und ob wir etwa langsam nervös werden. D.C. hier sagte, nein, wir sind nicht nervös. Darauf Dunlop grinsend, er sei ja ganz überrascht, Nick hier zu sehen, wo er doch gehört hätte, Nick habe damals bei der Sache, die euch beiden auf Zypern passiert ist, dermaßen die Hosen voll gehabt, daß er aus dem Geschäft ausgestiegen ist, um nur noch Schauspielerinnen zu fotografieren. Naja, du kennst ja unseren schnellen Spaghetti. Er war sofort auf den Beinen und hat Dunlop den Finger in die Brust gebohrt und ihm gesagt, wenn er nicht augenblicklich Leine zieht, dann — ich zitiere: schlägt er ihm die Zähne so tief in die Fresse, daß er monatelang Füllungen scheißen kann. Zitat Ende. Dunlop hat weiter gegrinst. Aber Leine gezogen hat er dann auch gleich."

DelCorso spürte den roten Vorhang der Verlegenheit über sein Gesicht fallen.

„Nick!" Bolton schüttelte den Kopf. „Warum in aller Welt läßt du dich von diesem Scheißer bloß so leicht fertigmachen?"

„Ich laß ihn ja gar nicht. Er tut's einfach."

„Ja, und ich kann dir auch sagen warum. Du leidest nicht unter chronischer Zeitverschiebung, sondern unter chronischem Ehrgeiz. Unheilbar."

„Ehrgeiz wonach?"

„Du möchtest Dunlop sein."

„Was?"

„Du bist der Herausforderer, der auf den schwarzen Gürtel aus ist."

„So ein Schwachsinn."

„Na, ich glaube, ich geh jetzt lieber", sagte Wilson.

„Nein, bleib noch da, Mark. Horseman meint, ich möchte Dunlop werden. Wie steht's mit dir? Würdest du gerne dieser Wichser sein?"

„Hätte jedenfalls nichts gegen sein Geld."

„Ja, das Geld ist auch nicht schlecht. Aber seine Arbeit. Seit zwanzig Jahren hat er nichts Neues mehr gemacht. Ach was, seit dreißig Jahren.

Er macht immer noch denselben Dreck, den er im Zweiten Weltkrieg gemacht hat, weil er nicht die Phantasie dazu hat, mal mit was Neuem rauszukommen, und jetzt hat er Schiß."

„Also, ich gehöre ja nicht zu seinen Fans", sagte Bolton, „aber eins muß man ihm lassen — Schiß hat er nicht."

„Natürlich hat er Schiß. P.X. Dunlop ist inzwischen die P.X. Dunlop GmbH. Er hat zwei Typen, die für ihn arbeiten, seine beiden neuesten Schützlinge. Einer in Phnom Penh, der andere hier. Sie erledigen die Routinesachen und verkaufen ihm die Negative für ein Trinkgeld, nur damit sie beim Meister arbeiten dürfen. Natürlich werden die Bilder unter seinem Namen gebracht, also muß das Material auch den Lehrsätzen des Meisters entsprechen. Ihr wißt ja, jede Menge Körnigkeit, viel Schatten, der ganze Scheiß mit Dunst-im-Morgengrauen, dieser Mist von der-Krieg-ist-schrecklich-aber-dramatisch. Und während diesen beiden Sklaven die Kugeln um die Ohren pfeifen, lehnt sich der Meister in Saigon im Sessel zurück und spielt den großen Mann. Er ist mit dem Botschafter essen gewesen. Jetzt erzählt man sich, der Botschafter wird ihn in den Präsidentenpalast hineinbringen, damit er ein Foto von Thieu machen kann. Das wird ein herrliches Stück Propaganda für *Time Magazine:* ‚Zum Letzten entschlossen — der Präsident von Südvietnam plant die Verteidigung von Saigon gegen den Ansturm der Kommunisten.' Und du willst mir erzählen, daß ich so sein möchte wie er? Ich weiß ja nicht, wie du darauf gekommen bist, aber lassen wir es lieber, bevor ich vergesse, daß du mein Freund bist."

„Ich weiß nicht genau, wie ich darauf gekommen bin", gab Bolton zurück. „Ich bin genauso ehrgeizig wie jeder andere, aber was ihr beide da zu laufen habt, das ist weit mehr als Rivalität. Das ist Haß, und du wirst dir deswegen noch mal eine Kugel einfangen."

„Hast du schon jemals erlebt, daß ich sinnlos ein Risiko eingegangen bin?"

„In Israel warst du jedenfalls nahe dran, als Dunlop dich und deine Exklusivstory ausgebootet hat. Das heißt, ich sollte wohl sagen, als du *dachtest,* er hätte dich ausgebootet. Der Wagen, in dem du da gesessen hast, war ja schon auf halbem Weg nach Damaskus. Und so wie ich die Geschichte gehört habe, bist du es gewesen, der den Fahrer angetrieben hat: Weiterfahren, weiterfahren! Am Ende warst du wieder vor den israelischen Stellungen. Da hast du verdammt viel Glück gehabt, daß nachher noch alles an dir dran war."

„Das war nicht Glück."

„Was soll es denn sonst gewesen sein? Deine schönen Augen und dein Charme?"

„Es war nicht Glück."

Bolton sah ihn fragend an. Dann ließ er den Kopf sinken und kippte nach vorn, als ob er mit der Stirn auf den kleinen Tisch krachen wollte.

„Augenblick mal."

„Hör jetzt auf damit, Harry."

„Nein, Augenblick mal, verdammt! Ich kann es zwar nicht fassen, aber du glaubst anscheinend immer noch daran, daß dein . . . wie auch immer du das nennst . . . dein innerer Auftrag dich vor dem Tod bewahrt hat."

DelCorso blickte nervös zu Wilson hinüber und gab keine Antwort.

„Heiliger Christus auf Krücken, du glaubst das wirklich, du abergläubischer Spaghetti! Nick, du bist doch auf die Oberschule gegangen, und wir schreiben das letzte Viertel des 20. Jahrhunderts. Wenn du diesen Blödsinn glaubst, warum stellst du dir nicht gleich jedesmal ein Horoskop? Oder wirfst dir ein I Ging, oder wartest auf den Osterhasen!"

„Wir haben alle einen kleinen Wurm im Hirn, und das ist eben meiner. Lassen wir es dabei, ja? Ich bin aus einem bestimmten Grund hier, und jedenfalls nicht, um mit P.X. Dunlop um die Wette zu laufen."

„Jaja, ich weiß. Du wirst das eine Kriegsfoto machen, das Schluß macht mit den Kriegen. In sechstausend Jahren geschriebener Geschichte hat es etwa zweihundert Jahre ohne Kriege gegeben, aber Nick DelCorso wird dem ein Ende machen — mit seiner Leica."

„Was haltet ihr zwei von einer kurzen Pause und noch 'ner Runde?" fragte Wilson.

„Warum nicht?"

Wilson winkte den Kellner heran und bestellte Bier für sich und Bolton und ein Glas frischen Zitronensaft für DelCorso.

„Mir ist das unbegreiflich", fuhr DelCorso fort, als die Drinks auf dem Tisch waren. „Zuerst hackst du auf mir herum, weil ich angeblich nichts andres im Kopf habe, als Dunlop eins auszuwischen. Und wenn ich dir sage, daß das nicht der Fall ist, bin ich auf einmal ein abergläubischer Spaghetti. Was erwartest du von mir?"

„Die richtige Einstellung. Eine Profi-Einstellung. Wir machen das hier doch, weil wir gut darin sind, nicht weil wir damit irgendwas verändern können. Wir sind hier, um Bericht zu erstatten, was sich tut, nicht um selber was zu tun. Diesen ganzen Quatsch von gesellschaftlicher Veränderung verzapfen doch nur die linken Professoren in ihren Publizistikvorlesungen."

„Danke für die Belehrung. Wenn meine Arbeit gut ist, dann sollte meine Einstellung ja wohl nichts zur Sache tun." DelCorso blies gelassen einen Rauchring in die Luft, der einen Moment lang schwankte und sich dann im Sog des Deckenventilators auflöste. „Und überhaupt, wann hab ich dir zum letzten Mal gesagt, wie man eine Story schreiben sollte?"

„In Ordnung, Nick. Ich hab zuviel gequatscht. Also vergessen wir das jetzt."

„Daß du zuviel gequatscht hast, stimmt allerdings, aber vergessen wir's mal noch nicht. Sprechen wir über meine Einstellung. Ich würde doch sagen, daß sehr wohl ich derjenige mit der richtigen Einstellung war, als ich damals die Bilder am Suezkanal gemacht hab."

Er spielte auf einen Vorfall an, als er versucht hatte, die israelische Zensur zu umgehen, indem er seine Filme vor dem Abflug in einem Transistorradio versteckt hatte. Die Grenzpolizei hatte ihn aber schon am Flughafen erwartet und genau gewußt, wo sie suchen mußte. Die Negative wurden konfisziert, und ihn schickten sie ins Hilton zurück mit der Drohung, ihn rauszuschmeißen, wenn er so etwas noch einmal versuchte. Später hatte er gerüchteweise erfahren, Dunlop habe gehört, um was für Material es sich handelte und wie er es herausschmuggeln wollte, und seinen Kontaktleuten im Geheimdienst einen Wink gegeben, die daraufhin die Polizei in Marsch gesetzt hatten. Die Fotos waren Exklusivaufnahmen der israelischen Gegenoffensive gewesen. DelCorso hätte damit zwar keinen Pulitzer-Preis gewonnen, aber sie wären in sämtlichen Zeitungen erschienen und hätten ihm eine schöne Stange Geld eingebracht. Es war praktisch dasselbe, als hätte Dunlop ihm die Brieftasche gestohlen.

„Die Geschichte kenne ich. Ich weiß aber auch, daß du ihm das bis jetzt nicht beweisen konntest. Du hast bloß zwei und zwei zusammengezählt und fünf herausbekommen."

„Schwachsinn. Ach, du meinst, warum sollte einer wie Dunlop so einen miesen Trick abziehen? Wo ihm der gute Name doch sicher ist, selbst wenn er nie wieder ein Foto macht? Und er zwei Pulitzer-Preise hat und hunderttausend im Jahr macht? Und mit Botschaftern zu Mittag ißt?"

„Also, wenn er es war, dann ist jedenfalls klar, warum", warf Wilson ein. „Er hat Angst. Wird langsam alt, die Beine machen's nicht mehr so richtig. Du bist zwanzig Jahre jünger, und sogar er wird zugeben, daß du einer der besten bist."

„*Einer* der besten? Wenn er so viel Angst vor der Konkurrenz hat, warum dreht er dann solche Dinger nicht auch bei anderen?"

„Vielleicht, weil du früher einer seiner Jungs gewesen bist, einer aus dem engsten Kreis, so wie der Clan, der jetzt da drüben um ihn rum sitzt."

„Du bist nahe dran, Wilson, aber den wirklichen Grund kennst du doch genau. Ich war nicht einer seiner Jungs, ich war sein Jünger. Und jetzt bin ich der Judas, der den Meister verraten hat."

„Da hör ich doch die leisen Sohlen der Paranoia", meinte Harry.

„Naja, du kennst ja den alten Spruch: Bloß weil einer Verfolgungswahn hat, heißt das noch lange nicht, daß keiner hinter ihm her ist."

Bolton trank das Bier aus und sah auf die Uhr, die auf seinem massigen Handgelenk wie ein Kinderspielzeug aussah. „So, Ende der Kaffeepause. Hab in 'ner Stunde einen Treff. Was macht ihr beide denn später noch?"

„Wir wollten vielleicht ins ‚Atabega' essen gehen, und dann mal sehen, was im ‚Miramar' so los ist."

„Die Muschis sind los im ‚Miramar'", sagte Wilson. „Und zwar erste Auslese. Seitdem die G.I.s. alle weg sind, haben da nur die schönsten Titten und die rundesten Ärsche überlebt."

„Na, dann viel Spaß. Ich muß jetzt los."

„Was hast du denn da für eine Verabredung?" wollte DelCorso wissen.

„Mit Christensen. Dem Tiger von Binh Dinh höchstpersönlich."

„Dann ist er also für den letzten Akt zurückgekommen."

„Zurückgekommen? Der war gar nicht weg. Acht Jahre im Lande jetzt. Er sieht bald wie ein Vietnamese aus. Die Leitung von IPS wäre euch übrigens dankbar, wenn ihr niemandem weitererzählt, daß ich ihn treffe."

„Bei uns sind deine Geheimnisse doch in guten Händen."

5

DelCorso sah Bolton nach. Beim Anblick der Gestalt mit den schmalen Hüften, den breiten Schultern und den langen Armen, die den Eindruck von enormer Kraft vermittelten, freute sich DelCorso doch, daß er hergekommen war. Sie hatten einander vor zehn Jahren getroffen, als sie beide noch Uniformen trugen. Bolton als Bordschütze im Helikopter, DelCorso als Armeefotograf bei der 101. Luftlandekompanie. Seit dieser Zeit hatten sie viele Reportagen zusammen gemacht, meistens in jenen Teilen der Welt, wo die Genfer Konvention ungefähr so viel Einfluß besitzt wie die Regeln des Welt-Boxverbands in einer Schlägerei. Die gemeinsam erlebten Gefahren und Entbehrungen hatten sie so zusammengeschweißt, daß sie sich mittlerweile stillschweigend aufeinander verlassen konnten. Ein besonderes Band bestand zwischen ihnen, das Band, das zwischen Überlebenden besteht: beide hatten dem Tod ins Auge geschaut.

Das gleiche Band bestand zwischen ihm und Wilson, mit dem er auf die Fotografenschule der Armee gegangen war. Sonst hatten sie nur wenig gemeinsam. Wilson, ein reicher, dreimal geschiedener Kalifornier, ging an die Fotografie ähnlich heran wie an eine Ehe: Sie half ihm gegen die Langeweile. Trotzdem mochte DelCorso ihn gern, und manchmal beneidete er ihn um seine Unbeschwertheit.

Auf der anderen Seite der Terrasse beendete Dunlop gerade die Audienz. Er und sein Gefolge verließen den Tisch, und kaum hatten sie sich einige Schritte entfernt, da sprang auch schon eine Bande von verwahrlosten Kindern, die immer in der Nähe des Hotels herumschlichen, über die niedrige Mauer der Terrasse, um die Essensreste auf den Tellern abzuräumen. Sie flüchteten zurück auf die Straße, als ein Kellner auf sie losging, der seine Serviette wie eine Peitsche knallen ließ.

„Sieh ihn dir an", sagte DelCorso, als Dunlop nun auf die Hotelhalle zuging. Mit seinem Stiernacken, dem grauen Bürstenschnitt, den Hosen in Tarnfarbe und der Safarijacke sah er aus wie einer der Generäle, von denen er so gern Porträtaufnahmen machte. „So geht er von dannen."

Wilson rieb sich die Schläfen, als hätte er Kopfschmerzen. „Du und dieser alte Scheißer, ihr nehmt euch einfach zu ernst."

DelCorso bestritt das gar nicht. Er hatte Dunlop immer ernst genommen. Als er bei den Luftlandetruppen war, hatte er alle vier Bücher von Dunlop mit sich herumgetragen. Die Fotos darin erschienen ihm so, wie Kriegsfotos sein sollten, nicht wie der Schrott für die Konsumenten daheim, den DelCorso für die Armee und für die Soldatenzeitung *Stars und Stripes* produzieren mußte. In Dunlops Bildern war alles drin: der Schlamm, der Regen, die verdreckten Kämpfer, die Leichen in den Plastiksäcken und ein geheimnisvolles, dramatisches Element — DelCorso dachte damals, der Krieg sei geheimnisvoll und dramatisch, obwohl er mitangesehen hatte, was die Luftlandetruppen in einem Dorf namens Rach Giang getan hatten. Begeistert sah er sich damals Dunlops Fotos stundenlang an und versuchte herauszufinden, wie sie entstanden waren. Als er 1968 als freiberuflicher Fotograf nach Vietnam zurückgekommen war, hatte er den alten Hasen angesprochen und ihn praktisch um eine Ausbildung angebettelt.

Dunlop, der gerne den Lehrmeister spielte, hatte seinen Wunsch erfüllt. Draußen im Gelände benutzte er die gleiche Ausrüstung, die gleichen Filme und Techniken wie alle anderen Fotografen auch. Erst in der Dunkelkammer entfaltete er seine Talente. Dort malte er seine Fotos, er malte sie mit Licht. Er arbeitete mit hohen Entwicklertemperaturen und jagte das Negativ hindurch, um so die Körnigkeit zu erzielen, die sein Markenzeichen war. Stunden verbrachte er mit Abwedeln, Aufhellen und Nachentwickeln. DelCorso war einmal dabei, als er fünfzig Blatt Fotopapier für eine einzige Vergrößerung verbrauchte, bis er endlich den Himmel so hatte, wie er ihn haben wollte, grau wie der Winterhimmel über der Ostsee. Dunkle Himmel waren seine Spezialität. Eine klassische Dunlop-Aufnahme sah immer so aus, als wäre sie in der Dämmerung oder bei Regenwetter gemacht worden, auch wenn das eigentliche Foto an einem wolkenlosen Tag um zwölf Uhr mittags entstanden war. Diese Kniffe brachte er DelCorso bei, und DelCorso wendete sie an, während der Tet-Offensive und danach. Es waren Dunlop-Imitationen, die er machte, aber es funktionierte nicht schlecht, und er verdiente in jenem Jahr achtundzwanzigtausend Dollar. Dunlop half ihm auch, indem er ihn auf bestimmte Stories ansetzte und bei Agenturen bekannt machte.

In den beiden Jahren zwischen der Tet-Offensive und dem Einmarsch in Kambodscha machte DelCorso Fotoberichte über die Anti-Kriegsbewegung, über jedes Sit-In und jeden Krawall an den Unis von Berkeley bis Harvard. Der einzige bewaffnete Konflikt, von dem er in dieser Zeit Fotos machte, war Biafra gewesen, und dort war ihm für immer die Vorstellung ausgetrieben worden, daß Krieg etwas Dramatisches und Geheimnisvolles in sich haben könnte. Das Gemetzel und der Hunger in Biafra erinnerten ihn an die Lektion, die er in Rach Giang gelernt hatte: daß seine Aufgabe und die jedes anderen Fotografen von Kriegsschauplätzen darin bestehen sollte, sich selbst arbeitslos zu machen.

Er wollte die Menschen aufrütteln. Zumindest wollte er erreichen, daß die Mächtigen einmal nachdachten, bevor sie ihre Napalmfantasien in Szene setzten. Seine Arbeitstechnik hatte sich allerdings nicht geändert. Er machte immer noch dunstige Morgengrauen im Dunlop-Stil, die niemanden aufrüttelten. Dann kam Kambodscha. Dunlop und er begleiteten die 11. Luftkavallerie. Inzwischen hatte Dunlop sein fünftes Buch, *Mein Protest,* herausgebracht — ein halbherziger Versuch, sich an die Anti-Kriegsstimmung innerhalb der USA anzuhängen, ein Falkenbuch im Taubenumschlag. DelCorso hatte ein Exemplar mitgenommen und bemerkte mit Staunen, daß das Buch vierzig Seiten Text enthielt. Da er wußte, daß etwas nicht ganz stimmen konnte, wenn ein Fotograf vierzig Seiten dazu brauchte, seine Bilder zu erläutern, sah er sich die Fotos genau an und versuchte herauszufinden, was an ihnen nicht stimmte. Und dann wurde es ihm plötzlich klar: Sie provozierten keinerlei Protest. Man konnte sie betrachten, ohne dabei auf den Gedanken zu kommen, daß Krieg etwas war, gegen das man protestieren sollte. Sie waren dramatisch, geheimnisvoll und auf ihre Art ebenso für den Konsum daheim wie die Bilder, die DelCorso früher für *Stars and Stripes* gemacht hatte. Dunlop ließ den Schlamm, den Regen und das Elend reizvoll aussehen. Sogar den gewaltsamen Tod ließ er annehmbar erscheinen. Auf seinen Fotos lagen die Toten in Leichensäcken oder waren durch meisterhafte Nachbelichtung taktvoll verschleiert. Man wußte zwar, daß es Tote waren, aber man fühlte eine gewisse Distanz, man verspürte vielleicht ein bißchen Traurigkeit, ja man konnte fast die süßen klagenden Töne des letzten Zapfenstreichs hören; jedenfalls spürte man nicht das, was man in Wirklichkeit spürte, wenn man eine unförmige Fleischmasse sah, der die Gedärme herausquollen oder beide Beine abgetrennt waren oder deren Haut schon die gelb-grüne Farbe des Todes angenommen hatte. Man konnte diese Fotos betrachten und es immer noch ganz in Ordnung finden, für das Vaterland zu sterben. Und Dunlops lebende Motive, so struppig und zerlumpt sie auch waren, sahen alle aus wie Hollywoodhelden, bärtige Kämpfer in ihren Schützengräben. Das lag daran, daß er sich auf die Elitetruppen spezialisierte und die gewöhnlichen Schützenkompanien lieber vermied, die sich damals größtenteils aus geisteskranken Killerhippies rekrutierten, Friedenszeichen an der Halskette und Mordlust im Kopf. Sie entsprachen nicht Dunlops Vorstellung von einem amerikanischen Soldaten. Im Grunde entsprachen sie überhaupt keiner Vorstellung.

DelCorso beschloß, es anders zu machen. Von allen Aufnahmen aus seiner nachahmenden Periode gefiel ihm als einzige die von einem bombentraumageschädigten Marineinfanteristen, die sie in *Esquire* gebracht hatten. Er hatte ihn in Huê fotografiert, nachdem die Ledernacken die Zitadelle der Stadt wieder eingenommen hatten, und er hielt es immer noch für das beste Foto, das jemals vom Grabenkoller gemacht worden war — dieser altbekannte, leere Blick in weite Ferne. Es war das beste Foto, das wurde ihm klar, nicht, weil er in der Dunkelkammer Pablo Picasso gespielt hatte, sondern weil er den ganzen gräßlichen Schlamassel hindurch mit den Marines zusammengeblieben war. Drei Wochen mit der 5. Kompanie, von der am Ende *sechzig* Prozent tot oder verwundet waren. Wer übrig blieb, war wahnsinnig geworden, wirklich wahnsinnig, so sehr, daß er in einem anderen Universum lebte, und DelCorso war genauso wahnsinnig. Er hatte die Wirklichkeit des Bombentraumas einfangen können, weil er selbst ein Bombentrauma hatte, als er das Foto machte.

Als er nach Kambodscha ging, wußte er, daß er während des gesamten Einsatzes bei der Kavalleriekompanie bleiben, das ganze Erlebnis mitmachen mußte, wenn er es richtig machen wollte. Und dicht herangehen beim Fotografieren. Ganz egal, was für eine Art von Teleobjektiv einer verwendete, die gelogene Nähe trat in der Vergrößerung zutage. Statt Nebel, Dunst im Morgengrauen und geheimnisvoller Stimmung wollte er Klarheit, und zwar von der Sorte, die man bekam, wenn man mit einem Kater von Fünf-Sterne-Tequila in die Sonne blickte, die Sorte Klarheit, die weh tat. Weil er den Menschen zeigen wollte, wie eine amputative Gefechtsverletzung wirklich aussah, machte er eine Nahaufnahme von einem jungen Puertoricaner, der einen Schuß in den Unterleib bekommen hatte. Im Hintergrund des Fotos waren ein paar Soldaten zu sehen, die auf der Motorhaube eines Jeeps Karten spielten. Ein solches Detail hätte Dunlop ausgelassen. DelCorso nahm es mit ins Bild, um zu zeigen, daß das Schicksal dieses Teenagers nichts Außergewöhnliches war, sondern ein ganz alltägliches Ereignis. Er fotografierte auch die Hippietypen mit ihren langen Haaren und den Friedenszeichen um den Hals: einen Gefreiten, der sich einen Penis auf den Arm tätowiert hatte und einen blutbefleckten Gürtel um die Hüfte trug — er hatte ihn einem Nordvietnamesen abgenommen, den er im Nahkampf getötet hatte — und gerade mit dem Marihuanajoint in der Hand eine Verschnaufpause machte; einen Sergeant beim Plündern von Tempeln, der grinsend mit einem kleinen Buddha aus Stein davonging. Dann suchte DelCorso die Etappe auf. Sollten die braven Leute zu Hause doch sehen, was die Oberheinis taten, während ihre Söhne und Geliebten mordeten und plünderten und sich die Genitalien abschießen ließen. Er schlich sich in die Offiziersmesse eines kommandierenden Generals und ergatterte ein paar Schnappschüsse von glatzköpfigen alten Männern beim Essen von *Hummer Thermidor.* Dann stellte er beides gegeneinander und verkaufte es als Serie von Fotoessays an *Life* und die Sonntagsbeilage der *New York Times.* Verkaufte es zum üblichen Tarif; das Geld interessierte ihn dabei kein bißchen. Er wollte diese Fotos gedruckt sehen, um so seinen persönlichen Protest einzureichen.

Das Oberkommando der amerikanischen Militärberatung in Vietnam protestierte ebenfalls. Wie man hörte, wollte der Offizierstab ihm den Presseausweis abnehmen, befürchtete aber einen Skandal. Also schickten sie statt dessen P.X., um mit ihm zu sprechen. Dieser kam mit den beiden Zeitschriften unter dem Arm in DelCorsos Zimmer im ‚Miramar' und tat so wie ein verständnisvoller Vater, dessen Sohn Ärger mit der Polizei bekommen hatte. Auf DelCorso sei er gar nicht böse, sagte er, sondern auf *Life.* Er hatte nämlich einen Vertrag mit *Life,* und obwohl sie deshalb nicht unbedingt verpflichtet waren, nur seine Sachen zu bringen, sei es doch so üblich. DelCorsos Fotos hätten sie nur deshalb genommen, weil sie dafür nicht mehr als den Normaltarif hatten zahlen müssen. DelCorso fragte ihn: Was soll das heißen, nur deshalb? Dunlop gab zur Antwort, es seien keine Fotografien gewesen, sie hätten eher wie Schnappschüsse ausgesehen. Darauf meinte DelCorso, er habe sie mit Absicht so gemacht, daß sie wie Schnappschüsse aussahen. Keine Schatten und Nachbelichtungen mehr, kein Porträtzeichnen in der Dunkelkammer. Alles sollte ganz klar sein. Aber gerade das nachträgliche Manipulieren am Bild nach der Aufnahme, hielt Dunlop dagegen, sei es doch, was einen großen Fotografen vom Durchschnitt unterscheide. Ein halbwegs passables Foto zustandezubringen, das könne doch jeder in ein paar Wochen lernen. DelCorso war da anderer Meinung. Er war mit Manipulationen einverstanden, wenn man artifizielle Spielereien machte, Fotos von Schneeflocken und so, aber ein Kriegsfoto mußte ohne solche Tricks auskommen.

Bei dieser Bemerkung kam Dunlop langsam aus sich heraus. Wollte DelCorso ihm damit etwa vorwerfen, daß er mit Tricks arbeitete? Was hatte DelCorso ihm angetan! Angetan? fragte DelCorso, was zum Teufel soll ich dir denn *angetan* haben? Und Dunlop sagte darauf, schließlich wisse jedermann — damit meinte er die Männer mit den Adlern und Sternen auf den Schulterklappen und dem *Hummer Thermidor* im Kochgeschirr —, daß DelCorso unter ihm gearbeitet hatte, und jetzt bekomme er Krach wegen DelCorsos Fotos. DelCorso habe den amerikanischen Soldaten in Verruf gebracht, indem er einige wenige schwarze Schafe aufgenommen hatte, die Joints rauchten und Tempel plünderten. Es sei pietätlos von ihm gewesen, Fotos von amerikanischen Jungs mit abgeschossenen Hoden zu verkaufen. Realismus hin, Realismus her, aber dieses Bild sei geschmacklos gewesen, worauf DelCorso zurückgab, Krieg sei auch geschmacklos. Aber seiner Ansicht nach seien Geschmacklosigkeit und der gute Ruf der U.S.Army nicht der wahre Grund für Dunlops Erregung; es mache ihm zu schaffen, daß DelCorso ihn ausgebootet habe, indem er den Redakteuren Vietnam brachte, während Dunlop ihnen immer noch mit dem Zweiten Weltkrieg kam und sich dabei auf abgenutzte Methoden stützte, die nicht mehr angemessen seien. Er habe nicht mehr Ahnung, wie er diesen Krieg auf ehrliche Weise fotografieren könne, als seine Vier-Sterne-Freunde davon, wie sie ihn erfolgreich führen sollten. Nun kam Dunlop wirklich in Fahrt. Unehrlich? Abgenutzte Methoden? Er habe doch DelCorso von seiner fünfundzwanzigjährigen Erfahrung profitieren lassen, weil er diesem jungen Mann das Talent zutraute, seine Arbeit weiterzuführen. *Seine* Arbeit. Und er hasse es zu sehen, wie sich DelCorso prostituiere, nur um den Marotten von einer Handvoll linkslastiger Redakteure Genüge zu tun. Damit kam nun allerdings auch DelCorso in Fahrt. *Prostituiert* habe er sich? Er sprang vom Stuhl auf, die Fäuste geballt, und er forderte Dunlop auf, er solle abhauen, sich verpissen, es würde ihn sowieso keiner vermissen. Der alte Mann war wie versteinert, kalt wie Eis, sah DelCorso mit steinerner, eisiger Miene an und sagte mit seiner merkwürdig hohen Stimme: In meinen Augen hast du unseren Beruf, unser Vaterland und mich verraten. In weniger als einer Woche wurde DelCorsos Presse-Einreisebewilligung vom Ministerium für Nachrichtenwesen widerrufen, und er wurde ausgewiesen.

„Ja, und ich nehme den alten Dreckskerl ernst", sagte DelCorso, als er aus den Erinnerungen erwachte.

„Wie Harry schon sagte, du hast zwei und zwei zusammengezählt und fünf herausbekommen", erwiderte Wilson und hob die schmalen Schultern.

„Ich nehme jeden ernst, der mich um meinen Lebensunterhalt bringen kann, indem er einfach eine Nummer wählt und in den Hörer sagt: ‚Schmeißt diesen Scheißer raus!'"

„Du nimmst ihn *zu* ernst, hab ich gesagt. Mann, in der Armee bist du genauso gewesen. Ernst, immer ernst. Ein Wunder, daß du noch keine zehn Zentimeter tiefen Falten auf der Stirn hast."

„Vielleicht nehme ich die Dinge so ernst, weil ich weder reich bin noch aussehe wie ein Filmstar."

„Jetzt hör mal, laß deine Laune nicht an mir aus. Mein Geld hat mir bis jetzt nicht mehr eingebracht als drei Ehen mit drei geldgeilen Huren. Und mein Aussehen hat mir nichts weiter gebracht als zwei Monate im Bett mit einem Starlet."

„Immerhin ein Starlet mehr, als ich jemals hatte."

„Sei nicht so trübsinnig, D.C. Komm, wir gehen was essen."

6

Das „Atabega", die Nachbildung eines dunklen, kühlen französischen Landgasthauses, war nicht besonders voll. An einem Tisch saß ein deutsches Fernsehteam, an einem anderen zwei französische Plantagenbesitzer. Noch ein dritter Tisch war besetzt, und zwar in jedem Sinne dieses Wortes — von zwei korsischen Gangstern, die ganz ohne Zweifel mit landwirtschaftlichen Erzeugnissen zu tun hatten, deren Anbau weit mehr einbrachte als die Kautschukgewinnung. Wilson und DelCorso setzten sich mit Conklin und McCafferty, zwei anderen Fotografen, neben die Deutschen. Bei Zwiebelsuppe, Nha-Trang-Hummer und mehreren Flaschen eiskaltem Montrachet hörte DelCorso seinen drei Kollegen eine Stunde lang zu, wie sie sich Kriegsgeschichten über den Fall von Da Nang erzählten. Conklin sagte wenig, aber Wilson und McCafferty unterhielten sich mit der lockeren Jovialität von Männern in einem Umkleideraum, die etwas Gefährliches zusammen erlebt hatten und ungeschoren davongekommen waren. Ihre Unterhaltung war eigentlich weniger eine Unterhaltung als vielmehr ein Wettstreit, eine Serie von wetteifernden Monologen, bei denen es darum ging, wer nun die scheußlicheren Dinge gesehen oder sich in die schlimmere Gefahr begeben hatte. Sie erzählten von der panischen Flucht vietnamesischer Marineinfanteristen auf die Landungsboote und von Flüchtlingen, die in den Radkästen von Evakuierungsflugzeugen zu Tode gequetscht worden waren, als wären diese Ereignisse ihre persönlichen Abenteuer gewesen. DelCorso fühlte sich ausgeschlossen; er war nicht in Da Nang gewesen und hatte nichts dazu zu sagen. Er hätte ohnehin nichts dazu zu sagen gehabt.

Solche Machomännergesellschaften hatten immer etwas Langweiliges und Gezwungenes an sich. Trotzdem blieb er sitzen und hörte zu, weil er nicht allein sein wollte. Er hatte den halben Tag damit verbracht, verkohlte, zerbrochene Puppen zu fotografieren, die einmal Kinder gewesen waren, und er war jetzt nicht stark genug für ein leeres Hotelzimmer und die Gedanken, auf die er dort bestimmt kommen würde.

Es war schon dunkel, als die vier Männer zahlten und sich auf den Weg zum „Miramar" machten, laut Wilson der Umschlagplatz für Klasse-Muschis. Er hatte nicht übertrieben. Die Mädchen in der Bar im obersten Stock waren genauso schön wie er sie beschrieben hatte. Dieser Anblick, die schwarzen Haare und die safrangelbe Haut, ihre hinreißenden Augen und schlanken Körper unter den blumenbedruckten *Ao-Dais,* den seidenen Pluderhosen, die hier die Kontur eines Oberschenkels, dort die Rundung eines Hinterteils unterstrichen, ließen DelCorso beinahe vergessen, daß er für diese Reise ein Keuschheitsgelübde abgelegt hatte. Wie bei den meisten Ehegatten, die viel unterwegs waren, stellten Einsamkeit und Lust seine Treue oft auf die Probe. In den ersten vier Jahren seiner Ehe war er Margaret vollkommen treu geblieben, indem er mit den Produkten seiner erotischen Phantasie schlief. Wie erwartet, hatte sich das Einsiedlerritual der Onanie irgendwann als unzulänglich erwiesen, und er hatte den üblichen Kompromiß geschlossen: Er würde mit Frauen schlafen, wenn es nötig war, solange keine Versuchung zur seelischen Untreue bestand, was in seinem persönlichen Moralkodex die wahre Todsünde darstellte. Sein Schwanz konnte also wandern, wohin er wollte, aber sein Herz würde zu Hause bleiben. Er beschränkte sich auf Prostituierte und folgte damit einem Rat, den ihm sein Vater vor langer Zeit gegeben hatte: ‚Nick, die Frauen, die du bezahlen mußt, werden dich am wenigsten kosten.' Bei diesem Auftrag jedoch würde er sich nicht einmal gestatten, bei den Huren Trost zu suchen. Er empfand Schuldgefühle, weil er sein Versprechen gegenüber Margaret gebrochen hatte, und als Produkt einer katholischen Erziehung spürte er das Bedürfnis nach Buße.

Er und die anderen wählten einen Tisch beim Fenster, durch das man die Lichter der Stadt sehen konnte, wie sie langsam in die einförmige Dunkelheit des Deltas übergingen, die von Zeit zu Zeit von Leuchtspurgeschossen erhellt wurde. Verglichen mit der barbarischen Geschäftsmäßigkeit der Nutten, die in alten Zeiten die Bars von Saigon bevölkert hatten, waren die im „Miramar" echte Damen. Sie schwirrten um den Tisch herum, warteten aber, daß man sie heranbat. Die einzige Ausnahme war ein Mädchen in einem grellorangen Kleid, das sofort auf Wilson zuging, sich hinter ihn stellte und begann, mit geübten Fingern seinen Hals zu streicheln.

„Wierson", gurrte sie, „du sooo schön."

„Tuyet Hoa", begrüßte sie Wilson, indem er ihre Taille ergriff und sie herumwirbelte, so daß sie auf seinem Schoß saß. Tuyet Hoa nahm besitzergreifend Platz und wies jede etwaige Konkurrenz mit einem tödlichen Blick ihrer schwarzen Augen ab. Dann arbeiteten sich ihre Finger von Wilsons Hals langsam zwischen seine Beine.

„Ah, Tuyet Hoa, du hast soooviel Talent."

„Du sehr schöner Mann, Wierson."

„Was in aller Welt ist denn das hier?" fragte McCafferty in seinem Süd-Boston-Dialekt. „Ein Mark-Wilson-Fan-Club?"

„Fühl dich bitte nicht zurückgesetzt, McCafferty. Es ist weder deine Schuld noch die meine. Gott hat mir so ein Gesicht geschenkt, so wie er dir eins geschenkt hat, das aussieht wie eine Schotterstraße."

„Jaja, und wenn du da aufgewachsen wärst, wo ich aufgewachsen bin, dann hättest du dein Gesicht nicht allzu lange behalten. Sag deiner Tuttihoa jetzt, sie soll aufhören, dir einen runterzuholen, und uns lieber eine Runde bringen."

„Sie heißt Tuyet Hoa, du ungebildeter Ire. Das bedeutet Schneeblume. Schöner Name, nicht?"

„Schon möglich, aber sie ist trotzdem eine alte Animierhure, und es ist ihr Job, uns eine Runde zu holen, anstatt hier herumzusitzen und uns zu erzählen, wie fabelhaft du aussiehst."

„*Au contraire,* Frankenstein. Ihr Job ist es, *mir* einen Drink zu holen.

Dein Job ist es, dir eine von diesen Schönheiten ganz für dich allein auszusuchen, und *deren* Job ist es dann, dir einen Drink zu holen."

„Ich weiß, wie sowas geht."

McCafferty wandte sein mitgenommenes Gesicht den nebeneinander aufgereihten Mädchen zu und winkte einer mit kurzem Haar, das neben ihren Wangen herabfiel wie die Schwingen eines Raben. Lächelnd setzte sie sich auf McCaffertys Schoß und umfaßte seinen muskulösen Hals. Er nahm ihre Hände und führte sie nach unten. Das Mädchen kicherte.

„So ist's richtig, Süße. Wenn Tuttihoa mit unserem Schönling spielen kann, dann kannst du ruhig mit einem häßlichen Arschloch wie mir spielen. Wie heißt du?"

„Mmmmmmmmh?"

„Dein Name! Du hast doch einen Namen, verdammt noch mal!"

Wilson, unter dessen drei Ehefrauen auch eine Vietnamesin gewesen war, übersetzte ihr seine Frage.

„Minh Duc", erwiderte sie.

„Du hast aber auch wirklich immer Glück", lachte Wilson. „Sie heißt ‚Tugend'."

„Ach ja? Na, ich glaub nicht, daß sie davon allzu viel hat, und überhaupt."

„Keine Sorge, die Mädchen in dieser Bar sind so sauber wie frischgeputzte Badezimmerkacheln, obwohl ich trotzdem zu den üblichen Vorsichtsmaßnahmen raten würde." Wilson machte eine Pause. „Dann bleiben also nur noch Conklin und DelCorso, die sich eine Gespielin suchen müssen."

„Seit wann arbeitest du denn als Zuhälter?" meinte Conklin, ein Fotograf im Team von Associated Press, der mit seinem flachsfarbenen Haar, dem hellen Teint und dem kleinen Bierbauch wie ein etwas aus der Form geratener Collegestudent wirkte.

„Seitdem ich zum letzten Mal auf dem Times Square war und dort einen Gentleman der schwarzen Rasse am Steuer eines goldenen Cadillac gesehen habe, der mehr gekostet haben muß, als ich in einem ganzen Jahr verdiene."

Conklin lachte und winkte, wie ein Pascha in seinem Harem, einem der vier übriggebliebenen Mädchen zu.

„Und du, Nick?"

„Ich passe. Ich will nichts als einen Schlummertrunk."

„*Was?*"

„Einen Schlummertrunk. Ich hab keine Lust zum Vögeln."

„Wozu hast du keine Lust?"

„Du hörst ganz richtig. Ich - habe - keine - Lust - zum - Vögeln."

„Aber du bist doch unser Spaghetti hier. Du hast eine sehr ernstzunehmende Verpflichtung — du mußt den Ruf deiner Stammesgenossen als Sexualprotze verteidigen."

„Ich falle eben aus dem Klischee heraus."

„Nick", sagte Wilson eindringlich, „du bist eben erst angekommen, also weißt du wahrscheinlich noch nicht, daß sich einiges geändert hat. Die Damen hier sind die *crème de la crème*, und sie geben sich dir gratis hin. Sie wissen, daß Charlie aus dem Norden bald in der Stadt ist, und wenn sie sich nicht bald davonmachen, dann müssen sie für den Rest ihres Lebens im Lenin-Heim für Gestrauchelte Mädchen rote Sterne auf Kissenbezüge einsticken. Du brauchst nichts weiter zu tun, als ihnen den Eindruck zu vermitteln, daß du sie heiraten und ihnen ein Visum für die Staaten verschaffen wirst, dann bumsen sie dir praktisch umsonst das Hirn aus dem Schädel. Du brauchst ihnen gar nichts zu versprechen, verstehst du? Nur so den Eindruck machen."

„Ist das deine neueste Masche, Wilson?"

„Das ist keine Masche . . ."

„Hör zu, ich habe kein Interesse daran, mich mit einer dieser Schlampen zu verloben, nur um sie ins Bett zu kriegen. Alles, was ich will, sind ein, zwei Drinks, und dann hau ich mich aufs Ohr, und zwar allein."

„Na gut, Nick. Du läßt dir da zwar eine großartige Gelegenheit entgehen, aber vielleicht änderst du deine Meinung in den nächsten Tagen. Gefahr ist, wie wir alle wissen, ein Aphrodisiakum."

„So, und jetzt sag deiner Schneeblüte . . ."

„Schneeblume."

„Sag deiner Schneeblume, ich krieg einen doppelten Scotch pur. Übrigens, wann zum Teufel hat es denn jemals Schnee gegeben in Vietnam?"

„Am neunten Dezember des Jahres 1238 nach Christi Geburt wurden auf den Hängen des Black Virgin Mountain einhundertfünfzig Zentimeter Morphinbase gemessen."

Von Wilson geschickt, brachten Tuyet Hoa und die anderen Mädchen eine Runde Getränke an den Tisch. Wie es sich für wohlerzogene Huren gehört, saßen sie im Schoß ihrer Kunden, nicht übermäßig aggressiv oder fordernd, knabberten hin und wieder an einem Ohrläppchen oder spielten an einer Hose herum und warteten geduldig, daß die Männer vom Trinken und Reden genug hatten und sie auf die Zimmer mitnahmen. Die Unterhaltung setzte sich dort fort, wo sie nach dem Abendessen aufgehört hatte. Als das Thema Da Nang erschöpft war, wandte man sich vergangenen Kriegen zu. DelCorso hörte Geschichten, die er schon so gut kannte, daß er Wilson und die anderen bei einigen Ausschmükkungen ertappte. Da waren die Horrorgeschichten — über den nigerianischen Offizier, der extra für McCaffertys Kamera einen Biafrer hingerichtet hatte; über Dunlops berühmte Aufnahme, mit der er seinen zweiten Pulitzer gewonnen hatte, von pakistanischen Soldaten, die bei Dacca einen Bengali mit dem Bajonett aufspießten. Dann gab es die lustigen Geschichten wie die von Conklin, der von seinem Zusammenstoß mit der I.R.A. in Londonderry erzählte: Nachdem die Bande ihm die Pistole vorgehalten und seinen Leihwagen requiriert hatte, trug er im Büro von Hertz in die Versicherungsfragebögen als Ursache für den Verlust des Fahrzeugs ein: ‚mangelnde britische Entschlossenheit'. Und dann gab es noch die Nachrufe — Thompson in Syrien in einem Schützenpanzerwagen verbrannt, der von einer Panzerfaust getroffen worden war; Aaronson von den Roten Khmer hingerichtet; Leland in Quang Tri von einem Heckenschützen erschossen.

So ging es weiter, bis sie schließlich anfingen, sich zu wiederholen. Es entstand ein längeres Schweigen, und dann wurden die Verhandlungen mit den Mädchen eröffnet. DelCorso, der bereits seinen dritten Doppelten vor sich hatte und ziemlich betrunken war, gewann den Eindruck, als wären Tuyet Hoa und Konsorten doch nicht völlig bereit, ihre Liebesgaben nur für ein vages Versprechen auf Hochzeitsglocken und ein Visum zu verteilen. Sie hielten sich eher an hartes Bargeld, denn *Mama-San,* die Bordellmutter hinter der Bar, mußte auch ihren Anteil bekommen. Mitten im Feilschen ließ Conklin seine Gedanken in eine andere, eigene Welt abschweifen. Er starrte aus dem Fenster auf die Leuchtkugeln, die über dem Stadtrand schwebten wie ein Strauß aus riesigen, grellroten Nelken, und sprach ein Wort aus, das seine Ansicht über die Dinge im allgemeinen zusammenfassen zu schien: „Scheiße!"

„Ach komm, Frank", sagte Wilson. „Du kannst das hier doch jederzeit als Unterhaltungskosten auf dein Spesenkonto setzen."

„Ich meine diese Scheiße, über die wir die ganze Zeit geredet haben."

„Findest du solche geschäftlichen Diskussionen unromantisch?"

„Ich meine den ganzen Mist, den wir da verzapft haben." Conklin wandte sich vom Fenster ab und trank sein Bier aus. Er musterte die Gefährten mit seinen wäßrigen Augen, die irgendwie immer noch eine gewisse Unschuld bewahrt hatten. „Zuerst Biafra hin, Belfast her, und jetzt geht es um soundso viele Piaster für eine schnelle Nummer und soundso viel für die ganze Nacht. Das ist doch alles Scheiße!"

„Was genau ist daran Scheiße?"

„Das hier, wir. Wir nennen uns Fotografen, oder Bildreporter, wenn wir sehr vornehm davon sprechen, aber was sind wir denn in Wirklichkeit? Söldner, die sich eine Kamera statt der MP umhängen."

Wilson verdrehte die Augen. „Das klingt ja wie einer von DelCorsos Sprüchen."

„Wenn uns vorhin jemand eine Weile zugehört hätte, müßte er den Eindruck bekommen haben, wir halten Krieg für was Tolles."

„Na, is' er's etwa nich?" fragte McCafferty.

„‚Ist er es etwa nicht', McCafferty. Wenn du dich nicht korrekt ausdrücken kannst, wirst du nie einen Auftrag von der *Times* bekommen."

„Leck mich doch am Arsch, Robert Redford."

„Und du findest, Krieg ist was Tolles?" meinte Conklin.

McCafferty zog eine Grimasse. In seinem breiten Gesicht mit den eher slawischen als irischen Zügen lag der verkrampfte, gehetzte Ausdruck eines Menschen, der ständig auf Vorwürfe oder Schläge gefaßt war. Es war ein Gesicht, das niemals jung gewesen war.

„Ja", antwortete er, „ich glaube schon. Ich erinnere mich da an ein Foto, das ich gemacht hab, als die Ägypter über den Suezkanal einmarschiert sind. Die ganze Wüste voll mit brennenden Panzern, wie lauter Scheiterhaufen, Mann. Überall, so weit das Auge reichte, und die sahen schön aus. Ist auch ein herrliches Bild geworden, all die brennenden Panzer."

„Tim McCafferty, jetzt klingst du wie Kollege Tim Page!"

„Ich finde, wir sollten das nicht so rasch abtun, was er eben gesagt hat", sagte Wilson. „Da ist schon etwas dran. Krieg übt einen gewissen Reiz auf die Sinne aus . . ."

„Allerdings", warf DelCorso dazwischen. „Besonders auf den Geruchssinn."

„Ich spreche hier vom Gesichtssinn, unserem Werkzeug. Es liegt nun einmal etwas Dramatisches, Anziehendes im Anblick von brennenden Panzern in der Wüste . . ."

„Na sicher, solange man nicht selber in einem dieser Panzer drinsitzt."

„Laß mich doch mal ausreden, Nick. Warum, glaubst du wohl, verkaufen sich solche Fotos überhaupt? Weil die Leute sich so etwas gern ansehen. Du sagst, ein Typ wie Dunlop ist ein Verbrecher, weil seine Fotos reizvoll sind. Tatsache ist aber doch, daß der Krieg einen gewissen Reiz hat, und daraus folgt, daß auch Kriegsfotos einen gewissen Reiz haben."

„Weshalb zum Teufel reden wir denn überhaupt so 'nen Mist? Ich denk über sowas nie nach", sagte McCafferty, der auf gut Glück in Saigon war und sein Material an den Meistbietenden verkaufte. „Bei mir ist es einfach so, daß ich ein gutes Foto richtig riechen kann, und dann mach ich's und verkauf's für so viele Kröten wie möglich. Und je mehr

Kröten ich damit mache, um so größer wird die Chance, daß ich nie wieder in dieses beschissene Süd-Boston zurück muß. Wenn ihr hier herumphilosophieren wollt, dann bitte. Ich kann mir das nicht leisten."

„Moment mal, McCafferty, ich komme auch aus den Slums, genau wie du."

„Ich weiß, D.C. Aber ich weiß auch, daß ich ohne diese Sorte Journalismus heute immer noch in den Slums wäre."

„Was glaubst du denn, wo *ich* wäre? Auf meiner Yacht etwa?"

„Bitte, bitte, meine Herren. Es geht doch hier nicht darum, wem der Titel eines Helden der Arbeiterklasse gebührt. Es geht darum, ob es möglich ist, dem Krieg seine Faszination zu nehmen."

„Nein, darum geht es nicht", sagte Conklin, dessen rundes, weißes Gesicht sich gerötet hatte. „Es geht darum, ob unser Leben ein Scheißdreck ist oder nicht."

„Conklin, was ist bloß los mit dir? Hat dir deine Kleine was ins Bier getan?"

„Conklins einziges Problem ist Baltimore", stellte McCafferty fest. „Hab noch nie 'nen Katholen aus Baltimore getroffen, der nicht seine Macke weghatte."

„Mein Problem ist, daß ich mitten in dieser ganzen Scheiße plötzlich meine Kinder vermißt habe", sagte Conklin.

„Was habe ich gesagt? Baltimore. Er vermißt seine Kinder."

„Aber was hat denn das mit uns zu tun, wenn du deine Kinder vermißt?" wollte Wilson wissen.

„Genau. Ich find mein Leben ganz prima so. Wär anders, wenn ich nicht Journalist geworden wär."

„Ja, ich weiß, du hast dich aus den Slums hochgearbeitet", gab Conklin zurück, „aber sieh dich doch mal an, McCafferty. Von mir aus sag, daß ich eine Macke hab. Aber sieh dich selbst an. Du hast zwei verpfuschte Ehen hinter dir, deine Kinder kriegst du fast nie zu Gesicht, und deine Abende verbringst du mit billigen Schabracken wie der, die jetzt auf deinem Schoß sitzt."

„Die auf deinem Schoß sieht auch nicht grade wie 'ne Prinzessin aus."

„Hab ich ja gar nicht behauptet. Ich hab meine Ehe auch verpfuscht und seh meine Kinder fast nie. Und du, Wilson? Du liebe Güte, du hast drei davon gehabt."

„Nein, sie haben mich gehabt. Und deshalb tu ich das hier auch. Damit ich meinen drei Ex-Bräuten weiterhin den Lebensstil ermöglichen kann, an den ich sie dummerweise einmal gewöhnt habe."

„Blödsinn. Du könntest mit was anderem doch viel mehr verdienen. Du rennst vor etwas davon, Wilson. Genau wie ich. Darum übernehmen wir solche Aufträge wie diesen hier. Immer in Bewegung bleiben, damit wir keine Zeit haben, darüber nachzudenken, wie leer unser Leben eigentlich ist."

„Ach, jetzt hör aber auf!" Geistesabwesend rieb Wilson Tuyet Hoas schmalen Rücken. „Du solltest dich mit DelCorso zusammentun. Er mit seinem Gequatsche über das soziale Gewissen, und du mit diesen Sprüchen über die Leere unseres Lebens, ihr könntet sogar einer irischen Totenwache die Laune verderben."

Tuyet Hoa küßte Wilson auf die Wange, wobei ihr langes Haar wie ein Schleier vor sein Gesicht fiel, und sagte: „Zuviel sprechen, Wierson. Bald Ausgangssperre. Du bezahlen *Mama-San,* dann du ich, wir gehen."

„Gleich, Liebling", sagte Wilson und strich ihr Haar beiseite.

„Also los, Wilson." Conklin ließ nicht locker. „Wenn du so gut drauf bist, dann sag mir, was haben wir denn vom Leben?"

„McCafferty war vorhin nahe dran: Wir haben den Journalismus. Und wir haben uns, unsere Freunde."

„Meinst du das ernst?"

„So ernst wie Lungenkrebs."

„Vorhin ging's mir ja schon mies, aber jetzt krieg ich Depressionen. Das ist ja noch schlimmer, als gar nichts zu haben."

„Du redest nur Mist zusammen, Conklin. Ich weiß, wie das ist, wenn man gar nichts hat, und glaube mir, nichts ist schlimmer als das!"

„McCafferty, dieses Gefasel vom armen Oliver Twist geht mir jetzt langsam auf den Geist!"

„Tut mir leid. Wenn du in Süd- oder Nord-Boston aufgewachsen wärst, anstatt in Baltimore, dann würdest du dich nicht fragen, ob du nun ein ausgefülltes Leben hast oder nicht. Einfach ein simples gutes Leben würde da schon reichen."

„Mensch, warum gibst du denn nicht zu, daß du dein Leben verschissen hast? Das haben wir doch alle, außer vielleicht DelCorso."

„Aha?" sagte Wilson und zog die Augenbrauen hoch. „Und was macht D.C. zu einer Ausnahme?"

„Zum Beispiel ist er immer noch mit derselben Frau verheiratet. Wie lange bist du jetzt schon mit Margaret zusammen, Nick?"

„Im August werden es sieben Jahre."

„Da habt ihr es. Das dürfte in unserem Beruf ein Rekord sein. DelCorso hat ein echtes Privatleben. Wenn er von einem Auftrag zurückkommt, dann verkriecht er sich nicht in irgendeinem leeren Hotelzimmer oder Apartment. Er kommt in ein richtiges Zuhause mit Frau und Kindern drin."

„Hört euch diese Scheiße an! Sowas bringen sie einem in Baltimore bei."

„Jetzt, da wir gehört haben, was der Arsch dazu sagt, wollen wir dem Gaul doch mal ins Maul schauen", sagte Wilson. „Schieß los, Nick: Wenn es stimmt, was Conklin behauptet, daß wir alle vor einem leeren Leben davonrennen, warum rennst du dann noch viel schneller als wir anderen, wo deins doch so erfüllt ist?"

DelCorso blickte in sein leeres Glas und wünschte sich dringend noch einen Doppelten. Es machte ihn nervös, plötzlich als etwas Besonderes dazustehen, vor allem, wenn er sich den letzten Streit mit Margaret ins Gedächtnis zurückrief, und wie sie in der Nacht vor seiner Abreise miteinander geschlafen hatten: sie mit ihrem Körper zwar dabei, aber nicht mit dem Herzen, und er hatte versucht, die Mauern um ihr Herz einzureißen, und war immer brutaler geworden, bis er sich, kurz vor der Vergewaltigung, gebremst hatte.

„Also, was sagst du dazu, Nick?"

„Laß dich bumsen, Wilson."

„Das habe ich auch vor. Aber zuerst hätte ich gern eine Antwort auf meine Frage."

„Leck mich am Arsch."

„Weshalb diese Verteidigungsstellung?"

„Damit ich nicht zum Angriff übergehe und dir dein schönes Gesicht neu gestalte."

„Das ist wohl kaum eine Antwort."

„Was hast du eigentlich? Bist du sauer, weil du nur mein Ersatzmann bist?"

„Was kümmert mich denn das? Im Gegensatz zu dir habe ich ja keinen übermäßigen Konkurrenzgeist."

„Das hast du auch gar nicht nötig. Nicht mit deinem Geld. Verdammt noch mal, dieser Job ist für dich doch bloß ein Hobby!"

„Wenn ich ein Hobby wollte, hätte ich mich dem Bau von Modellflugzeugen zugewandt. Ich möchte nur wissen, warum du jetzt auf einmal wieder bei uns im Schützengraben bist, wenn du wirklich so ein idyllisches Privatleben führst?"

„Mein Privatleben geht dich einen Dreck an!"

„Ich verlange ja keine Einzelheiten über deine Schlafzimmergeheimnisse mit Margaret. Was ich meine, ist folgendes: Seit Zypern damals hast du ein so normales Leben geführt, wie es für einen Fotografen überhaupt möglich ist, und dabei höchstwahrscheinlich Tagessätze kassiert, die in etwa dem entsprechen, was du hier pro Woche machst. Trotzdem sitzt du jetzt hier im Schwitzkasten Saigon mit uns anderen, die wir vor unserem inhaltslosen Leben davonrennen. Ich habe mich nur gefragt, warum."

„Du weißt, warum."

„Ich kauf dir nicht ab, was du heute nachmittag gesagt hast. Nicht ganz jedenfalls. Etwas daran wird schon stimmen, aber ich nehm dir das einfach nicht ab, daß du deinen Arsch für einen guten Zweck riskierst. Das kommt mir vor wie das patriotische Gelaber, das Generäle und Colonels ablassen." Auf Wilsons Gesicht zeigte sich ein merkwürdiges Lächeln, halb traurig und halb wissend, ein düsteres Grinsen. „Ich kenne die Anzeichen, Nick."

„Was für Anzeichen?" DelCorso stellte die Frage mit seiner besten Straßenjungen-Stimme, knapp aus den Mundwinkeln, doch auch der sarkastische Tonfall konnte nicht darüber hinwegtäuschen, daß ihm die Schweißperlen auf die Stirn traten. Er fühlte sich wie ein Mordverdächtiger beim Polizeiverhör, dem sein Alibi nicht geglaubt wird.

„Du weißt schon, wovon ich spreche. Conklin hat wahrscheinlich recht. Wir rennen vor etwas davon, aber du auch. Ich bin schon da gewesen, wo du jetzt bist. Und zwar dreimal."

Einen Augenblick schien es DelCorso, als würde sein Stuhl unter ihm zusammenbrechen. Dann fand er seine Fassung wieder und stichelte: „Soso, dreimal? Vielleicht solltest du eine Partnerschaftsberatung eröffnen."

„Das wäre so, als machte man einen Brandstifter zum Feuerwehrhauptmann."

Wilsons Bemerkung entspannte die Atmosphäre, und alle lachten. DelCorso, der das Thema nicht weiter fortsetzen wollte, nahm das Gelächter als willkommenen Anlaß zum Aufbruch.

„Du hast immer noch die Möglichkeit, dir die Schrecken der Onanie zu ersparen", sagte Wilson, als DelCorso ein Bündel Piaster auf den Tisch legte, um seine Rechnung zu begleichen.

„Wir sollten uns alle auf den Weg machen", drängte McCafferty. „Also geben wir *Mama-San* jetzt ihre Löhnung, damit wir die Mösen noch vor der Ausgangssperre hier rauskriegen."

Wilson sah auf die Uhr. „Recht hast du. Meine Herren, werfen Sie die Motoren an. Zeit für unser Betthupferl."

„Also bis morgen", sagte DelCorso.

„Mach's gut, Nick. Tut mir leid, wenn ich ein bißchen zu gut ins Schwarze getroffen habe."

„Nicht so schlimm", log DelCorso.

7

Bis auf einige wenige Polizeistreifen waren die Straßen leer, als DelCorso ins „Continental" zurückging. Vor fünf Jahren hätte zu dieser Stunde ein hoffnungsloses Chaos geherrscht, und obwohl er ganz gern spazierenging, ohne alle fünf Meter von Nutten, Dealern oder Zuhältern belästigt zu werden, empfand er doch fast so etwas wie Heimweh nach der Zeit, in der jede Nacht in Saigon eine Art Karneval gewesen war, mit einer derartig hochgespannten Atmosphäre, daß man nicht vor die Tür treten konnte, ohne das Gefühl zu haben, man werde, wenn man sich nicht vorsah, in einen Wirbel verzweifelter Lebensenergie hineingerissen, die jede Sicherung des Nervensystems durchbrennen lassen konnte. Leben, auch wenn es hektisch und korrupt sein mochte, war immer noch besser als vollkommene Leblosigkeit; die Stille dieser Straßen war nicht die Stille der Gelassenheit, sondern die der Erschöpfung einer ausgebrannten Stadt, die ihren Tod erwartete. Das große weiße Gebäude der Nationalversammlung hatte bereits das gespenstische Aussehen einer römischen Ruine angenommen.

Zwei Zimmerboys — in Wahrheit alte Männer — schliefen im Gang vor DelCorsos Zimmer. Er stieg vorsichtig über sie hinweg, öffnete die Tür und schaltete das Licht an, wobei er gerade noch sah, wie ein Gecko blitzschnell in einem Mauerriß verschwand. Obwohl er sowohl Ventilator wie Klimaanlage laufen gelassen hatte, roch das Zimmer nach Schimmel und Fäulnis, dem Gestank der Tropen, der sich in die Stuckverzierungen und die Terracotta-Fliesen eingelagert hatte. Die Luft klebte an seiner Haut wie nasse Gazestreifen.

Er zog die Stiefel und das feuchte Hemd aus, legte sich hin, zündete sich eine Zigarette an und starrte auf seine Fototasche. Sie lag auf der Kommode, neben der Ausrüstung, die er gestern auf dem Ben-Thanh-Markt gekauft hatte: ein Helm, eine kugelsichere Weste, ein breiter Gürtel und der Munitionsbeutel, in dem er seine Filme verstaute. Die Fototasche war aus khakifarbenem Leinen und trug einen Aufdruck mit seinem Namen und Wohnsitz in schwarzer Schrift. Nick DelCorso hatte eine feste Adresse, ein Zuhause, eine Frau und Kinder. All das besaß er. Warum in aller Welt hatte Conklin dieses Thema angeschnitten? DelCorso hätte das Gespräch gern bei der Frage verweilen lassen, ob der Krieg einen Reiz ausübte, den auch das stärkste Foto nicht auslöschen konnte. Daß sich das Thema so abrupt geändert hatte, war typisch für Unterhaltungen zwischen Journalisten — Reporter besaßen das Konzentrationsvermögen von Sechsjährigen. Aber Herr im Himmel, warum hatte Conklin versucht, ihn als Vorbild eines Ehemannes hinzustellen?

Das war genau das, worauf Wilson sich stürzen mußte: Nach drei mißlungenen Versuchen war Wilson zu dem Schluß gekommen, daß etwas nicht stimmte, und zwar nicht mit ihm, sondern mit der Institution der Ehe. Wenn er nicht glücklich sein konnte, so konnte es auch niemand anders; also machte sich jeder, der angeblich glücklich verheiratet war, etwas vor. Dennoch konnte DelCorso nicht leugnen, daß Wilsons bohrende Fragen einen Nerv getroffen hatten, ihm dasselbe Unbehagen eingeflößt hatte, wie Margaret mit der Frage, was sie denn falsch mache. Nichts, antwortete er jetzt zu sich selbst. Alles stimmte an ihr und an ihrer Ehe. Diese Ehe war seine seelische Adresse, der einzige Bezugspunkt in seinem Zigeunerleben. Wenn sie auch seit Margarets Nervenzusammenbruch nicht gerade idyllisch gewesen war, so war sie doch dauerhaft. Sieben Jahre waren zwar kein Rekord, aber für das ausgehende 20. Jahrhundert doch auch nicht übel. DelCorso beschloß, die Dinge optimistisch zu betrachten. Die Spannungen, denen seine Ehe ausgesetzt war — seine häufige Abwesenheit, Margarets Alkoholismus, im ersten Jahr die Versuche ihres Vaters, sie auseinanderzubringen — waren keine Symptome für ihre Brüchigkeit, sondern vielmehr der Beweis für ihre Belastbarkeit. Wilsons Vermutung, er sei nach Saigon gekommen, um vor etwas davonzurennen, war barer Unsinn. Also wirklich, wenn es ihm nur um eskapistische Abenteuer ginge, dann hätte er ja für den *National Geographic* arbeiten können. Den Amazonas hinauffahren. Kopfjäger auf Neuguinea fotografieren, Mongolen in ihren Jurten oder Beduinen auf dem Kamel. Er konnte keinen anderen guten Grund für sein Hiersein anführen als den, der ihm als der wahre erschien: Er hatte die Verpflichtung, mit seiner Kamera Zeuge zu sein, den Menschen das Grauen zu zeigen, wie er es an diesem Nachmittag in den Reisfeldern von Tan Son Nhut gesehen hatte. Sie bei der Kehle zu packen und zu schreien: *So etwas tun wir unseren Mitmenschen an!*

Diesen Gedanken hätte er vermeiden müssen; er beschwor das Bild eines Feldes herauf, das übersät war mit verbrannten, zerstückelten kleinen Körpern, und mit diesem Bild kam die Angst um Danny und Angela. Es könnte ihnen etwas zustoßen, während er hier war. Gott würde ihn für seine häufige Abwesenheit bestrafen und sie ihm wegnehmen. Heiliger Himmel, was war das für ein Gedanke? Typisch für seinen barocken, schuldbehafteten Katholizismus. Auf St.Ignatius war er den Jesuiten in die Hände gefallen, und getreu ihrer Devise hatten sie ihn für den Rest seines Lebens nicht mehr losgelassen. DelCorso blickte auf die Zimmerdecke und bemühte sich, auf angenehmere Gedanken über sein Zuhause zu kommen. Ihm fiel ein, wie er Margaret zum ersten Mal gesehen hatte, in weißer Tenniskleidung, ihre langen, sonnengebräunten Beine gestreckt, als sie sich für den Aufschlag auf die Zehenspitzen erhob. Es war ein Bild, das er nie würde vergessen können, ein Bild, das er immer lieben würde. Er dachte an ihr Haus am Willow Place, an dem er inzwischen sehr hing, auch wenn die laufenden Kosten sein Girokonto meistens am Monatsende leergefressen hatten. Er mochte die massive Bauweise des 19. Jahrhunderts, den Eindruck von Beständigkeit, den es erweckte. In seiner Arbeit war ihm auf schmerzhafte Weise deutlich geworden, wie wenig auf der Welt von Dauer war. Und diese Erkenntnis hatte in ihm das Bedürfnis geweckt, etwas in seinem Leben zu besitzen, das dauerhaft war, das ihn überdauern würde, aber seine Spuren trüge. Das Haus war dann zur Erfüllung dieses Bedürfnisses geworden, obwohl Margaret als erste die Idee hatte, es zu kaufen. Sie hatte von vollgestopften Mietswohnungen genug gehabt, und das Haus war wegen des schlechten Erhaltungszustandes mit 50.000 Dollar fast geschenkt gewesen. DelCorso hatte beschlossen, die Renovierungsarbeiten selbst zu erledigen, um Geld zu sparen. Da er handwerklich nicht sehr geschickt war, hatte er seinen Vater um Hilfe gebeten, der als Bauarbeiter und Zimmermann gerade saisonbedingt arbeitslos war, und der war dann aus Chicago gekommen. Sein Vater war ein kräftiger Mann, eins achtundachtzig groß und mit Arm- und Schultermuskeln, wie man sie nicht durch Gymnastik oder Gewichtheben bekam, sondern nur durch harte Arbeit. Die Haupteigenschaft, die DelCorso von seinem Vater geerbt hatte, war aber nicht die Körperkraft, sondern ein Gefühl für Verantwortung dem Gemeinwesen gegenüber: Frank DelCorso vertrat die heutzutage fast ausgestorbene Ansicht, daß jedermann es der Allgemeinheit schuldig war, so gute Arbeit zu leisten, wie er konnte. Im Herzen war er ein Handwerker des Mittelalters,der gezwungenermaßen seinen Lebensunterhalt im modernen Baugewerbe verdienen mußte. Er machte sich begeistert an die Renovierung des neuen Hauses seines Sohnes, mit all der Leidenschaft für Sorgfalt und Qualität, die sein ganzes Leben lang unterdrückt worden war, weil die Baufirmen ihm immer den billigsten Weg vorgeschrieben hatten. Die Hauptarbeiten dauerten etwas länger als zwei Monate. Als sie fertig waren, fragte DelCorsos Vater ihn einmal: „Wann genau ist das Haus gebaut worden, Nick?"

„Achtzehnhundertsiebenundfünfzig."

„Über ein Jahrhunder alt." Frank nahm eine Bolzenschraube in die große, schwielige Hand und warf sie auf den Boden. „Spürst du das, Nick? Das Holz hat Elastizität, aber keinerlei Vibration. Dein Haus steht gut und gerne noch ein Jahrhundert."

Er hatte nicht übertrieben. Alles war so genau zusammengefügt, wie menschliche Augen und Hände es vermochten. DelCorso hatte das bestimmte Gefühl, daß in den Nägeln, Balken und Trägern dieses Hauses mehr künstlerische Dauerhaftigkeit ruhte als in seinen — oder irgend jemandes — besten Fotos. Margaret und er wohnten nun zwei Jahre darin, und er konnte sich nicht vorstellen, an einen anderen Ort als in dieses Haus zurückzukehren; gewiß nicht in solche trostlosen, kurzfristig bewohnten Apartments wie die, wo Conklin und Wilson die Koffer auspackten.

Seine Gedanken arbeiteten im Leerlauf, aber auf Hochtouren. Die doppelten Scotchs hatten nicht so gewirkt, wie er gehofft hatte. Um sich müde zu machen, stand DelCorso auf und begann mit Schattenboxen vor dem großen Spiegel an der Innenseite der Schranktür. Drei gestochene Geraden auf den Kopf, eine Rechte aufs Herz, dann wieder zum Kopf mit einem linken Haken. Wegen seines Beins konnte er nicht länger als wenige Sekunden auf den Zehenspitzen tänzeln und mußte beim Schlagen auf der ganzen Fußfläche stehen. Ducken, pendeln, Finte. Kurze Gerade, und noch eine. Rüber. Kurze Gerade. Mit der Rechten in die Magengrube. Noch eine Gerade. Dann Haken aus der Geraden. Schwieriger Schlag. Nessie Blumenthal hatte ihm das beigebracht — die Rechte für die Deckung des Gesichts oben zu lassen, nach dem Schlag des Gegners das Gewicht zu verlagern und dann, ohne die linke Schulter sinken zu lassen, den Haken mit der Wucht seiner siebzig Kilo zu landen. DelCorsos Aktionen verliefen anfangs noch schwerfällig und steif, doch bald gewannen sie etwas von der alten Beweglichkeit wieder, als sich die Muskeln langsam lockerten, und die Erinnerung trug ihn aus dem Hotelzimmer zurück in Blumenthals Sporthalle, Ecke Madison und Hamlin Street. Er konnte es richtig riechen, ein typischer Treffpunkt für Club-Boxer, dessen Wände eine Mischung aus Schweiß, Zigarrenrauch, Spiritus zum Einreiben, Leder und Segeltuch verströmten, im Grunde ein einziger Mief, der Geruch der Boxerträume. Sein Traum war gewesen, sich mit Boxen aus dem Italienerviertel in der West Side von Manhattan herauszuholen — dem *Valley*, früher mal *First Ward* genannt, mit seinen zwanzig Telefonleitungen zu den schmalen Läden, wo die Buchmacher die Wetten annahmen und die Geldverleiher mit den Wucherzinsen ihren säumigen Kunden per Anruf drohten — sechshundert für die fünf, bis Samstag zwölf Uhr, sonst schick ich einen Kumpel, der benutzt dein Knie als Zielscheibe, alles klar? Er wollte sich aus diesem Dreck hinausboxen und seinen Namen der Liste der großen italienischen Champions hinzufügen: LaMotta, Graziano, Basilio, Canzoneri, und der Göttlichste von allen, Marciano. Es folgt eine Durchsage, meine Damen und Herren. Der Sieger durch K.o. nach einer Minute und zwanzig Sekunden in der vierten Runde, und neuer Weltmeister im Mittelgewicht: Nick DelCorso! Na sicher. Wie hatte der junge Schwarze doch gleich geheißen, der dieser Fantasie ein Ende gesetzt hat? Irgend so ein Negername — Jackson, Jefferson, Washington, jedenfalls einer der Präsidenten. Der war noch ein bißchen hungriger als DelCorso gewesen, ein bißchen härter, ein bißchen ernsthafter, und viel schneller. In der Mitte der zweiten Runde verpaßte er dem zukünftigen Weltmeister eins auf die Nase, dann brach er ihm den Kiefer. Der Arzt warnte DelCorso später, daß er für den Rest seines Lebens Babynahrung schlürfen könnte, wenn er jemals wieder einen Schlag aufs Kinn bekäme.

Da der Boxring nun als Fluchtweg ausschied, kam er auf die Idee, Sportfotograf zu werden. Wenn er selbst auch nicht mehr kämpfen konnte, so konnte er ja Fotos von den Champions machen, im ganzen Land und in der weiten Welt herumreisen, vorne am Ring sitzen, sich in die Umkleidekabinen drängen — hey, großer Meister, wie wär's mit noch 'nem Bild von dir und deinem Manager? Der Gedanke war ursprünglich von einem Onkel gekommen, der sich einen kleinen Nebenverdienst mit Fotos von Hochzeiten und Konfirmationen verschaffte. Er brachte DelCorso die Grundlagen bei und half ihm dann, einen Job in der Dunkelkammer der *Sun Times* zu ergattern. Ein Jahr lang Höllenqualen. Denn er arbeitete dort zwar mit Fotografen zusammen, aber selbst bekam er nie eine Kamera in die Hände. Es tat ihm weh, all die Abzüge von Footballspielen und Preiskämpfen, von Bränden und Mordopfern, von den üblichen Belustigungen und Metzeleien der großen Stadt, all diese Bilder zwar zu sehen, aber am aufregenden Prozeß ihrer Entstehung nur indirekt teilnehmen zu können. Also ging er zum Militär. Zwei Gerade auf den Kopf, quer rüber mit der Rechten, Finte links, dann mit der Rechten von oben, Marcianos Lieblingsschlag. DelCorso bereute es nicht, sich gemeldet zu haben. Die Armee holte ihn aus dem Italienerviertel heraus. Mehr hatte er sich nie gewünscht: aus der erdrükkenden Enge dieses Dorfes mitten in der Stadt zu entfliehen. Er meldete sich freiwillig für vier Jahre. Das war Ende 1962, zwei Monate nach seinem zwanzigsten Geburtstag. Im ersten Jahr war er bei der Infanterie, bis irgend jemand irgendwo herausfand, daß er als Zivilist mit der Kamera gearbeitet hatte, und ihn auf die Fotografenschule der Fernmeldetruppe bei Fort Monmouth versetzen ließ. Wer dieser Jemand auch gewesen war, er hatte jedenfalls DelCorsos Leben weit mehr verändert als der Schwarze, der ihm den Kiefer gebrochen hatte. Verändert im Guten wie im Schlechten. Hätte er Jahre später seine Fotos in *Life, Newsweek* und in der *New York Times* veröffentlicht, wenn dieser anonyme Offizier nicht seine Akte genauer durchgelesen hätte? Und hätte er dann jetzt vielleicht noch zwei gesunde Beine? Er versuchte, auf den Fußballen zu tänzeln, aber nach wenigen Sekunden schoß ihm der Schmerz ins linke Bein wie ein Schwachstromschlag. Mist. DelCorso boxte noch zehn Minuten weiter, in immer schnellerem Tempo, bis sein ganzer Körper vor Schweiß glänzte.

Er hatte, wie er mit Befriedigung feststellte, immer noch einen guten, kräftigen Körper, obwohl er mindestens fünf Kilo über seinem Kampfgewicht wog. Spuren von Fett an den Seiten, ein Anflug von Schlaffheit in der Brustmuskulatur. Als er so in den Spiegel blickte, überkam DelCorso dasselbe Erstaunen über sich selbst wie damals, als er als kleiner Junge zum ersten Mal sein Spiegelbild gesehen hatte und sich bewußt geworden war, daß er eine ganz eigene Persönlichkeit hatte. Es war keine narzißtische Faszination, sondern Ehrfurcht vor der Schicksalswende seines Lebens. Er hätte sein Milieu auch auf einem der beiden Wege verlassen können, die der Großteil seiner Klassenkameraden eingeschlagen hatte: der heikle Pfad des organisierten Verbrechens, oder die langweilige, sichere Autobahn, die einen durch ein oder zwei Jahre Abendschule führte, dann ein Dienst in der Nationalgarde, dann zurück auf die Schulbank für einen Abschluß, zum Beispiel in Buchführung, danach eine Stelle und der Umzug in ein besseres Viertel — in einer Generation von der Mietskaserne zum Einfamilienhaus mit Garage: der amerikanische Traum. Beides hätte sein Schicksal werden können, doch ihn hatte es auf eine Straße ohne Ampeln und Schilder verschlagen, und indem er sein Können in gefährlichen Kurven bei Dunkelheit bewies, führte er nun ein Leben, das er sich nie erwartet hätte. Junge aus den Slums macht was aus sich, heiratet reiche, schöne Frau, schlägt hervorragende Karriere als freiberuflicher Fotograf ein, sein Name wird in *Who's Who* aufgenommen. Sonderbarerweise empfand DelCorso weder Erleichterung noch Befriedigung dabei, seinem Schicksal entronnen zu sein, sondern vielmehr das Gefühl von Verwirrung, wie es häufig Menschen haben, die sich auf einem anderen Weg befinden als dem, den das Leben ihnen zugedacht zu haben schien. In einem leichten Schwindelanfall sah er sein Spiegelbild plötzlich ein wenig verzerrt. *Who's who: DelCorso, Nicholas Lucien, Bildreporter; geb. 16. 10. 1942, Chicago; Sohn v. Francis Anthony u. Rose Marie (Maggio) DelC.; Schulabschl. St.Ignatius High School, Chicago, 1960; verh. m. Margaret Delaney Fitzgerald, 21. 8. 1968; Kinder: Daniel Francis u. Angela Rose. Fotograf im Team v. Associated Press 1967-68; freiberufl. Bildreporter in Vietnam 1968; Fotokorrespondent f. Life Magazine in USA und Biafra 1968-70; freiberufl. Bildreporter in Vietnam, Kambodscha, Nordirland, Europa, Naher Osten ab 1970. Miltärdienst U.S. Army 1962-66; Vietnam. Milit. Ausz.: Bronze-Star-Tapferkeitsmedaille, Purple-Heart-Verwundetenabzeichen; berufl. Ausz.: Preis d. Overseas Press Club 1970,*

Preis d. Associated Press 1972, Preis d. UPI 1973, Robert-Capa-Goldmedaille 1973. Adresse: c/o Northstar Photo Agency, 348 Madison Avenue, New York, N.Y. 10017. Das war also er, laut *Who's Who.* Trotzdem fragte er sich, wer er in Wirklichkeit war und was er hier eigentlich tat, warum das Schattenboxen, mitten in der Nacht in einem stickigen Hotelzimmer von Saigon?

Das Fett wegtrainieren, das er in den Monaten der Werbeaufträge angesetzt hatte, das tat er. Mittagessen mit Grafik-Abteilungsleitern, Drinks mit Werbetextern, Abendessen mit Goldie Hawn. Alles rausschwitzen. Kurze Gerade. Und noch eine. Rechte in die Rippen. Dicht rangehen, du mußt dicht rangehen, DelCorso. Schwinger in die Magengrube, dann ein Uppercut, dann ein Haken. Er hatte gehört, daß Dunlop mit seinen einundfünfzig Jahren täglich trainierte. Wenn dieses Fossil das konnte, dann konnte er es auch. Komm, komm, denk jetzt nicht an Dunlop; dennoch erschien ein Bild dieses Mannes im Spiegel, so klar, daß es beinahe eine Halluzination war. DelCorso spürte die Wut in sich aufsteigen und schlug immer schneller und wilder. Er hörte auf, als er gefährlich nahe dran war, die Faust ins Glas zu rammen. Kann keine Fotos machen mit einer kaputten Hand, dachte er.

Nachdem er zur Lockerung auf und ab gelaufen war, duschte er. Auf dem Bett ausgestreckt, von allen Spannungen befreit, schlief er dann ein, ohne das Licht auszuschalten.

8

Eine Tasse kalten Kaffee in der Hand, stand Bolton neben seinem Schreibtisch und piekte die letzte bunte Stecknadel in die riesige Wandkarte von Vietnam. Die Nadeln und die Symbole, die er auf die Plastikbeschichtung gezeichnet hatte, dienten keinem geringeren Zweck, als Christensens Informationsschwall zu ordnen; doch als er nun zurücktrat, um sich einen besseren Überblick zu verschaffen, wirkte das Muster aus Punkten, Rechtecken und Pfeilen auf ihn, der er den Krieg kannte, ebenso schön und ausgewogen wie ein Kunstwerk. Der Künstler war jedoch nicht er selbst, sondern ein nordvietnamesischer General namens Tranh Van Duc. Drei Pfeile zielten auf Saigon — einer kam von Nordosten und stellte die nordvietnamesische Einheit dar, die die Stellungen der 18. Division des Südens bei Xuan Loc erstürmen würde; der zweite Pfeil, aus nordwestlicher Richtung, bedeutete den Angriff einer anderen Truppe auf die 25. Division. Diese Offensiven würden den Südvietnamesen keine andere Wahl lassen, als alle ihre Reserven in die beiden Gefechte zu werfen. Sobald das geschehen war, würden zwei weitere Divisionen der Kommunisten — ihre Stellungen markiert durch Rechtecke in dem großen grünen Fleck nahe der kambodschanischen Grenze, die Richtung ihres Vormarsches durch den dritten Pfeil — den von der 5. Division Südvietnams gehaltenen Kordon durchbrechen, um dann innerhalb kürzester Zeit durch den Binh-Duong-Korridor in die Stadt zu gelangen. Was dann noch von der ARVN, der südvietnamesischen Armee, übrig geblieben war, würden einzelne, voneinander abgeschnittene Truppenteile sein, die nacheinander aufgerieben werden konnten. Diese Strategie, in all ihrer eleganten und brutalen Einfachheit, erregte Boltons Bewunderung für klar kalkulierten Professionalismus. Sie würde zunächst die ARVN kampfunfähig machen, was dem Norden gestattete, die Stadt ohne aufwendige, zerstörerische Straßenkämpfe einzunehmen. Er entdeckte keinen schwachen Punkt in dem Plan, selbst wenn er den Faktor von unvorhergesehenen Fehlschlägen, wie sie bei jeder militärischen Aktion unterliefen, in Rechnung stellte. Zum Teufel, ein Blick auf die Karte genügte, und jeder unerfahrene Unterleutnant konnte erkennen, daß dem Süden nur zwei Möglichkeiten offenstanden: sich geschlagen zu geben wie ein kluger Schachspieler, der weiß, daß er verloren hat, oder aber ein harter Verteidigungskampf, der das Unvermeidliche lediglich aufschieben würde.

Reflexartig wanderte Boltons Blick zur Uhr, die ihn daran erinnerte, daß er Reporter und kein General im Lehnstuhl war. Zwei Uhr dreißig morgens: Zeit, den Laden aufzumachen. Er setzte sich an die Schreibmaschine, schrieb als erstes den Empfängercode und taufte seine Story ‚Blitz', der IPS-Ausdruck für einen Exklusivbericht. Als er gerade den ersten Satz seines Artikels formulierte, übermannte ihn die Müdigkeit, und es geschah etwas sehr Seltenes — seine Gedanken setzten aus. Kein einziges Wort fiel ihm ein. Er sah noch einmal auf die Uhr. Kein Wunder, daß er müde war. Seit neunzehn Stunden war er auf den Beinen, die letzten sechs bei Christensen und zwei vietnamesischen Verbindungsoffizieren, die so frisch aus dem Gefechtsgebiet gekommen waren, daß sie nicht einmal Zeit gehabt hatten, sich den Schlamm von den Stiefeln zu wischen. Von ihnen und Christensen hatte er alles bekommen: Übersetzungen von erbeuteten Dokumenten, Protokolle der abgehörten Funksprüche, Kartenmaterial. Für ihn als Reporter, der es gewöhnt war, wie ein Goldsucher nach jedem Faktum schürfen zu müssen, war es gewesen, als hätte ihm jemand eine Kiste mit Feingoldbarren vor die Tür gestellt. Wahrscheinlich war sein Gehirn jetzt deswegen blockiert, weil er sowohl unter Informationsüberlastung als auch an Erschöpfung litt.

Um seine Gedanken wieder zu sammeln, las er das Telex noch einmal, das er nach seiner Rückkehr an das New Yorker Büro abgeschickt hatte:

120200 ZH HALPRIN DRINGEND: BLITZ FOLGT DEMNAECHST. LAUT ERSTKLASSIGEN QUELLEN HAT OBERKOMMANDO NVA WDH NVA GESTERN BEFEHL ZUR BALDMOEGLICHSTEN ERSTUERMUNG SAIGONS GEGEBEN. KOENNTEN HAUPTSTADT INNERHALB ZWEI WOCHEN EINNEHMEN. SUEDEN KANN UNMOEGLICH LAENGER ALS 12 STD WIDERSTAND LEISTEN. ACHTUNG GUTE EINLAGE: DIESE INFO WURDE AN US BOTSCHAFTER GELEITET MIT DRINGENDER BITTE AUF BEGINN EVAKUIERUNG DER US STAATSBUERGER. BOTSCH LEHNTE AB WEIL ANGEBLICH JETZIGE KAMPFPAUSE SIGNAL FUER VERHANDLUNGSWILLEN HANOIS UND WEIL EVAKUIERUNG PANIK BEI SUEDVIETNAMESEN AUSLOESEN WUERDE. MFG BOLTON/ SAIGON.

Die Antwort von Halprin, dem diensthabenden Auslandsredakteur, stand darunter:

121400 BOLTON: BETR IHR TX 120200. ERWARTEN IHREN BLITZ. ZU IHRER INFO: KATY UND DIE LADY ZITIEREN KISSINGER EBENFALLS BEZUEGLICH SIGNALEN AUS HANOI WEGEN VERHANDLUNGEN. ALSO UEBERPRUEFEN SIE IHRE QUELLEN. MFG HALPRIN TELEX NY.

‚Katy' und ‚Die Lady' waren im IPS-Code die *Washingon Post* und die *New York Times*.

Bolton nahm einen Schluck Kaffee, trommelte mit den Fingern auf den Tisch, hackte einen unbefriedigenden Anfang in die Maschine, riß das Blatt wieder heraus und spannte ein neues ein. Sein Gehirn funktionierte immer noch nicht richtig. Halprin. Es war wieder einmal typisch für diesen Schlappschwanz, eher den idiotischen offiziellen Verlautbarungen zu glauben als seinem eigenen Mann an der Front. Vor allem die Warnung, seine Informationsquellen zu überprüfen, brachte Bolton auf. Was dachte denn dieser Schwachkopf Halprin, mit wem er es zu tun hatte? Mit irgendeinem Heini wie Grey vielleicht, der weniger Hirn besaß, als der liebe Gott einem billigen Vierfarbkugelschreiber geschenkt hatte? Überprüfen Sie Ihre Quellen, weil Kissinger einen Wink bekommen hat, daß Hanoi palavern will. Da war es nun also fünf Minuten vor Mitternacht, und die amerikanische Illusionsmühle war immer noch dabei, den gleichen Selbstbetrug wie früher zu verbraten. Christensen war einer der besten militärischen Geheimdienstleute in der ganzen Branche, und nach seinen Angaben hatte Hanoi alle zwanzig Divisionen bis auf zwei für die Offensive eingesetzt — fast 200.000 Mann Infanterie, unterstützt von einer Panzerdivision und 130mm-Geschützen. Die südvietnamesische ARVN konnte dagegen nur vier Divisionen stellen, von denen drei nicht einmal mit der kalifornischen Nationalgarde fertiggeworden wären. Es war himmelschreiend — wenn ein normaler Mensch so wirklichkeitsblind wie Kissinger wäre, dann würde man ihn in eine Anstalt einweisen.

Bolton trank den Kaffee mit einem Schluck aus, was den sofortigen Ausbruch von Ho Chi Minhs Rache nach sich zog. Er rannnte auf die Toilette, entleerte sich in einem einzigen großen, geräuschvollen Schwall und ging dann wieder an den Schreibtisch, um zwei Tabletten Lomotil aus der Medikamentenschublade zu nehmen. Innerhalb von fünf Minuten schrieb er den Aufhänger und drei Absätze; es war, als hätte er zusammen mit dem Darm auch sein Gehirn gereinigt. Schon möglich. Mein Ausbilder in der Fliegerschule sagte auch immer, ich hätte das Hirn wohl im Arsch. Rasch überarbeitete er den Artikel.

SAIGON (IPS) - WIE AUS GUTUNTERRICHTETEN WESTLICHEN UND VIETNAMESISCHEN KREISEN JETZT VERLAUTETE HAT DAS OBERKOMMANDO DER NORDVIETNAMESISCHEN ARMEE SEINEN TRUPPEN GESTERN DEN BEFEHL GEGEBEN SAIGON SO RASCH WIE MOEGLICH ANZUGREIFEN. NACH DIESEN INFORMATIONEN KOENNTEN DIE EINHEITEN NORDVIETNAMS DAS 18 WDH 18 DIVISIONEN FUER DIE OFFENSIVE IM SUEDEN EINSETZT IN ZWEI WOCHEN ZUM STURM AUF DIE HAUPTSTADT BEREIT SEIN. ES WIRD AUSSERDEM DAMIT GERECHNET DASS DIE SUEDVIETNAMESISCHEN VERTEIDIGUNGSKRAEFTE EINEM MASSIVEN STURMANGRIFF NICHT WDH NICHT LAENGER ALS 12 WDH 12 STUNDEN STANDHALTEN KOENNTEN. (FORTS. FOLGT)

Nachdem er mit dem Bleistift einige Änderungen an der Einleitung und den beiden folgenden Sätzen gemacht hatte, rief Bolton Dalman zu sich, den IPS-Korrespondenten, der bis vor kurzem in der Nähe von Nha Trang in einem Flüchtlingsstrom festgesessen hatte.

„Bring das hier in den Telexraum und sag den Burschen, sie sollen alles hinschmeißen, was sie gerade in der Hand haben. Ich will, daß es sofort rausgetickert wird, möglichst gestern!"

Dalman warf einen Blick auf den Text und ging hinaus.

Bolton lachte still vor sich hin, als er sich an die nächsten beiden Absätze machte.

AUSSERDEM WURDE BEKANNT DASS DER BOTSCHAFTER DER VEREINIGTEN STAATEN PERRY HUTTON DURCH GEHEIMDIENSTSPITZEN UEBER DIE AUSWEGLOSE MILITAERISCHE LAGE UNTERRICHTET WURDE UND DABEI DEN DRINGENDEN RAT ERHIELT UNVERZUEGLICH DIE EVAKUIERUNG DER

5.800 NOCH IN VIETNAM VERBLIEBENEN AMERIKANER ZU VERANLASSEN. (FORTS. FOLGT)

WIE IN ERFAHRUNG GEBRACHT WERDEN KONNTE LEHNTE HUTTON DIES AB WEIL ER WIE ER SAGTE EINEN WINK BEKOMMEN HABE DEMZUFOLGE HANOI MOEGLICHERWEISE AN VERHANDLUNGEN ZU EINER POLITISCHEN LOESUNG INTERESSIERT SEI. DARUEBER HINAUS SOLL HUTTON DAS ARGUMENT VORGEBRACHT HABEN EINE EVAKUIERUNG DER U.S.-STAATSBUERGER ZU DIESEM ZEITPUNKT WERDE EINE SCHWAECHUNG DER SUEDVIETNAMESISCHEN KAMPFMORAL ZUR FOLGE HABEN EINE PANIK AUSLOESEN UND DEN FALL DER HAUPTSTADT BESIEGELN. (FORTS. FOLGT)

„Dalman! Wo bist du denn?"

Dalman, der etwa in Greys Alter war, aber größer, kräftiger und weit weniger vorlaut, tauchte in der Tür auf.

„Sie geben es gerade durch, Harry."

„Das möchte ich ihnen auch raten. Hier. Gib ihnen das noch."

Dalman nahm das Blatt entgegen, wobei er die Unterlippe vorschob, um Bolton zu zeigen, daß es ihm gar nicht paßte, für ihn den Laufburschen zu spielen.

„Noch was. New York wird einen Kommentar von Seiner Exzellenz haben wollen. Häng dich an die Strippe und finde heraus, ob der Botschafter dazu etwas zu sagen hat."

„Es ist drei Uhr morgens!"

„Ich weiß verdammt gut, wie spät es ist. Häng dich dran!"

„Okay."

„Ich will wissen, warum Seine Exzellenz den Arsch von sechstausend Amerikanern, darunter den deinigen und den meinigen, riskieren will, nur um eine südvietnamesische Moral aufrechtzuerhalten, die es gar nicht gibt."

„Ja, ja, Harry, schon gut."

Die Uhr zeigte jetzt zehn nach drei. Jede Menge Zeit. In New York war es jetzt zehn nach drei nachmittags, also blieben noch fünf bis sechs Stunden, bis die Morgenzeitungen ihre letzten Ausgaben in Druck gaben. Mit etwas Glück könnte seine Meldung sogar noch in die Spätausgaben von einigen der Abendzeitungen kommen.

Während er weiterschrieb, stellte er sich vor, wie die Story über Fernschreiber an alle IPS-Abnehmer zwischen Boston und Los Angeles hinausging, vor dem Artikel ein redaktioneller Vermerk: *Mitteilung an die Schriftleitung — der folgende Bericht kommt exklusiv vom Saigon-Korrespondenten des IPS, Harry W. Bolton.* Es war nicht Watergate, keine

Story, die die Welt erschütterte, aber weiß Gott, sie würde alle Redakteure der übrigen Presseagenturen an ihre Fernschreiber stürzen lassen, um Raketen auf ihre Büros in Saigon abzuschießen. *Bolton von IPS zitiert Geheimdienstkreise, wonach Rote in zwei Wochen Angriff auf Saigon planen. ARVN kann sich angeblich nicht mehr als 12 Std. halten. Hutton soll Rat zur sofortigen Evakuierung der Amerikaner in Vietnam ignoriert haben. Könnt ihr mithalten?* Die Asse würden ihr Bestes tun, um mitzuhalten, aber in den frühen Morgenstunden, wenn ihre Informanten alle den Schlaf des Gerechten schliefen, waren ihre Chancen äußerst gering. Albury, der Leiter des AP-Büros, war die einzige echte Gefahr. Albury hatte einen Draht zu Christensen, aber Bolton hatte den CIA-Agenten bei allem, was einem Spion heilig war, schwören lassen, vor acht Uhr morgens kein Sterbenswörtchen an irgendeinen anderen Reporter weiterzusagen. Also niemand anderer, sagte Bolton zu sich selbst. IPS spielt nicht mehr Nachlaufen. Jetzt ist Horseman in der Stadt.

Nun gewann das Adrenalin den Kampf gegen seine Müdigkeit, und seine großen, eckigen Finger flogen über die Tasten. Da Dalman die Botschafterresidenz am Telefon hatte, mußte er seinen Text jedesmal selbst in den Telexraum bringen, und bald war er schweißgebadet. Er zog sich das Hemd aus und begann, Absatz für Absatz auf Lochstreifen zu tippen.

VERLAESSLICHEN ANGABEN ZUFOLGE BETRAEGT DIE GESAMTSTAERKE DER TRUPPEN DIE SUEDVIETNAM ZUR VERTEIDIGUNG VON SAIGON IN DEN KAMPF WERFEN KANN 35.000 WDH 35.0000 MANN. DIES SCHLIESST ZWAR DIE HERVORRAGENDE BRIGADE DER LUFTLANDERESERVE EIN DOCH ZIEHT DIE NORDVIETNAMESISCHE NVA ZUM ANGRIFF AUF DIE STADT NEUN IHRER DIVISIONEN MIT 90.000 WDH 90.000 SOLDATEN ZUSAMMEN. (FORTS. FOLGT)

NACHDEM DER BOTSCHAFTER UEBER DIE ZUNEHMEND AUSSICHTSLOSE LAGE UND DIE AENDERUNG IN DEN PLAENEN HANOIS UNTERRICHTET WORDEN WAR DRAENGTEN SEINE BERATER DARAUF DASS EIN GROSSER TAMARINDENBAUM AUF DEM BOTSCHAFTSGELAENDE GEFAELLT WERDEN SOLLTE UM SO EINEN LANDEPLATZ FUER HUBSCHRAUBER ZUR EVAKUIERUNG ZU SCHAFFEN. MEHRERE U.S.-MARINEINFANTERISTEN STANDEN SCHON MIT ELEKTRISCHEN KETTENSAEGEN BEREIT WURDEN JEDOCH VON HUTTON WIEDER DAVONGESCHICKT DER SEINEN BERATERN MITTEILTE EIN FAELLEN DES BAUMS WUERDE ALS ANZEICHEN FUER EINEN AMERIKANISCHEN ABZUG AUSGELEGT WERDEN UND DEN SUEDVIETNAMESEN IHREN WILLEN ZUM WIDERSTAND RAUBEN. (FORTS. FOLGT)

Bolton kicherte beim Lesen des letzten Absatzes. Zu schade, daß DelCorso nicht dort gewesen war, um diese Szene zu fotografieren. Der weißhaarige, aristokratische Botschafter, wie er eine mit Kettensägen bewaffnete Schwadron von Marines wegscheuchte. Der Botschafter und die Tamarinde, eine moderne Fabel.

„Harry", rief Dalman aus dem anderen Zimmer. „Hutton wollte nicht selbst an den Apparat kommen, aber ich habe mit einer Type von der Presseabteilung geredet."

„Na, und was hat der zu sagen gehabt?"

„Nichts, was man in einem Familienblatt abdrucken könnte. Als ich ihm erzählt habe, was wir wissen, meinte er, Hutton würde die undichte Stelle schon finden und sie fester zustopfen als eine Nonnenmöse. Zitat Ende."

„Das ist aber nicht die Sprache der Diplomatie."

Tief über die Schreibmaschine gebeugt, schrieb Bolton:

EINFÜGEN WO ES PASST: VON IPS AUF EINEN KOMMENTAR ANGESPROCHEN TEILTE EIN SPRECHER VON BOTSCH HUTTON MIT DIE GESANDTSCHAFT NEHME DAZU KEINE STELLUNG. ENDE DER EINFÜGUNG.

In der nächsten Viertelstunde arbeitete er konzentriert, um die Story zu Ende zu bringen, wobei er häufig einen Blick auf die Landkarte warf. Irgendwann kam die Müdigkeit wieder, und er machte eine Pause, um sich das Gesicht mit dem Hemd abzuwischen und nach der Uhr zu sehen. Zwanzig vor vier. Gar nicht schlecht für einen Tausend-Worte-Exklusivbericht, obwohl er Artikel dieser Länge auch schon doppelt so schnell heruntergehämmert hatte. Leicht benommen schloß er seinen letzten Absatz ab.

Dann rief er wieder nach Dalman.

„Trag es von hinnen, Amigo. Der letzte Absatz. Damit hab ich ihnen allen ordentlich auf den Schwanz getreten."

„Glaube ich auch. Wird bald Zeit, daß bei AP und UPI ein paar Raketen einschlagen."

„Bei denen wird's gleich aussehen wie nach der Schlacht bei Fort Henry. ‚Und in der Raketen grellem Licht'", intonierte Bolton in seinem Bariton, „‚erschien ihnen Horseman's Gesicht'." Er ließ die Hand auf die Schreibtischplatte krachen. „Dieses Büro spielt nicht mehr länger Nachlaufen. Mensch, Dalman, weißt du, warum Rom nicht an einem Tag erbaut worden ist?"

„Schieß los."

„Weil ich nicht die Leitung des Bautrupps hatte, Mann!"

Dalman lachte und ging in den Telexraum hinüber.

Auf dem zerrissenen Plastikbezug von Boltons Drehstuhl glänzte der Schweiß der Anspannung, der ihm jetzt in die Nase stieg. Bolton stand auf, verschränkte die Hände hinter dem Nacken und streckte sich, so daß seine angespannten Wirbel knackten. Er fühlte sich herrlich — todmüde zwar, aber herrlich. Einen Schlag wie diesen zu führen, verschaffte ihm ein echtes Hochgefühl; es war das Beste an der Arbeit für eine Nachrichtenagentur. Deswegen hatte er auch ein lukrativeres Angebot von *Newsweek* ausgeschlagen. Na bitte, wenn er jetzt für die arbeiten würde, dann wäre die Story schon Vor- und Frühgeschichte, bis sie in Druck ging. Es brächte nicht dieses Gefühl, gewonnen zu haben. Im Wettstreit und im Siegestaumel war Bolton schon immer aufgeblüht — als Innenverteidiger für das Team der Citadel; als Bordschütze, der mit dem Hubschrauber in eine umkämpfte Landezone einflog und dem Feind Duelle lieferte, der ihn herunterzuholen versuchte; als Reporter, der besser als die Konkurrenz war, weil er den Mumm besaß, weiter zu gehen als alle anderen, und das Hirn dazu, die richtigen Informanten aufzutun. Er hatte auch einstecken müssen — ein Bänderriß in einem Spiel gegen South Carolina, eine Kugel in der Schulter, der verletzte Stolz, wenn andere eine Story vor ihm hatten —, aber für gewöhnlich hatte er am Ende Oberwasser, weil er im Leben nichts mehr haßte, als Verlierer zu sein. Der einzige Verlust, der ihn nicht weiter gekümmert hatte, war Dorothy gewesen, seine Ex-Frau mit ihren unerfüllbaren Bedürfnissen und ihren ausgetretenen Schuhen. Ansonsten fürchtete er das Verlieren wie andere Menschen Krankheiten, die einen zum Krüppel machten, oder sogar den Tod selbst. Er hatte miterlebt, wie sein eigener Vater, durch Übermut und durch Pech, den Grund und Boden verloren hatte, der seit dem Unabhängigkeitskrieg Eigentum der Boltons gewesen war. John Bolton war danach keinen Dreck mehr wert gewesen, weder als Vater noch als Gatte noch als Mann; es war, als hätte er mit diesen vierhundert Hektar Wald- und Weideland im Süden der Blue Ridge auch seine Seele verloren, und so hatte er den traditionellen Ausweg mit einer Smith & Wesson gewählt. Die Furcht, in seine Fußstapfen zu treten, hatte seinen ältesten Sohn dazu gebracht, in allem, was er anpackte, zu kämpfen. Wenn man abwartet oder ausruht, dann hat man schon verloren.

Der Fernschreiber läutete, und Dalman rief: „Hey, Harry! Hongkong will dich sprechen!"

Hongkong konnte nur eins bedeuten: Übermittlungsprobleme. Bolton stampfte ins vordere Zimmer. Auf seiner Schulter warf sich eine kreisrunde Narbe auf wie ein runder, roter Mund, wenn er die Arme beim Gehen schwingen ließ. Und natürlich war da die Meldung:

120350 BOLTON: TEIL EINS UND ZWEI VOM 120250 BLITZ VERSTUEMMELT ANGEKOMMEN. WDH BITTE. COLLETTI/HK.

Scheißdreck. Die ersten beiden Teile machten fast die Hälfte seiner Story aus. Bei nur fünfundzwanzig Wörtern pro Minute würde es eine Viertelstunde dauern, bis die alten Fernschreiber die verstümmelte Nachricht neu durchgegeben hatten. Angenommen, Hongkong brauchte zehn Minuten, um sie über Telex oder via Satellit nach New York durchzugeben, New York noch weitere fünfzehn zum Redigieren und zur Ausgabe auf das Agenturnetz, dann würde es inzwischen an der Ostküste fünf Uhr abends sein, bevor der Text überhaupt in den Redaktionen auf dem Tisch lag. Damit schwanden die Chancen dahin, die Abendzeitungen noch zu schaffen.

Er riß die Nachricht aus der Maschine und stürmte in den Telexraum, der von den übrigen Bürozimmern durch eine Glaswand getrennt war. Beide Sendeangestellten bearbeiteten ihre Tastatur und hatten keine Ahnung, daß sie nichts als unverständliches Kauderwelsch übermittelten.

„Verdammt noch mal!" brüllte Bolton. „Was für ein Scheißdreck geht hier vor?"

„Nichts vorgehen", sagte der eine, ein junger Vietnamese mit Ringo-Starr-Frisur.

„Seht euch das an!" Er hielt ihm die Nachricht vor die Nase.

Der Vietnamese las das Telex und blickte dann auf zu Bolton und dessen hundert Kilo nur mühsam beherrschter Tobsucht.

„Ist möglich Problem mit atmosphärische Störung."

„Ja, ist auch möglich Problem, daß ihr zwei Saigon-Cowboys euren mageren Arsch einfach nicht hochkriegt. Verdammt noch mal, wenn einer seinen Telex richtig bedienen kann, dann merkt er es doch von selber, wenn die Übermittlung nicht richtig läuft!"

„Verzeihung, Harry, wir nochmal durchgeben."

„Allerdings, und nach jedem Absatz will ich eine Bestätigung aus Hongkong haben, daß alles angekommen ist!"

Die ersten grauen Schleier lagen schon am Morgenhimmel, als Hongkong bestätigte: ALLES GUT EMPFANGEN. Bolton, dem vor zuviel Anspannung und zuwenig Schlaf der Kopf schwirrte und die Gedärme vor lauter Gift brannten, taumelte zurück in sein Büro, um dort die unvermeidlichen Fragen der Redaktion abzuwarten.

9

Er legte sich auf das Feldbett an der Wand neben einem Tisch voller schmutziger Kaffeetassen. Zum Schlafen war er aber zu überdreht, und das Segeltuch des Feldbetts verströmte einen Geruch, der ihn an das Camp seiner Schwadron bei der Landepiste von Bien Hoa erinnerte; diese Erinnerung wiederum veranlaßte ihn, sich das vergilbte, fleckige Foto in seiner Brieftasche anzusehen. Es zeigte ihn und Gillette in Tarn-Overalls und mit Sturzhelm, das Visier hinaufgeklappt. Sie standen neben einem Huey-Helikopter, Bolton lehnte an dem bodenwärts gekippten Lauf der Bordkanone, Gillette hatte zwei Finger der einen Hand zu einen V gespreizt und streckte dahinter den Mittelfinger der anderen Hand in die Höhe, sein ganz persönliches Siegeszeichen. Das Foto war zu klein, als daß man die Tätowierung auf Gillettes Unterarm lesen hätte können: *Born to Lose,* zum Verlierer geboren. Und das warst du wohl auch, du verrückter kleiner Louisiana-Neger, dachte Bolton, während in seinem Kopf wieder der grelle Farbfilm ablief, in dem Gillettes Hubschrauber auf einer Lichtung des Dschungels in Flammen aufging wie ein gigantisches Signalfeuer. Mann, von ihm und den beiden Piloten war nicht mal so viel übriggeblieben, daß ein Pariser davon voll wurde, und was übriggeblieben war, hatte ausgesehen wie angebranntes *Shish Kebab.* Tja, Brüderchen, wenn man im Krieg verliert, dann verliert man auch gleich ganz.

Als er an diesen Tag zurückdachte, spürte Bolton den Ekel und den Schmerz wieder von neuem. Der Verlust von Gillette war eine Wunde, die niemals richtig verheilt war. Seine Jugend auf einer abgeschiedenen Farm in den Bergen hatte Bolton nicht viel Gelegenheit gegeben zu lernen, wie man Freunde gewann, und sein aufbrausendes Temperament half dabei auch nicht gerade. Daher hielt er die wenigen Freundschaften, die er hatte schließen können, sehr hoch. Das mochte auch der Grund dafür sein, daß er DelCorso manchmal wie seinen Schützling behandelte, denn dieser hatte vieles mit Gillette gemeinsam. Beide waren dunkel und untersetzt, beide besaßen ein hitziges Temperament, das häufig in Leichtsinn umschlug. Vielleicht war so etwas wie Karma mit im Spiel: Er hatte DelCorso einen Tag nach Gillettes Tod getroffen, an jenem Tag, als er selbst die Kugel einer Kalaschnikow in die Schulter bekam. Einsatz zur Bergung eines Verwundeten aus dem Gefechtsgebiet. Sanitäter brachten einen Soldaten mit zerschossenem Bein in den Helikopter, einen merkwürdigen Soldaten, dessen Ausrüstung aus Fotoapparaten bestand statt aus Patronengurt und Gewehr. Der Hubschrauber hatte schon abgehoben, als etwas Bolton aus dem gepanzerten Sitz hob und ihn gegen die Rückwand schleuderte. Keinerlei Schmerz zuerst, nur der Stoß und dann die warme Nässe unter dem Loch in seiner Schutzweste. DelCorso und er wurden dann Bettnachbarn im Lazarett. Karma, ganz klar. Einen Freund verloren, einen neuen gewonnen.

Er betrachtete wieder die Landkarte, doch diesmal mischten sich Spuren von Zerknirschung in seine Bewunderung für General Ducs strategische Meisterleistung. Der Journalist in ihm machte dem alten Soldaten Platz, und er erkannte, daß die Pläne Nordvietnams, wenn sie Erfolg hatten, dem Tod Gillettes sogar noch die Illusion von Sinn rauben würden; diese Erkenntnis ließ Wut in ihm aufsteigen, und er fühlte sich verraten. Er wußte, daß seine Wut keinerlei vernünftige Grundlage hatte — daß die Toten auf der Seite des Verlierers umsonst starben, war schließlich im Krieg immer so — und er konnte auch nicht sagen, von wem oder wodurch er sich verraten fühlte. Trotzdem waren diese Gefühle da. Er kämpfte dagegen an, denn er war Korrespondent einer Nachrichtenagentur, objektiv und ein Profi, der sich ebensowenig erlauben durfte, daß seine persönlichen Gefühle an den Ereignissen, über die er berichtete, Anteil nahmen, wie ein Berufssoldat es sich leisten konnte, über gefallene Kameraden Tränen zu vergießen.

Dalman steckte den Kopf zur Tür herein. „Bist du wach, Harry?"

„Ja".

„New York ist in der Leitung."

Bolton schwang die Beine aus dem Bett und ging an den Fernschreiber, wo er in schwarzen Druckbuchstaben las:

ARTIKEL GUT ANGEKOMMEN. HABEN FRAGEN. HALPRIN.

Im Hinsetzen tippte Bolton ‚GA' für ‚*go ahead*', also los.

SIE SAGTEN ARVN HAT 35.000 MANN. WHEELER VOM PENTAGON MEINT NACH SEINEN INFOS ABER 50.000. ERKLAERUNG?

Du verfluchter Schlappschwanz, hast unbedingt bei Wheeler anrufen müssen, um ganz sicher zu gehen, was?

RESTLICHE 15.000 SIND GEISTERARMEE

WAS IST DAS?

Halprin, wieso haben sie dich bloß zum Auslandsredakteur gemacht?

GEISTERARMEE BESTEHT AUS IMAGINAEREN SOLDATEN DIE NUR AUF PAPIER EXISTIEREN DAMIT OFFIZIERE IHREN SOLD EINSTREICHEN KOENNEN.

BRAUCHEN ABSATZ ZUR ERLAEUTERUNG. WHEELER SAGT AUSSERDEM DER SUEDEN HAT NOCH 5.000 OFFIZIERSKADETTEN EXTRA FUER VERTEIDIGUNG SAIGONS. WARUM NICHT MITGEZAEHLT?

WEIL 5.000 SCHULJUNGEN KLACKS GEGEN 90.000 ERFAHRENE SOLDATEN.

Arschloch.

EINGEFUEGTER SATZ MIT KADETTEN ERFORDERLICH.

OK. SONST NOCH WAS?

REUTER UND AFP MELDEN AUS HANOI DASS NORDEN RUECKTRITT VON THIEU FORDERT. DIES SEI VORAUSSETZUNG FUER GESPRAECHE WAS KISSINGERS ANSICHT BESTAETIGT DASS NORDVIETNAM POLITISCHE STATT MILITAERISCHE LOESUNG SUCHT.

WAS IST IHRE FRAGE?

KOENNEN SIE SICH AUF IHRE INFORMANTEN ABSOLUT VERLASSEN?

Wie konnte man jemanden über Telex anbrüllen?

SELBSTVERSTAENDLICH. JETZT 05.30 ORTSZEIT. WIE WAERS WENN SIE ARTIKEL BALD RAUSGEBEN UM MORGENAUSGABEN NOCH ZU SCHAFFEN?

MOM BI. REDAKTIONSBUERO HAT NOCH FRAGE. WAS IST TAMARINDENBAUM?

Bolton starrte mehrere Sekunden lang ungläubig auf die Frage.

BOLTON ANTWORT BITTE. ZEIT KOSTET GELD.

TAMARINDENBAUM IST BAUM DER TAMARINDENFRUECHTE TRAEGT. DAS IST MATSCHIGES OBST VERGLEICHBAR MIT BIRNEN VON REDAKTIONSBUEROHENGSTEN DIE IDIOTISCHE BESCHISSENE FRAGEN STELLEN. DAS JETZT ALLES ODER WILL REDAKTIONSBUERO HERSTELLER DER KETTENSAEGEN WISSEN?

ALLES GEKLAERT. KEINE OBSZOENITAETEN UEBER TELEX BITTE. MFG HALPRIN/NY

Das Gerät schaltete sich mit einem greinenden Schwirren ab, das Boltons Stimmung auszudrücken schien.

Die Hitze der Morgensonne drang bereits durch die Fenster hinein, als er endlich mit dem Senden der zusätzlich angeforderten Texte fertig war. Als er die internationalen Meldungen durchsah, auf denen die Artikel sämtlicher IPS-Korrespondenten ausgedruckt waren, stellte er fest, daß New York noch nicht einmal seinen ersten Absatz weitergegeben hatte. Den Text möglichst früh hinauszugeben, hatte sich als strategischer Fehler erwiesen: Er hätte bis knapp vor Redaktionsschluß der Morgenzeitungen warten sollen, dann wäre den Schlappschwänzen keine Zeit mehr geblieben, auf den Nägeln herumzukauen und ihre Informationen beim Pentagon, im Außenministerium und bei Weißgottwem zu überprüfen.

Bolton spürte jetzt im Knie und in der Schulter, in jedem Körperteil, den er sich jemals gebrochen oder geprellt hatte, jede einzelne Minute der zweiundzwanzig Stunden ohne Schlaf. Diese Geritol-Reklame mit dem Mann über fünfunddreißig stimmte schon. So oder so, er wäre ja bescheuert, wenn er noch weiter in diesem türkischen Dampfbad hier sitzen bliebe, nur weil New York das Spiel vielleicht noch mit ein paar Fragen verzögern wollte.

„Dalman", rief er als er sein Hemd überstreifte. „Ich hau mich jetzt in die Falle. Wenn Grey dich dann ablöst, sag ihm, daß ich im Hotel bin."

Das Telefon riß ihn aus einem todesähnlichen Tiefschlaf.

„Hallo Harry?" sagte die Stimme am anderen Ende. „Hier Grey."

„Grey? Wie spät ist es denn?"

„Ein Uhr nachmittags."

Bolton schmatzte mit den Lippen, um den trockenen, metallischen Geschmack im Mund loszuwerden.

„Ich hoffe für Sie, daß es was Wichtiges ist, Grey."

„Ist es, und Ihnen wird gleich die Sicherung durchbrennen, wenn Sie's hören. Wutrakete aus New York. Ich zitiere: ‚Spätausgaben der Morgenzeitungen bringen AP-Exklusivbericht von Albury über Angriffsplan Nordvietnams auf Saigon in zwei Wochen. Laut seinen Informanten vom Geheimdienst können ARVN-Truppen die Stadt nicht länger als zwölf Stunden halten. Er meldet, daß Hutton sich weigert, dem Rat zur Evakuierung der Amerikaner zu folgen. Könnt ihr mithalten?'"

Boltons Blick glitt hinunter bis zu den Zehen, auf die ein Lichtstrahl durch die Jalousien fiel.

„Grey, ich kann nur beten, daß Dalman und Vinnie Sie zu diesem Streich angestiftet haben, denn wenn das Ihre Idee war, werde ich Ihnen einen Tritt in den Arsch geben, daß Sie noch Mitte nächsten Jahres in der Luft sind!"

„Niemand hat mich zu irgend etwas angestiftet", gab Grey in ehrlichem Tonfall zurück.

Bolton knallte den Hörer auf die Gabel, zog sich in aller Eile an und lief aus dem Zimmer. Neben dem Eingang des Continental parkte Fast

Eddie auf seinem Rollerbrett und wollte ihn zu einem Wettrennen herausfordern, aber Bolton brüllte ihn an: *,Geh mir aus dem Weg, du Scheißer!'* und startete zu einem Hindernislauf über den Place Lam Son und dann den Boulevard Le Loi hinunter. Im Gebäude des IPS-Büros angekommen, verschwendete er keine Zeit beim Warten auf den lethargischen Fahrstuhl, sondern hetzte die vier Stockwerke im Treppenhaus hinauf, riß beinahe die Tür aus den Angeln und keuchte wie ein Lungenkranker, als er die Meldungen auf dem internationalen Telex überflog. Kein einziger Absatz seiner Story war an die Zeitungen hinausgegangen. Er stürzte an den IPS-Fernschreiber und tippte die Nummer des New Yorker Büros. Als die Kennung losratterte, fragte er nach Lucas, dem Nachtdienst in der Auslandsredaktion.

MOM BI, kam die Antwort aus New York. Während des Wartens mußte sich Bolton mühsam zurückhalten, die Tastatur nicht mit den Fäusten zu bearbeiten. Der Rest des Teams, Grey, Vincent und Hoang, strichen im Büro um ihn herum wie Sprengmeister um eine Bombe, die sie nicht zu entschärfen wissen. Dann begann der Apparat zu rattern.

HIER LUCAS.

LUCAS: WAS ZUM TEUFEL SOLL DAS BEDEUTEN?

KOENNT IHR MIT AP MITHALTEN?

DAS WAR MEINE STORY. GESENDET 03.40 ORTSZEIT. WARUM NICHT WEITERGEGEBEN?

KEINE AHNUNG. WERDE NACHSEHEN UND RUFE ZURUECK.

Eine halbe Stunde später, nachdem Bolton seine Faust in eine Mauer gerammt, einen Schreibtisch mit Fußtritten bearbeitet und Grey einen langsamen, qualvollen Tod angedroht hatte, wenn dieser auch nur zu laut atmen sollte, klapperte der Fernschreiber plötzlich wie ein falsches Gebiß aus dem Scherzartikelgeschäft. Es war Lucas' Antwort:

120150 BOLTON: HABE DEIN MATERIAL UNTER STORNIERTEN MELDUNGEN AUFGESPIESST GEFUNDEN. HALPRIN ANGERUFEN UND RAETSEL GELOEST: ALS DEINE ZUSAETZE ANKAMEN HAT HALPRIN STORY ZURUECKGEHALTEN UND KISSINGERS PRESSESEKRETAER ANGERUFEN. DER SAGTE DEINE INFORMATIONEN SEIEN TOTAL UNZUVERLAESSIG. AUSSENMINISTERIUM HABE DEUTLICHE SIGNALE ERHALTEN DASS HANOI VERHANDELN WILL WENN THIEU ABTRITT. PRESSESEKRETAER TELEFONIERTE DARAUFHIN MIT MCDANIELS UND VERLANGTE STORNO DER STORY WEIL SIE PANIK IN SUEDVIETNAM AUSLOESEN UND VERHANDLUNGSCHANCEN

ZERSTOEREN WUERDE. MCDANIELS WUERGTE STORY AB. WEGEN STORNO ERZAEHLTE MIR HALPRIN BEI SCHICHTWECHSEL NICHTS VON DEINEM ARTIKEL.

Abgewürgt. Bolton war jetzt über die Übelkeit hinaus. Abgewürgt. Oh ja, er würde jetzt auch jemanden abwürgen, mit Vergnügen. Er wünschte, er hätte die Kraft, sich in reine Energie umzuwandeln und auf den Telexsignalen nach New York zu reiten, wo er sich dann wieder materialisieren würde, um Halprin und McDaniels mit einem rostigen Drahtkleiderbügel zu erwürgen.

BIST DU NOCH DRAN BOLTON?

NOCH.

HALPRIN MEINTE DA DIE MORGENZEITUNGEN JETZT OHNEHIN AP MELDUNG BRINGEN SOLLTEST DU STORY UEBERARBEITEN UND NEUEN AUFHAENGER SENDEN. WIR KOENNEN STORNOMATERIAL ALS GRUNDLAGE NEHMEN.

MIT ANDEREN WORTEN ICH SOLL MIT MEINEM EIGENEN EXKLUSIVBERICHT MITHALTEN?

DARAUF LAUFTS RAUS. BEILEID.

BITTE FOLGENDES AN HALPRIN UND MCDANIELS WEITERLEITEN: MOEGE SCHEISSE NIEDERPRASSELN AUF EUCH BEIDE UND DIE PFERDE AUF DENEN IHR EINGERITTEN SEID. MFG BOLTON/SAIGON

10

In seinem Hotelzimmer, wo sich die Morgensonne gerade durchs Fenster hineinstahl, begann DelCorso mit den rituellen Vorbereitungen auf jenen kritischen Moment, wenn er unter Feuer liegen würde und mit nichts als einer Kamera zurückschießen konnte.

Er leerte zunächst die Plastik- und Aluminiumfilmdosen aus der Fototasche, um sie in vier verschiedenen Reihen auf der Kommode aufzustellen: vorn der K-64-Farbfilm, dahinter das schnell arbeitende Ektachrom-Material, dann die Patronen mit Schwarzweiß-Tri-X, und ganz hinten die weniger empfindlichen Plus-X-Filme. Die Anordnung wirkte wie ein Bataillon von Spielzeugsoldaten bei der Parade. Dann stellte er

Kombinationen von Filmen und Objektiven zusammen, indem er seine vier Fotoapparate hinter die jeweilige Filmformation postierte: die Leica M3D, ausgerüstet mit einem schnellen Leitz-Objektiv, zu den K-64-Filmen; die M5 mit dem 28mm-Weitwinkel zum Ektachrom; eine stoßsichere, wasserdichte, schimmelfeste, sonstwas-feste Nikonos, sehr nützlich bei diesem Klima, kam zum Plus-X-Material; und die 35mm-Nikon war für Tri-X bestimmt.

Wie ein Soldat, der übungshalber sein Gewehr mit verbundenen Augen auseinandernimmt, lud DelCorso nun nacheinander die Kameras, ohne hinzusehen. Immer noch die Augen geschlossen, hängte er sich dann den breiten Gurt der M3D um den Hals, spannte den Transporthebel und stellte einen bestimmten Belichtungswert ein, indem er den Blendenring mit der linken und die Zeiteinstellung mit der rechten Hand bediente. Blende acht bei einer Sechzigstelsekunde, sagte er vor sich hin. Dann öffnete er die Augen, um die Werte abzulesen. Blende acht und ein Sechzigstel. Er machte die Augen wieder zu und probierte eine zweite Einstellung, dann eine dritte und eine vierte. Blende fünf Komma sechs bei einem Fünfhundertstel. Elf bei einem Fünfundzwanzigstel. Er trainierte eine halbe Stunde lang, bis er nacheinander auf allen vier Apparaten ohne Fehler je sechs Werte einstellen konnte. Wenn die Kacke erst einmal wirklich am Dampfen war, dann würden die Charlies aus dem Norden bestimmt nicht das Feuer einstellen, nur damit er den Kopf hochnehmen könnte, um nachzusehen, ob er Verschlußzeit und Blende richtig erwischt hatte. Er unterwarf sich diesem Drill nicht nur zur Verbesserung seiner Leistung, sondern auch, um die natürliche Entfremdung zwischen Mensch und Maschine zu überwinden. Denn nichts anderes als Maschinen waren ja seine Kameras: Geräte, entwickelt unter Anwendung der optischen Gesetze. Er genoß es, sie in der Hand zu spüren, doch seine wertvollste Ausrüstung trug er im Kopf und im Herzen, denn der Fotoapparat war ja ein Instrument, das nicht nur das Motiv aufzeichnete, sondern auch alles, was in ihm selbst im Augenblick des Abdrückens vorging. Für ihn entstand alles in einem Foto erst ganz kurz, bevor der Verschluß ausgelöst wurde. In diesem Bruchteil einer Sekunde interpretierte er die Bedeutung einer Szene und erfaßte ihre Stimmungsqualität, wählte dann die Blendeneinstellung und die Verschlußzeit, stellte scharf und bestimmte den Bildausschnitt, so daß auf solche Weise das Bild, das auf dem Negativ festgehalten wurde, nichts anderes war als eine perfekte Kopie des Bildes in seiner Vorstellung. Wenn er diese rationalen, emotionalen und physischen Funktionen richtig koordinierte, würde das Foto vollkommen sein und keinerlei nachträgliche Manipulationen erfordern. Um das zu erreichen, benötigte er mehr als gute Augen und Fingerfertigkeit; er mußte klar denken, seine Stimmung mußte sich mit der Atmosphäre des Moments decken, und er mußte so vertraut mit der Kamera sein, daß das Auslösen der Aufnahme im entscheidenden Augenblick zur Reflexhandlung wurde, zur intuitiven Vereinigung des Materiellen und des Immateriellen, von Hand und Auge, von Geist und Seele.

DelCorso legte die Kameras weg, öffnete den Schrank und nahm einen breiten Gurt heraus, an dem zwei Feldflaschen, zwei Munitionsbeutel und eine kleine Erste-Hilfe-Tasche baumelten. Er verstaute zehn K-64-Patronen in dem einen Beutel und zehn Ektachrom-Filme in dem anderen. Zwanzig Rollen Schwarzweiß zusammen mit zwanzig Ersatzfarbfilmen kamen in eins der drei wasserdichten Fächer der Notfalltasche. Normalerweise nahm er nicht so viel Filmmaterial mit, aber die Schlacht bei Xuan Loc würde seit dem Fall von Da Nang die erste größere Aktion der Offensive werden, und er beabsichtigte, soviel wie möglich herauszuholen. Wenn alles gut ging, könnte er wahrscheinlich das Titelbild bekommen, was eine Prämie von tausend Dollar extra bedeutete. Diesen Gedanken an die Bezahlung schüttelte er schnell wieder ab, während er seine Ersatzkamera, die Nikonos, ins zweite Fach der Ersten-Hilfe-Tasche legte. Wenn Geld kam, war es gut, aber er konnte sich nicht erlauben, ihm nachzulaufen.

In das dritte Fach stopfte er ein paar Mullbinden, seine Schmerzpillen und die Tabletten zur Wasserdesinfektion, dann zog er die Unterhose aus — im Dschungel hatte Unterwäsche nur zur Folge, daß man in kürzester Zeit eine Entzündung zwischen den Beinen bekam —, wickelte eine elastische Bandage zur Unterstützung des Knöchels ums Bein und streifte sich dann ein Paar Hosen in Tarnfarbe und ein Drillichhemd mit tiefen Taschen über, in die er Belichtungsmesser und das Notizbuch für die Liste mit Aufnahmen steckte. Er zog die Schutzweste an und hängte sich die restlichen drei Kameras um den Hals, dann stellte er die Riemen so ein, daß sie übereinander vor seiner Brust lagen. Nachdem er sich den Gurt umgeschnallt hatte, polterte er durchs Zimmer, wobei er hier etwas festzog, dort etwas lockerte und probeweise jede Kamera ein paar Male vors Auge hielt, bis er zufrieden war. Als letztes steckte er sein einziges weitreichendes Objektiv, ein 105mm-Tele, in die Hosentasche. Wenn du jetzt nicht fertig bist, Nicolo, dann bist du es nie.

Er hatte vorher Kaffee beim Zimmerservice bestellt und goß sich nun eine Tasse ein. Beim Anzünden einer Zigarette dachte er: Dies ist die zivilisierte Art, in den Krieg zu ziehen. *Café au lait* aus einer *silbernen Kanne.* Draußen erstickte der Place Lam Son bereits im Verkehr, aber DelCorso sah die Straßen und den endlosen Strom der Autos und Motorräder nicht; er sah den großen Chinook-Transporthubschrauber, der Bolton und ihn nach Xuan Loc einfliegen würde; er sah den Helikopter und die Kautschukplantagen rund um die Stadt, wo die 18. Division jedermann, und vor allem ihre eigenen Leute damit überrascht hatte, daß sie seit fünf Tagen einer Einheit der NVA-Truppen Widerstand leistete. Die Kommunisten hatten sich zurückgezogen und begonnen, die südvietnamesischen Stellungen systematisch unter Artilleriebeschuß zu pulverisieren. Fünfzehnhundert Schuß pro Tag, jede Minute eine Granate. Es würde ein gefährliches Gebiet sein, wahrscheinlich das gefährlichste, in dem er sich je aufgehalten hatte. Diese verfluchten Chinooks waren so groß und schwerfällig, die konnte man mit verbundenen Augen abschießen. In seiner Erinnerung tauchte das Bild eines Helikoptertreffers auf, den er während der Tet-Offensive einmal gesehen hatte — die Leuchtspurgeschosse waren in langen Strahlen aus den Bäumen emporgezischt, und der Hubschrauber war wie eine kleine Supernova in der Luft explodiert.

DelCorso begann, an den Handflächen zu schwitzen, und sein Magen vollführte gymnastische Bewegungen. Angst, die Angst vor dem Gefecht — die Furcht vor einem gewaltsamen Tod; noch dazu war dieses Gefühl heute noch ebenso schrecklich wie vor zehn Jahren, als er es zum ersten Mal gespürt hatte. DelCorso nahm einen tiefen Zug von seiner Zigarette und versuchte mit seiner ganzen Willenskraft zu verhindern, daß sich die Angst seiner bemächtigte. Da es ihm nicht gelang, schritt er auf und ab, schüttelte die Arme aus und machte kreisende Bewegungen mit dem Kopf wie früher vor einem Kampf. Schüttle es ab, sagte er zu sich selbst, schüttle es ab. Und als das auch nicht funktionierte, tat er das, was die meisten gestrauchelten Katholiken in kritischen Momenten tun — er flüchtete sich ins Gebet. Bekreuzigte sich, kniete nieder und sagte das Gebet auf, das er früher gesprochen hatte, wenn sein Trainer ihm die Bandagen um die Hände wickelte und wenn die Angst und die Wut sich in seinem Bauch zu einem hochexplosiven Klumpen zusammenballten.

„Heiliger Erzengel Michael, beschütze uns im Kampf und sei auch unser Schutzherr gegen das Böse und die Fallstricke Satans. Möge der Herrgott den Teufel besiegen, so bitten wir demütigst, und mögest du, heiliger Erzengel Michael, ihn durch die Macht Gottes in die Hölle verstoßen, zusammen mit all den bösen Geistern, die auf Erden wandeln, um unsere Seelen ins Verderben zu stürzen."

Die Schönheit dieser Worte beruhigte ihn langsam. „Heiliger Erzengel Michael, beschütze uns im Kampf", begann er ein zweites Mal, sprang aber sofort auf die Beine, als jemand laut an die Tür klopfte. Bolton wäre vor Lachen gestorben, hätte er ihn da wie einen Ministranten hocken sehen.

„Ja, Harry", antwortete er mit möglichst beherrschter Stimme, „es ist offen."

Bolton kam herein, einen Helm unter dem Arm, eine Schutzweste über die Schultern geworfen wie das Cape eines Stierkämpfers. Nach dem ersten Blick auf DelCorso verzog er die Lippen und nickte in spöttischer Bewunderung.

„Der Ausstattung nach zu urteilen, müssen Sie Nick DelCorso sein, der Kriegs-Kameramann", sagte er grinsend, die blauen Augen zusammengekniffen. „Jawohl, Kinder, es ist wirklich Nick DelCorso! Wer sonst hätte wohl die Unverfrorenheit, *café au lait* zu schlürfen, bevor er sich in die Hitze des Gefechts hineinstürzt?"

DelCorso griff nach seinem Helm und hielt ihn am Kinnriemen, wie einen Kochtopf. „Also, machen wir uns auf die Socken, Harry."

„Habt ihr das gehört, Kinder? ‚Machen wir uns auf die Socken.' Welch lakonische Unerschütterlichkeit! Ihr erinnert euch hoffentlich noch an die letzte Folge, in der unser Held gerade dabei war, eine Vietcong-Amazone zu fotografieren, die desertiert war, um das erste eintittige Tittel- äh Titelmädchen in der Geschichte des *Playboys* zu werden . . ."

Seine Angst brach auf wie ein Abszeß, und DelCorso konnte lachen. „Horseman, ein Glück, daß du da bist!"

„Hab's auf deinem Gesicht gesehen, gleich als ich reingekommen bin. Kriechende Gänsehaut, was?"

„Hätte nicht gedacht, daß man's mir anmerkt."

„Vom Scheitel bis zur Sohle, mein Bester. Aber mach dir nix draus. Mich hat's heute morgen gegen drei erwischt. Da wurde mir klar, daß ich zu groß für dieses Theater bin. Die Salve, die allen andren über den Kopf pfeift, macht mir ein drittes Nasenloch."

DelCorso lachte wieder, eher vor Erleichterung als wegen Boltons Scherz, und griff nach dem Zimmerschlüssel. Die beiden gingen hinaus.

„Wir haben die Sache immer noch für uns allein, falls du interessiert bist", bemerkte Bolton.

„Bin ich doch. Wollen die von der ARVN den ganzen Reporterzirkus also immer noch am Freitag nach Xuan Loc fliegen?"

„Wenn sie die Stellung dort so lange halten können, ja."

„Sieht doch aber so aus, als könnten sie es. Jetzt haben sie ja auch die Luftlandetruppen."

Bolton drückte den Fahrstuhlknopf. „Jaja, die Luftlandetruppen. Na und? Diese Einheit ist die allerletzte Reserve Saigons, und während die

Jungs zwischen den Gummibäumen herumstapfen, wartet der Norden mit sechs oder sieben Divisionen am anderen Ende der Stadt auf den Befehl zum Losschlagen. Nein nein, liebe Leute, die ganze achtzehnte hat nichts weiter ausgerichtet, als den Charlies aus dem Norden ihren Terminkalender ein bißchen durcheinanderzubringen. Der Spielplan bleibt derselbe: Reserven ins Gefecht ziehen, festnageln und aufreiben, und dann hereinspaziert in die Stadt. Willst du mal herzlich lachen? Dann lies das hier. Kam gestern abend aus New York hereingetickert."

Während sie im Fahrstuhl nach unten fuhren, las DelCorso das Telex.

201456 BOLTON: BETR IHR TX 192102: FALLS SIE VOR DER UEBRIGEN MEUTE NACH XUAN LOC KOMMEN KOENNEN DANN LOS. WIR WOLLEN KEINE DAUMENLUTSCHER. WOLLEN JEDE MENGE BUM-BUM. ERWARTEN VON IHNEN BESCHREIBUNG SCHLACHTFELD VOLLER BILD TON GERUCH SOWIE ZITATE VON KOMMANDANT DER 18. DIV WIE SEINE LEUTE DIE ROTEN ZURUECKGESCHLAGEN HABEN. ZU IHRER INFO FOLGENDE MELDUNG VON WHEELER GESTERN: + KEIN ZWEIFEL + STELLTE GENERAL WHALEN BEI EINER PRESSEKONFERENZ NACH SEINER RUECKKEHR VON EINER INFORMATIONSREISE DURCH VIETNAM FEST + DER SUEDEN HAT EINEN SCHWEREN SCHLAG ERLITTEN ABER WIE ER SICH BEI XUAN LOC HAELT ZEIGT DASS ER SICH JETZT LANGSAM DAVON ERHOLT. AUSSERDEM HAT ER IMMER NOCH DIE LUFTLANDETRUPPEN ALS RESERVE. UND DIESE KLEINEN TIGER WERDEN SAIGON IN EIN ZWEITES STALINGRAD VERWANDELN WENN DER VIETCONG VERSUCHT DIE STADT EINZUNEHMEN. + ALSO DANN KOPF RUNTER HARRY. MFG HALPRIN/TELE/NY

„Um Himmels willen, Harry, was rauchen die da bloß?"

„Keine Ahnung, aber ich weiß, daß ich mir zehn Kilo davon kaufen werde, falls ich hier lebend wieder rauskomme. Bum-Bum. Wollen jede Menge Bum-Bum. Na gut, wenn diese Scheißer Bum-Bum haben wollen, dann sollen sie ihr Bum-Bum kriegen. Kann nur froh sein, daß ich meinen Job noch habe."

Unten angekommen verließen sie den Fahrstuhl und gingen über die kleine Treppe in die Hotelhalle. Dort stand Dunlop. In Gefechtskleidung, vor der breiten Brust seine Kameras — eine davon mit einem Teleobjektiv, das halb so lang wie ein Raketenwerfer war —, sprach er gerade mit einem seiner Schützlinge, einem schlaksigen Halbstarken mit dünnem Schnurrbart. Als DelCorso Dunlops massigen, faltigen Nakken, die gebräunten Unterarme und den eckigen Kopf betrachtete, stieg in ihm — ebenso unerklärlich und spontan wie die Liebe — ein immer stärker werdender Haß auf: sein Haß auf den älteren Mann rief Haß auf sich selbst hervor dafür, daß er diesen Haß empfand, was wiederum den

Haß auf Dunlop steigerte, weil dieser für seinen Selbsthaß verantwortlich war.

„Du siehst ja ganz nach Arbeit aus, Nick“, sagte Dunlop, als DelCorso den Schlüssel beim Portier abgab. Seine hohe, für einen so kräftigen Mann erstaunlich feminine Stimme war voller gekünstelter Freundlichkeit.

„Tja, ich dachte mir, ich könnte ruhig was tun, um mir mein Geld zu verdienen.“

Dunlops Lippen zogen sich zu einem dünnen, eckigen Lächeln zusammen. „Das dürfte dir nicht schwerfallen, bei den Honoraren, die du bekommst.“

„Komm schon, Nick“, sagte Bolton gepreßt, „gehen wir.“

„Was hast du eben gesagt, P.X.?“

„Nichts.“

„Allerdings, das war gar nichts.“ DelCorso starrte Dunlop in die Augen, die in dem zerklüfteten Gesicht aussahen wie zwei blaue Felsen an der Flanke eines erloschenen Vulkans. „Gehst du raus, oder hast du dir bloß das entsprechende Kostüm angezogen?“

„Was soll denn das heißen?“

„Ich meine: Gehst du selber raus, oder schickst du wieder einen deiner Stuntmen ins Feld, einen deiner billigen Paparazzi, so wie das Arschloch, das neben dir steht?“

Der schmale junge Mann machte einen Schritt nach vorn. DelCorso, ganz der gewiefte Straßenschläger, stellte sich auf die Fußballen und ließ die Hände locker vor den Schenkeln baumeln.

„Mein Name ist Lutter“, sagte der junge Mann. „Jim Lutter.“

„Na gut, Jim Lutter, aber ich glaube kaum, daß du das haben möchtest, was ich dir gern verpassen würde.“

„Er bleibt hier, und ich werde rausgehen. Nach Hung Nam.“ Dunlop sprach von dem Dorf zwischen Saigon und Xuan Loc, wo der Vietcong eine Straßensperre errichtet hatte, um die umkämpfte Provinzhauptstadt vom Nachschub abzuschneiden.

„Geh bloß kein Risiko ein, Alter. Mit dem Tele da könntest du die ganze Story doch genausogut vom Dach des ‚Caravelle‘ aus fotografieren.“

„Ich werde da draußen sein, Nick“, wiederholte Dunlop. Die falsche Herzlichkeit war nun verflogen.

„Na sicher. Genau wie deine Kumpel mit den vier Sternen am Ärmel. Die haben auch solche Vergrößerungsgläser zum Zugucken.“

„Jetzt reicht's aber. Los, wir hauen ab.“ Bolton packte DelCorso am Arm und zerrte ihn hinaus. „Du und dieser Hampelmann, ihr könntet wirklich allen hier einen Gefallen tun und euer Spielchen mal zu Ende bringen", meinte er, während sie auf den Jeep zugingen. „Duelliert euch doch, oder sonstwas."

„In Ordnung. Aber ich darf die Waffen wählen. Ein Gummischlauch für ihn, eine abgesägte Schrotflinte für mich."

„Weißt du, ich hab mal irgendwo gelesen, daß nur ein hochintelligentes Gehirn dazu imstande ist, zwei gegensätzliche Standpunkte gleichzeitig zu vertreten. Wenn das stimmt, dann bist du ein Genie."

„Wovon redest du überhaupt?"

Bevor Bolton antworten konnte, waren sie beim Jeep angekommen. Hinter dem Lenkrad sagte Hoang: *„Chao anh"*, und kippte den Beifahrersitz nach vorn. DelCorso schnallte den Gurt ab und kletterte auf den Rücksitz, wo er sich neben eine Kiste mit Verpflegung setzte.

„Wo zum Teufel ist denn Wilson?" fragte Bolton, während er seinen gewaltigen Körper in den vorderen Sitz zwängte.

„Er meinte, wenn er nicht hier ist, dann ist er im Miramar."

„Zum Miramar, Hoang."

Hoang nickte und fuhr los, die Rue Tu Do hinauf.

„So, Harry, und jetzt erzähl mal, was das mit dem Genie zu bedeuten hatte."

„Na gut, also wie in aller Welt kannst du dein hochtrabendes soziales Gewissen mit dieser kleinen Vendetta vereinbaren, die du dauernd mit Dunlop austrägst? Was willst du denn mit deinem Macho-Gequatsche eigentlich beweisen?"

„Wieso denn Macho-Gequatsche?"

„Na, diese Bemerkung über sein langes Teleobjektiv. Als ob er feige wäre, nur weil er nicht nahe genug rangehen will, um von irgendeinem Vietcong ein Porträt zu schießen."

Bolton mußte sehr laut sprechen, um den Verkehr zu übertönen.

„Hör mal zu, Harry", DelCorso lehnte sich vor, „vielleicht bin ich ein bißchen naiv, aber ich glaube daran, daß in einem Fotoapparat die Kraft liegt, die Dinge zum Besseren zu verändern, und wenn ich diesen Scheißkerl nicht leiden kann, dann liegt das daran, daß er diese Kraft mißbraucht hat."

„Und was soll das damit zu tun haben, daß er feige ist?"

DelCorso zündete sich eine Zigarette an, während er versuchte, eine vernünftige Antwort zu formulieren. „Wenn man die Wahrheit zeigen will, dann muß man dicht rangehen, nicht aus dem Klappstuhl mit einem Tele fotografieren, mit dem man aus einem Kilometer Entfernung noch den Arsch einer Stechmücke aufnehmen kann!"

„Tolle Rede, Nick."

„Er ist kein Kriegsfotograf. Er ist ein Verräter, ein Entertainer, er und seine Hollywood-Ledernacken."

„Schon gut, Nick, schon gut. Jetzt reg dich ab."

Doch DelCorsos Blut war jetzt in Wallung, und er fuhr fort: „Etwas beweisen. Das hat nichts mit Machismus zu tun, Harry! Wenn ich was beweisen will, dann höchstens, daß ich ein Bild ohne alle Tricks aufnehmen und entwickeln kann, und trotzdem noch besser bin als er!"

Hoang parkte vor dem Miramar. Wilson wartete am Eingang, unter den Augen dunkle Ringe, groß wie hartgekochte Eier. Er brummte einen Gruß und stieg ein, wobei seine Kameras gegeneinander klapperten.

„Mark, so wie du heute aussiehst, würden sie dir nicht mal 'ne Rolle in einem Horrorfilm geben."

„Ja, ich bin fast so häßlich wie DelCorso." Wilson legte seine Schutzweste über die Verpflegungskiste, lehnte sich dagegen und streckte die langen, dünnen Beine aus. „Zuviel billiger Fusel, zuviel Buddha-Grass, und zuviel Tuyet Hoa."

„Die Schneemöwe."

„Schneeblüte, du blöder Kanake."

„Kannst du überhaupt noch etwas sehen?"

„Nein, ist aber auch nicht nötig", gab Wilson zurück, während Hoang die Rue Nguyen Do entlang fuhr, vorbei am Präsidentenpalast und dem kühlen Grün der Gärten von Tao Gen, bevor er in die Le Van Duyet einbog. „Weil in Hung Nam nämlich überhaupt nichts passiert. Die ARVN beschießt die Straßensperre, der Vietcong schießt zurück. *Ti-ti* Story."

„Versuch möglichst trotzdem was zu kriegen. Übermorgen ist Redaktionsschluß. Und sie werden etwas brauchen, falls ich nicht rechtzeitig aus Xuan Loc rauskomme."

„Hoffentlich kommst du überhaupt von da raus. Ich persönlich finde es ja *beaucoup dinky-dao* von euch beiden, da hinzugehen, noch dazu in einem Hubschrauber voller Schlitzaugen."

„Ohne Fleiß kein Preis", stellte Bolton fest.

„Genau. Kein Preis für den Fleiß. Das wird euch blühen. Aber immerhin, besser ihr als ich. Ich habe schließlich Verpflichtungen zu erfüllen."

„Genau, die Alimentezahlungen für deine drei Exbräute."

„Von dem Geld für eine vierte Frau gar nicht zu sprechen."

„Also, wenn ich du wäre, dann würde ich mir das ersparen."

„Du bist aber nicht ich, und ich habe es mir nicht erspart. Ich liebe sie alle, von acht bis achtzig, ob blind, verkrüppelt oder verrückt."

„Ist ja nicht weiter schlimm, wenn du sie liebst. Nur heiraten sollst du sie nicht."

„Zu spät. Ich hab's schon hinter mir."
„Was hast du hinter dir?"
„Meine Hochzeit."
Bolton drehte sich um. Auf seinem Gesicht lag ein ungläubiger Ausdruck.
„Ich habe gestern Tuyet Hoa geheiratet. Eigentlich wollte ich das erst später bekanntgeben, aber in Zeiten wie diesen, wo das Leben primitiv, tückisch und kurz ist, kann ich es ebensogut auch jetzt schon tun."
„Wer in aller Welt ist denn Tuyet Hoa?"
„Eine Hure", sagte DelCorso.
„Du sprichst von der Frau, die ich liebe, einer ehrbaren Dame, die nur auf Grund widriger Umstände in ein unehrenhaftes Gewerbe getrieben worden ist."
„Du hast eine Hure geheiratet?"
„Es wäre nicht das erstemal, und diese gibt sich wenigstens gleich zu erkennen."
„Und uns willst du erzählen, wir wären *beaucoup* bescheuert?"
„Nun ja, also in Wahrheit habe ich sie nur sozusagen geheiratet."
„Das klingt ja vielversprechend. Niemand sonst als Wilson kann ‚sozusagen' heiraten. Schieß los, Mark."
„In Saigon ist eben alles möglich. In Cholon sitzt ein Schwarzhändler, der verkauft Heiratsurkunden für zwei Dollar fünfzig. Die Mädchen brauchen sich dann nur noch einen Yankee zu suchen, der bereit ist, eine zu kaufen und seinen Namen draufzusetzen, und schon geht's aufs Konsulat, wo ihnen ein Visum als Familienangehörige ausgestellt wird."
„Und du . . ."
„Erraten. Ich hab mir ausgedacht, was mit Tuyet Hoa geschehen wird, wenn die Jungs aus dem Norden den Laden in Saigon schmeißen. Ich hab mir ihren lieblichen Körper in einem verbeulten Mao-Anzug vorgestellt. Vor meinem geistigen Auge mußte ich sehen, wie sie sich den schönen Arsch auf einer Kolchose aufreißt, anstatt ihn dafür zu gebrauchen, wofür er geschaffen wurde. Und dann hab ich in den Spiegel geblickt und zu mir gesagt: ‚Wilson, du hübscher Bengel, sie haben dir drei Verwundetenabzeichen verliehen — jetzt ist es Zeit, daß du dir eine Medaille für gutes Betragen verdienst.' Deshalb ist Tuyet Hoa in den Papieren jetzt Tuyet Hoa Wilson, oder Wierson, wie sie sagen würde. Und sie wird mit mir in Santa Barbara zusammenleben. Du müßtest das doch verstehen, D.C. Du trittst schließlich immer für die monogame Ehe ein."
DelCorso hatte sich aus der Unterhaltung ausgeblendet. Er betrachtete die Flüchtlingslager am Stadtrand, kleine Zellen der Verwahrlosung,

die im Laufe der Jahre Metastasen gebildet hatten und jetzt eine einzige riesige bösartige Wucherung waren.

„Erde ruft Nick", brüllte Wilson ihm ins Ohr. „Erde ruft Nick. Bitte bestätigen!"

„Was?" DelCorso mochte Wilson gut leiden, aber es gab Augenblikke, in denen er ihm für seine vorlaute Art am liebsten mit einer Dachlatte den Schädel eingeschlagen hätte.

„Also, trittst du etwa nicht für die monogame Ehe ein?"

„Doch. Ich wünsche dir und Tuyet Hoa alles Gute."

„Aber wie soll denn das weitergehen, wenn diese N . . . — ich meine, wenn deine Sozusagen-Gattin in den Staaten ist?" fragte Bolton weiter.

„Entweder mit einer blitzartigen Sozusagen-Scheidung oder mit einem Leben in ehelichem Glück."

„Sozusagen."

„Kann man ja nie wissen."

DelCorso, der keinerlei Interesse für Wilsons neuste sexuellen Eskapaden aufbringen konnte und sich auch schon lange nicht mehr wunderte, warum sich sein Freund dermaßen oft verliebte, blickte weiter auf das Panorama des Elends draußen. Der Jeep fuhr ziemlich schnell, aber nicht schnell genug, um den Gestank hinter sich zu lassen, der aus den Behausungen drang — den Geruch nach Dreck und nach der vergorenen Fischsoße namens *nuocmaum,* nach menschlichem und tierischem Kot, nassem Stroh und brennendem Holz. Die bevorstehende Morgendämmerung mußte den Massen in diesen überfüllten Hütten wie Hohn erscheinen, falls überhaupt einer von ihnen sich jemals die Mühe machte, das Wunder des Sonnenaufgangs einen Augenblick lang zu bestaunen. Wahrscheinlich taten sie das nicht, sondern erhoben sich nur automatisch von ihren Bambuslagern, urinierten und entleerten den Darm, kochten sich ihre kargen Reismahlzeiten, um dann in einem Zustand, der dem Schlaf ähnelte, aus dem sie eben erwacht waren . . . ja, um was zu tun? Was taten sie, diese Dorfbewohner ohne Dörfer, Bauern ohne Ackerland? Brachten den Tag hinter sich, bis es wieder Zeit wurde, die Öllampen anzuzünden, die Moskitos zu ertragen und die Nacht hinter sich zu bringen. DelCorso sah ein paar Kinder mit aufgeblähten Bäuchen, die Haut mit den eitrigen Kratern eines Ausschlags übersät, neben einem Kanal spielen, in dem Frauen ihre Wäsche wuschen. Das Wasser des Kanals hatte die Farbe von Altöl, auf der Oberfläche trieb ein grünlicher Schaum, und man konnte förmlich sehen, wie darin Typhus und Ruhr ausgebrütet wurden.

Er fragte sich, warum es als naiv angesehen wurde, über solche Entwürdigung empört zu sein und sie ändern zu wollen. Er kannte Boltons Philosophie dazu: Krieg war kein moralisches Übel, das es auszumerzen galt, sondern ein unvermeidliches Unheil, das man auf sich nehmen mußte. Und es würde so lange nicht von der Erde verschwinden, bis die menschliche Natur sich grundlegend gewandelt hätte. DelCorso war weder blind gegenüber dieser Logik, noch übersah er die Tatsache, daß alle Indizien Boltons Theorie unterstützten. Und doch: Wie sollte eine solche grundlegende Wandlung denn jemals eintreten, wenn nicht von Zeit zu Zeit bestimmte Menschen an das Beste in der menschlichen Natur appellierten, an das Mitgefühl, an diese Fähigkeit, am Unglück anderer teilzuhaben und daraus den Entschluß zu fassen, nicht nur kein weiteres Unglück zuzufügen, sondern es zu lindern?

Hinter dem Stadtrand ging die hoffnungslose Qual der Slums langsam in die alltägliche Armut der ländlichen Dörfer über. Sie fuhren nun auf der Fernstraße Eins in Richtung auf den Hubschrauberlandeplatz von Long Binh, und DelCorso fühlte Erleichterung beim Anblick der Reisfelder, deren flaches Grün mitunter durch die geschwungenen Dächer von Cao-Dai-Pagoden durchbrochen wurde. Feurig und klar wie frischgeblasenes Glas ergoß sich das Licht der Tropen über die Reisfelder und Kautschukplantagen, wo es in einzelne Strahlen aufgelöst wurde, die den Korridoren zwischen den schnurgeraden Baumreihen eine goldgrüne Farbe verliehen. Diese Landschaft eignete sich nicht sehr gut für Bildberichte von einem Kriegsschauplatz; außer in der schlimmsten Zeit des nassen, grauen Monsuns paßte sie nicht in die Vorstellungswelt der meisten Fotoredakteure, für die ein Schlachtfeld etwas Düsteres an sich haben mußte. Unter anderem deswegen griff ja auch Dunlop zu seinen Dunkelkammertricks, um die richtige, die gut verkäufliche Stimmung zu erzielen. Dieser verfluchte P.X. Da war er schon wieder, schob sich zwischen DelCorso und die Landschaft dort draußen wie ein 3-D-Bild, das auf eine unsichtbare Leinwand projiziert wurde. DelCorso kam der Gedanke, daß die Gefühle, die dieser Mann in ihm auslöste, zwar das gerade Gegenteil von Liebe waren, wohl aber in ihrer Heftigkeit die Leidenschaft der Liebe annahmen. Er war von ihnen besessen, sie ergriffen sein Herz in den unmöglichsten Augenblicken und verleiteten ihn dazu, das Ideal zu verraten, das er von sich selbst hatte. Seit dem kleinen Zusammenstoß in der Hotelhalle war ein Teil seiner Gedanken damit beschäftigt gewesen, sich die nächste Ausgabe von *Newsweek* vorzustellen: als Titelbild eins seiner Exklusivfotos, und vielleicht noch eins im Textteil, quer über zwei Seiten im Großformat; und im selben Moment genoß er die Freude über den Schlag, unter dem sich der Alte krümmen würde.

Er konnte diese Gedanken nicht verscheuchen, doch brachte er die Selbstdisziplin auf, sie zurückzudrängen, so daß sie nicht vollständig von ihm Besitz ergreifen konnten. Er konzentrierte sich auf die Landschaft und malte sich aus, wie es wäre, dieses Land in Friedenszeiten zu fotografieren — ein Gedanke, der ihn schon seit Jahren beschäftigte. Er würde den Wechsel der Grünschattierungen im Laufe des Tages festhalten; die Reisfelder, deren morgendlicher Gelbton allmählich in das Smaragdgrün des Nachmittages überging; die Berge, deren Jadegrün sich zu Aquamarin wandelte. Er stellte sich Bilder vor, in denen der Dschungel einen urtümlichen Glanz verströmte, keinerlei Ahnung von verborgener Gefahr; Porträtaufnahmen von Bauern, deren Gesichter offen und entspannt waren und nicht von Angst verzerrt; Ansichten von Feldern, auf denen keine Leichen mit verdrehten Gliedmaßen lagen. Nur weil ich Kriege fotografiere, habe ich noch lange nicht meinen Glauben an das Schöne verloren, dachte er und rief sich den Anblick der Schafherde ins Gedächtnis, die am anderen Ende der Welt über einen grünen Hügel wogte. Das war nur knapp mehr als drei Wochen her, doch schon jetzt erschien es ihm wie ein Ereignis aus einem früheren Leben. DelCorso versuchte, den Zauber dieser Szene wieder zu beschwören, und das Gefühl, das er dabei empfunden hatte. Aber es kam ihm nur die Erinnerung an jene Gefühle, nicht die Gefühle selbst. Etwas anderes war ihm unter den Umständen auch gar nicht möglich, denn während er die Schönheit der Umgebung bewunderte, suchte er sie gleichzeitig nach möglichen Gefahren ab. Die schattigen Schneisen zwischen den Kautschukbäumen gaben ein hervorragendes Schußfeld ab, der Berg am Horizont war ein günstiger Standort für einen Artilleriebeobachter, und der Entwässerungskanal neben dem Reisfeld, der sich als schlammiger Bach dahinschlängelte, war aller Wahrscheinlichkeit nach vermint.

11

„Nicht einmal, wenn sonst alles paradiesisch wäre, würde ich gerne in einem dieser Dinger mitfliegen“, sagte Bolton, als sie in Long Binh ankamen.

Sein geschultes Auge musterte die drei Chinook-Helikopter auf dem Startplatz prüfend, aber man brauchte kein Experte zu sein, um zu sehen, daß alle drei Maschinen dringend eine Überholung nötig hatten. Die geflickten Rümpfe und zersplitterten Windschutzscheiben wirkten wenig vertrauenerweckend, vor allem auf jemanden wie DelCorso, der zwar schon unzählige Male in Hubschraubern geflogen war, sich aber noch nie restlos davon hatte überzeugen lassen, daß solche Maschinen wirklich fliegen konnten.

„Sie warten, ich suche mein Cousin", bat Hoang, der den Jeep zum Parken in ein Wellblechgebäude gefahren hatte, vor dem vier oder fünf unbewaffnete vietnamesische Soldaten Tee tranken und nach den Fliegen schlugen.

„Wieso denn Cousin?" fragte Wilson.

„Er ist mit einem der Piloten verwandt."

„Aber ich dachte, du glaubst, daß Hoang zum Vietcong-Kader gehört?"

„Das weiß ich sogar sicher."

DelCorso blickte sich um. Long Binh, früher eine der größten amerikanischen Militärbasen in ganz Vietnam, war zu einer Schutthalde aus eingestürzten Baracken, verfallenen Bunkern und rostigem Stacheldraht geworden. Er fragte sich, ob die römischen Heerlager in Gallien und Britannien zehn Jahre, nachdem die Legionen abgezogen waren, wohl auch so ausgesehen hatten.

Hoang kam wieder, und mit ihm sein Fliegercousin, der eine gewisse dekadente Eleganz ausstrahlte. Er steckte in einem schwarzen Piloten-Overall, von dem sich das Schwadronsabzeichen und ein lavendelfarbenes Halstuch scharf abhoben. Auf dem Kopf trug er einen verwegenen Hut, die Augen waren hinter einer Sonnenbrille versteckt, und die Zigarette hielt er, als hätte er das Rauchen von einem Marlene-Dietrich-Film gelernt. Der Nagel seines abgespreizten kleinen Fingers war außergewöhnlich lang, was innerhalb der vietnamesischen Gesellschaft das Statussymbol der Eliteklasse war.

„Captain Midnight in vollem Putz", belustigte sich Wilson. „Viel Glück mit dieser Witzblattfigur. So wie der aussieht, könnte er auch auf dem Transvestitenstrich am Sunset Boulevard herumlungern."

„Genau das wird er auch wohl tun, wenn der Krieg vorbei ist", sagte Bolton.

Hoang stellte sie seinem Cousin vor, der in einem ganz passablen Kauderwelsch aus Englisch und Französisch erklärte, er würde ein schweres Risiko auf sich nehmen, wenn er zwei Journalisten ohne Erlaubnis nach Xuan Loc einflöge. Bolton verstand und drückte ihm etwas in die Hand. Dann sei da noch das Problem, sie wieder herauszufliegen, fuhr der Pilot fort. Der nächste Einsatz seiner Schwadron sei erst für übermorgen vorgesehen, und *c'est la guerre, eh?* Wer könne denn schon wissen, wie die Lage in zwei Tagen aussähe? *Beaucoup* Vietcong rund um Xuan Loc, und vielleicht sei die Landezone dort sehr gefährlich. Bolton,

Hoang und Hoangs Cousin begannen eine längere Diskussion, während DelCorso sich vor Ärger der Magen umdrehte; falls er nicht spätestens bis morgen zurück war, würden seine Fotos nicht mehr rechtzeitig vor Redaktionsschluß bei *Newsweek* ankommen. Sie würden dann bis zur nächsten Ausgabe eine Woche später liegenbleiben, aber bis dahin wäre auch Dunlop und der restliche Medienzirkus mit der offiziell genehmigten Expedition dort gewesen, und alle hätten genug Aufnahmen von Kampfhandlungen gemacht, um ein ganzes Album zu füllen. Schließlich gab Bolton nach und holte ein weiteres Bündel grüner Dollarnoten hervor, die der Pilot sofort in einer Reißverschlußtasche seines Overalls verschwinden ließ.

„Sehr gut", meinte er. „Sie sind bitte heute sechzehn Uhr am Landeplatz und warten auf mich."

„Wir werden dort sein", sagte Bolton. „Sie werden bitte auch dort sein. Falls Sie nicht da sind, dann werden mein Freund und ich zu Fuß von dort wegkommen, und wenn wir Sie wiederfinden, packt er eins Ihrer Beine, und ich das andere, und wir reißen Sie in Stücke. *Toi hieu khoung?* Verstanden?"

„Alles klar."

Bolton und DelCorso füllten sich für alle Fälle die Taschen mit Verpflegungsbüchsen, falls der Pilot seine Verabredung doch nicht einhalten sollte.

„So, Mark, Hoang bringt dich jetzt nach Hung Nam", verabschiedete sich Bolton. „Du kannst ja mit der Herde zurückfahren, die über diese Straßensperre berichtet."

„Alles klar."

„Vergiß nicht: Du hast uns nicht gesehen, falls einer fragt."

„Keine Sorge. Also dann, haltet Kopf und Hintern schön unten, der Herrgott sei mit euch und alles Gute, viel Glück und günstige Winde, Hals- und Beinbruch, möge der Große Geist euren Weg bereiten und sonstige abgedroschene Phrasen."

Seine beiden Kollegen gingen über den klebrigen Teer des Landeplatzes und kletterten in die Chinook. Der Flugleiter beaufsichtigte gerade die Montage eines Transportnetzes an der Unterseite der Maschine. Innen saß bereits der Bordschütze, der das dunkle Visier seines Sturzhelms heruntergeklappt hatte und dessen M-60 von der Schulter aufragte wie ein Stachel, so daß er aussah wie eine riesige, einäugige, todbringende Wespe, die zur Verteidigung ihres Nestes bereit war.

Déjà vu. Der ohrenbetäubende Lärm der Motoren, das Zischen der Flügelblätter, die die Luft zerhackten, der Geruch nach Schmierfett und Flugzeugbenzin — all das war für DelCorso und Bolton so vertraut wie die Geräusche und Gerüche eines Pendlerzuges für Menschen, die sich einen vernünftigeren Beruf ausgesucht hatten. DelCorso überlegte, warum er sich nie an diese Situation gewöhnen konnte, warum er bei einem Helikopterflug in umkämpftes Gebiet unweigerlich die Angst wie einen Stein im Magen fühlte. Heiliger Erzengel Michael, beschütze uns im Kampf und sei auch unser Schutzherr gegen Fliegerabwehrkanonen und Motorschäden und all die anderen Sachen, die einem in diesen verdammten Dingern zustoßen konnten, und um den Teufel und meine Seele kümmere ich mich dann später.

Sie kamen schon wieder herunter, flogen dicht über die niedrigen Hügel hinweg. Unter ihnen baumelte das Transportnetz direkt über den Wipfeln der Bananen- und Kautschukbäume. DelCorso sah die Ortschaft durch die Luke, ein Ruinengelände, aus dem Rauchpilze aufstiegen, so schwarz wie die Abgase eines Kohlekraftwerks. Dann zog die Chinook einen Kreis, und er erkannte die Stellung der ARVN-Truppen vor Xuan Loc — Bunker, Maschinengewehrnester und die langen Läufe der 175er-Raketenwerfer. Die drei Hubschrauber schwebten über dem Landeplatz, aber anstatt sich langsam zum Aufsetzen niederzulassen, drehten sie urplötzlich wieder ab, wie von einem unsichtbaren Flaschenzug in die Höhe gerissen. Der Landeplatz, ein unbewachsener Fleck Erde, war auf einmal mit Menschen übersät, mit Hunderten von Flüchtlingen, die im Schatten der Bananenstauden gewartet hatten und beim Anflug der Helikopter hervorgerannt waren. DelCorso nahm das Leitz-Objektiv von der Leica ab, ließ sein 105mm-Tele einschnappen und machte gerade die ersten Fotos, als die Maschine sich in eine enge Kurve legte, was ihn beinahe gegen die Stahlwand geworfen hätte. Sie verloren nun sehr rasch an Höhe, und sein Magen zog sich zusammen, weil er sich wie in einem Fahrstuhl fühlte, dessen Halteseile gerissen waren.

Die drei Piloten blieben hoch genug über dem Landeplatz, um zu verhindern, daß jemand sich ans Fahrwerk hängen konnte, doch immer so dicht am Boden, daß die Rotoren mit tornadoähnlichen Druckwellen die Menge verscheuchten. Gebückt zogen sich die Flüchtlinge unter die Bäume zurück, die hin und her schwankten und geschüttelt wurden, wie die Palmen, die DelCorso einmal in einer Wochenschau über Hurrikanschäden gesehen hatte. Dann verschwanden die Bäume und die Menschen in einer dicken Wolke aus gelbem Staub. Die Köpfe gesenkt, die Arme zum Schutz vor das Gesicht gehalten, kamen nun südvietnamesische Soldaten in Schwärmen auf die Staubwolke zugerannt, um die Netze zu entladen. Der Copilot ließ die hintere Rampe hinunter und fing an, die Ladung aus dem Hubschrauber in die Netze zu werfen. DelCorso hörte im Lärm der Motoren gedämpftes Knallen — Gewehrschüsse. Mehrere Soldaten standen in einer Reihe und schossen über die Köpfe der Flüchtlinge hinweg, die sich gesammelt hatten und von neuem auf die Helikopter zukamen, ihre Gestalten im Staub nur verschwommen sichtbar. Der Sturm der Propeller preßte ihnen die Kleidung eng an den Körper und riß ihnen die Strohhüte vom Kopf, die wie spitz zulaufende Frisbeescheiben über die wogenden Baumkronen davonsegelten. Die Menschenmenge flutete mit der blinden, unerbittlichen Wucht eines Mobs immer näher, angetrieben von ihrer Verzweiflung, überrannte die Kette der Soldaten und kümmerte sich nicht um den Sand, den ihnen der Wind ins Gesicht schleuderte. Im nächsten Augenblick waren sie direkt unter dem Hubschrauber und stießen Rufe aus, die DelCorso wegen des pochenden Motorenlärms nicht verstehen konnte; Hunderte von Gesichtern sahen zu ihm auf, Hunderte von Händen reckten sich nach den Landekufen und den Seilen des Transportnetzes. Seine Gefühle hatten im Einklang mit der Stimmung des Moments zu sein: Der Moment der Aufnahme war der Moment der Wahrheit, und die Wahrheit in diesem Moment war äußerste, unbeherrschte Panik. DelCorso fühlte sie. Obwohl er wußte, daß ein Chinook-Helikopter ohne weiteres einen Lastwagen in die Höhe heben konnte, war er fest davon überzeugt, daß die verzweifelte Masse unter ihm den Hubschrauber herunterziehen, umkippen könnte, so daß er auf den Rotorblättern weitertaumeln würde, bis er in einem weißen Magnesiumblitz explodierte. Er richtete das Weitwinkelobjektiv nach unten und machte zwei oder drei Fotos, wußte aber dabei schon, daß sie nicht allzuviel zeigen würden. Da war nichts, was die Verwirrung und die Angst dort unten zusammenfaßte, kein Mittelpunkt, der dem ganzen eine Aussage verliehen hätte. Der Copilot zog ihn am Hemd und bedeutete ihm wild gestikulierend, mit Bolton von der hinteren Rampe abzuspringen. Bolton hangelte sich bis ans Ende der Öffnung, zögerte kurz und verschwand dann. DelCorso, der hinter ihm stand, fiel plötzlich sein Bein ein. Sein Bein würde bei dem Aufprall keinesfalls heil bleiben — aus mindestens drei oder vier Metern Höhe.

Im selben Augenblick sah er sie, und als er sie sah, wußte er, daß in ihrer Person der ganze Wahnsinn dort unten zum Ausdruck kam. Sie stand direkt unter seinen Beinen, die schon über den Rampenrand baumelten — hätte er jetzt den Absprung gewagt, wäre er knapp einen Meter vor ihr gelandet. Mit offenem Mund, der ihre vom Betelkauen geschwärzten Zähne sehen ließ, mit zerrissener Bluse, die Seidenhose vom Wind der Propeller gegen ihre Schenkel gepreßt, das lange, offene Haar nach hinten geweht, stand die Frau mitten im wirbelnden Staub und hielt ein kleines Kind über dem Kopf. Sie blickte nach oben, und in ihren Augen lag der flehentliche Ausdruck einer Mutter. Nehmt es mit, nehmt mein Kind, vergeßt mich, aber bringt das Kind von hier fort. DelCorso richtete das Teleobjektiv auf ihre Augen und drückte auf den Auslöser, bannte diesen Blick und die Beine des Kindes, die über dem Kopf der Frau strampelten. Weil er wußte, daß die Schärfentiefe bei dem längeren Objektiv und dieser Einstellung — Blende 5,6 — zu gering sein würde, und weil er wollte, daß alles im Bild — die wildgewordene Menschenmasse rund herum, die startenden Hubschrauber im Hintergrund, die Staubwirbel, die sich um den Körper der Frau schlängelten wie durchsichtige Tentakeln — ebenso gestochen scharf war wie die Frau und ihr Kind, blendete er so weit wie möglich ab und machte noch eine zweite Aufnahme. Er ließ die Kamera sinken und hob gerade die andere mit dem Weitwinkelobjektiv vor das Auge, als ihn der Copilot hinausstieß.

Instinktiv barg DelCorso die Fotoapparate in seinen Armen, wie ein Fallschirmspringer den Reserveschirm hält, landete auf den Fußballen, wobei es ihm gelang, das meiste seines Körpergewichts auf das rechte Bein zu verlagern, und rollte ab, als er den Boden berührte. Schmerz schoß ihm durch das linke Bein, aber als er probeweise auftrat, wußte er, daß er sich nicht verletzt hatte.

„Schön, daß du dich doch noch entschlossen hast", brüllte Bolton zu ihm herüber. „Was hast du denn da oben schon wieder gemacht, in Dreiteufelsnamen?"

„Meine dreimal verteufelte Arbeit", gab DelCorso zurück, der sich ärgerte, weil er von der Frau nicht wenigstens ein einziges Foto mit dem kürzeren Objektiv hatte machen können. Er hielt nach ihr Ausschau, konnte sie jedoch in der Menschenmenge nicht finden, die nun wieder in den Schutz der Bäume zurücktrottete, um auf die nächste Gelegenheit zu warten. Die drei Helikopter waren inzwischen hoch oben in der Luft, in den Transportnetzen einige wenige Zivilisten und ARVN-Deserteure, die dort hingen wie Neugeborene in den Bündeln von bizarren Störchen.

Bolton und er nahmen einen schlammigen Weg in Richtung auf die etwa einen Kilometer entfernte Geschützstellung. Ungefähr einen Kilometer dahinter stand dann die nordvietnamesische Artillerie und beschoß Xuan Loc mit der Regelmäßigkeit eines Metronoms. Krach . . . krach . . . krach. Es stimmte also ziemlich genau — etwa eine Granate pro Minute. Eine Gruppe Kampfhubschrauber glitt in einiger Entfernung über eine Hügellinie. Der Lärm ihrer Raketen war als mehrfaches dumpfes Knallen zu hören, wie das Geräusch von vielen Garagentoren, die rasch nacheinander zugeschlagen wurden. Eine Batterie von 175mm-

Geschützen der ARVN eröffnete mit furchterregendem Krachen das Feuer. Während diese Geräusche auf ihn einstürmten, spürte DelCorso, wie sein Herz schneller zu schlagen begann, seine Aufmerksamkeit sich plötzlich schärfte, das Bewußtsein für seine Umgebung von nahezu stechender Klarheit wurde. Das Licht des Vormittags war in seiner Intensität beinahe durchdringend. Das Grün der Bäume neben dem Weg, die flimmernde Hitze, die wie ein durchscheinender Vorhang vom Boden aufschwebte, der Schweiß auf Boltons Nacken — er sah alles scharf und detailliert, als betrachtete er die Welt durch ein unsichtbares Mikroskop. DelCorso hatte dieses Gefühl der Steigerung schon ein dutzendmal erlebt, und er fragte sich oft, ob dies nicht einer der vielen Stränge war, die ihn immer wieder an Orte wie diesen zogen. Der drohende Tod schärfte den Verstand und die Sinne, erhob ihn auf eine andere, klarere Bewußtseinsebene. Einfach ausgedrückt, schien er am besten zu arbeiten, wenn er jederzeit mit der Möglichkeit konfrontiert war, im nächsten Augenblick zu sterben.

General Le Minh Khanh, der Oberbefehlshaber der 18. Division, war nicht sehr erfreut darüber, zwei Journalisten bei seiner Einheit zu entdecken. General Khanh, der mit seiner breiten Stirn und den groben Gesichtszügen eher einem mongolischen Kriegsherrn als einem Vietnamesen ähnelte, war sogar höchst erzürnt. In diesem Operationsgebiet sei für Journalisten bis Freitag der Zutritt verboten. Bolton blickte verächtlich auf den Feldherrn mit seinen blitzblank geputzten Stiefeln, dem polierten Schulterhalfter und der frisch gestärkten Uniform (diese Aufmachung und der vor seinem Befehlszelt geparkte Huey-Helikopter zeigten, daß der General regelmäßig zwischen der Front und seiner Villa in Saigon hin und her pendelte), und fragte sich, was es mit dem Freitag wohl auf sich haben könnte. Was war denn am Freitag so besonderes? Vielleicht wollten die Südvietnamesen sichergehen, daß die Story über ihren heldenhaften Verteidigungskampf in den Sonntagsblättern zu lesen war; vielleicht brauchten sie noch ein paar Tage mehr, um Xuan Loc so zu sichern, daß die Gefahr eines toten Reporters möglichst ausgeschlossen werden konnte — so etwas war immer sehr peinlich. Wie auch immer, General Khanh wolle sie gern am Freitag empfangen; jetzt aber, er brüllte durch das Krachen der Artillerie vor seinem Zelt, müßten sie nach Saigon zurück. Sein persönlicher Pilot würde sie in der Huey hinausfliegen.

Zeit, den Trumpf auszuspielen. Bolton zog einen Passierschein aus der Tasche, der vom Oberbefehlshaber des Dritten Armeecorps, Khanhs Vorgesetztem, unterzeichnet war und in dem stand, daß Harold Winslow Bolton, Korrespondent des International Press Service, sowie Nicholas Lucien DelCorso, Fotoreporter für *Newsweek,* die Genehmigung für einen Besuch in Xuan Loc am heutigen Datum besaßen. Diese Vertreter der amerikanischen Presse seien mit äußerster Höflichkeit und Hilfsbereitschaft zu behandeln. Der General las das Dokument sorgfältig durch und verlangte dann ihre Presseausweise, die er ebenfalls genauestens prüfte. Bolton, der nicht nur wegen der Hitze schwitzte, suchte in dem brutalen Gesicht ein Anzeichen von Verdacht zu erkennen. Ein Exklusivbericht war ihm schon wegen der Dummheit und Ängstlichkeit seiner Redakteure durch die Lappen gegangen — jetzt wollte er nicht auch noch den nächsten wegen einer bloßen Formalität abschreiben müssen.

Ohne eine Miene zu verziehen, gab ihnen Khanh die Presseausweise zurück und steckte den Passierschein gefaltet in die Hemdtasche.

„Warten Sie hier", sagte er und ging hinaus. „Machen Sie keine Fotos."

„Glaubst du, er hat's geschluckt?" DelCorso setzte sich auf einen Klappstuhl.

„Keine Ahnung. Aber Hoang ist verdammt gut. Hat ja wohl auch reichlich Übung, wo er doch die Papiere für seine sämtlichen Vietcong-Freunde fälscht."

„Also, mir sah es nicht danach aus, als ob er's geschluckt hat."

„Wenn nicht, dann ruft er jetzt über Funk im Hauptquartier an, um unsere Story nachzuprüfen. Ach, was soll's? Das Schlimmste, was passieren kann, ist ein Eiltransport zurück nach Saigon. Immerhin bin ich ja schon mal hier und hab den Anfang für meinen Artikel. Vielleicht kann ich ihm noch ein paar Sprüche aus der Nase ziehen, bevor er uns rausschmeißt, und den Rest saug ich mir aus den Fingern. Ich hol noch ein paar Hintergrundinformationen von den CIA-Leuten in der Botschaft ein, dazu ein bißchen grelle Farbe — na, du weißt ja: ‚Der gewaltige Chinook-Helikopter mit seiner Nachschubladung landet pünktlich in der umkämpften Provinzhauptstadt Xuan Loc, über deren Silhouette schwarze Rauchschwaden aufsteigen, denn dieser Vorposten liegt seit Tagen unter ständigem Trommelfeuer der nordvietnamesischen Artillerie.' Der ganze Mist à la ich-bin-dort-gewesen."

„Bum-Bum, was?"

„Frei erfundenes Bum-Bum, aber immerhin Bum-Bum."

„Meine Fotos kann ich mir nicht aus den Fingern saugen", sagte DelCorso.

„Und ich habe eigentlich auch keine Lust, mir diese Story aus den Fingern zu saugen. Auf gar keinen Fall möchte ich hier Freitag mit einer Horde Touristen aufkreuzen müssen. Diese verblödeten Amateure da, so wie Lizzie St.John und ihr Fernsehliebling."

Sie warteten fast eine Stunde. Es war, wie es Bolton ausdrückte, heißer als neun Höllen. Die Luft schien mit jeder Minute schwerer zu werden; später am Nachmittag würde sie ihr eigenes Gewicht nicht mehr tragen können und sich in einem sintflutartigen Regen erleichtern. DelCorso vertrieb sich die Zeit, indem er sich ins Zelt verzog und heimlich Aufnahmen von den Geschützen machte. Als Verschlußzeit hatte er ein Zweihundertfünfzigstel gewählt, damit er das Mündungsfeuer der riesigen 175- und 155-Kaliber scharf ins Bild bekam. Es waren wirklich die allerbanalsten und gewöhnlichsten Kriegsfotos, die man machen konnte, aber aus irgendeinem Grund rissen sich die Fotoredaktionen um Aufnahmen von schwerer Artillerie in voller Aktion. Wahrscheinlich weil es dramatisch aussah, überlegte er. Bum-Bum, mit zwei großen B.

Schließlich kam ein großgewachsener vietnamesischer Offizier, ein eingefrorenes Lächeln im Gesicht, und stellte sich als Colonel Hiep vor. Er bat die beiden Männer, ihm zu folgen. Da er überzeugt davon war, sie würden nun in den Hubschrauber komplimentiert, stellte Bolton dem Colonel mehrere Fragen über die Gefechtslage — ein gutes Zitat hätte ihm schon gereicht —, doch alles, was er zu hören bekam, war: „Kein Problem, alles klar." Bolton überlegte, was er daraus wohl machen sollte. *Zur Beurteilung der militärischen Lage in Xuan Loc erklärte Colonel Hiep: ‚Kein Problem, alles klar.'* Das konnte man nun nicht gerade eine erschöpfende Auskunft nennen.

Man brachte sie aber nicht zum Hubschrauber, sondern zu einem kleinen Zeltlager in einem Kautschukwäldchen am Rand der Geschützstellung. Bolton war angenehm überrascht, denn anscheinend hatte ihnen General Khanh die falschen Papiere und alles andere abgekauft. In einem der Zelte stand auf einer Staffelei eine große Landkarte mit Plastiküberzug, daneben ein aufgeblasener Unteroffizier, der einen Zeigestock mit Gummispitze bereit hielt, um auf einen Wink des Generals damit zackig auf der Karte herumzufuchteln. Dahinter sahen sie in einem Zelt mit offener Klappe, ein Dutzend gefangene Nordvietnamesen, bis auf die grüne Unterwäsche ausgezogen, die Augen verbunden, die Hände auf dem Rücken gefesselt. Gleich daneben legten einige ARVN-Soldaten letzte Hand an eine kleine Ausstellung von erbeuteten Waffen: eine lange, sorgfältig geschichtete Reihe von Gewehren, Maschinengewehren und Mörsern.

Der allergrößte Fang stand wie ein Klotz daneben — ein feindlicher T54-Panzer, auf dem bereits ein Haufen Südvietnamesen saß, um sich fotografieren zu lassen.

„Soso", sagte Bolton belustigt, „wie man so einen Krieg führt, haben wir ihnen wohl nicht sehr gut gezeigt, aber wie man eine Lagebesprechung für die Presse inszeniert, das haben sie anscheinend von uns gelernt."

Colonel Hiep begleitete sie ins Zelt und bat sie, auf den Stühlen vor der Landkarte Platz zu nehmen. Wenige Minuten später kam Khanh herein, der eine grimmige Miene aufgesetzt hatte. Der zu allem entschlossene Kommandant. Bald wurde deutlich, daß der General nicht nur Bescheid wußte, wie man eine Pressebesprechung glatt und professionell ablaufen ließ, sondern daß er außerdem Zitate liefern konnte, die garantiert unverändert gedruckt würden. „Heute morgen unternahm die Sechste Infanterie der NVA einen Angriff auf Xuan Loc, die Soldaten meiner Division leisteten jedoch erbitterten Widerstand und schlugen sie zurück . . . Die feindlichen Panzer können zu diesem Zeitpunkt die Stadt nicht mehr erreichen, denn wir haben alle Panzer zerstört. Unsere Fallschirmjäger verfolgen den Feind und haben ihn zweitausend Meter zurückgetrieben . . . Nordvietnam hat den Versuch gemacht, bei Hung Nam eine Straßensperre zu errichten, aber dank unserer Bemühungen ist die Verbindung wieder offen. Dabei haben wir nahezu zwei feindliche Regimenter aufgerieben." Bolton kritzelte diese Märchen in sein Notizbuch. Ganz vorsichtig, um den General nicht gleich aus der Fassung zu bringen, gab er dann zu bedenken, die Angriffe könnten ja auch nur ein Ablenkungsmanöver sein, um die 18. Division und eventuell auch noch die Luftlandetruppen bewegungsunfähig zu machen. „Nein!" kreischte Khanh. „Die NVA-Truppen sind sehr tapfer, aber ihre Tapferkeit ist nichts gegen die Tapferkeit meiner Soldaten! Und wenn sie noch drei Divisionen in den Kampf schicken, wir werden sie schlagen! Die Verteidigung von Xuan Loc durch unsere Soldaten wird der Bevölkerung von Saigon neues Vertrauen einflößen! Nein, das waren keine Ablenkungsmanöver, das waren großangelegte Angriffe, und wir haben viele getötet, wir haben viele Waffen erbeutet, insgesamt . . ." Khanh warf einen Blick auf seinen Spickzettel, „ . . . waren es sechsundvierzig Schnellfeuergewehre vom Typ AK-47, siebzehn B40-Raketenwerfer, zwölf Maschinengewehre, sechs 61mm-Mörser . . ."

Jaja, dachte Bolton. Wenn die Tatsachen nicht mehr überzeugen, dann betäubt man die Leute eben mit Statistik. In Situationen wie dieser wurde Boltons Professionalismus auf eine harte Probe gestellt. Er fühlte sich nicht mehr bloß als Beobachter dieser Farce, sondern als Teil des ganzen Theaters. Und er mußte sich sehr beherrschen, um nicht aufzuspringen und zu schreien: ‚*Schwachsinn!*'

„Wenn Sie zwei Regimenter geschlagen haben, weshalb wurden dann nur sechsundvierzig Gewehre erbeutet?" fragte er müde, denn dieselbe Frage hatte er schon oft gestellt in diesem Krieg der Gefallenenstatistiken.

Er hatte sie so oft gestellt, daß er sich die Antwort schon notierte, bevor der General noch zum Sprechen ansetzte:

„Die Nordvietnamesen sind so schlecht ausgerüstet, daß sie ihre Leute unbewaffnet in den Kampf schicken."

Als der General seine Rede beendet hatte, sagte er zu Bolton, er könne jeden interviewen, den er wolle: Colonel Hiep, dessen 40. Regiment die schwersten Kämpfe hinter sich hatte; die Soldaten, die den Panzer erbeutet hatten; die nordvietnamesischen Kriegsgefangenen, die sämtlich bestätigen konnten, daß sie gut behandelt wurden. Bolton kam der Aufforderung nach, und als er seine Pflicht getan hatte, fragte er, ob DelCorso und er sich die Stadt einmal ansehen könnten. Khanh äußerte Bedenken: Obwohl der Vietcong aus Xuan Loc habe vertrieben werden können, sei es dennoch gefährlich — die Stadt läge unter Beschuß. Bolton antwortete, er sei nicht das erste Mal in Gefechtszonen und ihm sei sehr daran gelegen, das Schlachtfeld zu besichtigen, auf dem Khanhs tapfere Truppen einen so wichtigen Sieg errungen hätten. Der General war geschmeichelt und stimmte zu. Colonel Hiep würde die beiden Reporter eskortieren.

„Kein Problem", sagte Hiep. „Granaten sind *ti-ti*. Alles klar. Aber wo ist ihr Freund mit den Kameras?"

Bolton blickte sich um. DelCorso, der das Zelt nach ein paar Fotos von Khanh verlassen hatte, um den Panzer und die erbeuteten Waffen aufzunehmen, war nirgends zu sehen. Dieser übereifrige Kerl konnte einfach nicht stillsitzen.

12

DelCorso lag etwa hundert Meter weiter im Kautschukwald hinter einem Baum und hatte seine Kamera auf zwei ARVN-Soldaten gerichtet, die gerade einen Gefangenen prügelten.

Die Bilder der ausgestellten Waffen und der Soldaten in ihren üblichen heroischen Posen auf dem erbeuteten Panzer waren deprimierendes, abgedroschenes Zeug gewesen — solcher Schrott landete unweigerlich auf Nimmerwiedersehen im Archiv, und genau diesen Schrott würde der Medienzirkus am Freitag vorgesetzt bekommen. Da mußte er schon etwas wesentlich Besseres finden. Er hatte sich gerade ein wenig umgesehen, als er plötzlich nicht weit entfernt jemanden etwas auf vietnamesisch schreien hörte. Obwohl er nur einige Worte der Sprache verstand, erkannte er an dem vertrauten Stakkatorhythmus der Stimme, was dort vor sich ging.

Auf einem Pfad durch die Kautschukbäume ging er dem Geräusch nach. Als er die drei Gestalten vor sich auf einer Lichtung erblickte, schlich er sich noch etwas näher heran und bezog dann hinter dem Baum Deckung. Der Kriegsgefangene trug nur seine Unterhose, war gefesselt und hatte die Augen verbunden. Er hockte auf dem Boden, die Knie an die Brust gepreßt. Der eine südvietnamesische Soldat führte das Verhör und hatte sich vor den Gefangenen gekauert, der andere stand neben ihm und hielt sein Gewehr mit beiden Händen. Von oben fiel Licht durch das dichte Blattwerk, in dünnen, grau-grünen Strahlen, so daß der Eindruck eines Käfigs mit durchscheinenden Gitterstäben entstand, in dem der Nordvietnamese und seine beiden Bewacher gefangen waren. Der erste Soldat stellte eine Frage; der Gefesselte murmelte eine Antwort und bekam einen Schlag versetzt, von dem sein Kopf zurückgerissen wurde, so daß ein Lichtstrahl darauf fiel. Unmittelbar darauf geschah das gleiche noch einmal. In Anbetracht der Art dieses Kriegs, ja in Anbetracht der Art jedes Kriegs, dachte DelCorso, dürfte das Foto einer Gefangenenfolterung wohl auch nichts weiter als abgedroschenes Archivmaterial sein; und verglichen mit einigen anderen Verhören, die er miterlebt hatte, verlief dieses hier noch sanft, bis jetzt jedenfalls. Es war das Licht, das diese Szene zu etwas Außergewöhnlichem machte, das in einzelne Balken aufgesplitterte Licht und der eigentümliche Ausdruck, den das Gesicht des Kriegsgefangenen annahm, als dieser unheimliche Glanz darauf fiel. Edel, fast heiligmäßig — DelCorso konnte es nicht in Worte fassen; ihm war nur bewußt, daß das Ganze außergewöhnlich war, und er brauchte etwas Außergewöhnliches auf dem Film. Ihm war aber auch bewußt, daß er die Folterung, zumindest für den Augenblick, beenden könnte, wenn er sich mit seinem Fotoapparat zeigte oder einfach nur ein Geräusch verursachte. Er wußte also, daß er eine Wahl traf, als er nun mit vor Anspannung bebenden Händen ein 43/86mm-Zoom auf die Nikon schob, deren Tri-X-Film genau die Mikrosekunde auf das Negativ bannen würde, in der der Lichtstrahl das Gesicht des Mannes streifte. Das leise Klicken des Bajonettverschlusses kam ihm so laut wie ein krachender Ast vor. Dann drehte er das Objektiv auf die größte Tele-Einstellung hinaus, brachte die drei Personen in den Bildausschnitt und verharrte mit der Erregtheit eines Jägers, der darauf wartet, daß ein Stück Wild sich in das Fadenkreuz seines Zielfernrohrs bewegt. Jetzt ging das Verhör mit der nächsten Frage weiter. Auf seine knappe Antwort bekam der Nordvietnamese wieder einen Schlag ins Gesicht, doch weil DelCorso zu nervös war, drückte er den Auslöser zu fest und bewegte damit die Kamera leicht, was für einen Fotografen das gleiche bedeutete wie das Verreißen des Abzugs für einen Schützen. *Komm schon, noch einmal, komm schon.* Wieder eine Frage, wieder eine gemurmelte Antwort. *Komm schon, komm schon.* Als hätte er DelCorsos stille Bitte gehört, erhob sich der Südvietnamese, der die Fragen stellte, ein wenig aus der Hocke und versetzte dem Gefangenen einen Schlag mit der Faust. Der Kopf des Mannes wurde zurückgerissen, Blut trat aus Mund und Nase, das dunkle Blut und die Augenbinde in starkem Kontrast zu seinem Gesicht, das in dem schräg einfallenden Lichtstrahl weiß aufleuchtete. DelCorso drückte ab und empfand in jenem Sekundenbruchteil, den der Mechanismus zum Öffnen und Schließen brauchte, dasselbe wie ein Jäger, wenn seine Beute gut getroffen hatte — eine Mischung aus Erregung, Stolz und Reumütigkeit.

„Hey, DelCorso, wo zum Teufel steckst du schon wieder?"

Boltons Ruf ließ die beiden Südvietnamesen innehalten. Argwöhnisch und überrascht sahen sie sich um; es mußte Jahre her sein, daß sie eine amerikanische Stimme im Busch gehört hatten. DelCorso erhob sich und ging den Pfad zurück, ohne ein Geräusch zu machen, als ob er sich von einem Liebespaar davonschlich, das er nicht stören wollte. Von seinen Gefühlen im Augenblick der Aufnahme war nur die Reumütigkeit geblieben, das Gefühl von Schuld. Er wußte, was er getan hatte, und auch, was er unterlassen hatte. Was noch wichtiger war: er wußte, warum er es unterlassen hatte, und dieses Wissen um das Warum ließ die Kameras um seinen Hals schwer erscheinen, schwerer als alles andere, was er jemals getragen hatte. Im Gehen verspürte er plötzlich den brennenden Wunsch, das Gehäuse der Nikon zu öffnen und das letzte Bild zu belichten. Licht hatte es geschaffen, durch Licht würde es wieder zerstört werden. Aber es war ihm klar, daß dies nicht als Buße gelten könnte. Er hätte lediglich den Beweis für seine Mittäterschaft vernichtet. Die Naturvölker auf Neuguinea, die glaubten, daß sie ihre Seele verlören, wenn man ein Foto von ihnen machte, hatten teilweise recht; was sie jedoch nicht wußten, war, daß mitunter auch der Fotograf seine Seele verlor.

„Wo bist du bloß gewesen, hinter den feindlichen Linien?" fragte Bolton, der ihm auf dem Pfad entgegenkam.

„Hab nur nach ein paar guten Motiven gesucht." DelCorso zuckte zusammen, als in diesem Moment eine Batterie von 175er-Geschützen abgefeuert wurde.

„Hey, Alter, wirst wohl langsam nervös? Die Salve ist doch rausgegangen."

„Weiß ich."

„Warum bist du auf einmal bloß so fahrig?"

„Ich bin nicht fahrig."

„Um so besser. Colonel Allesklar wird nämlich jetzt eine kleine Stadtführung mit uns machen, dahin, wo die ganze Kanonenpost ankommt."

Mit Colonel Hiep als Anführer gingen sie auf einer Asphaltstraße nach Xuan Loc hinein. Die Straße war feucht und glänzte in der Sonne, so daß sie aussah wie ein Abwasserkanal, auf dem alles mögliche trieb: leere Patronengurte, zerbrochene Granaten- und Patronenkisten, abgelegte Stahlhelme, ausgebrannte Leuchtkugelhülsen, durcheinandergeworfene Stacheldrahtstücke — der Müll und der Abfall des Krieges. In den Entwässerungsgräben kauerten sich Flüchtlinge zusammen und schützten sich mit breiten Bananenblättern vor der Sonne. Mit der Beiläufigkeit von kleinen Jungen, die Steine in einen Teich platschen ließen, beschossen die nordvietnamesischen Kanoniere immer noch den Nordteil der Stadt mit Granaten. Als Anhaltspunkt beim Zielen verwendeten sie anscheinend den Turm einer katholischen Kirche. Obwohl der Ort nicht gerade unter wirklich schwerem Feuer lag, und obwohl er überall ARVN-Soldaten, Panzer und Panzerspähwagen sehen konnte, die sich am Rand der Stadt verschanzt hatten, fühlte sich DelCorso allein und wie nackt in seinem Sündenfall. Als er die Stadtmitte erreicht hatte, wo alle Häuser dem Erdboden gleichgemacht worden waren wie nach einem Sturm von unvorstellbarer Gewalt, und überall zu bizarren Formen verdrehte Blechdächer verstreut lagen, bewegten sich seine Beine nur noch widerwillig und drohten, ihm bald gänzlich den Dienst zu versagen.

Der Colonel führte sie zu seinem Befehlsstand, einer Ruine neben einem ehemaligen Lastwagendepot, das nach mehreren Volltreffern nur noch ein riesiger Haufen von Schrottmetall war. Die Luft stank nach verbrannten Gummireifen. Zwei Granaten schlugen in der Straße vor der Kirche ein, weniger als fünfhundert Meter vor ihnen. Plötzlich erklang ein merkwürdiges Heulen, wie die Sirene eines Krankenwagens. Colonel Hiep hechtete in seinen Befehlsstand, dicht gefolgt von Bolton und DelCorso, und alle drei landeten in einem Haufen auf dem Boden, als die Rakete in dem Lastwagendepot explodierte. Ein Metallregen ging prasselnd auf das Gebäude nieder, und ein riesiges Schrapnellstück bohrte sich keine zwanzig Zentimeter von DelCorsos Fuß in die Erde.

„Hundertzwoundzwanziger-Rakete." Der Colonel traf seine Feststellung lächelnd, aber doch ein wenig verlegen wegen seines reichlich würdelosen Hechtsprungs in die Deckung. *„Ti-ti.* Kein Problem, alles klar."

Er stand auf und entfaltete eine Karte auf dem Tisch, an Hand derer er Bolton die Gefechtslage des Tages beschrieb. DelCorso zog inzwischen das Schrapnell aus dem Fußboden. Als er es anfaßte, war es immer noch heiß. Daran war überhaupt nichts *ti-ti.* In seinem überreizten Gemütszustand war er geneigt, es als ein Omen zu betrachten, wenn er auch nicht recht wußte, wofür. Ein Vorzeichen seines Todes, falls er noch länger an diesem Ort blieb? Oder eine Warnung, er möge in Zukunft seine Handlungen und die Beweggründe dafür besser bedenken? Manchmal erstaunte es ihn selbst, daß er so abergläubische Gedanken hatte, aber jemand, der sich von Berufs wegen ständig in Lebensgefahr begeben mußte, brauchte etwas, woran er glauben konnte, wenn er seelisch überleben wollte. Möglicherweise fehlte ihm auch der Geist der Moderne; er konnte sich nicht mit dem Gesetz des Zufalls und der Existenz des Absurden abfinden. Die Welt war voller Zeichen und Omen, wenn man nur offen dafür war, und nichts geschah ohne Grund. Er steckte das Schrapnell als Glücksbringer in die Tasche, und während der Colonel weiterredete, machte er einige Aufnahmen von dem Lastwagendepot, ein Panorama totaler Verwüstung. Wieder schlug ein Geschoß dicht neben der Kirche ein. Das Krachen ließ DelCorsos Herz stillstehen, obwohl er sich in sicherer Entfernung befand, und er konnte seine Kamera nicht mehr ruhig halten.

„Heute früh hat der Vietcong mit zwölf Panzern angegriffen", hörte er den Colonel sagen. „Drei haben wir zerstört, Rest ist wieder zurückgewichen, alles klar. Jetzt zeige ich Ihnen die Stadt."

Nachdem er einem Adjudanten einige Befehle gegeben hatte, winkte er einem Funker und spazierte durch den Schutt des ehemaligen Marktplatzes, mit der Lässigkeit eines Mannes, der entweder sehr mutig oder sehr dumm war. Sie waren nun mitten im Feuerbereich der feindlichen Artillerie — die Kirche lag höchstens einen Häuserblock entfernt —, und jede einschlagende Granate erschütterte DelCorso bis in sein Innerstes, so daß er sich nur noch mühsam beherrschen konnte. Der Colonel suchte sich einen Weg durch den Dschungel aus verkohlten Balken und nannte dabei laut die Kaliber der ankommenden Geschosse — hundertzwoundzwanzig, hundertsieben, hundertdreißig — wie ein Ornithologe, der Vogelstimmen identifizierte.

Sie erreichten eine Straße, die am Hauptbahnhof und an der Bushaltestelle vorbeiführte, was man nur an den geschwärzten Skeletten von Überlandbussen und den verdrehten Schienenstücken erkennen konnte, von denen eines nahezu kreisförmig gebogen war, wie ein auf der Seite liegendes U. Die Zerstörung hier war schlimmer als alles, was DelCorso je gesehen hatte, und er hatte genügend gesehen. Bis auf wenige Baumstümpfe und einzelne Hauswände lag fast alles in Schutt und Asche.

Wohnhäuser und Läden, die Bushaltestelle und der Bahnhof, Möbel und Autos — alles sah aus wie von einer gigantischen Schrottpresse zermalmt und dann in Brand gesteckt. Nichts ähnelte mehr seiner früheren Gestalt, außer den Gerippen der Busse, den verbogenen Schienen, ein paar Ölfässern und — DelCorso hatte sie gerade aus den Augenwinkeln gesehen — einer verbrannten Leiche, die in einer Seitengasse lag. Er ging um einen Bombentrichter herum, erreichte die Leiche und sah, daß es eine Frau gewesen war: Man konnte ihre Brustwarzen noch erkennen, obwohl der Körper vollkommen verkohlt war. Sie lag auf dem Rücken, die Beine an den Körper gezogen, die Armstümpfe nach oben ausgestreckt, als wäre sie mitten im Geschlechtsverkehr mit einem unsichtbaren Geliebten. Der Gestank trieb DelCorso die Tränen in die Augen. Er wollte einen Schritt zurücktreten, aber nur so war es richtig: dicht ran. Die Entfernung überwinden, denn ein fernes Grauen ist kein Grauen mehr, und sie nicht durch ein Teleobjektiv oder einen ungewöhnlichen Aufnahmewinkel überwinden, sondern durch das Auge selbst. DelCorso stellte scharf auf das Gesicht, in dem keine Züge mehr zu erkennen waren bis auf den kleinen, runden Kreis des Mundes, aus dem die Spitze der geschwollenen, blasigen Zunge hervortrat. Wollt ihr eine Ansicht vom Schlachtfeld, ihr Leser der bunten Hochglanz-Nachrichtenmagazine? Ich zeig euch eine, falls die Redaktion sie druckt. Wollt ihr das Antlitz des Krieges sehen, hier habt ihr es. Dies ist das Antlitz von etwas, das einmal eine Frau gewesen ist, die genau in der Stellung, in der sie jetzt liegt, auch einem Mann ihre Liebe oder einem Kind das Leben hätte schenken können. Dies war einmal ein Mensch, und jetzt ist es ein Klumpen stinkender Asche, den niemand begräbt und um den sich niemand einen Scheißdreck kümmert. Er machte zwei oder drei Aufnahmen. So konzentriert wie ein Schütze, der den Bogen spannt, bemühte er sich, mit dem Objektiv seine Wut und seine Abscheu zu dirigieren, in der Hoffnung, daß diese Empfindungen auf geheimnisvollem Wege auch in das fertige Foto einfließen mochten.

Gerne hätte er auch den Gestank in das Bild einfließen lassen. Schade, daß es noch keinem unternehmungslustigen Techniker eingefallen war, einen Filter zu erfinden, mit dem man den einzigartigen Gestank des Todes vermitteln konnte. Schlachtfeld in Bild, Ton und Geruch. Wenn man das Seine dazu tun wollte, allen Kriegen ein Ende zu machen, dann konnte man die Bilder und die Worte alle vergessen, man brauchte den Leuten nur den Gestank zu bieten. Man sollte ihn auf Flaschen ziehen und dann auf die antiseptischen Schreibtische im Pentagon und im Kreml knallen. Ihn auf die Fotos präparieren, damit er den Lesern der Hochglanz-Nachrichtenmagazine beim Aufschlagen der Seite voll ins Gesicht schlägt, dieses besondere Aroma, das die Gerüche von feuchten Essensresten enthält, die in der heißen Sonne modern, von Eiter, der aus Hautgeschwüren heraustropft, von Unterhosen, die wochenlang nicht mehr gewaschen worden sind, von faulen Eiern und Sumpfgas — das ist das Rezept.

„Sehen Sie, wir *können* sie schlagen. Sie dürfen Fotos machen, wenn Sie wollen."

DelCorso war in seiner Konzentration beinahe in Trance verfallen und hatte keine Ahnung, wovon Colonel Hiep sprach.

„Sehen Sie! Dort. Ein T-54." Hiep deutete zum Ende der Straße, wo in einem Palmenhain, der aussah wie nach dem Amoklauf eines wahnsinnigen Holzfällers, ein Panzer der Nord-Armee auf der Seite lag. „Haben wir mit Panzerfaust abgeschossen. Sie dürfen Fotos machen."

DelCorso hätte dem Mann ins Gesicht schlagen können, weil er den sonderbaren Bann gebrochen hatte, der ihn an das Grauen zu seinen Füßen fesselte; er hatte sich verloren, und indem er sich verloren hatte, war auch seine Angst vergangen. Nun kam sie zurück, ein kalter Klumpen direkt unterhalb des Brustbeins. Damit Hiep zufrieden war, fotografierte er den Panzer. Noch während er ihn im Sucher hatte, schob sich das Nachbild der toten Frau darüber, deren verkohlte, eingeschrumpfte Arme sich ausstreckten, um ihn zu umarmen.

„Neben dem Panzer ist die Stelle, wo sich der Vietcong heute früh verschanzt hat", fuhr Hiep fort. „Sie haben versucht, den Bahnhof einzunehmen, aber wir haben sie im Häuserkampf besiegt. Kommen Sie, ich zeige Ihnen. Ich zeige Ihnen, wie wir sie schlagen können."

Sie gingen auf der Straße weiter, die so massiv beschossen worden war, daß man darauf unmöglich mehr als einen Meter in gerader Linie zurücklegen konnte. DelCorso hinkte und wünschte sich fast, er würde in einen Bombentrichter stolpern und sich eine Zerrung in seinem schlimmen Bein holen, damit er eine Ausrede hatte, nicht mehr weiterzugehen. Er stellte sich vor, wie er und die drei anderen durch den Doppelkreis im Feldstecher eines vorgeschobenen Feuerleitpostens des Vietcong erschienen, der dann in sein Funkgerät sagte: ‚Einhundert nach rechts, bewegliches Ziel.' Neben den Ruinen des Bahnsteiggeländes sah er eine Gruppe südvietnamesischer Soldaten, die in einem offenen Abwasserkanal Deckung gefunden hatten, und er beneidete sie. Einer von ihnen, auf dem Gesicht den geschockten, erschöpften Ausdruck aller Soldaten, die zu lange unter Feuer gelegen haben, wagte einen Blick über den behelfsmäßigen Schützengraben und starrte fassungslos auf seinen kommandierenden Offizier, der da völlig ungedeckt mit zwei Amerikanern die Straße entlangging. Der Soldat duckte sich wieder, als eine Granate über den Kirchturm heulte, eine Querstraße und einen halben Block weiter weg. Sie detonierte in sicherer Entfernung, aber DelCorso hörte, wie mattes Schrapnell zischend auf den Trümmern in der Nähe niederging. Das kalte Gefühl in seinem Magen dehnte sich nun weiter aus; in seiner Brust schien ein Ballon mit unterkühltem Sauerstoff aufgepumpt zu werden. Aberglaube oder nicht, er hatte jetzt keinerlei Zweifel mehr: Irgendeine innere Stimme sagte ihm, daß seine Schutzgeister, deren unsichtbare Rüstung er weit mehr schätzte als die lederne Kugelweste, die er trug, ihre Obhut über ihn nicht mehr ausübten; sie verlangten, daß er etwas unternahm, damit er sie wieder zurückgewann. Was, das wußte er nicht. Sein Blick wanderte über die Totenlandschaft rings herum. Mit den Augen suchte er nach Fotomotiven, mit einem anderen Sinn nach irgendeinem Zeichen.

Er entdeckte keins von beiden. Er sah nur die Flammen, die an einer durchlöcherten Trennmauer des Bahnhofs emporzüngelten und die toten Nordvietnamesen, die hier und dort verstreut lagen, einige davon in Stellungen, wie sie auch der gelenkigste aller Schlangenmenschen nicht hätte nachahmen können. Sie waren noch nicht lange genug tot, um zu stinken, doch begannen ihre Körper bereits anzuschwellen und eine gelbe Farbe anzunehmen, die in der Hitze des Äquators bald in ein Grün übergehen würde, dann in Blau, nun schon auf das Doppelte ihrer normalen Größe aufgebläht, bis sie schließlich schwarz wären, wenn die geschwollenen Bäuche und Brustkästen sich von dem stinkenden Gas entleerten und in sich zusammenfielen. DelCorso betrachtete die Toten näher, und die Umstände ihres Todes faszinierten ihn. Ein Soldat, dem ein eingetrockneter Blutstrom aus der Nase lief, saß mit dem Rücken gegen einen zersplitterten Telegraphenmast gelehnt und sah derart lebendig aus, daß es einen gar nicht überrascht hätte, wenn er plötzlich aufgestanden und davongegangen wäre. Keinen Meter von ihm entfernt lag die Leiche eines anderen Soldaten, bei dem man keinerlei Hoffnung auf solch wundersame Auferstehung hegen konnte. Ein Geschoß hatte ihm das eine Bein unterhalb des Knies abgerissen, und etwas anderes, wahrscheinlich Schrapnell, hatte ihm die ganze Gesichtshaut abgezogen, bis auf einen streifenförmigen Fetzen, der wie eine blutige, verzerrte Maske quer über seinen Schädel verlief. Vielleicht hatte Margaret ja doch recht damit, dachte DelCorso, daß die Anziehungskraft, die Goyas Skizzen auf ihn ausübten, für einen morbiden Zug in seinem Charakter sprach. Aber war es denn wirklich morbid, von den Erscheinungsformen, den Gerüchen und Vorgängen des allergrößten Mysteriums der Menschheit fasziniert zu sein? Jenes Mysteriums, dessen Existenz die meisten Menschen zu leugenen versuchten, mit vollendet durchorganisierten Totenfeiern und Begräbnissen — siehst du, ist Oma nicht schön, wenn sie da in ihrem seidengefütterten Sarg liegt, rundherum all die Blumen, die so gut riechen? Oma ist nicht *tot,* sie schläft nur.

Aber DelCorso machte keine Fotos von den Nordvietnamesen. Die verbrannte Leiche der Frau hatte ihre stumme Aussage abgelegt, das Bild dieser toten Soldaten dagegen wäre nichts als ein Klischee, noch dazu ein schauerliches: Grauen um des Grauens willen. Er brauchte Bewegung, aber Bolton, Colonel Hiep, der Funker und er waren das einzige, was sich inmitten dieser Verwüstung regte. Selbst die Soldaten, die sich in dem Abwasserkanal zusammenkauerten, schienen wie leblos. Mit ihren schmutzverschmierten Gesichtern und den Uniformen, die wie Gipsverbände aus getrocknetem Schlamm wirkten, waren sie kaum von dem Dreck zu unterscheiden, in dem sie saßen, wie ja auch die Leichen aussahen wie ein Teil des allgemeinen Trümmerhaufens. Ja, gut, das würde ein ganz gutes Bild abgeben — die Verwüstung, die alles gleichmachte: Häuser, Straßen, Bäume, die Lebenden und die Toten. Er trat zurück, um den richtigen Bildausschnitt zu finden, wobei er als Mittelpunkt den Toten wählte, der gegen den zerstörten Mast lehnte, mit den ARVN-Soldaten im Graben links im Bild, dem eingestürzten Bahnhofsgebäude zur Rechten und dem Panzer im Hintergrund. Das vibrierende Pfeifen einer nahebei abgefeuerten Granate ließ ihn zusammenzucken. Die kommt von hier, sagte er zu sich. Reiß dich zusammen. Er versuchte es ein zweitesmal, wobei er den Atem anhielt, um die Kamera nicht zu verwackeln, wie ein Scharfschütze vor dem Abdrücken. Dann nahm er den Apparat mit dem 28mm-Objektiv, ging noch einmal etwa zehn Meter zurück, um den Eindruck der allumfassenden Zerstörung noch besser vermitteln zu können. Mit dem Weitwinkel machte DelCorso nur ein Bild, dann ließ er sich rasch zu Boden fallen, als er das Kreischen einer ankommenden Rakete hörte. Sie schlug weniger als dreißig Meter entfernt ein. Flach auf dem Bauch liegend, fühlte er die Schockwelle, die über ihn hinwegstrich. Direkt über ihm pfiff Schrapnell mit einem kurzen, harten Klirren durch die Luft. Im Schützengraben sah DelCorso Bewegung; Colonel Hiep hatte seine Rolle als Fremdenführer aufgegeben, um mit Bolton und dem Funker hinter einem Betonpfeiler Deckung zu suchen.

DelCorso wartete auf den nächsten Schuß. Als keiner mehr kam, stand er auf. Seine Hände zitterten so heftig, daß er sie in die Achselhöhlen schob, weil er fürchtete, jemand könnte es sehen. Bolton, der Colonel und der Funker krochen hinter dem Pfeiler hervor. In raschem Lauf kamen sie ihm auf der Straße entgegen.

„Dieses Ding eben war mir ein bißchen zu nah“, sagte Bolton.

DelCorso hatte sich immer noch nicht ganz in der Gewalt und gab keine Antwort.

„Ich hab mehr Material, als ich brauchen kann. Und du?"

„Was ich bis jetzt habe, wird reichen."

„Dann verpissen wir uns hier so schnell wie möglich, bevor es zu riskant wird."

DelCorso drehte sich um und folgte Bolton, der nun abrupt stehenblieb und reglos verharrte, wie ein Vorstehhund, der das Wild witterte. „Könnte schwören, ich hätte grade ein Rohr gehört." Er meinte einen Mörser.

DelCorso hatte nichts gehört, aber Boltons Gehör registrierte noch Geräusche, die andere Leute nicht mehr wahrnahmen. Die vier Männer gingen einige Schritte weiter, als Bolton auf einmal „Deckung!" brüllte und sich unter ein Blechdach warf, das an einer Mauer lehnte. Eine Granate explodierte keine zehn Meter von ihnen entfernt, und ihre Schrapnelladung prasselte auf dem Metall nieder, als hätte eine unsichtbare Hand eine Packung Nägel daraufgeworfen. DelCorso lag neben Bolton, die Hände schützend über den Hinterkopf gepreßt. Er haßte Mörser: Man hörte sie erst im allerletzten Moment kommen, wenn es oft schon zu spät war, und sie detonierten mit einem ekelerregenden Geräusch, einer Art kehligem Bellen.

Wieder schlug eine Granate in der Nähe des Bahnhofs ein.

„Kein Problem, Colonel?" fragte Bolton.

„Kein Problem. Sechziger Mörser. *Ti-ti.*"

„Ich dachte, Sie hätten den bösen Feind um zweitausend Meter zurückgedrängt?"

„Mindestens zweitausend Meter."

„Mann, die *maximale* Reichweite eines Kaliber sechzig ist viel weniger als zwei Kilometer!"

„Vielleicht eingedrungener Vorposten."

„Vielleicht ist das Mörsefeuer ja auch die Vorbereitung für einen Infanterieangriff."

„Alles klar."

Nach der dritten Detonation brauchte man nicht Boltons feines Ohr, um zu hören, daß einer der südvietnamesischen Soldaten im Schützengraben getroffen war. Irgendwo im Unterleib, vermutete DelCorso, während die schrillen Schreie des Mannes über die verwüstete Straße klangen. Vietnamesen ertrugen Schmerz normalerweise mit stoischem Schweigen; nur bei einem Treffer in den Bauch oder in die Eier konnte einer von ihnen so schreien. DelCorso hob den Kopf, um zu sehen, was passiert war. Durch den schmutziggrauen Vorhang aus Rauchfetzen erkannte er zwei Soldaten, die einen dritten an den Armen hinter sich herzogen. Die Staubwolke einer weiteren Granate verdeckte die Gestalten für einen Augenblick. Als sie wieder sichtbar waren, lagen zwei von ihnen am Boden und der dritte wankte auf DelCorso zu, die Hand um eine Wunde am Oberarm gepreßt. Er sah das Foto sofort vor sich, aber er konnte es unmöglich von dort machen, wo er jetzt war.

„Bist du irre, du Idiot?" brüllte Bolton, als DelCorso sich unter dem eingefallenen Dach hervorarbeitete, in der Mitte der Straße auf die Knie fiel und den Ellbogen auf das Bein aufstützte, um die Leica ruhig zu halten, während rund um ihn herum die Mörsergeschosse kaum mehr als fünfzig bis fünfundsiebzig Meter entfernt explodierten. Voller Angst, aber unter der Angst ganz ruhig, stellte DelCorso Verschlußzeit und Blende ein und machte ein Farbfoto. Dann nahm er die Nikon mit dem Schwarzweißfilm zur Hand. Doch anstatt darauf zu warten, daß der Verwundete noch näher auf ihn zustolperte, arbeitete er sich tief geduckt vorwärts, und verkürzte so den Abstand zwischen sich und den Detonationen noch um einiges. Zu weit weg, und du bekommst dein Foto nicht — zu nahe dran, und du lebst nicht lange genug, um es zu machen. Diese Regel war oft recht nachsichtig und ließ reichlich Spielraum für Fehler, unter Umständen jedoch erlaubte sie keinerlei Irrtümer, sondern erforderte die Ruhe, die Geistesgegenwart und Reaktionsgeschwindigkeit eines Motorradfahrers, der mit neunzig Stundenkilometern eine scharfe Kurve nehmen mußte.

DelCorso war sich nicht sicher, wieviel Meter ihn noch von dem Soldaten trennten, rechnete sich aber aus, daß er ihm auf etwa drei bis fünf Meter nahekommen mußte, damit das 35mm-Objektiv die Einzelheiten festhalten konnte, die er mit den Augen sah. Tief gebückt ging er immer weiter, die Kamera auf das Gesicht des Mannes gerichtet, wobei er beim Näherkommen die Entfernung immer wieder korrigierte und auf den richtigen Moment wartete. Sein Motiv und er näherten sich einander mit scheinbar qualvoller Langsamkeit, wie zwei Tiefseetaucher, die auf dem Meeresgrund schwebten. Heiliger Erzengel Michael, beschütze uns im Kampf. Wieder ging eine Granate auf die Ruine des Bahnhofsgebäudes nieder. Sei unser Schutzherr gegen das Böse und die Fallstricke Satans. Etwas krachte an DelCorsos Ohr vorbei. Entfesselte die Hölle um ihn. Bolton schrie etwas. DelCorso konnte ihn nicht verstehen, aber es kümmerte ihn auch nicht. Er hatte jetzt keine Zeit, um zu erklären, daß er dieses Risiko nicht aus Wahnsinn oder idiotischem Wagemut oder reinem Ehrgeiz einging; er ging es ein, weil das von ihm verlangt wurde. Dicht ran. Capas Gesetz: Wenn es nicht nah ist, dann ist es nicht wahr.

Ein Modefotograf hatte ihm einmal erzählt, daß er die Mannequins mit seiner Kamera nahezu körperlich liebte. DelCorso wollte nun diesen Soldaten auf jene Art lieben — eins werden mit der Angst und dem Schmerz des Mannes, mit der Kamera den blutenden Arm an sich drükken, mit der Kamera den wie bei einem erschöpften Sportler weit aufgerissenen Mund küssen, mit der Kamera in die Seele dieses Mannes eindringen und die Panik darin erkennen, die seine Augen zu einem unmenschlich starren Blick weitete. Die Druckwelle der Explosion zerrte an DelCorsos Hemd; beim Klang von Maschinengewehrfeuer in der Ferne erinnerte er sich an seine eigene Verwundung vor zehn Jahren. Es war weit mehr als eine Erinnerung — er durchlebte diesen Augenblick ein zweites Mal: die sich überstürzenden Emotionen beim Anblick des eigenen Bluts, das zunehmende Schwächegefühl, während das Blut aus ihm herausströmte. Reflexartige Krämpfe durchfuhren nun sein linkes Bein; jeder Schritt wurde zu einer bewußten, willentlichen Anstrengung, fast als wäre er wieder getroffen worden. Eine geballte Ladung kam herein, insgesamt ungefähr achtzehn Granaten auf einmal. In einiger Entfernung hinter dem Soldaten stieg eine braune Wolke aus Explosionsstaub und heißem Metalldampf auf, eine Wolke, die wie ein Sandsturm die Straße herunterfegte. Der Mund des Mannes öffnete sich noch weiter — vielleicht schrie er —, die Augen wurden zu wild glänzenden Kreisen, und zwischen den Fingern, die er auf die Wunde preßte, schoß Blut hervor. *Jetzt jetzt jetzt.* DelCorso drückte den Auslöser, in sich ein Gefühl der erlösenden Läuterung wie bei einem Orgasmus. Dann verlor er plötzlich alle seine Zeitlupenhaftigkeit, er packte den verletzten Soldaten, zerrte ihn hinter die Überreste einer Mauer, gerade als die Explosionswolke an ihnen vorüberbrauste und ganze Stücke aus dem Beton riß.

Die Nordvietnamesen belegten die ganze Straße mit Sperrfeuer. Das Maschinengewehr klang nun wesentlich näher, und über DelCorsos Kopf flogen die Kugeln mit einem Zischen dahin, das dem Geräusch beim raschen Vorbeifahren an einer Reihe von geparkten Autos ähnelte. Anscheinend unternahmen die Kommunisten einen neuerlichen Vorstoß auf die vordersten Stellungen der ARVN: Südvietnamesische Geschütze hatten begonnen, einen Hügel zu bombardieren, der nicht einmal einen Kilometer entfernt lag. Aus seiner Deckung neben dem verwundeten Soldaten konnte DelCorso die grauen Rauchpilze der Granaten sehen, die zwischen den dunkelgrünen Kautschukbäumen aufstiegen. Die Luft über ihm war erfüllt von pfeifenden, kreischenden und heulenden Tönen; hätte er nicht gewußt, wo er sich befand, so wäre ihm vielleicht der Gedanke gekommen, er sei in einer Heilanstalt für geistesgestörte Vögel gelandet.

Er besah sich den rechten Oberarm des Südvietnamesen, aus dem ein Geschoßsplitter Fleischfetzen und Knochenteile gerissen hatte und nun einzelne, durchtrennte Blutgefäße heraushingen wie Drähte aus einem zertrümmerten Radio. Aus der Erste-Hilfe-Tasche holte DelCorso eine Flasche mit Wasserstoffperoxid und ließ den halben Inhalt über die Wunde laufen. Dann schnitt er ein Stück Stoff aus dem Ärmel des Mannes, tränkte es in dem Antiseptikum, stopfte es zusammengerollt in das Loch, wo vorher der Bizeps gewesen war, und verband die Stelle mit einer Gazekompresse. Nachdem er den verletzten Arm in eine provisorische Schlinge gelegt hatte, verabreichte er dem Soldaten ein Antibiotikum und zwei Percodan-Schmerztabletten. Er war zufrieden mit seiner fachmännischen Erste-Hilfe-Behandlung mitten in einem Feuerangriff, wenn er auch nicht allzu sehr davon überzeugt war, daß sie dem Mann viel helfen würde, falls er ihn nicht bald zu einem Sanitäter brächte. Der Soldat hatte eine Menge Blut verloren, und sein Atem ging nur noch in einem schwachen, mühsamen Keuchen.

Da er das Rasseln eines Schützenpanzers hörte, spähte DelCorso über den Mauerrest, dem das Bombardement eine Form gegeben hatte, wie sie für einen Grabstein durchaus passend gewesen wäre. Der Mörserbeschuß hatte aufgehört, und auch das Maschinenfeuer feuerte nicht mehr, so daß er den Kopf gefahrlos hinausstecken konnte. Selbst wenn die NVA noch geschossen hätte, wäre er unbesorgt gewesen. Ihm war die Gelegenheit geboten worden, seine Sünde abzubüßen, und er hatte sie ergriffen, indem er nichts weiter tat als das, was ohnehin seine Aufgabe war — die Wahrheit des Augenblicks festzuhalten, und zwar nur um der Wahrheit willen, aus keinem anderen Grund. Er hatte keine Ahnung, ob das Foto jemals veröffentlicht werden würde, aber das war unwichtig. Ihm genügte zu wissen, daß er nun wieder in den Stand der Gnade eingetreten war, in dem er sich — so unsinnig dies auch sein mochte — gegen jegliche Verletzung gefeit glaubte.

Über die Mauer hinweg sah er, daß das Mörserfeuer nicht viel mehr getan hatte als die Trümmer in eine neue Anordnung zu bringen und der Gefallenenliste zwei weitere Soldaten hinzuzufügen. Der Schützenpanzer hatte in verdeckter Stellung hinter dem Bahnhof geparkt. Sanitäter mit Tragen sprangen heraus und begannen mit dem Abtransport der Verletzten aus dem Schützengraben. Andere zogen die beiden Toten an den Füßen hinter sich her. DelCorso machte davon mehrere Schwarzweißaufnahmen. Die Szene lieferte ein gutes Foto: die Sanitäter mit den Verwundeten, an denen Erkennungsplaketten baumelten wie Packzettel, und die Soldaten, die Leichen hinter sich herzogen, vor dem Hintergrund völlig zerschossener Häuser und verbrannter, geknickter Bäume.

Als er dieses Bild hatte, ließ er die Kamera sinken und beugte sich zu dem Soldaten hinunter, in der Absicht, ihn zu den Sanitätern zu tragen, doch die Augen des Mannes waren zwei reglose Schlitze, und aus seinem Mund quollen schaumige hellrote Bläschen. DelCorso fühlte nach dem Puls, legte dann das Ohr an die Brust des Mannes und hörte die schlimmste Stille der Welt. Als er den Kopf wieder hob, bemerkte er die kleinen, punktförmigen Wunden, keine davon größer als eine Bleistiftspitze, auf beiden Seiten des Brustkorbs. Das mußte die letzte Granate gewesen sein, kurz bevor er ihn hinter die Mauer gezerrt hatte. Granatsplitter waren in den Rücken eingedrungen, vom Knochen abgeprallt und hatten sich in beide Lungenflügel gebohrt. Der Mann war in seinem eigenen Blut erstickt. Und DelCorso fühlte sich nun selbst am Ersticken oder Ertrinken, während er dem Toten einen Arm unter die Knie schob, den anderen um die Taille legte, und ihn dann zu den Sanitätern brachte. Sie nahmen ihn entgegen wie ein Paket.

Er drehte sich um und ging hinkend die Straße hinunter. Bolton, der Colonel und der Funker hockten im Kreis bei dem eingestürzten Blechdach. Aus der Oberarmwunde des Soldaten war Blut auf DelCorsos Armbanduhr getropft und inzwischen getrocknet, so daß ihm ein süßsalziger Geruch in die Nase stieg, als er den Arm hob, um Bolton ein Zeichen zu geben, daß ihm nichts fehlte. Immer noch saß ihm das würgende Gefühl in der Kehle. So winzige Verletzungen, dachte er, während der rollende Donner der südvietnamesischen Artillerie vom Hang herüberdrang. Irgendwo zwischen den Bäumen ratterte ein Maschinengewehr, und DelCorsos Hals schwoll immer weiter an, bis ihm seine Luftröhre so dünn wie ein Strohhalm vorkam. Warum diese Trauer um den Tod eines Mannes, von dem er nicht einmal den Namen kannte? Oder war es Trauer um sich selbst?

„Du verrückter Kindskopf!" schimpfte Bolton, der nun auf ihn zukam.

DelCorso gab keine Antwort.

„Einmal hab ich dir deinen Arsch gerettet und dafür die Hucke vollgeballert bekommen — ein zweites Mal mache ich das nicht!"

„Markier jetzt nicht den großen Bruder, ja?" DelCorso spürte, wie gepreßt seine Stimme klang. Die Worte kamen ganz verzerrt heraus, weil sie erst die zugeschnürte Stelle in seiner Kehle überwinden mußten.

„Na gut, kein großer Bruder. Bist du noch ganz?"

„Ja." Mehr konnte DelCorso nicht hervorbringen. Er blickte zu Bolton auf, der ihm mit seiner Körpergröße und dem vor Staub ganz grauen Schnurrbart wirklich das Gefühl einflößte, ein Kind zu sein. Und in diesem Augenblick wollte er auch weinen wie ein Kind, ohne

Zurückhaltung oder Stolz, aber er zwang seinen Kummer tiefer in den Hals hinunter, bis ganz nach unten in den Bauch, wo er sich in Wut zu verwandeln begann. „Ich find's nur einfach zum Kotzen, Harry. Manchmal finde ich das alles nur noch zum Kotzen."

13

Eine Gruppe von Volksmilizen — halbwüchsige Gangster, denen man Karabiner in die Hand gedrückt hatte, damit sie nun in offiziellem Auftrag durch die Straßen patrouillierten, die sie früher terrorisiert hatten — hielt DelCorso an und verlangte seine Papiere. Da er keine Lust verspürte, ihnen einen Grund dafür zu geben, ein paar Dollar Strafe aus ihm herauszupressen oder ihn aus Spaß zusammenzuschlagen, holte er höflich seinen Presseausweis hervor und reichte ihn dem Anführer, einem hageren Burschen mit matten, leblosen Augen, die mehrere Jahrzehnte älter waren als das übrige Gesicht.

„*Bao chi* — Presse?" fragte der Junge.

„*Bao chi.*"

Der kleine Straßenganove preßte die Mündung seines Karabiners gegen DelCorsos Brusttasche.

„Du mir geben Zigarette."

„Ich mach was viel Besseres." Er fingerte sechs Zigaretten aus der Schachtel und teilte sie auf. „So, da habt ihr. Für jeden eine."

Die Schläger setzten ein gieriges Grinsen auf. „Hokay. Sehr gut. *Didi*", sagte der Anführer und winkte ihm noch einmal mit dem Karabiner zu.

Arschlöcher, dachte DelCorso, während er zum PTT-Gebäude weiterging, dem einzigen erleuchteten Haus dieser Straße. Innen, am hinteren Ende eines höhlenähnlichen Raums, der nach kaltem Zigarettenrauch stank, tippte ein Telex-Beamter etwas auf einen Lochstreifen, den sein Kollege dann zur Übermittlung in den Fernschreiber einführte. Mehrere Zeitungsleute saßen wie in einer Bahnhofswartehalle herum und sahen ständig auf die Uhr, während sie darauf warteten, daß die beiden Postbeamten ihre Meldung durchgaben. Einen Augenblick lang erfaßte DelCorso der Schauder von Paranoia, als er darunter auch einen von Dunlops Lakaien bemerkte, diesen knochigen Jungen namens Lutter. Aber Lutter tat, als hätte er ihn gar nicht gesehen. Er übergab gerade sein Schreibmaschinenmanuskript an einen der Beamten, der es in ein Buch eintrug und dann ganz unten in einen Stapel von unerledigten Meldungen schob, der so dick war wie das Branchenfernsprechbuch von Manhattan. DelCorso packte die Verzweiflung; es würde Stunden dauern, bis sein Telex hinausging. Er hatte schon versucht, die Nachricht über seine Sendung mit den Filmen telefonisch nach New York durchzugeben, doch die Verbindung war so schlecht gewesen, daß sie ihn dort nicht verstanden hatten. Das *Newsweek*-Büro war über Nacht geschlossen, so daß er den Fernschreiber darin nicht benutzen konnte, und er hatte keine Zeit, nach Clayton, dem Bürochef, zu suchen, damit dieser ihm aufschloß. Aber ebensowenig hatte er die Zeit dazu, hier zu warten — er mußte seine Schwarzweißaufnahmen entwickeln und für jedes Foto eine Bildunterschrift schreiben, beides telegrafisch durchgeben und dann die Farbfilme gut verpacken, um sie einem der Evakuierungsflugzeuge als Fracht mitzugeben, das am frühen Morgen aus Saigon starten sollte.

Er sah sich vorsichtig um, ob ihn auch keiner der Korrespondenten beobachtete, und schob dem Beamten einen Zehndollarschein hin. Ohne eine Miene zu verziehen, steckte der Mann sich das Geld flink wie ein Taschendieb unters Hemd und legte DelCorsos Text oben auf den Stapel. Mit einem gelegentlichen Seitenblick auf Lutter rauchte DelCorso eine Zigarette, während sein Lochstreifen durch die Maschine ratterte. Nachdem die Meldung gesendet war, gab ihm der Beamte den Durchschlag, damit er ihn auf Übertragungsfehler durchsehen konnte.

AN FOTOREDAKTION VON DELCORSO/SAIGON: HABE EXKLUSIVAUFNAHMEN VON GEFECHTEN IN XUAN LOC. SCHWARZWEISSMATERIAL PLUS TEXT DEMNAECHST ALS FUNKBILDER UEBER DRAHT. FUENF FARBFILME AUF ARMEELUFTTRANSPORT FLUG 714 WDH 714 ANKUNFT MACGUIRE AIRFORCEBASE MONTAG 19.00 UHR WDH 19.00 UHR EURE ZEIT.

Da ihn Lutters Anwesenheit beunruhigte, behielt DelCorso den Durchschlag. Er verließ das Postgebäude und war gerade einen knappen Häuserblock weit gekommen, als in seinem Kopf eine Alarmglocke schrillte und ihn noch einmal umkehren ließ.

Wie gewöhnlich hatte ihn sein Instinkt nicht getrogen. In einer Ecke saß Lutter mit dem Lochstreifen in der Hand und machte sich Notizen. Jede der ausgestanzten Lochreihen auf dem Streifen entsprach einem Buchstaben, einer Ziffer oder einem Satzzeichen. Die Entschlüsselung des Codes war eine verhältnismäßig leichte Kunst, die schon mehrfach zur journalistischen Werkspionage eingesetzt worden war. DelCorso blieb einen Augenblick lang in der Tür stehen und zögerte. Ein Teil von ihm wollte es einfach geschehen lassen — falls Dunlop all seine Verbindungen spielen ließ und es schaffte, noch vor dem Redaktionsschluß von

Time für diese Woche nach Xuan Loc hineinzukommen, wäre kaum etwas verloren, außer der Exklusivität der Story, was aber nicht viel bedeutete. Ein weit stärkerer Teil von DelCorso fand jedoch, daß es alles bedeutete. Er hatte zuviel durchgemacht, war zu viele Risiken eingegangen, als daß er es ausgerechnet auf diese Weise verlieren wollte.

„Hallo, Lutter!" DelCorso riß den jungen Mann am Arm herum, der sich so dünn wie eine Angelrute anfühlte. „Wo hast du denn gelernt, wie man Lochstreifen entziffert? An der Publizistikfakultät der Columbia University?"

„Wovon redest du überhaupt?"

„*Davon!*" DelCorso packte den Lochstreifen und das Notizbuch, in dem er auf einen Blick sah, daß Lutter den ersten Satz bereits entschlüsselt hatte. „Raus, du kleiner Dreckskerl. Wir unterhalten uns draußen gleich weiter."

„Hör mal zu, Mann, ich weiß gar nicht, was du von mir willst . . ."

„Raus, oder du fängst dir eine ein!"

Obwohl er nicht sehr intelligent aussah, war Lutter doch klug genug, um zu erkennen, wann er sich in der Gefahr ernsthafter körperlicher Verletzung befand.

„So, also was hast du da gemacht?" fragte DelCorso, als sie auf der Straße standen.

„Weißt du, eigentlich muß ich dir gar nichts erzählen."

Dieser magere Bursche mit seinem dünnen, ungepflegten Schnurrbart und der näselnden Stimme reizte DelCorso immer mehr. „Oh doch, das mußt du sehr wohl, sonst verpasse ich dir nämlich eine, daß dir die Lichter ausgehen."

„Mann, du bist ja voller negativer Energie, weißt du das?"

„Was hast du da drin gemacht?"

„Hab ein paar Meldungen an die Agentur abgesendet. Klar? Sonst nichts. Der Telex bei uns im Büro ist kaputt, deshalb hat mich Dunlop hergeschickt, damit ich die Sachen für die Agentur durchgebe."

„Und warum hast du dann den Lochstreifen da gelesen?"

„Ich hab den Lochstreifen nicht gelesen. Wer zum Teufel liest schon Lochstreifen?"

„Lutter . . .!" DelCorso schlug ihm leicht mit dem Notizbuch auf die eingefallene Wange.

„Schon gut, ja? Also, ich hab gesehen, wie du dem Beamten einen Schein zugesteckt hast und da bin ich, na ja, neugierig geworden. Ich meine, ich wollte herausfinden, was du da hast, verstehst du?"

„Ich verstehe sehr gut. Und du verstehst hoffentlich, daß du das lieber für dich behältst, was du da rausgefunden hast."

„Hör zu, Mann, ich hab's dir doch gesagt. Ich bin einfach neugierig gewesen, klar?"

„Du behältst es jedenfalls für dich."

„Hey, was ziehst du denn hier für 'ne Show ab? Willst du den Mafia-Gangster spielen mit diesem Kein-Wort-darüber-Gequatsche? Leck mich doch am Arsch, du blöder Spaghetti, das muß ich mir von dir gar nicht bieten lassen!"

Lutter war doch nicht so intelligent. Den Tritt, der ihn zwischen die Beine traf, sah er nicht einmal kommen. Er sank wimmernd zu Boden, die Hände auf den Unterleib gepreßt.

Von dem Lärm herbeigerufen, kamen jetzt die sechs jugendlichen Schläger in ihrer Eigenschaft als Hüter der Ordnung die Straße heruntergerannt. DelCorso, der sich schon ausmalte, wie er stundenlang auf einem Polizeirevier Zeit verschwendete, verwünschte sein hitziges Temperament. Doch dann kam ihm eine Idee: Seine Exklusivstory wäre sicher wie in Abrahams Schoß, falls Lutter eine Nacht hinter Gittern zubrächte.

Wie DelCorso erwartet hatte, erkannten die Milizen ihn als den *Bao chi,* der so großzügig mit seinen Zigaretten umgegangen war, und ergriffen sofort seine Partei. Der Junge mit den alten, leblosen Augen — er konnte kaum älter als siebzehn oder achtzehn sein — fragte, was da los sei. DelCorso setzte eine schmerzverzerrte, unschuldige Miene auf und zeigte auf Lutter, der immer noch auf den Knien war und vor sich hinstöhnte.

„Beaucoup dinky-dao", sagte DelCorso.

„Dinky-dao?"

„Beaucoup, beaucoup."

Halb auf französisch, halb in Zeichensprache, und unter wildem Augenrollen erklärte DelCorso weiter, daß Lutter ihn angefallen habe, woraufhin er gezwungen gewesen sei, sich zu verteidigen. Indem er die Geste des Tabletteneinnehmens nachmachte, deutete er an, daß dieser ausgezehrte Amerikaner unter Drogen stand, was bei den Milizen Interesse erweckte. Lutter wirkte äußerlich wie einer der jungen Haschischraucher und Opiumsüchtigen, die in Saigon herumlungerten, der letzten Station auf der Tramperroute Kabul-Nepal-Indochina. Da ihnen der Schutz eines Presseausweises oder sonstiger offizieller Papiere fehlte, waren sie ideale Opfer für Raubgesindel wie diese Kerle hier, die nun sogar eine staatliche Erlaubnis zum Stehlen hatten.

„Was in aller Welt erzählst du da?" rief Lutter. Zwei der Jugendlichen hielten seine Arme fest, ein dritter durchwühlte seine Taschen, ein vierter zog ihm die Schuhe aus, von denen er die Absätze abriß, um dort nach einem Geheimversteck zu suchen. „Ihr verdammten Schlitzaugen, was macht ihr mit mir? *Er* hat doch *mich* geprügelt, begreift ihr das nicht?“

Mit einer Bewegung des Karabiners bedeutete ihm der Anführer, ruhig zu sein.

„Du blöder schlitzäugiger Scheißer! Er hat mich geschlagen!“

Lutter konnte einen seiner Arme freimachen, mit dem er wohl auf DelCorso zeigen wollte; aber der Arm schnellte aber nach oben wie ein Fahnendraht im Sturm und traf statt dessen den Burschen, der seine Schuhe untersuchte. Das genügte der Bande. Da sie keine Drogen gefunden hatten, die sie ihm abnehmen konnten, beschlossen sie, sich einen Spaß mit ihm zu machen, indem sie ihre Macht als Hilfspolizisten ausspielten. Sie rissen Lutter hoch und warfen ihn barfuß mit dem Rükken gegen eine Mauer, wo sie ihn festhielten, während einer davonrannte, um einen grauen Polizeijeep zu holen, der am anderen Ende des Häuserblocks geparkt stand.

„Bao chi! Ich bin *bao chi!* Gebt mir meine Schuhe zurück! *Bao chi!“*

„Nix *Bao chi. Beaucoup dinky-dao“*, stellte der Anführer mit großem Nachdruck fest.

„DelCorso, du Schwein!“ Lutter wollte sich auf ihn stürzen, aber einer der Milizionäre drückte ihn mit dem Gewehrkolben zurück an die Mauer.

„Also, viel Glück. Falls du morgen noch nicht wieder draußen bist, sag ich der Botschaft Bescheid.“

„Du dreckiges Schwein!“

DelCorso war eigentlich zum Lachen zumute, weil sein kleiner Trick Erfolg gehabt hatte, aber als er Lutter nun so ansah — seitlich von einer Laterne beleuchtet, die Wangen eingefallen, der Blick wütend und ängstlich zugleich, die schlechten Zähne zusammengebissen —, lag ein Ausdruck auf dessen Gesicht, der gar nicht zum Lachen war, sondern ein unangenehmes Gefühl in DelCorso hervorrief.

In der Dunkelkammer sah er das Gesicht noch einmal vor sich. Er war allein dort, weil er Boltons Laborassistenten ein paar Dollar gegeben hatte, damit sie sich einen Schnaps oder eine Nutte oder sonstwas kaufen konnten, solange sie ihm nur aus dem Weg gingen; seine Filme wollte er ihnen nicht anvertrauen. Für gewöhnlich war DelCorso gern in der Dunkelkammer, denn dort ereignete sich etwas ebenso Wundersames wie eine Geburt. Die runde Entwicklerdose, die er jetzt mit der Hand schüttelte, stellte er sich oft als eine Art Gebärmutter vor, und die Bromsilberkristalle auf dem Negativ als Eier, die vom Licht befruchtet worden waren und sich anschließend durch die Salze der Entwicklerlösung zu traubenförmigen Zellgruppen vereinigten; diese Trauben zogen sich zu langen Schnüren, und die Schnüre wurden zu einem lebendigen Bild aus reinem Silber. Genau wie bei einer Entbindung erforderte dieser Vorgang größte Sorgfalt und Konzentration seitens der Hebamme; ein einziger Irrtum würde zur Fehlgeburt führen, jegliche Wahrheit zunichte machen, die im Belichtungsakt empfangen worden sein mochte. Aber er konnte sich nicht konzentrieren, weil er dauernd an Lutter denken mußte. Da er selbst einige Male das Opfer von schmutzigen Tricks geworden war, wußte er auch, daß so etwas unter Journalisten genauso alltäglich war wie in der Politik. Maßnahmen zum Schutz seiner Exklusivstory galten zwar normalerweise als berufliche Selbstverteidigung, in der auch ein sonst untragbares Verhalten gestattet war, doch nicht einmal diese Toleranz rechtfertigte es, daß man einem Kollegen erst in den Bauch trat und dann seine Verhaftung durch eine Schlägertruppe einfädelte. Jetzt kam DelCorso der ganze Vorfall dumm und schäbig vor, denn er hatte dabei einen Teil seiner Persönlichkeit hervorgekehrt, der noch immer in der Gosse zu Hause war und den er eigentlich schon lange dort abgelegt zu haben glaubte.

Die Zeituhr meldete sich mit einem nerventötenden Klingeln. Er spritzte einen Schuß Sodalösung in die Dose, um die Wässerungszeit zu verkürzen, zog den Film dann aus der Spirale, hängte ihn mit einer Klammer auf, trocknete ihn mit zwei Schwämmen, und schließlich legte er im gelbgrünen Licht der Dunkelkammerlampe die Negative in Glasrähmchen ein. Eigentlich hätte dies ein sehr angenehmer Moment sein müssen — der Augenblick, in dem das verborgene Bild endlich in den Farbschattierungen des metallischen Silbers sichtbar wurde. Der Film, auf dem auch das Foto während des Mörserangriffs war, schien recht gut geworden zu sein — genau würde er es erst bei der Herstellung des Positivs wissen —, doch er empfand keinerlei Vorfreude, während er die Einzelbilder unter der Lupe betrachtete, er fühlte nur seinen Magen, der vor nervöser Spannung akrobatische Übungen vollführte. In seiner Phantasie stiegen Bilder von schrecklichen Dingen auf, die vielleicht gerade mit Lutter passierten. Die Gefängnisse von Saigon waren nicht für ihren Komfort berühmt, ebensowenig wie die Saigoner Polizei für ihr untadeliges Verhalten.

DelCorsos jesuitisch geprägter Katholizismus gewann die Oberhand. Er ließ den Film liegen, ging zum Telefon im äußeren Zimmer und wählte die Nummer des *Time*-Büros. Niemand meldete sich. Dann rief er den Presse- und Kulturattaché der Botschaft an.

„Hallo?"

„Mike, hier ist Nick, Nick DelCorso."

„Ja, Nick, was kann ich zu dieser späten Stunde für dich tun?"

„Ich war vorhin drüben im Telegrafenamt und hab da gesehen, wie ein paar Jungs von der Volksmiliz einen Reporter von *Time* abgeschleppt haben. Dachte mir, ich erzähl dir lieber davon."

„Wie heißt der Mann?"

„Jim Lutter. Ziemlich jung, so einundzwanzig, zweiundzwanzig. Er arbeitet für Dunlop. Sie haben ihn sich vor dem PTT-Gebäude gegriffen und dann in einen Polizeijeep gebracht, mehr hab ich nicht gesehen."

„Wann war das?"

„So etwa vor einer Stunde."

„Scheiße, und ich war eben auf dem Weg nach Le Van Binh zu einem schönen Szechuan-Dinner. Na gut, wenn es einer von Dunlops Leuten ist, dann werde ich mich wohl besser darum kümmern, daß wir ihn da bald rausholen. Danke dir."

DelCorso legte auf und ging wieder in die Dunkelkammer, nun mit etwas reinerem Gewissen, wenn auch nicht so rein, wie er es gerne gehabt hätte.

Vielleicht hatte Lutter schon ein paar gebrochene Knochen; und wenn das so war, dann würde Dunlop nichts unversucht lassen, um sich an ihm zu rächen.

Indem er den Gedanken an Lutter weit zurückzudrängen versuchte, schaltete er die Beleuchtung aus, um die übrigen Filme zu entwickeln. Temperatur der Lösung prüfen, Negativ auf die Spirale fädeln, Spirale in die Dose einlegen, alle dreißig Sekunden die Dose fünf Sekunden lang umstülpen, insgesamt siebeneinhalb Minuten lang, dann Stoppbad und schließlich Fixieren. In der Dunkelheit, in deren Stille nichts als das Surren der Klimaanlage zu hören war, beruhigte ihn die anstrengende Routinearbeit des Entwickelns allmählich. Als die Negativstreifen alle getrocknet waren und er zu den Kontaktabzügen überging, hatte er Lutter vollkommen vergessen. Beim Betrachten des ersten Blatts mit Kontaktkopien unter der Lupe bekam er ein prickelndes Gefühl in den Händen; das einzelne Foto des verwundeten Soldaten sah aus wie eines der besten Bilder, das er je gemacht hatte. Als er das Negativ auf eine Zeitung legte, wandte er eine Behutsamkeit an wie bei hochexplosivem Material. Durch die am meisten geschwärzten Partien hindurch konnte er gerade noch die Buchstaben erkennen, was soviel hieß, daß das Negativ normalen Kontrast aufwies. Er schob es in die Mitte des Bildhalters, neigte es unter dem Objektiv des Vergrößerers, um es auf Staubfäden zu untersuchen, ließ dann den Rahmen in den Schlitz unter der Lampe einschnappen, stellte die Blende am Objektiv des Vergrößerers ein und schaltete das Deckenlicht ab.

Im Schein der Dunkelkammerleuchte, einem gelben, diffusen Licht, machte er einen Probeabzug, indem er vier Fünftel des Fotopapiers mit einem Stück Pappe abdeckte, so daß nur das letzte Fünftel belichtet würde. Den Zeitschalter stellte er auf fünf Sekunden. Durch Verschieben der Pappe belichtete er dann das nächste Fünftel ebenso lange, womit er den Lichteinfall auf das erste Fünftel des Fotos auf zehn Sekunden verlängerte, dann wieder ein Fünftel mit weiteren fünf Sekunden, bis er schließlich ein Bild aus fünf horizontalen Streifen vor sich hatte, deren Schattierung zwischen hellgrau und tiefschwarz lag. An der Methode war nichts Besonderes. Nahezu alle Fotografen beurteilen auf diese Weise, welche Belichtungszeit die richtige Schwärzung und den gewünschten Kontrast ergibt. In den Beurteilungkriterien unterschied sich DelCorso allerdings von einem Fotografen wie Dunlop, für den Schwärzung und Kontrast einer vorgefaßten Idee oder Stimmungsqualität entsprechen mußten. Die Kamera lügt nicht, aber es gibt eine Menge Fotografen, die es tun. DelCorso fiel Dunlops berühmtes Bild ein, auf dem Ledernacken ihre gefallenen Kameraden bei Con Thien in einen Helikopter verluden; das Foto war um die Mittagszeit entstanden, aber Dunlop hatte die Wirklichkeit gefälscht, indem er den Abzug fünfzehn Sekunden lang entwickelt hatte, um den Eindruck von Abenddämmerung zu erzielen, was einen mystischen, elegischen Effekt hervorrief. Der einzige Effekt, den DelCorso zu erreichen suchte, war eine Duplikation des Augenblicks, in dem das Foto entstanden war: die Helligkeit des Himmels, die Hauttönung eines Gesichts und die Schattenwerte sollten immer möglichst genau so wiedergegeben werden, wie er sie im Moment der Aufnahme gesehen hatte. Sobald diese äußerlichen Daten stimmten, würde sich die zugrundeliegende Wahrheit des Gefühls wie von selbst ergeben; es war dann nicht nötig, unliebsame Details durch Aufhellen zu verschleiern oder mit konzentriertem Entwickler die Schatten zu vertiefen und der ganzen Szene eine geheimnisvolle Aura zu verleihen, die doch nur in der Phantasie des Fotografen existierte. Schließlich lag der Zweck einer Fotoreportage ja darin, ein Dokument zu schaffen, keine romantische Dichtung.

Er tastete nach dem Schalter, machte das Licht an und sah auf einen Blick, daß der Abzug fünf Sekunden Belichtung brauchte. Bis auf das Gesicht des Soldaten, das zu dunkel geworden war, wohl wegen eines Fehlers im Negativ, entsprachen die Lichter und Schatten auf dem fünf Sekunden lang belichteten Streifen am ehesten dem Bild, das er vor seinem inneren Auge hatte. Das Bild blieb in seinem Gedächtnis haften, während er das Licht wieder ausschaltete, ein neues Blatt hartes Fotopapier auf die Maske legte und den Knopf der Zeituhr drückte, um den endgültigen Abzug zu machen.

Indem er sich auf die Tönung der Haut in dem Bild seiner Erinnerung konzentrierte, wedelte er das Gesicht des Soldaten ein bis zwei Sekunden lang mit dem Finger ab. Mehr Manipulationen an der Vergrößerung gestattete er sich nicht.

Als die Zeituhr abgelaufen war, tauchte er das Papier in die Entwicklerschale und wartete, während er es langsam mit der Fotozange in der Flüssigkeit bewegte. Zuerst kamen die dunklen Partien hervor: Blut ergoß sich über das nasse Papier und bildete eine unregelmäßige Form um die noch unsichtbaren Finger; die Uniform schälte sich heraus, dann zwei schwarze Punkte — die Pupillen in den Augen des Mannes; nun erschienen die Finger und legten sich an den Blutfleck; im Hintergrund war die explodierende Granate, eine verschwommene graue Wolke, übersät mit schwarzen Sprenkeln: den Steinen und Trümmern, die sie nach allen Richtungen schleuderte; als letztes kamen die hellsten Stellen des ganzen Bildes — das Weiße in den Augen des Soldaten formte sich zu kleinen Ovalen rund um die Pupillen. Nach einer Minute konnte der Abzug fixiert werden.

DelCorso wässerte das Bild und tupfte es trocken. Jetzt, als er es im unbarmherzig grellen Licht der Deckenbeleuchtung ansah, stockte ihm fast der Atem. Der Mittelpunkt des Fotos waren die Augen, die mit ihrem Ausdruck panischen Entsetzens den Blick des Betrachters auf sich zogen. Kopf und Oberkörper des Soldaten waren leicht nach vorn gebeugt, als setzte er zu einem Hechtsprung aus dem Bild heraus in die dreidimensionale Wirklichkeit an. Der Mund war in plötzlichem Schock aufgerissen, aufgerissen zu einem lautlosen Schrei. Hinter der Gestalt war die Granatexplosion durch den empfindlichen Film und die kurze Verschlußzeit, mit der DelCorso das Foto gemacht hatte, in der Bewegung festgehalten worden; die Gewalt der Detonation wurde in den gekräuselten Falten auf dem Hemd des Mannes sichtbar, und durch die verschwommenen schwarzen Stücke, die die graue Wolke ausspuckte. Allmächtiger im Himmel, ohne es zu wissen, hatte er das Foto im selben Moment aufgenommen, als die Schrapnellsplitter sich wie winzige Speere in die Lungen des Soldaten bohrten. DelCorso erkannte es am Ausdruck der Augen, dieser Augen, die schrien: ‚Ich bin getroffen, und ich sterbe, *ich sterbe!*‘ Und er erkannte auch, daß das Bild mehr war als das beste Kriegsfoto, das er je gemacht hatte; es zählte zu den besten, die überhaupt jemals gemacht worden waren. Wenn ihm nicht sämtliches Beurteilungsvermögen für die eigene Arbeit abhanden gekommen war, dann war es ebenso gut wie das allerbeste: Capas Foto aus dem spanischen Bürgerkrieg, der *‚Tod eines republikanischen Soldaten‘*.

Er setzte sich auf einen Hocker und zündete sich eine Zigarette an, wobei er — ohne Erfolg — versuchte, seine Phantasie im Zaum zu halten, die bereits in die Gefilde des Unmöglichen abwanderte. Auf der ganzen Welt würden sich die Redakteure gegenseitig überbieten, um das Foto zu bekommen, nachdem es in *Newsweek* abgedruckt worden wäre. Er sah es schon in Geschichtsbüchern stehen, die eines Tages über Vietnam geschrieben werden würden, und in Bildbänden mit Titeln wie *Kriegsphotographie — Vom Krimkrieg bis zur Gegenwart.* ‚Ein Klassiker des Genres . . . DelCorsos Foto gehört zu den bemerkenswertesten Aufnahmen, die je von Feuergefechten gemacht wurden . . .‘ Er gestattete sich, kurz davon zu träumen, daß er damit einen Pulitzerpreis gewinnen könnte, und zu überlegen, ob ihn das Foto reich machen würde. Eddy Adams hatte mit seinem Bild des vietnamesischen Generals, der gerade einen Vietcong hinrichtete, mehr als hunderttausend Dollars verdient. Mit hundert Mille könnte er die Hypothek abzahlen, eine neue Dunkelkammerausrüstung kaufen, und danach bliebe vielleicht noch genug übrig, um mit Margaret nach Italien zu fahren; sie hatte schon immer noch einmal Florenz sehen wollen.

Mit Gewalt holte er seine Gedanken auf den Boden der Tatsachen zurück und betrachtete das Foto noch einmal genau, um sicherzugehen, daß er sich in seinem überreizten, erschöpften Zustand nicht bloß einbildete, es sei so gut. Irgendein pedantischer Kritiker könnte wohl etwas daran auszusetzen haben, doch DelCorso gefielen die krassen Kontraste — nichts als Schwarz und Weiß, ohne einen Zwischenton, der die Schrecklichkeit des Geschehens nur mildern würde. Die Haltung des Soldaten, der nach vorn gebeugte Oberkörper und die eingeknickten Knie, hatte etwas Verkrampftes an sich — nichts von der graziösen Ballettpose von Capas sterbendem Republikaner, bei dem man noch hatte glauben können, der gewaltsame Tod verliehe eine gewisse Würde. Das Außergewöhnlichste war jedoch der Blick, der an die entsetzt hervorquellenden Augen der Figuren in Goyas Skizzen erinnerte; dieser Blick machte jede erläuternde Bildunterschrift überflüssig, weil er bereits alles aussagte: So ist es, wenn man tödlich verwundet ist, so ist es, wenn man seinen eigenen Tod kommen fühlt, und es liegt nichts Würdevolles darin, nichts, was es tilgen könnte, was es lindern könnte.

Auf den zweiten Blick war DelCorso davon überzeugt, daß sein erster Eindruck zugetroffen hatte und seine Phantasien so unmöglich gar nicht gewesen waren. Er besaß einen Ruf als einer der Besten seines Faches, doch dieses Foto würde ihn in weitaus erlesenere Kreise hinaufheben. Er würde einen Namen kriegen, so wie Capa durch seinen *Tod eines republikanischen Soldaten* berühmt geworden war, Burrows durch sein *Yankee-Papa 13* und Dunlop durch *Requiem bei Toko-Ri,* ein Bild von toten Marineinfanteristen im Schnee von Nordkorea.

Plötzlich regte sich DelCorsos Gewissen und trübte die Idylle. Sollte ihm das Foto wirklich Auszeichnungen, Geld und Ruhm einbringen, würde er dann nicht aus dem Tod eines anderen Menschen Kapital schlagen? Er drückte die Zigarette aus, voller Ärger über diesen puritanischen Priester in seinem Kopf, diesen unablässigen Moralprediger, der es ihm nicht einmal erlaubte, sich ohne Schuldgefühle einem Traum hinzugeben. Na gut, es stimmt, daß ich aus dem Tod eines Menschen Kapital schlage, erwiderte er seinem Gewissen. Aber als ich das Bild gemacht habe, sind mir keine Pulitzerpreise und keine Hundertdollarscheine durch den Kopf gegangen. Und habe ich diesem namenlosen Soldaten nicht auch etwas gegeben? Vielleicht nicht die Unsterblichkeit, aber doch so etwas wie ein verlängertes Leben? Außerdem habe ich schließlich meinen Preis gezahlt, indem ich meinen Hals riskiert habe. Was immer dieses Foto mir bringt, ich habe es mir verdient. Was sagt du dazu, Gewissen? Komm runter von deiner Kanzel und laß mich in Ruhe, ich habe noch zu arbeiten.

Und so war es ja auch. Nachdem er die restlichen Filme entwickelt hatte, steckte er die Negative in Klarsichthüllen und brachte die Abzüge zur Übermittlung in die Nachrichtenzentrale. Als er aus der absoluten Stille der Dunkelkammer in den Lärm der Schreibmaschinen und Fernschreiber trat, fühlte er sich wie ein Taucher, der aus der Tiefsee emporstieg. Anscheinend kam gerade eine große Story raus: Die Tür zu Boltons Büro war zu, und alle drei Reporter im Vorzimmer hackten mit größter Verbissenheit in die Tasten, um irgendeinen Artikel fertigzustellen. DelCorso setzte sich an die einzige freie Schreibmaschine, um die Bildunterschriften für seine Fotos zu formulieren, eine äußerst unangenehme Arbeit, denn er hatte kein großes Talent zum Schreiben, und die Texte mußten verhältnismäßig lang sein — eigentlich kleine Artikel. Wer-was-wann-wo-warum. Als erstes Foto kam das mit der verbrannten Frau darauf. Was zum Teufel sollte er darüber noch sagen? Wer: das wußte niemand. Was: die verkohlte Leiche einer Frau. Wann: 20. April 1975. Wo: Xuan Loc. Warum: Gib eine Antwort auf diese Frage, und dein Name geht in die Geschichte ein. ‚Verbrannte Leiche einer Vietnamesin in den Straßen von Xuan Loc', tippte DelCorso auf das weiße Blatt. ‚Hunderte von Zivilisten wurden bei erbitterten Kämpfen um diese strategisch wichtige Stadt sechzig Kilometer nordöstlich von Saigon getötet oder verwundet.' Er starrte durch das Fenster auf die

Leuchtspurgeschosse, rote Kratzer von Raubtierkrallen auf der tintenblauen Haut des Himmels, und überlegte, was man noch dazu sagen könnte. Nun bestieg sein Gewissen wieder die Kanzel und ließ ihn zweifeln, ob er das Foto überhaupt durchgeben sollte. Vietnam hatte eine Schule der Horrorfotografen hervorgebracht, die immer groteskere Bilder produzierten, nicht etwa als eine Anklage gegen den Krieg, sondern um damit Geld zu verdienen, indem sie dem Bedürfnis einer verdorbenen Öffentlichkeit nach schockierenden Sensationen Vorschub leisteten. Sie waren Pornografen der Gewalt. Selbst Fotografen mit den allerbesten Absichten gingen manchmal in die Falle, und DelCorso fragte sich, ob es ihm mit dieser Aufnahme so ergangen war.

Er betrachtete sie aufmerksam, aber zu entscheiden, ob ihre Gräßlichkeit einer Rechtfertigung entbehrte, war so, als wolle man zwischen Erotik und Obszönität unterscheiden. Welche Maßstäbe sollte man anlegen? Worin bestand der feine, aber so ungeheuer wichtige Unterschied? Letzten Endes waren es die Gefühle und Beweggründe des Fotografen, die seine Handbewegungen dirigierten und ihm vorschrieben, aus welchem Winkel er das Bild machte, welche Einzelheiten er hervorhob und welche er ausließ, so daß seine emotionelle Einstellung und auch seine Absichten im Foto zutage traten. Falls er dem Schrecken gegenüber nur Sensationsgier empfand, würde sein Foto später auch nichts weiter als sensationslüstern sein. Indem er sich seine eigenen Gefühle beim Fotografieren der Leiche in Erinnerung rief, seine Wut und seinen Ekel, entschloß sich DelCorso, das Bild zu senden; wenn manche Leser der Zeitschrift im Schicksal dieser Frau nichts als die Faszination des Grotesken sehen wollten, so war das deren Problem.

Nach einer Stunde hatte er die letzte Bildunterschrift fertig, klebte sie an den unteren Rand des Fotos und überreichte den ganzen Stapel dem Mann, der die Funkbilder durchgab. Ein sonderbares Gefühl der Erleichterung, in die sich ein wenig Schmerz wie über einen Verlust mengte, ergriff ihn, als das Foto des tödlich verwundeten Soldaten in den Äther hinausging.

Er klopfte an Boltons Tür, wobei er über das Pappschild grinsen mußte: *Was nicht verboten ist, ist Vorschrift!*

„Verpiß dich, Grey, wenn's was Unwichtiges ist", ertönte Boltons Stimme von drinnen.

„Ich bin's, Nick."

„Der Gefreite DelCorso möge eintreten."

Hinter der Tür saß Horseman tief über die Schreibmaschine gebeugt, die Tastatur völlig von seinen großen Händen verdeckt. Der Rücken und die breiten Schultern reichten zu beiden Seiten ein gutes Stück über die schmale Bürostuhllehne hinaus. Unter dem Schreibtisch stand die rotweiße *Newsweek*-Tasche mit DelCorsos Farbfilmen, fertig markiert und adressiert.

„Ich hab fünfundzwanzig Bilder durchgegeben. Das macht gut achthundert Kröten, die ich dir jetzt schulde. Ich kann sie dir geben, wenn Clayton mir was auf's Spesenkonto überwiesen hat, oder ich kann es so einrichten, daß *Newsweek* deinen Verein in New York direkt bezahlt."

Bolton zuckte die Achseln, ohne aufzusehen. „Ist mir egal."

DelCorso goß sich eine Tasse des schlechtesten Kaffees östlich der Datumsgrenze ein. „Übrigens, hast du was dagegen, wenn ich mir mal Hoang borge, um meine Farbfilme zum Flughafen zu bringen?"

„Soll mir recht sein, aber was hast du gegen die Kuriere von *Newsweek?*"

„Das Büro ist geschlossen."

„Geschlossen? Mann, ich glaube, ich such mir auch einen Job bei einem dieser Wochenblättchen. Das ist ja fast wie Frührente. Jaja, nimm dir Hoang ruhig. Hoffentlich kriegst du für deine Bilder eine Belobigung. Meine ist vorhin gerade gekommen." Bolton hob kurz den Kopf und hielt DelCorso ein Telex vom IPS-Hauptbüro in New York hin:

> 200930 BOLTON: 202030 XUAN LOC AUGENZEUGENBERICHT RIESENBUMBUM. GROSSE FREUDE HIER UND ALLE GRATULIEREN. MFG HALPRIN/TELEX NY

„Du und ich, Amigo, wir haben bis jetzt die größte Exklusivstory von dieser Offensive abgesahnt."

„Tja, scheint mir auch so."

„Was, es *scheint* dir so? Wo bist du denn gewesen?"

„Hab den fröhlichen Fotografen in der Dunkelkammer gespielt."

„Ach so, dann weißt du's ja noch gar nicht. Xuan Loc geht in diesem Moment gerade den Bach runter. Wir haben uns eben noch rechtzeitig davongemacht. Der Norden hat am Abend zwei volle Divisionen auf die Stadt angesetzt. Erinnerst du dich an Colonel Alleskiar? Sein Regiment ist überrannt worden . . ."

„Ach du Scheiße."

„Ich wette, das hat er auch gesagt, als plötzlich zwei Divisionen auf ihn losgestürmt sind. Die restlichen beiden Regimenter werden zu Hackfleisch gemacht, während wir uns hier unterhalten. Mittlerweile schicken die Schurken eine dritte Division zum Endspurt auf Saigon. Sieht aus, als wollen sie von außen herum auf den Flughafen von Bien Hoa losgehen. Wenn sie den eingenommen haben, dann steht zwischen uns und den gelben Horden nichts mehr als ein paar Palmen."

Bolton verschränkte die Hände hinter dem Kopf und blickte auf die Wandkarte, wo er die farbigen Stecknadeln inzwischen neu versetzt hatte, um die Bewegungen der NVA-Divisionen nachzuvollziehen. „Aber das ist nicht die einzige Schlagzeile heute abend. Höchstwahrscheinlich tritt Thieu morgen zurück, und dieser Verein aus gestrandeten Generälen, gestrandeten Politikern, verärgerten Priestern, verrückten buddhistischen Mönchen und intellektuellen Quatschköpfen wird eine Koalitionsregierung bilden, um . . . na, dreimal darfst du raten."

„Mit Nordvietnam zu verhandeln."

„Genau. Hutton hat ihnen selbstverständlich seinen Segen erteilt. Er verlieh seiner Hoffnung Ausdruck, daß eine Möglichkeit gefunden würde, das Blutvergießen zu beenden, bla bla. Demnach macht er immer noch keine Pläne zur Evakuierung der Amerikaner, wenn der letzte Schlag kommt, weil er nämlich nicht daran glaubt, daß er kommt. Aber es wird noch schöner: die Koalitionsmitglieder streiten sich darum, wer der Präsident werden soll. Wie die Besatzung der *Titanic,* die darüber debattiert, wer jetzt ans Ruder geht. Auf jeden Fall hat unser Büro aus dem ganzen Schlamassel noch eine Belobigung rausgeschlagen. Vinnie hat sich hinter die Thieu-Story gesetzt, Gott segne sein Opiumraucherherz, und wir waren fünfzehn Minuten vor AP und zehn vor UPI im Äther. Ein Riesencoup, was? Nach all dem, was wir zwei durchgemacht hatten, wollte ich nur meinen Artikel schreiben, anständig zu Abend essen, mich vollaufen lassen und mir eine Frau schnappen, alles so billig wie möglich. Statt dessen muß ich diesen Dreck hier schreiben." Er zeigte auf die vollgeschriebene Seite in seiner Underwood. „Noch dazu habe ich meine Informationen für das Zeug von einem der Koalitionsmitglieder, einem katholischen Priester. Der hat mich vorhin angerufen, um mir von ihrem Friedensplan zu erzählen. Schon wieder eine Exklusivmeldung. Das Blöde ist nur, ich muß es ernst nehmen. Also wirklich, hör dir das doch mal an: ‚Eines der Angebote der zukünftigen Koalitionsregierung an Hanoi lautet wie folgt: Beide Seiten treffen ein Abkommen über einen sofortigen Waffenstillstand. Die südvietnamesischen Streitkräfte werden somit keine Angriffe mehr auf nordvietnamesische Truppen unternehmen, die sich gegenwärtig in Südvietnam befinden.' Nicht übel, was? Hanoi wird ein Stein vom Herzen fallen. Heiliger Arsch im Himmel, Südvietnam hat doch niemanden mehr, um irgendwelche Angriffe zu unternehmen. Oh mein Gott, warum mache ich das alles eigentlich?"

„Ist doch besser, als für sein Geld arbeiten zu müssen."

„Nein, ernsthaft jetzt mal."

„Du sagst doch immer, du wärst ein Profi. Und das hier kannst du eben besser als alles andere und besser als jeder andere, also machst du's."

„Aber heut nachmittag muß irgendwas mit meiner Gehirnkapsel passiert sein, weil es mir jetzt nicht mehr genug vorkommt, einfach nur ein Profi zu sein. Ich hätte mich vorhin fast zu Corned Beef machen lassen, und was krieg ich dafür? ‚Riesenbumbum, große Freude hier und alle gratulieren.' Ich wäre beinahe getötet worden, und was hab ich davon? Kann mich drüber freuen, daß mein Büro 'ne Viertelstunde schneller als AP gewesen ist. Was ist denn das schon? Ein Popcornfurz, weiter nichts. Harry der Horseman kann sich um ein Haar in einen zwei mal ein Meter großen gefütterten Umschlag einpacken und zu Mama nach Hause schicken lassen, und anstatt wenigstens Zeit für einen Drink zu haben, mit dem er seine Nerven ein bißchen beruhigen könnte, muß er einen Artikel über eine Regierung verfassen, die eine Einstellung der Kampfhandlungen vorschlägt, wo sie doch überhaupt keine Armee mehr zum Kämpfen hat. Schon wieder so eine Exklusivmeldung, die einen Tag, nachdem sie gelaufen ist, nur noch zum Fischeeinwickeln oder zum Arschabwischen taugt."

„Harry, woher hast du diese miese Laune bloß?"

„Das waren diese Mörser. Frag mich nicht, wieso. Ich hab schon viel Schlimmeres erlebt, aber die Mörser haben mich geschafft."

DelCorso sah seinem Freund eine Weile prüfend ins Gesicht. Er bemerkte, anscheinend zum ersten Mal, daß die Furchen auf Boltons Stirn und die Krähenfüße in seinen Augenwinkeln, die früher nur zu sehen gewesen waren, wenn er lachte oder blinzelte, jetzt in seine Haut eingegraben waren.

„Es ist einfach so, Nick, daß ich mich zum ersten Mal frage, ob ich wirklich den Rest meines Lebens damit zubringen möchte, Kopf und Kragen zu riskieren, nur um AP um eine Viertelstunde zu schlagen. Oder bloß um zehn Minuten."

„Was würdest du denn sonst tun?"

„Wenn ich das wüßte. Das Beschissene am Job eines Kriegsberichterstatters ist, daß er einen ausbrennt und man für nichts sonst mehr Energie hat. So als wenn man zu seiner fetten Frau nach Hause zurückfährt, nachdem man eine Woche mit der besten Hure von Las Vegas zusammen war."

„Du findest schon was anderes", sagte DelCorso. Er wollte das Thema wechseln, das bei ihm die Furcht um seine eigene Zukunft hatte aufsteigen lassen. Was würde er tun, wenn er nicht jedes Jahr mindestens einen bewaffneten Konflikt zu fotografieren hatte? Abgesehen von ein oder zwei Ausnahmen wußte er von keinem Kriegsfotografen, der es geschafft hätte, mit dem Frieden fertig zu werden.

„Ja, ich finde was anderes. Für wann brauchst du Hoang?"

„In einer Stunde etwa. Die Maschine geht erst um sechs, aber ich denk mir, es geht nachts schneller beim Zoll. Wie man so hört, nehmen ein paar von den Jungs da schon bis zu zweihundertfünfzig dafür, daß sie Filme durchlassen. Und zwar US-Dollar."

„Na klar US-Dollar. Die kleinen Leute merken schnell, woher der Wind weht, auch wenn die Chefs noch träumen. Hoang kann dir da ein bißchen helfen. Er kennt ja die meisten dieser Strolche, und durch ihn kriegst du sicher einen guten Preis."

Hoang war tatsächlich sehr gut. Die Bestechungsgelder machten insgesamt nur einhundert Dollar aus, und damit konnte man sicher sein, daß die Filme mit in die Ladung kamen. Das Geschäft war vernünftig; wenn bekannt wurde, daß ein Zollbeamter einen Film verschlampt hatte, wäre es aus mit seinem Schwarzgeld-Einkommen. Trotzdem machte sich DelCorso Sorgen, während er mit Hoang vom Flughafen zurück durch das heiße, nach Kloake stinkende Chaos von Cholon fuhr. Das Flugzeug konnte abstürzen. Es konnte Verspätung haben. Der Pilot konnte die Tasche verlieren. Ein Dutzend unvorhergesehener Ereignisse konnten eintreten. DelCorso hatte nur einmal in seiner ganzen Karriere Material verloren, aber er hatte das nie vergessen: alle Mühen und Gefahren umsonst.

In den jetzt leeren Straßen war er in kürzester Zeit im Continental Hotel. Nachdem er eine Ratte aus seinem Zimmer vertrieben hatte, die an ein paar offen herumliegenden Salzkeksen knabberte, meldete er ein Gespräch mit der *Newsweek*-Redaktion an, um sich den Empfang des Fernschreibens und seiner Schwarzweiß-Funkbilder bestätigen zu lassen. Er legte sich hin und wartete auf das Klingeln des Telefons. Erst jetzt merkte er, wie müde er war. Der Gradmesser für seine Erschöpfung war die Intensität des pochenden Schmerzes in seinem Bein, das sich nun so anfühlte, als würde es von tausend glühendheißen Nadeln durchbohrt. Er spülte eine Percodan mit einem Schluck Brandy hinunter und streckte sich auf dem Bett aus. In den vergangenen achtzehn Stunden hatte er mehr gesehen und erlebt als die meisten Menschen in ihrem ganzen Leben, und jetzt überwältigte ihn ein tiefer Schlaf.

Das Telefon weckte ihn wieder. „Mistah DelCorso? Sie wollen mit Amerika sprechen?" fragte die Vermittlung.

„Jaja", antwortete DelCorso benommen. „Hallo, wenn ich fertig bin, melden Sie sich bitte noch einmal. Ich brauche dann noch ein Gespräch."

„Okay, melde mich wieder. Hier ist jetzt New York."

Diesmal war die Verbindung besser. Die Fotoredaktion bestätigte den Erhalt seiner Nachricht; ein Kurier würde auf dem MacGuire-Flugfeld bereit stehen und die Filme abholen; die Schwarzweißbilder waren gut angekommen. Alle waren sehr beeindruckt von ihnen, und soweit man wußte, hatte *Time* nichts, was damit konkurrieren konnte.

Als das Gespräch zu Ende war, ließ er über die Vermittlung bei sich zu Hause anrufen; dabei erfüllte ihn eine gespannte Erwartung, fast wie die Aufregung eines Verliebten. *Zu Hause.* Er rief sein Zuhause an.

„Hallo?"

Es war Angela. DelCorso stellte sie sich vor, mit den gleichen dunklen Augen und dem schwarzen Haar wie er, doch ohne seine groben Gesichtszüge. Die Nase und die Backenknochen hatte sie von Margaret geerbt, Gott sei Dank.

„Angie? Kannst du mich hören? Hier ist Daddy."

„Daddy!"

„Wie geht's dir denn?"

„Daddy! Mammy, es ist Daddy! Daddy ist am Telefon!"

Ihr dünnes, ausgelassenes Stimmchen löste bei ihm Zuneigung und eine gewisse Sehnsucht aus.

„Angie, wie geht's dir?"

„Bist du das *wirklich,* Daddy?"

„Natürlich bin ich das. Ich rufe von weit weg an, aus Saigon."

„Wo ist denn das?"

„Ganz weit weg. Wie geht es dir?"

„Ich bin böse auf Danny. Ich hab ein so schönes Haus aus Legosteinen gebaut, und Danny hat es mit seinem Lastwagen kaputtgemacht."

„Und wo ist Danny jetzt?"

„Bei Eddie. Er ist heute den ganzen Tag bei Eddie. Heute abend schläft er auch bei Eddie zu Hause, weil Eddie nämlich vorher bei uns geschlafen hat."

„Das ist sehr gut", sagte DelCorso, obwohl er es gar nicht gut fand; er hätte schrecklich gern die Stimme seines Sohnes gehört. Außerdem war er verwirrt. Wer war denn Eddie? Er scheute sich, danach zu fragen, weil sich dann vielleicht gezeigt hätte, wie episodenhaft sein Kontakt zu den Kindern eigentlich war: Er kannte nicht einmal die Namen ihrer Spielkameraden. „Aber du kannst Danny sagen, wenn er dir deine Legosteine noch einmal umwirft, dann setzt's was von mir."

„Kommst du bald wieder nach Hause?"

„Natürlich. Bald."

„Willst du jetzt mit Mammy reden?"

„Ja, gib sie mir mal. Ich hab dich lieb, Angela Rose."
„Ich weiß", gab sie scheu zurück.
Als er nun darauf wartete, daß Margaret den Hörer nahm, verspürte er eine weniger angenehme Erwartung, denn er hatte ja keine Ahnung, in was für einer Laune sie gerade war. Deshalb freute er sich, als sie sich mit der Stimme meldete, die er noch aus den Tagen ihrer ersten Verliebtheit im Gedächtnis hatte — klar, fröhlich und beschwingt, so daß man sich fast fragte, ob sie wirklich so glücklich war, wie sie klang, oder ob sie nur so tat.
„Die Verbindung ist ja unwahrscheinlich gut, Nick. Als ob du nebenan wärst. Ich hab deine Telegramme alle bekommen."
„Gut. Es war die ganze Zeit kaum möglich, mit einem Gespräch durchzukommen. Hier bricht langsam alles zusammen."
„Ja, in den Nachrichten hört es sich furchtbar an."
Oh, Maggie, Maggie Fitzgerald, meine rothaarige Schöne, ich liebe dich, ich vermisse dich so sehr, weil es hier entsetzlich ist, viel schlimmer, als du dir vorstellen kannst, heute ist ein Mann in meinen Armen gestorben, und ich finde das alles hier zum Kotzen, und ich würde jetzt so gern mit dir schlafen, zwischen deinen langen Beinen knien und in dir sein, auf einem kühlen, sauberen Bett, wo es keinen Schmerz und keine Todesangst gibt.
„So schlimm ist es auch wieder nicht. Mir passiert schon nichts."
„Dir passiert nie etwas, aber du kennst ja meine Meinung. Ich wünschte, du würdest es nicht tun."
„Wie geht's denn bei dir so?"
„Ach, gut. Ich war neulich bei einem herrlichen Essen und einer Modenschau."
„Dann bist du also in bester Verfassung?"
Sie wußte, daß seine Frage sich eigentlich in verschlüsselter Form auf etwas anderes bezog, und antwortete: „Nick, ich freue mich so, deine Stimme zu hören, also verdirb jetzt nicht wieder alles, indem du davon anfängst. Ich bin neulich nach dieser Modenschau mit Michelle etwas trinken gegangen, und hab für mich nur ein Mineralwasser bestellt."
„Michelle?"
„Eddies Mutter."
„Wer zum Teufel ist denn bloß Eddie?"
„Michelles Sohn."
„Sehr komisch."
„Michelle Landry."
„Wer ist denn das?" Kaum zu fassen, kenne ich denn gar niemanden mehr aus dem täglichen Leben meiner Familie?

„Sie wohnt hier in der Nähe.“

„Wo?“

„In der Warren Street.“

DelCorso bekam ein mulmiges Gefühl im Bauch. Die Warren Street bildete eine Grenzlinie am Rande des alten Italienerviertels und trennte Brooklyn Heights von den Slums. Vor seinem Auge stieg ein Bild auf, in dem Danny und Eddie von einer Bande Puertorikaner in die Zange genommen wurden wie von einem Rudel Wölfe.

„Ich hoffe, diese Michelle paßt gut auf sie auf. Das ist eine ziemlich wüste Gegend.“

„Sie paßt ja auf. Außerdem hat sie eine italienische Hauswirtin, die sich um alles kümmert. Woher weißt du eigentlich, daß Danny bei Eddie ist?“

„Angie hat's mir grade gesagt.“ DelCorso spürte, daß das Gespräch, soweit es eines war, seinem Ende zuging. „Erzähl Danny auf jeden Fall, daß ich angerufen habe, und daß ich oft an ihn denke.“

„Ist gut. Vermißt du mich, Nick?“

„Natürlich.“

„Ich vermisse dich auch. Wir alle vermissen dich.“ Aus dem Hintergrund ertönte ein leises Klingeln. „Oh! Das war die Zeituhr.“ In Margarets Stimme schwang nun Eile mit. „Ich muß jetzt meine *Quiche Lorraine* aus dem Ofen nehmen. Ich liebe dich.“

„Ich liebe dich auch.“ Er legte auf, und das Gefühl der Zuneigung und Wärme von vorher war nun einer Bedrücktheit und einem unbestimmten Ärger gewichen. Er hatte ihr so vieles sagen wollen, so viele unterdrückte Gefühle zeigen wollen, und dann redeten sie über nichts weiter als über einen Jungen namens Eddie und über *Quiche Lorraine*. Eigentlich war es weniger das Gespräch selbst, das ihm so zu schaffen machte, sondern vielmehr die Wahrheit, die das Gespräch an den Tag gebracht hatte — daß sie nicht nur in verschiedenen Welten lebten, sondern in verschiedenen Universen: Während er zusah, wie ein Mann in seinen Armen starb, kochte sie eine *Quiche*. Oder schmorte sie. Oder was man eben mit einer *Quiche* machte.

14

Das Viertel, in dem das Gebäude der Polizeidirektion lag, erinnerte Dunlop an ein Fischerdorf auf den Philippinen, das er einmal kurz nach einem Taifun fotografiert hatte. Die Hütten und Baracken dieses Slums waren schon von vornherein Provisorien gewesen, so daß ihre Verwandlung in klägliche, überall verstreute Trümmer ihm nicht besonders tragisch vorkam und jedenfalls kein einziges Foto wert war. Die Gesichter der Menschen, leer, verständnislos und wie betäubt von dieser unberechenbaren Gewalt, die ihre Wohnungen zerstört und ihren Freunden und Verwandten das Lebenslicht ausgeblasen hatte, gaben schon bessere Motive für seine Kamera ab. Der Vietcong hatte seine Raketen auf die Polizeidirektion gerichtet, aber die schlecht gezielten Salven hatten immer wieder das ganze Viertel getroffen. Dunlop konnte sich vorstellen, wie es für die Menschen gewesen sein mußte, sich unter ihre schäbigen Betten zu verkriechen, während rund um sie die Geschosse einschlugen und heulend und pfeifend die Nacht zerfetzten. Eben hatte er eine ganze Familie fotografiert, die tot im schmalen Treppenhaus eines Betonbaus lag, vom dem einige Mauerreste noch aufrecht standen. An der Stellung der Leichen konnte man genau sehen, wie sie in dem Treppenhaus Zuflucht gesucht hatten, wie sich die Eltern schützend über ihre beiden kleinsten Kinder geworfen hatten — eine völlig nutzlose Geste, denn eine Granate war keine drei Meter vor dem Eingang explodiert, und das Schrapnell hatte seinen Weg in die zwei Kinderkörper doch gefunden.

Seine Fotografenkollegen wären wahrscheinlich überrascht gewesen, ihn hier zu sehen. Er war sich bewußt, daß sie ihn als einen Menschen betrachteten, der kein Gefühl gegenüber den Kriegsopfern unter der Zivilbevölkerung aufbrachte: der alte Fuchs, der sich auf die Helden der vordersten Front spezialisiert hatte und dem es vollkommen egal war, was mit denen geschah, die in die Schußlinie zweier feindlichen Armeen gerieten. Dieses Image gefiel ihm nicht, wenn er auch zugeben mußte, daß es zutraf: Tatsächlich zog es ihn an die Front. Ja, der moderne Krieg war total; ja, er metzelte Zivilisten nieder, machte anständige Frauen zu Huren, ruinierte wirtschaftliche Ordnungen, zerstörte ganze Gemeinschaftswesen, erzeugte Korruption, aber die Front blieb doch das Epizentrum jedes bewaffneten Konflikts zwischen den Menschen, der Ort, wo das Wesen des Krieges und das Wesen des Menschen im Krieg in all ihren verschiedenen Schattierungen und Kontrasten zutage traten. Der modische Trend unter den jüngeren Fotografen, den Schwerpunkt auf die anderen Seiten des Krieges zu verlegen — ob es nun Philip Jones Griffiths war, der händeringend vor den Napalmopfern von Vietnam stand, oder Don McCullin mit seinen Porträts von verhungernden Müttern in Biafra, oder Nick DelCorso, der ausgerechnet jene amerikanischen Soldaten zeigte, die in Kambodscha einen Tempel plünderten — zeugte in Dunlops Augen von einer feigen Philosophie. Solche Fotos appellierten bequem an die Gefühle, vermieden aber, an die grundlegende Wahrheit zu rühren, eine Wahrheit, die sich im Kampf am deutlichsten offenbarte, daß nämlich der Krieg ein Aufeinanderprallen unvereinbarer Gegensätze darstellte. Daß er das Beste und das Schlechteste im Menschen zum Ausdruck brachte, war zwar ein Klischee, aber deswegen nicht minder wahr. Und dieses Beste und dieses Schlechteste waren auch keineswegs voneinander getrennte, unterschiedliche Aspekte. Sie waren eng miteinander verbunden, symbiotisch ineinander verschlungen, zwei Seiten desselben Wesens.

Er liebte den Krieg, weil in ihm der Urkampf zwischen den Mächten des Lichtes und der Finsternis auf Erden von neuem inszeniert wurde. Der Krieg war die Bühne, auf der alle Aspekte der menschlichen Natur deutlich hervortraten, das Laboratorium, in dem die gesamte Bandbreite der menschlichen Empfindungen untersucht werden konnte, das Buch, in dem die grundlegende Wahrheit geschrieben stand, daß das Gute ohne das Böse unmöglich ist, keine Gnade ohne Grausamkeit, kein Heldenmut ohne Feigheit, keine Hoffnung ohne Verzweiflung. Warum all diese Werte für ihre Existenz das Vorhandensein ihrer diametralen Gegensätze erforderten, war ein Geheimnis, und deshalb empfand Dunlop den Krieg als ein ewiges Mysterium und versuchte niemals, ihn als etwas anderes darzustellen. Die neuen Generation, deren Repräsentanten sich anscheinend für Sozialarbeiter hielten, die die Mißstände dieser Welt mit der Kamera abschaffen konnten, hatten wohl noch nie Rilke gelesen. Ihnen war nicht klar, daß Teufel und Engel ihrem Wesen nach siamesische Zwillinge waren, von derselben Nabelschnur genährt. Falls es jemals gelingen sollte, aus der Seele des Menschen die Dämonen, die ihn zum Krieg anstachelten, durch eine Art Exorzismus auszutreiben, würde dies die Engel, die darin wohnten, ebenfalls in die Flucht schlagen, und die Welt wäre dann bevölkert von einer Rasse empfindungsloser Kreaturen, neben denen die buddhistischen Mönche mit ihrem monotonen Singsang, die ihre durch den Hunger hervorgerufene Apathie mit Gelassenheit verwechselten, einem noch feurig und lebhaft vorkommen würden.

Dunlop fand es interessant, daß noch keiner der Sozialarbeiter erschienen war, um die mutwillige Zerstörung dieses Slumviertels auf dem Film festzuhalten. Wenn sie von amerikanischen Bomben oder Raketen verursacht worden wäre, hätten sie sich sicherlich schon in rauhen Mengen blicken lassen, und ihre Nikons und Leicas würden jetzt wie wild klicken, um der Welt eine weitere vom Westen verübte Scheußlichkeit zu servieren. Diese jungen Männer schienen wählerisch zu sein in ihrem Mitgefühl für die unschuldigen Opfer des Krieges, erpicht darauf, ihre eigene Kultur zu verurteilen, aber jederzeit bereit, irgendwelche Terroristenbanden von aller Schuld freizusprechen, solange sie nur das Wort *Befreiung* auf ihre Banner schrieben.

Nun mußte er sich in seiner Empörung selbst ein wenig bremsen; schließlich war ja auch er eher zufällig als aus professionellem Interesse hier. Er hatte eine private Verabredung mit Colonel Vinh und war der Meinung gewesen, wenn er schon in der Gegend war, könne er ja auch ein paar Fotos machen. Dunlop stapfte durch den Schlamm und die Asche der verbrannten Behausungen und stieg wieder in seinen Jeep, wo er dem Fahrer befahl, ihn zur Polizeidirektion zu bringen.

Die Innenwände des Gebäudes verströmten den abgestandenen Mief der französischen Kolonialbürokratie. In jedem Zimmer saß irgendein Kuli unter einem lethargischen Deckenventilator hinter seinem Schreibtisch, auf dem sich Akten und Protokolle zu Bergen türmten. Dunlop kam sich vor wie in einer trostlosen Phantasiewelt. Xuan Loc war gefallen, der Flugplatz von Bien Hoa lag unter Artilleriebeschuß, die Armee kämpfte verzweifelt darum, die Straßen zum Mekong-Delta und nach Vung Tau offenzuhalten, wo sich der letzte Hafen befand, der noch in südvietnamesischer Hand war, doch die Beamten und Schreiberlinge in diesem Haus machten ganz einfach weiter in ihrem gewohnten Trott — sie und die Bürokratie, der sie dienten, würden scheinbar bis in alle Ewigkeit fortbestehen.

Er mußte auf Vinh warten, was ihn sehr verärgerte. Im jetzigen Stadium seiner Karriere war Paul Xavier Dunlop bereit, auf Präsidenten und Premierminister zu warten, aber nicht auf relativ unbedeutende Polizisten eines zusammenbrechenden Landes. Auf einem Stuhl in dem kleinen Vorzimmer, das nach Vinhs starken *Gauloises* roch, hatte Dunlop nichts zu lesen und auch sonst nichts zu tun, außer auf das Sonnenlicht des Spätnachmittags zu starren , das durch die Jalousien hereinfiel und auf dem Fußboden eine Reihe von hellen Streifen zeichnete. Er saß und starrte und brütete über DelCorso, dem gegenüber er nun eine so heftige Feindseligkeit empfand, daß allein der Gedanke an seinen Namen einen säuerlichen Geschmack in ihm aufsteigen ließ. Die Galle kam ihm hoch, wenn er an die Beleidigung dachte, die DelCorso ihm vor einer Woche hingeworfen hatte, an das demütigende Telegramm, das ihm vor drei Tagen von *Time* zugegangen war:

DELCORSO-EXKLUSIVAUFNAHMEN AUS XUAN LOC AUF NEWSWEEK-TITEL UND UEBER ZWEI SEITEN IM TEXTTEIL.

und daran, was DelCorso mit Lutter gemacht hatte.

Nicht daß Dunlop Lutter besonders ins Herz geschlossen hätte, einen untalentierten Zigeuner auf der Suche nach jemandem, der ihm den Weg ebnete. Trotzdem, Lutter arbeitete für ihn, und daher fühlte sich Dunlop verpflichtet, eine Warnung zu erteilen: Niemand, schon gar nicht DelCorso, durfte sich ungestraft erlauben, mit einem seiner Leute so umzuspringen. Der Vorfall war kennzeichnend für das, was er an der neuen Generation verachtete: Sie verfocht eine hohe Moral, benahm sich aber, als sei alles erlaubt. Für Dunlop war DelCorso die Verkörperung all dieser arroganten jungen Männer. Ihm mißfiel DelCorsos Art zu sprechen, dieser verächtliche, näselnde Gangsterton, seine Art zu gehen, wie er versuchte, sein leichtes Hinken durch den raschen, lockeren Gang eines Schlägers zu überspielen; er konnte DelCorsos Heuchlerei einfach nicht ertragen, unter deren Deckmantel er fotografische Predigten gegen die Gewalt verkündete, selbst aber sehr wohl gewalttätig wurde, an das Mitleid appellierte, aber dann das Bild eines kastrierten Soldaten in die Zeitungen brachte, ohne jegliche Rücksicht darauf, welche Auswirkungen ein solches Foto auf die Familie dieses Mannes haben konnte. Er haßte DelCorsos Respektlosigkeit, die nicht etwa von einer gesunden journalistischen Skepsis herrührte, sondern von nihilistischer Verachtung all jener Werte, an die Dunlop glaubte, jener Werte, mit deren Hilfe sich eine Kulturgemeinschaft gegen ihre Feinde verteidigen konnte: Vaterlandsliebe, Tapferkeit, edler Opferwille, Standhaftigkeit auch angesichts einer überwältigenden Übermacht. Er hatte diese Tugenden gesehen, in der Vulkanasche auf Iwo Jima, im Schnee des Chosan-Stausees in Korea, in den nebligen Schützengräben von Khe San. Mit seiner Kamera hatte er sich bemüht, jene Tugenden zur Anschauung zu bringen, mit denen der Mensch mitten in der Entwürdigung des Krieges seine Menschlichkeit unter Beweis stellte. Und was zeigte DelCorso? Nur die Entwürdigung; er fotografierte die Plünderungen und die Abscheulichkeiten, wie sie in jeder Armee von einem kleinen Prozentsatz kranker Soldaten begangen wurden, und versuchte, diese Taten als typisch für das amerikanische Militär darzustellen. Für so etwas hatte DelCorso viel Lob geerntet, während er, Dunlop, immer öfter kritisiert worden war, weil er angeblich den Krieg verherrlichte. Auch wenn er solche Vorwürfe gegen seine Arbeit massiv zurückwies, wußte Dunlop doch, daß sie ihn nicht derart treffen könnten, wenn sie nicht ein Körnchen Wahrheit enthielten, wenn er selbst nicht gespürt hätte, daß seiner Berichterstattung über Vietnam etwas fehlte, wenn ihm nicht im Innersten seiner Seele klar gewesen wäre, daß er gewissen Tatsachen im Zusammenhang mit dem Krieg einfach nicht ins Auge sah, weil sie ihm unangenehm waren.

Sein Gefühl, irgendwo versagt zu haben, war noch niemals so stark gewesen wie jetzt, als er die diagonalen Lichtstreifen auf dem Fußboden anstarrte. Am Morgen hatte er mit Luftpost ein Exemplar der neuen *Newsweek* bekommen. Dunlops guter Ruf in der Branche stand außer Zweifel, so daß es ihm eigentlich nichts hätte ausmachen sollen, einmal den Wettlauf um einen Knüller zu verlieren. Jeder Fotoreporter war auf der Jagd nach Exklusivbildern, aber er hatte dabei schon oft genug gewonnen und auch verloren, um zu wissen, daß sie nur für Redakteure wichtig waren, denen es darum ging, unbedingt ihre Konkurrenz zu übertreffen, und selbst dann waren solche Fotos nur kurzzeitig von Bedeutung. Andererseits hatte ihn DelCorsos Material zutiefst beunruhigt, denn es erinnerte ihn an das, was er seinem Rivalen am allermeisten verübelte — sein Talent. In diesem Falle sogar sein Genie. Man konnte es nicht anders nennen. Das Foto des tödlich verwundeten ARVN-Soldaten, das eine ganze Seite einnahm, war das Eindrucksvollste, was er je gesehen hatte: Die ganze Todesqual, die Traurigkeit und Hoffnungslosigkeit dieses besiegten Landes schien in dem Bild vereinigt. Er hatte es eine geschlagene halbe Stunde betrachtet, aus verschiedenen Blickwinkeln, aus der Ferne und von nahem, und es war ihm nicht gelungen, irgendeinen Fehler darin zu entdecken. Sicher, es hätte hier etwas dunkler, dort etwas heller sein können, doch im Prinzip war das Foto so vollkommen, wie man es überhaupt machen konnte. Dieses Eingeständnis brachte ihn in Rage. DelCorsos Aufnahme traf direkt Dunlops Selbstverständnis als Fotograf, denn er war der Überzeugung, daß das Negativ nur ein Rohmaterial darstellte, das erst durch sorgfältige Arbeit in ein Kunstwerk verwandelt wurde, wozu es der visionären Kraft eines Künstlers und der Präzision eines Wissenschaftlers bedurfte. Wie viele Stunden hatte er schon wie ein Einsiedler in der Dunkelkammer verbracht, wie viele hundert Bogen Fotopapier hatte er schon weggeworfen, bis er die richtige Atmosphäre, die passende Körnigkeit, die Ausgewogenheit von Kontrast und Ton gefunden hatte? Zusammengerechnet mußten es Jahre gewesen sein; aufeinander gestapelt würde dieses Papier höchstwahrscheinlich bis unter das Dach eines großen Hauses reichen. Und dennoch kamen selbst seine besten Arbeiten nicht an die Aufnahmen heran, die er heute morgen in der Zeitschrift gesehen hatte, und das erschien ihm grausam und unfair, denn er wußte genau, daß DelCorsos Methode beim Herstellen von Abzügen einfach darin bestand, die Anweisungen auf dem Beipackzettel der Chemiekalien zu befolgen, wie jeder dahergelaufene Knipser, der sich auf Kindergeburtstage und Hochzeiten spezialisierte. Wie er imstande war, solche Bilder zu machen, indem er lediglich auf den Auslöser drückte, war Dunlop unbegreiflich. Glück? Nein, dafür war die Qualität von DelCorsos Material zu beständig. Er besaß eine besondere Gabe, das mußte Dunlop zugeben, aber es wurmte ihn sehr, daß diese Gabe einem derart unverschämten, halbgebildeten und treulosen Mistkerl verliehen worden war.

Er blickte auf die Uhr. Zwanzig Minuten. So lange hatte er noch nie auf jemanden von Vinhs Kaliber warten müssen. Die geschlossene Tür zu Vinhs Büro, hinter der gedämpfte Stimmen zu hören waren, kam ihm vor wie eine Beleidigung; es war, als hätte sogar Vinh begriffen, daß er geschlagen war und keine sofortige Beachtung mehr verdiente. Natürlich wußte Dunlop, wie unsinnig dieser Gedanke war; dem Colonel war es völlig gleichgültig, wer da wen geschlagen hatte, oder wer wo in der Hackordnung der Fotoreporter rangierte. Außerhalb eines kleinen Kreises von Kollegen war es jedermann gleichgültig. Trotzdem konnte sich Dunlop eines Gefühls der Erniedrigung nicht erwehren, während er auf die geschlossene Tür starrte.

Die hellen Streifen auf dem Boden wanderten weiter. Dunlop kniff die Augen gegen das Sonnenlicht zusammen und sah wieder DelCorsos südvietnamesischen Soldaten vor sich, empfand noch einmal den Stich, den ihm DelCorsos Fotos am Morgen versetzt hatten, und mußte sich nun eingestehen, daß ihn sein Talent verlassen hatte. Er hatte aufgehört, sich zu entwickeln, wußte jedoch nicht, warum — vielleicht wegen seiner Unfähigkeit, auf jene überholten Methoden zu verzichten, die ihm früher Erfolg beschert hatten.

Zwei Luftwaffenoffiziere kamen aus Vinhs Büro heraus und gingen an Dunlop vorbei, ohne ihn zu beachten.

„Paul, mein Freund, bitte komm herein“, bat ihn Vinh auf französisch.

Er hatte ein wenig Fett angesetzt, seit Dunlop ihn zuletzt gesehen hatte, aber sein europäisches Gehabe, das er sich als Student in Frankreich zugelegt hatte, war ihm nicht verlorengegangen. Vinh gehörte zu den Imitatoren der Kolonialzeit, die in ihrer Nachahmung des Lebensstils der früheren Herren bei Dunlop eine Mischung aus Mitleid und Ekel hervorrief.

„Ich habe dich warten lassen, und bitte dafür um Verzeihung.“

Dunlop nahm ungebeten Platz. Sein Blick wanderte von Vinhs aufgeschwemmtem Gesicht zu dem hellen Fleck auf der Wand direkt hinter dem Schreibtisch.

„Ach ja, das“, sagte der Polizeioffizier und drehte sich zur Wand um. „Da hat bis vor kurzem Präsident Thieus Porträt gehangen. Tja, jetzt haben wir zwar einen neuen Präsidenten, aber . . .“ Vinh zuckte mit gallischem Humor die Achseln und lachte zynisch, „wozu soll ich mir hier sein Foto an die Wand hängen? In einer Woche muß es sowieso wieder runter, und vom Politbüro in Hanoi habe ich keine Bilder."

„In einer Woche? Aber nur wenn alles gut geht."

„Stimmt. Jetzt beschießen sie ja schon Bien Hoa, und dieser Raketenangriff gestern abend . . . hättest du vielleicht gerne etwas Tee, Paul?"

„Nein."

„Gut, gut." Vinh zündete sich eine *Gauloises* an, die einen Geruch wie nach schwefelndem Pferdemist verbreitete. „Also — du kommst wegen dieses jungen Mannes zu mir, dieses Monsieur . . ."

„Lutter."

„Ah ja, Monsieur Lutter. Er arbeitet für dich, richtig?"

„Richtig", erwiderte Dunlop auf englisch. „Außerdem ist er bei *Time Magazine* und beim Informationsministerium akkreditiert."

Vinh zog eine Schublade auf und entnahm ihr einen Aktenordner. Dunlop sah darin das Protestschreiben, das er nach Lutters Entlassung aus dem Gefängnis auf dem Briefpapier von *Time* verfaßt hatte.

„Ja, das haben wir dann später auch herausgefunden. Die Männer, die ihn verhaftet haben, denen hat ein anderer amerikanischer Journalist gesagt, Monsieur Lutter sei nicht von der Presse. Den Milizen wurden gesagt, er sein ein . . . wie heißt es auf englisch? . . . ein Junkie. Ein Drogensüchtiger."

„Trotzdem haben deine Männer deshalb kein Recht . . ."

„Paul, ich verstehe dich, und du hast ja recht. Es war ein Versehen, ja? Wir leben in einer schwierigen Zeit. Jeder ist solchen nervlichen Belastungen ausgesetzt, und viele Leute, sie haben das Gefühl, die Amerikaner hätten sie im Stich gelassen, und deswegen tragen sie ihren Ärger manchmal an Amerikanern aus. Aber dieser Lutter, er hat doch keine ernstliche Verletzung erlitten, oder?"

„Ein paar blaue Flecke. Eine unbehagliche Nacht im Gefängnis."

Vinh zuckte von neuem die Achseln. „Soso, ein paar blaue Flecke und ein wenig Unbehagen. Was ist denn das schon? Und was kann ich dir mehr anbieten, als was ich bereits eurem Mann von der Botschaft angeboten habe? Eine Entschuldigung. Ich entschuldige mich bei dir für die Behandlung, die Monsieur Lutter zuteil wurde. Ich werde mich auch persönlich bei ihm entschuldigen, falls du das möchtest."

„Das wird nicht nötig sein."

Vinh kniff die Augen zusammen, bis sie zwei dünnen Linien glichen, die jemand mit dem Bleistift rechts und links seiner schmalen Nase gezogen hatte.

„Also — was möchtest du dann?"

„Es handelt sich um den Journalisten, der für Mr. Lutters Verhaftung verantwortlich war."

„Ja, und?"

„Sein Name ist Nicholas DelCorso. Ich war überrascht, ihn überhaupt hier zu treffen, weil er nämlich 1970 ausgewiesen und auf die schwarze Liste gesetzt worden ist, und zwei Jahre später wurde ihm die Einreise hierher verweigert. Ich dachte immer, schwarze Listen gelten auf unbegrenzte Zeit."

„Normalerweise schon."

„Also frage ich mich, warum ihm diesmal die Einreise gestattet worden ist."

„Vielleicht hat er jemandem Geld dafür gegeben. Wahrscheinlich ist es aber wohl ein Versehen. In Zeiten wie diesen können wir nicht jeden kontrollieren, der kommt und geht."

„Diesen Mann hättet ihr aber kontrollieren müssen."

„Dafür bin ich nicht zuständig. Solltest du dich mit deinem Problem nicht an das Informations- oder das Innenministerium wenden?"

„Möglicherweise", sagte Dunlop, der nicht zugeben wollte, daß er durch den jüngsten Regierungswechsel seine hohen Verbindungsleute in beiden Ministerien verloren hatte. „Aber ich dachte, es wäre vielleicht wirksamer, wenn ich mit dir spreche. Ihr habt hier doch bestimmt eine Akte über ihn?"

„Da bin ich ganz sicher. Aber reden wir offen, Paul, denn um ehrlich zu sein, ich bin äußerst beschäftigt. Du willst, daß ich dir helfe, indem ich diesen Mann wieder ausweisen lasse, weil ich dir wegen dieser unglückseligen Affäre mit Monsieur Lutter etwas schuldig bin. Richtig?"

„Mit einem Wort: ja."

„Darf ich fragen, warum?"

„Nun, wie du ja weißt, bin ich einer der wenigen Journalisten, die diesen Krieg immer unterstützt haben." Dunlop machte eine Pause, um seinen Worten Gewicht und Nachdruck zu verleihen. „In dieser kritischen Phase wäre es meiner Ansicht nach von großem Nachteil, diesen Mann weiterhin im Lande arbeiten zu lassen, von Nachteil für Südvietnam."

Vinhs sardonisches Grinsen zeigte, daß er kein Wort glaubte, jedoch bereit war, die Lüge als angemessene Verbrämung der Wahrheit zu akzeptieren. Dann stand er auf und öffnete die Tür zu einem Wandschrank, in dem ein halbes Dutzend Koffer und eine kleine Truhe aufeinandergestapelt lagen. „Sieh dir das an. Die Habseligkeiten meiner Familie. Die beiden Offiziere, die vorhin hier waren, sind die Brüder meiner Frau. Beides Hubschrauberpiloten. Wir wissen, daß vor der Küste eine amerikanische Evakuierungsflotte liegt. Und wenn die Zeit gekommen ist, wird sich meine Familie hier einfinden, meine Schwager bringen einen Helikopter und fliegen uns auf einen der amerikanischen Flugzeugträger. Du verstehst, ja?"

„Ja, natürlich."

„Diesen Mann des Landes zu verweisen, wäre unter normalen Umständen keine große Sache. Es würde gewisse Formalitäten, gewisse Vorgangsweisen erfordern, und könnte einige Tage dauern. Aber ich habe jetzt nicht die Zeit dafür. Ich bin sehr damit beschäftigt, für die Sicherheit meiner Familie zu sorgen."

Und außerdem für die Sicherheit dieser Koffer, was immer sie außer Kleidung noch enthalten mögen, dachte Dunlop.

„Also ich weiß ja nicht, warum dieser Mann deinen Monsieur Lutter verleumdet hat. Ich weiß auch nicht, warum du ihn unbedingt ausgewiesen haben möchtest. Vielleicht ist eine Frau im Spiel, vielleicht Geld, vielleicht auch etwas anderes. Im Grunde ist es mir egal. Und außerdem, was hat es für einen Sinn, ihn jetzt auszuweisen? Spätestens in einer Woche werden wir doch alle hier weg müssen. Es gibt andere Möglichkeiten, die wesentlich weniger Schwierigkeiten machen und nicht so viel Zeit erfordern."

„Ja, ich weiß."

„Wir haben doch sicher eine Akte über diesen Mann. Mit seinem Foto darin. Ich brauche mir diese Akte nur kommen zu lassen, dann rufe ich jemanden an, der kommt in mein Büro, sieht sich das Foto an, und so weiter."

„Nein. Das möchte ich nicht."

„Was dann?" fragte Vinh achselzuckend.

„Ich möchte eher . . . auf jeden Fall möchte ich mehr Kontrolle . . ." Dunlop kam sich schäbig vor; auch wenn er eine legitime Ausrede dafür besaß, waren solche Angelegenheiten doch unter seiner Würde.

„Aha! Ich verstehe. Du willst nicht, daß das ganze zu weit geht. Du möchtest den Hund gern an der Leine halten, stimmt's?"

„Das drückt es sehr gut aus."

„In Ordnung. Dann kann ich dir behilflich sein." Vinh schrieb einen Namen und eine Telefonnummer auf einen Zettel und reichte ihn Dunlop. „Ich werde diesem Mann hier sagen, daß du ihn anrufst. Er ist sehr tüchtig und wird das tun, was du ihm sagst, nicht mehr und nicht weniger, ein gut abgerichteter Hund sozusagen. Ich schlage vor, du rufst ihn an, sobald du dich entschieden hast, was er für dich tun soll."

15

„Oh wer, sag mir, wer kann dich wieder lachen machen", sang Wilson und machte sich dabei über seine Kalbsmedaillons her. „Ich habe mir in diesem Beruf muntere Kameraden erwartet, Gefährten voller Frohsinn im Angesicht aller Widrigkeiten, lustige Freibeuter des Nachrichtengeschäfts, und womit sitze ich am Ende da? Mit sowas!" Er zeigte mit der Gabel auf Conklin, der eine düstere Miene zur Schau trug und unter dessen Hemd, das er wegen der Hitze ganz aufgeknöpft hatte, ein runder, weißer Bauch zu sehen war, der vor Schweiß wie Schellack glänzte. „Mit sowas sitze ich da, mit einem zwangsversetzten Familienvater, der von Gartenzäunen und den lieben Kleinen auf seinem Schoß träumt."

„Wilson, wenn du selbst Kinder hättest, würdest du das gleiche fühlen."

„Ich habe zwar eine Menge Fehler in meinen Ehen begannen, aber die Fortpflanzung dieses bejammernswerten Geschlechts gehört nicht dazu."

„Sandra und ich waren gute Katholiken. Vier in fünf Jahren."

„Dieses beschissene Baltimore, ich sag's ja. Wenn du nicht in Baltimore aufgewachsen wärst, dann hättest du schon vor langer Zeit gemacht, was die USA hier auch schon längst hätten machen sollen: Du wärst verduftet!"

„McCafferty, fang nicht wieder mit deiner Leier von den Boston-Slums an. Und was dich angeht, Wilson, ich hoffe nur, daß du deiner kleinen Hure da mal aus Versehen ein Kind machst. Ich würde gern mal zusehen, wie du Windeln wechselst."

„Tuyet Hoa könnte tatsächlich bald Mutter werden, aber nicht von mir, zumindest einstweilen nicht. Sie ist jedenfalls in Sicherheit und auf dem Weg in die Freie Welt, nach Santa Barbara, wo sie höchstwahrscheinlich unter den Begüterten der Westküste ihrem alten Gewerbe wieder nachgehen wird."

„Verdammt noch mal, ich will nicht in diesem Drecksloch hängen bleiben! Ist doch eine ganz beschissene Art, sein Geld zu verdienen."

„Dann mach doch was anderes und hör auf mit dem Flennen, Conklin", sagte McCafferty, der sein Essen eher inhaliert als verzehrt hatte und jetzt ein Glas Brandy hinunterstürzte. „Ich bleib jedenfalls hier. Das wird eine verteufelt starke Story. Ich will unbedingt den ersten nordvietnamesischen Panzer fotografieren, der die Rue To Do runterdonnert."

„Und ich fotografiere dann das, was von dir übrig ist. Hör mal, du bleibst schließlich hier, weil du das selber willst. Mir ist das befohlen worden. Einfach befohlen, wie beim Scheißmilitär!"

„Tja, das hast du nun davon, daß du der Mietarsch deiner Agentur bist."

„Und was wollt ihr zwei nun machen?"

„Mal sehen, wie es sich so entwickelt", antwortete Wilson.

„Ich verzieh mich durch die Lüfte, falls der Botschafter überhaupt jemals eine Evakuierung veranlaßt", sagte DelCorso. „Das dürfte genau so eine gute Story werden wie die Machtergreifung durch Nordvietnam. Und außerdem — tut mir leid, das zu sagen, Conklin, aber ich vermisse Maggie und die Kinder. Sie hab ich jetzt schon einen Monat nicht mehr gesehen, und die Kinder fast sechs Wochen."

„Noch ein Familienvater", klagte Wilson.

„Ja schon, aber der wohnt wenigstens bei seinen Kindern. Ich krieg meine einmal im Jahr einen Monat lang zu sehen, wenn die Schule aus ist. Und das ist recht bald — im Mai sind Ferien. Zum Teufel, wer weiß, wie lange ich hier festsitze, wenn die Roten erstmal ihre Fahne gehißt haben. Die werden uns doch nicht ein paar Fotos machen lassen und dann in die nächste Maschine nach Hause setzen. Womöglich muß ich noch monatelang hierbleiben. Scheiß-AP. Ich sollte denen kündigen."

„Na sicher. Und während du dich nach einem neuen Job umsiehst, kannst du ein paarmal die Alimente für die lieben Kleinen nicht zusammenkratzen, und schon steht der Sheriff vor der Tür. Mach dir nichts vor, Conklin. Du sitzt in der Falle. Du bist ein Ernährer."

„Und du hast ein offenes Herz, du hübscher kleiner Wichser."

Sie aßen auf dem offenen Hof des Continental, wo man die Tische zu einer Art Kreis zusammengestellt und mit Strohmatten überdacht hatte, die von Bambusstangen gestützt wurden. Mit den kleinen Bäumchen, die da und dort in Blumentöpfen herumstanden, ähnelte das ganze einem Miniaturdorf, und die Ratten, die gelegentlich über den Fußboden flitzten, um sich einen Essensrest zu holen, fügten der ländlichen Atmosphäre noch ein wenig unbeabsichtigte Authentizität hinzu. Die Tische waren alle voll besetzt, größtenteils mit schwitzenden Journalisten, die etwas zu laut redeten und lachten, weil sie durch ihre Stimmen und durch das Klappern von Gläsern und Besteck hindurch das Grollen der Artillerie aus der Ferne hören konnten. Während der letzten Woche hatten sie den Fortgang der Offensive an diesem Geräusch gemessen, und es wurde jeden Abend lauter. Heute war es schon so nahe, daß jeder mit einem Ohr auf das plötzliche Pfeifen einer Granate lauschte.

An einem kleinen Tisch auf der Veranda, die vom Hof durch eine niedrige Mauer abgeteilt war, nippte Dunlop seinen Weißwein und stocherte lustlos auf einem nicht besonders schmackhaften pochierten Barsch herum. Vinhs gut abgerichteten Hund hatte er nicht angerufen:

Bei einigem Nachdenken flößte ihm die Tatsache, daß er ein solches Vorgehen auch nur in Erwägung gezogen hatte, Ekel vor sich selbst ein — es war, als käme ein ansonsten ganz normaler Ehemann plötzlich auf die Idee, seine Frau zu ermorden. Jetzt aber, beim Klang von DelCorsos kratziger Stimme, die über den Hof herüberscholl, bei seinem Anblick, wie er da mit seinen Freunden zusammensaß, offensichtlich erfreut über seinen kleinen Coup, wurde Dunlop bewogen, noch einmal nachzudenken. Er hätte es noch ertragen, das Rampenlicht mit jemandem wie Larry Burrows oder David Collins zu teilen, aber er wollte verdammt sein, wenn er das diesem ehemaligen Bandenjungen zugestand, der heute immer noch nur die Muttern an irgendeinem Fließband festziehen würde, wäre da nicht sein völlig unverdientes Talent mit der Kamera gewesen.

„Ich habe tatsächlich ein Herz für dich", gestand Wilson gerade Conklin. „Ich mache mir Sorgen wegen deiner miesen Laune. Und ich spüre eine Verpflichtung, dich da herauszuholen."

„Wieso?"

„Weil deine Gesellschaft heute furchtbar deprimierend ist."

Die Unterhaltungen an den Tischen wurden um einige Grade leiser, als die Lautstärke der Artillerie am Stadtrand nun zunahm. Mehrere Minuten lang waren die Reporter unter den Strohdächern so gespannt wie Südseeinsulaner, die auf das Donnern eines näherkommenden Taifuns lauschten.

„Hundertdreißiger", stellte McCafferty fest, als könnte die Nennung des Kalibers irgendwie die Drohung nehmen, die in dem tiefen, kehligen Grollen der Geschütze lag.

„Maximale Reichweite sechzehn Komma zwei Meilen", meinte DelCorso. „Nehmen wir an, sie stehen fünf Meilen hinter der Infanterie, dann heißt das, wir haben hunderttausend Charlies zehn Meilen von da, wo wir jetzt sitzen."

„Und das heißt", fuhr Wilson fort, „wir könnten *alle* noch hier sein, wenn die Roten ihre Flagge hissen, ob wir das nun wollen oder nicht. Das müßte dich doch aufheitern, Frank. Dann hast du jede Menge Gesellschaft."

„Wie das wohl wird, wenn die hier hereingedonnert kommen?"

„Auf jeden Fall ganz anders als in Baltimore."

„Nein, Tim, ich meine, wie das für die wohl ist, wenn sie auf einmal hundert Yankee-Zeitungsleute sehen? Ein paar von den Kerlen kämpfen doch jetzt schon zehn Jahre lang gegen die Amis. Da braucht bloß ein einziges armes Frontschwein von der NVA einen kleinen Koller kriegen, und der bläst uns mit seinem Maschinengewehr die Scheiße aus dem Bauch, oder? Die werden doch mindestens *einen* Leutnant Calley in ihrer Armee haben."

„Frank, wenn du noch mehr so depressives Zeug quatscht, erschieße ich dich noch selber."

„Mann, Scheiße, Wilson. Ein Loch im Kopf ist doch eine reale Möglichkeit. Oder sie schmeißen uns in ein Konzentrationslager."

Wilson säbelte sich noch ein Stück Kalbfleisch ab. „In diesem Fall, lieber Conklin, kannst du von Glück reden, daß du Nick und mich als Freunde hast. Unser Spaghetti hier und ich, wir wissen, was man in einem kommunistischen Gefangenenlager macht. Stimmt's, Nick?"

„Jaja, die hohe Schule von Ausbruch und Flucht", grinste DelCorso. Zwar ebenso nervös wie alle anderen, war er doch in einer ausgezeichneten, abgeklärten Stimmung, dank dem Wein, den er zum Essen getrunken hatte, und wegen der telegrafischen Belobigung, die *Newsweek* ihm geschickt hatte, und wegen der Nachricht von seinem Agenten, in der zu lesen war, daß mehrere seiner Kunden Höchstpreise für die Fotos gezahlt hatten, die nicht in der Zeitschrift gebracht worden waren.

„Tja, der Ausbrecher-Lehrgang." Wilson kaute langsam sein Fleisch. „Weißt du, Frank, Nick ist nämlich wirklich einmal Gefangener der Kommunisten gewesen. Und ich, jetzt kommt das Beste — ich, der ich aufwuchs im kalifornischen Kapitalismus, ich war der Leiter, der Boss, der große Häuptling, der El Supremo dieses Gefangenenlagers, der Roteste aller Roten, der grausame Captain Wu. Mit anderen Worten, Nick und ich haben jede Menge Erfahrung auf beiden Seiten des Stacheldrahtverhaus."

„Wovon in aller Welt redet ihr eigentlich?"

„Von unserer kurzen Schauspielerkarriere."

„Was denn für eine Schauspielerkarriere?"

„Nick hat früher mal einen Kriegsgefangenen dargestellt, und ich den Volkskommissar des Lagers."

„Also, den hab ich ja noch gar nicht gehört", sagte McCafferty, der bereits den zweiten Brandy vor sich hatte. An den Rändern seiner Pupillen waren winzige Äderchen geplatzt, wie ausgefaserter roter Zwirn, der aus grauem Hemdknöpfen hing. „D.C. war mal Schauspieler?"

„Ja, ich war großartig. Hätten mich die richtigen Leute gesehen, ich wäre ein zweiter Al Pacino geworden."

„Selbst wenn dich die richtigen Leute gesehen hätten, du wärst nicht einmal ein zweiter Lou Costello geworden, bei deinem Humor", sagte Wilson.

„Ich war gar nicht schlecht. Hab mich nur ein bißchen zu sehr in die Rolle reingesteigert."

„Jetzt laßt die Geschichte doch schon hören, zum Donnerwetter", verlangte Conklin.

„Also, das war, als die Armee uns zeitweilig auf die Fotografenschule versetzt hatte", begann Wilson. „Wir haben da wohl irgendwelche Schutzengel gehabt, weil sie nach dem Kurs von uns wollten, daß wir in Ausbildungsfirmen mitwirkten. Sie haben uns dann zum Militär-Kinozentrum in Manhattan geschickt. Das war die lustigste Zeit im ganzen Dienst. Mitten im Herzen von New York, auf der Fünfunddreißigsten Straße, in den alten Paramount-Studios. Ein merkwürdiges Gebäude. Sie hatten da eine Gondel, in der Rudolpho Valentino mal gefahren ist, den Wassergraben, wo Tarzan mit den Krokodilen gecatcht hat, den Vulkan, in den Maureen O'Hara als Menschenopfer reingeworfen wurde, in diesem Film, wie hieß denn dieser Film noch gleich, Nick?"

„Weiß nicht mehr."

„Na egal, der war jedenfalls auch da, Maureen O'Haras Vulkan. Unsere Ausbilder waren Schauspieler und Regisseure aus den vierziger Jahren, lauter Leute, von denen ich gedacht hatte, sie wären längst gestorben und im Himmel. Außerdem waren noch einige alte Hasen vom Fernsehen dabei. Das Wichtigste haben uns die beiden Typen beigebracht, die Captain Midnight und den Raumschiffkadetten Tom Corbett gespielt haben."

„Wen?" fragte McCafferty.

„Da du ja ein sozial benachteiligtes Kind warst, nehme ich nicht an, daß ihr einen Fernseher in der Familie gehabt habt."

„Ich hatte nicht mal 'ne Familie. Vergiß den Fernseher."

„Demnach bist du nicht mit den Kinderschuhen des amerikanischen Bildrundfunks vertraut. Captain Midnight und Raumschiffkadett Tom Corbett sind früher Fernsehhelden gewesen. Captain Midnight war ein Pilot, der für die Wahrheit, die Gerechtigkeit und den *American way of life* gekämpft hat."

„Tom Corbett fand ich gut", sagte Conklin. „Ich hab oft meine Hausaufgaben nicht gemacht, damit ich Tom Corbett sehen konnte."

„Fang nicht mit deinen Jugenderinnerungen an, Frank. Dann denkst du bloß wieder an deine Kinder und verdirbst uns allen die Laune. Ich erzähl lieber weiter. Die Geschichte des berüchtigten Captain Wu. Den habe ich gespielt, drei Monate lang. Wie ich meine Rolle bekommen habe, liegt auf der Hand: Mein Gesicht ist unwiderstehlich. Aber wißt ihr, wie Nick seine Rolle gekriegt hat? Also, wir waren gerade mit ein paar Trickaufnahmen für einen Film über Panzergefechte beschäftigt. Dabei hatten wir so riesige Mitchell-Kameras auf fahrbaren Plattformen, das Stück zu zweiunddreißigtausend Dollar. In einer Szene sollte Nick filmen, wie gerade ein Panzer mit seiner Kanone losböllert. Das ganze wurde mit Spiegeln aufgenommen. Die Kanone zielte auf so einen großen Spiegel, und Nick mußte beim Filmen auch auf den Spiegel halten. Tja, und dann hat er die Kamera wohl etwas zu langsam in Position gebracht, jedenfalls hat der Bursche im Panzer eine Schreckschußladung abgefeuert, die Nick beinahe den Schädel weggepustet hätte und die Kamera völlig ruinierte. Ende von Nick DelCorsos Karriere als Filmemacher. Statt dessen wurde er zum Lehrgang über Ausbruch und Flucht des Fünften Armeekorps versetzt. Unser Job bestand darin, den Jungs zu zeigen, wie man einer Festnahme entgeht und wie man sich zu verhalten hat, wenn man doch in einem Lager für Kriegsgefangene landet. Wir hatten da ein richtiges Wandertheater und zogen durchs ganze Land, von einem Stützpunkt zum nächsten. Ich war also Captain Wu, der Chef des kommunistischen Lagers. Nicht übel für den Militärdienst, ich kann euch sagen. Hab die ganze Zeit in Motels gewohnt, mir die Haare lang wachsen lassen, war immer in Zivil, außer wenn ich mal meine Captain-Wu-Uniform angezogen hab, und konnte mir so viele Frauen aufs Zimmer holen, wie ich nur wollte. Meine Rolle war folgende: Ich stand mit Nick und drei anderen Soldaten, meinen Gefangenen, auf der Bühne und schimpfte sie Amischweine, Söldlinge des Wall-Street-Monopolkapitalismus, Lakaien der Marionettenregierung, eben die Standardklischees der Revolutionäre.

Unsere Show war jedenfalls so gut, daß sie uns sogar einen Monat lang ins Auslang geschickt haben. Ja, meine Herren, Mark Wilson und Nick DelCorso haben bereits auf den Bühnen Europas gespielt . . . nun ja, in der Türkei eigentlich; wir haben eine Tour durch die amerikanischen Militärbasen in der Türkei gemacht. Einen Sketch hatten wir im Programm, da spielte D.C. so einen Soldaten, der gut drauf ist und sich auf seine Weise durch die Strapazen eines Kriegsgefangenenlagers in Korea mogelt. Und zwar findet er am Lagerzaun eine Stelle, wo wildes Marihuana wächst, und dann dröhnt er sich einfach zwei Jahre lang voll. Die Roten denken, er ist verrückt, und lassen ihn deshalb in Ruhe. Na, und weil die Szene ja auch ein bißchen authentisch wirken sollte, kamen wir auf die Idee, uns in Istanbul etwas Shit zu besorgen. Unser Kind der Gosse hier konnte auch wirklich ein Viertelkilo auftreiben, und für die nächste Vorstellung hat er sich voll zugeknallt. Ihr kennt ja das Sprichwort: Die Wirklichkeit ist etwas für Leute, die nicht mit Drogen fertig werden, oder? Trifft genau auf Nick zu, jedenfalls was Haschisch anbelangt. Ich fang also wieder an mit meiner Tirade über die Amischweine aus der Wall Street, und auf einmal dreht Nick vollkommen durch. Springt mich an und packt mich an der Kehle und brüllt: ‚Du dreckige

Kommunistensau, du!‘ Wie ihr beide wißt, kann D.C. manche Sachen furchtbar ernst nehmen. Zum Glück kamen dann zwei Typen aus dem Publikum, die haben ihn von mir runtergezerrt. Unser kommandierender Offizier war zwar Berufssoldat, aber trotzdem nicht blöde. Kaum war er auf die Bühne gekommen und hatte einen Blick auf Nicks rote Augen geworfen, wußte er Bescheid. Nick hat noch versucht, sich herauszureden, aber es hatte keinen Sinn. Dafür hätten sie ihm sechs Monate verschärften Arrest und eine unehrenhafte Entlassung aufbrummen können, aber wahrscheinlich mochte ihn der Offizier. Er hat ihn als Gefechtsfotograf zu den Luftlandetruppen nach Vietnam geschickt. Ich für mein Teil hab mir dreißig Tage Urlaub genommen, bin nach Frankreich, das Rennen von Le Mans fotografieren, und hab die Bilder dann unter einem Pseudonym verkauft. Nick hat mir diesen Glückstreffer nie verziehen."

„*Te absolve*", sagte DelCorso und schlug ein Kreuz über Wilsons Stirn.

„Vielen Dank, *Padre.*"

„Und *das* ist die ganze Geschichte?" fragte Conklin.

„Na klar", gab Wilson zurück. „Verstehst du nicht?"

„Nein, was denn?"

„Also, falls es so aussieht, als ob wir hier nicht mehr rechtzeitig wegkommen und einen längeren Urlaub im Hanoi Hilton vor uns haben, dann werden Nick und ich genügend Mengen an kambodschanischem Roten und Buddha-Grass für uns vier einbunkern. Wir brauchen dann bloß immer schön high zu sein, uns verrückt zu benehmen, und sie werden uns noch vor Weihnachten zu unseren Lieben daheim zurückschikken."

Dunlop drehte sich der Magen um. Vor dem Essen hatte er einen Whisky zuviel getrunken, und der Alkohol machte es ihm nicht leicht, seine Gefühle im Zaum zu halten. Er schob seinen Teller von sich. Vom Hof herüber konnte er schallendes Gelächter und Bruchstücke einer Unterhaltung hören, über koreanische Gefangenenlager. Er sah, wie DelCorso über irgend etwas grinste, das Wilson gerade erzählte, hörte wieder das Lachen und den Namen Korea, und plötzlich sah er wieder einmal die ausgemergelten armen Teufel vor sich, die 1953 aus diesen Lagern herausgekommen waren. DelCorso und die anderen drei dort konnten damals nicht älter als zehn Jahre gewesen sein. Mit welchem Recht machten sie jetzt Witze über Männer, die soviel durchgemacht hatten? Weil er es als Schande empfand, mit diesen Leuten im selben Raum zu sitzen, zeichnete Dunlop seine Rechnung ab und machte sich zum Gehen bereit. Als er aufstand, verursachten ihm der Whisky und der Wein ein heftiges Pochen im Kopf. Ein plötzlicher Ausbruch leidenschaftlicher Wut trieb ihn dazu, quer über den Hof zu DelCorsos Tisch zu gehen.

„Was wißt ihr denn schon von Korea?“ fragte er, wobei seine hohe Stimme leicht bebte. „Was zum Teufel wißt ihr denn davon?“

Er sah dabei nicht Wilson, sondern DelCorso an, der von dem Angriff etwas überrumpelt worden war und ihn nur wortlos anblickte.

„Hat's dir ausnahmsweise mal die Sprache verschlagen, DelCorso? Komm, erzähl's mir! Was zum Teufel weißt du von Korea?“

Noch immer antwortete DelCorso nicht. Da er Dunlop noch nie in einem solchen Zustand erlebt hatte, wußte er nicht, wie er darauf reagieren sollte. Dann sah er den rötlichen Glanz in den Augen des Mannes und erkannte, daß Dunlop leicht betrunken war. Diese Entdeckung ließ ihn ruhig und gelassen werden wie einen Boxer, der seinen Gegner völlig unter Kontrolle hat.

„Na los, jetzt erzähl mir schon was über Korea, wo du doch soviel darüber weißt!“

„Was möchtest du denn hören, P. X.?“ schaltete sich Wilson ein. „Fläche in Quadratkilometern, Bevölkerungsdichte, Bruttosozialprodukt?“

„Ich rede mit ihm hier. Komm, laß hören, DelCorso! Was weißt du vom Koreakrieg?“

„Keine Ahnung, was in dich gefahren ist, P.X., aber ich glaube, du solltest zwei Aspirin schlucken und dich ein bißchen hinlegen.“

„Ruhe, Wilson, ich möchte was von DelCorso hören!“

DelCorso rückte seinen Stuhl ein Stück vom Tisch weg und dachte: Wenn dieser alte Knacker eine Schlägerei will, dann kann er sie haben. Ich springe vom Stuhl auf, mach mit der Linken eine Finte zum Kopf und geb's ihm mit der Rechten in den Solarplexus.

„Los, ich möchte das jetzt von dir hören, DelCorso. Du bist doch der Experte für Korea. Du kriegst einen Exklusivbericht, eine Titelseite, und schon bist du der Experte!“

„Jedenfalls bin ich jemand, der dir damit einen schönen Tritt in den Arsch versetzt hat!“

Jetzt war es an Dunlop zu schweigen. Es war ihm aufgefallen, daß DelCorso sich sprungbereit hingesetzt und die Hände in den Schoß gelegt hatte, jederzeit bereit zum Zuschlagen. Der Gedanke daran, daß diese Auseinandersetzung zu einer Schlägerei ausarten könnte, erschreckte ihn. Schon jetzt war das Ganze ziemlich peinlich: Mehrere Leute an den anderen Tischen hatten zu sprechen aufgehört und sahen ihn an. Er machte sich nur lächerlich. Seine Wut kühlte schon wieder ab, und er überlegte, wie er sich aus dieser entwürdigenden Situation retten konnte, ohne sich noch mehr bloßzustellen.

„Du hast gar niemandem in den Arsch getreten, wenn man mal davon absieht, was du mit meinem Assistenten gemacht hast!"

„Dein Assistent ist für nichts weiter gut, als durch Schlüssellöcher zu spionieren."

„Und deine Exklusivberichte sind für nichts weiter gut, als Vogelkäfige damit auszulegen. Vogeldreck, DelCorso! Deine tollen Fotos sind in diesem Augenblick schon voller Vogeldreck!"

„Ach, tatsächlich, P.X.? Weißt du, was mir das bedeutet? Das bedeutet mir einen Vogeldreck, jedenfalls aus deinem Mund!"

„Jetzt hör mal zu!" Dunlop richtete einen Finger auf das Haarbüschel, das DelCorsos Augenbrauen über der Nase zu einem schwarzen Strich verband. „Hör mir gut zu. Ich bin die Nummer Eins in diesem Geschäft gewesen, bevor du gekommen bist, und ich werd auch noch die Nummer Eins sein, wenn du wieder draußen bist."

Wie lächerlich von mir, so etwas zu sagen, dachte Dunlop. Ich muß von hier verschwinden.

Da ihm kein würdigerer Abgang einfiel, drehte er sich einfach abrupt um und ging davon, mit dem Gefühl, jedermann im Hof starrte ihn an. Diese Blicke, ob sie nun wirklich oder nur in seiner Vorstellung vorhanden waren, stachelten seinen Zorn noch mehr an; wäre DelCorso nicht gewesen, hätte er nicht die Beherrschung verloren und sich zum Narren gemacht.

„Na, das war ja was", sagte DelCorso und sah dem alten Mann durch die Hotelhalle nach. „Sieht so aus, als ob ich ausnahmsweise mal ihm unter die Haut gegangen bin."

„Man könnte wohl sagen", bemerkte Wilson heiter, „daß du eine empfindliche Saite in ihm angeschlagen hast."

16

Das Jaulen der Jets zerrte an Boltons Trommelfell wie das hohe C einer Elektrogitarre, das durch einen Tausendwattverstärker gejagt wurde, ein Ton, der so laut war, daß man ihn eher spürte als hörte; es kam ihm vor, als kräuselte sich seine Haut dabei. Er warf sich aus dem Bett und kroch auf die Zimmertür zu, während das ganze Gebäude wackelte und von draußen das Knallen des heftigsten Schußwechsels mit Handfeuerwaffen hineindrang, den er je gehört hatte. Die Fenster und der

Schrankspiegel erzitterten von fernen Detonationen. Er tastete nach der Klinke, öffnete die Tür und rollte sich in den Korridor hinaus, wo er zumindest vor herumfliegenden Glassplittern in Sicherheit war.

Mehrere andere Reporter hatten draußen im Flur Zuflucht gesucht. Der furchterregende Lärm hatte ihnen die zynische Maske vom Gesicht gerissen, womit Kriegsberichterstatter üblicherweise ihre Gefühle verbergen, falls sie welche haben. Als sie nun so am Boden hockten und bei jedem Schuß zusammenzuckten, sahen sie gar nicht mehr hart und mutig aus, sondern wie verstörte, verängstigte Kinder. Bolton hätte Verachtung für sie empfunden, wäre er nicht ebenso verstört und verängstigt gewesen.

„Hey, Harry, was geht denn da nur vor?" rief ihm Purcell zu, der einige Türen weiter hockte.

„Ein ernster Zusammenprall von verschiedenen Standpunkten", rief Bolton zurück.

Wieder dröhnte über ihnen ein Flugzeug, und die Schüsse nahmen an Lautstärke zu, bis es klang, als feuerten sämtliche Karabiner, automatische Gewehre und Maschinenpistolen von Saigon gleichzeitig.

„Straßenkämpfe, Harry", sagte Purcell, der sich bemühte, den Kopf zwischen seinen hochgezogenen Schultern zu verbergen. „Da müssen Nordvietnamesen durchgebrochen sein."

Das hörte sich plausibel an — seit dem Fall von Xuan Loc vor einer Woche hatten die Kommunisten ihre Stellungen bis auf zehn Meilen an die Hauptstadt vorgeschoben —, aber die Explosionen, die die alten Mauern des Hotels erschüttert hatten, konnten nur von schweren Bomben verursacht worden sein. *Bomben.* Ach, du Scheiße. Bolton rannte durch die Hotelhalle, in der sich weitere verstörte Reporter drängelten, die alle darüber spekulierten, was eigentlich vorging, aber keine Lust zeigten, ihren Hals zu riskieren, um es herauszufinden. Das Mädchen vom *Rolling Stone* saß in einer Ecke und sah wie betäubt aus. Die Brigade der Amateure, dachte Bolton. Lizzie St.John, die Dirne der britischen Aristokratie, stand bei der Rezeption und knipste einige Leute, die wegen des Schußwechsels von der Straße in die Hotelhalle geflüchtet waren — eine Bande von hysterischen Jugendlichen und ein paar Mitglieder des Gruselkabinetts von Saigon: Fast-Eddie auf seinem Go-Cart, der Krebs mit seinen zu Fragezeichen verdrehten Gliedmaßen und Kanülen-Kitty, die vor Angst oder Entzugserscheinungen oder beidem zitterte.

„Eddie, hast du irgendwas gesehen?"

„Ja, Ha-rih. Zwei Flugzeug. Südvietnam-Flugzeug. Keine MIG. Vielleicht ist ein Coup."

„Ein bißchen spät am Tag für einen Staatsstreich, oder?" Bolton stemmte sich gegen die Eingangstür, die so schwer wie das Tor einer normannischen Burg war, und ging hinaus. Es war ein unheimlicher Anblick, die Straßen bei Tageslicht vollkommen leer zu sehen. Bis auf ein paar Polizisten, die über den Place Lam Son rannten, und ein Fernseh-Kamerateam, das ebenfalls rannte, war niemand in Sicht. Er holte den Kameramann ein, der ihm dann erzählte, sie hätten zwei südvietnamesische A37-Maschinen beim Abwerfen von Bomben auf den Präsidentenpalast beobachtet; es handelte sich also zweifellos um einen Putsch. Doch die schwarze Rauchsäule, die Bolton in der Ferne aufsteigen sah, war zu weit weg für den Palast. Das Ziel mußte Tan Son Nhut gewesen sein, das letzte Flugfeld, das noch in der Hand der Regierung war. Bolton machte sich auf den Weg zu seinem Büro, wobei einige Feuerstöße aus einem Maschinengewehr in der Nähe seine Schritte beschleunigten.

Im Büro angekommen, fand er Vinnie in seiner üblichen Trance vor, Dalman hing am Telefon, und Grey, mit Helm und Schutzweste bekleidet, hackte wie ein Wahnsinniger auf der Schreibmaschine. Der erste Satz von Greys Meldung steckte im Telex und war bereits gesendet:

> 281640 REPORTER GREY BLITZ DRINGEND: SAIGON — SCHWERE STRASSENKAEMPFE BRACHEN AM MONTAG IN DER INNENSTADT VON SAIGON AUS ALS NORDVIETNAMESISCHE KOMMANDOEINHEITEN DIE ZUSAMMENBRECHENDEN VERTEIDIGUNGSLINIEN DER STADT STUERMTEN. (FORTS. FOLGT)

Ein Blick über Greys Schultern überzeugte Bolton davon, daß tatsächlich eine Fortsetzung folgte; noch mehr Blödsinn. Er riß die Seite aus der Maschine und warf sie auf den Boden.

„Grey, ich glaube, Sie würden sogar beim Tütenkleben noch Mist bauen!"

Das schmale Gesicht halb durch den Helm verdeckt, blickte Grey erstaunt auf.

„Geben Sie ein Storno für diese Meldung raus! Aber sofort!"

„Aber Harry, das erzählen sich alle! Sie sind durchgebrochen, sie sind überall in den Straßen!"

„Mann, ich bin gerade *zu Fuß* gekommen, Sie Heini. Hab keinen einzigen Kommunisten auf der Straße gesehen! Nicht mal einen Liberalen. *Und jetzt stornieren Sie Ihre komische Meldung, bevor ich Ihnen mit diesem Helm da Ihren armseligen Arsch aufreiße!*"

Dann wandte sich Bolton zu Dalman. „Und was fabrizierst du da gerade?"

„Bin dabei, dieses Gerücht über einen Staatsstreich zu überprüfen", antwortete Dalman und deckte dabei die Sprechmuschel mit der Hand ab.

„Du lieber Gott! Guck doch bloß mal aus dem Fenster, Dalman. Sie bombardieren Tan Son Nhut. Verdammt nochmal, Grey schiebt eine Story raus, nach der irgendwelche NVA-Kommandos hier in den Straßen Amok laufen, und du arbeitest an einer anderen, wo drinsteht: stimmt gar nicht, es ist ein Putsch. Kann ich denn nicht mal fünf Minuten lang aus dem Büro gehen, ohne daß ihr hier gleich das totale Chaos veranstaltet?"

„Ich hab doch bloß ein Gerücht überprüft."

„Leg auf, Dalman. Egal, wen du da an der Strippe hast, verabschiede dich schön von ihm und leg auf, aber schleunigst!"

Dalman legte auf.

„Also gut. Jetzt hört mal zu, ihr zwei. Du auch, Vinnie, falls du überhaupt noch Signale empfängst in deiner Opium-Galaxis. Ihr dürft euch jetzt ein Bier oder einen Kaffee holen oder Taschenbillard spielen, aber wehe, ihr rührt ein Telefon oder eine Schreibmaschine an! Ihr macht jetzt erstmal gar nichts, bis ich herausgefunden hab, was da überhaupt los ist!"

Bolton ging in sein Büro. Amateure, ich bin unter lauter Amateuren. Er ließ sich in den Stuhl fallen und rief Christensen im CIA-Hauptquartier auf der sechsten Etage der Botschaft an. Der Anschluß war besetzt. Er legte den Hörer auf die Gabel und starrte tatenlos auf die Wand, die leer war bis auf die Landkarte, auf der die Stecknadeln nun einen engen Kreis rund um Saigon bildeten. Es waren keine Schüsse mehr zu hören, und das Donnern der Bomben hatte einer Serie von schwächeren Detonationen Platz gemacht — entweder Granaten oder Sekundärexplosionen. In jedem gedämpften Krachen schwang ein düsteres Element der Endgültigkeit mit. Während er auf die Karte mit ihren exotischen Ortsnamen sah, die ihm mittlerweile so vertraut waren wie die Namen der Kleinstädte rund um sein Zuhause (für ihn war Bryson City in North Carolina immer noch sein Zuhause, obwohl er schon seit Jahren nicht mehr dort gewesen war), spürte Bolton, daß er Vietnam vermissen würde. Alles hier würde ihm fehlen — die guten und die schlechten Gerüche, die grünen Reisfelder, die trägen braunen Flüsse und die dunklen Hügel, die ganze Landschaft, die in ihrer Verbindung von Schönheit und Gefahr einen eigenartigen Reiz ausübte. Oft genug hatte er Vietnam verflucht, hatte es mehr gehaßt als jeden anderen Ort auf der Welt, aber dennoch würde dieses fremdartige Land für immer einen Teil von ihm beanspruchen, denn hier war er zum Mann geworden. ‚Wir können unsere Unschuld nur einmal verlieren', rezitierte er im Geiste Rudyard

Kipling, ‚und wo wir sie verloren haben, dort wird unser Herz für immer sein.‘

Bolton, der gefühlvollen Empfindungen mißtrauisch gegenüberstand und sich nie gestattete, die Beherrschung zu verlieren, riß sich zusammen, um nicht noch tiefer in diese melancholische Nostalgie zu versinken. Von neuem wählte er Christensens Nummer, und nach einigen weiteren Versuchen kam er auch durch.

Den Hörer zwischen Schulter und Ohr eingeklemmt, machte er sich auf der Schreibmaschine Notizen. Christensen bestätigte, daß es sich um einen Luftangriff gehandelt hatte: zwei erbeutete südvietnamesische Flugzeuge, die von der früheren ARVN-Luftwaffenbasis bei Phan Rang gestartet waren, hatten sich im Tiefflug unter dem Radar hindurchgeschmuggelt und ein paar Fünfhundert-Pfund-Bomben auf den Flugplatz abgeworfen. Außerdem ergänzten die Kommunisten ihren ersten Luftangriff im ganzen Krieg durch einen Raketenbeschuß der Landebahn, was eine geordnete Evakuierung der Amerikaner und südvietnamesischen Flüchtlinge unmöglich machte.

„Wenn wir hier je wieder rauskommen“, meinte Christensen, „dann nur in Helikoptern. Und der liebe Gott möge uns beistehen, wenn Charlie auf die Idee kommt, die Dinger als Zielscheibe zu benutzen.“

„Ich glaube kaum, daß der liebe Gott sich einen Dreck darum kümmert. Also dann, Dave. Muß jetzt deine Neuigkeiten durchgeben.“

„Ruf mich so in einer Stunde noch mal an, Harry. Kann sein, daß ich noch eine Feder für deinen Kopfschmuck habe, großer Krieger.“

Bolton unterdrückte seine Neugierde — was ihm so schwer fiel wie das Zumachen eines zu voll gepackten Koffers —, legte auf und schrieb zwei Absätze über den Luftangriff. Als er in den Telexraum ging, sah er durchs Fenster einen flackernden Schein, der die Wolken über Tan Son Nhut färbte. Dalman äußerte die Vermutung, die Raketen könnten ein Munitionsdepot der ARVN getroffen haben.

„Überprüf das gleich mal“, sagte Bolton und kehrte in sein Büro zurück, wo er darauf wartete, daß die Stunde vorbeiging. Nach einer halben Stunde brachte ihm einer der Telexleute ein dringendes Fernschreiben aus New York. Es lautete:

BOLTON: 218802 MELDUNG UEBER ANGRIFF AUF FLUGPLATZ UM ZEHN MIN BESSER ALS UPI UND REUTERS ABER FUENF SCHLECHTER ALS AP. BRAUCHEN BALDMOEGLICHST AUGENZEUGENBERICHT VOM BUM-BUM IN TAN SON NHUT. HALPRIN/NY

In seinen unschuldigen Tagen hätte Bolton diese Nachricht als schlechten Scherz betrachtet und ignoriert; da er aber wußte, daß Halprin keinerlei Sinn für Humor besaß, ging er ins Vorzimmer und legte das Telex auf Greys Tisch.

„Setzen Sie Ihren Helm auf und ziehen Sie die Schutzweste wieder über. Das hier ist für Sie."

Greys Gesichtsfarbe machte seinem Namen alle Ehre. „Harry . . . aber die schießen da doch alles kaputt!" Er zeigte durch das Fenster auf die Rauchsäule, die schwarz und bösartig wie ein Tornado über dem Flugfeld aufstieg.

„Genau. Das ist Bum-Bum. Und New York will Bum-Bum haben, Grey. Heutzutage machen wir Bum-Bum, weil wir mit dem Fernsehen darin konkurrieren, wer die Öffentlichkeit mehr aufgeilen kann."

„Das ist doch Scheiße, Harry. Das ist eine Scheiß-Story."

„Deshalb schick ich ja auch Sie hin. Wer wäre denn qualifizierter, über Scheiße zu berichten, als ein Arschloch?"

Er setzte Grey den Helm auf. „So, los jetzt. Ziehen Sie jetzt den Rest Ihrer Soldatenkleidung an, lassen Sie sich erschießen, und dann kommen Sie wieder zurück und erzählen uns, wie das ist."

Nachdem Grey unter Protest mit Hoang abgefahren war, griff Bolton nach dem Telefon, um herauszufinden, was für eine Überraschung Christensen für ihn auf Lager hatte.

17

„Zum Donnerwetter, D.C., jetzt laß uns schon einpacken", sagte Wilson. „Das Licht reicht sowieso bald nicht mehr."

„Wir haben noch eine Stunde", erwiderte DelCorso und bahnte sich mit Ellenbogen und Schultern einen Weg durch die Menschenmasse, die sich mit der blinden Wucht eines Flusses bei vollem Hochwasser über die Fensterstraße Eins ergoß.

„Eine Stunde wofür denn? Wie viele Aufnahmen von Flüchtlingen wollen wir denn noch machen?"

„So viele, wie ich brauche, um die zu kriegen, die ich haben will."

„Na gut, ich geb dir eine Stunde, um sie zu kriegen. Aber dann mach ich mich aus dem Staub."

„Ich krieg sie schon", brüllte DelCorso, um sich in der Kakophonie rings herum verständlich zu machen: da war das Brüllen der Säuglinge, des Knallen von Gewehrschüssen, das Knirschen der Ochsenkarren, das Knattern und Tuckern der Lastwagen und der alten Lambretta-Busse; die Rinder mit ihrem trauervollen Muhen, die Hirten mit ihren wilden Schreien und die alten Frauen mit ihren hohen Klagerufen.

DelCorso und Wilson gingen am Rand der Landstraße, die vor ihnen leicht anstieg. DelCorso trieb jene ungestüme Entschlossenheit an, die aus Soldaten tote Helden macht. Die beiden Männer waren etwa fünfzehn Kilometer von Saigon entfernt und wußten nichts von dem Luftangriff auf den Flugplatz. Als sie gerade oben angekommen waren und die Brücke über den Dong Hai überqueren wollten, entleerte sich eine Monsunwolke, die vollgesogen über ihnen gehangen hatte, und durchnäßte sie innerhalb von Sekunden bis auf die Haut. Sie flüchteten in eine strohgedeckte Hütte am Fuß der Brücke und warteten darauf, daß der Wolkenbruch aufhörte. Beide konnten die Verschnaufpause gut gebrauchen; sie waren seit einer Stunde auf den Beinen, mal in glühender Sonne, im nächsten Moment klatschnaß, so waren sie an den vielen Tausenden Flüchtlingen und zurückweichenden Soldaten entlanggegangen. DelCorso schmerzte der Nacken vom Gewicht der Kameras, doch er war fest entschlossen, bis zur letzten Sekunde Tageslicht auszuharren.

„Das hier ist doch wirklich bescheuert, Nick!“ Wilson strich sich eine Strähne seines nassen dunklen Haars aus der Stirn. „Auf was für ein Foto wartest du denn eigentlich, verdammt noch mal?“

„Das kann ich dir sagen, wenn ich es sehe. Was ist denn los mit dir, Mark? Bist du sauer, weil die Bügelfalte aus deinen Designer-Jeans verschwunden ist?“

„Unter normalen Umständen hätte ich jetzt eine geistreiche Antwort für dich. Da die Umstände hier jedoch ganz und gar nicht normal sind, sage ich bloß: Halts Maul, du Scheißer.“

Eine Granate pfiff über sie hinweg und detonierte in einer Baumgruppe mehrere hundert Meter neben der Straße. Wilson bemühte sich, seine Nervosität zu überspielen, indem er seine Taschen nach einer trokkenen Zigarette durchsuchte.

„Aha, ich weiß, was mit dir los ist. Du bist jetzt vorsichtiger, weil du wieder geheiratet hast.“

„Ich wiederhole: Halts Maul, du Scheißer. Hör mal zu, du italienischer Gnom, ich weiß jedenfalls, was mit *dir* los ist, und das ist wirklich bescheuert. Filme können doch mal verlorengehen, oder?“

„Ich würde gern dran glauben, daß das der Grund war.“

„Deine paranoide Phantasie läuft wohl wieder auf Hochtouren.“

„Mann, ganz egal, warum die Filme nicht in New York angekommen sind, sie waren auf jeden Fall weg, und deswegen stehe ich da wie ein Idiot.“

„Also gut, dann tu eben, was du nicht lassen kannst. Mark Wilson bleibt jedenfalls hier in dieser Grashütte, wo es schön trocken ist. Wenn du in einer Dreiviertelstunde nicht zurück bist, marschiere ich zum Jeep zurück und fahre wieder nach Saigon, um dich dort als vermißt zu melden."

„Besten Dank."

„Für einen Kumpel mach ich alles."

Als der Schauer etwas nachließ, kletterte DelCorso wieder auf die Straße. So weit er von der Mitte der Brücke aus in beide Richtungen sehen konnte, war die Fernstraße Eins voller Menschen, Fahrzeuge und Haustiere, die ständig in Bewegung und so dicht gedrängt waren, daß kaum ein freier Fleck Asphalt zwischen ihnen übrigblieb. Grellfarbene Lambretta-Busse, aus deren Fenstern Arme, Beine und Oberkörper herausragten. Mit Verwundeten vollgestopfte Militärlastwagen. Schwärzlichbraune Karren, deren hölzerne Räder unter der Last der Berge von Truhen, Koffern, Möbelstücken und Kleiderbündeln ächzten. Graue Wasserbüffel, die ihre glänzendschwarzen Hörner von einer Seite zur anderen schwenkten. Gescheckte Rinderleiber. Das Auf und Ab von spitzen Strohhüten, Tropenhelmen aus Kork, bunt bedruckten Blusen und blau-weiß gestreiften Baumwollhemden, in die sich die Tarnhelme und die grünen Ponchos der Soldaten mischten, denen die Lust am Kämpfen vergangen war. Und Gesichter, Zehntausende von Gesichtern — manche schlaff vor Erschöpfung, manche angstverzerrt, und noch andere, deren Miene keinerlei Gefühl verriet. Hin und wieder, in einem Versuch, den unaufhaltsamen Strom zu stoppen — was jedoch so aussichtslos war, daß es schon wieder lächerlich wirkte —, schossen ein paar Militärpolizisten mit ihren M16-Gewehren in die Luft; aber der gewaltige Zug der vor dem nordvietnamesischen Vormarsch Flüchtenden strebte immer weiter, warf die mit Erde gefüllten Ölfässer um, die als Panzersperren aufgestellt worden waren, und bewegte sich auf Saigon zu, weg von dem Grollen am Horizont, wo sich große Rauchsäulen unter dem Dach eines zinngrauen Himmels auftürmten.

DelCorso saß auf dem Brückengeländer und richtete sein Teleobjektiv in die Menschenmassen auf der Straße. Er machte mehrere Bilder, obwohl er mit einem Blick durch den Sucher sah, daß kein Foto die schier unglaubliche Größenordnung dieser Volkerwanderung, ihr unermeßliches Elend und das beinahe greifbare Gefühl der Niederlage auch nur andeuten könnte. Unter ihm floß lautlos der schlammige Dong Hai in seinem Bett, und die Strömung ließ an den Brückenpfeilern schaumigweiße Dreiecksformationen entstehen.

Paranoide Phantasie. Vielleicht hatte Wilson recht. DelCorso hätte gern daran geglaubt, daß er es sich nur einbildete. Das unaufhörliche, eindringliche Schaben der Sandalen und Stiefel auf dem Asphalt und die Köpfe der Menschen, die sich gegen den Regen zur Erde neigten, gaben dem Zug etwas von einer religiösen Massenprozession, und er wurde sich bewußt, daß der Verlust einer Filmrolle mehr als unerheblich war; aber da der Verstand seine Einsichten nicht immer in die Sprache des Herzens übersetzen kann, kühlte dieser Gedanke seine Wut über das verlorene Material keineswegs ab und konnte auch nicht die Gewißheit in ihm abschwächen, daß das Verschwinden der Filme nicht zufällig gewesen war. Die Bilder waren reine Routinefotos gewesen, nicht zu vergleichen mit denen, die er eine Woche zuvor in Xuan Loc gemacht hatte; aber immerhin — die Arbeit einer Woche war zum Teufel, dann ein Tag vertan bei dem Versuch, die verlorene Sendung doch noch aufzuspüren; zu alledem kam der Verlust der Negative, selbst jedes ein mögliches Verkaufsobjekt, und schließlich die — zwar minimale, aber doch vorhandene — Einbuße an seinem Ruf als ein Fotograf, der immer liefert. DelCorso schwang sich vom Geländer hinunter und überquerte die Brücke, wobei er sich in seiner Wut durch die Woge aus Fleisch und Knochen wühlte, die in der Gegenrichtung über den Fluß zog.

Ein Schwarm von F5-Maschinen, vier flinke Pfeile, die sich durch die Wolkendecke bohrten, warf seine Bombenlast über einer Hügelkette in etwa fünf Kilometer Entfernung ab, und der Asphalt unter DelCorsos Füßen vibrierte. Eine Herde Wasserbüffel war durch die Explosionen aufgestört worden; die Tiere brüllten, warfen die Köpfe hoch und zerteilten die Luft mit ihren bogenförmigen Hörnern. *Iiiah, iiiijah,* riefen die Hirten und schlugen die Tiere hart auf die Hinterbacken, um sie am Durchgehen zu hindern. DelCorso machte ein Bild von der Szene, aber es war nicht das, was er haben wollte. Auf was für ein Foto wartest du eigentlich? Das kann ich dir sagen, wenn ich es sehe. Gesichter, Gesichter, Gesichter. Zu viele Gesichter, und es lag zuviel Leid in ihnen, um mehr emotionale Reaktion in ihm auszulösen als eine fassungslose Scheu, wie man sie im Angesicht von kolossalen Naturkatastrophen empfindet. Ein Gesicht. Er brauchte ein einzelnes Gesicht, wenn er dem ganzen einen Sinn geben wollte; so ein Gesicht wie das des Mannes, der in Goyas *3. Mai 1808* vor dem Erschießungskommando am Boden kniet und in dessen Augen sich der Schrecken aller Kriegsopfer spiegelt; ja, er mußte in dieser an ihm vorbeischlurfenden Menge ein einziges Gesicht finden, dessen Ausdruck als Sinnbild für das Elend aller gelten konnte, und für ihre Geduld in diesem Elend, denn es lag auch etwas Lebensbejahendes in dem blinden Vorwärtsstreben dieser Menschen, und diese Bejahung hatte etwas Schönes. Nach all der Zerstörung, die er im letzten Monat festgehalten hatte, wollte DelCorso wenigstens ein Foto machen, aus dem — wenn auch kaum merklich — die Willenskraft des Menschen zum Überleben sprechen würde.

Er schob sich weiter vor, in Richtung auf die Stelle, an der die Fernstraßen Nr. 1 und Nr. 15 zusammentrafen und wo sich ein weiterer Strom von Flüchtlingen in einem heftigen Gerangel und Durcheinander mit der Hauptmasse vermengte. Der Lärm der Lastwagen und Busse, der Motorräder und der schrillen Fahrradklingeln, der unzähligen Füße, die auf dem Asphalt trampelten, war ohrenbetäubend; dennoch konnte er über sich das Geräusch hören — ein Ton wie ein Messer, das durch eine straff gespannte Segeltuchmarkise fuhr. Die Granate schlug dicht neben einem südvietnamesischen Bunker ein, der zur Verteidigung der Brücke diente. Panik pflanzte sich durch die Menschenmengee fort, aber die Flüchtlinge gingen so dicht gedrängt, daß keiner schneller als im Schritttempo vorwärtskommen konnte; das Gefühl der nur mühsam unterdrückten Massenhysterie, die sich irgendwie Bahn zu brechen suchte, das Gewühl der Körper und die schwere, feuchte Luft ließen in DelCorso Klaustrophobie aufkeimen. Wie ein Fußballfan, der das geschlossene Stadiontor stürmen will, bahnte er sich einen Pfad zum Straßenrand, wo er die Böschung hinunterrutschte, über einen Kanal sprang und seinen Weg zu der Kreuzung auf dem Damm des Reisfeldes fortsetzte. Er hatte sich die Kreuzung als Ziel genommen; falls er noch keine anständigen Aufnahmen gemacht hatte, bis er dort angekommen war, würde er sich auf den Rückweg zu Wilson machen.

Wieder wurde der Bunker über dem Flußufer, fünfhundert Meter hinter ihm, von einer Granate getroffen. DelCorso ging an vier südvietnamesischen Soldaten vorbei, die in aller Ruhe das Fleisch vom Bein einer Kuh herunterschnitten. Noch weiter vorn fotografierte er einen Armeelastwagen, dessen Vorderachse im Schlamm des Baches am Straßenrand steckengeblieben war. Die Ladefläche war voll mit Toten und Verwundeten: ausdruckslose Gesichter, schmutzbespritzte Uniformen, bandagierte Beine, Augenbinden; neben dem Hinterrad lag eine Leiche, die einen steifen Arm erhoben hatte und mit dem ausgestreckten Zeigefinger wie anklagend zum Himmel deutete. Die Menschenmassen auf der Straße schoben sich vorbei, ohne hinzusehen. Eine dritte Granate detonierte am Flußufer. Es begann wieder zu regnen.

DelCorso sprang über den Bach und kletterte die Böschung hinauf und zurück auf die Landstraße; er befand sich kurz vor der Kreuzung. Ein kleiner Junge von etwa acht Jahren, mit Hautgeschwüren im Gesicht und einem zu großen Tropenhelm auf dem Kopf, weinte im Gehen vor sich hin. Das Licht wird immer weniger. Muß jetzt bald was finden. Ein Gesicht. Das Gesicht dieses Kleinen. Zu sentimental vielleicht, zu durchsichtig, aber immerhin besser als gar nichts. DelCorso sah auf den Belichtungsmesser. Elf bei einer Sechzigstel. Immer noch genügend Licht, aber es ließ jetzt rapide nach. In zwanzig bis dreißig Minuten würde er die Blende bald ganz aufmachen müssen. Im Rückwärtsgehen, oder vielmehr: indem er sich von der schiebenden Mauer aus menschlichem Fleisch rückwärts drängen ließ, machte er mit dem 28mm—Objektiv ein Foto von dem Jungen. Sogar mit diesem starken Weitwinkel war er zu nahe dran, um viel mehr ins Bild zu bekommen, um eine Ahnung des gigantischen, leidenden Organismus einzufangen, von dem das Kind vor ihm nur eine einzige winzige Zelle darstellte. Er arbeitete sich weiter nach hinten, verschaffte sich mit den Ellenbogen Platz wie ein Basketballspieler kurz vor dem Wurf, und konnte so die Entfernung für ein zweites Foto um einen guten Meter vergrößern. Dann sah er plötzlich das Gesicht des Jungen durch den Sucher, und es schoß ihm durch den Kopf: *Danny!* Dieser Kleine da könnte Danny sein. Übermannt von väterlichen Beschützerinstinkten wollte er das Kind am liebsten in den Arm nehmen und nach seinen Eltern suchen. Unmöglich in diesem Chaos. Der Junge rannte nun auf ihn zu und klammerte sich mit den kleinen Händen an seinen Gürtel. Tut mir leid, dachte er und bog dabei die Finger auseinander, um das Kind loszuwerden. Tut mir ja wirklich leid, aber ich muß hier noch arbeiten. Der Junge schluchtzte und brach dann aus voller Kehle in lautes Heulen aus, was DelCorso einen Stich ins Herz versetzte. *Danny!* Tut mir leid, Kleiner. Hoffentlich finden sie dich, hoffentlich bleibst du am Leben. Er verschloß die Ohren vor dem Weinen des Jungen, drehte ihm den Rücken und ging weiter.

Er bemerkte die Änderung in der Bewegung des Flüchtlingszugs, so wie einem Mann, der durch einen tiefen Fluß watet, eine leichte Richtungsverschiebung der Unterströmung auffällt: es war etwas, das eher zu spüren als zu sehen war. Er ging weiter, bis er die Stelle erreichte, wo die Menge in der Straßenmitte eine ovale Lichtung freiließ. Am Oberschenkel abgerissen, am Knie leicht abgewinkelt, in der feuchten Hitze aufgedunsen, lag da ein Bein in der Mitte des freien Platzes; die riesige Masse aus Menschen und Fahrzeugen teilte sich in zwei Bahnen und strömte um das abgetrennte Körperglied wie ein Fluß um einen Felsen. Man warf einen Blick darauf, manchmal mit Ekel, manchmal voller Gleichgültigkeit, manchmal auch in morbider Faszination; aber jeder war bedacht darauf, dem Bein nicht zu nahe zu treten, als könnte er damit den Tod auf sich selbst herabbeschwören. Oder umgingen die Menschen es aus Achtung vor den Toten? Oder aus abergläubischer Scheu vor dem Ort, wo ein anderer getötet oder verletzt worden war? DelCorso wußte es nicht. Aber er wußte, daß dieses einzelne Bein dem Chaos rings herum eine Bedeutung verlieh. Es war ein schauerlicher Anblick — der große Goya wäre entzückt gewesen —, aber DelCorso war bewegt von der Menschlichkeit, die sich darin zeigte, daß die Flüchtlingsmasse sich weigerte, das Bein zu berühren oder ihm näher zu kommen. Diese Tausende von Menschen, die in ihrem Kampf ums nackte Überleben Panzersperren überrannten und sich über Granateinschläge und das Gewehrfeuer der Militärpolizei einfach hinwegsetzten, weigerten sich, auf das leblose Glied eines der ihren zu treten. Was immer ihr Grund dafür sein mochte, für ihn war dies eine besonders menschliche Geste, mit der die Fortdauer des Geistes selbst in Extremsituationen wie dieser bewiesen wurde. Ein kleiner, zynischer Teil seines Verstandes fragte sich allerdings, ob es sich wirklich so verhielt oder ob er es nicht nur so hatte sehen wollen; vielleicht waren diese Leute auch bloß zu faul oder zu zimperlich, das Bein beiseite zu tragen und zu begraben. Mit dem Gedanken an diese Möglichkeit stöberte er jedoch ein wahres Schlangennest von Fragen über die Wirklichkeit und den Wirklichkeitsbegriff des Fotografen auf — Fragen, für die DelCorso keine Zeit hatte.

Er ging zur Seite und nahm sein Motiv in den Sucher. Nach drei Aufnahmen merkte er, daß der Blickwinkel nicht stimmte; wenn er das Bild aus Bodenhöhe machte, gelang ihm weder, das Ausmaß des Menschenzuges zu vermitteln noch dessen unerbittlichen Vorwärtsdrang, der weder durch Barrikaden noch Schüsse aufgehalten oder von seiner Richtung abgebracht werden konnte, der jedoch seinen Weg wegen eines Stückes menschlichen Fleisches änderte. Auf einem Mahagonibaum wenige Meter neben der Straße bot sich eine Aussichtsplattform. DelCorso sah noch einmal auf den Belichtungsmesser: Blende elf war immer noch möglich, aber um bei diesem Wert noch eine richtige Belichtung zu bekommen, mußte er mit der Verschlußzeit auf eine Fünfzehntelsekunde hinuntergehen, was vielleicht zu langsam sein könnte, um die Bewegung der Menschen festzuhalten. Er stellte die Blende auf acht, verkürzte die Zeit auf ein Sechzigstel und sah wieder zu dem Baum. Falls er rasch genug hinaufkäme, konnte er bis auf, na ungefähr auf sechzehn abblenden und damit den Schärfentiefenbereich erweitern; so war das Negativ dann zwar unterbelichtet, aber das konnte er ausgleichen, indem er es beim Entwickeln ein wenig hochzog, was er unter diesen Umständen nicht als ungerechtfertigte Manipulation ansah. Das einzige Problem beim Hochziehen im Entwicklungsprozeß war die Körnigkeit, eben die Körnigkeit und die Schleier, die er in seinen Arbeiten möglichst nicht haben wollte. Ach, was, man konnte schließlich nicht alles kriegen, und es würde ein verteufelt gutes Foto abgeben, wenn es ihm gelänge.

In seinem Überschwang war DelCorso überzeugt davon, daß er behende genug war, um rechtzeitig vor dem Dunkelwerden auf den Baum hinaufzuklettern, also legte er sich die Fotoapparate auf den Rücken, damit sie nicht vom Stamm zerkratzt wurden, und hangelte sich zur ersten Astgabel hoch, deren Ausläufer fast so breit wie ein Lastwagen waren. Die Kamerariemen strafften sich um seinen Hals und erwürgten ihn beinahe. Weithin sichtbare Bäume zu vermeiden, gehörte zum kleinen Einmaleins beim Überleben in Gefechtsgebieten, weil Artilleriebeobachter sie sich häufig als Bezugspunkte für die Zieleinrichtung der Geschütze wählen. DelCorso war jedoch zur Ansicht gekommen, daß der Mahagonibaum nahe genug bei der Straße stand, um einen sicheren Sitz abzugeben; die Nordvietnamesen würden wohl kaum ihr Image als Befreier beflecken wollen, indem sie Flüchtlingskolonnen beschossen. Diese Einstellung mußte er allerdings gleich wieder in Frage stellen, denn als er sich gerade auf der Astgabel niederließ, pfiffen direkt über ihm zwei Granaten hinweg, mit einem derartigen Getöse, daß er den Kopf einzog. Die beiden Geschosse detonierten in einem Reisfeld knapp hundert Meter vor dem Flußufer, so daß dort eine gewaltige Fontäne aus Rauch, Schlamm und Wasser in die Luft gerissen wurde. Ziemliche Apparate. Hundertdreißiger. Aber nun war es zu spät, er fühlte sich verpflichtet, sein Unternehmen zu Ende zu führen. Rittlings auf dem Ast sitzend, rutschte er vorsichtig nach vorn, wobei die Kameras ständig aneinanderschlugen, bis er klare Sicht hatte. Selbst jetzt, aus fünf bis sieben Metern Höhe, konnte er weder Anfang noch Ende der Prozession ausmachen. Der Anblick des ungeheuer langen Zuges, der bis zum Horizont reichte, wo dunkle Rauchsäulen im Wind trieben, raubte ihm ebenso den Atem, wie das Schauspiel eines ausbrechenden Vulkans oder eines schweren Unwetters auf See. Der magische Moment währte nicht länger als zwei Sekunden; er verging, als DelCorso klar wurde, was für ein Unsinn es gewesen war, dieses akrobatische Unternehmen zu starten. Er hatte seine körperlichen Fähigkeiten überschätzt, sich für eine Art Tarzan-Klettermax gehalten, anstatt für den Zweiunddreißigjährigen mit einem kranken Bein, der er war; außerdem hatte er eine Elementarregel völlig außer acht gelassen, daß nämlich in den Tropen das Licht viel schneller schwindet als in nördlichen Breiten. Er hatte ein Foto machen wollen, mit dem das auf den Film gebannt würde, was seine Augen sahen — ein düsteres Spektakel, da dem Schlachtenpanorama eines Meisters des neunzehnten Jahrhunderts glich und in dem durch die makabre Tragödie des abgetrennten Beins, der totalen Verwirrung ein emotionaler Zusammenhalt verliehen wurde. Doch in der Zeit, die er zum Klettern und Einstellen gebraucht hatte, waren ihm schon zwei Blendenwerte verlorengegangen: der Zeiger stand jetzt auf Blende vier, und das bedeutete, daß alles, was nur wenig hinter der Einstellebene lag, hoffnungslos unscharf erscheinen würde. Eine Unterbelichtung durch Abblenden war genauso hoffnungslos, er konnte höchstens noch um zwei Blendenwerte hinuntergehen, und damit wäre das meiste des Hintergrundes immer noch verschwommen. Noch weiter abzublenden, würde heißen, die Entwicklung später so weit hochzuziehen, daß der Abzug einen einzigen, grobkörnigen Nebel zeigte. DelCorso waren diese Grundregeln natürlich bekannt gewesen, bevor er den Baum erklettert hatte; er hatte einfach nur geglaubt, er sei schnell genug im Wettlauf mit der Zeit, mit dem unabänderlichen Rhythmus von Licht und Dunkel. Du blöder, hirnloser Idiot! Was tust du denn da, sitzt da oben in einem Baum und rennst einer Unmöglichkeit hinterher? Es war eine rein rhetorische Frage: die Antwort kannte er nur zu gut.

Er ließ sich wieder hinab, wobei er sich Hände und Schienbeine an der rauhen Rinde zerkratzte. Beim Zurückhumpeln zu der Hütte, wo Wilson auf ihn wartete, schmerzte sein linker Fuß so heftig, daß er das Gefühl hatte, auf den bloßen Knochen zu gehen. Immerhin waren die Götter DelCorso günstig gesonnen und schenkten ihm eine kleine Vignette, so daß seine Bemühungen doch nicht völlig umsonst gewesen waren. Ein Konvoi von drei Zweieinhalbtonnern bahnte sich unter lautem Hupen einen Weg durch die Fußgänger. Auf den ersten zwei Lastwagen drängten sich Schwerverletzte und Deserteure mit Bombentrauma; der dritte war mit Gefallenen beladen, statt in Leichentücher in ihre eigenen Gummiponchos eingewickelt, und zog einen 10,6mm-Mörser auf einer Lafette. Dreißig bis vierzig Soldaten, manche mit ihren Waffen, manche ohne, schlurften hinterdrein wie ein verwahrloster Begräbniszug. Vor der Brücke verlangsamte der Konvoi, weil sich dort die Fahrbahn verengte. Eine alte Frau, deren Rücken sich waagerecht nach vorn bog von der Last eines Bündels, das so groß wie sie selbst war, machte dem Fahrer des vordersten Fahrzeugs ein Zeichen mit der Hand. Er winkte ihr, sie könne aufsteigen, doch es war ihr fast unmöglich, sich mit dem Gewicht auf dem Rücken überhaupt zu bewegen, und vom Laufen ohne Sandalen waren ihre Füße ganz aufgerissen und blutig, so daß sie mit den Sohlen am Asphalt festklebte. Dann fiel ihr das Bündel vom Rücken, löste sich und verstreute Hemden, Hosen und Lumpen in den Wind wie Programmzettel in einem Football-Stadion. Der Konvoi setzte sich wieder in Bewegung und ratterte über die Brücke, während die Alte sich bemühte, ihre Kleider einzusammeln. DelCorso richtete die Leica mit weit geöffneter Blende auf sie und machte in dem Augenblick ein Foto von ihr, als sie aufgab, die Arme in die Höhe warf und einen Verzweiflungsschrei ausstieß, wobei ihre Zähne zu sehen waren, die vom Betelkauen die Farbe von geronnenem Blut angenommen hatten. Es war das beste Bild, das er an diesem Tag aufgenommen hatte.

Gratuliere, Nicolo, Schöpfer der schönen Bilder, da hast du mal wieder ein paar Dollar am Mißgeschick eines anderen verdient. Mußte das immer so sein? fragte er sich, während er auf die verhutzelte Gestalt zuging. Würde er den Rest seiner Laufbahn damit zubringen, zuerst Momentaufnahmen des menschlichen Leidens zu machen und dann, von Schuldgefühlen bedrängt, mit mildtätigen Gesten zu versuchen, sein Gewissen reinzuwaschen? Rach Giang und die Leichen in der Hütte, die Toten rund um den Brunnen, war all das noch immer eine Buße für Rach Giang?

Die Alte protestierte, als er sie aufhob und auf den Armen hinter dem Lastwagen hertrug. Ihre Zunge schnalzte zwischen den rötlichen Zähnen und erzeugte unverständliche Laute, die Füße traten schwach nach ihm aus, und die Hände tasteten wie gebrochene Vogelschwingen nach den Kleiderfetzen, die schon von anderen Füßen niedergetrampelt oder von einzelnen Flüchtlingen aufgehoben und begutachet wurden, als lägen sie auf einem Flohmakt zum Verkauf aus. DelCorso trug die Frau fort, und obwohl sie fast gar nichts wog, war er doch erleichtert,als er sie auf der Ladefläche des letzten Lasters abgesetzt hatte; seine Beine konnten gerade noch sein Eigengewicht tragen. Das alte Weib war nun sicher zwischen all den Toten, und er ließ sie zurück, um zur Hütte zu humpeln.

Wilson war nicht dort. Wilson war bereits gegangen; DelCorso sah seine große, schmale Gestalt etwa eine Viertelmeile weiter vorn deutlich inmitten der Scharen von Vietnamesen herausragen. Also hatte es dieser Filmstar ernst gemeint, als er sagte, er würde nicht länger als eine Dreiviertelstunde warten. Hat wahrscheinlich irgendein neues Püppchen in Saigon, das er unbedingt noch mal sehen muß, bevor der Vietcong den Vorhang zum letzten Mal fallen läßt. Ach was, egal, den hole ich schon ein. Zunächst lehnte sich DelCorso mit dem Rücken an eine Bambusstange, zog den Stiefel aus und massierte sich das Bein. In solchen Augenblicken wünschte er fast, sie hätten das verfluchte Ding damals amputiert, ihm eine brandneue Prothese aus Fiberglas gegeben, völlig schmerzunempfindlich. Diesem Stück pulsierenden Fleisches, das sie ihm statt dessen gelassen hatten, würde eine Nadel jetzt gut tun, ein Kuß von Mütterchen Morphium, die alle Pein und Seelenqual von uns nimmt. Das Zweitbeste wären ein paar gute Züge aus einer Opiumpfeife, aber er hatte nichts weiter als die Percodan-Tabletten. Er nahm eine aus der Notfalltasche, brach sie in der Mitte entzwei, und spülte sie mit dem ekligen, lauwarmen Wasser aus der Feldflasche hinunter. Mit einer halben konnte er die fünf Kilometer bis zum Jeep überstehen, ohne daß seine Wachsamkeit getrübt wäre.

Wilsons Silhouette war im Zwielicht eben noch zu sehen, als DelCorso sich auf den Weg machte, wobei er sich immer am Randstreifen der Landstraße hielt, um schnell in Deckung gehen zu können, falls etwas passierte. Mehrere Gruppen von Flüchtlingen und Deserteuren wanderten jetzt in die Reisfelder ab, wo sie provisorische Unterkünfte aus Ponchos, Plastikmänteln und Planen errichteten. Trotz der Feuchtigkeit war es einigen gelungen, kleine Feuer zum Kochen zu entfachen, die jetzt in der Dunkelheit aufblinkten. Das zitternde Wispern einer Granate drang wieder an DelCorsos Ohren, doch diesmal war die Tonhöhe anders, und in seinem Kopf ging eine Alarmglocke los: ZU KURZ! Er rollte sich die Böschung hinunter und blieb dort liegen, die Hände schützend über dem Kopf. Das Geschoß schlug keine hundert Meter vor ihm in das Reisfeld ein; dem Geräusch nach dicht neben der Straße. Das nächste detonierte ein Stück weiter vorn, eine weitere noch weiter entfernt. Das waren keine Schüsse, die zu kurz getroffen hatten, dachte er. Das war ein Staffelfeuer, mit dem sie langsam die Überlandstraße bestrichen. Aber worauf zielten sie? *Natürlich, der Konvoi.* Ein erbärmliches Ziel, aber ein legitimes, im militärischen Sinne. Logisch, der Konvoi. Irgendein nordvietnamesischer Artelleriebeobachter dirigierte gerade noch schnell die letzten Geschosse, bevor es dafür zu dunkel war. Wir alle müssen unsere Arbeit tun, solange das Licht dazu ausreicht.

Dreihundert Meter vor ihm explodierte gleich ein halbes Dutzend der Hundertdreißiger nacheinander. Das Durcheinander aus quietschenden Wagenrädern, tuckernden Motoren und klatschenden Füßen hatte sich nun in ein Tohuwabohu von Rufen, Schreien und Stöhnen, von berstendem Metall und einem grauenhaften Brüllen verwandelt. DelCorso erhob sich und wankte weiter. Unterhalb der Böschung vor sich sah er einen Feuerball liegen. Es war einer der Lastwagen aus dem Konvoi, den die Expolsion von der Straße geworfen und in Brand gesteckt hatte — und zwar derselbe Laster, auf den er die alte Frau gesetzt hatte. Der Lauf des großen Mörsers war im Schein des Feuers deutlich zu sehen. Es beleuchtete außerdem einen umgestürzten Ochsenkarren, die schemenhaften Gestalten von Menschen, Rindern und Schweinen und ein chaotisches Gewirr von Wasserbüffeln, von denen einem — er stieß das schreckliche Brüllen aus — die Hinterbeine zerfetzt worden waren. Das Tier schob sich auf den Vorderläufen weiter, und rammte den Kopf in krampfhaften Zuckungen immer wieder gegen den Erdwall eines Wasserdamms, bis ein Soldat ihm mit seiner M-16 den Gnadenschuß gab.

Als DelCorso sich dem Explosionsgebiet näherte, stach ihm der Gestank nach verbranntem Fleisch in die Nase. Überall schienen Leichen und Verwundete verstreut zu liegen, tote und verletzte Menschen, tote Hunde, tote Schweine, angeschossene, laut quiekende Schweine; neben einem Fahrrad, das völlig verbogen war, als wäre ein wütender Muskelprotz am Werk gewesen, lag der Fahrer, tot.

DelCorso konnte den Geruch nicht mehr aushalten und stieg zur Fahrbahn hinauf, um endlich Wilson einzuholen. Auf einmal war ihm, als sähe er ihn im grellen Schein des Feuers an die Böschung gelehnt sitzen, nur wenige Meter vor sich. Drei vietnamesische Soldaten standen um ihn herum. „Mark!" rief DelCorso, „Mark!" Einer der Soldaten leuchtete ihm mit einer Taschenlampe in die Augen, was ihn für kurze Zeit blendete.

„Du Ahmerrikaner?" wollte der Soldat wissen.

„Ja, Amerikaner. Mach das verdammte Ding da aus", antwortete DelCorso auf englisch. Diese blöden Kerle. Vor wenigen Minuten hatte ihnen ein feindlicher Artilleriebeobachter erst tonnenweise Granaten hinübergeschickt, und jetzt machte der noch eine Taschenlampe an.

„*Lai dai, lai dai* — komm her", drängte der Soldat.

DelCorso schirmte die Augen mit der Hand ab und stolperte auf ihn zu.

Er hörte, wie Wilson einen sonderbaren, kehligen Laut von sich gab. Der Soldat schwenkte den Lichtstrahl von DelCorsos Gesicht ab. Als sich seine Augen wieder an das Dunkel gewöhnt hatten, stockte ihm der Atem. „Oh, gütiger Gott."

Im Licht der Taschenlampe sah er, daß Wilsons eine Gesichtshälfte nur noch ein purpurroter, geschwollener Klumpen war. Unter seinem schmutzstarrenden Hemd wölbte sich ein glänzender Hügel aus hellblauen und grünlichen Gedärmen.

Seine Kameras waren weg — die ARVAN hatte sich wohl schon bedient —, nur ein Riemen hing noch um Wilsons Hals wie das Skapulier eines Priesters.

„Gütiger Gott," konnte DelCorso nur wiederholen, als er sah, daß Wilson vom Nabel bis zum Brustbein aufgeschlitzt worden war.

„Ich . . . nng . . . nng", flüsterte Wilson heiser. „Nng . . . ich." Er hob die Hand und schien auf die glitschige, übelriechende Masse zeigen zu wollen, die durch seine zerfetzte Bauchdecke quoll. Die Verletzung sah nicht aus wie eine Schrapnellwunde; ebenso wenig konnte sich DelCorso die Quetschungen im Gesicht erklären, höchstens als Folge eines Falls.

„Mark", sagte er und kniete neben der ausgeweideten Gestalt nieder.

Es sah aus, als nickte Wilson; in seinen einst so feinen Gesichtszügen lag jetzt der Ausdruck unmenschlicher Angst.

„Ich bin's — Nick. Ich bin Nick."

"N-N-Nick . . . nng . . . siehst du?"

„Sprich jetzt nicht," mahnte DelCorso, der wegen des Gestankes kaum durch die Nase atmen konnte.

„N-N-Nik . . . siehst du das?" Obwohl er nur halb bei Bewußtsein war, stützte sich Wilson mit den Händen ab und brachte es irgendwie zustande, sich aufrechter hinzusetzen. Seine Panik nahm noch zu, als er auf den zusammengeringelten Haufen sah, der aus seiner Leibeshöhle hinausdrängte wie die Geburt eines monströsen Säuglings. „N-Nick. N-Nick!"

Behutsam drückte DelCorso seinen Freund wieder gegen die Böschung, auf das nasse, glänzende Gras.

„Sprich nicht, und bleib ruhig liegen jetzt. Ruhig, Mark!"

Er kämpfte seine eigene Panik nieder und wandte sich an die Soldaten:

"*Bac-si* — Doktor! *Bac-si. Maolen!*"

„*Bac-si?*" erwiderte der mit der Taschenlampe. „*Bac-si* nix gut." Er leuchtete mit der Lampe auf Wilson und sagte: „*Bamuoi lam, sao lam*", ein vietnamesischer Slangausdruck, der in diesem Fall bedeutete, daß Wilson keine Chancen mehr hatte.

„Nein! *Khoung, khoung!*" schrie DelCorso und sprang auf. „Ich hab schon Männer mit so einer Bauchverletzung gesehen, und die haben's auch überlebt!"

Die Soldaten blickten ihn verständnislos an.

„Los, sucht jetzt *bac-si.* Sofort, ihr Scheißer. *Maolen,* schnell."

„*Bac-si* nix hier. *Bac-si di-di* Saigon."

„Schwachsinn." DelCorso packte den Mann am Hemdkragen und schüttelte ihn. „Du suchst jetzt *bac-si. Anh hieu khoung?* Oder wart ihr das etwa, ihr kleinen Wichser? Vielleicht habt ihr ihm die Kameras klauen wollen, und dann habt ihr ihn zusammengeschlagen und abgestochen. So war das doch, oder? Ihr verdammten Mörder!"

Zwar verstand der Soldat nicht, was DelCorso da brüllte, aber er begriff, was er meinte, und brüllte zurück, auf vietnamesisch und sehr schnell, und zeigte dabei auf das Reisfeld. Die anderen beiden fielen in das Geschrei mit ein. Aus ihrem unverständlichen Gestammel hörte DelCorso ein Wort immer wieder, das er jedoch nicht kannte. Hinter ihm röchelte Wilson von neuem: „N-Nick! N-Nick." Es regnete jetzt stärker, aber nicht heftig genug, um die Flammen des brennenden Lastwagens zu löschen. Das Feuer lohte auf und legte sich wieder, lohte auf und legte sich. Immer noch wiederholten die drei Soldaten dieses eine

Wort und deuteten dabei auf das Reisfeld, wo DelCorso nichts sah als einige Wasserbüffel, deren Gestalten sich in der Dunkelheit schemenhaft abzeichneten.

„Toi khoung hieu!“ sagte er wütend. „Ich will *bac-si, bac-si!“*

Der Soldat mit der Taschenlampe sprach, das Wort mit Ärger in der Stimme nun noch einmal aus, zeigte auf Wilson und richtete den Lichtstrahl auf die Büffel, die dreißig Meter neben der Straße im Schlamm stampften.

„Anh hieu khoung?“ fragte er. *„Fini. Bac-si* kein Zweck.“

Beim Anblick der Tiere, die mit ihren Hufen die Erde aufwühlten und die gehörnten Köpfe herumwarfen, begriff DelCorso endlich, worauf der Mann hinauswollte, und schlagartig fiel alle Wut und Verzweiflung, sein ganzer Kampfgeist von ihm ab.

„Anh hieu khoung?“ fragte der Soldat noch einmal. „Du jetzt verstehen?“

DelCorso nickte. Er wandte sich ab, kniete nieder und drückte behutsam mit den Fingern gegen Wilsons Rippenbogen, um sich zu vergewissern, daß er richtig verstanden hatte. Die Rippen gaben sofort nach, was einen kurzen, scharfen Schmerzensschrei aus Wilsons Kehle nach sich zog. „N-Nick! Scheiße ... nnng ... ich ... “ *Heiliger Erzengel Michael, beschütze uns im Kampf wenn du kannst und wenn nicht dann lasse uns wenigstens einen würdevollen Tod sterben und Tod eines Kriegers durch eine Kugel oder eine Granate aber nicht einen Tod wie diesen.* Er nahm die Hand vom Brustkorb weg und preßte sie gegen Wilsons linken Schenkel, wo er feste Knochen unter der Muskelschicht spürte; das rechte Bein aber war Matsch, von oben bis unten zerquetscht. Wieder schrie Wilson auf. *Fini* allerdings. Nicht nur waren ihm alle Eingeweide herausgerissen worden, die Hälfte der Knochen in seinem ganzen Körper war gebrochen oder zu Pulver zermalmt. *Und du hast gefunden, das hier sei was Tolles, Mark. Findest du es jetzt auch noch so toll?* fragte sich DelCorso im stillen. Dann flüsterte er in den blauschwarzen Klumpen, der Wilsons Ohr war: „Mark, kannst du mich hören?“

„Häß-lich, N-Nick.“ Die Worte kamen kaum verständlich über die geschwollenen Lippen. „H-Häß-lich, N-Nick.“

„Jaja, der häßliche Nick ist da.“ DelCorso wollte weinen, aber er konnte sich den Luxus von Tränen nicht erlauben. „Kannst du verstehen, was ich dir sage?“

Er wußte nicht, ob Wilsons Kopfbewegung ein Nicken war, oder nur ein schmerzliches Zucken.

„Mark, wenn du mich verstehst ... wenn ich nicht so lange geblieben wäre . . . wenn ich nur ein paar Minuten früher umgedreht hätte, dann wäre das vielleicht nicht passiert."

„H-Häßlich . . . N-Nick"

„Ja, der häßliche Nick."

„Ich . . . ich bin . . . h-häßlich, ich . . . "

„Nein, bist du nicht. Du bist immer noch ein verdammt gutaussehender Kerl. Hörst du mich? Du siehst immer noch verdammt gut aus, und wenn ich nicht so lange geblieben wäre, vielleicht . . . " Etwas anderes als Tränen stieg nun in DelCorso hoch. Mit größter Mühe hielt er es zurück.

„Innen drin . . . häßlich . . . h-häßlich."

„Scheiße, Mark, es tut mir so leid. Bei Gott, wirklich. Verzeih mir bitte."

„H-H-Häßlich!" Vielleicht hatten Wilsons Schmerzen die Ventile seiner Adrenalinausschüttung aufgedreht, vielleicht unternahm auch jenes Etwas, das man die Lebenskraft nannte, unsichtbar und doch so wirklich wie jedes andere Organ, eine letzte Anstrengung, bevor es sich erschöpfte. Wo immer es herkam und wie es auch heißen mochte, jedenfalls gab irgend etwas dem zerschmetterten Mann die Kraft, sich auf das Knie seines gesunden Beins zu erheben, und aus dem Knien noch höher in eine Art Kauern auf einem Bein. Es gab ihm die Kraft, all das zu tun und einen Schrei auszustoßen, wie ein Mann, der eben eine erstaunliche Entdeckung über sich selbst gemacht hatte: „Ich . . . bin . . . bin . . . häßlich . . . innen drin."

Dem unbeugsamen Gesetz der Schwerkraft folgend, ergossen sich Wilsons Gedärme und sein Magen, der einem spinatgrünen Weinschlauch ähnelte, aus seinem Bauch und rissen noch Leber, Nieren und Milz mit sich. Wilson sackte wieder auf sein Knie nieder und packte ein Stück seiner Eingeweide in dem Bemühen, es wieder an seinen Platz zu tun. Wilson versuchte, sich selbst in sich selbst zurückzustecken. Instinktiv griff DelCorso nach der glitschigen Masse, doch sie rutschte ihm durch die Finger wie warmer Pudding.

Dann fiel Wilson nach vorn. Rasch rollte ihn DelCorso herum und bettete den zerschundenen Kopf auf seinen Schoß.

„Mark?" Das Etwas in seiner Kehle stieg nun höher. Wilsons Augen waren weit geöffnet und schimmerten weiß und blinzelten nicht im Regen, und sein Hemd wölbte sich nach innen, dort wo seine Körpermitte gewesen war. „Mark?"

Das Etwas war kein Schluchzen, sondern noch ein anderer Gefühlsausdruck, der immer höher stieg und DelCorso fast erstickte, immer höher und höher, bis es aus ihm herausbrach. Mit Wilsons Kopf auf dem

Schoß, den er wie ein Kind auf den Knien im Schlamm und dem nassen Gras wiegte, hörte er sich selbst heulen wie eine Granate kurz vor dem Auftreffen.

18

Er gewann seine Selbstbeherrschung rasch wieder zurück. Dafür, daß sie ihm halfen, Wilsons Leiche zum Jeep zu tragen, bot DelCorso den Soldaten an, sie mit nach Saigon zu nehmen. Zwei Stunden später ließ er sie an der Rue Tu Do aussteigen und fuhr dann weiter zur amerikanischen Botschaft. Dort notierte ein überraschend hilfsbereiter Empfangsoffizier alle wesentlichen Daten und stellte zwei Marineinfanteristen ab, sich um den Toten zu kümmern, der mit den Koppeln der ARVN-Soldaten über die Motorhaube des Jeeps gebunden war. Die Ledernacken legten Wilson in einen olivgrauen Leichensack, zogen den Reißverschluß zu und verstauten ihn in einem Notfallwagen auf dem Hof der Botschaft. Beim Zusehen stieg vor DelCorsos innerem Auge wieder das Bild der herausquellenden Eingeweide auf, und er verspürte wieder den Drang, ein Heulen auszustoßen. Doch er unterdrückte diesen Impuls, stieg wieder in den Jeep und wies den Fahrer an, ihn zum IPS-Büro zu bringen, wo er seine Filme zum Entwickeln abgeben wollte. *Ich bin ganz häßlich innen drin,* dachte er wieder. Immerhin war Wilson sich treu geblieben: eitel bis ans Grab.

Erschöpft ließ sich DelCorso in den Sitz sinken und starrte teilnahmslos auf den Boulevard Le Loi. Die Fenster der Gebäude beiderseits der verlassenen Straßen waren verdunkelt. Metallene Rolläden und die verschnörkelten Windungen von Schutzgittern versperrten die Eingänge zu den Bars und Geschäften und zu den Kinos, die im Programm nichts als Karateopern hatten. In den Bäumen fing sich das Licht der Straßenlaternen, der einzigen Beleuchtungsquelle, abgesehen vom fernen Flackern der explodierenden Treibstofflager und Munitionsdepots in der Nähe des Flugplatzes. Tan Son Nhut, so hatte DelCorso in der Botschaft erfahren, dürfte auf Dauer geschlossen sein, was es ihm wenigstens ersparte, die Filme wieder der Luftfracht anvertrauen zu müssen. Das Schwarzweißmaterial konnte er als Funkbilder durchgeben, für die Ektachrom-Rollen würde sich schon eine andere Möglichkeit finden lassen. Wenn die Farbfotos zu spät ankamen . . . wen kümmerte das schon? Die Zeitschrift *Newsweek* würde es überleben und die Bilder ein andermal veröffentlichen, und

Nicholas DelCorso würde es auch überleben und weitere Fotos machen.

Er hatte es immer überlebt, und sein Auftauchen aus jedem Mahlstrom, in den er sich jemals gestürzt hatte, war für ihn immer ein Zeichen dafür gewesen, daß er weiterhin den Segen seiner Götter besaß. Nun war er sich da nicht mehr so sicher. Gesegnet fühlte er sich gewiß nicht, obwohl er sich — um die schweren Schuldgefühle abzuschütteln — einzureden versuchte, daß er eben deshalb nicht rechtzeitig zu Wilson zurückgekehrt war, weil seine persönlichen Schutzgötter ihn davon hatten abhalten wollen; hätte er es getan, so wäre er ebenfalls vor die Büffelhörner geraten und von den schweren Hufen zermalmt worden. Was Wilson anging, so waren die Würfel eben schlecht für ihn gefallen. So einfach und so schrecklich war das. Oder doch nicht? Die Schuld lastete auf DelCorso, besonders als er die Hand zum Anzünden einer Zigarette hob und ihm dabei der Gestank von Wilsons Gedärmen in die Nase stieg. Das Blut hatte er sich von den Händen gewaschen, doch der Geruch haftete noch an seiner Haut, so wie unverziehene Sünden an der Seele haften bleiben. Er konnte ihn ebensowenig fortwischen wie er sich seines Schuldgefühls mit Vorstellungen über Götter, Schicksal und verhängnisvolle Würfel entledigen konnte.

Um seine Gedanken und Gefühle unter Kontrolle zu halten, stürzte er sich in die praktischen Tätigkeiten seines Berufs. Er ging ins Fotolabor und verbrachte fast eine ganze Stunde damit, seine Filme zu entwickeln und die Negative zu vergrößern. Wie immer wirkte die Dunkelkammer mit ihrem bernsteinfarbenen Zwielicht und der Stille, die an den Mutterschoß denken ließ, äußerst beruhigend auf ihn. Als die Abzüge fertig vor ihm lagen, verließ er das Labor nur widerwillig, wie jemand, der an einem kalten Morgen unter der warmen Steppdecke aufwacht und nur ungern aufsteht. Am liebsten wäre er für immer in dieser schummrigen Stille geblieben, wo alle Ereignisse auf voraussagbaren chemischen Reaktionen beruhten, wo man einen Fehler jederzeit korrigieren konnte, wo normalerweise alles einen Sinn ergab.

Weil er sich seine Ruhe bewahren wollte, verfaßte er die Bildunterschriften nicht im Geklapper des Agenturbüros, sondern in einem kleinen Nebenzimmer, das manchmal von Sonderkorrespondenten benutzt wurde, die ihre Meldungen über IPS durchgaben. Das einzige Fenster ging nach Norden, auf die verrückten geometrischen Formen der Häuserblocks, Armenviertel, Pagoden, Tempel und Kirchen, die hin und wieder von Blitzen am Horizont erhellt wurden. Die Raketenexplosionen auf dem Flugplatz erzeugten gedämpfte unrhythmische Trommelschläge, was DelCorso ins Gedächtnis rief, daß er in einer Welt lebte, wo nur sehr wenig voraussagbar war und noch viel weniger einen Sinn ergab.

Nachdem er die Texte fertiggeschrieben hatte, ging er in den Telexraum und gab sein Material dort ab. Wie üblich herrschte ein Heidenlärm in der Agentur; wie üblich träumte Vincent am hintersten Schreibtisch im Opiumrausch vor sich hin; wie üblich war die Tür zu Boltons Büro geschlossen; aber DelCorso spürte eine Veränderung in der Atmosphäre. Er hätte nicht genau sagen können, was es war; er hatte auch keinerlei Lust, es herauszufinden, denn es blieb ihm noch eine letzte unangenehme Plicht zu erfüllen. Er griff nach einem Telefon und rief Clayton vom *Newsweek*-Büro an.

„Was? *Von einen Wasserbüffel aufgespießt?*" brüllte Clayton.

„Hab ich doch gesagt."

„Von einem beschissenen Wasserbüffel aufgespießt?"

„Wie oft muß ich es dir denn noch erzählen?"

„Von einem Wasserbüffel wird man doch nicht umgebracht!"

„Wilson schon."

„Was hat er denn da bloß gemacht? Etwa Matador gespielt?"

DelCorso erklärte, wie es geschehen war.

„Heiliger Himmel!" jammerte Clayton in seinem nöligen Südstaaten-Akzent. „Ich muß noch die Titelgeschichte für die nächste Ausgabe durchgeben, ich hab hier eine Liste mit Anfragen aus New York liegen, die ist so lang wie ein Lochstreifen mit Börsenmeldungen aus der Wall Street, ich muß mich darum kümmern, daß alle unsere vietnamesischen Mitarbeiter bei der Evakuierung mitgenommen werden, falls es überhaupt jemals dazu kommt, und jetzt hab ich auch das hier noch am Hals. Die ganze Scheiße mit dem Transport der Leiche, der Ärger mit der Versicherung . . . "

„Es ist einsam da oben an der Spitze, Clayton."

„Leck mich doch. Also gut, wo ist seine Leiche jetzt?"

„In der Botschaft."

„Und was wollen die damit machen?"

„Woher soll ich denn das wissen?"

„Mist. Naja, ich ruf mal da an und frag sie." Er macht eine Pause und sagte dann voller Entrüstung: „Von einem Wasserbüffel aufgespießt. Teufel auch, das kann ich unmöglich schreiben."

„Was meinst du damit: du kannst das nicht schreiben?"

„Ich kann doch nicht schreiben, daß ein *Newsweek*-Fotoreporter während eines Auftrags von einem Scheiß-Wasserbüffel aufgespießt und getötet worden ist."

„Dann schreib's eben nicht."

„Hast du einen Vorschlag, was ich sonst schreiben soll?"

„Clayton, was meinst du eigentlich?"

„Vielleicht hast du es nicht gehört, aber zu deiner Information: Beim Angriff auf den Flugplatz ist einer von Associated Press verwundet worden, und ein zweiter Typ von einer anderen Agentur namens Grey ist tot. New York will von mir ein paar kurze Artikel über die beiden für die Medienabteilung haben. Und du kannst deine letzte saubere Unterhose darauf wetten, daß sie über Wilson noch ein bißchen mehr haben wollen. Wie zum Teufel soll ich denen beibringen, daß dieser Grey von einer Granate getroffen worden ist, während den Mann von *Newsweek* ein Wasserbüffel aufgespießt hat? Das klingt doch lächerlich. Kriegsfotografen sterben nun einmal nicht so."

„Erzähl das doch mal Wilson. Vielleicht macht er es dann beim nächsten Mal besser."

„Schon gut, du Klugscheißer. Hör zu, du bist doch dabeigewesen, also sag mir, ob es den Tatsachen entspricht, wenn ich schreibe, daß Wilson getötet wurde, während der Vietcong einen südvietnamesischen Konvoi auf der Fernstraße Eins beschossen hat."

„Das entspricht den Tatsachen."

„Dann werde ich genau das schreiben."

„Mark Wilson stirbt also nicht nur den Heldentod, sondern auch den Tatsachentod."

„So ist es."

„*Ciao.*"

„Moment noch. In diesem Waschzettel mit Anfragen aus New York ist eine für dich drin: Ob du für ein Extrahonorar von fünfhundert pro Woche nach dem Einmarsch der Nordvietnamesen in der Stadt bleiben willst. Hast du eine Antwort für mich?"

„Allerdings, aber die kannst du unmöglich drucken." DelCorso knallte den Hörer auf die Gabel.

„Scheint mir ein schlechter Tag fürs Nachrichtenwesen zu sein. Grey hat's auch erwischt."

DelCorso drehte sich um und sah Vincents Gesicht vor sich, dessen Haut so dünn war, daß man nicht viel Phantasie brauchte, um sich die Schädelform darunter vorzustellen.

„Clayton hat es mir gerade am Telefon gesagt. Hab schon geahnt, daß irgendwas nicht stimmt, als ich reingekommen bin."

„Keiner trauert Grey nach, falls du das meinst. Das war doch ein Idiot. Es geht um den da." Vincent deutete schwerfällig auf Boltons Tür, hinter der eine Schreibmaschine klapperte.

„Ich glaube, Harry ist *ti-ti dinky-dao* geworden."

„Jeder, der mehr als drei Tage in diesem Scheißloch hier verbracht hat, ist ein bißchen verrückt. Um genau zu sein, muß ja wohl jeder, der auch nur kurze Zeit hier verbracht hat und nicht ein bißchen verrückt geworden ist, sogar ganz schön verrückt sein."

„Möglich." Vincent zuckte die Achseln, wobei die hageren, knochigen Schultern sich bis über seine Ohren hoben, so daß er einem Bussard mit angelegten Flügeln glich. „Egal, ob ein bißchen oder ganz schön verrückt, ich habe so eine Ahnung — was immer Harry da drin gerade tippt, es wird seine Karriere ruinieren, jedenfalls bei IPS. Vielleicht hat er sie sogar schon ruiniert."

„Wie kommst du darauf?"

„Du weißt doch, wie er immer darauf aus ist, Exklusivmeldungen zu kriegen und alle anderen auszustechen. Vorhin hat er mal wieder eine gehabt. Er hat rausgefunden, daß der Botschafter immer noch Däumchen dreht und nicht an eine Evakuierung denkt, und daß die CIA-Leute, der Geschäftsträger, die Konsulatsangehörigen, also so ziemlich jeder in der Botschaft bis auf die Putzfrauen, das ganze jetzt selbst in die Hand nehmen wollen, so eine Art Palastrevolte. Wenn es soweit ist, dann bringen sie die Leute von hier raus, ganz egal, ob Hutton nun grünes Licht dafür gibt oder nicht oder was immer er sonst tut. Eine gute Story."

„Allerdings."

„Und Bolton hat sie an die *New York Times* gegeben."

„Das sieht dem Horseman aber gar nicht ähnlich."

„Er hat es der *Times* gegeben wie ein Weihnachtsgeschenk."

„Sieht ihm überhaupt nicht ähnlich, aber das ruiniert doch nicht seine Karriere, außer jemand von der *Times* erzählt eurem New Yorker Büro davon, wie sie die Story gekriegt haben."

„Stimmt. Aber das hier wird seine Karriere ruinieren." Vincent nahm einen Klemmhefter vom Wandbrett. Er war voller Kopien von Anfragen und durchgegebenen Meldungen.

„Nachdem wir das mit Grey über Telex übermittelt haben, kam diese Nachricht aus New York rein", erklärte er und schlug die richtige Seite auf, bevor er DelCorso den Hefter hinhielt.

Der Durchschlag der Telexmeldung lautete:

281015 BOLTON: HABEN SOEBEN ERFAHREN DASS EDWARDS VON AP BEI DEM ANGRIFF WO GREY GETÖTET WURDE NUR VERLETZUNGEN ERLITTEN HAT. GEBEN SIE BALDMÖGLICHST BUM-BUM MIT VIEL FARBE DRIN AUS GREYS NOTIZEN DURCH FALLS MÖGLICH. ZEITUNG AUS GREYS HEIMATSTADT HAMMOND TIMES ANFORDERT 400-WORT-NACHRUF. WAS FÜR EIN

REPORTER WAR ER UND WIE IST ER GESTORBEN. REAKTIONEN VON REPORTERKOLLEGEN AUF SEINEN TOD USW. MFG/HALPRIN/TELE/NY

„Harry war gerade beim Schreiben dieser Story über die Evakuierung", für Vincent fort, „aber als er das hier gelesen hat, ist er durchgedreht und hat sie an die *Times* gegeben. Und dann hat er das Zeug auf der Rückseite übermittelt."

DelCorso drehte das Blatt um und konnte sich ein Grinsen nicht verkneifen, als er sah, daß Bolton keineswegs ein bißchen verrückt, sondern eher ein bißchen normal geworden war.

282235 HALPRIN: HABE AN GREY WEITERGEGEBEN DASS EDWARDS NUR VERLETZT UND IHM DAFÜR GRATULIERT. ERBITTE ERLAUBNIS ZUR ZAHLUNG VON FÜNFHUNDERT DOLLAR BONUS AN GREY FÜRS STERBEN. ÜBERMITTLE JETZT BUM-BUM MIT DER VON EUCH GEWÜNSCHTEN VIELEN FARBE DRIN. NACHRUF FÜR HAMMOND TIMES FOLGT DEMNÄCHST. GOTT SEGNE EUCH ALLE.
BOLTON/SAIGON

Darunter stand Boltons Story:

282242 ATTACKE VON BOLTON FÜR GREY (VERSTORBEN): SAIGON — KARMINROT! NORDVIETNAMESISCHE STREITKRAEFTE BELEGTEN DEN LUFTWAFFENSTÜTZPUNKT TAN SON NHUT AM FRÜHEN MONTAGABEND MIT ARTILLERIE UND RAKETENWERFERBESCHUSS ROTGRELLGRÜNGELBBLAU. BEI DIESEM ANGRIFF WURDE DAS ROLLFELD VÖLLIG ZERSTÖRT WOMIT AUCH DER LETZTE FLUGPLATZ VON SÜDVIETNAM GESCHLOSSEN WERDEN MUSSTE. EINE GEORDNETE EVAKUIERUNG DER 900 SICH NOCH IM LANDE AUFHALTENDEN AMERIKANER MIT HILFE VON GROSSRAUMFLUGZEUGEN WURDE SOMIT UNMÖGLICH GEMACHT WIE EIN SPRECHER DER U. S. BOTSCHAFT MITTEILTE DER DIE LAGE IN DÜSTEREN, TRISTEN, FARBEN SCHILDERTE.

(FORTS. FOLGT).

DIE FEINDLICHEN RAKETEN HEULTEN AUS DEM DUNKLEN KOHLPECHRUSSTINTENSCHWARZFINSTEREN HIMMEL HERAB KURZ NACHDEM EIN HERRLICHER SONNENUNTERGANG SEIN VIELFARBIGES LICHT ÜBER DIESER BUNTSCHECKIGEN STADT HATTE ERSTRAHLEN LASSEN. MUNITIONS UND TREIBSTOFFLAGER GINGEN SCHLAGARTIG IN SCHARLACHZINNOBERBLUT-PURPURROSTROTE FLAMMEN AUF. EIN AMERIKANISCHER JOURNALIST WILLIAM R. FARBLOSNEUTRALSILBERSCHIEFERGRAU GREY, 23, WURDE BEI DER BERICHTERSTATTUNG ÜBER DIE BOMBARDIERUNG DES FLUGFELDS GETÖTET. SEIN TOD RIEF BEI ALLEN ANDEREN REPORTERN IN

SAIGON GROSSE TRAUER UND DEN KOBALTLAPISLAZULISAPHIRTUERKISBLAUEN BLUES HERVOR. (FORTS. FOLGT)

IN DER INNENSTADT VON SAIGON WAR DER SCHREIENDHELLE LEUCHTENDLEBHAFTE BLENDENDGRELLE FEUERSCHEIN ÜBER DEM FLUGPLATZ DEUTLICH ZU SEHEN. WAEHREND IMMER NOCH NEUE GESCHOSSE MIT LODERLEUCHTENDEN EXPLOSIONEN EINSCHLUGEN MASSIERTEN SICH DIE NORDVIETNAMESISCHEN SAFRANZITRONENLEHMBERNSTEINGELBEN HORDEN ZUM ALLERLETZTEN ANGRIFF AUF DIE BELAGERTE HAUPTSTADT. FALLS DIE U. S. TRUPPE NICHT MIT HELIKOPTERN EINFLIEGEN KANN WIRD ES KEIN LINDMOOSFROSCHSMARAGDGRUENES LICHT FUER EINE EVAKUIERUNG GEBEN UND AMERIKANER SOWIE TAUSENDE VON VIETNAMESEN WERDEN VON DER AUSSENWELT ABGESCHNITTEN UND GEFANGENE DER FUCHSZIEGELWEINRUBINROTEN SEIN. ENDE/BOLTON/SAIGON

„Dafür schmeißen die ihn achtkantig raus“, bemerkte Vincent, als DelCorso die Meldung auf den Schreibtisch legte. „Ganz egal, was er alles für Auszeichnungen im Schrank stehen hat, dafür feuern sie ihn.“

„Er hat schließlich einen Pulitzer-Preis. Das ist doch dasselbe wie ein garantiertes Jahresfixeinkommen.“

„Das Nachrichtengeschäft ist eine enge, kleine Welt. Wenn McDaniels erstmal das Stichwort gibt, dann kann Harry froh sein, sich noch einen Job bei der *Arizona Republic* in der Lokalredaktion aufzureißen.“

„Vinnie, ich brauch jetzt ein bißchen O.“

„Ich auch.“

„Du siehst aber aus, als hättest du deine Dosis schon drin.“

„Das ist stundenlang her. Längst verflogen. *Adios* du Dröhnung. Wenn du welches haben willst, geh ins Palace Hotel. Da bringen sie dir's mit dem Zimmerservice rauf.“

„Ich will aber jetzt gleich. Bin bei Wilson gewesen, als er gestorben ist. Seine Innereien sind ihm rausgefallen wie Lebensmittel aus einer kaputten Einkaufstüte. Verstehst du?“

„Ja, schon. Wenn man sowas gesehen hat, dann kommt es einem wohl nicht gerade sinnvoll vor, sich das Vergnügen für später aufzuheben.“

„Das einzig Sinnvolle, was ich heute gesehen hab, ist dieser Artikel, den Harry da durchgegeben hat.“

„Ich hab noch ein bißchen — Vinnies Notfallreserve. Aber hier können wir nicht rauchen. Wenn Bolton was riecht, dreht er vollkommen durch.“

„Vielleicht würden ihm ein, zwei Pfeifen mal ganz gut tun."

„Ich würde ihm nicht damit kommen, jedenfalls nicht, wenn er in so einer komischen Stimmung ist. Außerdem nimmt er das Zeug nicht."

„Also, wo dann?"

„Manchmal, wenn ich hier nicht wegkomme, gehe ich ins Klo vom Fotolabor. Bolton taucht da nie auf."

DelCorso setzte sich auf den Rand der rostfleckigen Badewanne, während Vincent, der im Schneidersitz auf dem Boden saß, die dürren Beine unter sich gekreuzt, eine Spiritustablette für Schnellkocher anzündete und sie in den durchlöcherten Deckel eines Kochgeschirrs fallen ließ. Auf diesem behelfsmäßigen Herd brachte er das Opium zum Kochen, wobei er die braune, gummiartige Kugel auf einer Nadel drehte, bis sie weich wurde.

„Aus Laos", sagte er, indem er das Tröpfchen in eine Pfeife stopfte, die er dann mehrmals mit dem Kopf nach unten über der Flamme hin und herzog. „Vom Allerbesten."

DelCorso inhalierte tief, und der süßliche Duft erweckte in ihm eine angenehme Vorfreude, wie sie ein Mann verspürt, bevor er mit einer schönen Frau ins Bett geht. Er gab die Pfeife an Vincent weiter, der sie mit einem einzigen langen, gekonnten Zug leerrauchte.

„Erstklassige Ware aus Laos. Das erste Mal hab ich diesen guten Stoff mit Graham Greene geraucht. Mit *dem* Graham Greene. Wetten, du hast nicht gewußt, daß Graham Greene und ich mal gute Kumpel gewesen sind?"

DelCorso, dessen Kehle und Lunge brannten, schüttelte den Kopf.

„Hab ihn gut gekannt. Seit damals, als ich zum ersten Mal hergekommen bin, vierundfünfzig war das. Da war ich noch ein Rotzjunge und hab ein paar kleine Jobs für UPI gemacht."

„Wie war er denn?"

„Schwer in Ordnung. Wir sind oft zum Rauchen in eine dieser altmodischen *fumeries* nach Cholon gegangen, weißt du — mit sauberen Matratzen zum Hinlegen, schönen Möbeln drin, so eine Art Edelpuff." Vincent nahm einen Zug von der zweiten Pfeife, wobei seine hohlen Wangen noch mehr einfielen.

„Ja, er war in Ordnung. Vielleicht auch ein bißchen verrückt, aber du hast ja selbst gesagt", er reichte DelCorso die Pfeife, „man muß schon ganz schön verrückt sein, wenn man hier gelebt hat und nicht ein bißchen verrückt geworden ist."

Nach der dritten Pfeife kroch eine warme Schlaffheit in DelCorsos Glieder. Sein Blut wurde zu Honig, und er betrachtete lange eine

Fliege, die auf einer gesprungenen Wandfliese herumkroch. Er griff nach ihr, um sie zu berühren, nur zu berühren, nicht zu töten, doch sein Arm fühlte sich an, als wäre ein schweres Gewicht am Handgelenk festgebunden. Die Fliege verschwand, dann saß sie plötzlich wieder auf der Tür.

„Du hättest Graham Greene wahrscheinlich gemocht, Nick. Er war ein ganz anderer Typ als du, aber irgendwie bist du ihm ähnlich. Du bist so rastlos, genau wie er."

„Rastlos", wiederholte DelCorso wie ein kleines Kind, das gerade ein neues Wort gelernt hat. Er machte zwei Züge aus der vierten Pfeife; in dem kleinen, unbelüfteten Raum brauste das Opium mit einem Schauer durch seinen Körper — es war ein träges und gleichzeitig erregendes Gefühl, wie das zärtliche Streicheln einer sinnlichen Frau. „Rastlos. Ich und Graham Greene."

„Auf die gleiche Weise rastlos. Manche müssen immer in Bewegung bleiben, weil sie neugierig sind. Weil sie unbedingt wissen wollen, wie es auf der anderen Seite des Berges aussieht. Andere wieder mögen die Abwechslung, aber Greene, der war immer in Bewegung, weil er sich innerlich ganz elend fühlte. Inzwischen ist er wohl zur Ruhe gekommen, er ist ja jetzt ein alter Mann, aber damals, da hatte er Angst davor, was er tun würde, wenn er einmal irgendwo stehenbliebe. Oder vielleicht hatte er Angst, daß er dann mit irgendwas in sich selbst fertigwerden müßte, das er lieber ignoriert hätte. Er hat auch immer über Kriege berichtet. So, als ob die Kriege und das Herumreisen für ihn eine Droge gewesen wären."

„Droge", echote DelCorso.

„Ja. Ich glaube, du hast auch ein bißchen davon, Nick. Ich könnte wetten, wenn du dich jemals niederläßt und jeden Tag zur Arbeit gehst wie neunundneunzig Komma neun Prozent aller Leute auf der Welt, dann wirst du davon so depressiv, daß du dich am liebsten umbringen möchtest."

„Möglich." DelCorso machte eine Pause, um die Fliege zu betrachten, ein schwarzer Fleck auf der weißen Tür. „Vielleicht wäre es so, aber" — wieder eine Pause; er konnte die Worte nur mühsam artikulieren —, „aber ich glaube, davor bringt mich irgendwas anderes um. Ja, genau, so wird es kommen. *Zack. Adios,* Nick, *adios, muchacho,* aaadios und aus."

„Brauchst nur diesen Job noch eine Weile zu machen, dann kommt es bestimmt so."

„Noch ein bißchen, Vinnie, ein klitzekleines bißchen, *por favor.*"

„Wieviel willst du denn noch rauchen?"

„Hab doch erst vier."

„Hör mal zu, vier Pfeifen sind für mich nicht mehr als ein Salzkeks für einen Vielfraß. Aber wenn du nicht an so erstklassigen Stoff wie den hier gewöhnt bist, wird dir bloß übel."

„Ich will, daß es reicht."

„Reicht, wofür? Sag Dr. Vinnie, wo du hinwillst, und er gibt dier gerade soviel, daß du dort ankommst."

Das Opium mochte zwar DelCorsos Zunge träge gemacht haben, aber es hatte die entgegengesetzte Wirkung auf seine Gedanken, die nun von der schneidenden Klarheit der Wintersonne waren. *Ich möchte geläutert werden,* dachte er. *Ich will so viel rauchen, daß ich von der Schuld gereinigt werde, die ich wegen Wilsons Tod empfinde, und auch von der Schuld, die ich dafür empfinde, daß ich das alte Weib auf den Laster gesetzt habe, der von der Granate in Stücke gerissen worden ist.* Es gelang ihm aus irgendeinem Grund jedoch nicht, den Gedanken in Worte zu fassen. So sagte er nur:

„Wilson."

Vincent erhitzte einen weiteren Opiumklumpen über der bläulichen, stechend riechenden Flamme.

„Hab schon begriffen. Du willst so viel, daß die schrecklichen Visionen verschwinden."

DelCorso nickte und wußte dabei wohl, daß er ein blödsinniges, mildes Lächeln aufgesetzt hatte. Wieder flog die Fliege davon, diesmal in einem scharfen Winkel, um sich gleich danach auf dem Duschvorhang aus Plastik niederzulassen, der sich an seiner Haut wie Seide anfühlte.

„Noch eine, dann wird's reichen", sagte Vincent. „Noch eine, dann heißt es *adios,* ihr schrecklichen Visionen."

„Aaaadi-os und aus."

So sehr er es auch haßte, der Verlierer zu sein, freute sich Bolton dennoch darauf, seinen Job zu verlieren. Nie zuvor hatte er sich freier gefühlt als an diesem Abend, an dem er die Nägel in den Sarg für seine Karriere einschlug. Wenn die in New York erst einmal den Nachruf gelesen hatten, den er gerade für die *Hammond Times* verfaßte, blieb ihnen keine andere Wahl, als ihn zu feuern. Dies war zwar nicht unbedingt eine professionelle Vorgangsweise — ein Profi hätte ein würdevolles Kündigungsschreiben aufgesetzt, aber Bolton wollte nicht kündigen, weil der International Press Service keine Würde verdient hatte, und außerdem waren da eher praktische Erwägungen, denn ein Hinauswurf bot gewisse finanzielle Vorteile. Und was seinen Professionalismus betraf, so fragte er sich schon seit längerem, ob es ihm nicht ebenso erging wie den wenigen guten Offizieren, die er in Vietnam gekannt hatte — Offiziere, die mit ihren hervorragenden Fähigkeiten ihre Brigaden und Bataillone geführt und dabei überhaupt nichts erreicht hatten, denn auch sie hatten ihren Professionalismus in den Dienst von Idioten gestellt. Geben Sie Bum-Bum mit viel Farbe drin aus Greys Notizen durch, falls möglich. Du liebe Güte, Grey samt seinen Notizen war vom einen Ende des Flugfelds bis zum anderen verspritzt worden.

Er beendete die letzten Bleistiftkorrekturen an dem Nachruf und brachte ihn zum Telexraum hinüber. Dort sah er eine interne Nachricht, die gerade aus Hongkong eingetroffen war:

BOLTON: 282142 TELEX UEBER ATTACKE VERSTUEMMELT. BITTE NOCH EINMAL UEBERMITTELN. MFG Y. CHEN/HK

Was haben sie nur, Mr. Y.Chen? Erkennen sie etwa keine Story mit viel Farbe drin, wenn sie vor Ihnen liegt? Bolton lachte in sich hinein und gab die Antwort durch:

Y.CHEN: 282142 TELEX UEBER ATTACKE UNVERSTUEMMELT. SENDEN SIE ES SO WIE ES DASTEHT. MFG BOLTON/SAIGON

Er blieb am Fernschreiber stehen und sah zu, wie sein Nachruf Zeile für Zeile in den Äther hinaustickerte. Wenn es auch ein bißchen unerwachsen klingen mochte, so war es doch die ehrlichste Story, die er je geschrieben hatte.

292401 NACHRUF GREY SONDERBERICHT FUER HAMMOND TIMES VON BOLTON: SAIGON — AM MONTAG ABEND (SAIGONER ORTSZEIT) WURDE DER KORRESPONDENT DES INTERNATIONAL PRESS SERVICE WILLIAM REYNOLDS GREY AUS HAMMOND/INDIANA WAEHREND EINES RAKETENANGRIFFS DES VIETCONG AUF DEN LUFTWAFFENSTUETZPUNKT TAN SON NHUT IN STUECKE GESCHOSSEN. EIN ZWEITER AMERIKANISCHER REPORTER NAMENS MICHAEL EDWARDS ERLITT DABEI LEDIGLICH VERLETZUNGEN WOMIT WIEDER EINMAL BEWIESEN WERDEN KONNTE DASS IPS JEDERZEIT BESSER SEIN KANN ALS AP.

GREY, 23, STARB AUF DER JAGD NACH BUM-BUM WOMIT IM HEUTIGEN JOURNALISTENJARGON KRIEGSBERICHTE BEZEICHNET WERDEN DIE BEMUEhT SIND DIE UNMITTELBARKEIT GANZ ZU SCHWEIGEN VON DER OBERFLAECHLICHKEIT DES FERNSEHENS ZU ERREICHEN. SOLCHE VOELLIG INFORMATIONSLEERE BUM-BUM-STORIES STILLEN DEN APPETIT EINER

ABGESTUMPFTEN OEFFENTLICHKEIT AUF BLUTVERGIESSEN AUS ZWEITER HAND UND TRAGEN SO ZUM VERKAUF VON ZEITUNGEN BEI. FUER SEINEN HEROISCHEN VERSUCH DIE BILDER TOENE UND GERUECHE DES SCHLACHTFELDES AUF DEN AMERIKANISCHEN FRUEHSTUECKSTISCH ZU BRINGEN WURDE GREY VON HARRY W. BOLTON DEM LEITER DES SAIGONER BUEROS EIN POSTHUMER BONUS IN HOEHE VON FUENFHUNDERT DOLLAR ZUGESPROCHEN.

GREY WURDE AM 26. JUNI 1951 IN HAMMOND GEBOREN UND ERHIELT IM JAHRE 1972 DAS ABSCHLUSSDIPLOM DER PUBLIZISTISCHEN FAKULTAET DER NORTHWESTERN UNIVERSITY OBWOHL MAN DIES BEI DER QUALITAET SEINER ARBEIT NIEMALS VERMUTET HAETTE. VON SEINEN KOLLEGEN FUER INKOMPETENT GEHALTEN WAR ER AUSSERDEM FUER SEINE ARROGANZ SEIN VORLAUTES MAUL UND ALLGEMEIN FUER SEINE MANGELNDE BEREITSCHAFT ZUR ERFUELLUNG VON AUFTRAEGEN BEKANNT. DIE GEFUEHLE ALLER UEBRIGEN REPORTER BEI DER NACHRICHT UEBER SEINEN TOD WURDEN AM TREFFENDSTEN VON DEM LANGGEDIENTEN IPS-KORRESPONDENTEN UND NOTORISCHEN OPIUMSUECHTIGEN RICHARD VINCENT AUSGEDRUECKT:

+ ICH WERDE DEN KLEINEN DRECKSKERL NICHT VERMISSEN. ER WAR NICHT MAL DAS PULVER WERT MIT DEM ER IN DIE HOELLE BEFOERDERT WURDE. + ENDE/BOLTON/SAIGON

Das müßte reichen, das reichte bestimmt. Sie würden ihn noch vor Morgengrauen feuern. Was war denn das auch für ein Leben, dauernd von Ort zu Ort zu fliegen, um über die Kriege fremder Leute zu berichten? Bolton hatte sich schon den Plan für seine neue Existenz zurechtgelegt: Er würde wieder in die Berge von Carolina zurückkehren, sich ein Blockhaus zimmern, einen nicht zu anstrengenden Job bei einem Lokalblättchen suchen und sich in der Freizeit den Traum erfüllen, den fast jeder Journalist träumte — ein Buch schreiben. Ein Thema oder einen Stoff dafür hatte er nicht — ein Buch, das war alles, irgend ein Buch, etwas, das dauerhafter wäre als die Frist bis zum nächsten Redaktionsschluß. Dieser verführerische Traum war auch der Hintergrund für seine monetären Beweggründe, nämlich IPS dazu zu zwingen, ihn hinauszuwerfen. Die Agentur zahlte jedem Korrespondenten, der entlassen wurde, eine Abfindungssumme und außerdem noch Reise- und Umzugskosten; wenn er jedoch von selbst kündigte, mußte er oder sein neuer Arbeitgeber für diese Spesen aufkommen. Bei hundert Dollar auf dem Sparkonto und einem ganzen Apartment voller Habseligkeiten, die erst einmal nach Amerika mußten, konnte es sich Bolton nicht leisten, einfach auf Wiedersehen zu sagen.

Er suchte nach Vincent, der eigentlich die Nachtschicht für Routinemeldungen machen sollte. Da er ihn nicht fand, sah Bolton im Nebenzimmer nach. Vom Ende des Korridors stieg ihm ein vertrauter, süßer Duft in die Nase, der aus dem Badezimmer kam. Verdammter Junkie, gottverdammter süchtiger Opiumraucher und Opiumfresser! Er wollte Vincent gerade herausholen, doch dann überlegte er: Warum sollte ich? Wozu das ganze noch? Die Show war ja ohnehin bald zu Ende. *La guerre est finie,* und Harry Bolton war so gut wie *fini* mit IPS. Soll Vinnie sich doch ruhig in den siebenten Suchthimmel rauchen. Beschwingt und mit dem befreiten Gefühl desjenigen, der eben erst arbeitslos geworden ist, ging Bolton ins Agenturzimmer zurück, wo er den Verschluß der Flasche I. W. Harper in seinem Schreibtisch öffnete und seiner neugewonnenen Freiheit zuprostete.

Eine halbe Stunde später war er angenehm betrunken und sah die Fernschreiber auf die Nachricht durch, die er aus New York erwartete. Statt dessen fand er seine zwei Artikel, in der Form, wie sie auf dem internationalen IPS-Netz herausgekommen waren:

SAIGON — NORDVIETNAMESISCHE STREITKRAEFTE BELEGTEN DEN LUFTWAFFENSTUETZPUNKT TAN SON NHUT AM FRUEHEN MONTAGABEND MIT ARTILLERIE- UND RAKETENWERFERBESCHUSS WOMIT AUCH DER LETZTE FLUGPLATZ VON SUEDVIETNAM GESCHLOSSEN WERDEN MUSSTE UND EINE GEORDNETE EVAKUIERUNG DER 900 SICH NOCH IM LANDE AUFHALTENDEN AMERIKANER MIT HILFE VON GROSSRAUMFLUGZEUGEN UNMOEGLICH GEMACHT WURDE.

DIE FEINDLICHEN RAKETEN HEULTEN KURZ NACH SONNENUNTERGANG AUS DEM NACHTHIMMEL HERAB UND SETZTEN MUNITIONS- UND TREIBSTOFFLAGER IN BRAND. IN DER INNENSTADT VON SAIGON WAR DER FEUERSCHEIN DEUTLICH ZU SEHEN. WAEHREND IMMER NOCH NEUE GESCHOSSE EINSCHLUGEN MASSIERTEN SICH DIE NORDVIETNAMESEN ZUM ALLERLETZTEN ANGRIFF AUF DIE HAUPTSTADT. FALLS DIE U.S. TRUPPEN NICHT MIT HELIKOPTERN EINFLIEGEN KOENNEN WIRD ES KEINE EVAKUIERUNG GEBEN UND AMERIKANER SOWIE TAUSENDE VON VIETNAMESEN WERDEN VON DER AUSSENWELT ABGESCHNITTEN UND GEFANGENE DER NORDVIETNAMISCHEN EINHEITEN SEIN.ENDE/BOLTON/SAIGON

Der Nachruf auf Grey stand weiter unten:

SAIGON — AM MONTAG ABEND (SAIGONER ORTSZEIT) WURDE DER KORRESPONDENT DES INTERNATIONAL PRESS SERVICE WILLIAM REYNOLDS GREY AUS HAMMOND/INDIANA WAEHREND EINES RAKETENANGRIFFS DES VIETCONG AUF DEN LUFTWAFFENSTUETZPUNKT TAN SON

NHUT GETOETET BEI DEM NOCH EIN ZWEITER AMERIKANISCHER JOURNALIST VERLETZUNGEN ERLITT.

GREY, 23, STARB BEI EINEM LOKALAUGENSCHEIN DES HEFTIG UMKAEMPFTEN FLUGPLATZES. UNTER SEINEN KOLLEGEN WAR ER ALS AGGRESSIVER JUNGER REPORTER BEKANNT DER BEREIT WAR ERHEBLICHE RISIKEN BEI DER JAGD NACH EINER STORY EINZUGEHEN.

GREY WURDE AM 26. JUNI 1951 IN HAMMOND GEBOREN UND ERHIELT IM JAHRE 1972 DAS ABSCHLUSSDIPLOM DER PUBLIZISTISCHEN FAKULTAET DER NORTHWESTERN UNIVERSITY. IM DARAUFFOLGENDEN JAHR KAM ER ZU IPS WO ER ZUNAECHST ALS REPORTER IM BUERO VON CHICAGO TAETIG WAR. SPAETER WURDE ER NACH SAIGON VERSETZT WO ER UEBER DIE FREILASSUNG VON AMERIKANISCHEN KRIEGSGEFANGENEN BERICHTETE. SEIN TOD LOESTE UNTER DEN PRESSELEUTEN IN SAIGON GROSSE TRAUER AUS UND EIN LANGGEDIENTER KORRESPONDENT VON IPS FASSTE DIE ALLGEMEINE STIMMUNG FOLGENDERMASSEN ZUSAMMEN:

+ER WAR ZWAR NICHT LANGE BEI UNS ABER WIR WERDEN IHN TROTZDEM VERMISSEN. +ENDE/BOLTON/SAIGON

Das können die mit mir nicht machen! Bolton versetzte dem Fernschreiber einen Handkantenschlag. *Das können die mit mir nicht machen.*

„Das können die mit mir nicht machen!" schrie er in den Raum. „Das lasse ich mir nicht gefallen! Er richtete den Blick auf den Vietnamesen mit dem Beatle-Haarschnitt am Telex. „Hast du gehört, Ringo? Das laß ich mir von denen nicht gefallen! Ich verbring doch nicht den Rest meines Lebens damit, meinen Arsch zu riskieren und andere Leute in den Tod zu schicken, nur damit ich fünf Minuten schneller als AP bin! Verdammt noch mal, Ringo, hör mir zu!"

„Ich zuhören", sagte Ringo Starr und ließ seine Finger über die Tastatur fliegen.

„Damit kommen sie bei mir nicht durch. Wenn Harry Bolton rausgeschmissen werden will, dann wird Harry Bolton auch rausgeschmissen, zum Teufel!"

„Ich zuhören."

„Sie werden mich feuern müssen und mir den Rückflug in die Staaten zahlen, und dann werde ich in den Great Smoky Mountains leben und ein Buch schreiben, und wenn mir jemals wieder einer was von Abgabeterminen erzählt, stech ich ihm die Augen aus und brech ihm beide Beine und nehm meinen Geländewagen mit Vierradantrieb und fahr über ihn darüber."

„Ich zuhören."

„Das möchte ich dir auch geraten haben."

Er ließ seine hundert Kilo krachend in den Stuhl vor dem Fernschreiber fallen und tippte die Kennungsnummer des New Yorker Büros.

Der Apparat antwortete:

IPS NY GA.

BOLTON FUER HALPRIN DRINGEND.

MOMBI.

Moment bitte. Während er wartete, wollte er sich eigentlich überlegen, was er dem Auslandsredakteur sagen würde, aber sein Gehirn war im Whiskydusel und weigerte sich zu funktionieren.

HIER HALPRIN. GA.

Go ahead, jaja, dachte Bolton. Bitte kommen, gagaga.

HABEN SIE DIE ZWEI VERHUNZTEN STORIES GESEHEN? ATTACKE FLUGPLATZ UND NACHRUF GREY?

JA. HABE SIE SELBER REDIGIERT.

DAS KOENNEN SIE MIT MIR NICHT MACHEN.

KANN ICH SEHR WOHL. HAB SCHON GEMERKT WAS SIE VORHABEN ABER ICH LASSE SIE NICHT. SIE SIND ZU GUT ALS DASS ICH SIE GEHEN LASSE. AUSSERDEM MUESSTE ICH IHRE KOSTEN FUER REISE UND UMZUG AUS MEINEM BUDGET BEZAHLEN UND ICH HABE STRIKTE ANWEISUNGEN DIE AUSGABEN ZU DRUECKEN.

ICH WILL NICHT MEHR.

WERDE MORGEN EINE GEHALTSERHOEHUNG VON FUENZIG DOLLAR PRO WOCHE FUER SIE BEANTRAGEN.

ICH BLEIBE NICHT MAL FUER FUENTFAUSEND DIE WOCHE. ICH WILL NICHT MEHR.

WENN SIE NICHT MEHR WOLLEN DANN MUESSEN SIE KUENDIGEN.

ZU IHRER INFO: SIE FINDEN IN DER MORGIGEN NEW YORK TIMES EXKLUSIVBERICHT UEBER AMERIKANISCHE EVAKUIERUNGSPLAENE. HABE DIESE STORY AN DIE TIMES GEGEBEN. WERDE FUER IPS NICHTS WDH NICHTS DARUEBER SCHREIBEN. WERDE FUER IPS KEIN WDH KEIN WORT MEHR SCHREIBEN.

WOLLEN SIE DAMIT SAGEN SIE KUENDIGEN?

ICH STREIKE. WAS WOLLEN SIE DAGEGEN UNTERNEHMEN?

NICHTS.

SIE KOENNEN NICHT NICHTS UNTERNEHMEN.

KLAR KANN ICH.

Bolton stellte sich eine Blockhütte aus Kiefern- und Zedernholz vor, hinter der sich ein bewaldeter Berg erhob. Er sah sich darin sitzen, neben der Schreibmaschine ein Stapel Papier — sein Romanmanuskript —, durch ein Fenster schien die Sonne hinein. Er würde für ein kleines Lokalblättchen arbeiten, so etwa drei Tage pro Woche; den Rest der Zeit würde er jeden Tag bis in den späten Nachmittag schreiben, dann die Abenddämmerung am Whitewater River oder am Horsepasture River heraufziehen sehen, und abends würde er auf der Veranda sitzen und den Hunden zuhören, die in den dunklen Tälern nach Waschbären jagten.

ALSO GUT, ICH KUENDIGE.

ALS BUEROVORSTAND IN LEITENDER STELLUNG MUESSEN SIE DAZU EINE FOERMLICHE KUENDIGUNG EINBRINGEN.

KUENDIGE HIERMIT FOERMLICH.

LEHNE IHRE FOERMLICHE KUENDIGUNG HIERMIT AB.

SIE KOENNEN DOCH MIT MIR NICHT SCHLITTEN FAHREN. ICH SCHREIBE KEIN EINZIGES WORT MEHR FUER IHREN VEREIN. ES IST AUS FERTIG VORBEI.

UEBERSCHLAFEN SIE ES ERSTMAL.

NEIN.

DENKEN SIE DARÜBER NACH.

NEIN.

WIE FAENDEN SIE EINHUNDERT EXTRA PRO WOCHE?

BESCHISSEN.

BITTE KEINE VULGAERSPRACHE UEBER TELEX.

FICKEN SIE SICH DOCH INS KNIE.

MORGEN WERDEN SIE SICH SCHON WIEDER BESSER FUEHLEN.

FUEHLE MICH JETZT GANZ AUSGEZEICHNET.

FREUE MICH SCHON AUF IHREN NAECHSTEN ARTIKEL.

DA KOENNEN SIE LANGE WARTEN. MFG BIBI.

NA MAL SEHEN. MFG BIBI.

Bolton schaltete den Fernschreiber aus und ging in sein Büro zu der Flasche I.W.Harper zurück, wobei er vor sich hinmurmelte: „Ich bin damit fertig, es ist aus und vorbei, ich bin ein freier Mann, MFG BIBI, mit freundlichen Grüßen *bye-bye*." Er setzte sich aufs Feldbett, genoß den Whiskey und wunderte sich, daß er jetzt, da er gekündigt hatte, nicht mehr das befreite Gefühl von vorhin in sich trug. Es würde schon wiederkommen. Muß mir nur Zeit lassen. Er nahm drei tiefe Schluck aus der Flasche. Das Gefühl würde schon wiederkommen, und sobald er aus Saigon verschwinden konnte, würde er sich auf den Weg zu seinem neuen Leben in den Bergen von Carolina machen. Er sah hinaus auf den schwarz-roten Horizont und machte noch einen letzten Schluck. Dann legte er sich hin und lauschte mit seinem inneren Ohr auf das Bellen der Hunde, die im Wald nach Waschbären jagten.

19

Er träumte, wie ihr Bellen das hypnotisierende Summen der Zikaden übertönte. Die Hunde verstummten, als in seinem Traum der Morgen heraufdämmerte. Dünne Sonnenstrahlen schienen durch das Laub der Bäume auf einen kleinen Bach, dessen Oberfläche sich hin und wieder kräuselte, wenn eine Brasse nach Insekten schnappte, und auf dessen Grund Forellen mit offenem Maul still in der Strömung standen, die Schwanzflossen in ständiger Bewegung.

Bolton öffnete die Augen und blickte in eine andere Sonne, in das harte, weiße Licht der Tropen. Dalman rüttelte ihn am Bein. „Aufstehen, Harry!"

Bolton setzte sich auf und spürte seine Kopfschmerzen wie einen elektrischen Schlag. Auf dem Schreibtisch stand die Flasche I.W.Harper, zu zwei Dritteln geleert. Das Fenster daneben rahmte ein Porträt des Krieges ein: ein Vorhang aus Rauch und Flammen hob und senkte sich über Tan Son Nhut. Bolton hörte Detonationen und das Stakkato von nicht sehr weit entfernten Schüssen aus Handfeuerwaffen.

„Wie spät ist es an Deck?" fragte er.

„Halb zehn. Christensen ist am Telefon."

„Meine Zunge fühlt sich an, als wäre die ganze Rote Armee von China auf Socken darübermarschiert. Gibt's Kaffee?"

Dalman goß ihm eine Tasse aus dem Aluminiumtopf ein und reichte sie ihm mit jener Mischung aus Betulichkeit und Abscheu, die nüchterne Menschen solchen mit einem schweren Kater gern entgegenbringen.

„Oh mein Gott" sagte Bolton und massierte sich die Stirn. „Der ist reif für die Goldmedaille, ein Olympiasieger unter den Katern."

„Christensen ist am Telefon."

„Glaubst du, ich bin schwerhörig? Also, was tut sich draußen?"

„Die Schurken aus dem Norden bombardieren immer noch das Flugfeld. Sie haben jeden Zentimeter der Landebahn pulverisiert, vor etwa einer Viertelstunde haben sie mit einer Boden-Luft-Rakete eine südvietnamesische C-119 abgeschossen, und eine Infanterieeinheit ist dabei, die Newport Bridge einzunehmen."

Bolton wäre aufgesprungen, wenn er die Kraft dazu gehabt hätte. „Newport? Scheiße, das ist ja nicht einmal fünf Kilometer weg von hier!" Er griff nach dem Telefon, erinnerte sich dann aber daran, daß er gekündigt hatte. „Augenblick mal. Rede *du* mit Christensen. Du bist ab jetzt der Leiter des Agenturbüros."

Dalman blickte ihn verständnislos an.

„Hast du nicht gehört?" fragte Bolton, drückte den blinkenden Knopf am Apparat und reichte Dalman den Hörer. „Ich hab gestern abend gekündigt. Du bis jezt *numero uno* hier."

Zögernd hob Dalman den Hörer ans Ohr und sprach hinein: „Hallo, Dave? Hier Dalman . . . ich versteh zwar nicht ganz, was los ist, aber Harry meint gerade, er hat gekündigt . . . ich bin jetzt der Leiter des Büros hier. Ich soll mit Ihnen reden."

Dalman hörte eine Weile nur zu und nickte dabei, dann hielt er Bolton das Telefon hin. „Er sagt, er redet nur mit dir oder mit gar keinem. Es ist was Wichtiges."

„Ach, scheißegal. Mit ihm reden, schadet ja nichts."

„Harry, was soll dieses Gequatsche, daß du kündigen willst?" Christensen stellte die Frage im Tonfall eines Vaters, dem sein fünfzehnjähriger Sohn gerade verkündet hatte, er wolle heiraten.

„Das ist kein Gequatsche. Ich bin fertig mit diesem Job. Ich geh nach North Carolina und schreib da ein Buch."

„Wie bitte?"

„Ich geh nach North Carolina und schreib da ein Buch."

„Also, ich leb hier schon ziemlich lange, und sowas ähnliches hab ich schon öfter erlebt. Die Australier nennen das den Troppo-Koller."

„Ich hab keinen Tropenkoller. Ich geh nach North Carolina und schreib da ein Buch. Und was du mir jetzt gleich erzählen wirst, höre ich mir nur aus persönlichem, nicht etwa aus beruflichem Interesse an."

„Harry, Saigon ist von zweihunderttausend Nordvietnamesen umzingelt. Sie bombardieren den Flugplatz. Sie haben Vung Lau eingenommen. An jeder Straße, jedem Fluß und jedem Kanal, die aus Saigon rausführen, haben sie einen Hinterhalt. North Carolina kannst du vergessen — im Moment kommst du nicht mal bis nach Cholon."

„Das werden wir ja sehen."

„In der gegenwärtigen Lage ist dein Gefasel über eine Kündigung ungefähr so, als wenn einer von General Custers Kavalleriesoldaten mitten in der Schlacht gegen Sitting Bull am Little Big Horn zu ihm kommt und sagt: ‚Entschuldigen Sie, Sir, könnte ich bitte mal meine Entlassungspapiere haben? Mein Wehrdienst ist gerade zu Ende, und ich würde gern nach Hause, um meine Memoiren zu schreiben.'"

„Sehr komisch. Und was hast du mir zu erzählen, das so furchtbar wichtig ist?"

„Eine Sensation, Harry, eine Riesensensation."

„Worum geht's?" fragte Bolton, der seine instinktive Neugier nicht im Zaum halten konnte. Bei dem Wort *Sensation* hatte sich sein Herzschlag bereits unwillkürlich beschleunigt.

„Wird ja auch Zeit." In Boltons Stimme schwang gespielte Lässigkeit und nur mühsam unterdrückte Erregung mit.

„Jetzt ist er aus, Harry — der längste Krieg in der Geschichte Amerikas und der einzige, den wir verloren haben."

„Wie exklusiv ist denn diese Sensationsmeldung deiner Meinung nach?"

„Du hast der Konkurrenz eine gute Stunde voraus, und falls du interessiert bist, gebe ich dir Hintergrundinformationen, die sich alle anderen frühestens morgen verschaffen können.

„Ja, interessiert bin ich — rein persönlich. Also: Wir werden mit Hubschraubern ausgeflogen, stimmt's?"

„Gibt ja wohl keine andere Wahl. Einundsechzig CH-46 und CH-53 der Marineinfanterie werden in Tan Son Nhut landen. Und dann schikken die Marines und Air America ungefähr zwanzig Huey-Helikopter zur Botschaft. Die Vögelchen starten gegen zehn von den Flugzeugträgern."

„Was glaubst du, wie viele könnt ihr rausholen?" Verflucht, er konnte seine Fragen einfach nicht für sich behalten, und jede einzelne war wie ein Glas Whisky für jemanden, der sich die totale Abstinenz geschworen hat.

„Zirka neunhundert Amerikaner und sechstausend Vietnamesen“, antwortete Christensen. „Das sind die offiziellen Zahlen. Inoffiziell dürften es vier- oder fünfmal so viel werden. Das wird die größte militärische Evakuierung seit Dünkirchen.“

„Deine Erfindung?“

„Tatsachen.“

„Wie groß genau?“ Ohne es zu wollen, griff Bolton nach einem Bleistift und begann, sich Notizen zu machen.

„Wie gesagt - einundachtzig Hubschrauber. Ein Bataillon Ledernakken wird die Landezone sichern, zwei weitere stehen für den Fall bereit, daß es brenzlig wird. Mehrere Phantoms der Marine und der Marineinfanterie sichern den Luftraum und schalten notfalls Flakstellung aus. Fast die ganze Siebente Flotte liegt vor der Küste, außerdem eine ganze Meute von Handelsschiffen — insgesamt fünfundvierzig Schiffe.“

„Rechnet ihr denn mit Flakbeschuß?“

„Wie es bei den Nordvietnamesen damit aussieht, weiß ich nicht, obwohl alle Helikopter mit taktischen Köderraketen ausgerüstet sind, falls sie mit Gefechtsköpfen beschossen werden, die eine Wärme-Zielsuchanlage drin haben. Aber um ganz ehrlich zu sein — wir können genausogut damit rechnen, daß die Südvietnamesen vom Boden auf uns losballern. Die werden nicht gerade erfreut zusehen, wie wir sie in der Klemme sitzenlassen.“

Bolton schrieb rasch die Stichwörter nieder. Ein nettes Detail: Nord- und Südvietnam vereinigten sich, um amerikanische Hubschrauber abzuschießen. Gegen seinen Willen formulierte er in Gedanken bereits den Aufhänger seines Artikels. *Am Dienstagvormittag begann Amerika mit dem Rückzug aus dem längsten Krieg seiner Geschichte und dem einzigen, den es verloren hat . . .*

„Und während Rom schon in Flammen stand, hat Botschafter Hutton noch bis zur letzten Sekunde herumgetrödelt“, fuhr Christensen fort. „Heute früh hat er noch im Weißen Haus angerufen und denen erzählt, hier läuft alles prächtig und sie könnten die Evakuierung wieder absagen, was sie auch prompt getan haben. Also haben ein paar von uns ohne sein Wissen den Jungs in Washington die Wahrheit unter die Nase gerieben, und innerhalb von einer Viertelstunde haben sie es sich wieder anders überlegt.“

„Was hat er denn bloß im Sinn? Will er mit seinem Schiff untergehen?“ *Am Dienstagvormittag begann die Flucht der Amerikaner in Vietnam, nach dem längsten Krieg in der Geschichte der USA. Eine Flotte . . . nein, nicht ‚Flotte‘ . . . Eine Armada von 81 Helikoptern landete unter dem Schutz eines Bataillons von Marineinfanteristen in der umkämpften Stadt, während Jagdflugzeuge die Evakuierung aus der Luft sicherten.* Nicht übel, wirklich gar nicht so übel.

„Wenn's nach Hutton ginge, dann würde er hier Gordon Pasha in Khartum spielen und mit seinem Fünfundvierziger die Kanaken abknallen, bis sie ihn selber umlegen. Aber wir tragen ihn zur Not mit Gewalt raus, auch wenn er kreischt und um sich schlägt. Aber das wird wohl gar nicht nötig sein, wegen seiner Schnauzer."

„Was denn für Schnauzer?"

„Er macht sich nämlich Sorgen um seine Lieblingshunde. Hat schon einen Laufburschen zur Botschafterresidenz fahren lassen, um die Schnauzer zu holen und sich darum zu kümmern, daß sie einen Platz im Hubschrauber kriegen. Und wo die Schnauzer hingehen, da geht auch Hutton hin."

„Heiliger Himmel." Bolton notierte den kleinen kuriosen Leckerbissen über die Hunde des Botschafters. Das Ende von Amerikas längstem Krieg, die größte militärische Evakuierung seit Dünkirchen, ein Botschafter, der sich aufführte wie ein wahnsinniger römischer Statthalter, eine Stunde Vorsprung auf die übrigen Agenturen — diese Story war eine solche Fundgrube, daß er wirklich die Qual der Wahl hatte.

„Ich rufe dich von einem abhörsicheren Apparat aus an, Harry, also alles, was ich dir hier sage, sind absolute Insiderinformationen."

„Hab schon begriffen. Keine Erwähnung der Quellen außer ‚gut unterrichtete Kreise'."

„Genau. Aber deinetwegen muß ich mir ja sowieso nicht den Kopf zerbrechen. Du gehst schließlich nach North Carolina und schreibst da dein Buch."

„Bist du dir ganz sicher, daß diese Sache läuft?" fragte Bolton weiter und beachtete die sarkastische Bemerkung gar nicht. „Ich will nämlich keinen Artikel durchgeben, nur um ihn dann gleich wieder stornieren zu müssen."

„Wie kannst du denn einen Artikel durchgeben, wenn du doch in North Carolina Bücher schreiben willst?"

„Sagen wir, es ist meine Abschiedsrede."

„Die Evakuierung läuft. Auf Wiedersehen, es war sehr schön, lautet die Devise. Aber wenn ich du wäre, würde ich mal mein Funkgerät einschalten und die Frequenz des Senders in der Botschaft einstellen und kein Wort meines Artikels absenden, bis da jemand sagt: ‚Whiskey Six, hier Luftaufklärungen Drachen, der Drachen hat India Papa überschritten.' Und wenn dann die Antwort kommt: ‚Luftaufklärung Drachen, hier Whiskey Six, die Temperatur in Saigon beträgt einhundertfünf Grad Fahrenheit und steigt noch', dann heißt das, die erste Welle der

Hubschrauber hat gerade die Küste überflogen und grünes Licht für die Landung bekommen."

Christensen legte auf. Mehrere Sekunden lang starrte Bolton nur seine Schreibmaschine an, deren schwarze Tastatur in ihm dieselbe Mischung von Ekel und Verlangen auslöste wie der Anblick einer verlockend vollen Flasche in einem ehemaligen Trinker. Theoretisch konnte der ehemalige Trinker ja einen Schluck machen und die Flasche dann wieder wegstellen; theoretisch konnte Bolton seinen Artikel verfassen und seinen Plan zu kündigen trotzdem durchführen. Theoretisch. Wie er so die Schreibmaschine anstarrte, formulierte er in Gedanken bereits den zweiten Absatz, dann den dritten, dann den vierten; die Wörter kamen ihm wie eine Inspiration in den Sinn und fingen an, in seinem Kopf zu wüten und zu toben, weil sie forderten, aufgeschrieben zu werden. Die Arbeit des Journalisten. Er war mit ihr verheiratet, im Guten wie im Schlechten, und sogar die Aussicht, in einer Blockhütte im tiefen Wald Bücher schreiben zu können, war nicht verführerisch genug, um sich von der alten Schlampe zu verabschieden.

„Du verdammtes Miststück", murmelte Bolton vor sich hin, ohne zu wissen, wen oder was er damit eigentlich meinte. Er spannte einen Bogen Papier in seine Underwood, schrieb die Ortszeit, den Titel, und tippte dann die Story herunter, scheinbar ebenso schnell wie ein gewöhnliches Telex. Als er fertig war, nahm er fünf Milligramm Dexadrin mit einem Schluck Kaffee, um seinen Kater loszuwerden. Es geht doch nichts über ein gutes Frühstück, wenn man einen langen Tag vor sich hat. Er stellte sein kleines UKW-Funkgerät auf die richtige Wellenlänge ein, wo er eine Weile den Unterhaltungen in kodiertem Kauderwelsch zuhörte, bis plötzlich eine klare Stimme den Befehl erteilte: „An alle Einheiten, an alle Einheiten, hier ist Luftaufklärung Drachen, bitte senden Sie nicht mehr auf dieser Frequenz, außer es handelt sich um dringende Meldungen." Während der nachfolgenden Stille, in der nur Rauschen und mehrere Male verschwommen ein „Roger" zu hören war, klopfte Boltons Herz sehr schnell, und das Dexadrin erweiterte seine Schweißdrüsen.

Dann kam es: „Whiskey Six, hier Luftaufklärung Drachen . . . Hier Whiskey Six, kommen . . . Whiskey Six, Luftaufklärung Drachen hat India Papa überschritten, kommen . . . Roger, roger, Luftaufklärung Drachen, hier Whiskey Six, die Temperatur in Saigon beträgt einhundertfünf Grad und steigt noch . . . Verstanden, Whiskey Six, wir sind auf dem Weg."

„Es ist soweit!" rief Bolton und stürmte mit seinem Text in der Hand ins Nebenzimmer. „Es ist soweit!"

Dalman sah aus dem Fenster, wo gerade mehrere Phantom-Jäger über das Gebäude zischten.

„Es ist soweit, Dalman. Die Evakuierung geht los, die ganz große Verabschiedung. Jetzt hauen wir alle von hier ab!"

„Ach du heiliger Himmel?"

„Heilig, heilig." Der starke Kaffee und das Amphetamin hatten Bolton auf Hochtouren gebracht. „Du fährst gleich nach Tan Son Nhut und sagst mir dann durch, wie es da aussieht. Ich prügle jetzt Vinnie solange, bis er wieder klar ist, und schick ihn zur Botschaft — sie wollen mit Hubschraubern auf dem Dach landen, und das wird bestimmt ein großes Theater. Warte noch, bevor du zum Flugplatz losfährst, besorg dir einen von diesen freiberuflichen Fotokerlen, die manchmal für uns arbeiten. Ich will ein paar Aufnahmen von Hutton, wie er seinen Abgang macht."

„Und was ist mit dir, Harry? Springst du gleich in den ersten Helikopter nach North Carolina?"

„North Carolina . . ." Boltons Erregung legte sich für kurze Zeit, und er sprach den Namen seines Heimatstaates aus, als wäre es der Name einer Frau, in die er früher einmal vielleicht verliebt gewesen war. „In North Carolina ist seit dem Bürgerkrieg nichts mehr passiert. Harry der Horseman gehört nicht in den langweiligsten Staat Nordamerikas."

„Das hätte ich dir aber auch gleich sagen können."

„Mach dich an die Arbeit, Dalman. Wir haben eine Stunde Vorsprung auf die Konkurrenz, und ich will, daß das so bleibt."

Das Heulen von Düsenflugzeugen riß DelCorso aus seinen Opiumträumen. Er hörte Türen knallen und Menschen draußen durch den Korridor rennen. Er stand auf, öffnete das Fenster und sah zum Himmel hinauf. Die Abgase der Flugzeuge zogen schmutzige Bahnen durch den Monsunhimmel, wie Teerspuren auf einer riesigen Schieferplatte; Hubschrauberinformationen sprenkelten die tiefhängenden Wolken. Drei Stockwerke unter DelCorso schleppte ein Fernsehteam Kameras und Tonbandgeräte über den Place Lam Son. DelCorso wandte den Kopf zur Rue Tu Do, wo weiter hinten die Hubschrauber in Richtung Tan Son Nhut flogen und dort in einer schwarzen Rauchsäule verschwanden, deren Spitze die Form eines gigantischen Ambosses hatte.

Er versuchte, die Opium-Benommenheit abzuschütteln, zog sich an und legte seine Ausrüstung zurecht. Es war nicht nötig, irgend jemanden anzurufen; er wußte auch so, daß nun alles vorbei war, und steckte deswegen, als ihm klar wurde, daß er sich vielleicht ziemlich rasch und unvorhergesehen aus der Stadt verabschieden müßte, auch gleich seinen Reisepaß, das Rasierzeug und etwas Unterwäsche mit in die Kameratasche, bevor er den Riemen um die Schulter schlang und hinausging. Draußen war die Luft so feucht, daß er sofort zu schwitzen begann. Die rot-gelbe vietnamesische Flagge auf dem Parlament klebte am Mast wie ein nasses Laken. Vor dem Gebäude saß ein Milizsoldat sonderbar gelassen auf einem Klappstuhl im Schatten eines Baums, und neben ihm lehnte ein Zivilpolizist, dessen Revolver eine deutliche sichtbare Wölbung unter seinem weißen Hemd erzeugte.

Der Lärm von Raketengeschossen und Gewehrfeuer drang aus allen Richtungen von der Stadtperipherie heran. Helikopter gingen in der Nähe der Botschaft auf der Rue Thong Nhut nieder, nur wenige Blocks entfernt, und das Rattern ihrer Rotoren setzte DelCorsos Adrenalinpumpe in Gang. Auf der anderen Straßenseite hatten Fotografen und Fernsehleute wie ein altmodisches Infanterieregiment auf dem Dachbalkon des Hotel Caravelle Aufstellung genommen. Dort wollte er anfangen: Wie in den meisten Zeitschriftenredaktionen nahm man bei *Newsweek* ein paar übersichtliche Panoramaaufnahmen gern als Einführung in eine Story.

Als er gerade die Straße überquerte, löste sich der Zivilpolizist aus dem Schatten des Baums, kam quer über den Vorplatz des Parlaments auf ihn zu und ging neben ihm her.

„Hey, hallo Sie", sprach er ihn an.

DelCorso blieb nicht stehen.

„Hey, hallo, Sie Amerikaner?"

„Ja, Amerikaner."

„Alle Amerikaner jetzt *di-di?*"

„Sieht so aus."

„Sie auch *di-di?* Wohin Sie jetzt gehen?" Der Mann hielt DelCorso am Ärmel fest.

„Da oben hin. Ins Caravelle."

„Jetzt den ganzen Tag Ausgangssperre. Sie nicht auf der Straße sein dürfen."

„Ich bin von der Presse. *Bao chi.*"

Die Finger des Mannes schlossen sich mit der Kraft eines Freistilringers um DelCorsos Oberarm. „Wenn Sie sind *bao chi,* dann mir zeigen Ausweis."

Der Kerl wollte Ärger machen, das stand ihm im Gesicht geschrieben. Er hatte etwa DelCorsos Größe, ziemlich groß für einen Vietnamesen. Sein Nacken saß wie ein dicker Keil auf seinen Schultern, sein Gesicht sah aus, als hätte er eine jahrelange Lehre als Sparringspartner hinter sich, und die Knöchel an beiden Fäusten waren nicht davon gebrochen, daß ihm jemand aus Versehen draufgetreten war.

„*Bitte.*" DelCorso holte seinen Presseausweis hervor, den der Vietnamese mit größter Aufmerksamkeit betrachtete.

„Okay?" fragte DelCorso.

„O-kay. Jetzt mir zeigen Reisepaß."

„Hören Sie mal zu . . . "

„*Reisepaß!*"

Dieser Blick verstand keinen Spaß, und an den Körperbewegungen des Mannes spürte DelCorso, daß er im Notfall auch den Revolver ziehen würde. Ein Schläger, der sich die Situation zunutze macht, folgerte DelCorso. Erst wird er so tun, als ob er meinen Paß überprüft, dann läßt er mich die Tasche aufmachen, um nachzusehen, ob ich irgendwas drin habe, das sich zu klauen lohnt. „Mein Paß ist noch im Hotelzimmer. Im ‚Caravelle'", log er.

„Sie nicht wohnen Hotel Caravelle. Sie wohnen ‚Palace'. Ich Sie sehen kommen aus Hotel Palace."

„Ja, hab ich ja gemeint, im ‚Palace'", erwiderte DelCorso, dessen Herz jetzt rascher schlug, denn ihm wurde klar, daß er nicht nur das zufällige Opfer eines Raubüberfalls war. Der Mann mußte ihn schon länger beobachtet haben.

„Sie gehen zu ‚Palace', Reisepaß holen. Ich warten unten."

„In Ordnung." DelCorso wußte, daß er im Umgang mit dieser Figur unbedingt sein hitziges Temperament im Zaum halten mußte.

Der Vietnamese folgte DelCorso zurück ins Hotel, als plötzlich Vincent und Hoang in einem Jeep um die Ecke bogen und ihm sein Spielchen verdarben. Der Wagen blieb mit quietschenden Bremsen am Bordstein stehen, und Vincent rief: „Hey, Nick, wir sind auf dem Weg zur Botschaft, falls du mitfahren willst!"

„Klar", rief DelCorso zurück und rannte los. „Klar doch, wartet auf mich."

Als der Jeep sich in Gang setzte, sah er, wie sich der Vietnamese über den Boulevard hinter dem Parlamentsgebäude in die Richtung der amerikanischen Botschaft entfernte.

„Wer war denn dieser Cowboy eben?" fragte Vincent.

„Keinen blassen Schimmer, Mann. Irgendein Schlägertyp, der unbedingt Streit haben wollte."

„Jaja, jetzt kommen die ganzen Schmierenkomödianten aus der Versenkung raus. Wollen absahnen, solange es noch geht, bevor Charlie sie in die Konzentrationslager steckt."

„Eigentlich war ich ja auf dem Weg zum Dach vom ‚Caravelle'."

„Vom ‚Caravelle'"? Was spielt sich denn da schon ab? Der Superstoff aus Laos hat dich wohl ins Lotosland befördert. Das ganze große Ding läuft doch momentan bei der amerikanischen Botschaft. Halb Saigon ist da und versucht, über die Mauern zu klettern, um noch einen Platz im Hubschrauber zu ergattern. Und sonst gibt's auch noch so allerhand."

„Aha, anscheinend bin ich tatsächlich im Lotosland gewesen. Wie wär's mit einem kurzen Abriß der Ereignisse?"

„Tja, da gibt's also dieses Chaos bei der Botschaft. Dann ist vor kurzem eine Einheit Marineinfanteristen mit Hubschraubern zur Bodensicherung nach Tan Son Nhut eingeflogen worden. Die meisten Evakuierten sollen mit Bussen da rausgebracht werden, und das sind Tausende. So wie es Bolton erzählt bekommen hat, wird das hier die größte militärische Evakuierung seit Dünkirchen."

„Also haben sie den Horseman doch nicht gefeuert?"

Vincent lachte. „Naja, er hat sich zwar wirklich redlich bemüht . . . " Ein Helikopter dicht über ihren Köpfen übertönte seine Stimme. „ . . . Es ist jedenfalls eine lange Geschichte. Die soll er dir lieber erzählen, wenn ihr zwei hier jemals wieder rauskommt."

„Bleibst du etwa hier?"

Vincent nickte. „Fünfzehn Jahre, Nick, und davor war ich auch schon sechs Jahre lang öfter mal im Lande. Hab die Franzosen abziehen sehen, und jetzt seh ich zu, wie wir hier verschwinden. Dieses Land . . . ach, Scheiße, ich kann hier nicht weg."

„Du bist verrückt, Vinnie."

„Du weißt ja, was du selber gesagt hast, über das Hierbleiben und das Verrücktsein."

Hoang parkte den Jeep einen Häuserblock von der Botschaft entfernt. Mit den schmalen Fenstern, die wie Schießscharten in die Betonfassade eingelassen waren, den eisernen Toren, der hohen Umfassungsmauer, auf deren oberen Rand man Stacheldraht gezogen hatte, und so wie das Gebäude von einer wogenden, schreienden Menschenmenge umzingelt war, ähnelte es einer belagerten Festung. Oben auf der Mauer standen Marinesoldaten im Kampfanzug und schlugen mit ihren Gewehrkolben auf die Hände von Vietnamesen, die hinüberzuklettern versuchten. Gerade setzte ein silberner Air-America-Helikopter mit den Kufen auf dem Dach auf, und eine Gruppe von Botschaftsangestellten rannte in gebückter Haltung darauf zu, wobei sie beim Einsteigen dieselbe Würde an den Tag legten wie ein paar Arbeiter, die mit Mühe und Not eben noch ihren Pendlerzug erwischten. Tausende von verzweifelten Gesichtern hoben sich auf der Straße, als der Hubschrauber gleich darauf startete, schnell und mit gesenkter Nase. Im selben Moment landete schon die nächste Maschine.

„Ein toller Abgang für die Vereinigten Staaten von Amerika, was?" brüllte Vincent ihm zu. „Scheiße, Mann, die Franzosen haben dabei irgendwie mehr Klasse gehabt. Friede in Ehren, so war das hier ja wohl eigentlich gedacht."

Es war eine rasende Menschenmenge bei einem Rockkonzert, es war ein Stadium voller Fußballfans, die die Absperrungen zum Spielfeld stürmen wollten, es war ein Kinopublikum in panischer Flucht vor einem Feuer — DelCorso wußte die Masse der Menschen nicht zu beschreiben, die sich da gegen die dicken Mauern drängten, die in die Höhe sprangen, um irgend etwas zu packen und sich daran hochzuziehen, die aufschrien, wenn sich der Stacheldraht in ihr Fleisch bohrte, von denen einer auf den Rücken des anderen kletterte, so daß sich menschliche Pyramiden bildeten, die bedrohlich schwankten und schließlich unter den krachenden Gewehrkolben und den scharfen Bajonetten der Marineinfanteristen ineinanderstürzten.

DelCorso tauchte in die Menge ein und versuchte, die Mauer zu erreichen. Er wollte von oben fotografieren, um den Eindruck zu erwecken, daß diese Menschen versuchten,aus einer Grube zu entkommen; dann plante er eine Aufnahme entlang der Mauerkrone, mitsamt dem Stacheldraht und den Soldaten, die so massig und bedrohlich in ihren Helmen und Schutzwesten wirkten. Das allerletzte Bild dieses Krieges: Marineinfanteristen prügeln auf die Menschen ein, für die der Krieg ja geführt worden war, nur damit eine Handvoll Offiziere, Botschaftersekretäre und Reporter sich in Sicherheit bringen konnten.

Jemand stieß DelCorso von der Seite an; ein anderer bohrte ihm den Ellenbogen in die Seite; ein alter Mann packte sein Hemd von hinten. Dann fiel direkt vor ihm ein halbes Dutzend Menschen um und warf ihn beinahe zu Boden. Eine Schuhspitze rammte seinen schlimmen Knöchel, was ihm einen rasenden Schmerz im ganzen Bein verursachte. Er hatte sich immer bemüht, Würde in einem Beruf an den Tag zu legen, der nicht gerade für seine Würde bekannt war, doch in diesem Tohuwabohu war er gezwungen, sich wie ein tollwütiger Paparazzo zu gebärden. Er bahnte sich mit seinen mächtigen Schultern einen Weg durch die Meute, stieß, schob und drückte andere Menschen von sich weg; durch alle seine Anstrengungen erreichte er jedoch nur, daß er einige wenige Meter vorwärtskam und sich dabei einen gerissenen Kameriemen einhandelte. Dann stand er fünfzehn Meter vor der Mauer, und die Menschen verschmolzen zu einer dichten Masse, in der ein Weiterkommen völlig unmöglich war. In dem Bemühen, überhaupt irgend etwas auf seinen Film zu bekommen, hielt er die Kamera über den Kopf, wie damals während seiner Lehrzeit bei Associated Press, als er Bilder von Studentenunruhen gemacht hatte, und drückte mehrmals auf den Auslöser, ohne durch den Sucher zu sehen. Für den Fotografen war das in etwa dasselbe, als wenn ein Scharfschütze aufs Geratewohl mit einem automatischen Schnellfeuergewehr auf eine Baumgruppe zielte: einfach nur losballern und dabei hoffen, daß man etwas trifft.

Nachdem er sich unter großen Schmerzen im Bein — wie viele Jahre würde es wohl solche Strapazen noch aushalten? — irgendwie wieder an den Rand der Menschenmenge gekämpft hatte, ging er auf die andere Straßenseite hinüber. Vincent war nirgends zu sehen. Neben ihm war ein Fernsehteam dabei, mehrere Plünderer beim Zerlegen eines Diplomatenfahrzeugs zu filmen. DelCorso kletterte auf die Motorhaube eines anderen Autos und holte sich mit einem Teleobjektiv die Mauer des Botschaftsgebäudes näher heran; näher allerdings nur auf optisch-technische Weise — mit seinen Gefühlen war er weit weg. *Ritsch.* Ein Vater hält seinen kleinen Sohn in die Höhe und fleht anscheinend einen Marinesoldaten an, das Kind mitzunehmen. *Ritsch.* Ein Mann und eine Frau lösen sich aus dem Gedränge und ziehen sich die Mauer hoch, bevor die Marines auf sie einprügeln können. *Ritsch.* Der Mann und die Frau stehen auf, schwanken auf der schmalen Mauer, um auf der anderen Seite hinunterzuspringen; dann stürzen sie in den Stacheldraht und schlagen verzweifelt in den spitzen Spiralen um sich. *Ritsch.* Ihre Kleider werden zerfetzt, dunkle Blutflecken übersäen das weiße Hemd des Mannes und die weiße seidene Pluderhose der Frau, dann geben sie den Kampf auf und bleiben regungslos liegen, wie Gefallene im Absperrdraht nach einem Sturmangriff. Die Soldaten lassen sie dort liegen. *Ritsch.* Wieder landet ein Hubschrauber auf dem Dach, nimmt die wartenden Passagiere auf und fliegt davon. *Ritsch ritsch ritsch.* Wäre ein Fotograf dabeigewesen, als die Römer ihren Abmarsch aus Britannien antraten, wie hätten dessen Bilder wohl ausgesehen? Beim Rückzug Napoleons aus Moskau, der britischen Armee aus Afghanistan? Waren die Endrunden aller dieser imperialistischen Abenteuer auch in Wirklichkeit so, wie sie in den Gemälden von Künstlern dargestellt wurden, die niemals selbst dort gewesen waren — voll düsterer Dramatik? Oder vielmehr so wie hier — voll niederträchtiger Grausamkeit? *Ritsch.* Der Mann und die Frau verbluten in den stählernen Stacheln des Drahtes. *Ritsch.* Die Gewehrkolben der Soldaten heben und senken sich. *Ritsch.* Die Helikopter landen und starten mit der Regelmäßigkeit von Zubringerbussen.

Er stellte gerade die Belichtungswerte für eine weitere Aufnahme ein, als eine bekannte untersetzte Gestalt, die mit einem khakifarbenen

Safarijackett bekleidet war, im Sucher auftauchte. Oben auf der Mauer balancierte Dunlop vorsichtig den schmalen Sims entlang, fotografierte das Chaos aus Gesichtern und erhobenen Armen unter ihm. DelCorso beobachtete, wie er seine Leica dann auf die beiden im Stacheldraht gefangenen Vietnamesen richtete, als ein Marineinfanterist sie mit der Kneifzange befreite, unter den Achseln stützte und nacheinander wie nasse Säcke in die wogende Masse zurückwarf. Wie zum Teufel ist P.X. da hinauf gekommen? Von der anderen Seite her, vom Innenhof der Botschaft natürlich, du Blödmann. Der Seiteneingang. Zuviel Opium geraucht gestern abend, dachte DelCorso bei sich, während er vom Auto hinunterstieg. Warum hast du daran bloß nicht gedacht, an den verfluchten Seiteneingang?

Auf dem Weg zum Seiteneingang traf er auf weitere Plünderer. Soldaten, Polizeibeamte und Zivilisten schlitzten die Sitzpolster einer Reihe von geparkten Diplomatenwagen auf, bauten einzelne Motorenteile aus und schraubten mit der Geschwindigkeit eines Mechanikerteams beim Boxenstopp auf der Rennstrecke die Reifen ab. In der allgemeinen Panik war auch ein Vergnügen zu spüren, die Lust an der Zerstörung, ohne daß man dafür Konsequenzen zu befürchten hatte. Jetzt war alles erlaubt — eine Art rauschender Karneval vor dem bevorstehenden Aschermittwoch und der endlosen kommunistischen Fastenzeit.

Zwei weiße Mäuse, wie man die Saigoner Verkehrspolizisten wegen der Farbe ihrer Uniformen nannte, saßen auf dem Bordstein und hüteten ihre Schätze: Vergaser, Batterien, Zündkerzen, Kühlerverschlüsse, Keilriemen und Rückspiegel. Das Foto war zu gut, um es sich durch die Lappen gehen zu lassen. DelCorso drückte auf den Auslöser und ging dann einige Schritte zurück, um die Szene aus einem anderen Blickwinkel festzuhalten. In seinem 35mm-Objektiv erschien scharf umrissen die Mündung eines Karabiners, mit der einer der beiden Polizisten direkt auf ihn zielte. Er schrie ihm etwas auf vietnamesisch zu.

„Er sagen, Sie machen Foto, dann er sie erschießen", übersetzte ihm jemand hinter seinem Rücken.

DelCorso drehte sich um und zuckte zusammen, als er den muskulösen Mann im weißen Oberhemd wiedererkannte, der ihn mit dem Humor einer Anaconda angrinste.

„Sie kein Foto machen jetzt. Sie gehen zu Krankenhaus in Rue Gia Dinh. Dort Sammelplatz für Amerikaner. Sie *di-di.* Deshalb alle Vietnamesen jetzt sehr böse auf Amerikaner."

„Dieser Vietnamese da jedenfalls", sagte DelCorso und deutete auf den Polizisten. Er musterte das breite, narbige Gesicht seines Verfolgers, um herauszufinden, wer er war und was er von ihm wollte. Er entdeckte keinerlei Hinweis — da war nur dieses reptilienhafte Grinsen und die geballte, zerstörerische Energie, die sich in den gespannten Muskeln des kräftigen Körpers verbargen.

„Ja, er sehr böse", bestätigte der Vietnamese. „Amerikaner ihn verlassen, und Vietcong kommt. Vietcong wird sein hart gegen Polizei. Sie müssen *di-di.*"

„Allerdings. Das werde ich jetzt auch tun."

DelCorso setzte sich in Bewegung und ging über die Straße auf das Seitentor zu. Als er den äußeren Rand der tobenden Menge erreicht hatte und von den Kameraleuten und sonstigen Journalisten nicht mehr gesehen werden konnte, holte ihn der Vietnamese ein, packte ihn von hinten am Ellenbogen und wirbelte ihn herum.

„Ich sagen, Sie müssen *di-di!*" kommandierte er. „Zu Krankenhaus Rue Gia Dinh. Sie keine Fotos machen, verstanden?!"

„Jetzt hör mal gut zu, du Hosenscheißer — verpiß dich. *Du* machst jetzt *di-di.* Hast du begriffen? Mach *di-di* und steck dein häßliches beschissenes Gesicht woanders hin!"

„Sie jetzt gehen zu Krankenhaus in Rue Gia Dinh, zu Sammelplatz für Amerikaner. Mit Bus werden gebracht nach Tan Son Nhut. Sie keine Fotos mehr machen jetzt."

„Du bist *beaucoup dinky-dao.* Mach bloß, daß du wegkommst!"

DelCorso wandte sich gerade zum Gehen, als ein Hubschrauber, der über ihnen zur Landung ansetzte, seinen Schatten auf die Straße warf und mit den Rotoren Staub und Papierfetzen und Trümmerteile in die unruhige Menschenmasse hineinblies. Der Vietnamese packte DelCorso von neuem am Arm und riß ihn nach hinten. Nun platzte DelCorso der Kragen: Er wirbelte auf den Fußballen herum, hob die Rechte zum Schutz vors Kinn und schlug mit der Linken nach dieser Kartoffelnase; im selben Augenblick wurde ihm klar, daß dies das Allerdümmste war, das er tun konnte — genau die Reaktion, die der andere erwartet hatte. Bevor er den Schlag abbremsen konnte, landete seine Faust auch schon mitten im Gesicht des Vietnamesen. Dieser konterte mit einem geschickten Tritt nach vorn, der wie ein Keulenhieb das ohnehin schmerzende Bein traf. Dann drehte er sich mit der Eleganz eines Ballettänzers um die eigene Achse und versetzte DelCorso einen zweiten Tritt mit der Ferse vor die Brust, so daß er sich zusammenkrümmte. Um Atem ringend, zog DelCorso die Ellenbogen vor seine Bauchgegend und brachte die Fäuste nach oben, um das Gesicht zu decken. Über dem Rand seiner Knöchel sah er noch den Kolben der Pistole, bevor sein Gegner sie ihm krachend über die Stirn zog und er das Bewußtsein verlor.

Hätte es in dem Bus überhaupt Platz dafür gegeben, wären wohl alle Fahrgäste umgefallen, als der Fahrer plötzlich mitten in einer leeren Straße scharf bremste und den Rückwärtsgang einlegte.

„Sagen sie mal, was machen Sie denn da eigentlich?" fragte Bolton, der direkt hinter dem jungen, sehr nervösen Marinesoldaten am Lenkrad saß.

„Ich fahre rückwärts, Sir."

„Ja, aber *wieso* fahren Sie damit rückwärts? Tan Son Nhut liegt doch da vorne."

„Weil das hier eine Einbahnstraße ist, und ich bin in der falschen Richtung gefahren."

Bolton hatte früher einmal Marineinfanteristen in Gefechtsgebiete eingeflogen und war daher mit ihrer geistlosen Disziplin vertraut; er begriff, warum diese Handlungsweise für den Fahrer ganz selbstverständlich war. Die übrigen Reporter — beziehungsweise die „zu evakuierenden Personen", wie sie jetzt bezeichnet wurden — pfiffen, brüllten und schlugen mit den Fäusten gegen die Fenster, die von außen mit Maschendraht geschützt waren, falls jemand mit Handgranaten oder sonstigen Wurfgeschossen gegen den Bus vorgehen wollte.

„Hey, du Holzkopf da vorne", rief einer der Journalisten mit einem hysterischen Unterton in der Stimme, „bist du scharf auf eine Medaille für Befolgung der Verkehrsregeln mitten im Kampfgebiet?"

Der Soldat antwortete nicht, sondern fuhr weiter im Rückwärtsgang, bis er an die Kreuzung kam, wo er wendete und in die nächste Straße einbog, diesmal in der richtigen Richtung. Er erntete spöttisches Klatschen und Bravorufe von den Passagieren. Wenn man ihnen so zuhörte, hätte man meinen können, es wäre das Footballteam einer High School auf dem Weg zu einem Auswärtsspiel, doch Bolton erkannte die Angst hinter der Maske des rauhen Sarkasmus. Sie waren in diesem Bus zusammengepfercht wie Thunfische im Schleppnetz; nur ein einziger verärgerter ARVN-Gefreiter, der eine Handgranate unter die Räder warf, und sie würden alle in Gummisäcken zu Hause ankommen.

Der Fahrer folgte der Route, die ihm sein Truppenoffizier am Sammelplatz vorgeschrieben hatte, und steuerte den Bus durch eine Seitenstraße nach der anderen, vorbei an jedem einzelnen Treffpunkt, um nachzusehen, ob dort vielleicht noch Nachzügler warteten, die bei den vorigen Evakuierungsbussen nicht mitgekommen waren.

„Hören Sie, Soldat", sprach Bolton den Fahrer an und lehnte sich zu ihm vor, „wenn Sie wirklich so weitermachen wollen, warum halten Sie uns dann nicht gleich jedesmal einen kleinen Vortrag über die Sehenswürdigkeiten am Straßenrand?"

„Ich verstehe nicht, Sir."

„Wir brauchen jetzt keine Stadtrundfahrt durch Saigon. Bringen Sie uns einfach nur zum Flugplatz."

„Sir, mein Befehl lautet, jeden Treffpunkt anzufahren und eventuelle Nachzügler einzuladen."

„Ich bin Zivilist, Sie brauchen mich nicht ‚Sir' zu nennen. Und was wollen Sie denn unternehmen, wenn da jetzt tatsächlich irgendwo noch fünfzig Leute warten? In dieser Schleuder ist doch nicht mal mehr Platz für einen Chihuahua."

„Ich verstehe, Sir, aber . . . "

„Schon gut, schon gut." Bolton ließ sich in seinen Sitz zurückfallen. „Sie haben ihre Befehle. Also los, fahren Sie uns noch ein bißchen durch die Gegend. Falls Sie an einem McDonald's vorbeikommen, halten Sie bitte mal kurz an. Ich hätte gern einen Big Mac und eine Portion Pommes Frites."

Müde von der Hektik am Telex und den Nachwirkungen seines Katers — auch dem vom Dexadrin verursachten Hochgefühl ging nun langsam die Puste aus — schloß Bolton die Augen. Er war schon öfter in bedrohlichen Situationen gewesen, und auf einer Skala von eins bis zehn würde er die jetzige schlimmstenfalls mit einer Fünf bewerten; er war relativ fest davon überzeugt, daß sie am Flugfeld ankommen, in die Hubschrauber einsteigen und unbeschadet davon fliegen würden. Als er es sich nun auf dem Sitz bequemerer machte und die Arme vor der Brust verschränkte, knisterte der Zettel in seiner Hemdtasche. Bolton wußte selbst nicht, warum er die Telexnachricht aufgehoben hatte; als Andenken vielleicht, immerhin war es die letzte Belobigung, die er je in Saigon bekommen würde. Er machte die Augen auf, nahm das Papier heraus und las es mit einem verkniffenen Lächeln:

> 292330 BOLTON: 291045 EVAKUIERUNGSMELDUNG UM FUENFUNDVIERZIG MINUTEN SCHNELLER ALS AP UND UPI. ALLE FREUEN SICH HIER UND LASSEN GRATULIEREN. UEBERGEBEN SIE BUERO SAIGON AN DALMAN FUER BERICHT UEBER KAPITULATON SUEDVIETNAM. SIE SELBST, BOLTON ERSTATTEN BITTE BERICHT UEBER EVAKUIERUNG DANN SOFORT WEITER NACH BEIRUT BALDMOEGLICHST. KAEMPFE ZWISCHEN CHRISTEN UND MOSLEMS HABEN SICH DORT ZU RELIGIOESEM BUERGERKRIEG AUSGEWEITET.
> MFG/LUCAS/TELE/NY

Eine Dreiviertelstunde schneller. Der Horseman war wieder einmal an der Spitze der Herde geritten. Er war so gut, daß es schon wieder schlecht für ihn war, von seinem eigenen Professionalismus und seiner

Siegeslust zu dieser Art Leben verdammt. Und das war vielleicht ein Leben — immer von einem Krieg zum nächsten zu ziehen. Wenn er doch einmal ein Buch schreiben sollte, dann würde er ihm den Titel geben: *Boltons Reiseführer durch die Kriegsgebiete der Welt.* Ja, wirklich ein tolles Leben, aber zumindest wurde er niemals von Versicherungsvertretern genervt, die von ihm wissen wollten, ob seine Deckung im Schadensfall eigentlich ausreichend sei.

Er faltete die Nachricht wieder zusammen, steckte sie in die Tasche zurück und blickte durch den Maschendraht auf die vorbeiziehende Stadt, leer die Straßen, die Häuser dicht gemacht, ohne Leben. Saigon. Die alte Hure hatte das letzte Mal kassiert.Saigon, in Kürze umgetauft auf ‚Ho-Tschi-Mink-Stadt', laut Meldungen des Vietcongsenders, sollte in einer Besserungsanstalt zu einem langweiligen sozialistischen Mütterchen werden; das Paris des Orients würde sich in ein Moskau unter Palmen verwandeln.

Nostalgie, durchsetzt mit Bitterkeit, ergriff Bolton. Genauso hatte er die Stadt zum ersten Mal erblickt: durch die drahtverkleideten Fenster eines Militärbusses, an einem grauen, schwülen Nachmittag. Damals war er ein junger, unerfahrener Soldat gewesen — wenn auch nicht ganz so jung und unerfahren wie dieser Busfahrer, doch immerhin jung und unerfahren genug, um zu glauben, daß im Leben immer das Gute siegte, daß Offiziere wußten, was sie taten, und deswegen Respekt verdienten, daß der Krieg ein Abenteuer war und daß er seinen Hinauswurf aus der Citadel-Militärakademie wettmachen würde, indem er sich zu einem Kriegshelden wie aus dem Comicsheft entwickelte, der hinter einem feuerspeienden Maschinengewehr in heiß umkämpfte Landezonen einflog und ständig Medaillen bekam, während seine früheren Schulkameraden für die Abschlußexamen büffelten und mit versnobten Schönheiten der Charleston High School auf Tanzgesellschaften Tee tranken. Ach ja, diese Mädchen. Von Harry Bolton hatten sie nicht viel gehalten, nicht diese dämlichen Damen, die in der Öffentlichkeit zwar immer ganz erlesene Manieren zur Schau stellten, aber einen ganzen Fluß trokkengelutscht hätten, wenn sie sich dafür einen Kadetten von Citadel als Mann angelten — vorausgesetzt natürlich, er kam aus der richtigen Familie und konnte ein ordentliches Bankkonto aufweisen. Aber Bolton kam aus den westlichen Bergen, ein Bauernjunge ohne britische Ahnen oder französisches Hugenottenblut in den Adern, und sein Girokonto war leer. Damals war Saigon für ihn die Chance gewesen, diesen dummen Bräuten zu zeigen, wozu ein Bauernjunge imstande war. Und die alte Hure hatte ihr Versprechen ja auch gehalten. Sie hatte ihm seine Chance gegeben, und er hatte gezeigt, wozu ein Bauernjunge imstande war: Ein Bauernjunge konnte sich eine Kugel in die Schulter jagen lassen.

Der Bus hatte das Gebäude des Ministeriums für Sozialfürsorge hinter sich gelassen, den grünen Fleck des Kennedy Park umrundet und verlangsamte nun seine Fahrt, denn sie näherten sich den spitzen Ziegeltürmen der Kathedrale von Saigon, dem letzten Treffpunkt auf der Evakuierungsroute. Der Fahrer gab wieder Gas, weil dort niemand zu sehen war außer einem Krüppel ohne Beine, der sich mit etwas auf dem Bürgersteig fortbewegte, das wie ein Kinder-Go-Cart aussah.

„Moment mal, Soldat", befahl Bolton. „Halten Sie an."

„Sir?"

„Ich sagte, halten Sie an. Dieser Vietnamese da draußen ist einer von ihren Nachzüglern."

„Sind Sie da sicher?"

„Er hat früher mal für mich gearbeitet." Das war nicht gänzlich gelogen, aber trotzdem eine ziemliche Übertreibung; vor elf Jahren hatte Boltons Schwadron die Einheit von Fast Eddi zur Schlacht von Tam Ky geflogen, wo Eddie seine Beine verloren und Bolton seine erste Feuertaufe erhalten hatte.

„Also gut", sagte der Fahrer und legte den Rückwärtsgang ein. Der Posten an der Vordertür, der ein M16-Gewehr trug, wollte wissen, was los war.

„Dieser Typ hier sagt, daß der Vietnamese da hinten bei der Kirche ein Nachzügler für die Evakuierung ist. Er behauptet, der hat mal für ihn gearbeitet."

„Mann, wir haben doch überhaupt keinen Platz mehr hier drin", sagte der Posten, der nicht weniger nervös als der Fahrer war.

„Ach, was soll's, der hat sowieso keine Beine mehr, also nimmt er nur den halben Platz weg."

„Okay, aber diese Kiste da, wo er drauf rumfährt, dieses Scheißding nehmen wir nicht auch noch mit!"

Mehrere Journalisten, die diese Unterhaltung mitgehört hatten, schrien jetzt auf Bolton ein und warfen ihm vor, er setze ihr Leben ohne triftigen Grund aufs Spiel. Als der Bus vor der Kathedrale zum Stillstand kam, erhob sich Bolton. Wegen seiner Körpergröße wäre er am Dach des Busses angestoßen, als er sich nun den Weg zur Tür bahnte.

„Kein triftiger Grund?" fauchte er seine Kollegen an. „Hört mal zu, ihr: dieser Mann war ein *trung-si,* ein Sergeant, bei der Elften Rangertruppe, und diese Hälfte da, die noch von ihm übrig ist, ist ein weit triftiger Grund als die müden Ärsche von euch allen zusammen!"

Im Grunde genommen wußte er nicht genau, warum er in einer momentanen Eingebung beschlossen hatte, Fast Eddie zu retten. So eine Pfadfindertat würde eigentlich zu DelCorso passen. Vielleicht lag der Grund in Boltons nostalgischer Stimmung: der alte Kriegsversehrte draußen vor dem Bus stellte eine Verbindung mit seiner Vergangenheit dar, von der er gerne etwas retten wollte.

„Bitte mal zurücktreten von der Tür", rief der Fahrer. „Gehen Sie doch bitte zurück. Ich krieg ja die Tür nicht auf."

Es entstand ein Gedränge auf den Stufen, bei dem Bolton sich bemühte, möglichst vorn zu bleiben. Als die Tür sich schließlich doch mit hydraulischem Zischen öffnete, steckte er den Kopf hinaus und rief: „Hey, Fast Eddie, hallo, *trung-si?*" Eddie, der sich vorher mit den Handflächen vom Boden abgestoßen hatte, hob sie nun in die Höhe, so daß sein Go-Cart noch ein bißchen ausrollte. Er blickte zum Bus hin.

„*Trung-si,* ich bin's, Harry!"

„Ha-rih! Ha-rih! Du mich mitnehmen?"

„Ja. Komm schon, *lai dai. Maolen!*"

Von neuem begannen Fast Eddies Hände zu schieben.

„Sie sagten, dieser Mann hat für Sie gearbeitet", sagte der Posten an der Tür. „Haben Sie seine Papiere bei sich?"

Diese Frage traf Bolton unvorbereitet. „Was für Papiere?"

„Na, seine Evakuierungspapiere. Wir nehmen ja nicht jeden Vietnamesen mit, der hier auf der Straße herumrennt; nur die, die hier für uns oder eine andere amerikanische Stelle tätig gewesen sind, und sie müssen Papiere dabei haben, mit denen sie das auch beweisen können." Der Marineinfanterist, der fast Boltons Körpergröße besaß und in seiner kugelsicheren Schutzweste so massig aussah wie ein Footballspieler in voller Montur, versperrte die Tür, das Gewehr schußbereit vor der Brust gehalten. Fast Eddie wartete auf dem Bürgersteig, hinter sich die Türme der Kathedrale.

„Hey du, Ha-rih, nehm mich rein. Du ich, wir fahren weg."

„Ja, Eddie, zeig mal dem Soldaten hier deine Papiere", sagte Bolton, der damit Zeit zu gewinnen suchte, um sich irgendeine plausible Ausrede dafür auszudenken, daß Fast Eddie keine Ausweise bei sich trug.

„Ha-rih, nix verstehen."

„Deine Papiere, Eddie!"

Das jungenhafte Gesicht des Postens alterte durch den mißtrauischen Ausdruck, den es nun annahm. „Na gut, Mister, Sie bleiben jetzt hier in diesem Scheißbus." Dann wandte er sich an den Fahrer: „Bowlen, ich seh mir dieses Schlitzauge mal näher an. Aber mach die Tür für alle Fälle hinter mir zu."

„Himmel Herrgott", erzürnte sich Bolton. „Was glauben Sie denn, was der vorhat? Meinen Sie, der schmeißt hier 'ne Handgranate rein?"

Inzwischen war unter den übrigen Fahrgästen fast offener Aufruhr ausgebrochen; sie stampften mit den Füßen und stießen sowohl gegen die beiden Soldaten als auch gegen Bolton wüste Flüche aus. Durch das schmutzige Fenster der Bustür sah Bolton, wie der Marineinfanterist mit Fast Eddie redete, dessen Miene nichts als Verwirrung ausdrückte. Dann klopfte der Soldat an die Tür, und der Fahrer öffnete Sie wieder.

„Hey, Mister!" rief der Posten und mußte dabei die Mißfallensäußerungen der anderen Passagiere übertönen. „Der Bursche da hat keinen Fetzen Papier bei sich. Also wenn Sie ihn nicht irgendwie ausweisen können, dann bleibt er hier, und wir fahren jetzt weiter."

„Hören Sie mal — Sie klingen ja wie irgendein Grenzpolizist im Ostblock mit diesem Wo-sind-seine-Papiere-Gequatsche. Ich verbürge mich dafür, daß die US-Regierung diesem Mann eine bescheinigte, erstklassige Genehmigung für das Recht auf Evakuierung erteilt hat. Also lassen Sie ihn jetzt in den Bus rein!"

„*Sie* hören mal mir zu", erwiderte der Marinesoldat, ganz muskulöse Bürstenschnitt-Autorität. „Ich kann ihn schon reinlassen, aber in Tan Son Nhut werden sie ihn auch noch mal überprüfen, und wenn er da nicht durchkommt, muß er eben dort bleiben. Sie haben also die Wahl: Lassen Sie ihn hier, oder lassen Sie ihn am Flugplatz."

Das Donnern der Artillerie am Stadtrand war jetzt deutlich zu hören, und der ganze Bus brüllte: „Weiterfahren! Weiterfahren! Weiterfahren!" Bolton war sich bewußt, daß Fast Eddies Schicksal jetzt von seinem Einfallsreichtum abhing, von seiner Fähigkeit, sich ganz schnell eine passende Antwort auszudenken, doch zum ersten Mal in seinem Leben hatte Bolton nichts zu sagen. Ein Gefühl des Schmerzes ergriff ihn wie eine mächtige Woge; es war, als habe ihm jemand ein starkes Depressivum injiziert.

„Also gut", sagte er mit etwas unsicherer Stimme, „lassen wir ihn hier."

„Tür ist frei, Bowlen", meldete der Posten, „weiterfahren!"

Unter dankbaren Bravorufen der angsterfüllten Passagiere, schlossen sich die Türflügel. Als der Bus sich abrupt in Bewegung setzte und ihn dabei gegen das Armaturenbrett stolpern ließ, sah er für einen kurzen Moment noch einmal Fast Eddies Torso, der auf dem Go-Cart hockte.

„Dieser Vietnamese da war wohl so'ne Art Freund von Ihnen, oder?" fragte der Posten, der jetzt mit geschultertem Gewehr neben ihm stand.

„Ja, sozusagen. Ich bin hier früher bei einer Helikopterschwadron gewesen. Wir haben seine Einheit damals nach Tam Ky eingeflogen."

„Wohin?“

„Nach Tam Ky“, wiederholte Bolton und vergaß dabei ganz, daß dieser Krieg nun schon so lange andauerte, daß der junge Soldat noch nie den Namen dieses Orts gehört hatte, und schon gar nicht wußte, welche Schlacht dort einmal gewesen war.

„Ich hab wohl gedacht, weil wir ihn damals in diese Feuerhölle reingeflogen haben, sind wir's ihm jetzt auch schuldig, ihn hier wieder rauszubringen. Wollte nur ganz einfach was für ihn tun.“

„Hätte Ihnen bestimmt gerne geholfen, aber wenn Sie selber beim Militär waren, dann wissen Sie ja, wie das ist, wenn man seine Befehle hat.“

„Sicher. Wir haben wohl von Anfang an nichts für diese Leute hier tun können.“

Zweiter Teil

20

Als DelCorso im Sonnenlicht erwachte, das durch die Glastür ins Schlafzimmer fiel, sah er, daß Margaret als gewohnheitsmäßige Frühaufsteherin bereits nach unten gegangen war, um das Frühstück zu machen. Sie hatte die Kopfkissen ausgeschüttelt und die Überdecke auf ihrer Seite des großen Ehebetts glatt gestrichen, als wollte sie jeden Hinweis darauf verwischen, daß sie noch vor ganz kurzer Zeit hier neben ihm gelegen hatte; dennoch entströmte dem Bett ihr Duft. DelCorso schnupperte den schwachen fraulichen Geruch zusammen mit dem Sonntagmorgen-Aroma nach frisch gebrühtem Kaffee und Speck in der Pfanne. Im Kinderzimmer gegenüber hörte er Danny und Angela mit ihren Legosteinen spielen. Er rollte sich auf den Rücken, legte sich in die Mitte des Betts und streckte sich ganz aus, so daß die Fingerspitzen das Holzbrett am Kopfende berührten und die Beine über die Matratze hinaushingen. Die erfrischende Muskelanspannung, die Gerüche und der Klang der Stimmen seiner Kinder ließen in ihm ein Gefühl von häuslicher Zufriedenheit aufsteigen. Eine Frau, zwei Kinder und ein Haus: der Ort, wo seine Seele wohnte, war bereit.

Nur etwas störte seine Ruhe: jenes Organ, das einem Mann ekstatische Augenblicke um den Preis von jahrelanger Reue schenkt, erhob sich unter der Decke wie der Mast eines halb aufgebauten Zirkuszelts. Kurz vor dem Aufwachen hatte er einen erotischen Traum gehabt. Gleich danach waren ihm zwar alle Einzelheiten daraus entfallen, doch jetzt, mit Margarets Duft in der Nase, überließ er sich einem Wachtraum, in dem er sie in die Arme nahm und sie den ganzen Vormittag lang in hemmungsloser Leidenschaft liebte. Er hätte es ja versucht, wäre da nicht Fiona, deren Anwesenheit im Haus — an die ihn das Plätschern der Dusche im Gästebad am Ende des Korridors erinnerte — ihn davon abhielt, nackt und mit einer Erektion die Treppen hinunterzurennen. Ein weiterer Grund für seine Zurückhaltung waren die Kinder. Außerdem bemerkte er gerade, daß der elektronische Wecker auf Margarets Nachttisch bereits auf halb neun stand. In einer halben Stunde würde sie anfangen, die Kinder für die Sonntagsschule und sich selbst für die Zehn-Uhr-Messe in der St. Charles-Kirche anzuziehen. Aber selbst ohne die Hindernisse, die Fiona, die Kinder und der vormittägliche Gottesdienst darstellten, bezweifelte er, daß Margaret und er unter wilden Orgasmusschreien im zerwühlten Bett gelandet wären. Abgesehen von ihren gelegentlichen Alkohol-Ausrutschern legte sie ein äußerst gemäßigtes Verhalten an den Tag, eine Mäßigung, die sich auch auf das Schlafzimmer ausdehnte. Wohl war sie zärtlich und willig, doch zog sie es vor, in den seichten Wassern der Liebe zu waten, und ihr fehlte jede Voraussetzung — sei dies nun Mut oder Verwegenheit —, sich in die tiefen schwarzen Fluten der Leidenschaft zu stürzen.

DelCorso griff unter die Decke und faßte seinen Schwanz an. Es war die Art Erektion, die er mit neunzehn Jahren regelmäßig produziert hatte, inzwischen kaum öfter als einmal im Monat, jene Sorte, die Bolton ein ‚Blauspitz' nannte. Er legte seine Finger ganz herum — er war dick, wie sein übriger Körper — und als er ihn nun, nur so zum Spaß, einmal abmaß, indem den Handballen an den Unterteil seines Penis drückte und die Handfläche an den Schaft anlegte, stellte er erfreut fest, daß sein Ständer über die Spitze des Mittelfingers hinausragte. Gut über siebzehn Zentimeter, einen Stock tiefer seine wunderschöne Frau, und er konnte absolut nichts unternehmen, was für eine Verschwendung. Da er Selbstbefriedigung als lächerliches Ventil für einen verheirateten Mann erachtete, versuchte er, den harten Körperteil in seiner Hand erschlaffen zu lassen, indem er an die beiden langweiligen, aber lukrativen Aufträge dachte, die er in den letzten vier Wochen fertiggestellt hatte. Das eine war ein Prospekt für den Jahresbericht der Firma Simpson Electronics gewesen, das andere eine Werbekampagne für Alcan Oil am Golf von Mexiko; doch auch die Erinnerung an die vielen Fotos von Mikrochips und Minischaltkreisen, von Offshore-Bohrplattformen und Cracking-Anlagen, die ihre Gasbrände in der purpurnen Abenddämmerung von Louisiana abfackelten, konnten seine Phantasien nicht verscheuchen, Margarets dunkelrotes Haar, das sich wie ein Sonnenaufgang über das Kissen ergoß, die Lippen geöffnet, die Augen geschlossen, die Beine um die seinen geschlungen, weiß auf olivgrau. Es war der Duft ihres Körpers, der dieser erotischen Vorstellung Leben einhauchte und seinen Penis weiterhin steil nach oben auf die Deckenbeleuchtung gerichtet hielt, was seine knappen Unterhosen so eng werden ließ, daß ihm die Hoden weh taten.

„Danny! Du hast mir alle meine blauen Legosteine weggenommen!" Angelas Stimme drang durch die Schlafzimmertür herein.

„Hab ich gar nicht!"

„Hast du doch!"

„Du hast sie selber alle verbraucht."

„Stimmt gar nicht. Da waren noch viel mehr blaue, und du hast sie mir weggenommen!“

„Du spinnst ja, Angie. Weißt du was? Du bist verrückt!“ Abgesehen von der Sopranlage klang Dannys Stimme genau wie die seines Vaters, die Satzmelodie und Betongung eines vorlauten Jungen, der auf der Straße aufgewachsen war.

„Bin gar nicht verrückt. Bin ich nicht, bin ich nicht. Ich hab gestern *vier* blaue Häuser für mein Dorf gebaut, und heute werden es bloß drei. *Du* hast sie weggenommen!“

„Das soll ein Dorf sein?“

„Das ist ein Dorf!“

„Das ist ein verrücktes Dorf. Der verrückten Angie ihr Dorf!“

„Wehe, du sagst nochmal, daß ich verrückt bin.“

„Du bist verrückt.“

„Wo hast du meine blauen Legosteine? Ich will meine blauen Legosteine wiederhaben, damit mein Dorf fertig wird!“

„Ich hab sie auf dem Friedhof für blaue Legosteine begraben!“

Plötzlich begann DelCorsos Herz so schnell zu schlagen, daß er die Adern unter seiner Haut wie kleine Schlangen hüpfen sehen konnte, als er auf seine Brust hinunterblickte.

„Wenn du mir nicht sagst, wo du sie versteckt hast, dann sag ich Mammy, daß du sie *gestohlen* hast.“

„Ich sag es Mammy, ich sag es Mammy. Na los, mach schon, geh und erzähl's Mammy.“

„Du wirst schon sehen.“

DelCorso, dessen Herz jetzt so rasch pochte, daß er langsam Angst hatte, einen Infarkt zu bekommen, hörte eine Tür aufgehen und Angela schreien: „Mammy! Mammy!“

Aus der Küche kam keine Antwort. Dorf. DelCorso lag auf dem Rükken und atmete tief durch. Einatmen durch die Nase, ausatmen durch den Mund, ein und aus. Sein kleines Lustproblem hatte sich erledigt, denn durch diese Angst war seine Erektion so schnell wie unter der kalten Dusche geschrumpft. Dorf. Rach Giang. Das verrückte Dorf. Lieber Gott, einen solchen Anfall hatte er jetzt schon — wie lange schon nicht mehr gehabt? Seit mindestens zwei Jahren. Der plötzliche, unerwartete Anfall nach so langer Zeit war an sich schon etwas Beunruhigendes, so als ob ein Krebskranker einen Tumor wiederentdeckt, der eigentlich durch eine Operation entfernt worden war. Einatmen durch die Nase, ausatmen durch den Mund, ein und aus, ein und aus. *Dorf.*

„Mammy!“

DelCorso sprang aus dem Bett, riß die Schlafzimmertür auf und ging auf seine Tochter zu, wobei ihm seine Fast-Nacktheit nichts ausmachte. „Verdammt noch mal, Angela, schrei nicht so rum!"

So wütend er auch war, DelCorso überkam eine spontane Liebe beim Anblick der Kleinen, wie sie so in ihrem Baumwollnachthemd oben an der Treppe stand, das Haar — genau wie seines — noch ganz zerzaust vom Schlaf, ihre Augen — genau wie seine — von dunklem Erdbraun.

„Daddy! Du bist ja in Unterhosen."

„Allerdings, Angela Rose, und ich werd dir gleich ein paar über *deine* Unterhosen geben, wenn du noch einmal so brüllst!"

„Danny hat meine blauen Legosteine *gestohlen*", verkündete seine Tochter, und hinter ihren braunen Augen brannte es wie Feuer.

Wie seine Augenfarbe hatte sie auch sein Temperament geerbt, und er wußte, daß sie es ihm schwer machen würde, wenn sie erst einmal älter war.

„Gut. Danny!"

„Ja, Dad", antwortete ihm Danny aus dem Kinderzimmer.

„Komm mal raus."

Danny, der groß für sein Alter war — er sah eher wie neun als wie sieben aus — und die Haarfarbe und die helle Haut seiner Mutter hatte, erschien in der Tür. Mit seinen hellen Augen sah er den Vater an und unterdrückte nur mit Mühe seine Belustigung über dessen Bekleidung, die nur aus einem Paar hautenger blauer Unterhosen bestand.

„Hast du deiner Schwester die Legosteine weggenommen?"

„Sie ist verrückt, Dad. Sie und ihr verrücktes Dorf."

Dorf.

„Hast du ihr die verfluchten Bauklötzer weggenommen?"

„Jaja, okay, hab ich."

„Was soll das heißen — ‚Jaja'?"

„Ich meine ja, Dad."

„Schon besser. Also gut. Es ist jetzt dreiviertel neun. Ihr zwei vergeßt eure Legosteine und zieht euch jetzt für die Sonntagsschule und die Messe an."

„Igitt." Danny verzog das sommersprossige Gesicht zu einer Grimasse. Wenn man den Jungen so sah, wäre man nie auf die Idee gekommen, daß italienisches Blut in seinen Adern floß. Ein Gesicht wie eine Landkarte von Irland. „Blöde Sonntagsschule. Wieso muß ich eigentlich in die Sonntagsschule gehen?"

„Weil du dort die Erstkommunion empfangen wirst."

„Die Sonntagsschule ist so langweilig."

„Ja, ich weiß", sagte DelCorso, der sich noch an die endlosen Stunden erinnern konnte, in denen er als Kind auswendig lernen mußte. „Aber du mußt dort hingehen, wenn du deine Erstkommunion empfangen willst."

„Hast du denn die Erstkommunion empfangen?"

„Sicher."

„Und wieso gehst du dann nicht zur Messe?"

„Das ist meine Sache. So, und jetzt zieht ihr euch an, alle beide!"

„Mammy möchte nicht, daß wir uns vor dem Frühstück schon anziehen", bemerkte Angela, als bringe sie einem neuen Stiefvater die Sitten und Gebräuche des Haushalts bei, die ihm noch fremd waren. „Sie hat immer Angst, wir klecksen uns an."

„Dann geht eben so zum Frühstück. Aber streitet euch nicht. Verstanden? Ich habe während des letzten Monats schwer gearbeitet, heute ist Sonntag, und ich will hier meine Ruhe haben."

„Ja, gut, Dad."

Er ging ins Schlafzimmer zurück und schloß die Tür hinter sich. Den Streit zwischen seinen Kindern zu schlichten, hatte ihn beruhigt, doch immer noch saß ihm der Schock über den unerwarteten nervösen Anfall in den Gliedern. Dorf. Es hatte ausgereicht, daß Angela das Wort nur aussprach, und schon hatte sich Margarets Bild, das ihm vorgeschwebt war, in etwas ganz anderes verwandelt: ihr Gesicht wurde zu dem Gesicht einer anderen Frau, die Lippen geöffnet, die Augen geschlossen, aber für immer geschlossen, eine von drei Dutzend Leichen, die in den Trümmern von Rach Giang herumlagen.

„Danny, Angela — Frühstück!" trillerte Margarets Stimme vom Erdgeschoß herauf.

„Komme schon!" rief Angela zurück.

„Und sagt eurem Vater Bescheid."

Seine Kinder polterten die Treppe hinunter, und Angela rief ihm zu: „Frühstück ist fertig, Daddy!"

Die Kinder waren wieder hinaufgegangen, um sich anzuziehen. Margaret kratzte die Frühstücksreste von den Tellern in den brummenden Müllschlucker, und DelCorso saß über der dritten Tasse Kaffee und zog an einer Zigarette. Seine frühere Ruhe hatte er nicht ganz wiedererlangt.

„Als ich heute früh aufgewacht bin, war ich geil wie ein Bock", bemerkte er mit gespielter Neckerei, die in krassem Gegensatz zu seinem inneren Aufruhr stand. Mit der Zeit war er zum Experten in dieser Art von Verstellung geworden, denn Margaret war zwar eine Meisterin auf dem Gebiet des geselligen Geplauders, aber keine Frau, mit der man ohne weiteres ernste Gespräche führen konnte. Sie neigte dazu, ihnen auszuweichen, wohl mit derselben Vorsicht, die sie auch vor den Abgründen geschlechtlicher Leidenschaft zurückschrecken ließ.

„Das ist doch nichts Neues, Nick. So wachst du jeden Morgen auf."

„Nein, ich meine wirklich geil. Am liebsten hätte ich die Kinder in ihr Zimmer eingesperrt, Fiona auf einen Spaziergang geschickt und dich den ganzen Vormittag lang durchgevögelt."

Margaret schwieg. Mit einem Blick auf die Uhr, die an der Wand neben dem Kühlschrank hing, kratzte sie einen Teller ab, stellte ihn in die Geschirrspülmaschine, griff nach dem nächsten Teller, um auch diesen abzukratzen, und dabei knurrte der Müllschlucker wie ein Hund mit metallener Kehle.

„Bist du an den Einzelheiten interessiert?"

„Auch wenn ich jetzt seit acht Jahren mit dir verheiratet bin, Nick — ich mag es immer noch, wenn du mir den Hof machst."

„Du warst aber nicht da, um dir den Hof machen zu lassen. Du warst hier unten in der Küche."

„Ich meinte, an den Einzelheiten wäre ich interessiert, wenn du gesagt hättest, daß du mit mir schlafen wolltest. Aber der Gedanke, durchgevögelt zu werden, erregt mich irgendwie überhaupt nicht."

DelCorso drückte die Zigarette aus und empfand gleichzeitig Ärger über ihre Prüderie und Beschämung über seine Art, mit ihr zu reden, als wäre sie ein billiges Flittchen, das er in einer Bar aufgelesen hatte.

„Also gut, Mylady, ich wollte gern mit dir schlafen."

„Aber das haben wir doch gestern abend erst getan."

„Heißt das, wir haben unsere Ration für diese Woche damit aufgebraucht?"

„Natürlich nicht", versicherte ihm Margaret, während sie wieder auf die Uhr blickte. DelCorso merkte an ihren Bewegungen, die jetzt eine verkrampfte, nervöse Spannung verrieten, daß sie spät dran war. Die Zehn-Uhr-Messe hatte sie noch nie versäumt; sie war Teil des unveränderlichen Zeitplans, mit dem sie ihren Haushalt führte, weil sie von Natur aus alles systematisch organisierte, und auch, wie er annahm, weil es ihr dabei half, mit seiner ständigen Abwesenheit zurechtzukommen.

Der letzte Teller war abgeschabt, und das unregelmäßige Geräusch des Müllschluckers wurde vom Brummen des Geschirrspülers abgelöst. Ohne einen einzigen überflüssigen Schritt dabei zu tun, machte Margaret einen Lappen im Waschbecken naß und fing an, den Tisch abzuwischen.

„He, Maggie, wenn wir schon nicht miteinander schlafen können, dann können wir zumindest miteinander reden, findest du nicht?"

„Wir reden doch miteinander."

„Ich meine richtig reden." Der Kaffee war ausgetrunken, und DelCorso stand auf und stellte Tasse und Untertasse ins Waschbecken, mit betont lautem Geklapper, um seinen Ärger zu unterstreichen. „Einfach zusammensitzen und reden. Nur wir beide. Du polierst diese Küche so blitzeblank, als ob du jeden Moment damit rechnest, daß ein Fotograf von der ‚Schöner Wohnen'-Beilage der *New York Times* hereinschneit."

„Du weißt doch genau, daß ich es hasse, von der Kirche heimzukommen und noch den Dreck vom Frühstück vorzufinden", sagte sie und wischte dabei kurz über die gekachelte Anrichte.

„Das kann Fiona machen. Dafür wird sie ja bezahlt."

„Sonntag ist aber ihr freier Tag."

„Dann mach ich's eben, während du mit den Kindern in der Messe bist."

Margarets runder Mund formte sich zu einem ihrer königlichen Lächeln. Dann küßte sie ihn auf die Stirn. „Danke dir für das Angebot."

„Du glaubst wohl nicht, daß ich das tun würde", sagte er und reckte sich zu seiner vollen Höhe. In ihren hochhackigen skandinavischen Holzschuhen war sie etwas größer als er, und es war ihm unangenehm, daß sie ihn über den Augen hatte küssen können, ohne nur das Kinn zu heben.

„Ich *weiß*, daß du das nicht tun würdest. Mein italienischer Pascha hat noch nie im Leben einen Teller abgewaschen oder einen Tisch gewischt."

„Ich könnte ja damit anfangen."

„Daß du dich nicht um den Abwasch kümmerst, gehört nicht zu deinen Fehlern."

„Was gehört denn zu meinen Fehlern?"

„Die lohnen es kaum, erwähnt zu werden."

„Erwähne trotzdem mal einen."

„Also gut. Der Straßenlümmel in dir, der dich solche Sachen sagen läßt wie ‚Ich will dich durchvögeln', solche Derbheiten eben. Aber das ist so unwichtig, daß ich es gar nicht erwähnen brauche."

„Aber gedacht hast du es dir schon?"

„Ach, du liebe Güte!" Margaret sah auf die Uhr, als rechne sie damit, daß gleich eine Zeitbombe hochginge. „Ich liebe dich, Nick, und ich liebe dich so, wie du bist."

„Vielleicht habe ich darüber reden wollen, Maggie", sagte er, nun nicht mehr in dem neckischen Tonfall. „Nicht über unsere Bettgeschichten."

„Worüber dann?"

„Über das, was ich bin."

„Was du bist? Du bist mein Mann und ein Fotograf, und zwar ein sehr guter."

„Mann oder Fotograf?" fragte er, drückte sich aber doch lieber um ein klares Geständnis. Was hatte es denn auch für einen Zweck? Margaret wand sich wie eine Frau, die dringend auf die Toilette gehen mußte, aber eine Unterhaltung aus Höflichkeit nicht abbrechen mochte.

„Beides", erwiderte sie und gab ihm noch einen Kuß auf die Stirn. „Nick, ich muß jetzt gehen. Wir können ja reden, wenn ich wieder da bin."

„Klar."

Die Glocke der St. Charles-Kirche schlug zehn Uhr, was DelCorso die Sonntage im *Valley* ins Gedächtnis rief. Er wanderte ziellos durchs Haus, auf der Suche nach irgend etwas, das seine Aufmerksamkeit gefangennehmen würde, damit er die Erinnerung an Rach Giang zurückdrängen könnte.

Aus der Küche, wo sich die Sonne auf den glasierten Fliesen der Anrichte spiegelte, schlenderte er ins Wohnzimmer, in dessen verhangenem Halbdunkel er die Symmetrie des runden Tisches aus Walnuß mit Einlegearbeit, der Kredenz und der Schrankwand mit dem sorgfältig angeordneten Porzellangeschirr darauf bewunderte. In den Salon warf er nur einen flüchtigen Blick; Margaret hatte ihn im Empirestil eingerichtet, die Chaiselongue mit den Stickereien, auf der sie abends oft las. Der Raum strahlte eine solche steife Eleganz aus, daß DelCorso es nicht länger als fünf Minuten darin aushielt. Die kleine Bibliothek neben dem Salon lenkte ihn für eine Weile ab, obwohl er sich dort nicht wesentlich wohler fühlte. Einer der Gründe dafür war, daß nahezu alle Bücher darin Margaret gehörten — mit Ausnahme von Werken über Heeresgeschichte und Fachbüchern über Fotografie las DelCorso nur wenig; ein weiterer Grund lag darin, daß Margaret in der Auswahl und Anordnung der Möbel eine Miniaturkopie der Bibliothek ihres Vaters in Marblehead geschaffen hatte. Manchmal fragte sich DelCorso, ob das so war, weil sie glaubte, alle Männer hätten — wie Thomas Fitzgerald — eine Schwäche für Leder, Holz und Messing, oder ob sie den alten Herrn bei seinen seltenen Besuchen damit beeindrucken wollte.

Vielleicht sollte das Zimmer ihm etwas klarmachen: Diese Bibliothek ist ganz ähnlich wie deine eigene, Vater, und Nick ist gar nicht so anders, wie du gedacht hast; *ich habe doch keinen Fehler gemacht, ihn zu heiraten.*

Doch als DelCorso nun auf der Chesterfield-Couch Platz nahm, seine Blicke über die Regale schweifen ließ und die Wand ansah, wo seine größten Auszeichnungen in schlichten schwarzen Rahmen aufgehängt waren, nahmen seine Gedanken eine eher calvinistische Richtung. Das Zimmer und alles darin drückten Erfolg und Respektabilität aus. Gern überließ er sich der Vorstellung, daß er wohl nicht der Gewinner von begehrten Auszeichnungen wäre, der Besitzer dieses Hauses, der Gatte einer schönen Frau aus guter Familie, der Vater von zwei gesunden Kindern, für die er sich den Luxus einer Erzieherin leisten konnte, wenn ihm die Welt nicht vergeben hätte. Deshalb war es auch nicht nötig, Margaret ein Geständnis zu machen und darauf zu hoffen, daß sie ihm verzieh; es wäre ebenso sinnlos, wie ein Verhältnis mit einer anderen Frau zu gestehen, das schon lange vorbei war. *Ich liebe dich so, wie du bist.* Allerdings kannte sie ihn nicht so genau, daß sie wußte, wie er war; er hatte jenes Geheimnis über sich selbst niemals mit ihr geteilt. Aber dennoch — eine so gute Frau wie sie hätte einen Makel in seiner Seele instinktiv gespürt, und hätte sie ihn gespürt, wäre sie nicht fähig gewesen, ihn zu lieben. Daher war die Tatsache, daß sie ihn liebte und so nahm, wie er war, genau wie das Haus, die Preise und das Geld ein weiteres Zeichen dafür, daß ihm vergeben worden war.

Andererseits war Margaret naiv. Als DelCorso sie geheiratet hatte, war sie Jungfrau gewesen, körperlich und auch seelisch. Vom Leben wußte sie gerade soviel, wie man es von einer jungen Frau erwarten konnte, die unter so privilegierten Umständen aufgewachsen war — fast gar nichts. Sie hatte auch niemals besonderen Eifer an den Tag gelegt, ihre Unwissenheit zu beseitigen; im Unterbewußtsein schien sie zu erkennen, daß sie nicht darauf vorbereitet war, mit der Zeit fertig zu werden, in die sie hineingeboren worden war, und daß ihr Überleben von einer Umwelt abhing, aus der alle Schadstoffe der Wirklichkeit abgefiltert wurden. Als DelCorso sie zum ersten Mal gesehen hatte, spielte sie Tennis auf dem Platz der Columbia University, sie und eine zweite Universitätsassistentin: zwei Mädchen in Weiß, die einen Ball durch die Luft schleuderten, während am anderen Ende des Campus radikale Studenten Institutsgebäude besetzt hielten und Parolen über Revolution skandierten, während dort Tränengaspatronen detoniert und Polizistenknüppel auf blutende Schädel niederprasselten.

DelCorso war der Fotograf auf dem Sit-In, das sich zur Revolte entwikkelt hatte, und stand nun hinter dem hohen Zaun aus Maschendraht, der die Tennisplätze umschloß, um den zwei Frauen zuzusehen. Er konnte das drängende, pulsierende Heulen der Polizei- und Krankenwagensirenen in der Nähe des Hauptgebäudes hören, doch die beiden, eine große Rothaarige und eine kleinere Brünette, setzten ihr Spiel einfach fort, als hätte sich vom Himmel eine unsichtbare, schalldichte Glaskuppel über sie gesenkt.

In einer für ihre Körpergröße sehr graziösen Haltung, den einen Fuß ein Stück hinter den anderen gesetzt, griff die Rothaarige in die Tasche ihres Rocks, warf den nächsten Ball in die Höhe, indem sie sich mit der schwebenden Leichtigkeit einer Ballettänzerin auf die Zehenspitzen erhob, und schlug ihn weit über das Netz, wobei ihr Körper sich beim Durchziehen nach vorn beugte, so daß der Rock sich hob und für einen kurzen aufreizenden Moment den Blick auf ihr weißes Höschen freigab.

Als der Aufschlagreturn ihrer Gegnerin im Netz hängenblieb, lächelte die Rothaarige so, wie DelCorso noch nie zuvor eine Frau hatte lächeln sehen, eine Explosion von Weiß zwischen ihren Lippen. Weiße Zähne, weiße Haut, weiße Bluse, weißer Rock, weißes Höschen, weiße Tennisschuhe und weiße Socken. So weiß wie die Ordenskleidung einer Nonne im Sommer. Nicht nur ihre unverdorbene Schönheit faszinierte ihn, sondern auch ihre Fähigkeit, so kühl und konzentriert zu spielen, daß das Sit-In ebenso gut in der Uni von North Dakota hätte stattfinden können. Er war dermaßen gefesselt, daß er seinen eiligen Auftrag ganz vergaß; er vergaß den Gestank des Tränengases, die Spezialeinheiten mit ihren schweren Helmen, die blutigen Köpfe und die vor Wut und Angst verzerrten Gesichter. Als er ihr nun beim nächsten Aufschlag zusah, klopfte sein Herz bei dem Anblick, wie sie sich wieder auf die Zehenspitzen erhob: Er war beinahe darauf gefaßt, daß sie wie ein Engel zum Himmel emporschweben würde. Wieder beugte sie den Körper in der Hüfte, als sie den Schläger durchzog, und wieder blitzte ihr Höschen unter dem Rock hervor; doch das Verlangen, das DelCorso empfand, war keine sinnliche Lust; vielmehr spürte er eine Sehnsucht danach, all dieses Weiß zu berühren und von ihm berührt zu werden.

Dann sah er auf die Uhr und ging zu seinem Wagen; aber er wußte, er würde sie wiedersehen; er wußte, daß er sie wiedersehen mußte.

21

Mit einem Ruck stand DelCorso auf. Einer dieser Anfälle von Rastlosigkeit hatte ihn ergriffen, ein fieberhaftes Verlangen nach Ortsveränderung, das ihm auf den Sohlen brannte. Das machte ihm Sorgen; normalerweise stellte sich dieses Gefühl erst ein, nachdem er ein Monat oder länger zu Hause war.

Doch nun war er kaum zweiundsiebzig Stunden wieder zurück, und hätte schon am liebsten gleich wieder den nächsten Zug, Flug oder Bus genommen. Die Unruhe hatte etwas mit seinem Tagtraum über Margaret zu tun, obwohl er nicht genau wußte, was es war. Irgend etwas *stimmte* nicht, weniger mit ihr als vielmehr mit . . . ja, womit? Mit dieser ganzen Situation hier, dachte er und sah sich in der Bibliothek um; doch er wußte immer noch nicht, was es genau war. Er wußte nur, daß das Haus auf einmal für ihn etwas Fremdes an sich hatte, als wäre er ein Besucher oder ein Eindringling.

Da er unmöglich still sitzen konnte, setzte er seinen ziellosen Gang durch das Haus fort und versuchte, dabei das Gefühl abzuschütteln, daß er nicht dorthin gehöre. Er wanderte durch das Kinderzimmer, wo sein Blick auf das Dorf fiel, das Angela aus Legosteinen gebaut hatte, weiße Wände unter blauen Dächern. Eines der Häuser — machte seine Phantasie jetzt nicht doch Überstunden? — ähnelte einer Pagode, so wie die Pagode, die die B-Kompanie damals in ihrem ekstatischen Gewaltrausch mit Sprengladungen in die Luft gejagt hatte. *Dorf.*

Er ging durch die Vorhalle, deren Eichenparkett wie das frisch lackierte Deck einer Yacht glänzte, betrat das Bad und urinierte. Mrs. Watkins, die Putzfrau, hatte am Freitag saubergemacht, daher funkelten Toilette, Waschbecken und Badewanne. Aus irgendeinem Grund verstärkten die antiseptischen Installationen noch das Gefühl, in einem fremden Haus zu sein. Aus einem Impuls heraus öffnete er das Medizinschränkchen, um nach Margarets Valiumtabletten zu sehen. Dem Aufkleber nach war das Röhrchen am 15. Februar in der Apotheke gekauft worden — vor sechs Wochen, und es waren noch fast alle drin — ein gutes Zeichen. Volle Valiumröhrchen und volle Wodkaflaschen bedeuteten eine glückliche Margaret. Das mehr oder minder normale Leben, das er seit einem Jahr führte, war der Schlüssel zu ihrer Zufriedenheit. Seine einzigen Aufträge für die Nachrichtenspalten waren gefahrlose Ausflüge gewesen — eine zweiwöchige Spritztour mit Jimmy Carter im Wahlkampf und eine Woche bei einem Notaufnahmelager in Kalifornien, wo er über die Ankunft von vietnamesischen Flüchtlingen berichtet hatte. Obwohl er insgesamt ziemlich oft von zu Hause weg war, konnte sich Margaret im wesentlichen als die Frau eines reisenden Geschäftsmanns betrachten.

Und genau das bin ich auch das ganze letzte Jahr über gewesen, dachte sich DelCorso, während er das große Schlafzimmer betrat. Ein hochbezahlter Hausierer von Kommerzfotos. Das war eines der Dinge, die ihm schlechte Laune verursachten. Nicht, daß er etwa gegen den Kommerzialismus oder gegen das Geldverdienen etwas einzuwenden hatte;

eben waren die Benzinpreise gestiegen, die Grundsteuern wurden erhöht, und sein Sohn besuchte die Privatschule St. Paul's, deren jährliche Schulgeldforderung aussah wie das Preisschild an einem Lincoln Mark IV — bei all dem mußte er einsacken, soviel er konnte.

War das allein der Ursprung seiner Ruhelosigkeit? DelCorso hätte sich gern hingelegt, um diese Frage zu überdenken, aber Margaret, die Wunderhausfrau, hatte in den fünf Minuten, die ihr zwischen dem Anziehen und dem Aufbruch zur Messe geblieben waren, bereits das Bett gemacht, und zwar derartig perfekt, daß jeder Sergeant sie beim Morgenappell für eine Beförderung wegen vorbildlichen Verhaltens vorgeschlagen hätte. Das Bett wirkte auf DelCorso so nicht einladend, sondern abweisend, so wie ein frisch shampoonierter Teppich einen daran hindert, mit schmutzigen Schuhen darüberzugehen. Scheiße, ich sollte dieses Haus mal richtig verdrecken, nur um zu beweisen, daß es eine Wohnung und kein Museum ist. Das Bett durcheinanderwühlen, ein Bad nehmen und einen schwarzen Ring in der Wanne zurücklassen, die Aschenbecher mit Kippen auffüllen, Kaffee über den Küchentisch gießen. Diese ganze übertriebene Sauberkeit und Ordnung — es kam ihm alles irgendwie tot vor.

Er setzte sich auf einen Stuhl und blickte sich im Zimmer um, dessen dunkle, schwere Möbel in die Hazienda eines spanischen Grande gepaßt hätten. Und das bin ich, Don Nicholas, der Gutsherr. Also gut, Don Nicholas, jetzt erzähl mal, was du eigentlich willst. Vor drei Tagen, als du von Morgan City nach New Orleans gefahren bist, warst du so begierig darauf, nach einem Monat in Motelzimmern und an Einzeltischen im Restaurant endlich nach New York zurückzufliegen, daß du sogar eine Einladung des Werbeleiters von Alcan Oil zu einem Wochenende im französischen Viertel der Stadt ausgeschlagen hast. Und jetzt bist du schon wieder ganz ruhelos, und alles in diesem Haus geht dir auf die Nerven. Also was zum Teufel ist mit dir los?

Seine inneren Stimmen blieben stumm. Er konnte sich in diesem allzu ordentlichen Haus nicht entspannen und daher auch nicht konzentrieren. Er mußte einfach eine Weile ausgehen, einen Spaziergang machen, um einen klaren Kopf zu bekommen.

Für Anfang April war es recht lau, und die ersten Knospen zeigten sich, auf den Zweigen. Tiefhängende Wolken zogen schnell über den Himmel, der Südwind roch leicht nach dem Meer und verlieh der Luft eine Klarheit, als wäre das Automobil noch gar nicht erfunden worden. Tatsächlich war an diesem Sonntagvormittag auch kaum Verkehr. DelCorso spazierte über den Willow Place und ging auf die Brücke zu.

In einer Sackgasse gleich bei der Promenade spielten zwei Teenager

Rollschuh-Hockey, wobei sie Mülltonnendeckel als Torpfosten benutzten. Er blieb stehen, um ihnen zuzusehen, doch der Lärm der Rollschuhe reizte seine Nerven, und die flinken Drehungen und Stops der beiden Jungen erinnerten ihn zu sehr an die Wendigkeit, die er für immer verloren hatte. Dann ging er auf der Promenade entlang, unter sich den Fluß, und sah hinüber nach Manhattan, das einem gigantischen, mit riesigen Kisten beladenen Lastkahn glich.

Nachdem er die Brooklyn Bridge überquert hatte, deren Strebepfeiler und schwebende Spannseile ihn immer wieder beeindruckten, schlug er den Weg durch die Mulberry Street ein, die an diesem späten Sonntagvormittag fast wie ausgestorben dalag. *Little Italy* — durch die Ähnlichkeit mit dem Valley in Broocklyn fühlte er sich wie zu Hause. Im Schatten der Mietshäuser ging er die baumlosen Bürgersteige entlang, wobei an Lombardis Restaurant, an der D&G-Bäckerei und an ‚Rocky's', der Imbißstube, wo er manchmal mit den Feuerwehrleuten vom Revier Fünfundfünfzig zu Mittag aß. Das Bestattungsinstitut von C. J. Latona war geschlossen. Der Tod nimmt sich einen freien Tag. Im italienischen Herrenclub gegenüber, einem Club, der viel mit jenem gemeinsam hatte, dem DelCorsos Großvater früher angehört hatte, saßen alte Männer beim Kartenspiel, während die Espressomaschine zischte und ihr herrliches Aroma verströmte. Von der Mulberry Street bog er in die Broome Street ab, wo die Feuerwehrwache ihren Platz zwischen italienischen Gemischtwarenläden und chinesischen Wäschereien mit Mühe behauptete. Die Gerüche nach Obst und Salat, die an den leeren Holzkisten hafteten, erinnerten DelCorso daran, daß er noch nichts gegessen hatte. Als er an der Kreuzung Grand Street und Mott Street ankam, ließen ihm die Käselaibe und Salamis im vergitterten Schaufenster von Dipolos Laden das Wasser im Munde zusammenlaufen.

In der Nähe eines Studios steckte er drei Vierteldollarstücke in einen Zeitungsautomaten und überflog rasch die Überschriften:

OPEC ERWÄGT NEUE ÖLPREISERHÖHUNG ... CARTER WILL BEI WIEDERWAHL SCHWERGEWICHT AUF MENSCHENRECHTE LEGEN ... PATTY HEARST LEGT BERUFUNG GEGEN URTEIL EIN ... FEINDSELIGKEITEN IN BEIRUT VON NEUEM AUFGEFLAMMT ... MOSLEMS UND CHRISTEN UMKÄMPFEN SEIT ZWEI TAGEN DAS HOLIDAY INN ... BRUTTOSOZIALPRODUKT IM ERSTEN QUARTAL NUR UM 4,5% GESTIEGEN ... PLÄNE ZUR ZWEIHUNDERTJAHRFEIER IN NEW YORK FAST FERTIGGESTELLT ... THAILANDS PREMIERMINISTER VERLIERT MOEGLICHERWEISE PARLAMENTSSITZ ...

Während der letzten Tage seiner Reise hatte er sich nicht ganz auf dem laufenden gehalten. Er klemmte sich die *New York Times* unter den Arm und ging zum Studio hinüber.

Es war ein düsteres Gebäude an der Ecke Spring Street und Greene Street, ein altes Lagerhaus, bei dem man die Lastenaufzüge mit Ziegeln vermauert und die einzelnen Etagen in schicke Loft-Apartments für betuchte Bohemiens oder auch in Studios für Künstler und Fotografen umgewandelt hatte. DelCorso hatte die Hälfte des Obergeschosses gemietet, ein Maler saß in der anderen Hälfte, wo die Fenster nach Norden gingen.

Er stellte eine kleine Espressokanne auf die Elektroplatte. Nachdem sie aufgekocht war, goß er den starken Kaffee in eine Mokkatasse, tat Zucker und eine Zitronenscheibe aus dem Kühlschrank hinein, setzte sich dann auf den Drehstuhl am Schreibtisch und lehnte sich gegen einen der Aktenschränke, in denen er seine Negative und Diastreifen aufbewahrte. Die Schränke standen direkt an der Wand und trennten die Dunkelkammer vom übrigen Raum ab, der wie die Behausung eines zwielichtigen Privatdetektives wirkte. Während er seine Zigarette rauchte und den Mokka genoß, sah DelCorso die Dias von seinen letzten beiden Aufträgen durch. Eigenlich wollte er sie numerieren und archivieren, nicht weil diese Arbeit sofort erledigt werden mußte, sondern weil er bei dieser Tätigkeit leichter der Versuchung widerstehen könnte, die Story über den Bürgerkrieg in Beirut zu lesen. Hätte die verfluchte Zeitung gar nicht erst mit raufbringen sollen. Ach was, zum Teufel, ich hab sowieso keine Lust, Dias durchzunumerieren, der langweiligste Teil an der ganzen Arbeit.

Bei Lesen des Artikels spürte er ein Prickeln unter der Haut und ein warmes, pochendes Gefühl im Kopf. Er erkannte diese Empfindungen als körperliche Symtome für seinen Drang, an Orten zu sein, wo sich etwas tat, am Rande des Abgrund entlangzugehen, dem Alltag zu entfliehen, indem er sich in extreme Situationen stürzte. Vielleicht hatte Vincent tatsächlich recht gehabt: Vielleicht war er wirklich nicht imstande, morgens zur Arbeit und abends nach Hause zu gehen, wie die meisten Männer. Süchtig nach Action. Wer süchtig nach Action war, jagte wie besessen hinter einer Gefühlsintensität her, die sich ihm nur in einer Umwelt voller Gefahr und Gewalt bot. Es war dies eine häufige Sucht unter Nachrichtenfotografen und Kriegsberichterstattern; ebenso wie die Abhängigkeit von Heroin oder Kokain mußte auch diese Sucht mit immer höheren Dosen befriedigt werden, und die Folgen waren katastrophal: am Ende war man entweder tot oder ausgebrannt. Der arme Sean Flynn. Er hatte sich immer als Fotograf bezeichnet, aber im Grunde nur eine Rolle in einem der alten Filme seines Vaters Errol gespielt, wo er das Risiko um des Risikos willen einging, und schließlich kam er nicht mehr aus Kambodscha zurück. Oder Tom Payton, der nie genug kriegen konnte, bis er einmal mehr erwischte, als er vertragen konnte. Payton war das Opfer einer Überdosis. Zuletzt hatte DelCorso über ihn nur noch gehört, daß er als Anstreicher irgendwo an der Westküste arbeitete, eine Metallplatte im Schädel und der Rest seines Körpers von Klammern und Hauttransplantaten zusammengehalten.

DelCorso goß sich eine zweite Tasse ein und nahm zwei Löffel Zucker dazu, um das Hungergefühl etwas zu stillen. Er wehrte sich gegen den Gedanken, wie Flynn und Payton süchtig zu sein, nicht nur wegen der schrecklichen Konsequenzen, sondern weil damit seine Arbeit im Grunde nicht besser als die ihre wäre. Beide waren rangegangen, aber ihren Fotos fehlte die Wahrheit, die sich durch die Nähe ergeben sollte. Es fehlte ein Gefühl von Verbundenheit, von Gegenseitigkeit, von geteiltem Leid. Ihre Aufnahmen waren nicht viel mehr als verwegene Bravourstückchen. Sieh mal, Mammy, ich kann freihändig!

Er blätterte die Zeitung durch, warf einen Blick auf die Sportseiten — die Yankees hatten ein Freundschaftsspiel gewonnen, Muhammad Ali sollte gegen Ende des Monats mit Jimmy Young kämpfen —, dann las er die vermischten Meldungen — ein Tankstellenbesitzer aus Utah behauptete, er sei einer der Erben des Vermögens von Howard Hughes —, doch nichts nahm seine Aufmerksamkeit wirklich in Anspruch. Die Libanon-Story, mit einem Agentur-Funkbild von palästinensischen Guerillas, die sich hinter einer Barrikade verschanzt hatten, zog immer wieder seinen Blick an; und obwohl das Foto reines Routinematerial aus dem aktuellen Archiv war, verursachte ihm der Anblick des Rauchs, der kugeldurchlöcherten Mauern im Hintergrund und die Haltung der Guerillakämpfer, die sich gegen den Rückstoß ihrer AK 47-Kalaschnikows nach vorn beugten, wieder dieses Prickeln unter der Haut und den fiebrigen Blutandrang im Kopf. Aber was in aller Welt *wollte* er denn dort, wenn er sich schon nicht als süchtig nach Action bezeichnen konnte? Sagen wir mal, aus Langeweile. Als gelangweilt konnte er sich allerdings bezeichnen. Heute war Sonntag, ein Tag, der ihn deprimierte, so lange er sich zurückerinnern konnte. Die fade Gleichförmigkeit des gewöhnlichen Lebens trat an den Sonntagen mit ihren häuslichen Verpflichtungen, den festgefahrenen Gepflogenheiten von Kirchgängen und Familientreffen noch stärker hervor. An Sonntagen hatte er immer das Gefühl, in der Falle zu sitzen. Überhaupt fühlte er sich seit einem Jahr wie in einer Falle: Er konnte sich unmöglich einreden, daß das Fotografieren von Mikrochips und Raffinieren eine interessante, befriedigende oder wichtige Arbeit war, außer daß ihn solche Firmenaufträge reich machten; nach Abzug der vierzig Prozent für die Agentur hatte er allein aus dem Job für Alcan Oil noch achttausend Dollar verdient. Acht Mille für zehn Tage Arbeit. Soviel hatte er nicht mal im ganzen Jahr gemacht, als er damals bei Associated Press anfing. Er empfand fast ein klein wenig Sehnsucht nach dem hungrigen, ehrgeizigen Jungen, der er zu jener Zeit gewesen war. Der Junge, der sich auf den ersten Blick in eine große Rothaarige in makellosem Weiß verliebt hatte.

Maggie. Ein Porträt von ihr hing an der Ziegelwand hinter dem Schreibtisch. Hungrig war er heute nicht mehr, und das war ihr Verdienst. Hatte er es nötig, achttausend in zehn Tagen zu verdienen? Ja und nein. Ja, weil sie es nötig hatte. Am Anfang ihrer Ehe hatte sie entdeckt, daß eine Heirat unter ihrem Stand gewisse Verpflichtungen nach sich zog, die sie nicht auf sich nehmen wollte, oder konnte. Ihm fiel die Zeit kurz nach Dannys Geburt ein. Es war DelCorsos zweites Jahr als freiberuflicher Fotograf. Er machte sich auch nicht schlecht für einen Neuling, aber das Ehepaar wohnte in einem kleinen Mietshaus ohne Fahrstuhl auf der Upper East Side, in der East 74th, einen halben Block von der Third Avenue. Eines Nachmittags war er nach Hause gekommen und fand Margaret in einem Sessel vergraben, neben sich eine halbleere Karaffe mit Wodka Martini. Danny brüllte in seinem Bettchen, in der Wohnung herrschte totales Chaos, Staubtücher lagen verstreut herum, der angeschlossene Staubsauger hielt in der Mitte des Wohnzimmers stumme Wache, eine Tüte mit Einkäufen stand unausgepackt auf dem Küchentisch. Maggie trank und las dabei den *New Yorker.* Was denn los sei? Sie blickte auf, oder besser sie schien aus den Höhen, in die sie ihre Rakete mit Wodkaantrieb gebracht hatte, auf ihn herabzublikken. Nichts, erwiderte sie in einem Tonfall, der genau das Gegenteil ausdrückte. Was zum Teufel war denn los? beharrte er. Es dauerte eine Weile, bis er zu ihr durchdrang, und dann sprudelte es nur so heraus. Die Wohnung war zu klein, die Gegend heruntergekommen; sie mußte die Einkäufe und die Wäsche zwei Stockwerke die Treppen hinauftragen, es gab anscheinend immer etwas zu tun, und sie wurde nie damit fertig: saubermachen und kochen und das Baby versorgen. Sie fühlte sich wie ein Packesel, und sie würde nicht zusehen, wie sie sich zu einer dicklichen Hausfrau entwickelte; deshalb hatte sie sich den Nachmittag freigenommen, zum Lesen und für ein paar Drinks. DelCorso war in seinem ersten Zorn versucht gewesen, ihr die Standpauke eines Arbeitersohnes zu halten, in der er seine Mutter preisen wollte, die gekocht, saubergemacht und vier Söhne aufgezogen hatte, und das in einer Wohnung, die nur um ein Zimmer größer war als diese, die die Einkäufe *drei* Stockwerke hoch die Treppen hinaufgeschleppt hatte, ihre Wäsche in einer alten Maytag-Maschine gewaschen hatte — die Sorte mit der Handkurbel zum Schleudern — die Halbtagsarbeiten angenommen hatte, um irgendwie ein Auskommen zu finden — im Supermarkt an der Kasse geholfen und als Kellnerin in Schnellgaststätten serviert hatte, deren Kundschaft aus Streifenpolizisten, Kleinkriminellen und Buchmachern bestand — und die sich niemals, soweit sich DelCorso erinnern konnte, auch nur einen einzigen Nachmittag freigenommen hatte, um Zeitschriften zu lesen und sich mit Wodka Martini vollaufen zu lassen. Doch bevor er noch aussetzte, fing Margaret zu weinen an, und sein Herz wurde weich. Er merkte, daß sie sich nach besten Kräften bemühte, die perfekte Ehefrau zu sein, und nun ganz einfach feststellen mußte, daß sie dem nicht gewachsen war. Und wenn er darüber nachdachte, dann wollte er ja auch nicht, daß sie sich zu einer dicklichen Hausfrau entwickelte. Wie er sie so ansah, inmitten dieser trübseligen, vollgestopften Wohnung, fühlte er sich schuldig, so als hätte er ein Vollblutpferd vor einen Pflug gespannt.

Letzten Endes waren sie an jenem Tag einen unausgesprochenen Vertrag eingegangen: als Gegenleistung dafür, daß sie ihm die Freiheit gestattete, seiner nomadischen Karriere nachzugehen, würde er sich abrackern, um genügend Geld für den Aufbau einer Welt zu verdienen, in der sie für immer zufrieden und schön sein würde, eine problemlose, bequeme Welt, die leicht zu bewältigen war. Es gab noch eine Nebenklausel im Vertrag, so klein gedruckt, daß DelCorso sie damals kaum hatte lesen können: diese Welt mußte so beschaffen sein, daß sie sowohl körperlich als auch gefühlsmäßig zu bewältigen war. Menschliche und mechanische Diener würden die Plackerei von Margarets Leben fernhalten; eine schützende Atmosphäre der Ordnung würde es ihr ersparen, sich mit all jenen Gegebenheiten des modernen Lebens zu befassen, die sie anwiderten. Das letzte Viertel des Zwanzigsten Jahrhunderts mit seinen Widersprüchen, den häßlichen kleinen Kriegen, den sozialen Umwälzungen, dem morbiden Hang zur Nabelschau, mit seiner Sittenlosigkeit und seinem Kitsch, mit seinen vielen Gelegenheiten und Versuchungen — diese Welt sollte draußen vor der Tür bleiben. Seinem Geist und seiner äußeren Erscheinung nach mußte das Heim der DelCorsos die exakte Nachahmung eines Haushalts aus den Fernsehserien der fünfziger Jahre sein, dem Margaret dann noch den richtigen Hauch von Stil verleihen würde. Er hatte es so gewollt, sie hatte es so gewollt, und bis jetzt hatte es auch geklappt. In letzer Zeit war DelCorso jedoch mehr und mehr bewußt geworden, daß ihrer Lebensweise eine gewisse Künstlichkeit anhaftete, daß sie und die Zeit, in der sie lebten, nicht mehr ganz synchron miteinander liefen. Wenn einige Paare aus ihrem

Bekanntenkreis zu weit in die eine Richtung gegangen waren, jeden noch so dummen Trend mitmachten und jede noch so absurde neue Idee aufgriffen, waren Margaret und er zu weit in die andere Richtung gesteuert. Ihr Haus hatte etwas von einem Museum an sich, und ihre Ehe etwas von einem historischen Theaterstück. Diese alles aufrechtzuerhalten, dessen war er sich wohl bewußt, kostete einen hohen emotionalen Preis, rief ständig eine gewisse Spannung hervor. Es war so, als ob Margaret und er in einem wunderschönen Oldtimer auf der Autobahn fuhren und ständig im Rückspiegel nach dem zehnachsigen Turbolader Ausschau hielten, der jeden Augenblick mit hundertzehn Stundenkilometern in sie hineinkrachen könnte.

Aber noch erschien kein qualmender Diesel am Horizont. Wie gut Margaret und er ihren Vertrag erfüllten, konnte DelCorso mit einem Blick auf ihr Porträtfoto feststellen, das er erst vor wenigen Monaten gemacht hatte. Falls sich bei dieser Frau über dreißig irgendwelche Fältchen durch die Haut zogen, so hätte man sie schon mit dem Elektronenmikroskop suchen müssen. Dies war das wichtigste Ausstellungsstück des Museums, Margarets über die Jahre bewahrte Schönheit. Nur weil ich Kriege fotografierte, habe ich noch lange nicht meinen Glauben an das Schöne verloren, dachte er, während sein Blick auf eine Vergrößerung der Schafherde fiel, die einen kargen irischen Hügel hinabströmte. Das Foto war so geworden, wie er es gewollt hatte, und Maggie war auch so geworden, wie er sie gewollt hatte, ihr Aussehen und ihre Unschuld unversehrt. Ihre Unschuld: Sie trug sie wie eine Rüstung, und DelCorso hielt das Metall blank. In diesem Spiegel erblickte er seine eigene Unschuld, sein eigenes Bild unbefleckt von der Schuld seines schmutzigen kleinen Geheimnisses, und wenn dieses Bild nur eine Illusion war, nun, er war schon mit genügend groben Realitäten konfrontiet worden, um zu wissen, daß Illusionen manchmal notwendig waren, wenn man den Tag durchstehen wollte, ohne den Verstand zu verlieren.

Dorf.

DelCorso stand auf und ging im Zimmer auf und ab, wobei die Holzdielen unter ihm knarrten. Er blieb am Fenster stehen und starrte durch die staubige Scheibe hinunter auf Caselmos Galerie in der Greene Street gegenüber. Es war eine dieser schicken Kunstgalerien voller Punktstrahler auf Stromschienen, wie sie überall aus dem Boden geschossen waren, nachdem die Maler diesen Teil von Little Italy entdeckt und auf den Namen SoHo umgetauft hatten. Er wandte sich um und sah auf die Reihe von Aktenschränken, alle außer einem beschriftet mit Jobnummern, Auftragsnummern, Daten, Motiv-Indexziffern, Materialcodes, Zahlen, Zahlen. Margaret. Mit ihrem Organisationstalent hatte sie für ihn dieses

System zum Archivieren entworfen. Seine eigene Methode war choatisch gewesen, und allein dafür schuldete er ihr wohl eine Menge, genug jedenfalls, um sich für die unfreundlichen Dinge zu hassen, die er bisweilen über sie dachte. Die grünen Schränke standen nebeneinander an der Wand und schienen zurückzustarren. Vergrößerungen, Negative, Dias und Kontaktabzüge. DelCorsos Bilder. Sein Blick fiel auf die unbeschriftete Schublade, den Tresor, in dem er die Beweise für sein Geheimnis aufbewahrte. Manchmal waren Illusionen notwendig; manchmal war es aber auch notwendig, dem Ungeheuer ins Gesicht zu blikken, ohne den wohltuenden Filter im Kopf, der die häßlichen Züge weicher zeichnete. Er löste die Verriegelung und zog die Schublade auf. Die Fotos waren in mehrere gefütterte Umschläge gestopft und unter einem Stapel alter Steuerbescheide, Briefe, Durchschläge von Bildtexten und Verkaufslisten verstaut. Er hatte sie vor zehn Jahren aufgenommen, im April 1966, an jenem Tag, als er zum ersten Mal sah, wie das Ungeheuer ausbrach. Seit langem hatte er sie nicht mehr hervorgeholt. Sieh dem Ungeheuer ins Gesicht, damit du an seine Existenz erinnert wirst, und daran, daß der Mensch zu beinahe allem fähig ist, wenn der Käfig sich erst geöffnet hat, und daß du, als Angehöriger des Menschengeschlechts, den Schlüssel höchstwahrscheinlich auch umdrehen würdest, wenn die Bestie hinauswill. Aber er bewahrte die Bilder auch auf, um etwas anderes in Erinnerung zu behalten: daß nämlich beim Fotografieren von Kriegen nicht der Mut zählte, obwohl man den ebenfalls dabei brauchte; es war auch nicht die Nähe, obwohl man nahe dran sein mußte, um die Wirklichkeit festhalten zu können; und es war auch nicht die Wahl des Objektivs, der Aufnahmewinkel oder die Technik. Den entscheidenden Unterschied machte die Absicht des Fotografen aus, die Absicht vor allem.

DelCorso öffnete einen der Umschläge und hielt einen Abzug ins Licht. Mit den verblaßten Tönen und den verschwommenen Kontrasten konnte man das Bild von weitem für ein Stilleben halten. Er hatte es auch absichtlich wie ein Stilleben aussehen lassen. Wie jeder, der ein Stilleben fotografiert, hatte er sein Motiv arrangiert. Zufällig hatte die Hälfte der Leichen in einem angedeuteten Halbkreis um den Brunnen in der Mitte des Dorfes gelegen. DelCorso hatte zwei Ledernacken dazu überredet, noch weitere Leichen aus der Umgegend heranzuschleppen, um den Kreis zu schließen; dann war er auf einen Erdhaufen gestiegen, um die Szene von oben aufzunehmen; auf dem Foto wirkte der Brunnen wie das Zentrum einer Blume, die Toten wie zerzauste Blütenblätter. Die meisten anderen Bilder zeigten Szenen, die keine besondere Inszenierung erfordert hatten. Auf einem war das Grinsen von drei Fallschirmjägern festgehalten, die sich ihren Spaß mit einem Vietcong machten, dem beide Beine oberhalb der Knie abgerissen worden waren. Der Torso lag auf der Seite, eine brennende Zigarette klemmte zwischen den Lippen des Gesichts mit den weit aufgerissenen Augen.

DelCorso setzte seine Privatvorstellung fort: das Innere einer Hütte, die gerade zu brennen anfing — der Rauch tastete zwischen den Bambusstangen umher und umfing die Leiche eines Guerillero, an seinem breiten, gewebten Patronengürtel als Vietcong zu erkennen; die übrigen Toten waren Zivilisten, sieben, acht oder neun — es war schwer zu sagen, wie viele dort lagen — Männer, Frauen und Kinder, vom Feuer der automatischen Sturmgewehre zerfetzt, die Gliedmaßen wahllos ineinander verhakt. Sieh dem Ungeheuer ins Gesicht. DelCorso zwang sich weiterzumachen, weitere Fotos von Leichen und Leichenteilen und lodernden Hütten zu betrachten, von der demolierten Pagode, deren feister, vom Schrapnell angeschlagener Buddha vom Altar heruntergestoßen war; seine steinernen Augen starrten gütig zu einem Soldaten hinüber, der sich mit gezogenem Messer irgendwie an einer Leiche zu schaffen machte.

Schweißgebadet und mit den zitternden Händen eines Betrunkenen, der dringend einen Schluck nötig hat, blätterte DelCorso die gesamte Sammlung durch, und einige dieser Fotos besaßen einen so überwältigenden Realismus, daß auch der große Goya sie nicht ohne weiteres verkraftet hätte. Bei manchen erfaßte DelCorso dasselbe Gefühl wie damals, als er mit zwölf ein Bündel Pornohefte in der Mülltonne gefunden hatte — schockiert, beschämt, fasziniert. Etwas sehen, das er nicht sehen durfte und doch gesehen hatte.

Er steckte die Umschläge in den Schrank zurück und verschloß die Tür wieder; den Schlüssel versteckte er in einer Schreibtischlade. Hätte er durch irgendeine Dunkelkammerhexerei all diese Bilder der Massaker und des Grauens zu einer einzigen wandbildgroßen Montage zusammenfügen können, so wäre eine Szene entstanden, die den Eindruck einer vom Chaos regierten Feuer- und Todeswelt vermittelte, in der die Menschen dem Drang gehorchten, ihre Vernunft hinter sich zu lassen. Doch er würde diese Fotos in keiner Form jemals veröffentlichen. Er würde sie niemandem zeigen, denn sie enthielten keinerlei Anklage und keinen Appell an die Vernunft. Die Absicht, die Absicht vor allem. Mit welcher Absicht hatte er sich denn mit der B-Kompanie nach Rach Giang begeben? Er konnte sich an keine erinnern. Er war von der Welle der Hysterie mitgerissen worden, die die Fallschirmjäger in einen Zustand versetzt hatte, der so weit entfernt von jeder Normalität war, daß es schien, als könnten sie niemals mehr zur Besinnung gebracht werden, sie hatten eine zügellose Freiheit genossen, und diese Erfahrung war merkwürdig, anregend gewesen. DelCorso war mit in das Dorf gegangen und hatte den Auslöser seiner Kamera ebenso gedankenlos gedrückt wie die Soldaten die Abzüge ihrer Gewehre, sein Objektiv ebenso wahllos auf alles gerichtet wie sie ihre Waffen. Die ermordete Familie hatte er nur wenige Minuten, nachdem sie niedergemetzelt worden war, aufgenommen. Einige hatten noch gelebt, als er in die Hütte hineingerannt kam; sie starben, während er die Belichtungszeit an die Dunkelheit anglich und seinen Bildausschnitt wählte, so daß es war, als hätte er sie mit der Kamera getötet. Er hatte in jenem Augenblick keine Reue empfunden, nur eine grausame Befriedigung angesichts des Blutvergießens, und diese Grausamkeit war auch in den Bildern enthalten. Kein einziges von ihnen schrie: *So etwas geschieht, und wir müssen verhindern, daß es wieder geschieht!*; statt dessen drückten sie aus: *So etwas ist unvermeidlich,* und mit dieser Aussage rechtfertigten sie die Geschehnisse. Zwei Nächte danach, im Zelt beim Divisionshauptquartier, hatten zum ersten Mal seine Götter zu ihm gesprochen. Der Divisionspsychiater erklärte diese Stimmen später als akustische Halluzinationen, verursacht durch religiöse Hysterie infolge einer posttraumatischen Reaktion. Medizinisches Kauderwelsch. DelCorso hatte sie gehört, als er aus einem Alptraum erwachte; klatschnaß vor Schweiß, mit pochendem Herzen und stockendem Atem — er war aus dem Feldbett hochgefahren und hatte das Moskitonetz zerfetzt, denn er glaubte sich kurz vor dem Ersticken. Sie hatten zu ihm gesprochen, wie in alten Zeiten die Götter zu den Menschen gesprochen hatten, unmittelbar, nicht durch den Mund der Priester, und sie hatten ihm gesagt, er habe eine Schuld auf sich geladen, die zu schwer wog, um auf einmal abgegolten zu werden. Er würde sie in Raten begleichen müssen, er würde all seine Gaben einsetzen müssen, um jene Anklage erheben zu können, die er in Rach Giang zu erheben versäumt hatte. Das war der Auftrag, den ihm seine Götter vor einem Jahrzehnt, in einer schwülen, von Leuchtspurgeschossen erhellten Nacht in Vietnam gegeben hatten. Er hatte sie gehört, und egal, was der Psychiater dazu gesagt hatte; DelCorso wußte, daß ihre Stimmen keine Einbildung gewesen waren; sie waren genauso real und um nichts irrealer als die Stimme des Gottes, der in Kathedralen, Moscheen und Tempeln verehrt wurde.

Das Telefon klingelte so laut und abrupt wie eine Feuersirene. DelCorso, der sich etwas schwindling fühlte, starrte darauf, als es nun ein zweitesmal klingelte. Wer in aller Welt konnte ihn an einem Sonntag hier anrufen wollen? Beim dritten Klingeln griff er nach dem Hörer.

„Nick . . . “

„Ach du bist das", sagte er geistesabwesend.
„Wer soll es denn sonst sein?"
Irgend etwas stimmte nicht ganz; Margaret sprach mit ihrer scheltenden Oberlehrerinnenstimme.
„Ich hab's wirklich nicht gewußt."
„Ich dachte mir schon, daß du dort bist. Es ist halb zwei."
DelCorso schwieg. Halb war er in seinen Gedanken zehn Jahre in der Vergangenheit und zehntausend Kilometer weit weg, und er verstand die Bedeutung dieser Zeitangabe nicht ganz.
„Ja, stimmt genau", sagte er nach einem Blick auf die Uhr. „Halb zwei."
„Wenn du dir gleich ein Taxi nimmst, warten wir auf dich."
Mist, das hatte er ganz vergessen. In Margarets bürokratischem Haushalt waren die Mittagessen am Sonntag für ein Uhr vorgesehen.
„Tut mir leid, Maggie. Das ist mir völlig entfallen. Geh jetzt nicht gleich auf die Palme."
„Ich gehe nicht auf Palmen. Ich bin nur verärgert, sonst nichts. Ich finde wirklich, daß ... "
„Du findest wirklich, daß ein Mann, der immer so viel von zu Hause fort ist, zumindest die Höflichkeit besitzen könnte, bei einem Mittagessen mit der ganzen Familie am Sonntag rechtzeitig da zu sein. Ich kenn diesen Vortrag schon, Maggie, und ich kann heute darauf verzichten. Es tut mir leid, okay?"
„Glaubst du, daß du in zwanzig Minuten hier sein könntest? Ich halte dann alles im Ofen warm."
„Wenn ich ein Taxi kriege."
„Also gut, bis dann."
Sie legte auf, und einen Augenblick lang spannte sich jede Faser vor Wut und Ärger in DelCorsos Körper. Er ärgerte sich nicht darüber, daß sie aufgebracht war — dazu hatte sie ja ein gutes Recht —, sondern über ihren erniedrigenden Tonfall, der ihm das Gefühl gab, ein unaufmerksames Kind zu sein. Er würde es noch eine Woche aushalten, vielleicht auch zwei. Dann würde er gehen. Er würde gehen müssen.

22

Dalman hing wie ein Seekranker über dem Balkongeländer. Nachdem sich sein Frühstück auf die Straße, sechs Stock unter ihm, ergossen hatte, durchlief ein krampfhaftes Zucken seinen Körper. Kaum eineinhalb Kilometer entfernt beendeten Moslems und Christen gerade den ersten Satz ihres täglichen Todeskonzerts, wobei sich die wilden Scherzi der automatischen Gewehre zu einem bombastischen Finale aufbauten, das dann rasch in einer Coda aus Dynamitexplosionen verebbte. Ein neuer Krampf schüttelte Dalman, der ein Geräusch hören ließ, wie wenn Wasser sich einen Weg durch eine verstopfte Leitung bahnen will. Das arme Schwein. IPS hatte ihn dafür, daß er in Saigon die Stellung gehalten hatte, belohnt und ihm nach seiner Ausweisung aus Vietnam durch die Kommunisten die Leitung des Büros in Paris übertragen. Er war dort verweichlicht, weil er über nichts Gefährlicheres als das französische Parlament berichtet hatte und jeden Abend in der Gewißheit eingeschlafen war, daß der nächste Morgen keine furchtbaren Überraschungen bringen würde. Und dumm war er auch, fand Bolton.

„Hey!" rief er durch das zersplitterte Fenster. „Wenn du da draußen nicht von einem Heckenschützen erwischt wirst, dann kriegst du zumindest einen verirrten Querschläger ab. Wenn du schon kotzen mußt, dann kotz in den Lokus!"

Dalman, dessen rundes Gesicht eine schmutziggrüne Farbe angenommen hatte, so daß seine Augen wie graue Splitter in einer verwitterten Kupferplatte wirkten, kam vom Balkon ins Zimmer.

Er hielt den Blick von Nabil abgewendet, dessen Leiche sogar bei Bolton ein leichtes Würgen auslöste.

„Mein Gott, Harry. Verdammt noch mal, nicht einmal Vietnam . . . "

„Jaja, das sagt hier jeder. Nicht mal Vietnam war so schlimm wie das hier. Nirgendwo war es je so schlimm wie hier. Das hier ist einmalig, aber du solltest dich lieber dran gewöhnen. Neunzig Tage mußt du hier runterreißen, genau wie alle anderen. Falls du am Ende noch lebst und bei Verstand bist, dann kannst du wieder zurück ins lustige Paris."

„*Jetzt* will ich hier raus!"

„Es ist doch erst dein erster Arbeitstag. Ich brauche im Büro noch einen zweiten Amerikaner, Dalman, und das bist du für die nächsten drei Monate. Du gewöhnst dich schon daran."

„Scheiße, Mann, an sowas gewöhnt sich kein Mensch!" Er machte eine Kopfbewegung in Richtung auf Nabils Leiche, die an der Wand in einer dicken Blutlache lag, in der Tausende von kleinen Glassplittern funkelten. „Verdammt noch mal, gestern noch hab ich mit diesem Jungen da geredet."

„Die ‚Verrückten Tunix' haben mit ihm nur das gemacht, was beide Seiten hier mit einem erwischten Heckenschützen machen. Die eine im Namen von Jesus Christus und die andere im Namen Mohammeds."

„Jesus und Mohammed, Jesus und Mohammed", sagte Dalman, als könnte ihm die Wiederholung der beiden heiligen Namen dabei helfen, das Grauen zu begreifen. „Jesus und Mohammed."

„Jetzt geh aufs Klo und mach dich sauber. Hier stinkt's schon entsetzlich genug, auch ohne deine Kotze."

„Vinnie hat dich letztes Jahr mal ein Riesenarschloch genannt. Das war noch freundlich von ihm."

„Hör jetzt auf mit dem Herumgeflenne."

Während Dalman sich wusch, besah sich Bolton den Schaden an der Büroeinrichtung: drei zerschossene Fenster, zwei Fernschreiber im Eimer, mehrere kaputte Stühle, ein paar hundert libanesische Pfund aus der Handkasse gestohlen. Alles in allem war es nicht so schlimm. Als er von dem Anschlag auf das Büro erfahren hatte, war er in der Erwartung eines totalen Trümmerhaufens hergekommen: Die wüsten Ausschreitungen der verrückten Tunix galten selbst in Beirut als legendär, wo wüste Ausschreitungen ohnehin an der Tagesordnung waren. Vielleicht hatten sie sich im Zaum gehalten, damit sie auch weiterhin die Schutzgelder einstreichen konnten, die Bolton ihnen zahlte, um das Büro funktionsfähig zu erhalten. Vielleicht hatten sie ihre Grausamkeit auch einfach an Nabil ausgetobt, und es war nicht genug davon übrig geblieben, um die Büroräume gründlich zu verwüsten. Bolton betrachtete die Überreste des Mannes, der früher sein Nachtdienst am Fernschreiber gewesen war, und wünschte, Raymond käme bald zurück, um die Leiche wegzuschaffen. Der salzige Geruch nach Blut und der scharfe Gestank nach Urin — die ersten Gerüche des Todes — erfüllten den Raum.

Dalman kam aus dem Badezimmer, das blaue Hemd im Militärschnitt voller Wasserspritzer. Warum putzten sich all diese jungen Reporter heraus wie britische Offiziere? fragte sich Bolton. Er setzte sich auf den Schreibtischrand und entfaltete einen großen Stadtplan von Beirut, in dessen Mitte eine unregelmäßige grüne Linie eingezeichnet war.

„Schnapp dir den Stuhl da und komm her. Ich klär dich mal ein bißchen auf", sagte er. „Und geb dir ein paar Tips, wie du diese Stadt lebend überstehst."

„Du machst noch deine verdammten Witze."

„Nein, ich mache keine Witze."

„Erwartest du wirklich, daß ich hier Platz nehme und mir von dir Tips geben lasse, mit dieser Schweinerei da in der Ecke?"

„Raymond ist in ein paar Minuten da und bringt alles weg."

„Und während wir auf ihn warten, willst du hier rumsitzen und mir *Tips* geben? Was ist bloß in dich gefahren?"

Bolton legte die Hände flach auf die Tischplatte und atmete mehrmals tief durch, um den Drang niederzukämpfen, Dalman zu packen und auf den Stuhl zu schleudern. Draußen auf der Straße wurde gerade der zweite Satz eröffnet, mit kurzen Allegro-Feuerstößen der Kalaschnikows und raketengetriebenen Granaten als Schlagzeuguntermalung. „Hörst du das da draußen? *Das* ist in mich gefahren. Ich berichte seit dem allerersten Tag über diese Metzelei. Im Mai wird es ein Jahr. Warst du nicht auf der Uni, Dalman? Jemals Thomas Hobbes gelesen?"

„Leviathan?"

„Genau. Was wir hier in Beirut haben, ist der Hobbes'sche Urzustand, oder etwas verdammt ähnliches. Jeder kämpft gegen jeden. Damit du dir ein ungefähres Bild machen kannst, stell dir vor, man holt sich die übelsten Straßenbanden von Chicago, Detroit und New York, läßt dann alle Mörder und Sittlichkeitsverbrecher aus ihren strengstens bewachten Gefängniszellen raus, und dazu noch alle gewalttätigen Psychopathen aus den Irrenanstalten, bewaffnet die ganze Meute mit Kalaschnikows, Raketenwerfern und Maschinengewehren, und läßt die dann machen, was ihnen eben so einfällt. So ist das hier. Wenn die Christen nicht gerade gegen die Moslems kämpfen, bekriegen sie sich gegenseitig; wenn die libanesischen Moslems und die Palästinenser nicht gerade die Christen bekämpfen, gehen sie aufeinander los. Manchmal schließt sich eine Splittergruppe der Palästinenser den Libanesen an, um eine andere Splittergruppe der Palästinenser zu bekämpfen. Oft haben wir hier so etwa ein halbes Dutzend Kriege gleichzeitig laufen. Paß auf, Dalman, wenn unsere jetzige Zivilisation einmal am Ende ist — und das wird passieren —, wenn der ganze Kitt herausbröckelt und alle Käfige offen sind und jeder nach Belieben umbringen kann, wen er gerade umbringen möchte, dann wird die ganze Welt so aussehen wie Beirut. *Das* ist in mich gefahren. Ich berichte hier über die Generalprobe für den Zusammenbruch der modernen Zivilisation."

Dalman gab keine Antwort, und Bolton machte eine Pause; er sah an dem jungen Mann vorbei auf das Wohnhaus auf der anderen Straßenseite. Durch Schrapnell und Einschüsse war fast jeder Zentimeter des gelben Maueranstrichs abgesplittert, und übrig blieb nur eine graue, pokkennarbige Oberfläche, die dem Foto eines toten Planeten aus der Ferne ähnelte.

„Tja, eine Vorschau auf das, was demnächst in diesem Theater gespielt wird. Ich hab Ströme von Blut im Rinnstein fließen sehen, als die Christen Karatina eingenommen haben. Einmal war ich nachts an einer Barrikade der Falangisten, und da kam so ein halbstarker Dummkopf, sechzehn oder siebzehn, ein halbstarker Dummkopf wie Nabil da drüben, der hat sich von hinten an einen der Milizionäre angeschlichen, ihm aus Spaß seine Kalaschnikow ins Kreuz gerammt und dabei *ratatatat* gebrüllt. Der Typ stand aber so unter Hochspannung, daß er herumwirbelt und den Halbstarken mit einem halben Patronenclip in zwei Teile ballert. Danach stellt sich heraus, daß der Halbstarke sein kleiner Bruder gewesen ist, und er dreht durch. Und deswegen läßt es mich kalt, wenn ein hinrissiger Idiot wie Nabil unbedingt den Heckenschützen spielen will und sich dabei erwischen läßt."

„Harry, ich hoffe bei Gott, daß mich so etwas nie kalt läßt."

„Das wäre aber besser, wenn du nicht jeden Morgen dein Frühstück verlieren willst. Oder den Verstand."

„Lieber das verlieren als das was du verloren hast."

Boltons Selbstbeherrschung war am Ende, und er sprang auf. Er bohrte den Zeigefinger in Dalmans Brust, wobei er sich seiner eindrucksvollen Körpergröße wohl bewußt war. „Leck mich mit deinen beschissenen Sprüchen am Arsch. Du fängst schon an, herumzuflennen wie dieser kleine Wichser Grey."

„Grey. Ja, Grey. Ich habe jedenfalls nicht vor, so wie der zu enden."

„Wenn du dich jetzt nicht hinsetzt und mir zuhörst, dann wirst du aber so enden."

Wieder nahm Dalmans Gesicht die Farbe von alter Kupferpatina an, als er versuchte, Boltons durchdringenden Augen, die auf ihn starrten, auszuweichen, und sein Blick dabei versehentlich Nabils Leiche streifte. „Das mache ich nicht mit", erklärte er. „Ich setze mich nicht hin, solange das da im Zimmer liegt."

„Hast du etwa Boltons Gesetz vergessen?" Er zeigte auf das Schild an seiner Bürotür. WAS NICHT VERBOTEN IST, IST VORSCHRIFT.

„Darauf scheiß ich, Herr Obersturmbannführer. Ich setze mich nicht auf den Stuhl da, bevor diese Schweinerei in der Ecke nicht rausgebracht wird."

„Willst du auch eine Grabrede halten?"

Dalman gab keine Antwort.

„Hab ich auch nicht angenommen. Na gut, Dalman. Verdammt, du hast gewonnen. Ich mach's. Will ja nicht, daß du dich noch mal vollkotzt." Als er sich neben dem Toten auf den Boden kniete, wurde Bolton bewußt, was für eine miese Show er da extra für Dalman abgezogen hatte — den abgefeimten Inspektor vom Morddezernat mit einem Magen aus Beton. In seinem Bauch zog sich etwas zusammen, als er sich wieder ausdehnte, wurde eine gallebittere Flüssigkeit in die Kehle hinaufgepumpt. Selbst für libanesische Maßstäbe war das hier ein vollendetes Kunstwerk an Verstümmelungsarbeit, eine wahrhaft barocke Monstrosität. Bevor er sich übergeben mußte oder die Nerven verlor, zog

Bolton mit einem Ruck das Beil aus Nabils Schädel heraus und riß die Eispfrieme aus der Wand. Der Kopf des Jungen fiel zur Seite, und aus der Spalte quoll Gehirnmasse wie Haferschleim aus einer zerbrochenen Schüssel. Etwas Blut tropfte aus den leeren Augenhöhlen. Von Schwindel und Übelkeit gepackt, erhob sich Bolten, ergriff Nabils Hose, die man ihm heruntergezogen und an den Knöcheln festgebunden hatte, und zerrte das grauenhafte Etwas, das daran hing, in den Korridor. Dann knallte er die Tür zu, wobei er gegen die Wellen des Ekels ankämpfte, die in ihm aufstiegen.

„Bist du jetzt zufrieden, Dalman, oder soll ich vielleicht noch den Boden aufwischen?" Unter Aufbietung all seiner Willenskraft schloß Bolton ein Ventil in seiner Kehle. Damit es sich nicht wieder öffnete, vermied er den Anblick des Blutes, in dem die Axt und die Eispfrieme und Nabils Hode sich ausnahmen wie heraldische Symbole auf einem dunkelroten Wappenschild. Er setzte sich wieder auf den Schreibtischrand. Dalman zog sich einen Stuhl heran und tat so, als konzentrierte er sich auf den Stadtplan, doch an seiner Gesichtsfarbe — jetzt grau-gün wie Erbsensuppe — erkannte Bolton, daß er mit den Gedanken immer noch bei Nabils Überresten war.

„Mußt du etwa wieder kotzen?"

„Nichts mehr drin", sagte Dalman und schüttelte den Kopf. „Gut, fangen wir also an. Lektion Nummer Eins: Siehst du die grüne Linie da? Das ist die Grüne Linie, die Grenze zwischen den Sektoren der Christen und der Moslems. Wir sind hier in der Moslemhälfte der Stadt. Wenn du einen Bericht auf der christlichen Seite machen mußt, mußt du diese Linie überqueren, und ich kann dir bloß raten: überquer sie so schnell du kannst. Es ist Niemandsland, und auf beiden Seiten sitzen Heckenschützen, die schießen auf alles, was sich bewegt: Männer, Frauen, Kinder, Hunde, Katzen, Autos.

Lektion Nummer Zwei — bei den Christen gibt's zwei Milizen: die Falangisten und die Chamounisten. Die Falangisten nennen sich auch *kataeb.* Bei den Moslems haben wir erstmal die ‚Verrückten Tunix' — die *Mourabintoun.* Manchmal heißen die auch Nasseristen, weil sie behaupten, an Nassers pan-arabischen Sozialismus zu glauben, aber in Wirklichkeit glauben sie an gar nichts außer an Haschischschmuggeln, Erpressung und Mord, und wozu sie fähig sind, hast du gerade gesehen. Dann gibt's noch mindestens ein halbes Dutzend andere Linksmilizen, alle bewaffnet, bezahlt und gedeckt von irgendeiner Splittergruppe der PLO, oder von einem arabischen Land. Hinter den Tunix steht Arafats *Fatah,* hinter den kommunistischen Milizen die ‚Volksfront zur Befreiung Palästinas', hinter den Milizen der Arbeiterpartei die ‚Demokratische Volksfront zur Befreiung Palästinas'. Die ,Volksfront zur Befreiung Palästinas/Oberkommando' wird von Syrien unterstützt, die ,Arabische Befreiungsfront' vom Irak, Dschumblatts Sozialisten auch wieder von Syrien. Dann gibt's da noch die ,Syrischen Nationalsozialisten' — arabische Nazis, die auf der Seite der Linken kämpfen und von einer Rechtsmonarchie in Jordanien finanziert werden. Kommst du mit soweit?"

„Mir brummt der Schädel."

„Ach ja? Dann paß mal auf. Jedes dieser Splittergrüppchen stellt seinen eigenen Presseausweis aus. Wenn du an eine Barrikade oder Straßensperre kommst, und irgendein Schläger will deinen Ausweis sehen, dann zeigst du ihm besser den richtigen. Wenn du danebengreifst und dem Falangisten diesen palästinensischen Ausweis vor die Nase hältst, kannst du dich gleich bücken und deinem Arsch einen Abschiedskuß geben. Und wenn du es umgekehrt machst, ebenfalls. Ich weiß auch schon, was du dir jetzt denkst. Das denkt nämlich jeder, wenn er zum ersten Mal hier ist. Ich tu einfach meine Christenausweise in die rechte Tasche, und die Moslemausweise in die linke, dann komm ich nicht durcheinander. Falsch. Du mußt nämlich die richtigen Moslemausweise bei den richtigen Moslemparteien vorzeigen. Ein Typ von *Time Magazine* ist letzte Woche an eine Straßensperre der PFLP rangefahren und hat denen aus Versehen einen Ausweis der PDEFLP gezeigt, aber er meinte, ist doch egal, die kämpfen schließlich auf derselben Seite. Was er aber nicht wußte, war, daß die PDEFLP und die PFLP am selben Morgen gerade einen ihrer Privatkriege angezettelt hatten, und deswegen konnte er die Nacht in einer fensterlosen Zelle verbringen und hat mehrere Gewehrkolben ins Gesicht gekriegt, bevor sie ihn wieder rausgelassen haben. Und dabei hat er noch Glück gehabt."

„Schick mich nach Paris zurück, Harry, im Ernst."

„Unmöglich. Raymond hat deine Ausweise schon geholt. Wir haben die Anfangsbuchstaben der verschiedenen Grüppchen oben in der Ecke auf englisch draufgeschrieben, damit du wenigstens weißt, welchen du gerade vorzeigst. Weiter zu Lektion Nummer Vier. Das Getöse draußen im Hintergrund ist momentan die größte Story hier. Die große Schlacht ums Holiday Inn. Es ist eines der höchsten Gebäude der Stadt, dreiunddreißig Stockwerke, und deshalb ist es für den Stadtguerillakampf dasselbe wie Geländeerhebungen im Buschkrieg. Aber die größte Story ist es nicht deswegen. Es ist die größte Story, weil die Redakteure zu Hause glauben, daß das Holiday Inn ein Symbol ist, mit dem sich die Amerikaner identifizieren können. Die Falangisten haben Heckenschützen und Mörser auf dem Dach. Im Restaurant einen Stock tiefer ist ein Maschinengewehrnest. Und währenddessen sitzen unsere Moslemfreunde nebenan im Hotel Phoenicia. Das benutzen sie als Feuerbasis zur Belagerung der Christen. Darauf läuft's hinaus, Dalman. Sie bringen einander für ein Holiday Inn um."

„In Paris war alles so schön."

„In drei Monaten bist du ja wieder zurück, *insh'allah.* Das heißt auf arabisch ‚so Gott will'. Das wirst du noch oft sagen, bevor du hier wieder abfährst."

Die Tür ging auf, und herein kam Raymond mit vier zerlumpten Männern, die zum Kämpfen anscheinend zu alt waren. Zwei schleppten ein paar Sperrholzplatten und machten sich auf Raymonds Anweisung hin daran, die Fenster zu vernageln. Den anderen beiden trug er auf, Nabils Leiche in eine Plane einzuwickeln und wegzuschaffen.

„Tragisch, sehr tragisch", sagte Raymond mit rollendem R. Er ging in die Küche und setzte einen duftenden Kaffee auf, während die beiden Arbeiter die Holzplatten über die Fenster nagelten. Ihre Hammerschläge waren kaum zu hören in dem Crescendo aus Gewehrschüssen, Maschinenpistolen und Raketen. „Sicher sehr tragisch", wiederholte Raymond beim Herauskommen aus der Küche und nahm auf dem zweiten Stuhl Platz, der heil geblieben war. Es war ein schwarzhaariger Mann mittleren Alters und mittlerer Körpergröße, zwar lässig, aber tadellos gekleidet in leichten Lederschuhen, cremefarbenen Hosen und einem hautengen geschnittenen Hemd, das bis zur Brust hinunter offenstand. Vor dem Krieg hatte ein goldenes Kruzifix in den dichten Locken geschimmert, doch mittlerweile trug er es nicht mehr, denn in diesem Sektor der Stadt konnte man wegen Schmuckstücken dieser Sorte eine Kugel in den Kopf bekommen. Raymond arbeitete für das Büro als Verwalter, Übersetzer und Kontaktmann und konnte alles besorgen. Er war es gewesen, der mit den ‚Verrückten Tunix' Schutzgebühren ausgehandelt hatte, die sich das Büro noch leisten konnte. Raymond, dem bei jeder Straßensperre die richtige Geschichte einfiel, war es auch gewesen, der einen Generator aufgetrieben hatte, mit dem die Fernschreiber auch in Funktion bleiben konnten, wenn es wieder einmal keinen Strom gab. Und jetzt das Sperrholz.

„Du bist echt unbezahlbar", sagte Bolton. „Wo hast du bloß das Holz her?"

„Von Freunden", antwortete Raymond. Er liebte es, sich eine Aura von Geheimnis zu bewahren.

„Wenn sie mit den Fenstern fertig sind, laß sie auf jeden Fall noch diese Schweinerei saubermachen."

„Aber selbstverständlich." Raymond starrte auf das blutige Emblem auf dem Boden. Die Schüsse ließen jetzt nach und kamen nur noch als vereinzelte Trommelwirbel, dann aber baute sich blitzschnell wieder ein ratternder Chor auf. „Sehr tragisch."

„Tragisch?" fragte Dalman, der zusammengekrümmt auf dem Stuhl saß, das fünfundzwanzigjährige Gesicht voller Furchen und Falten, als gehörte es einem doppelt so alten Mann. „Tragisch? Das da draußen klingt wie die Tet-Offensive."

„Das meinte ich nicht." Raymond nahm einen Schluck Kaffee, dessen starker Geruch nach Zichorien den anderen Gestank überlagerte. „Das ist auch tragisch, ja, aber das mit Nabil ist sehr tragisch. Das war ein Exzeß. Es sind wilde Tiere, diese Moslems. Man sollte sie alle in den Zoo stecken."

„Hör schon auf, Raymond. Die Jesus-Christus-Brigaden benehmen sich ja auch nicht gerade wie die Pfadfinder vom Fähnlein Wieselschweif."

„So etwas Schlimmes wie das hier haben sie noch nie gemacht, Harry. Nur Moslems können so etwas tun."

„Na schön. Ich streite mit dir nicht über Religion. Hast du seine Familie erreicht?"

„Ja. Die beiden Männer legen seine Leiche jetzt in den Kofferraum meines Wagens. Und heute nachmittag, wenn ich zu mir nach Hause komme, falls ich vorher nicht getötet werde, übernehmen ihn seine Brüder. Jeder von ihnen hat bereits geschworen, zehn Moslems umzubringen, aber wenn sie erst sehen, was man mit ihm gemacht hat, werden sie sich mit dem Umbringen allein nicht zufriedengeben. Nabil hat sechs Brüder, und einigen wird es gelingen, zehn Moslems zu töten und zehn anderen die Augen auszustechen, und dann werden die Brüder der so getöteten Moslems wieder schwören, zehn Christen das gleiche anzutun, und so weiter. Ist das nicht die Geschichte dieses Krieges, Harry? Zehntausend Familien, die sich an zehntausend anderen Familien rächen?"

„Das dürfte ungefähr hinkommen. Tatsächlich trifft es sogar den Nagel auf den Kopf. Wieder eine gute Lektion für dich, Dalman. Dieser Krieg ist eine einzige riesige Familienfehde. Die Capulets gegen die Montagues ins Tausendfache gesteigert, nur können wir das so nicht in die Zeitung bringen. Wir können es nicht schreiben, weil die Redaktuere in New York das nicht verstehen. Für sie ist es Rechts gegen Links, Reich gegen Arm, Kreuz gegen Halbmond. Sowas leuchtet denen ein. Eine Blutrache zwischen den Bürgern eines ganzen Landes aber nicht."

„Ja richtig", sagte Dalman wie einer, dessen geistige Kapazität überfordert ist.

Raymond leerte seine Tasse und zündete sich eine Zigarette mit einem goldenen Dunhill-Feuerzeug an, das genau zu der Rolex an seinem Handgelenk paßte. Die Uhr schimmerte im Morgenlicht.

„Das war sehr tragisch, und ich werde den anderen ganz bestimmt sagen, daß sie das Büro nicht für ihre privaten Vendettas benutzen sollen."

„Und für ihre öffentlichen bitte auch nicht", sagte Bolton und legte den gefalteten Stadtplan in einen Schrank. „Wir haben jetzt bloß noch drei Leute für den Telex und drei Hilfsreporter, und wenn auch nur einer von denen so ein Ding wie Nabil abzieht, dann jagen die Tunix das ganze Haus hoch, mit uns drin."

„Das wird nicht geschehen. Nabil war meiner Ansicht nach ein ungewöhnlicher Fall."

Bolton schob krachend die Schublade zu. „Schwachsinn! Jeder hier ist genauso wahnsinnig wie Nabil. Man sollte eine fünfzig Meter hohe Mauer um diese Stadt ziehen und sie zu einer Anstalt für unheilbar Irre machen."

Raymond zuckte die Achseln. „Ein ungewöhnlicher Fall, und doch für den Libanon eine typische Geschichte."

„Also, dann erzähl schon. Vielleicht können alle anderen daraus eine Lektion für die Zukunft ziehen."

„Lektion? Was mit Nabil geschehen ist, dürfte wohl Lektion genug sein. Nein, es gibt keine Lektion, außer vielleicht für Mr. Dalman."

„Mir reichen heute die Lektionen. Die Schule ist aus."

„Diese Lektion, Mr. Dalman . . . "

„Martin für dich."

„Martin. Nach dieser Lektion. Martin, verstehst du vielleicht die Situation hier besser." Raymond schlug die Beine übereinander und balancierte einen Aschenbecher auf dem Knie. Er sprach mit der weltmüden Bitterkeit, dem traurigen Zynismus der Levantiner.

„Abgesehen von den sechs Brüdern hatte Nabil auch noch drei Schwestern, und eine davon, die älteste, war nicht eben die beste Sorte Mädchen, so 'ne Art *putain,* eh?"

„Ich glaube, ich kenne das Ende bereits", warf Bolton ein.

„Also, und diese *putain,* sie hat . . . eine Leidenschaft für einen jungen Mann entwickelt." Raymond hielt inne, um an der Zigarette zu ziehen, und schnippte dann elegant die Asche ab. „Für einen Moslem."

„Hab ich's nicht gesagt, daß ich das Ende schon kenne?"

„Dieser junge Mann erwiderte ihre Leidenschaft, und warum auch nicht? Lillian — so hieß sie — Lillian war eine schöne Frau, und die Frauen der Moslems, . . . nun die werden so streng behütet, daß man ebensogut eine Nonne vögeln könnte, *n'est-ce pas?* Natürlich mußten sich die beiden unter solchen Umständen heimlich treffen, und Heimlichkeit und Gefahr steigerten ihre Leidenschaft immer mehr. Je weiter der Krieg sie voneinander trennte, desto stärker liebten sie einander, oder glaubten es zumindest."

„Romeo und Julia im Krieg, was?"

„Ja ja, Harry. Wie Romeo und Julia. Ich muß aber gestehen, daß ich Schwierigkeiten habe, mir so ein Moslemschwein, dem es wahrscheinlich schon irgendein anderes Moslemschwein von hinten gemacht hat, als Romeo vorzustellen, aber nennen wir sie ruhig Romeo und Julia. Man kann sich ja ausmalen, wie problematisch ihre Liebe war, all die Vorkehrungen, die getroffen werden mußten, jedes einzelne Rendezvous . . ."

„Hör schon auf, dich darin zu suhlen, Raymond."

„Man muß all diese Umstände bedenken, Harry, aber ich will das unvermeidliche Ende erzählen. Die Liebenden werden also entdeckt. Noch schlimmer, es zeigt sich, daß Lillian schwanger ist. Eine *putain* zwar, aber eben eine Christenfrau mit dem Samen eines Moslem im Leib, vielleicht dem Samen eines Mannes, der schon viele Christen getötet hat. Nabil entdeckt die ganze Affäre, doch der Moslemjunge ist verschwunden, geflohen. Er verläßt die *putain* mit seinem Samen in ihrem Leib, und was soll ihre Familie nun tun? Sie könnte zwar sagen, es sei Vergewaltigung gewesen, aber die Wahrheit kann eines Tages ans Licht kommen. Abtreibung kommt nicht in Frage. Die Beiruter Ärzte sind viel zu beschäftigt mit den Verwundeten, und außerdem verbietet es der Glaube. Wenn jemand von dem Geheimnis erfährt, wäre es eine furchtbare Schande für die Familie, eine Schande und auch eine große Gefahr, denn in diesen Zeiten eine Tochter zu haben, die von einem Moslem schwanger ist — undenkbar. Die *putain* hat ihnen also mit ihrem Leichtsinn schon genug Schande und Gefahr aufs Haupt geladen, und deshalb . . . deshalb . . . was bleibt zu tun, bevor alles herauskommt, was bleibt zu tun, um sie für die Entehrung zu bestrafen?" Raymond pausierte einige Takte lang, um die Spannung zu erhöhen. Dann senkten sich seine Lider wie halb heruntergelassene Jalousien über die schwarzen Pupillen. „Was zu tun blieb, wurde getan. Sie haben sie natürlich getötet."

„Getötet?"

„Von ihrer Familie hingerichtet."

„Gütiger Gott."

„Nabil hat sie getötet."

„Ich will nichts mehr hören."

Das Glänzen auf Raymonds Rolex-Uhr verschwand, als das letzte

Sperrholzbrett angenagelt war, und in dem Zwielicht wirkte der rote Blutschild auf dem Fußboden beinahe schwarz.

„Er hat sie auf Befehl seines Vaters getötet, der ein wichtiger Mann in der Falange-Partei ist. Es geschah nachts und sollte so aussehen, als wäre sie von Moslems ermordet worden. Auf diese Weise bewahrte man nicht nur das Geheimnis und die Ehre der Familie, sondern verschaffte sich große Sympathie in der Öffentlichkeit. Infolgedessen stärkte der Vater seine Stellung innerhalb der Partei — Moslems hatten dem armen Mann die Tochter ermordet. Doch es geht noch weiter: Da sie Libanesen sind, ist Lillians Familie inzwischen selbst davon überzeugt, daß die Moslems ihre Tochter auf dem Gewissen haben. Diese Lüge ist leichter zu akzeptieren. Und außerdem wird so ihr Haß auf die Moslems weiter genährt."

„Und deswegen hat sich Nabil gestern abend hier mit einem Gewehr ans Fenster gesetzt?"

Wieder zuckte Raymond die Achseln. „Wer weiß das schon? Um den Mord an seiner Schwester zu rechtfertigen, mußte er sich vielleicht einreden, es sei wirklich die Tat von Moslems gewesen, und aus dieser falschen Überzeugung heraus ist er hierhergekommen, um auf Moslems zu schießen. Vielleicht war er auch wahnsinnig geworden und wollte hier ein Selbstmordkommando, wie ihr dazu sagen würdet, starten. Wir wissen nichts weiter, als daß er vom Fenster aus in das Haus gegenüber gefeuert und dabei ein kleines Kind getötet hat. Die Mourabintoun daraufhin . . . den Rest kennt ihr ja."

„Wie schon gesagt: Man sollte eine fünfzig Meter hohe Mauer um diese Stadt ziehen", bemerkte Bolton, „und ein Irrenhaus daraus machen. Oder noch besser, von hundert Hubschraubern ein Riesennetz darüber abwerfen lassen, die ganze Bande einsacken und dann ins Mittelmeer schmeißen."

„Das ist keine Lektion für Martin. Er ist ja jung, ein junger Amerikaner, der bis jetzt in Paris gelebt hat. Ich kenne Amerika, ich habe drei Jahre lang in New York gewohnt. Paris kenne ich auch. Ich kenne den Westen, und im Westen kann jede Frau heute ohne ernstliche Folgen vögeln, mit wem sie will, und wenn es doch Folgen gibt, kann man sie beseitigen. Wenn einem im Westen Unrecht geschieht, kann man sich auf das Gesetz berufen. Wenn man angeklagt wird, kommt man vor einen Richter, der meist nicht zu hart urteilt. Aber hier? Hier gibt es nur Rache und Blut und das Gesetz der Kalaschnikow. Eine Frau einer bestimmten Konfession hat ein Verhältnis mit einem andersgläubigen Mann und wird schwanger. Was ist das schon? Diese Geschichte ist so alt wie die Menschheit. Nichts Besonderes, außer hier. Hier hat nicht nur jede Handlung ihre Folgen, Martin, jede kleinste Handlung hat schwerwiegende Folgen."

„Was er sagen will, ist: Willkommen im Nahen Osten."

„Willkommen. *Allahn wash'llahn,* wie die Araber sagen." Raymonds Lider hoben sich und schienen dabei seine Lippen zu einem sardonischen Lächeln zu verziehen. „Willkommen, willkommen."

„Jetzt krieg ich auch noch Sprachlektionen", sagte Dalman, dessen Gesichtsfarbe sich langsam normalisierte; sie war nun nicht mehr grün, sondern wächsern.

„Möchtest du nicht mir eine Lektion in der Kunst des Bakschischverteilens geben?" fragte Bolton. „Ich brauch zwei neue Fernschreiber."

„Schwierig", war Raymonds einziger Kommentar, nachdem er die zwei Geräte — beide Totalschaden — begutachtet hatte.

„Den Generator zu organisieren, war ja auch schwierig."

„An so etwas kommt man aber noch eher heran als an Fernschreiber. Ich werde mal Sarkashian fragen." Raymonds armenischer Partner Sarkashian war Hehler für die Falangisten, die gründlichsten und bestorganisierten Plünderer dieses Krieges, mit einem ganzen Lagerhaus voller Möbelstücke, Fernseher, Radios, Cassettendecks, Schreibmaschinen, Autoersatzteile, Alkohol, Zigaretten, Kleidungsstücke, Telefone — ein riesiges illegales Einkaufszentrum, und das in einer Stadt, wo es schon eine Großtat war, wenn man ein Brot auftrieb.

„Na gut, dann frag ihn mal. In der Zwischenzeit müssen wir eben den Telex im Hotel Commodore benutzen. Wenn Old McKnauser die Rechnung von denen sieht, kriegt er einen Schlaganfall."

„Ich bin auf dem Weg hierher beim Commodore vorbeigekommen. Das hier lag in deinem Fach." Raymond zog zwei dünne Briefumschläge aus der Hosentasche. Bolton öffnete sie, als wären es Mahnungen über die letzte Monatsmiete; eins konnte er an diesem Vormittag wirklich nicht gebrauchen, und das war eine Anfrage aus New York. Er wappnete sich gegen den üblichen Schwachsinn, doch das erste Telegramm klang merkwürdig normal — er war beinahe enttäuscht.

170300 BOLTON: BEKOMME KEINE VERBINDUNG UEBER TELEX. STIMMT IRGENDWAS NICHT? UNSER RADIODIENST BRAUCHT DRINGEND REPO VON DER HOLLIDAY INN SCHLACHT. MFG/LUCAS/TELE/NY

Das zweite Telegramm entsprach dafür den Anforderungen:

170935 BOLTON: MCDANIELS MOECHTE WISSEN OB SIE FUER EINE REPO INS HOLIDAY INN HINEINKOMMEN KOENNEN. AUSSERDEM BRAUCHEN WIR 800 WORTE BUM-BUM FUER DIE AGENTURMELDUNGEN. DIE KUNDEN

REISSEN UNS JEDE ZEILE UEBER DIESE STORY AUS DEN HAENDEN. EIN SCHLAG INS GESICHT FUER DIE KONKURRENZ WENN SIE ES SCHAFFEN. ANTWORT BALDMOEGLICHST. MFG/HALPRIN/TELE/NY

Bolton faltete die beiden Telegramme zu Papierseglern und ließ sie durchs Zimmer gleiten, wo sie perfekte Landungen auf Dalmans Schoß machten. „Lies das und überlaß dich deinem Gram. Die Pause ist vorbei. Jetzt kriegst du gleich noch 'ne Lektion." Und zu Raymond gewandt: „Die beiden Lumpenbrüder, die du da angeheuert hast, sitzen rum und schieben sich Hammer und Nägel in den Arsch. Sorg dafür, daß sie die Schweinerei hier aufräumen."

„Ja, selbstverständlich." Ohne sich aus dem Stuhl zu erheben, wies Raymond die Arbeiter an, das nächste Projekt in Angriff zu nehmen. Sie holten Bürsten, Eimer und Putzmittel aus dem Besenschrank und fingen an, die letzten Überbleibsel von Nabil aufzuwischen. Dalmans Gesichtsfarbe hellte sich von Gelbgrau zur Blässe eines Barpianisten auf, und nahm dann eine normale Tönung an, als der Ammoniakgestank der Reinigungsflüssigkeit jeden anderen Geruch überlagerte.

„Was zum Teufel soll denn eine Repo sein?" fragte er, nachdem er die Telegramme gelesen hatte.

„Na, du weißt doch, daß IPS dieses Jahr einen Service für Rundfunkmeldungen hat, weil AP und UPI jetzt auch sowas anbieten?"

„Ja, ich hab aber nur davon gehört. In Paris haben wir das nicht gemacht."

„Also, hier schon. Die Hälfte meiner Zeit geht dafür drauf. Ist ja auch der ideale Ort für sowas. Jede Menge Lärm und immer was los. Dieses Radiozeugs ist mein Job, aber du lernst es am besten auch gleich, falls ich mal über den Jordan gehe."

„Wieso, es heißt doch, daß du unzerstörbar bist."

„Jaja, so wie die *Titanic* unversenkbar gewesen ist."

„Also, was ist nun eine Repo?"

„Eine Repo ist im Radio das gleiche wie Bum-Bum in der Zeitung, eine Live-Reportage, deren Zweck darin besteht, unseren Hörern einen kleinen Nervenkitzel zu verschaffen, während sie auf der Stadtautobahn nach Hause fahren. Hier, ich zeig dir gleich mal das irre IPS-Aufnahmestudio, für Radiomeldungen vom Büro Beirut."

Bolton ging mit Dalman in einen Nebenraum, dessen Tür früher einmal zu einer größeren Rumpelkammer geführt hatte. Jetzt jedoch waren Decke und Wände mit weißen Schalldämmplatten ausgelegt. Ein Bürostuhl stand unter einem Brett, auf dem drei Cassettenrecorder neben einem Telefon und Kopfhörern aufgebaut waren. Ein Sanyo-Verstärker mit zwei kleinen, fünfeckigen Lautsprechern stand auf einem zweiten Regalbrett darüber.

„So, da wären wir. Nicht gerade der Inbegriff des modernen Rundfunks, aber es erfüllt seinen Zweck, und nicht bloß bei Radioreportagen." Bolton blickte nach oben auf die Decke, die nicht viel mehr als fünfzehn Zentimeter über ihm begann. „Manchmal verzieh ich mich hierher. Wenn mir dieser beschissene Krieg zuviel wird, was so etwa fünfmal am Tag passiert, dann setz ich mich hier gerne mit einer Flasche I.W. Harper rein, laß mich vollaufen und seh mir die Muster in den schalldichten Platten da an. Guck mal genau hin, Dalman. Siehst du die kleinen Löcher? Die sind alle verschieden groß, und wenn du ein paar Glas oder ein paar Pfeifen drin hast und lange genug draufstarrst, dann kannst du dir vorstellen, was du willst. Gesichter. Bäume. Wolken. Drachen. Pferde. Manchmal seh ich ein Haus in den Bergen von North Carolina."

„Hey, Harry!"

„Ja, ich weiß. Ich schweife ab. Naja, dieser Krieg hier hat mich eben so ein bißchen abschweifig gemacht."

„Repo."

„Genau. Jetzt kriegst du's gezeigt und erzählt. Ich zeig dir, wie man eine Repo macht. Am besten mach ich gleich die, die sie in New York so gerne hätten, eine Live-Reportage von der alles entscheidenden Schlacht um das ‚Holiday Inn'. Ich möchte meine Demonstration mit folgenden fundamentalen Grundsatz beginnen: Die oberste Pflicht eines Kriegsberichterstatters ist es, am Leben zu bleiben. Früher hab ich mal geglaubt, es sei seine Pflicht, als Schnellster am weitesten zu kommen, und die Story vor allen anderen zu kriegen, aber in Beirut hat sich das alles geändert, denn derjenige, der hier als Schnellster am weitesten kommt, kommt mit größter Wahrscheinlichkeit nie wieder zurück. Bis jetzt sind hier zwölf Reporter getötet worden, und noch ein paar mehr haben sie auf der Sanitäterbahre rausgetragen. Am Leben bleiben — das ist allererste Pflicht. Eine Repo, so wie ein Bum-Bum, macht es einem schwer, diese Pflicht zu erfüllen. Es wird sogar *noch* schwerer, denn du weißt ja so gut wie ich, daß man ein Bum-Bum auch fingieren kann, aber es ist verdammt schwierig, das Geräusch von echten Schüssen zu fingieren. Ich werde dir jetzt den Trick dafür zeigen. Das ist auch der Titel dieser Lektion — Wie man sich eine Repo aus den Fingern saugt."

Über Dalmans verblüffte Miene grinsend schloß Bolton ein kleines Handmikro an einen der Recorder an und ging dann damit auf den Balkon. Nachdem er sich rasch vergewissert hatte, daß auf den umliegenden Dächern oder hinter den Fenstern kein Heckenschütze lauerte, kauerte er sich nieder, wickelte das Kabel um das Balkongitter und ließ das Mikrofon wie einen Angelhacken in die Tiefe hinab. So hing es in der Luft, etwa drei Meter weiter unten. Im Hotelviertel gab ein automatisches Gewehr einen Schlagzeugtakt an. Bolton drückte auf den Aufnahmeknopf und bedeutete Dalman, wieder hineinzugehen.

Als er die Balkontür schloß, sagte er: „Ist ja nicht nötig, da draußen sitzen zu bleiben und sich womöglich eine Kugel einzufangen." Er machte Raymond und den beiden Arbeitern ein Zeichen, sich ruhig zu verhalten, und sah auf die Uhr.

„Geben wir ihnen mal drei Minuten."

Das vereinzelte Gewehr behielt seinen Rhythmus bei. Ein zweites fiel ein, und dann wurden es mehr. Schließlich kam der Baß eines Maschinengewehrs hinzu.

„Schon besser", flüstere Bolton.

Drei krachende Explosionen folgten im Bruchteil von Sekunden aufeinander.

„Raketenwerfer. Sehr gut."

Das Feuer der Gewehre, Raketen und MGs schwoll unaufhörlich an und würde zu einem dichten Lärmteppich, wie Monsunregen auf einem Wellblechdach.

„Hervorragend. Einen besseren Sound hätte ich mir gar nicht bestellen können."

Nachdem der Recorder noch weitere dreißig Sekunden gelaufen war, rannte Bolton schnell hinaus, holte das Mikro wieder ein und huschte mit der Behendigkeit eines Einbrechers ins Büro zurück, den Recorder unter den Arm geklemmt.

„So, damit hätten wir die Untermalungsmusik, Amigo. Als nächstes kommt das Script für den Voice-Over."

„Das Script für den Voice-Over." Bolton setzte sich an die Unterwood und spannte einen Bogen mit Durchschlag ein.

„Voice-Over? Das klingt mir ja sehr nach . . ."

„Wonach?"

„Nach Hollywood", ergänzte Dalman zögernd.

„Du begreifst ziemlich rasch. Genau darum dreht sich's im Radiojournalismus. Show business. Jetzt warte erstmal, bis du Harry Boltons Stimme über Rundfunk hörst."

Eine Viertelstunde später hatte er das Script fertig. „Hey, Raymond, bist du heute gut bei Stimme?"

„Bin ich doch immer", rief Raymond zurück, der gerade in der Küche den nächsten türkischen Mokka braute. Bolton fragte sich, ob nicht etwa der enorme Kaffeeverbrauch im Nahen Osten zur Krisensituation dieser Region das Seine beitrug — all das Koffein putschte das Nervensystem auf, und all die Süßstoffe brachten den Blutzuckerspiegel aus dem Gleichgewicht.

„Dann geh das hier mal kurz durch. In ein paar Minuten fahren wir eine Repo ab."

Raymond kam, seinen Kaffee schlürfend, aus der Küche und nahm den Kohledurchschlag von Bolton entgegen. „Wer bin ich heute?"

„Ein palästinensischer Guerillero, der für Allah und das ‚Holiday Inn' eine *dschihad* kämpft."

Raymond zündete sich mit dem noblen Dunhill-Feuerzeug eine neue Zigarette an und nahm Platz, um das Script durchzulesen. Bolton las es währenddessen laut vor, wobei er sowohl seinen wie auch Raymonds Text sprach und mit der Stopuhr die Zeit nahm. Die zerlumpten Arbeiter neben ihm schrubbten ohne Unterbrechung auf Händen und Knien an dem Blutfleck herum, der nunmehr einer Pfütze aus rostigem Wasser glich.

„Zwei Minuten fünfundvierzig Sekunden mit allen Pausen", sagte Bolton. „Das kommt in etwa hin. Repos laufen mindestens eine Minute und maximal fünf. Alles klar, Dalman?"

Dalman schwieg einen Augenblick lang. Er erinnerte Bolton an einen begriffsstutzigen Studenten, der sich bemühte, ein kompliziertes Experiment zu verstehen.

„Harry, wie kannst du denn bloß so eine Story nach einem vorbereiteten Script machen?"

„Keine Volksreden über die journalistische Ethik. Dieses Spiel heißt Überleben. Komm mit. Wir müssen den Sound noch ein bißchen ändern. Dieses Kugelmikrofon, das ich vorhin rausgehängt hab, nimmt nicht besonders gut auf. Wenn wir das Feuergefecht nicht verstärken, hört es sich an wie im Nachbarland.

Bolton ging ins Aufnahmestudio, ließ die Cassette aus dem Recorder schnappen und legte sie in die Stereoanlage ein, deren Lautstärkeregler er dann voll aufdrehte. Er steckte eine neue Cassette in den Recorder und hängte das Mikrofon in eine Metallhalterung über dem Regal.

„So macht man das. Siehst du die Lautsprecher da? Raymond hat sie gegen ein Bakschisch aus den Falangisten rausgeleiert. Marke Bose, so ziemlich das beste, was es gibt — dynamische Verstärkung, weniger als zwei Prozent Verzerrung, die Bässe nach hinten versetzt, damit sich der Ton an den Boxenwänden nochmal bricht." Bolton schloß die Tür. „Fertig? Ich will nicht, daß du dich bewegst oder irgendwo anstößt. Ich will nicht mal, daß du laut atmest."

Bei geschlossener Tür und mit zwei Personen darin war es in dem

Zimmer extrem stickig. Bolton drückte den Aufnahmeknopf des Recorders und ließ das Band zunächst zehn Sekunden lang laufen. Danach ließ er die Wiedergabetaste der Sanyo-Anlage los. Der Hollenlärm, der aus den Boxen durch den engen Raum fetzte, erschreckte Dalman so sehr, daß er zusammenzuckte und dabei an die Tür stieß. Bolton stoppte beide Geräte sofort. „Verflucht noch mal, ich hab dir gesagt, du sollst stillstehen."

„Gütiger Gott", jammerte Dalman. „Das hat geklungen wie der Dritte Weltkrieg."

„Es soll auch wie der Dritte Weltkrieg klingen. Lärm ist das ganze Geheimnis. Bum-Bum. Also mach, was ich dir sage. Wenn du lernen willst, wie man eine Repo fingiert, dann mach genau das, was ich dir sage. Es könnte dir eines Tages deinen nichtsnutzigen Arsch retten. Fertig zum zweiten Anlauf?"

„Jaja, nur zu. Das ganze ist der verrückteste Schwachsinn, den ich je gesehen hab."

„Sicher lernt man das an der Publizistik-Fakultät der University of Missouri nicht. Dort hast du doch Journalismus studiert, oder? In Missouri."

Dalman nickte.

„Dann hör jetzt mal Professor Bolton zu und vergiß alles, was sie dir beigebracht haben. Von diesen Wichsern an der Uni könntest du nie lernen, wie man seine Haut rettet. Achtung, los."

Während der folgenden drei Minuten erzitterte das Aufnahmestudio unter dem Rattern der AK47-Kalaschnikows, dem Pfeifen und dumpfen Krachen der Raketengeschosse und dem scharfen Bellen von schweren Maschinengewehren. Bolton stand inmitten des kopierten Feuerwechsels völlig ruhig im Raum, kontrollierte die Aufnahmelautstärke, las das Zählwerk am Recorder ab und blickte dabei ständig auf die Stoppuhr. Er machte sich Notizen am Rand des Scripts — „45 sec. — MG-Feuer . . . 75 sec. — Detonation . . . 98 sec. — Als das Tonband abgelaufen war, tropfte der Schweiß von Dalmans geföhnten langen Haaren wie Regentropfen von einem Strohdach.

„Nervös im Dienst, Junge?"

„Folterst du gerne Menschen? Sperr einen Mann lange genug in diesem Lärm hier ein, und er kommt mit einem Bombentrauma wieder raus."

„Jeder in diesem dreckigen Loch von Stadt läuft mit einem mehr oder weniger starkem Bombentrauma herum. So, Amigo, damit hätten wir also die Geräuschkulisse. Wollen doch mal hören, wie's geworden ist." Er nahm das Original aus dem Kassettendeck und legte das neue aus dem Recorder ins Fach ein.

„Hey, hey, das ist ja einsame Spitze!“ schrie er, um die krachenden Explosionen zu übertönen. „Hörst du das? Das machen diese Bose-Boxen. Werfen den Sound in alle Richtungen, lassen die Schallwellen von den Wänden abprallen wie Squashbälle. Das Mikro nimmt dann die Echos auf. Dadurch klingt eine Kalaschnikow gleich wie zwei oder drei auf einmal.“

Dalman atmete erleichtert auf, als das Gerät verstummte.

„Als nächstes machen wir den Voice-Over. Dazu schließe ich dieses Kabel hier an diese Buchse da an, wodurch die Geräuschkulisse von der Anlage auf den Recorder überspielt wird. Dann lege ich eine neue Kassette in den Recorder ein und stülpe mir die Kopfhörer über, damit ich den Schußwechsel höre und meine Stimme auf die Hintergrundgeräusche abstimmen kann. Das Band im Recorder nimmt meine Stimme und das Bum-Bum zusammen auf, und das geht dann ab nach New York. Okay, fertig zum Gefecht. Eins noch: Du darfst absolut kein Geräusch machen, während die Aufnahme läuft. Falls du niesen oder furzen mußt, mach's jetzt gleich. Mußt du niesen oder furzen?“

„Nein.“

„Gut. Bewegen darfst du dich auch nicht.“

Bolton öffnete die Tür und rief nach Raymond, der mit der Kopie des Scripts in der Hand hereinkam.

„Du kennst deinen Text, Ramon Novarro?

„Natürlich, sind ja nur drei Zeilen.“

„Also dann. Kein Furzen, kein Niesen, kein Papiergeraschel, keine Bewegung!“

Bei drei erwachsenen Männern in dem winzigen Raum war es ohnehin fast unmöglich, sich zu bewegen. Bolton erreichte durch Verdrehung seiner Arme die Aufnahmetaste, drückte sie und hielt das Mikrofon dicht vor den Mund.

„Hier ist Harry Bolton aus Beirut mit einer Repo von zwei Minuten fünfundvierzig Sekunden über die Schlacht um das ‚Holiday Inn‘. Vorschlag für die Einleitung: Auch am Montag dauerten die schweren Zusammenstöße im libanesischen Bürgerkrieg weiter an. Bereits seit drei Tagen liefern sich Christen und Moslems eine erbitterte Schlacht um das ‚Holiday Inn‘ von Beirut. Linke Moslemmilizen beschießen die Stellungen von Heckenschützen auf dem Dach des Hotels, eines der höchsten Gebäude der Stadt, wo sich die rechtsgerichteten Falangisten seit Freitag nachmittag verschanzt haben. Harry Bolton, der Korrespondent des International Press Service, hat einen Live-Bericht direkt von den Geschehnissen bei dem umkämpften Hotel . . .“

Harry zählte noch zehn Sekunden lang weiter, bevor er die Stoptaste drückte. „Genau so fängst du alle Repos und Radioberichte an, Dalman. Mit einem Vorschlag für die Einleitung. Die Ansager in New York brauchen sowas, weil sie normalerweise keinen Schimmer davon haben, was im Rest der Welt los ist, also mußt du ihnen einen kleinen Hinweis geben. Die Einleitung sprechen die, und wir machen dann den Bericht." Bolton machte eine Pause. „Tut mir wirklich leid für euch, liebe Leute, aber ich hab ganz vergessen, noch meine Liegestütz-Übungen zu machen. Laßt mich mal raus."

Raymond, der kleinste der drei, griff hinter sich und fingerte nach der Türklinke. Bolton manövrierte sich in den Korridor, ließ sich nach vorn auf den Bauch fallen und begann mit den Liegestützen. „Eins-zwei-drei-eins, eins-zwei-drei-zwei . . ."

„Was in aller Welt *macht* er denn jetzt?" fragte Dalman.

„Liegestütz", erwiderte Raymond.

„Was du nicht sagst."

„Er macht das immer vor einer Repo, damit er ein bißchen außer Puste klingt. Wenn er nämlich außer Puste klingt, dann erhöht das noch den Realismus der Szene."

„ . . . eins-zwei-drei-achtundvierzig . . . neunundvierzig . . . fünfzig." Bolton kam wieder auf die Beine. Er atmete schwer, und die Venen auf seinen Armen sahen aus wie kräftige Baumwurzeln unter einer dünnen Schicht von Erde. Wieder zwängten sich die drei Männer in die weiß ausgekleidete Kammer. Nachdem Bolton einige tiefe Atemzüge gemacht hatte, um sich etwas zu erholen, stülpte er die Kopfhörer über und drückte auf der Stereoanlage auf PLAY, auf dem Recorder auf REC. Das Mikrofon knapp zehn Zentimeter vom Mund entfernt, sprach er mit seiner Radiostimme, einer Stimme, die nicht seine normale war — der leichte Dialekt der Berge von North Carolina war abgeflacht zur glatten Redeweise des Mittelwestens, und ein dramatischer Unterton schwang mit, der ebenso künstlich war wie die Aromastoffe in gefrorenem Orangensaftkonzentrat.

„ . . . die Kämpfe um das dreiunddreißig Stockwerke hohe Hotel halten mit unverminderter Heftigkeit an . . . eine Gruppe von Guerilleros der Volksfront zur Befreiung Palästinas bestreicht die obersten Etagen ständig mit Feuer, wo sich mehrere falangistische Heckenschützen versteckt halten . . . Weitere Scharfschützen sind auf dem Dach verschanzt . . . hin und wieder können wir sie von unten sehen . . . Wir befinden uns hinter einer Barrikade der Moslems in der Nähe des ‚Holiday Inn' . . . die Guerilleros beschießen das Hotel mit automatischen Schnellfeuerwaffen . . . doch jetzt . . . gerade bringen sie einen Raketenwerfer in Stellung . . ."

Bolton hob den Zeigefinger, um Raymond das Zeichen zu geben: Als er ihn wie eine Miniatureisenbahnschranke senkte, rief der Libanese auf arabisch: *„Abu Rashid! Schieß die Rakete auf das dritte Fenster von links!"*

„Das war soeben der Kommandant der Guerillakämpfer, der seinen Leuten befahl, ein Raketengeschoß auf die Stellungen der Falangisten abzufeuern . . . da haben Sie gerade die Detonation hören können . . . Durch die Explosion ist ein Loch in die Mauer gerissen worden, dichter Rauch quillt aus einem der Fenster des obersten Stockwerkes . . ."

Wieder ging Boltons Finger hinunter.

„Gleich noch eine, Abu Rashid, etwas weiter links!"

„Die Moslems haben eben eine zweite Rakete abgeschossen . . . ein Volltreffer in eines der Fenster . . . Doch wir liegen immer noch unter Beschuß durch die Scharfschützen auf dem Dach . . ."

„Du da, mit dem Maschinengewehr — halt auf das Dach!"

„ . . . jetzt aber belegen die Linksmilizen auch das Dach mit MG-Feuer . . . ich kann die Querschläger in den Beton einschlagen sehen . . . es ist zwar unwahrscheinlich, daß sie jemanden treffen, aber immerhin wagen sich die Heckenschützen nicht mehr hervor . . ." Dicht vor dem Mikro stieß Bolton scharf die Luft aus. „Dies ist eines der erbittertesten Feuergefechte, das ich jemals erlebt habe . . . Es ist den Moslems gestern gelungen, das Hotel zu umzingeln . . . Sie beschießen das ‚Holiday Inn' jetzt vom Hotel Phoenicia auf der gegenüberliegenden Straßenseite und auch von Barrikaden wie dieser hier . . . falls es den christlichen Milizen nicht gelingt, die Straßensperren der Moslems zu durchbrechen, um ihre Kameraden mit Nahrungsmitteln und Munition zu versorgen, ist es schwer vorstellbar, daß ihre Leute noch lange in dem belagerten Hotel aushalten können. Das war Harry Bolton für den IPS-Radiodienst aus Beirut."

Bolton ließ das Band noch fünf Sekunden lang leer laufen, bevor er die beiden Geräte ausschaltete. „Gute Arbeit, Raymond. Also, wenn du noch besser wirst, muß ich dir wohl bald Tantiemen zahlen."

Raymond winkte ab, wie um zu sagen, das Ganze sei nichts Besonderes. „Jetzt werde ich die Männer da draußen bezahlen. Sie warten schon darauf."

Die Kammer war so aufgeheizt, daß ihnen die Luft im Korridor eiskalt vorkam, als Raymond nun die Tür öffnete; auf Dalmans Militärhemd war ein Blumenmuster aus Schweißflecken entstanden.

„So, dann wollen wir mal hören, was bei meinem elektronischen Zauber rausgekommen ist", meinte Bolton.

Die Aufnahme klang nahezu perfekt — Bolton fand, sie sei eine seiner besten. Mit dem Grinsen eines Trickbetrügers, dem sein Schwindel gelungen ist, lehnte er sich auf dem Stuhl an die Wand zurück und streckte die Beine aus; sie reichten fast bis ans andere Ende des Raums, wo Dalman stand, die Arme vor der Brust verschränkt.

„Vollendete Meisterschaft. Meinst du nicht auch?"

Dalman zuckte unverbindlich die Schultern.

„Na komm schon, Dalman, was sagst du dazu?"

„Willst du das wirklich wissen?"

„Ja."

„Was du da gerade gemacht hast, finde ich echt beschissen." Dalman sprach leise und zögernd.

„Red weiter."

„Ich habe immer Hochachtung vor dir gehabt . . ."

„Das ist auch richtig so. Ich bin der Allerbeste."

„Das hab ich auch bis jetzt gedacht, aber zuzusehen, wie du ein derartiges Ding drehst . . ."

„Hat dich desillusioniert. Und jetzt fragst du dich, ob es irgendwo noch wahre Helden gibt. Am liebsten würdest du wie von Simon & Garfunkel singen: ‚Wo bis du nur geblieben, Joe DiMaggio?'"

„Ja, so ähnlich."

„Ich kann dir sagen, wo der große Baseballstar Joe DiMaggio heute ist. Er verhökert Kaffeemaschinen im Werbefernsehen."

„Und du verhökerst Lügen über das Radio. Lügen und Feigheit." Beim letzten Wort war Dalmans Stimme kaum noch hörbar, und er schien jeden Moment mit einem Schlag ins Gesicht zu rechnen. Bolton aber hörte ihm ungerührt zu. Er hatte von Dalman nichts zu hören bekommen, was er sich nicht selbst schon mehr als einmal vorgehalten hatte.

„Gratuliere, mein Junge. Du bist jetzt der dritte Reporter hier, den sie mir für ein Vierteljahr rüberschicken, und du bist der erste, der keinen Schiß hat, es mir ins Gesicht zu sagen."

„Du hast es ja unbedingt hören wollen, aber eins sage ich dir gleich — wenn ich den Auftrag für so eine Live-Reportage kriege, dann werde ich sie jedenfalls nicht fälschen."

„Ich dachte, du willst nicht so enden wie Grey?"

„Will ich auch nicht, aber ich will auch keine Lügen auftischen."

„Es ist ja dein Arsch. Ich hab dir gezeigt, wie du die Chancen auf einen plötzlichen Tod niedrig halten kannst. Und was die Feigheit betrifft — eine solche Story könnte ich mir nicht aus den Fingern saugen, wenn ich sowas nicht schon mindestens einmal in Wirklichkeit gemacht hätte. Die Sache ist nur, daß ich inzwischen nicht mehr das Gefühl hab, irgendwas beweisen zu müssen. Ich hab meinen Mut schon so oft unter Beweis gestellt, daß man es kaum mit einem IBM-Computer zählen könnte. Vor einiger Zeit ist mir das aufgegangen, so drei, vier Monate, nachdem ich aus Saigon wieder hierher zurückgeflogen bin. Eines Morgens beim Rasieren, ohne Spaß. Ich hab in den Spiegel gesehen und da ist mir eingefallen, daß ich ein Purple-Heart-Verwundetenabzeichen und die Silver-Star-Tapferkeitsmedaille und einen George-Polk-Preis — die Tapferkeitsmedaille der Journalisten — gekriegt habe, also daß ich es immer wieder bewiesen habe, und immer und immer wieder, und daß ich's jetzt einfach nicht mehr *nötig* habe. Sowas wie die Bekehrung des Saulus zum Paulus. Ist mir richtig gekommen wie ein Blitz aus heiterem Himmel, so eine tiefe, dröhnende Stimme, die sagte: ‚Harry Bolton, du brauchst jetzt nicht mehr Ernest Hemingway zu spielen!' Das war ein Gefühl, als sei ich zehn Tonnen losgeworden."

„Daß du feige bist, hab ich ja gar nicht gesagt, Harry."

„Es ist mir auch vollkommen egal. Das ist ja das Wichtigste dabei: Es ist mir vollkommen egal, ob du oder sonst irgendwer findet, ich bin der mutigste Bursche, seit Audie Murphy im Alleingang den halben Vietcong ausradiert hat, oder ich bin zehnmal so feige wie ein Coyote mit Dünnschiß. Ich schere mich einen feuchten Dreck darum. Und was das Lügen angeht: Die Story auf der Kassette da unterscheidet sich nicht im mindesten von der Story, die ich gemacht hätte, wäre ich wirklich hinausgegangen und hätte mir vielleicht 'ne Kugel eingefangen. Das Rezept kenne ich genau, und ich weiß, daß dieser Radioreport keine einzige Tatsache wesentlich verfälscht. Also was macht es aus, wenn ich nicht dabei war."

Dalman sagte nichts. Bolton konnte die Frage in den Augen des jungen Mannes sehen: Hast du mich etwa nur deshalb um meine offene Meinung gebeten, um mir diese Rede zu halten?

„Es macht doch überhaupt keinen Unterschied, ob ich dabei war oder nicht", fuhr er fort. „An den Idealismus aus den Publizistikvorlesungen glaube ich nicht, aber nehmen wir trotzdem mal an, daß in einer Demokratie die Öffentlichkeit das Recht hat, die Tatsachen zu erfahren. Und daß guter Journalismus den Intellekt anspricht, indem er die Tatsachen unverfälscht bringt. Aber welche Tatsachen? Hat die Öffentlichkeit denn das Recht darauf, richtiges Gewehrfeuer zu hören? Hat sie das *Recht* auf blutrünstige Stories voller Bum-Bum? Wird irgend jemand dadurch besser informiert? Nein, zum Teufel! Es ist nur aufregend, sonst gar nichts. Nur deshalb ist es wichtig für sie. Für McDaniels ist es wichtig, weil ihm sowas dabei hilft, seinen Radionachrichtenservice an die Rundfunksender zu verscheuern, und die Sender kaufen diesen

Dreck, weil sie genau wissen, daß irgendwo draußen auf der Autobahn ein Fettarsch von Steuerberater fährt, der ein schönes Kribbeln zwischen den Beinen verspürt, wenn er aus seinen Hecklautsprechern *rat-tat-tat* hört. Dann kann er zwei oder drei Minuten lang aus seinem lausigen kleinen Leben fliehen. Dieser ganze Live-Mist richtet sich überhaupt nur an die Emotionen, nicht an den Intellekt! Und fünfzig Prozent von dem, was ich und alle anderen Kriegsberichterstatter machen, ist solcher Mist! Es ist der gleiche Regenbogenpresse-Scheiß vom Ich-bin-dabeigewesen Heldentum wie früher, nur aufgemotzt, damit es so klingt wie brauchbare Informationen. Irgendein Korrespondent beweist mit sowas der ganzen Welt, was für ein Mordskerl er ist, und sein Sender oder seine Zeitung oder seine Agentur beweisen damit, wie toll sie sind, so einen wie ihn als Reporter zu haben. Die Öffentlichkeit hat das Recht auf die Fakten, sie hat kein Recht, von mir oder dir zu verlangen, daß wir unser Leben aufs Spiel setzen, nur um *ihr* Leben interessanter zu machen. Also, wenn du so eine Repo nicht im Studio zusammenbuttern willst, dann bitte. Von mir aus halt doch deinen Arsch ins Trommelfeuer, damit der Steuerberater seinen Ersatznervenkitzel weiterhin kriegt, bevor er sich hinsetzt und an einem Tag mehr Geld verdient als du im ganzen Monat."

„Harry, wenn du dich noch mehr aufheizt, dann brauchst du dir keine Sorgen über eine Kugel im Bauch zu machen. Dann stirbst du am Herzinfarkt."

„Das ist jedenfalls viel sauberer."

„Und was willst du wegen der zweiten Anfrage aus New York tun? Saugst du dir den Artikel auch aus den Fingern?"

„Nein, bei so einer Story kann man nicht schummeln. Sowas ist viel zu auffällig, und man wird sehr leicht dabei erwischt. Wenn du sowas machen willst, dann muß es auf die grade Tour sein." Bolton rutschte auf dem Stuhl herum, klopfte mit dem Bleistift aufs Regal, als sendete er eine codierte Nachricht. „Also, diese Story . . . ich würde das lieber nicht machen. Das Hotel ist umzingelt. Es ist praktisch unmöglich hineinzukommen, und selbst wenn es einem gelingt, wäre es praktisch unmöglich, wieder rauszukommen. Aber ich weiß, ich werd's noch versuchen, denn McDaniels gibt vorher keine Ruhe. Außerdem kannst du darauf wetten, daß jeder Presseheini in der Stadt schon gefragt worden ist, ob er hineinkommen kann, und wenn es einer schafft, dann krieg ich alle fünf Minuten eine Wutrakete aus New York."

„Aber wenn es umzingelt ist, wie in aller Welt willst du reinkommen?"

„Ach, komm, Dalman. Horseman ist doch wohl immer noch der Beste in diesem Job, und ich hab auch schon eine Idee, wie ich da unter minimalem Risiko hinein und wieder herauskomme."

24

Der Knall von Steve McQueens Sturmgewehr riß ihn aus dem Schlaf. Während er sich aufsetzte und die schmerzenden Glieder rieb, da er in der Nacht nichts als eine dünne Decke zwischen sich und dem Beton gehabt hatte, hörte er das Klirren der ausgeworfenen Patronenhülse auf dem Stein und wünschte sich dabei, er wäre neben der Frau aufgewacht, die er seit fünfundzwanzig Jahren liebte. Auf seiner Uhr war es frühmorgens um sechs; damit begann der zweite Tag, an dem er in Ashrafiyah in der Falle saß. In New York mußte es elf Uhr abends sein. Ganz egal, was Arlene jetzt gerade tat, ob sie ein Buch las, vor dem Fernseher saß oder schon schlief — er sehnte sich danach, bei ihr zu sein; und diese Sehnsucht, ebenso wie sein schmerzender Körper, ließ ihn sich fragen, ob er sich selbst nicht überforderte. Zu alt, ächzten seine wundgeriebenen Gelenke, du bist zu alt; doch etwas in ihm kämpfte gegen das Verlangen seines Körpers an. Wenn er nicht mehr laufen konnte, wenn seine Augen schlecht wurden — dann würde er zu alt sein. Er stand auf, im Rükken die Deckungen des Wohnhauses, und lockerte die verspannten Muskeln.

Wieder knallte Steve McQueens Gewehr. Der Scharfschütze saß auf einem Klappstuhl, wie sie in Speisesälen von Schulen herumstanden, und hatte die 7mm-Remington-Magnum auf einen Sandsack aufgelegt, der die Mauer um den Parkplatz des Gebäudes noch ein Stück höher machte. Die nächste Patronenhülse flog rauchend aus der Kammer, beschrieb einen Bogen und landete mit einem Klappern auf dem Asphalt, dessen zerschossene schwarze Oberfläche stellenweise noch die gelben Linien zur Markierung von Parkflächen sehen ließ — Erinnerungen an einen Normalzustand, der für immer vorbei zu sein schien. „Eins hoch, eins nach rechts", sagte McQueens Zielbeobachter auf französisch und blickte angestrengt durch den auf ein Stativ montierten Entfernungsmesser mit zwanzigfacher Vergrößerung. McQueen, der eine grüne Baseballmütze verkehrt herum aufgesetzt hatte und eine grüne Strumpfmaske über dem Gesicht trug, in die er Löcher für die Augen geschnitten hatte, stellte den Luftwiderstand und die Höhenregulierung nach. Er legte die Wangen an den Kolben der Remington, der auf beiden Seiten mit einem Bild der Heiligen Frau vom Berge Libanon bemalt war, atmete tief ein und kurz wieder aus und drückte dann gekonnt den Abzug. Der Knall des Gewehrs wurde von den Mauern zurückgeworfen, und das Echo zischte über die Dächer unter ihnen hinweg wie ein Windstoß durch trockenes Laub. Der Zielbeobachter spähte mit der Konzentration eines Astronomen durch seinen Feldstecher, dann legte er Daumen und Zeigefinger kreisförmig zusammen, um anzuzeigen, daß McQueen genau getroffen hatte, mitten in das S des Schriftzugs über einer Matratzenfabrik, der SLEEP WELL lautete — Schlafen Sie gut.

Der Scharfschütze hob sein Sturmgewehr von der Schulter und ließ den Arm aus dem Halteriemen gleiten. Dann erhob er sich aus dem Stuhl und lehnte sich mit dem Rücken gegen die Mauer, wo er die Maske bis über den Mund hinaufzog, um sich eine Zigarette anzuzünden. Er war bereit, er hatte sich in Vorbereitung auf die Arbeit des Tages eingeschossen; nun konnte er sich entspannen. Seinen *nom de guerre* hatte er bekommen, weil er — wie die übrigen Falangisten behaupteten — dem Filmschauspieler ähnlich sah. Dunlop mußte ihnen das glauben, denn er hatte noch nichts vom Gesicht des Mannes gesehen, außer die dünnen Lippen und die Augen — zwei blaugraue Metallscheiben, die zwar das Licht reflektierten, aber keinerlei Wärme ausstrahlten. Richtige Heckenschützenaugen. Die *kataeb* zählten ihn zu ihren Allerbesten, weil er schon Moslems auf eine Entfernung von achthundert Metern erschossen hatte. Auch dabei mußte Dunlop ihrem Wort vertrauen; bis jetzt hatte er noch nicht gesehen, daß McQueen einen Menschen irgendeines Glaubens erschossen hatte, obwohl er nicht daran zweifelte, daß dieser Mann imstande war, auch aus weiter Ferne Schädel zersplittern zu lassen.

Dunlop überlegte, ob er ihn jetzt fotografieren sollte. Das Morgenlicht im Libanon war einfach ideal. Auf der ganzen Welt gab es kein Licht, das so war wie hier — ein goldener Schimmer, der sich über den nackten Felsen der hohen Berge im Westen legte und den Dächern der Stadt die Farbe von frisch gefälltem Eichenholz verlieh. Er erinnerte sich daran, wie er dieses Licht zum ersten Mal gesehen hatte, vor langer Zeit; wie ein Segen hatte es sich über Beirut ergossen. Heute erschien es ihm nur noch wie das Nachglühen einer vergangenen Anmut, das mit seinem Glanz die Trümmer und die gepeinigten Menschen in ihren Zufluchtsorten unter den eingefallenen Dächern verspottete, so wie auch das Licht des Himmels angeblich die Verdammten peinigte, indem es ihnen zeigte, was sie alles verloren hatten und niemals wiedererlangen würden.

Aber, es war trotzdem ein außergewöhnlich gutes Licht für seine Arbeit. Dunlop hob die Leica vor das Auge. Steve McQueen hatte die Zigarette ausgeraucht und sich die Strumpfmaske wieder über den Mund gezogen. Dunlop sah von seinem Heckenschützengesicht nur die metallischen Augen, in denen jedes Gefühl abgetötet worden war. Nun leuchtete eine schwache Belustigung in ihnen auf, als McQueen direkt in die Kamera blickte, zwei Finger zum Victory-Zeichen in die Luft hob und sein Gewehr so hielt, daß der Kolben auf seinem Schenkel ruhte — das weiße, huldvolle Gesicht der Heiligen Jungfrau eingerahmt von poliertem Holz. Dunlop bemühte sich, im Sucherbild seiner Kamera etwas von den erlösenden Eigenschaften zu finden, die er noch immer, gleichgültig wie schlimm ein Krieg war, herausgespürt hatte: eine Spur von Tapferkeit, von Ausdauer, von Pflichterfüllung, doch er sah nichts als einen maskierten Killer. Der Zensor in seinem Inneren hielt ihn davon ab, den Auslöser zu drücken. Warum sollte er diesen Mörder auch noch glorifizieren, indem er ein Foto von ihm machte? Er tat so, als nähme er ein Bild auf, ließ die Kamera sinken und lächelte den Mann an, um den Haß zu verbergen, den er ihm gegenüber empfand. Er bemerkte eine Kräuselbewegung unter der olivgrünen Maske — wahrscheinlich lächelte Steve McQueen zurück. Nun glaubte er, auf dem Film zu sein, unsterblich gemacht. Lächeln, gleich kommt das Vögelchen.

Deprimiert setzte sich Dunlop wieder hin. Wieder ein Foto, das er nicht gemacht hatte. In den letzten zwei Wochen hatte er bloß zwei Filme verbraucht, und auch diese Bilder waren nur entstanden, um das Geld zu rechtfertigen, das *Time Magazine* ausgegeben hatte, um ihn nach Beirut zu schicken. Die Kraft, die ihn davon abgehalten hatte, jene Wahrheiten über Vietnam zu fotografieren, die er unannehmbar fand, hemmte ihn nun völlig, denn er fand den ganzen Konflikt hier unannehmbar. Vor vier Tagen hatte er zugesehen, wie ein gefangengenommener Falangist an die Stoßstange eines Jeeps gebunden und durch die Straßen des Moslemviertels geschleift worden war, und dort hatten die Leute den Christen erst in Stücke geschossen, dann die Stücke zu Fetzen zerhackt und dann diese Fetzen in den Beton eingetrampelt, bis nichts mehr hinter dem Jeep zu sehen war als ein wenig Uniformstoff und ein paar Streifen aufgedröseltes Fleisch.

Dunlop fühlte sich nicht nur deprimiert, sondern auch schmutzig. Eine Rasur und ein heißes Bad hätten ihm geholfen, seine Stimmung wieder anzuheben, doch obwohl das Hotel Commodore nur wenige Kilometer entfernt war, hätte es ebensogut hinter dem Amazonasbecken liegen können. Um dort hinzukommen, müßte er über die Grüne Linie gelangen, eine Leistung, die unter den gegenwärtigen Umständen mit der Überquerung des Himalaya-Massivs zu vergleichen war. McCafferty und er hatten es zwei Tage zuvor schon einmal versucht, waren jedoch wegen der Heckenschützen und des Mörserfeuers von beiden Seiten gezwungen gewesen, es aufzugeben. Ihr Fahrer, ein maronitischer Christ aus Ashrafiyah, war unter dem Beschuß die Straße bis hierher heraufgerast, in eine Sackgasse in jedem Sinne des Wortes. Wenige Meter hinter der Mauereinfassung des Parkplatzes fiel der Boden steil ab zum Fluß, an dessen anderem Ufer der Moslembezirk Nabaa lag. Ein großer, schwergewichtiger Falangist namens George, der anscheinend formell das Oberkommando über Steve McQueen und mehrere andere Gewehrschützen innehatte, war auf die beiden Fotografen zugekommen und hatte ihnen versichert, er würde sich um sie kümmern. Sie waren Christen und aus dem Westen, und schließlich kämpfte die Falange-Partei ja für den Westen und für Christus. Außerdem hatte er ihnen versprochen, sie würden eine Eskorte über die Grüne Linie bekommen, sobald die nächste Waffenruhe bekanntgegeben wurde; am Ende jedes Monats gab es immer einen Waffenstillstand, damit die Banken wieder öffnen und die Anführer der verschiedenen Splittergruppen Geld abheben konnten, um ihren Milizen den Sold zu zahlen. Die Waffenruhe müßte in den nächsten Stunden kommen, hatte George gesagt. Doch sie war weder in jener Nacht gekommen, noch am gestrigen Tag, noch in der letzten Nacht. Und so wie sich Steve McQueen eben für den Vormittag eingeschossen hatte, und in Anbetracht des Schußwechsels um das ‚Holiday Inn', der aus der Ferne zu hören war, sah es auch nicht so aus, als würde sie heute noch in Kraft treten. Dunlop lauschte dem Gefechtslärm im Hotelviertel und fühlte sich dabei wie eingesperrt, ein Gefangener dieser wahnsinnigen Schlächterei, die man Krieg nannte.

Vor ihm lagen, in Decken eingewickelt, der Fahrer und McCafferty und schliefen noch. Es war schon schlimm genug, hier in der Falle zu sitzen, aber es war beinahe unerträglich, zusammen mit diesem Schwachkopf festzusitzen. MyCafferty war das klassische Beispiel für jene neue Generation von Fotografen: die Händler des Grauens, die in den vietnamesischen Sümpfen ihr Handwerk gelernt hatten. Dunlop fühlte sich durch die Gegenwart dieses Mannes in seiner persönlichen Würde verletzt. Gerade hatte er seinen dritten Pulitzer gewonnen; seit es diesen Preis gab, hatte noch kein Fotograph ihn dreimal gewonnen, und so glaubte er, einen besseren Gefährten verdient zu haben als diesen hirnlosen Tölpel, der im Auftrag eines Schundmagazins hier war. Andererseits war es in Beirut so gefährlich, daß die Journalisten in Rudeln oder zumindest paarweise zusammenbleiben mußten, um zu überleben, und man konnte sich dabei die Gesellschaft nicht immer aussuchen.

Eine Kugel pfiff über ihre Köpfe und meißelte ein Stück Beton aus einem Haus auf der gegenüberliegenden Straßenseite.

„Hoho!" sagte Steve McQueen und blickte auf. Ein zweiter Schuß schlug nur Zentimeter neben dem ersten ein.

„Hoho!"

Eine dritte Kugel zersplitterte den Beton direkt unter dem zweiten Einschußloch.

„*Hoho!*"

„Ziemlich dicht", sagte eine Stimme neben Dunlop auf englisch. George tauchte im Eingang des Wohnhauses auf, unrasiert und mit roten Augen. Er trug grüne Militärhosen und ein verschmutztes Unterhemd, darüber eine Schützenweste mit bunten Aufnähern: New York Rod and Gun Club; Staatssieger im Tontaubenschießen 1969; Mitglied auf Lebenszeit der National Rifle Association; 3. Platz im Pistolenschießen der U.S.A. 1972. Als eingebürgerter U.S.-Staatsangehöriger war George in seine Heimatstadt Beirut zurückgekehrt, um sein Können im Umgang mit Feuerwaffen in den Dienst des Kampfes für Christus und den maronitischen Glauben zu stellen.

Eine vierte Kugel setzte sich über einen der anderen Einschüsse, so daß er wie eine Acht aussah.

„Hoho!"

Der fünfte Schuß schlug im Zentrum des Musters ein, das die vorigen vier gebildet hatten, so daß zwischen den Löchern kaum noch etwas vom rötlichen Putz der Mauer übrigblieb.

„Hohoho!"

„Ja, wirklich ziemlich dicht beieinander. Dieser Typ ist bestimmt kein Moslem."

„Wieso nicht?"

„Weil Moslems nicht so gut schießen können. Dazu haben sie nicht die richtige Mentalität."

Dunlop musterte Georges staubbedecktes Gesicht mit dem drei Tage alten Stoppelbart. „Was ist nun mit der Waffenruhe?"

„Hab gerade vorhin einen Anruf vom Hauptquartier der Falangisten gekriegt. Sie ist vor zwanzig Minuten in Kraft getreten."

„Klingt aber gar nicht danach."

„Eine libanesische Waffenruhe", sagte George achselzuckend. „Eine Waffenruhe hier ist dasselbe wie ein Moskitonetz vor einer U-Boot-Tür. Wollen Sie jetzt was frühstücken?"

„Ich will lieber so schnell wie möglich weg von hier."

„Kommen Sie ja auch. Heute abend sitzen Sie schon wieder in Ihrem Zimmer im ‚Commodore'."

Dunlop versuchte, sich keine zu großen Hoffnungen auf Erfüllung dieses Versprechens zu machen.

„Ich kümmere mich jetzt erstmal darum, daß Sie und Ihr Freund etwas zum Essen bekommen."

„Das ist nicht mein Freund."

„Dann eben ihr Kollege."

„Auch das nicht."

„Wer er auch ist, jedenfalls er wird Hunger haben, Mr. Dunlop. Einen guten Schlaf hat er mit Sicherheit."

„Er hat das Schild gelesen, auf das Ihr Junge vorhin geschossen hat."

Nachdem George im Haus verschwunden war, zeigte der Zielbeobachter, der hinter seinem Feldstecher kauerte, auf etwas und plapperte dabei auf arabisch. Steve McQueen erhob sich in die Hocke; seine Raubtieraugen funkelten wachsam hinter den Löchern in der Strumpfmaske, während er sich auf den Klappstuhl setzte. Vorsichtig hob er den Kopf, bis die Augen gerade noch über die Mauer spähen konnten; dann schob er sich den Riemen des automatischen Gewehrs über den Bizeps, legte den Lauf auf einem Sandsack auf und preßte die rechte Wange liebevoll an das Gesicht der Heiligen Frau vom Berge Libanon, das Auge etwa zwei Zentimeter vom Zielfernrohr entfernt. Der Beobachter stellte ihm eine Frage. Unter der Maske ertönte ein gedämpftes „*la* —nein." Indem er auf eine Stelle links des Reklameschilds zeigte, redete der Zielbeobachter wieder auf arabisch auf ihn ein, wobei er am Ende des Satzes noch einmal etwas fragte. Die Finger von Steve McQueens rechter Hand bewegten sich wie bei der Feinabstimmung eines Radiosenders, während er den Einstellring des Bushnell-Zielfernrohrs ein wenig drehte und damit die volle Vergrößerung erreichte. Dann verschob er den Lauf des Gewehrs um einige Zentimeter seitwärts.

Der Schuß löste sich und der Zielbeobachter sagte, diesmal auf französisch: „Zu tief und zu weit rechts." McQueen brummte einen Fluch und ließ die Patronenhülse mit einer kurzen Bewegung des Schlosses nach hinten aus der Kammer springen, aus der eine dünne Rauchwolke entwich, die die Luft mit einem scharfen Geruch nach Schwefel erfüllte. Den Heckenschützen auf der Moslemseite konnte Dunlop nicht erkennen — er sah nur ein asymmetrisches Karomuster aus Häuserdächern, von Raketengeschossen durchlöcherte Mauern, und in den Löchern die streifenförmigen Spuren der Detonationen, wie die Strahlen einer schwarzen Sonne, eine Ampel, die getreulich den Verkehr auf einer verlassenen Kreuzung regelte, darüber das Schild mit dem SLEEP WELL, und links davon das sonderbar friedliche Bild von Wäsche, die zum Trocknen auf einem Balkon aufgehängt war. McQueen rammte das Schloß wieder vor, zielte und feuerte ein zweites Mal. Sein Gefährte schüttelte den Kopf und sprach dabei wieder ein unverständliches Kauderwelsch aus Arabisch und schlechtem Französisch.

Der zweite Schuß hatte McCafferty aufgeweckt. „Wieder reichlich früh offen, der Laden, was?" Seine Stimme klang noch verschlafen und heiser. Der Dialekt von Süd-Boston, der fette, stumpfe Kegel seines Nackens, das breite Gesicht und diese Augen: klein, dumm, aber gerissen — all das ließ eine Welle von Ekel in Dunlop aufsteigen.

„Was tut sich denn so, P.X.? Immer noch die gleiche Scheiße?"

„Sieh's dir doch selbst an."

Gebückt wie ein Affe kam McCafferty zur Mauer hinüber, wo er seinen flachen Kopf wie ein Periskop nach oben schob.

„McQueen nimmt gerade einen Moslem-Heckenschützen aufs Korn."

„Ich seh keinen Heckenschützen. Seh überhaupt nichts."

Trotzdem richtete McCafferty seine Kamera auf McQueen, und das Klicken und Surren des Motors schien den Scharfschützen zu noch größerem Einsatz anzustacheln. Er feuerte fünfmal dicht hintereinander, wobei er den Auswurfhebel der Remington in perfektem Rhytmus bediente.

„So ein Dreck ist doch genau das Richtige für dich, stimmt's, McCafferty? Für dich und das Käseblatt, das dich bezahlt."

„Als Käseblatt würde ich es nicht bezeichen. Es ist eine Zeitschrift."

„Diesen Schund nennst du eine Zeitschrift?"

„Das ist aber eine, du Arschloch. Eine Zeitschrift."

„*Mercenary* ist keine Zeitschrift", sagte Dunlop verächtlich. „Das ist ein Kriegs-Comic für ältliche Waffenspinner mit verrückten Fantasien von den Abenteuern des Söldnerlebens im Kopf."

In McCaffertys stumpfen grauen Augen blitzte die Wut auf und verging sofort wieder, als hätte er — wie ein unintelligentes Tier — gleich wieder vergessen, was ihn wütend gemacht hatte.

„Die Kohle stimmt jedenfalls."

„Für Typen wie dich stimmt die Kohle immer, auch wenn gar nichts damit stimmt."

„Nicht jeder von uns kann die Rosinen haben, P.X."

„Nicht jeder von euch ist auch gut genug dafür."

„Das Dumme an dir ist, daß du ein Scheiß-Snob bist."

„Falls ich das wirklich sein sollte, dann habe ich jedenfalls Grund dazu."

Die Bosheit eines kleinen Straßengangsters konzentrierte sich in seinen Pupillen, die sich zu zwei Stecknadelköpfen zusammengezogen hatten. „Ach, und ich dachte, die Prügel, die du letztes Jahr von

DelCorso bezogen hast, hätte dir deine Nase ein bißchen zurechtgerückt."

„Der kann froh sein, daß er immer noch in diesem Beruf ist."

„Jetzt erzähl doch mal. Wenn du und ich schon hier in der Falle sitzen, dann macht uns das doch zu sowas wie Kumpels, oder? Also, von Kumpel zu Kumpel: Hast du das damals in Saigon wirklich eingefädelt? Einen Schläger angeheuert, der ihm seinen Film klaut und dann eins überzieht?"

„Wir beide sind keine Kumpel." Dunlop rümpfte die Nase bei McCaffertys Geruch, dem muffigen Gestank des ungewaschenen Unterhemds eines Fabrikarbeiters.

„Das ist nicht die Antwort auf meine Frage."

„Die möchte ich gar keiner Antwort würdigen."

„Sowas sagen die Politiker auch, wenn sie was zu verbergen haben."

Beim Lächeln entblößte McCafferty eine unregelmäßige Zahnreihe; er sah gleichzeitig tückisch und idiotisch aus.

„Jetzt hör mal zu: DelCorso kann von Glück sagen, daß ich ihn nicht auf jeden Cent verklagt habe, den er besitzt."

„Ja, hab schon gehört, daß du das machen wolltest. Irgendein rechtliches Problem, weil er dich an Bord von 'nem Schiff auf hoher See verprügelt hat."

„Ich hätte seinen Arsch ohne weiteres im Heimathafen des Schiffs vor Gericht schleppen können. Nur fand ich es der Mühe einfach nicht wert."

Warum mache ich mir eigentlich die Mühe, diesem Schwachkopf eine Erklärung abzugeben? fragte sich Dunlop.

„Ja", sagte McCafferty und zog das Wort im nöligen Dialekt seiner Heimatstadt in die Länge. „Genau das machen Typen wie du, wenn sie eins drauf kriegen. Vor Gericht gehen. Wo ich herkomme, da schlägt man zurück, wenn man eins drauf kriegt."

„Du kommst doch aus dem Nichts, Mann."

„Allerdings, P.X. Und ich geh nie wieder zurück."

Die Sonne quoll über den Rand der Libanon-Berge, färbte die Hänge dunkelgelb und fiel schräg in Steve McQueens Gesichtsfeld ein. Er drehte seine Kappe herum und zog den Schirm tief ins Gesicht, um seine Augen zu schützen. Der nächste Schuß hallte zwischen den Häusern wider, wie bei einer Jagd in einem engen Canyon. Es gab eine weitere laute Unterhaltung zwischen ihm und dem Zielbeobachter; anscheinend hatte er wieder nicht getroffen. Der Heckenschütze auf der Moslemseite hatte sich wohl zurückgezogen. McQueen lehnte die Remington gegen die Mauer und machte die nächste Zigarettenpause. Ein Mörser ließ mehrere Geschosse in Ain Roumanneh explodieren, einem christlichen Vorort im Süden; der Lärm der Detonationen verstärkte sich in den engen Straßen noch. Dann kam George aus dem Haus und verkündete, das Frühstück sei nun fertig.

Sie aßen in der Vorhalle des Apartmenthauses, deren kitschige Ausstattung in den Fünfziger Jahren modern gewesen sein mochte, mit nachgemachtem Marmorboden, Mosaikfliesen auf den Pfeilern, einem Fahrstuhl, dessen Blechtüren einen Messinganstrich bekommen hatten, und weiten, großen Fenstern. Die Scheiben waren schon längst zerschossen und durch behelsmäßige Wände aus Sandsäcken ersetzt worden, wodurch der Raum so düster wie ein Kellergewölbe wirkte. George bedeutete Dunlop und McCafferty, neben einer auf dem Boden ausgebreiteten Decke Platz zu nehmen, um die schon ein halbes Dutzend *kataeb* saß und mit Heißhunger gebratene Eier, Oliven, Fladenbrot und starken Tee in sich hineinschlang. Alle sprudelten über vor männlicher Kameraderie, ein fröhlicher Haufen, gekleidet in eine Flohmarktauswahl von quasi-militärischen Uniformen und goldenen Kruzifixen. Kitschige Bildchen des gequälten Christus und Madonnen mit Heiligenschein gaben ihren Kalaschnikows und M16-Sturmgewehren das Aussehen von Ikonen. Dunlop fand zunächst, es könnte ein ganz gutes Foto ergeben — Scharfschützen beim Picknick — doch sie verströmten eine verderbte Atmosphäre, hatten etwas von Banditentum an sich, so daß er Hemmungen verspürte, sie aufzunehmen.

„*Sabalkhair,* mein Freund“, grüßte Haddad, ein Jugendlicher, mit dem sich McCafferty angefreundet hatte.

„Saba heia-heia gleichfalls, du haariger Arsch.“

„Vielleicht ich heute dir helfen kann mit Bild machen.“

„Schon möglich, wenn du mal auf was anderes als Fensterscheiben schießt. Wir brauchen keine Fotos von kaputten Fenstern.“

„Heute keine Fenster.“ Haddad wischte ausgelaufenes Eigelb mit einem Stück *pitah* auf, stopfte es sich in den Mund und leckte sich dann die Finger ab. „Keine Fenster. Vielleicht ich gehe nach Nabaa, mitten hinein, dicht genug, um einen Moslem mit dem hier abzuknallen.“ Aus seinem Gürtel zog er eine chrombeschlagene 44 Magnum. „*Peng-Peng.* Ein Vierundvierziger, so eine Kanone hat Clint Eastwood in *Dirty Harry* gehabt.“

„Na, wenn du so dicht rangehen willst, dann ohne mich“, sagte McCafferty.

Dunlop spürte, daß zwischen den beiden ein Band bestand — ein Straßengangster verstand sich gut mit einem anderen —, und er fragte sich: Was tue ich eigentlich hier? Warum esse ich mit diesem Abschaum zusammen?

„Oh ja, mit diesem Revolver ich kann schießen durch Auto hindurch. *Peng-Peng*. Ich kann schießen durch Tür. *Peng-Peng*. Genau wie Dirty Harry. *Peng-Peng*." Er fuchtelte mit der riesigen Waffe herum, bis George ihm befahl, sie wieder wegzustecken.

„Ein verrückter Junge", sagte George entschuldigend. „Die meisten hier sind verrückte kleine Jungen."

Dunlop, der gerade an einer Olive knabberte, sagte dazu gar nichts. Obwohl er Georges Meinung absolut teilte. Es war aber besser, hier nichts zu sagen, was jemanden beleidigen könnte; diese Leute waren seine Fahrkarte nach draußen.

„All das hier ist Wahnsinn. Haben Sie Haddads Magnum gesehen? Er hat sie während einer Feuerpause einem Palästinenser abgekauft. Totaler Wahnsinn. Mir gefällt es nicht. Es gefällt mir nicht, Menschen zu töten."

„Warum sind Sie dann hier?"

George kaute bedächtig. „Nicht, um jemanden zu töten. In der ganzen Zeit habe ich noch keinen Menschen getötet. Was ich mache, ist Turnierschießen — das, was Scharfschützen ‚Löcher in Pappe machen' nennen. Und ich bin hier, um andere auszubilden. Steve McQueen zum Beispiel habe ich trainiert. Bevor er bei mir gelernt hat, konnte er überhaupt nichts treffen. Jetzt . . . auf achthundert Meter . . . " George schnippte mit den Fingern. „Aber ich selbst? Ich hab noch niemanden erschossen."

„Es läuft doch auf dasselbe hinaus, oder nicht?" Dunlop formulierte die Frage sehr zurückhaltend, doch seine Höflichkeit wurde von McCafferty unterlaufen: „Genau. Wo zum Teufel ist da der Unterschied, Georgie Boy?"

„Der Unterschied ist, daß ich noch keinen Menschen selbst getötet habe."

McCafferty langte nach einer Handvoll Oliven, als wären es Erdnüsse, steckte eine in den Mund und spuckte sich den Kern in die Hand. „Damit bist du natürlich ein wahrer Christ."

„Es ist notwendig, daß wir Christen kämpfen, also ist es auch notwendig, daß ich andere so ausbilde, daß sie gut kämpfen und schießen können."

„Sicher ist das notwendig. Ihr Christen schöpft ja in diesem Land hier die ganze Sahne ab, und die Moslems haben, was ich so höre, nicht mal'n Pott, um reinzupissen, also müßt ihr natürlich kämpfen, damit ihr nicht verliert, was ihr habt."

„Propaganda. Sie haben zuviel von ihrer Propaganda gehört. Das sind Fanatiker, diese *fedayin*. Kommunisten. Unser Kampf ist ein Kampf gegen den Kommunismus."

„Ach, Scheiße. Das will einem jeder erzählen. Drüben in Kambodscha kämpfen die Scheiß-Kommunisten auch gegen den Kommunismus."

„Wenn wir sie nicht hier bekämpfen, dann müßt ihr das vielleicht eines Tages selbst tun."

„Was soll denn das nun heißen? Daß das ganze hier ein Kreuzzug ist? Vorwärts, christliche Soldaten?"

„Ja, wie ein Kreuzzug." George erhob die Stimme, und vor Wut lief sein Gesicht rot an. „Ein Kreuzzug, allerdings!"

„Mann, reg dich mal wieder ab, George. Ich spreche ja gar nicht für die Moslems. Wer da recht und wer unrecht hat — um sowas hab ich mich noch nie einen feuchten Dreck gekümmert."

Das Klingeln des Telefons hielt McCafferty davon ab, noch mehr anzurichten. George ging in die ehemalige Pförtnerloge und nahm den Hörer ab. Unter heftigem Kopfnicken sprach er einige kurze, gutturale Sätze hinein. Zwei der *kataeb* hörten mit und begannen einen Wortwechsel, der sich wie ein Streit anhörte, doch Dunlop war sich nicht sicher, ob sie miteinander oder mit George stritten, der ihnen mit der Hand ein Zeichen gab, still zu sein. Er sagte noch etwas ins Telefon, legte dann auf und ließ einige knappe Worte auf seine Milizionäre los, die sofort eine laute Auseinandersetzung begannen. George hörte ihnen geduldig zu, bis eine MG-Salve der Moslems einen der Sandsäcke zerfetzte, was den Disput zunächst beendete. Alle warfen sich zu Boden. Dunlop, McCafferty und George hechteten sich in die Deckung der Pförtnerloge. Als die Feuerstöße langsam nachließen, rannten die *kataeb* hinaus, in ihre Stellungen hinter der Parkplatzmauer und eröffneten ihrerseits das Feuer mit einem wahren Hagel von Blei. Die leeren Patronenhülsen klingelten beim Aufschlag auf dem Beton, während die Kugeln der Moslems mit einem dumpfen Ton in die Sandsäcke oder klirrend von der Mauer des Gebäudes abprallten.

„George, was ist denn da draußen bloß los?"

„Das war eben das Hauptquartier der Partei am Telefon. Sie meinten, die Führer aller Parteien hätten sich auf einen Waffenstillstand geeinigt, aber wie Sie ja selbst merken, sind die Kämpfer selbst nicht mit dem Abkommen einverstanden."

„Geht doch nix über Demokratie", bemerkte McCafferty.

„Das ist nur wieder dieser Wahnsinn." George war die Situation offensichtlich echt peinlich; er wirkte wie ein Gastgeber, dessen Gesellschaft sich schlecht benommen hat. „Das legt sich bald . . . Da . . . Hören Sie? Das Feuer läßt schon nach."

Tatsächlich wurde weniger geschossen; dennoch minderte die relative

Ruhe nicht Dunlops Gefühl, in der geschlossenen Abteilung eines Irrenhauses eingesperrt zu sein.

„Vielleicht möchten Sie mal aufs Dach hinauf?"

„Was gibt's denn auf dem Dach zu sehen?"

„Dort oben ist es sicher. Sicherer als hier jedenfalls, weil es für die Moslems sehr schwer ist, so weit hinauf noch genau zu zielen. Außerdem können Sie vom Dach aus auch Fotos machen. Wenn sich die Lage dann etwas beruhigt hat, gebe ich Ihnen zwei Mann, die Sie bis zu unserer Seite der Grünen Linie bringen."

„Na, was soll's? Vielleicht können wir von da oben sehen, worauf McQueen die ganze Zeit ballert." Mit diesen Worten winkte McCafferty Haddat herbei, der mit einem M16-A1-Gewehr auftauchte, an dessen Traggriff ein hochwertiges Leupold-Zielfernrohr befestigt war.

Da der Strom ausgefallen war, mußten sie die neun Stockwerke bis zum Dach zu Fuß gehen. Obwohl Dunlop weder rauchte noch trank und regelmäßig Konditionstraining machte, spürte er jedes einzelne seiner zweiundfünzig Jahre in den Knochen, als sie oben ankamen. Der fette George keuchte, aber McCafferty und Haddad atmeten nicht einmal schneller, weswegen Dunlop sie nur um so weniger leiden konnte. Eine doppelte Schicht von Sandsäcken verstärkte den Wall rund um das Dach bis etwa auf Kinnhöhe; auf den beiden Seiten, die Nabaa überschauten, lagen die Sandsäcke sogar vier- und fünffach übereinander, mit runden Ausschnitten und hufeisenförmigen Schießscharten, auf denen man Gewehre und MGs auflegen konnte. In einer Ecke weit hinten, von einem Halbmond aus Sandsäcken geschützt, lehnte ein 81mm-Mörser wie ein silbernes Abflußrohr an seinem Gestell. Unten im Erdgeschoß knallte nun wieder Steve McQueens automatisches Gewehr. Vom Holiday Inn her war ein Geräusch zu hören, das wie Feuer in einem trokkenen Kiefernwald klang.

„So, Haddad, jetzt wollen wir mal sehen, ob du den Heckenschützen treffen kannst, auf den Stevie Boy die ganze Zeit losknallt. Bauen wir uns mal da drüben auf." McCafferty zeigte auf einen der dreieckigen Bunker. Haddad legte das Gewehr auf einer der Schießscharten auf. Neben ihm machte McCafferty seine Nikon mit Motoraufzug und einem 400mm-Teleobjektiv schußbereit. In der Hocke bewegte Haddad den Lauf von rechts nach links, und wieder von links nach rechts.

„Siehst du was?"

„Nein." Haddad, der seinen Status als eine Art fotografischer Assistent offensichtlich genoß — von der Seite sah Dunlop sein Lächeln, das ungefähr so herzlich war wie das eines Haifischs —, drehte am Zielfernrohr herum. Wieder ertönte ein Schuß aus McQueens Gewehr, und

Haddad sagte: „Warte . . . ja, ja ich sehen . . . sehr weit . . . zu weit weg, glaube ich."

„Versuch's doch wenigstens mal."

Tief hinuntergebeugt, die Schulter an den Kolben gedrückt, zielte Haddad. McCafferty drückte den Auslöser, und der motorbetriebene Aufzug der Kamera surrte und klickte, während der Schuß losging.

Dunlop konnte sich nur mit größter Mühe beherrschen, nicht die Kamera und das Gewehr zu packen und beides auf die Straße hinunterzuwerfen.

„Hast du ihn erwischt?"

„Ich glaube nicht. Sehr weit weg für ein M-16. Der Heckenschütze sein auf Balkon, und auf Balkon hängen Wäsche zum Trocknen auf Leine. Er sich verstecken hinter Wäsche."

„Versuch's nochmal, wenn du ihn wieder siehst."

Es wäre wunderbar, dachte Dunlop, es wäre wirklich wundervoll, wenn das Maschinengewehr der Moslems dort drüben diese beiden in die Hölle schicken könnte. Während er dies dachte, sah er vor sich, wie McCaffertys breiter Schädel von einer Kugel gespalten wurde, die blassen, bestialischen Augen zu einem Totenblick erstarrt, und Haddads Haifischgrinsen in einem Totenlächeln gefroren. *Abschaum.*

„Warum machen Sie keine Fotos?" fragte ihn George. „Bitte, machen Sie welche." Es klang, als wäre er enttäuscht, wenn Dunlop kein Bild machte. Außerdem schien er nervös und zerstreut, weil er nicht sicher war, was er mit diesen beiden Journalisten anfangen sollte, die das Schicksal ihm unter die Fittiche getrieben hatte.

„Verdammt nochmal, hier gibt es doch gar nichts zu fotografieren."

„Aber natürlich, alles mögliche. Von hier aus können Sie doch alles sehen."

Alles? Alles wovon? Unter ihnen lag Ashrafiyah, einst ein Bezirk, der vieles mit dem französischen Viertel von New Orleans gemeinsam gehabt hatte. Die Eisenschnörkel der Balkons hingen heute über den Straßen wie verknotete Schlingpflanzen, die Straßen selbst waren nur noch von Granatentrichtern übersäte Schrottplätze für ausgebombte Autos, und der pastellfarbene Anstrich der Häuser war geschwärzt. Die Innenstadt befand sich dahinter; dieser Teil von Beirut war am schlimmsten von den Plastikbomben zerstört worden, die die Basare und die steinernen Gebäude aus ottomanischer Zeit in Trümmer gelegt hatten, so daß sie den zur Hälfte freigelegten Ruinen einer versunkenen Zivilisation ähnelten. Noch weiter hinten, auf der anderen Seite der Grünen Linie, lag West-Beirut mit seinen niedergemähten Häuserwäldern, zwischen denen sich Berge von Ziegeln, Betonteile und ineinander verkeilte

Stahlstreben so hoch türmten wie Schneewächten nach einem Blizzard. Seit dem Zweiten Weltkrieg und Korea hatte er noch keine Stadt gesehen, die derartig ausradiert war; bemerkenswert war dabei, daß dies nicht durch Luftbombardement, Artilleriebeschuß oder Schlachtschiffgeschütze geschehen war, sondern nur durch Mörser, Handfeuerwaffen und Plastikbomben. Auch waren es keine ausländischen Invasoren gewesen; die Beiruti hatten sich all dies selbst angetan, so daß die Verwüstung dieser Stadt weniger wie eine Kriegsfolge aussah, als vielmehr wie ein Akt von wahnsinnigem Massenvandalismus. Sie hatten ihre eigene Heimat zerstört, und aus der Gründlichkeit dieser Zerstörung sprachen eine gewisse Freude an der Zerstörung und auch ein unmenschlicher Impuls zur Selbstvernichtung, den Dunlop weder begreifen noch akzeptieren konnte.

„Aber vielleicht möchten Sie ein Foto von mir machen", sagte George unvermittelt.

„Von Ihnen?"

„Ja, da vor dem Mörser. Ich gebe Ihnen dann die Adresse meiner Verwandten in New York. Sie könnten ihnen die Bilder später schicken, wenn es nicht zu viele Umstände macht."

Dunlop wußte nicht, ob er lachen oder vor Verzweiflung die Kameratasche auf den Boden knallen sollte. Der Mann bat einen dreifachen Pulitzerpreisträger, einen Schnappschuß von ihm zu machen, wie ein Tourist. Tja, warum nicht? Schon während des ganzen Auftrags war er sich vorgekommen wie ein Tourist auf einem Trip durch ein Disneyland der Gewalt. Warum also nicht? Kann dem Kerl ebenso gut seinen Wunsch erfüllen; vielleicht bringt er uns dann nachher hier raus.

Auf Dunlops Anweisung stellte sich George neben den Mörser, so daß sein Oberkörper über den Sandsäcken zu sehen war, eine Hand auf der Mündung aufgestützt. Nachdem er die Weste mit den bunten Aufnähern zurechtgezupft hatte, bemühte er sich um eine kriegerische Miene; trotzdem erinnerte er eher an einen übergewichtigen Gemischtwarenhändler. Amüsiert und angewidert zugleich machte Dunlop ein paar Aufnahmen.

„Wenn Sie mir einen Stift geben, schreibe ich die Adresse auf."

Dunlop holte Kugelschreiber und Notizblock aus der Kameratasche. Während George den Zettel auf einen Sandsack legte und in Druckbuchstaben eine Adresse daraufschrieb, knallte Steve McQueens Gewehr zweimal, was Haddad mit zwei Schüssen aus seiner eigenen Waffe beantwortete.

„Getroffen?" fragte McCafferty.

„Er ist zu weit weg."

„Bitte schicken Sie ihnen die Bilder mit der Post", bat George, indem er Dunlop den Zettel reichte, der ihn in eine Tasche steckte und dabei genau wußte, daß er ihn vergessen würde.

Dann ging er zu dem Bunker neben McCafferty und nahm einen Feldstecher zur Hand, um sich den Heckenschützen anzusehen, der sich Steve McQueens und Haddads Schießkünsten so gekonnt entzog. Als er das Glas auf den Balkon einstellte, der mindestens fünf- bis sechshundert Meter entfernt war, sah er zunächst nur die Wäsche, die an den Leinen hing: Hemden, Jeans, Unterhosen und Bettlaken — lauter Banner, die die Unbesiegbarkeit des Alltäglichen verkündeten. Dann bemerkte er eine leichte Bewegung auf dem Balkon, doch der Heckenschütze, der eine *kaffiyeh,* ein gewürfeltes Palästinensertuch trug, war zwischen den buntgefleckten, von einer Brise durcheinandergewehten Wäschestücken nur schwer auszumachen. Ein Wölkchen von Betonstaub wurde aus der Unterseite des Balkons herausgeschleudert, als McQueen und Haddad nun fast unisono feuerten. Die Gestalt schien sich hinter der Balkonbrüstung niederzukauern, einem massiven Betonblock; ein Arm griff nach oben und zerrte ein Paar Jeans von der Leine herab; dann verschwand die Gestalt durch die Tür ins Innere — Sekundenbruchteile, bevor McQueens nächste Kugel sich in die Wand bohrte.

Mit einem Putztuch wischte Dunlop die Linsen des Feldstechers sauber. Er beabsichtigte keineswegs, es McCafferty nachzumachen und das Ziel zu fotografieren, doch seine Neugierde war nun geweckt. Dies war ein seltsamer Heckenschütze, dem es wichtiger war, die Wäsche von der Leine zu holen als zu schießen. Als er den Feldstecher von neuem an die Augen hob, sah er die Gestalt wieder herauskommen — tief gebückt, der Kopf pendelte von einer Seite zur anderen wie der eines gehetzten Tieres, der Arm streckte sich aus, diesmal galt der rasche Griff einem Kissenbezug. Jetzt war es nicht mehr die Neugierde, die Dunlop fesselte, sondern sein Entsetzen angesichts der Grausamkeit und der Feigheit, deren Zeuge er wurde.

25

Die Gestalt war eine dickliche Frau, die so etwas ähnliches wie ein gemustertes Hauskleid anhatte; was ihm zunächst als Palästinensertuch erschienen war, stellte sich nun als simples Kopftuch heraus, das sie lose um die Stirn geschlungen trug. Eine Frau, die ihre Wäsche vom Balkon holte und dabei nicht wußte, daß sie mit jedem Hemd, mit jedem Kissenbezug und mit jeder Hose, die zu bergen ihr gelang, ein immer besseres Ziel abgab.

Vielleicht schossen Haddad und McQueen ja auch absichtlich weit daneben, amüsierten sich nur, bis der Waffenstillstand endgültig in Kraft trat. Mit dieser Möglichkeit tröstete sich Dunlop einige Augenblicke, bis er sie als Illusion erkannte, die durch den in seinem Kopf eingebauten Filter entstanden war — jenen Filter, der das Ultraviolett der Wirklichkeit automatisch abdämpfte. Wieder ein Schuß, wieder spritzten Teilchen aus der Mauer über der Tür. Die Frau warf sich zu Boden und kroch mit ihrer Trophäe, dem Kissenbezug, zurück ins Zimmer.

Sie blieb ein paar Minuten drinnen und erschien dann wieder auf Händen und Knien; in ihren Kopfbewegungen lag die Wachsamkeit eines wilden Tieres. Sie packte das eine Ende eines Lakens und riß es halb von der Leine. Steve McQueen schoß nicht auf sie; da er sich neun Stock weiter unten befand, konnte er sie auf dem Balkon nicht sehen. Haddad aber konnte. Er feuerte einen Schuß ab, aber mit der M-16, die auf Entfernungen über dreihundet Meter äußerst ungenau war, traf er nicht einmal annähernd. Als die Frau die andere Ecke des Bettlakens hinunterzog, schnellte es hoch und blähte sich, wie ein Segel, das mit gerissenem Fall eingeholt wurde. Auch McQueen hatte die auffällige Bewegung offenbar bemerkt, denn nun rollte der Donner seines Gewehrs von neuem über die Dächer, und wieder riß die Kugel ein Stück aus der Balkonmauer. Das Laken kam von der Leine frei, und die Frau kroch auf allen vieren davon; sie wirkte wie ein kleines rundes Nagetier, das sich in seinen Bau verzog.

Dunlop faszinierte nicht nur die mörderische Unerbittlichkeit der beiden Scharfschützen, sondern ebenso die Entschlossenheit dieser Frau. War es wirklich Entschlossenheit, oder unglaubliche Dummheit? Oder war es Trotz? Oder war es der Fatalismus der Moslems, daß die Frau ganz einfach ihre alltäglichen Arbeiten weiterführte, auch wenn ihr Leben auf dem Spiel stand? Dunlop legte den Feldstecher beiseite und nahm ein 500mm-Spiegelobjektiv, das er so auf die Sandsäcke auflegte wie Haddad und McQueen ihre Gewehre.

Eventuell konnte er eine Sequenz daraus machen, obwohl er szenische Fotografie nicht so gut beherrschte. Er würde dieses widerliche Schauspiel für immer festhalten: Heckenschützen versuchen, eine moslemische Waschfrau zu töten — ein Mikrokosmos dieses Krieges. Er stellte die Verschlußzeit auf eine Tausendstelsekunde ein und drehte dann den Entfernungsring so lange, bis er den Balkon und das dunkle Loch der Tür im Hintergrund scharf im Bild hatte. Inzwischen war die Frau wieder hervorgekrochen; sie war viel kleiner, als es ihm durch den starken

Feldstecher vorgekommen war. Auf dem Foto wäre sie wohl kaum von den Hemden und Kleidern an der Wäscheleine zu unterscheiden gewesen. Dunlop schraubte eine Vorsatzlinse auf das Objektiv, die das Motiv doppelt so nahe heranholte. Die zusätzliche Optik würde das Negativ leicht verschwommen machen, doch er konnte ja die Details im Labor nachätzen.

Es entstand eine wirbelnde Bewegung. Mit einer Geschwindigkeit, die in krassem Gegensatz zu ihrer massigen Figur stand, stand die Frau auf, ergatterte mehrere Kleidungsstücke und verschwand wieder. Haddad feuerte rasch nacheinander drei Schüsse ab, McCaffertys Motorkamera surrte. Dann kam das Krachen der Remington.

Dunlop machte ein paar Aufnahmen, wobei er das empfindliche Spiegelobjektiv auf den Sandsäcken ganz ruhig hielt. Mit einem kürzeren Tele lief er dann über das Dach, auf eine Weise, die zehn Jahre früher wie der Katzengang eines Einbrechers ausgesehen haben mochte, heute aber eher dem gebückten Schlurfen eines alten Mannes glich. Er lehnte sich über den Rand und fotografierte Steve McQueen und den Zielbeobacher aus der Vogelperspektive. Ein interessanter Blickwinkel. Die grüne Baseballmütze, der schmale Lauf der Remington Magnum, der buschige schwarze Haarschopf auf dem Kopf des Beobachters hinter dem Zielfernrohr, der aus dieser Sicht einem großen dunklen Apfel auf der Spitze eines kurzen Stocks ähnelte. Wie würde er das Bild nennen? ‚Heckenschütze mit Knappe'? Während er die Bildelemente zusammenfügte, krümmte sich sein Finger über dem Auslöser — und verharrte dort, total gelähmt, wie der Abzugsfinger eines Soldaten, der nicht auf den Feind schießen kann. Dunlop hatte so etwas schon in Korea gesehen und sich dabei immer gefragt, was einen solchen Mann zurückhielt: das Gewissen oder die Angst? Jetzt fragte er sich, ob es sein Gewissen oder Angst war, die ihn zurückhielt. Beim Zurückgehen zum Bunker warf er einen kurzen Seitenblick auf McCafferty und entschied zugunsten des Gewissens — Gewissen nicht nur im ethischen Sinne, sondern auch im Sinne von gutem Geschmack; auf jeden Fall war das Fotografieren von Heckenschützen beim Versuch, eine Hausfrau umzubringen, gleichbedeutend mit dem Fotografieren eines Lustmörders bei der Tat. Wenn er die Fotosequenz wirklich durchziehen wollte, dann wäre ihr logischer Höhepunkt der Tod der Frau. Darauf würde er dann hoffen müssen, genau wie McCafferty. *Ihr Tod.* Gütiger Gott, in den letzten Minuten hatte er sich wirklich in diesen Wahnsinn hineingesteigert, war damit nichts anderes als McCafferty. Schlimmer noch: Mit seinem kürzeren Objektiv konnte McCafferty nicht sehen, daß die Zielscheibe eine unbewaffnete Frau war.

Jetzt fühlte sich Dunlop wieder wie er selbst; aber es war ihm noch immer nicht ganz geheuer. Der gute Geschmack. Alle seine Fotos hatten Geschmack bewiesen, und er war immer stolz auf seine Fähigkeit gewesen, sich selbst und seine Arbeit aus dem Schmutz herauszuhalten; doch jetzt, in diesem besonderen Augenblick, beunruhigte ihn sein Gewissen, diese zensierende Kultiviertheit. Da gab es doch einige Passiva in seiner Buchführung; er hatte eine dunkle Ahnung, daß Vietnam, trotz aller Bestialität, der letzte kriegerische Konflikt in seinem Leben gewesen war, in dem sich Momente der Tapferkeit, des persönlichen Opfers, des Großmuts gefunden hatten. Von nun an würden wohl alle Kriege so sein wie dieser, würden alle Eigenschaften vermissen lassen, die bewaffnete Auseinandersetzungen erträglich, ja manchmal sogar anziehend gemacht hatten. Wo die Schlacht einst ein Unterfangen gewesen war, das sowohl das Beste als auch das Schlechteste im Menschen zum Vorschein gebracht hatte, kehrte sie heutzutage nur noch das Schlechteste hervor, und obwohl er das Böse im Menschen als gedanklichen Begriff erfassen konnte, brachte er es nicht über sich, dieser Idee auch mit seiner Arbeit Ausdruck zu verleihen. Aber wenn sein fotografisches Werk in ein paar hundert Jahren die erste Wahl bei der Illustration von Geschichtsbüchern und sein Name für die Kriege dieses Jahrhunderts das gleiche bedeuten sollte, was die Namen Brady und Fenton für jene des 19. Jahrhunderts gewesen waren, dann würde er lernen müssen, in dieser neuen, ekelerregenden Atmosphäre zu atmen. Das Schlimme war nur, er bezweifelte, daß er dazu fähig war. Als er seinen starren Blick über die Einöde schweifen ließ, die früher einmal eine der strahlendsten Städte der Welt gewesen war, traf ihn wie ein Blitz die Erkenntnis, daß nur die McCaffertys und die DelCorsos die richtigen Lungen für diese Atmosphäre besaßen.

Es war mehr als getroffen; die Einsicht war der Funke auf dem Zunder aus Verärgerung und Eifersucht in seinem Inneren. Der Brand wuchs rasch zu einer Feuersbrunst des Hasses. Er wäre McCafferty am liebsten an die Kehle gesprungen, wenn nicht dieselbe Zurückhaltung, die ihn daran hinderte, gewisse Aufnahmen zu machen, ihm auch Ekel vor Handgreiflichkeiten eingeflößt hätte. Es war nicht die Angst vor dem Schmerz — als starker Mann konnte er einiges einstecken —, er schreckte einfach bereits vor dem Gedanken zurück, sich jemandem auf gewalttätige Weise zu nähern, oder auch Gewalt zu erleiden. Es war ihm immer noch unangenehm, sich an die Schlägerei mit DelCorso an Bord der *Denver* zu erinnern, wo DelCorso mit den Fäusten auf ihn losgegangen war, ihn mit einem einzigen Schlag aufs Deck gestreckt hatte, und dann diese widerliche Intimität eines Ringkampfs, bei dem DelCorso ihn immer wieder mit wilden Hieben attackiert hatte, bis ihn jemand wegziehen konnte.

Beim Aufstehen riefen ihm die steifen Gelenke sein Alter in Bewußtsein zurück. Er ging zu George hinüber, der bei dem Mörser saß und an einem Fladenbrot kaute.

„Na, haben Sie doch noch etwas zum Fotografieren gefunden?"

„Allerdings", gab Dunlop zurück und ließ sich vor dem Milizkommandeur in die Hocke nieder. Nach den Regeln seines Berufs war es ihm untersagt, sich in Ereignisse einzumischen, die er nur aufzeichnen sollte, aber diese Situation verlangte von ihm, daß er handelte. „Wissen Sie eigentlich, worauf ihre Männer da schießen?"

„Auf Moslems natürlich."

„Auf eine Frau, eine unbewaffnete Frau!" Dunlops Stimme zitterte vor Entrüstung, einem Strom, der noch weit mehr Zuflüsse hatte als nur ein empörtes Gewissen.

„Aha, eine Frau", wiederholte George, als spräche er von einer bestimmten Rotwildart.

„Sie versucht, ihre Wäsche vom Balkon zu holen."

Eine Seite von Georges Gesicht schwoll unförmig an, als er sich das halbe Fladenbrot in den Mund stopfte. „Sie muß sehr dumm sein, wenn sie so etwas tut. Typisch für die Mentalität der Moslems. Wenn in Ihrer Heimatstadt Krieg herrscht, würden Sie denn mitten in der Schlacht Ihren Rasen mähen?"

„Aber sie verdient es nicht, nur für ihre Dummheit erschossen zu werden. Pfeifen Sie Ihre Leute zurück!"

„Wie bitte?"

„Sie haben mich schon verstanden."

Über den sonst milden Ausdruck in Georges ovalen braunen Augen legte sich die Härte wie Schellack. „Ich nehme meine Befehle vom Hauptquartier der Partei entgegen, nicht von Ihnen."

„Machen Sie der Sache ein Ende!"

„Das werde ich nicht tun. Das kann ich gar nicht. Moslems sind nun einmal Moslems. Vor zwei Tagen haben sie hier ganz in der Nähe zwei von unseren Frauen getötet. Sie haben mit einer Fliegerabwehrkanone das Feuer auf ein Wohnhaus eröffnet. Mit einer Fliegerabwehrkanone haben sie zwei Frauen abgeschlachtet!"

„Wie lange haben Sie in den Vereinigten Staaten gelebt?"

„Sieben Jahre . . . Aber appellieren Sie nicht an meine amerikanische Moral. Im Herzen bin ich ein Mensch des Nahen Ostens."

„Wenn in *Time Magazine* Fotos veröffentlicht werden, die Ihre Männer bei der Ermordung einer wehrlosen Frau zeigen, wäre das sehr schädlich für die Partei, und auch sehr schädlich für die Sache der Christen."

Wieder peitschte ein Schuß aus McQueens Gewehr. Das Pfeifen der Kugel klang wie ein keuchender Atemzug.

„Ich bin kein Offizier, und das hier ist keine reguläre Armee. Es ist eine Miliz. Welche Gewalt ich über meine Leute habe, richtet sich nur danach, wie sehr sie mich achten. Wenn ich ihnen befehle, nicht auf einen Moslem zu schießen, verliere ich ihre Achtung."

„Aber die Partei und die Christen werden die Achtung der ganzen Welt verlieren, wenn solche Fotos in der Zeitschrift erscheinen! Ich gebe solche Fotos nicht gerne in Druck, ich möchte sie nicht einmal gerne machen, aber wenn es sein muß, dann werde ich es tun."

„Dann machen Sie sie doch. Na, los, machen Sie sie schon." Georges Stimme wurde vor Erregung unsicher. „Machen Sie sie, und wenn Sie damit Propaganda für die Kommunisten machen wollen, konfisziere ich eben den Film."

„Falls Sie das tun, wird es auch in der Zeitschrift stehen, und das ist sogar noch schlechter für das Image der Partei." Dunlop blickte direkt in die braunen Augen. Die Härte darin war rissig geworden, wie schlechter Lack in der heißen Sonne. Es stimmte schon: George war nur nominell der Kommandant einer Bande von schießwütigen Kerlen, die sich Miliz nannten, doch das machte ihn keineswegs immun gegen den nahezu universellen Wunsch nach einer guten Presse.

„Sie bringen mich da in eine schwierige Lage."

„Da haben Sie sich selbst hineingebracht."

„Ich kann unmöglich tun, was Sie von mir verlangen."

„Na gut, machen Sie, was Sie wollen." Dunlop erhob sich und zeigte auf die Kamera mit dem Spiegelobjektiv. „Das ist ein 500mm-Teleobjektiv mit einer Vorsatzlinse, die die Brennweite noch einmal verdoppelt. Damit könnte ich die Krater auf dem Mond fotografieren. Jedenfalls kann ich todsicher ein scharfes Bild von der Frau damit machen. Das wird sich großartig ausmachen in der Zeitschrift. Die ganze verdammte Welt kann es dann sehen — so etwas tun also die tapferen antikommunistischen Kämpfer der Falangisten: während einer Waffenruhe knallen sie Hausfrauen ab."

„Sie sind ein Mann von großer Integrität, Mr. Dunlop."

Darauf antwortete er nicht.

„Außerdem bewundere ich den Mut, mit dem Sie für ihre Überzeugungen eintreten. Wenn Sie eine solche Erpressung bei den Moslems probieren, dann würden die noch etwas viel Schlimmeres mit ihnen anstellen, als nur Ihren Film beschlagnahmen."

„Also, beschlagnahmen Sie ihn. Entweder das, oder Sie stoppen jetzt Ihre Leute!“

„Ich kann den Film nicht beschlagnahmen. Sie haben schon recht. Es würde dem Image der Partei schaden, wenn ich das täte und wenn die Geschichte dann in Ihrer Zeitschrift zu lesen wäre. Wir brauchen die Unterstützung des Westens. Die Partei würde mir meinen Fehler vorhalten. Trotzdem kann ich meinen Männern nicht den Befehl zur Feuereinstellung geben. Und in diese Lage haben Sie mich gebracht!“

„Ehrlich gesagt, ich bin überrascht, daß Sie dieser schmutzigen Sache nicht von selbst ein Ende machen.“

„Das überrascht Sie? Mich überrascht eigentlich nur eins: Daß meine Männer diese idiotische Frau immer noch nicht getroffen haben.“ George blickte auf, und Dunlop hätte schwören können, daß die Härte in den dunklen Augen sich in Traurigkeit verwandelt hatte. „Sie schießen nicht so gut, wie ich dachte. Warten Sie bitte hier, Mr. Dunlop.“

„Warten?“ fragte Dunlop zurück und fühlte sich nun schon nicht mehr so sicher, denn er bemerkte, daß der Glanz in Georges Augen keine Traurigkeit war, obwohl auch Traurigkeit dabei war; vielmehr lag jenes Glitzern darin, das George selbst den Wahnsinn genannt hatte, diese Verrücktheit, mit der alle Menschen dieser Stadt in unterschiedlichem Ausmaß infiziert schienen — ein Wahnsinn, der sogar die verquere Logik einer gewöhnlichen Geistesgestörtheit vermissen ließ.

„Ja, warten. Sie warten hier. Ich werde das Dilemma klären, in das Sie mich gebracht haben.“ Er befahl Haddad, das Feuer einzustellen: *„Malesh!“* George erwiderte kurz etwas auf Haddads Protest, die Hände zu einer besänftigenden Geste erhoben. *„Malesh* — ist schon in Ordnung.“

Dunlops Gewißheit kehrte nun wieder zurück. Also hatten seine Bemühungen doch Erfolg. Haddad ließ das Gewehr sinken und warf einen verächtlichen Blick auf George.

„Noch einmal, Mr. Dunlop. Sie warten hier. Warten Sie, bis ich Sie rufe“, wies ihn George an, während er die Tür zum Treppenhaus öffnete.

McCafferty, der beim Sitzen ein Bein unter das andere geschlagen hatte, den Fernauslöser im Schoß, ließ die Zunge aus dem Mundwinkel hervorschauen und legte den Kopf schief. „Hast du'ne Idee, was da jetzt los ist, P.X.?“

„Diese Scheiße hört gleich auf, und dann verschwinden wir von hier.“

„Ich bin aber gar nicht so scharf darauf, von hier zu verschwinden. Hab noch kein einziges anständiges Foto gemacht. Warum hat der Arsch denn Haddad gesagt, er soll mit dem Schießen aufhören?“

„Ich hab ihn dazu gebracht. Die versuchen die ganze Zeit, eine Frau abzuknallen, falls dir das noch nicht aufgefallen ist, eine unbewaffnete Frau!"

„Ach, tatsächlich? Und du hast ihm das erzählt. Du bist doch wirklich ein verdammter Scheiß-Pfadfinder, P.X."

Jetzt feuerte die Remington wieder. Die wütende Miene auf Haddads Gesicht verflog; er drehte sich um und ging an sein Gewehr. Ohne zu schießen, spähte er nur durch das Zielfernrohr und rief dann: „Ya! Ya! Ma-caff-a-ty."

„Ya, was denn?"

Haddad deutete auf den Fotoapparat. *„Shuay, shuay* — warte!"

„Was getroffen, hab ich recht?"

„Jetzt . . . jetzt!"

Gerade als McCafferty den Auslöser drückte — das rasche Klicken des Motoraufzugs klang wie ein Filmstreifen, der beim Transport aus der Perforation gesprungen war —, hallte das Echo der Remington von neuem über die Dächer. Dunlop lief mit mehreren großen Schritten an den Rand des Dachs, während Haddad „Gut, gut, sehr gut!" rief. Er blickte hinab, und sein Magen drehte sich nun in einer Welle von Abscheu und Verständnislosigkeit. Die Verrücktheit. Der Wahnsinn ohne die Logik des Wahnsinns. Von unten hörte er George nach ihm rufen. Er riß die Tür auf und rannte unbeholfen die neun Stockwerke hinunter; unten angekommen, stürmte er gerade rechtzeitig aus dem Treppenhaus, um zu sehen, wie Steve McQueen, der nun die Rolle des Zielbeobachters übernommen hatte, George mit einem Schulterklopfen gratulierte.

„Hoho", sagte er durch seine Maske hindurch. *„Hoho!"*

George ließ die Hülse aus der Kammer springen und lehnte das Gewehr an die Mauer. Er drehte sich auf dem Stuhl um und sah Dunlop ins Gesicht, der nun in dem Schellack-Glanz von Georges Augen die Spur einer geteilten Schuld bemerkte, wie sie auch im Blick eines Verbrechers liegen mag, wenn er seinen Komplizen ansieht.

„Mr. Dunlop." Georges Lippen kräuselten sich zu einem rätselhaften Lächeln.

„Was, in Dreiteufelsnamen! . . . Ich dachte, Ihnen gefällt es nicht."

„Zu töten? Es gefällt mir auch nicht. Jetzt noch viel weniger, aber es war notwendig. Sie hatten mich in ein Dilemma gebracht."

Dunlop sah ihn schweigend an.

„Sie dürfen ein Foto von mir mit diesem Gewehr machen, wenn Sie möchten, und Sie dürfen es auch erzählen, der ganzen Welt von mir aus, was ich, George Saman, getan habe. Sie dürfen der ganzen Welt erzählen, daß von all diesen Männern hier nur ich gut genug war, es zu tun. Ich werde Ihnen auch Ihren Film nicht abnehmen. Ich werde Sie nicht zensieren, weil Sie ein integrer Mensch sind und weil ich weiß, Sie werden der Welt auch sagen, daß ich gezwungen war, es zu tun. Damit ich meinen Leuten nicht den Befehl geben mußte, es *nicht* zu tun. Von einem Amerikaner gezwungen, der sich ungefragt eingemischt hat. Ist Ihre Integrität groß genug, daß Sie das so sagen? Ich glaube nicht, Mr. Dunlop."

Er gab keine Antwort. Georges Wahnsinn entbehrte also doch nicht einer gewissen Logik. Er nahm den Feldstecher aus der Tasche und richtete ihn auf den Balkon. Nur die kleinen grauen Krater der Kugeln im Beton waren zu sehen, und eine Wäscheleine, die wie eine abgeschnittene Pflanzenranke über der Brüstung baumelte. Die Frau mußte sie bereits in der Hand gehabt und aus dem Haken gelöst haben, als sie hinfiel.

„Von hier aus sieht man sie nicht", fuhr George fort. „Versuchen Sie's doch auf dem Dach. Von dort aus können Sie sie vielleicht sehen, und wenn Sie wollen, auch Fotos machen, aber ich glaube nicht, daß Sie das wollen."

Wieder würgte es Dunlop; die Welle hob sich, und bitterer Geschmack stieg ihm in die Kehle.

26

DelCorsos Wut hatte jenen Punkt erreicht, an dem nahezu alles, was jemand anderer sagte oder tat, ihm als persönliche Beleidigung erschien.

„Wenn dieses Miststück das nächstemal vorbeikommt, stell ich ihr ein Bein. Vielleicht bemerkt sie mich dann." Er meinte die Kellnerin, die eben zum drittenmal sein Zeichen übersehen hatte.

„Das würde sie ganz bestimmt, aber ich bezweifle, daß du auf diese Weise einen Drink bekommst." In Kaplans Stimme schwangen Nachsicht und Tadel gleichzeitig mit. „Von alldem, was ich dir in der letzten Stunde gesagt habe, ist nicht ein Fünkchen hängengeblieben bei dir. Und jetzt willst du der Kellnerin ein Bein stellen."

„Ich will einen Drink, verdammt nochmal! Sie tut so, als hätte ich Lepra."

„Sie hat zu tun, Nick. Ich geh jetzt an die Bar. Nochmal das gleiche?"

„Nein", erwiderte DelCorso, der vernünftig genug war, um zu wissen, daß ein weiterer Jack Daniels zuviel für ihn wäre. „Hol mir einen Campari mit Soda."

Kaplan erhob sich und bahnte sich einen Weg durch das Gedränge der Werbeleute, Anwälte und Verlagsangestellten, die sich vor der entnervenden Strapaze der Fahrt mit der Long Island Railroad schnell stärkten. Es war der Montag nach DelCorsos nachdenklichem Spaziergang, und wieder einmal kam ihm der Gedanke, daß er sich nicht allzu sehr von diesen Männern in dreiteiligen Anzügen unterschied — er war nichts als ein gewöhnlicher Geschäftsmann, der sich am Ende des Arbeitstages bei ein paar Drinks zu entspannen suchte, dabei aber schon Sehnsucht nach seinem Zuhause verspürte. Er sah auf die Uhr, wie ein Pendler, der Angst hat, seinen Zug zu verpassen. Halb sechs. Noch eine halbe Stunde mit Kaplan; dann würde er die Subway nach Brooklyn Heights nehmen und gerade rechtzeitig zum Abendessen dort sein, das Margaret wie immer Punkt sieben servierte. Er trank die Mischung aus Whiskey und geschmolzenem Eis aus, starrte durch das Fenster auf Manhattan, ein Gewirr von IBM-Lochkarten aus Gullivers Land der Riesen mit einem Zelt aus Abgasdunst darüber, und sehnte sich nach einem Ort, wo man noch etwas vom Himmel sah.

Kaplan kam mit zwei Drinks zurück. „Daß du mir ja ein Trinkgeld daläßt", witzelte er und zupfte beim Hinsetzen seinen Hemdkragen zurecht. Seit seiner Scheidung vor einem halben Jahr hatte Kaplan sich einer gründlichen Renovierung unterzogen: vierzehn Kilo abgenommen, ein Haartransplantat auf der Glatze, Höhensonnenbräune, und eine neue, lässig-modische Garderobe.

„Wo waren wir stehengeblieben?"

„Du meinst, bevor du deine üble Laune an der Kellnerin auslassen wolltest?"

„Genau."

„Tja, im Grunde hatten wir festgestellt, daß du selbst dein schlimmster Feind bist. Wir spielen doch nicht Politiker in der Agentur. Du bist nicht gewählt worden, weil . . . also, wie soll ich dir das jetzt sagen? . . . wegen deines Stils, wie du immer . . ."

„Was für ein Stil?"

„Dein persönlicher Stil. Du hast diesen ausgeprägten Konkurrenzgeist, manchmal bis hin zur Paranoia, und einen Hang zur körperlichen Gewalt."

DelCorso, den die Genauigkeit dieser Beschreibung getroffen hatte, sagte nichts. Er trank einen Schluck, und der bittere Campari spülte ihm den Whiskeygeschmack aus dem Mund.

„Deswegen haben diese drei Mann gegen dich gestimmt. Nicht weil es alte Freunde von Dunlop sind."

„Du kannst mir doch nicht weismachen . . ."

„Doch, das kann ich sehr wohl." Kaplan beugte sich vor und brachte sein künstlich gebräuntes Gesicht auf wenige Zentimeter an DelCorso heran. „Sie hätten nichts anderes getan, wenn du dich irgendeinem anderen Fotografen gegenüber so benommen hättest. Dazu dann noch der Brief, den wir letzten Frühling von der Werbeabteilung von Erin Air bekommen haben, über deine kleine Vorstellung in Irland. Es gibt ein paar Mitglieder, die der Ansicht sind, man sollte dich unter Beobachtung stellen."

„Vielleicht mach ich das auch. Ich geh zum Seelendoktor, so wie du vor deiner Scheidung. Sag mal, Al, warum hast du eigentlich ein ganzes Jahr Analyse gebraucht, nur um herauszufinden, daß du deine Frau nicht mehr liebst?"

„Ich will dir mal einen guten Rat geben. Ich bin auf deiner Seite. Immer gewesen. Wenn du unbedingt ein gehässiges Arschloch sein willst, dann sei es zu jemand anderem. Und wenn ich schon bei den guten Ratschlägen bin, geb ich dir gleich noch einen. Wir alle haben einen gewissen Konkurrenzgeist, aber irgendwie gelingt es uns, unsere kleinen Eifersüchteleien die meiste Zeit unter Kontrolle zu halten. Und wenn es uns einmal nicht gelingt, dann lassen wir uns von ihnen ganz bestimmt nicht in eine Wahnvorstellung treiben und fangen an, andere Leute zu verprügeln. Und wenn ein anderer den Pulitzer oder sonstwas gewinnt, gehen wir nicht wütend und tobend in der ganzen Stadt herum und erzählen jedem, daß das Preisrichterkomitee bestochen war."

„Weißt du, vielleicht haben die Jungs ja recht. Vielleicht sollte man mich wirklich unter Beobachtung stellen. Ein Verrückter glaubt doch normalerweise nicht, daß er verrückt ist, stimmt's? Er hält seine Wahnvorstellungen für Wirklichkeit, hab ich recht oder nicht? Und ich bin sicher, daß Dunlop den Schläger angeheuert hat, der an dem hier schuld ist." DelCorso legte den Finger auf die schmale Narbe dicht über der Augenbraue, wo ihn der Pistolenknauf getroffen hatte. „Und was das Pulitzer-Preiskomitee angeht, da gibt's noch viel mehr politische Machenschaften als im Kongreß. Ich kann einfach nicht glauben, daß sie ihm den Preis für diese mittelmäßigen Scheißfotos von der Evakuierung verliehen haben."

Der Pulitzer. Obwohl er sich gern als einen Mann sah, der höhere Ziele im Kopf hatte als Preise zu gewinnen, konnte sich DelCorso doch nicht mit philosophischem Gleichmut damit abfinden, daß ihm dieses Jahr der Pulitzer nicht zugesprochen worden war. Er war fest überzeugt gewesen, daß ‚Tod im Einsatz' — so hatte er das Foto des Soldaten in Xuan Loc genannt — ihn verdient hatte. Der Preis hätte dieses Foto als sein Markenzeichen bestätigt. Er wäre ein Symbol dafür gewesen, daß die ganze Welt seiner Arbeit Beifall spendete; und in diesem Beifall hätte er auch die endgültige Absolution und Zustimmung mitschwingen gehört. Hätte er den Pulitzerpreis bekommen, hätte er gespürt, daß alles an ihm etwas wert war.

„Ich frage mich nur, wo das herkommt", sagte Kaplan.

„Was?"

„Dieser Zorn. Hast du den geerbt? Oder aus dem Versandhaus?"

„Als ich zehn war, ist mal ein Typ gekommen, der drei Jahre älter war als ich, und hat mir eine Eisenstange über den Kopf gezogen, ohne jeden Grund. Damals ist mir klargeworden, daß ich vom Leben nichts weiter als eine Portion Scheiße kriegen würde, wenn ich nicht die Fäuste hochnehme und als erster zuschlage."

„Aber du bist jetzt nicht mehr im Hinterhof, und Dunlop ist kein jugendlicher Krimineller mit einer Eisenstange."

„Der ist noch viel schlimmer."

„Weißt du, was da meiner Meinung nach zwischen dir und diesem Kerl besteht? Das ist ein Mentor-Komplex."

„Was soll denn das wieder sein?"

Kaplan hatte eine Miene von professionellem Ernst aufgesetzt. Da er ein Jahr Analyse hinter sich hatte, betrachtete er sich nun als halber Experte in diesen Fragen und neigte dazu, jedermann ungefragt seine Theorie über dessen unterbewußte Motivationen mitzuteilen. „Ganz einfach. Dunlop hat dich in den Beruf eingeführt und dir die Türen geöffnet. Aber dadurch hast du in seinem Schatten gestanden, warst von ihm abhängig. Du mußtest deine Unabhängigkeit erklären, so wie ein Sohn sich vom Vater lösen muß, wenn die Zeit dafür gekommen ist. Und weil man dort, wo du aufgewachsen bist, ohne Grund eins über den Schädel bekommen kann, ist eine Unabhängigkeitserklärung bei dir eben gleich eine Kriegserklärung."

„Besten Dank. Wieviel Honorar?"

„Das war gratis. Aber ehrlich, ich finde, du solltest dich mit jemandem darüber unterhalten."

„Einen Moment, zum Teufel! Wir haben uns hier auf ein paar Drinks zusammengesetzt, weil du mir erläutern wolltest, warum ich nicht zum Mitglied gewählt worden bin. Und jetzt erklärst du mir, ich soll zum *Analytiker* gehen?"

„Ich spreche von der Entwicklung deiner Persönlichkeit."

DelCorso stöhnte auf.

Entwicklung der Persönlichkeit — Reizwörter, die Kaplan auf der Psychiatercouch gelernt hatte.

„Ein Mensch kann sich entwickeln, Nick. Er kann sich ändern, wenn er sich nur dieser Anstrengung unterziehen will."

„Jaja. Er kann sich neue Klamotten kaufen und ein Haarteil aufoperieren lassen."

„Du zynischer Mistkerl, jetzt hör mir mal zu. Du weißt ja, wie es bei uns in der Agentur funktioniert. Wenn du da Mitglied werden willst, dann sage ich dir folgendes: Du wirst dich ändern müssen, du wirst dir deine Aggresivität abgewöhnen müssen, und ich glaube nicht, daß dir das ohne fachmännischen Beistand gelingt. Ein Analytiker kann dir dabei helfen, daß du deinen Gedanken eine neue Dimension verleihst."

Delcorso schwieg; er hatte sich jedoch vorgenommen, daß er, wenn Kaplan das nächste Mal eine Formulierung wie ‚den Gedanken eine neue Dimension verleihen' benutzte, Kaplans Gebiß auch neue Dimensionen verleihen würde.

„Na, was meinst du?"

„Nichts anderes, als was du erwartet hattest."

„Na gut, aber ich hab's versucht. Tu mir und dir selbst einen Gefallen. Versuch mal, etwas lockerer zu werden. Laß dich nicht vollaufen, um dann deinen Auftraggebern zu sagen, sie mögen sich Fische in den Arsch schieben. Und verprügle keine Pulitzerpreisträger. Wenn du ein bißchen lockerer bist, dann klappt's vielleicht nächstes Jahr."

„Werde lockerer, mein Sohn, dann kriegst du auch ein schönes Geschenk vom Weihnachtsmann."

„Ich wollte nicht, daß es herablassend klingt." Kaplans Aufmerksamkeit wurde für einen Moment von einer attraktiven Blondine abgelenkt, aber er verlor gleich wieder das Interesse, als er sah, wie sie sich bei einem Mann in blauem Anzug mit Weste unterhakte. „Wie wär's, wenn wir gemeinsam zu Abend essen, Nick?"

„Da hättest du mich früher fragen sollen. Maggie möchte, daß ich sie vor vier anrufe, wenn ich es nicht zum Essen schaffe."

„Tja, darin dürfte wohl der Vorteil des Single-Daseins liegen. Ich brauche niemanden zu Hause anzurufen."

DelCorso spürte Kaplans Einsamkeit und erwog eine Sekunde lang, ihn zu sich nach Hause einzuladen. Doch er entschied dagegen, weil ein unerwarteter Gast beim Abendessen genau die Art von Überraschung war, die aus Margaret ein Nervenwrack machen konnte.

Die U-Bahnfahrt nach Brooklyn Heights verbesserte DelCorsos schlechte Laune auch nicht. Die Menschenmassen, der Gestank, die auf die Wagen gesprühten Graffit-Parolen — ‚Latino-Lords', ‚Satans Jünger', ‚Tony C — die lebende Legende' —, diese Reviermarkierungen von primitiven Kriegerstämmen der Stadt, all das hielt seine Erregung auch weiterhin auf dem Siedepunkt. Als er an seiner Station die muffige Treppe hinaufstieg, sah er einen schwarzen Jungen auf einer Mülltonne sitzen; mit den Füßen klopfte er den Rhythmus der Musik aus dem Radio, das er sich ans Ohr hielt. Reggae. Ein verdammter Reggae-Nigger. An der Musik merkte er, daß er noch lebt, in jeder anderen Hinsicht ist er tot . . . man kann den Tod in seinen Augen sehen, es liegt ein glanzloser Film darüber. Der Junge machte DelCorso nur noch wütender, vor allem weil er ihn an sich selbst vor fünfzehn Jahren erinnerte, als er ein weißes Abbild dieses Punks gewesen war. Unter dem glanzlosen Film erkannte er seinen eigenen Zorn wieder: den Zorn der Straße, eine spezielle Art Zorn, denn er war seinem Wesen nach völlig demokratisch. Dieser Zorn richtete sich nicht gegen eine bestimmte gesellschaftliche Klasse, gegen keine Rasse, kein Geschlecht und keine Nationalität, obwohl jedes davon zeitweilig seine Zielscheibe sein mochte. Es war das Gefühl, mit der ganzen Welt im Kampf zu liegen — mit arm und reich, mit Schwarzen und Weißen, mit den eigenen Leuten ebenso sehr wie mit Fremden, und auch mit sich selbst. Wo kommt das nur her, Nick? Das kommt von der Straße, Al. Vietnam hatte das Gefühl noch verstärkt, aber es war schon lange vor Vietnam in ihm geweckt worden, vielleicht an jenem Tag, als eine Eisenstange krachend auf seinen Schädel niedergefahren war und eine Menge der Illusionen und Vermutungen zerschmettert hatte, die man für gewöhnlich bei einem Zehnjährigen vorfindet.

Aber was sollte er jetzt dagegen tun? Kaplan hatte schon recht — solche Emotionen paßten nicht zu einem Mann seines Alters und seiner Position, und sie waren seiner Karriere hinderlich. *Northstar* war ebenso wie *Magnum,* eine genossenschaftlich geführte Fotoagentur, die sich im Besitz der Mitglieder befand, eines erlesenen Kreises von bekannten Fotografen. Vom Prestige her war es die Yale-Universität, und Magnum war Harvard; bezüglch der inneren Organisation war *Northstar* hierarchisch aufgebaut wie eine mittelalterliche Zunft. Man fing dort als Mitarbeiter an, arbeitete sich dann zum Korrespondenten hoch, und nach zwei oder drei Jahren war man dann würdig, in den Rat der Mitglieder gewählt zu werden, womit man berechtigt war, über die eigenen Honorare hinaus an den Profiten der Agentur teilzuhaben, und außerdem konnte man bei den reizvollsten Aufträgen als erster zugreifen. Einmal im Jahr kamen die freiberuflichen Ritter dieser fotografischen Tafelrunde zusammen, um zu entscheiden, wer — wenn überhaupt — in diesen inneren Kreis aufgenommen werden sollte; die Auswahl gründete sich weniger auf berufliche Verdienste, sondern eher auf das, was Kaplan vermutlich die ‚menschlichen Qualitäten' nennen würde. DelCorso verstand das so, daß man dann Mitglied wurde, wenn die anderen einen mochten.

Darüber dachte er nach, während er einen Umweg über die Furman Street hinunter zu den Docks von Brooklyn ging. Er wußte, was seinen Zorn heute nachmittag entflammt hatte: die Erkenntnis, daß es Menschen gab, die ihn nicht mochten. Es kam ihm ungerecht vor, nur deswegen nicht gewählt zu werden, weil einige Ritter nichts von ihm hielten. Seine Arbeit, so glaubte er, machte gewisse Fehler seiner Persönlichkeit wohl mehr als wett.

Er ging weiter die Straße hinunter, und nachdem er sich vergewissert hatte, daß ihm niemand zusah, hielt er kurz inne, um auf den Fußballen zu tänzeln und ein paar linke Gerade auf imaginäre Kinnladen loszulassen. Die Großstadt-Einöde der Docks, die Scherben von Bier- und Weinflaschen, die in den Rinnsteinen glitzerten, die Stapel von Metallcontainern an den Kais, die alten Autoreifen, Kabelstränge und Ölfässer, die auf den Frachthöfen verstreut lagen, an deren Rand düstere Eisenbahnwaggons neben den Ziegelmauern der Lagerhäuser standen, die kreischenden Seilwinden, mit denen Lastschiffe aus allen Teilen der Erde beladen wurde, die Gruppe von Schauerleuten, die nach der Arbeit auf einer Kabeltrommel Poker spielten — all das bestärkte DelCorso in seinem Kampfgeist und seinem Hang zur Dramatisierung der eigenen Gefühle. Er ging noch ein paar Schritte, dann blieb er wieder stehen und boxte weiter in die Luft. Gerade. Haken auf den Oberkörper. Rechts und links, hoch und runter. Er sah sich selbst in der Rolle des harten Burschen, der sich bis zur Spitze durchgeboxt hatte und der wegen seiner rauhen Manieren geächtet wurde. Eine Figur aus *Die Faust im Nacken.* Hätte ein Herausforderer werden können. Hätte Champion werden können. Linke in den Rippenbogen, dann eins in die Fresse. Über ihm brauste der Verkehr auf dem Brooklyn-Queens-Expressway, aber er hörte auch die Möwen über dem grünlichen Hafenwasser kreischen und fing den Duft des Meeres ein, gefiltert durch die Gerüche nach Teer, Diesel und Ziegelstaub. Zwei linke Schwinger, dann eine Rechte von oben . . . er liegt am Boden! . . . acht, neun, zehn . . . Es ist vorbei! Der neue Weltmeister im Mittelschwergewicht heißt Nick DelCorso! Der alte Traum entfachte von neuem das Feuer in ihm, doch es war ein Feuer des rebellischen Stolzes, nicht des Zorns. Seine Aggressivität würde er sich keinesfalls abgewöhnen, nein, er würde alles tun, um sie sich zu erhalten, selbst wenn sie noch viel größer werden sollte. Sie war ein Teil von ihm, so unabänderlich wie die Farbe seiner Augen; und wer sein Freund sein wollte, der mußte ihn eben so mögen, wie er war, samt Aggressivität und so weiter. Zum Teufel mit allen anderen. Was dachten die denn, wer sie wären; was dachten die denn, was die Agentur war? Ein exklusiver Herrenclub? Eine piekfeine Anwaltskanzlei? Er würde sie mit seiner Arbeit für sich gewinnen. Von nun an würde er so verteufelt gut sein, daß sie ihn nächstes Jahr hineinwählen mußten, selbst wenn er sich als ein ehemaliger Zuchthäusler mit einem Strafregister von Vergewaltigung bis hin zum bewaffneten Raubüberfall entpuppen sollte. Er würde etwas ganz Außergewöhnliches tun.

Libanon.

Er würde so in den Libanon gehen wie damals 1968 nach Vietnam — auf gut Glück. Zum Teufel, wenn schon freiberuflich, dann auch gleich richtig, ohne das beruhigende Rückenpolster von fetten Spesenkonten und garantierten Tagessätzen. Wenn man das aufgab, bekam man dafür seine Freiheit; die Freiheit von allen Sorgen über Abgabetermine und Filmtransport, und auch von der Notwendigkeit, sich nach dem Geschmack der jeweiligen Zeitschrift zu richten, die einem den Aufenthalt bezahlte. Er würde Fahrt und Aufenthalt selbst zahlen, seine Fotos völlig selbständig machen und besseres Material bringen als jeder andere, der bis jetzt dort gewesen war. Was nicht allzu schwer fallen dürfte — das meiste von dem Zeug, das er aus dem Libanon gesehen hatte, war von der üblichen Mittelmäßigkeit geprägt gewesen. Dabei schien dieser Krieg, soweit es in der Presse zu lesen war, geradezu maßgeschneidert für die Botschaft zu sein, die er ausdrücken wollte. Der Schrecken, der im Mittelpunkt jedes Krieges stand, war da, aber im Libanon war er nicht vernebelt von irgendwelchen Illusionen über Pflichterfüllung und Opfergeist, Nervenkitzel und einen hehren Zweck. In seiner Einschätzung hatte dieser Krieg überhaupt keinen Zweck.

Er betrat sein Haus zehn Minuten zu spät. Zehn Minuten lagen durchaus noch innerhalb von Margarets Toleranzbereich für Trödelei, daher wurde er auch nicht mit tadelnden Blicken empfangen. Wie üblich war das Abendessen sensationell im Vergleich mit dem im amerikanischen Durchschnittshaushalt: paniertes Barschfilet in einer Marinade aus Orangen und Zitronen, Langkornreis, Spargelspitzen in *sauce hollandaise,* dazu ein gut gekühlter Chardonnay. Wie üblich begann es damit, daß Margaret ein Tischgebet sprach. Danny schnitt während des Gebets Grimassen, wie üblich, und wie üblich wies ihn Margaret zurecht:

„Daniel Francis, ich habe dir schon tausendmal gesagt, daß du beim Tischgebet andächtig sein sollst."

„Tut mit leid, Mom."

„Es wird dir noch viel mehr leid tun, wenn du sowas noch einmal abziehst", sagte DelCorso im Tonfall des *pater familias.* Obwohl er nichts vom Beten vor dem Essen hielt — nicht Gott hatte Speis und Trank auf dem Tisch beschert, sondern er selbst, mit seinen schwerverdienten Dollars —, fühlte er sich doch verpflichtet, Margaret aus Achtung vor ihren religiösen Prinzipien den Rücken zu stärken.

„Wieso sprichst du eigentlich kein Gebet, Dad?"

„Weil Mom es tut."

„Das ist keine Antwort auf meine Frage", antwortete der altkluge Danny.

„Ich erklär dir das, wenn du größer bist. Jetzt iß und mach keine blöden Sprüche mehr."

Margaret warf ihm plötzlich einen ihrer eiskalten Blicke zu. Er erkannte ihn wieder: es war ein Zeichen, daß die Eisprinzessin von irgend etwas beleidigt worden war, auch wenn DelCorso sich nicht vorstellen konnte, wovon. Fand sie den Ausdruck ‚mach keine blöden Sprüche mehr' unangebracht? Wahrscheinlich, aber bestimmt nicht so unangebracht, als daß ein so frostiger Blick gerechtfertigt wäre. Was dann? Er kostete ein Stück Barschfilet und tat so, als hätte er nichts bemerkt, konnte dann aber die Spannung doch nicht ertragen und fragte: „Was ist denn los?"

„Nichts. Warum? . . . Angela, iß deinen Reis."

„Ich mag keinen Reis."

„Wenn du den Reis nicht ißt, bekommst du auch keinen Nachtisch."

„Du hast mir gerade einen tödlichen Blick zugeworfen."

„Wirklich? Du bildest dir was ein, Nick."

„Es ist aber nichts los . . . Angela, ich hab es dir gesagt: du ißt jetzt deinen Reis, oder es gibt keinen Nachtisch. Ich meine es ernst!"

„Was gibt's denn zum Nachtisch?"

„Dein Lieblingsdessert, Götterspeise."

Mit mürrisch-trotziger Miene, ganz der Vater, gehorchte Angela und nahm einen Löffel Reis.

„Wie schmeckt dir der Fisch, Nick?"

„Sehr gut."

„Ich hätte ja nichts dagegen, ab und zu einmal ein Kompliment zu hören, ohne danach fragen zu müssen."

„Ärgerst du dich deswegen?"

„Ich ärgere mich überhaupt nicht. Das Rezept habe ich von einer sehr netten Frau, die ich heute vormittag getroffen habe."

„Wie heißt sie denn?" fragte DelCorso; er sah auf das Bild des Ewigen Juden über dem Küchenfenster, und mit den Gedanken war er ganz woanders.

„Gladys Paige. Sie handelt mit antiken Möbeln und kauft für Museen, Diplomatenresidenzen, Botschaften und so ein. Sie hat sogar Jackie Kennedy bei der Inneneinrichtung des Weißen Hauses geholfen.

Ihre Familie und die Kennedys hatten zwei Sommerhäuser nebeneinander auf Long Island oben."

„Ach, so eine ist das."

„Was soll das heißen: ‚So eine ist das'? Sie ist eine sehr kultivierte Dame. Vornehm, wie man es heute kaum noch findet. Es gibt nichts, was sie über antike Möbel nicht weiß. Oder über Kunst. Oder über das Theater. Ihr Sohn ist seit einem Jahr Guthrie-Schüler."

„Was lernt denn der Sohn dieser kultivierten, vornehmen Dame von einem Hippie-Folksänger?"

Margaret verbiß sich das Lachen. „Doch nicht Arlo Guthrie. *Das* Guthrie. Das Tyrone Guthrie."

„Was ist denn das?"

„Du machst wohl Scherze?"

„Nein."

„Es ist in Minneapolis", belehrte sie ihn. „Ein weltberühmtes Theater."

„Nie davon gehört", fuhr er sie an.

„Du bist heute aber schrecklich empfindlich."

Das letzte, was er an diesem Abend gebrauchen konnte, war es, von seiner eigenen Frau zum Kulturbanausen erklärt zu werden, nur weil er nicht wußte, daß das Tyrone Guthrie ein bekanntes Theater war. Er stocherte in seinem Fisch herum, und einen Augenblick lang wünschte er von ganzem Herzen und mit jeder Zelle seines Körpers, nicht mit dieser versnobten Schönheit verheiratet zu sein.

„Hab vorhin erfahren, daß ich nicht zu den Anteilseignern von *Northstar* gehören werde, jedenfalls nicht in diesem Jahr."

„Oh, Nick, das tut mit aber leid. Woran hat es nur gelegen? So gut, wie du gearbeitet hast . . ."

„Sowas zählt dabei nicht. Ich bin nicht nett genug. Ich bin zu aggressiv. Kaplan meint, ich sollte mal zum Analytiker gehen, damit ich lokkerer werde. Ausgerechnet Kaplan. Zur Besserung von Nicks Persönlichkeit."

Margaret gab dazu keinen Kommentar ab, und Nick interpretierte ihr Schweigen so, daß sie Kaplans Empfehlung zumindest teilweise zutreffend fand.

„Hab meinen Reis aufgegessen!" piepste Angela. „Hab meinen Reis aufgegessen."

„Sei still, Angie", sagte Danny. „Ich glaube, Mom und Dad werden sich jetzt gleich streiten."

„Das werden wir nicht tun, Danny. Und außerdem, dein Vater und ich, wir streiten uns nie. Wir . . ."

„Ja, Mom." Das Grinsen in Dannys sommersprossigem Gesicht wirkte wie das eines leicht boshaften Kobolds.

„Ihr *diskutiert* nur."

Du kleiner Klugscheißer, dachte DelCorso.

„Allerdings."

„Ist mir egal. Ich hab meinen Reis aufgegessen, und jetzt kann ich auch Götterspeise kriegen."

„Nein, erst mußt du noch deinen Fisch aufessen. Dann bekommst du auch die Götterspeise."

„Aber Mammy!"

„Du hast doch gehört, was ich gesagt habe."

„Ich muß mal telefonieren", sagte DelCorso und trank den Wein aus.

„Hast du denn gar keinen Hunger? Ich habe mir große Mühe gegeben, dieses Essen zuzubereiten, Nick."

Prima. Mach mir nur Schuldgefühle, weil ich nicht genug esse. In Wirklichkeit ist mir der Appetit vergangen, weil ich keine Lust habe, mich zu einem unwissenden Klotz degradieren zu lassen, und weil ich mir gerne ein paar Dinge von der Seele reden würde, aber das geht nicht, wenn Angie die ganze Zeit wegen dieser verdammten Götterspeise herummosert.

„Ich hab ziemlich spät mit Kaplan zu Mittag gegessen." Das war eine recht annehmbare Lüge. Der Anruf war nicht einmal gelogen, obwohl er ihn nicht unbedingt gleich machen müßte.

Auf jeden Fall mußte er sofort vom Tisch aufstehen, bevor er ihn umwarf, einen Teller an die Wand schmiß, die Kinder anfuhr oder Margaret ernsthaft beleidigte.

Im Wohnzimmer nahm er eine Flasche Brandy aus der Hausbar und goß sich einen Doppelten ein. Das Tyrone Guthrie, dachte er, während er die Stufen zum Schlafzimmer hinaufstieg. Sie hatte es so gesagt, als wäre das Tyrone Guthrie ein ganz geläufiger Begriff, etwa wie die New York Yankees. Er setzte sich an den Bettrand, wählte die Nummer von IPS und bat einen Redakteur, den er kannte, an den Apparat.

„Kannst du für mich eine Nachricht an Bolton übermitteln?"

„Klar, wenn du's kurz machst", antwortete der Mann. „Wie lautet der Text?"

DelCorso schwieg einen Moment und formulierte die Nachricht im Kopf, lauschte dabei aber immer mit einem Ohr, ob Margaret die Treppe heraufkam.

„Also, schreib auf: Beirutwärts baldigst. Da Flughafen dicht brauche ich Info über beste Einreisemöglichkeit sowie sonstige gute Tips von dir. Gruß Nick."

„Das ist kurz genug. Ich laß es mit unserem nächsten internen Telex an ihn mitlaufen."

Als er den Hörer auflegte, regten sich ihm all die widersprüchlichen Empfindungen eines Ehemanns, der eben ein Rendezvous mit seiner Geliebten vereinbart hat. Er war aufgeregt und schuldbewußt zugleich, voller Spannung und ein wenig ängstlich.

Er streifte die Schuhe ab, ließ sich auf die kühlen Laken sinken und genoß seinen Brandy. Nach dem Whiskey, den er mit Kaplan getrunken hatte und dem Wein beim Abendessen machte der Brandy ihn schläfrig.

Er war gerade kurz vor dem Einnicken, als Margaret ins Schlafzimmer kam, die Wangen kräftig gerötet. Sie warf keinen Blick auf DelCorso, sondern stürmte direkt ins Bad. Als sie wieder herauskam, rief sie durch die Tür nach Fiona: „Du kannst das Geschirr jetzt in die Spülmaschine räumen."

„Mach ich, Maggie!" kam Fionas Antwort in ihrem forschen britischen Akzent.

„Weshalb hat sie nicht mit uns gegessen?" fragte DelCorso. Margaret saß vor dem Spiegel und bürstete sich das Haar, das im Sonnenlicht rötlich schimmerte.

„Na, vielleicht hat sie auch spät zu Mittag gegessen."

„Maggie, ich weiß ja, daß du dir viel Mühe gegeben hast . . ."

„Das ist es gar nicht. Das kommt nur noch dazu."

„Also, was ist nun los?"

„Hast du deinen Anruf erledigt?"

„Ja"

Die Bürste strich vom Scheitel zu den Haarspitzen, und es knisterte elektrisch, wie die Anspannung in Margarets Stimme.

„Du kommst zu spät nach Hause, bleibst zehn Minuten bei uns am Tisch sitzen, dann verschwindest du nach oben, um einen Anruf zu machen, und jetzt sitzt du hier alleine und trinkst. Ich habe das Gefühl, als hieltest du es bei uns nicht aus."

„Ach komm, Maggie. Du machst aus einer Mücke einen Elefanten. Da ist doch noch irgendwas."

Sie legte die Bürste beiseite und wandte sich ihm zu. In ihrer Kopfbewegung lag etwas Gekünsteltes, wie bei einer Schauspielerin, die ihr Stichwort bekommen hat. „Wenn es deiner Meinung nach nichts Wichtiges ist, daß du dich kaum um uns kümmerst, dann wird ja wohl alles andere, was ich sonst zu sagen habe, noch viel unwichtiger sein."

Wichen einem alle Frauen immer so aus? „Probier's doch mal."

„Es ist wegen Danny."

„Wehe, er hat Probleme in der Schule bei dem Geld, das ich für ihn jeden Monat hinlege!"

„Du hast es ja vorhin selbst gesehen. Es ist seine Respektlosigkeit. In der Messe gestern hat er sich unglaublich benommen, einfach unglaublich. Ich habe ihn nicht zur Ruhe bringen können und mußte ihn schließlich hinausschicken und vor der Kirche warten lassen. Und heute ist dann noch ein Brief vom Lehrer der Sonntagsschule gekommen, in dem ich lesen muß, daß er sich dort auch schlecht beträgt."

„Ich werde mit ihm reden."

„Ich bezweifle, daß es viel nützt, wenn du mit ihm redest."

Margaret stand auf und ging zur Glastür hinüber, wo sie stehenblieb und mit einer Hand den Vorhang hielt; wieder wirkten ihre Bewegungen ein wenig einstudiert. „Ich glaube, es würde viel mehr helfen, wenn du ihm ein besseres Beispiel wärst."

„Ich weiß schon, was jetzt kommt."

„Nick, das kann doch nicht so schwierig sein! Danny ist in einem Alter, in dem jeder Junge seinen Vater nachahmt, und deswegen glaube ich auch, daß es nützlich wäre, wenn du mit gutem Beispiel vorangingest. Er soll doch dieses Jahr zur Erstkommunion."

DelCorso sehnte sich nach einem zweiten Brandy. „Wie oft haben wir das nun schon durchgekaut? Ich glaube einfach nicht daran, kein einziges Wort, und ich fühle mich wie ein Heuchler, wenn ich in der Kirche sitze, verdammt nochmal!"

„Wahrscheinlich sollte ich deine Aufrichtigkeit bewundern, aber das tue ich nicht. Ich finde, du übertreibst. Schließlich bitte ich dich ja nur um etwas, das deinem Sohn zugute kommt."

„Was willst du damit sagen? Daß ich nichts für ihn tue? Was ist denn mit dieser verdammten Privatschule, in die er geht? Er ist erst in der zweiten Klasse, und ich blättere jetzt schon so viel Schulgeld für ihn hin, als wär's die Harvard University."

„Ich spreche hier aber nicht von den Vatertugenden deines Scheckbuchs."

„Ich weiß schon, wovon du sprichst. Du möchtest, daß ich zur Messe gehe, und nicht bloß wegen Danny. Deinetwegen. Genauso, wie ich letzten Monat in dieses Ballett gehen sollte, und den Monat davor ins Konzert oder in die Oper. Ich bin nicht gläubig, und ich bin keiner von diesen Kulturheinis. Ich bin es heute nicht, und ich war es auch nicht, als du mich geheiratet hast."

„Ich weiß ja." Ihre Stimme wurde leiser. „Ich dachte nur . . ."

„Was dachtest du?" Er spürte die günstige Gelegenheit und beschloß, sie auszunutzen. „Daß du mich ändern könntest? Stück für Stück, Jahr für Jahr, bis Nick eines Tages zu einem geklonten Abbild dieser Hampelmänner wird, mit denen du früher ausgegangen bist und von denen du nicht schnell genug wegkommen konntest? Nick wird also genau die Sorte Mann, die die Billigung deines Vaters findet — natürlich nur dann, wenn er diesen komischen Kanakennamen ändert."

„Das ist unfair. Das ist jetzt wirklich unfair."

„Wenn es um deinen Alten geht, dann kann ich nicht unfair genug sein."

„Ich meinte, unfair mir gegenüber."

DelCorso lag schweigend auf dem Bett; er lechzte nach einem Brandy, war aber zu lethargisch, um hinunterzugehen und sich einen einzuschenken. Unfair zu ihr war er nicht gewesen, fand er; wenn schon, dann war das Gegenteil der Fall, er bewahrte sie doch davor, seine feste Überzeugung zu hören: Er hatte ihr gestern nicht geglaubt, als sie sagte, daß sie ihn so liebte, wie er war; sie wollte, daß er die Sorte von Mann wurde, die sie richtig fand. Mochte sie auch bei der Eheschließung mit ihm andere Beweggründe als nur die Liebe gehabt haben — er war für sie der Ausweg aus einem Schicksal gewesen, das sie nicht wollte, dem sie aber aus eigener Willenskraft nicht hätte entrinnen können — so hatte die Liebe dennoch im Mittelpunkt ihrer gegenseitigen Anziehung gestanden, weil ihr innerster Instinkt ihr gesagt hatte, daß er trotz aller Verschiedenheit ihr männliches Gegenstück war. Sie war der Zukunft entronnen, die bereits für sie festgelegt gewesen war, doch im Lauf der Zeit zeigte es sich, daß sie sich nicht völlig von ihrer Vergangenheit und allem, was ihr über den richtigen Mann für sie eingetrichtert worden war, hatte befreien können. Die Lektionen ihrer Jugend gewannen langsam die Oberhand über ihre natürlichen Impulse. Diese inneren Stimmen von früher mißbilligten es, daß sie DelCorso so liebte, wie er war; sie befahlen ihr, ihn neu zu formen, ihm eine Gestalt zu geben, die ihre Achtung verdiente. DelCorso seinerseits zog der Gedanke, von ihr neu geformt zu werden, bisweilen durchaus an. Vielleicht könnte ihn die übrige Welt leichter akzeptieren, wenn er ausgedehnte Unterhaltungen über Ballett und Opern zu führen imstande wäre, sich im Theater sehen ließe, einen Ruf als treusorgender Familienvater hätte, der regelmäßig mit Frau und Kindern in die Kirche ging. Womöglich würde auch er selbst sich dann etwas akzeptieren, könnte sich im Spiegel betrachten und darin das Bild eines zivilisierten Mannes sehen, in dem die Härte der Straße schließlich doch geläutert worden war. Sein Stolz verleitete ihn jedoch dazu, Margarets Besserungsversuchen immer Widerstand entgegenzusetzen; sein Stolz und auch seine Angst, er könnte, wenn er ein anderer würde, das zornige Feuer ersticken, das ihn bisher angetrieben hatte. Wie ein Profiboxer konnte auch ein Kriegsfotograf es sich nicht leisten, seine Dämonen zu verlieren. Über diese Furcht legte sich dazu noch diese Besorgnis, daß Margaret, die ihn jetzt bei aller Mißbilligung liebte, sein neues Ich dann zwar billigen, aber gleichzeitig aufhören würde, ihn zu lieben; und da ihm der Platz in ihrem Herzen wichtiger war als ihre Billigung, blieb er lieber so, wie er war.

„Also, Nick? War das etwa nicht unfair? Schließlich *habe* ich ja deinen Namen angenommen. Ich schäme mich seiner nicht. Vielleicht schämst du dich."

„Diese Burschen da in der Agentur halten mich für einen hitzköpfigen Spaghetti, der zu aggressiv ist. Dein Alter findet das ebenfalls, und vielleicht findest du es auch."

„Sind wir etwa deswegen in dieses Fahrwasser geraten?"

„Kann schon sein."

„Ehrlich, ich habe noch nie einen Mann gesehen, der so schnell eine Abwehrhaltung einnimmt wie du. Ich bin katholisch, ich möchte meine Kinder katholisch erziehen, und ich habe dich um nichts weiter als ein bißchen Hilfe bei ihrer Erziehung gebeten, und daraufhin kommst du mir mit dieser verrückten Vorstellung, daß ich dein Leben ändern will, damit mein Vater mit dir einverstanden ist."

„Ich werde aus mir jedenfalls keinen scheinheiligen Heuchler machen. Was, zum Teufel sollte das Danny nützen? Soll er zusehen, wie sein Alter sich hinkniet und ein Kreuz schlägt, wenn er doch genau weiß, daß alles nur Theater ist?"

DelCorso hatte seine vielen Bekehrungen unter Feuer ganz vergessen — wie oft war er im Angesicht der Gefahr auf die Knie gefallen und hatte sich mit der Inbrunst eines Märtyrers bekreuzigt!

„Er braucht ja nicht zu erfahren, wie du darüber denkst, Nick. Es reicht ja schon, wenn er dich von Zeit zu Zeit dort sieht."

„Mit anderen Worten, ich soll dem Jungen was vormachen?"

„Du bist unmöglich. Ich gebe es auf."

Dennoch gab Margaret keineswegs auf, jedenfalls nicht sofort. Ihre Auseinandersetzung dauerte eine halbe Stunde; da sie sie schon zwei- oder dreimal ausgetragen hatten, kannte jeder die Antworten des anderen im voraus; beide wußten, welche Grenzen dabei nicht überschritten werden durften, so daß sie den Streit ausfechten konnten, ohne die Stimme zu laut zu erheben oder etwas zu sagen, das nicht mehr vergeben oder vergessen werden könnte. Schließlich endete der Streit, nicht weil es zu einer Klärung gekommen wäre, sondern weil es beiden sinnlos erschien, ihn fortzusetzen. Alles beruhigte sich, und das Haus versank in die abendliche Routine: DelCorso ging in die Bibliothek hinunter und las bei einem zweiten Brandy in einer Zeitschrift, Margaret und Fiona räumten die Küche auf; um neun Uhr brachten sie die Kinder zu Bett, wobei Margaret darauf achtete, daß beide ihr Gebet aufsagten.

Gegen elf lag auch das Ehepaar im Bett. Ihr Streit war vergessen, und sie schliefen miteinander.

Mit seiner Frau erlebte DelCorso nicht die gleiche Ekstase und völlige Hingabe, die er aus seinen Phantasien kannte. Er liebte Margaret mit heikler Zärtlichkeit. Jeder Mann, der sie sah, hätte sich wohl gefragt, wie er es anstellte, daß er von ihrer vollkommenen Schönheit *nicht* in den Wahnsinn getrieben wurde; doch es war gerade das Fehlen von Makeln, das zum Problem wurde, denn sie erschien ihm dadurch wie die Vorstellung eines Künstlers von der idealen Frau, als Meisterwerk der menschlichen Körperarchitektur, das so vollkommen glatt und symmetrisch war, daß es eher ein statisches, ehrfürchtiges Staunen erweckte als kinetische Leidenschaft. Margarets Körper stellte die äußerliche Form jener Reinheit dar, die DelCorso damals auf dem Tennisplatz an ihr bemerkt hatte, als sie ihm ganz in Weiß erschienen war, und die behutsame Zurückhaltung, die er im Bett ihr gegenüber an den Tag legte, war ein Ausdruck seines Respekts. Wenn er das wilde Verlangen, das in ihm war, entfesselte und das mit ihr täte, was er wirklich wollte — und das war, ihren Hintern fest zu packen und sie im Bett hochzuheben, so daß ihr Rücken sich bog, sich auf die Knie zu hocken und so tief in sie einzudringen, bis er ihr einen Schrei des Schmerzes und der Lust entlockte, einen schwebenden Moment lang den Engel und das Tier in ihr zu vereinen, mit ihr die Hand Gottes zu berühren, indem sie den Teufel losließen — dann würde er sie, so fürchtete er, entwürdigen. Ein Satyr, der die Göttin schändete. Also küßte er sie sanft, umarmte sie zärtlich und beschützte sie vor ihm selbst.

Margaret schlief sofort danach ein. DelCorso lag noch wach und erinnerte sich an die Zeit, in der er immer wieder zum Tennisplatz der Columbia University zurückgekehrt war, in der Hoffnung, sie wiederzusehen, gepackt von der schneeweißen Vision. Dann, an einem warmen Nachmittag im Frühherbst, sah er sie wieder. Verzaubert beobachtete er, wie sie sich auf die Zehenspitzen hob, um ihren Aufschlag auf die Rückhand ihrer Partnerin zu lobben.

Die Partnerin, dieselbe wie damals, als er sie zum erstenmal gesehen hatte, kam von der Grundlinie gerannt, brachte jedoch nur einen Preßball zustande und erwischte bei einem ungeschickten Schlag das Holz des Schlägers. Der Ball sprang über den Zaun, traf nur wenige Meter neben DelCorso auf dem Bürgersteig auf und rollte unter einen Wagen auf der anderen Straßenseite.

„Spiel, Satz und Sieg!" rief Margaret und lief triumphierend zum Netz, um dem dunkelhaarigen Mädchen die Hand zu reichen. Dann tupfte sie sich das Gesicht mit einem Handtuch ab, das ebenfalls weiß war.

„Sechs zu vier diesmal, Maggie. Ich werde langsam besser. Wenn du Lust hast, können wir noch eins machen."

„Erst brauche ich eine Pause, Sharon. Was ist mit dem Ball, den du über den Zaun geschlagen hast?"

„Liegt irgendwo auf der Straße. Die anderen, die wir noch haben, sind alle kaputt, aber ich habe jetzt überhaupt keine Lust, unter Autos zu kriechen, um ihn zu suchen."

„Zwei Stück müßten ja auch reichen, allerdings nur, wenn du mit den Preßbällen aufhörst und nicht immer mit Holz schlägst, Sharon."

DelCorso nahm an, sie hätten ihn deswegen nicht gebeten, den Ball für sie zu holen, weil sie sich nicht trauten, ihn anzusprechen: Mit seiner Statur, den schwarzen Haaren und der dunklen Haut sah er höchstwahrscheinlich so aus wie die Typen, vor denen man die Studentinnen vom Barnard College warnte, nämlich wie ein Puertorikaner aus Morningside Heights, namens Angel oder Rosario, der mit harten Drogen handelte und auf einem zerwühlten Bett unter einem Bild der Heiligen Jungfrau Mädchen vergewaltigte. Und als er über die Straße ging, um den Ball zu holen, wurde ihm bewußt, daß sein Leben sich auf einer Umlaufbahn bewegte, die der Welt der Angels und Rosarios weit näher lag als dem Planeten, von dem Margaret und Sharon kamen. Nichtsdestoweniger sagte ihm sein Instinkt, wie immer so zuverlässig wie ein Kreiselkompaß, daß zwischen ihm und der Rothaarigen etwas geschehen könnte. Gegen alle Vernunft sagte er ihm, daß etwas geschehen *mußte,* wenn er sich nur das richtige einfallen ließ.

Mit dem Ball in der Hand versuchte er, sich eine Strategie zurechtzulegen. Er konnte ihnen den Ball über den Zaun zuwerfen und einfach seines Weges gehen — eine lässige, galante Geste. Oder er konnte kühn bis ans Tor gehen und ihn den beiden überreichen, doch er war sich nicht sicher, ob er die Nerven dazu hatte. Er blieb am Straßenrand stehen und wog die verschiedenen Möglichkeiten ab; die beiden Frauen ruhten sich auf einer Bank aus, mit dem Rücken zu ihm. Einen Moment lang konnte er sich überhaupt nicht rühren. Welche Verblendung, daß eine Frau wie sie sich herablassen würde, mit ihm zu sprechen! Ihre etwas träge, etwas atemlose Stimme, die Körperhaltung, mit der sie sich auf dem Tennisplatz bewegte, bedeuteten Geld, viel Geld. Geld, Klasse, Grazie — mit einem Wort: alles, was er nicht hatte. Um sich Mut zu machen, versuchte er, sein Image etwas aufzubauen. Er zupfte an seinem Hemd, um die breiten Schultern und die schmalen Hüften zu betonen; ordnete das dicke, schwarze, wellige Haar ein wenig; sah in den Seitenspiegel eines Autos, um sich zu überzeugen, daß seine gebrochene Nase auch wirklich von den Augen ausgeglichen wurde, die sich zu den Schläfen hin aufwärts winkelten und die manche Frauen schon als sexy beschrieben hatten. Er machte sich Sorgen wegen seines hinkenden Gangs, der in jenen Tagen weit ausgeprägter war. Wenn eine der beiden ihn daraufhin ansprach, würde er sich eine Ausrede einfallen lassen müssen: ein Autounfall, eine Sportverletzung, alles außer der Wahrheit. Die radikalen Studenten, die aus der Columbia University ein Schlachtfeld gemacht hatten, waren nämlich nicht die einzigen, die alle Vietnamveteranen für Verbrecher hielten; das tat so ziemlich jeder. DelCorso hielt sich ja oft selbst für einen, wenn auch seine Scham nicht so sehr dem galt, was er getan hatte; eher dem, was er in diesem Krieg gelernt hatte: eine häßliche Wahrheit über sich selbst und die menschliche Natur, die er eigentlich nicht kennen durfte. Und das Hinken war, ebenso wie die Narben am Bein, ein sichtbares Mal dieses verbotenen Wissens.

Aber die Narben waren auch ein Zeichen für eine ganz andere Art Wissen, das ihm nun doch den Mut verlieh, an das Tor zu treten und gegen einen der Eisenpfosten zu klopfen.

„Verzeihen Sie, gehört das Ihnen?" Er sprach übertrieben deutlich, um den Stakkatorhythmus der Straße in seiner Stimme ein wenig zu verfeinern.

Die Köpfe der beiden Frauen drehten sich gleichzeitig zu ihm um. Durch die Maschen des Drahtzauns sah DelCorso Margarets Augen, ein tiefes, vielversprechendes Grün.

„Ist es ein Wilson-Drei?" fragte sie, wobei sich ihre Stimme bei ‚drei' um einige Töne hob. DelCorso fühlte sich ermuntert; irgendwie hatte er gewußt, daß sie es sein würde, die ihm antwortete.

„Ein was?"

„Der Ball. Ob es ein Wilson mit drei Punkten ist?"

DelCorso sah auf den Tennisball; dabei spürte er, daß er den Eindruck eines Affen machte, der einen unbekannten Gegenstand untersuchte. „Ja, genau so einer."

„Dann ist es unserer."

Da er fühlte, daß ein kritischer Punkt erreicht war, zögerte er einen Sekundenbruchteil, um abzuwarten, was sie tun würde. Sein Herz schlug schneller und ließ kaum Platz für die Lungen, als sie, anstatt ihn zu bitten, den Ball über den Zaun zu werfen, aufstand und ans Tor kam. So zu gehen wie sie, konnte eine Frau nicht lernen, es mußte ihr angeboren sein. In derselben natürlichen, königlichen Weise streckte Margaret den Arm aus, nachdem sie das Tor geöffnet hatte.

„Ich danke Ihnen vielmals", sagte sie. Er kämpfte seinen ersten Impuls nieder, den weißen Arm zu berühren, und reichte ihr den Ball. Sie trat wieder hinter das Tor. DelCorso bildete sich ein, er sende Signale aus, die stark genug waren, daß sie sie körperlich spüren mußte, doch als er nun die grünen Augen auf eine Reaktion absuchte, bemerkte er nichts von dem Entgegenkommen, das er vorhin aus der Ferne zu sehen geglaubt hatte; sie schimmerten so leer wie Radarschirme, wenn kein Flugzeug in der Luft ist.

Sag irgendwas, sag es jetzt, bevor sie wieder weggeht. „Sollten sie nicht in Riverside spielen?"

In ihren Augen war nur ein fragender Ausdruck zu erkennen.

„In Riverside? Die Plätze da sind alle ausgebucht. Sie sind doch immer voll."

„Aber ich meine, die Gegend hier kann gefährlich werden."

Margaret ließ den Blick über die Straße schweifen. „Ja, schon möglich." Sie klang vollkommen sicher: ihr konnte jedenfalls bestimmt nichts passieren. DelCorso erkannte sofort, daß ihre Zuversicht von mangelnder Vorstellungskraft herrührte; sie hörte sich an wie gewisse begeisterte Soldaten, denen er in Vietnam begegnet war — Männer, die unfähig waren zu glauben, daß ihnen irgend etwas widerfahren konnte, bis es dann doch einmal geschah.

„Sind Sie vom Barnard College oder von der Uni?"

„Wir arbeiten hier als Assistentinnen, wenn die Marxisten nicht gerade demonstrieren. Es müßte ganz toll sein, einmal ein paar Monate in New York zu verbringen, dachten wir."

„Na klar. 'Ne tolle Stadt." Du liebe Güte, ich glaub's ja selber kaum, daß ich das gerade gesagt hab.

„Vom Nordufer sind wir. Aus Marblehead."

DelCorso nickte wissend, obwohl der Name ihm überhaupt nichts sagte.

„Und Sie?"

„Aus Chicago", antwortete er und war ganz aufgeregt, weil sie immerhin ein oberflächliches Interesse an ihm gezeigt hatte. Unwillkürlich neigte er sich immer weiter vor, bis er im Zaun hing wie ein Gefangener in einem Straflager. Margaret stand nur einen halben Meter vor ihm, den Schläger unter den Arm geklemmt, die Füße gekreuzt. Sie sah aus wie das Fotomodell auf einem Werbeplakat für Freizeitclubs. Sharon, die mißtrauischer oder weniger unschuldig wirkte im Umgang mit fremden Männern, so dicht an der Grenze zu Spanish Harlem, blieb in der

Nähe des Netzes und hielt ihren Schläger wie eine Keule vor sich, jederzeit bereit zur Abwehr Rosarios, des lüsternen Frauenschänders. Sharon kennt sich aus, Sharon hält mich für einen Irren. Ich bin ja auch irre, dachte DelCorso, denn er hätte sich tatsächlich am liebsten durch das Tor gestürzt, allerdings nicht in der Absicht, jemanden zu vergewaltigen: er wollte Margaret umarmen, in das Weiß ihrer Kleidung und ihrer Haut eintauchen wie in ein Taufbecken.

„So, Chicago", sagte Margaret. „Und was machen Sie dann auf der Columbia University?" Sie sah seine Fototasche. „Aha, Sie studieren bestimmt Publizistik."

„Aus der Uni bin ich schon lange raus. Ich arbeite für Associated Press." Er kramte in seiner Tasche und zog einen Presseausweis hervor, den er ihr hinhielt, um auf diese Weise klarzustellen, daß er ein anständiger junger Mann war, der einer geregelten Arbeit nachging.

„DelCorso", las sie von der Karte ab. „In Rom gibt es eine Straße namens Via del Corso. Haben Ihre Leute ursprünglich in Rom gelebt?"

„Nein, wir kommen aus Süditalien", erwiderte er und ging ein wenig in Abwehrhaltung. Ihm gefiel es nicht, wie sie ‚Ihre Leute' gesagt hatte, als wäre er Angehöriger eines exotischen Indianerstammes.

„Aha, aus dem *mezzogiorno. Forse Calabria?* Ach ja, Kalabrien, Kalabrien." Sie sprach mit gespielter Theatralik weiter: *„Una provincia piu' bella."*

Was zum Teufel soll das bedeuten? „Wo haben Sie denn italienisch gelernt?"

„In Italien. Ich habe ein Jahr lang Studien in Florenz betrieben, in den Uffizien. Kunstgeschichte. Italien finde ich herrlich."

„Meine Großeltern dürften da anderer Meinung gewesen sein."

„Und Sie sind also Fotograf", fuhr sie fort, indem sie seine Bemerkung völlig ignorierte. „Das paßt ja. Italiener sind sehr visuelle Menschen, wissen Sie?"

„Nein, das wußte ich nicht." DelCorso lehnte sich gegen den Zaunpfahl und dachte, er müsse dieser Unterhaltung entweder irgendwie eine neue Wendung geben oder so schnell wie möglich verschwinden. „Dann halten Sie wohl Vorlesungen über Kunstgeschichte in der Uni?" Wunderbar, Nick. Wirklich originell.

„Ja, zufällig gibt es sogar eine über die Geschichte der fotografischen Kunst."

„Das wird ja wohl eine sehr kurze Vorlesung sein."

„Weshalb?"

„Weil die Fotografie keine Kunst ist. Es ist eine angewandte Wissenschaft. Jeder Fotograf, der sich Künstler nennt, ist ein Schwindler."

DelCorso schwieg und bemühte sich, eine Ermutigung aus ihrem Blick herauszulesen. Nichts. „Wohnen Sie hier in der Gegend?" fragte er vorsichtig.

„In dieser Gegend hier? Natürlich nicht. Wir wohnen zur Zeit bei Bekannten, auf der West 72th."

„Maggie, zum Donnerwetter!" rief Sharon warnend.

„Was hast du denn?"

„Heiliger Himmel!" Sharon kam mit großen Schritten auf das Tor zu, den Schläger hoch in die Luft erhoben. „Wenn du das nicht weißt, dann wird es auch nicht viel nützen, es dir zu sagen."

„Ach, deswegen. Es gibt keinen Anlaß zur Besorgnis. Dies ist Mr. DelCorso. Er ist Fotograf und vertritt eine Ansicht über den Zusammenhang von Kunst und Fotografie, bei der Dr. Lawson die Luft wegbliebe, wenn er sie hörte."

„So, wirklich?" Sharons Stimme erinnerte DelCorso an einen Kühlschrank.

„Er hat mir gerade gesagt, jeder Fotograf, der sich Künstler nennt, sei ein Schwindler."

„Aha."

„Dr. Lawson würde sich doch glatt verschlucken, wenn er das hört."

Sharon warf DelCorso einen Blick zu, dessen Mißbilligung nichts mit seiner Meinung über Kunst und Fotografie zu tun hatte.

„Vielen Dank, daß Sie uns den Ball gebracht haben, Mr. DelCorso." Ihre Stimme hatte den Kühlschrank verlassen und war auf dem besten Wege in die Gefriertruhe. Noch ein paar Minusgrade mehr, und er würde einen Schaffellmantel brauchen.

„War doch kein Problem." Und es wäre auch kein Problem, die Bespannung aus deinem Schläger zu reißen und dich damit zu erwürgen.

„Maggie, findest du nicht, daß es Zeit für unseren nächsten Satz wird?" Sag dieser Kuh doch, sie soll erstmal ihre Rückhand besser trainieren.

„Also gut. Wollen wir mal sehen, ob du diesmal besser bist als sechsvier. War nett, mit Ihnen zu plaudern, Mr. DelCorso."

„Sagen Sie Nick."

„Gerne. War nett, mit Ihnen zu plaudern, Nick."

DelCorso hätte völlig den Mut verloren, wenn Margaret ihm nicht, kurz bevor sie auf den Platz zurückging, noch eine Spur Hoffnung mit den Augen zugefunkt hätte. Der Ausdruck, der in ihnen lag, war eher kokett als verführerisch, wie ein mädchenhaftes Protzen mit ihrer Anziehungskraft; trotzdem ermutigte DelCorso der Blick, schon allein deshalb, weil er ihn nicht entmutigte.

„Kann ich Sie mal anrufen?"

„Ja, hier an der Uni. Fragen Sie einfach im Assistentenzimmer nach Margaret Fitzgerald", erwiderte sie, was einen tadelnden Blick von Sharon zur Folge hatte.

In euphorischer Stimmung ging DelCorso zu seinem Wagen, doch in sein Hochgefühl mischte sich ein seltsamer Gedanke, den er im Hinterkopf trug: wenn eine Frau wie sie auch nur das geringste Interesse an einem Mann wie ihm an den Tag legte, so mußte das heißen, daß irgend etwas mit ihr nicht stimmte.

Das gespenstische Blau der Digitaluhr war das einzige Licht im Schlafzimmer. Drei Uhr morgens. DelCorso tastete nach dem Hörer. Margaret, die einen festen Schlaf hatte, war von dem Klingeln nicht aufgewacht.

„Spreche ich mit Mr. DelCorso?" fragte die Stimme eines jungen Mannes.

„Ja"

„Hier ist IPS. Entschuldigen Sie, daß ich sie mitten in der Nacht anrufe. Wir haben hier eine dringende Nachricht von Harry Bolton für Sie!"

DelCorso bat ihn, kurz zu warten. Er setzte sich auf, knipste die Leselampe an und nahm aus einer Nachtischlade Papier und Bleistift. „Dann legen Sie mal los."

„Die Nachricht lautet: ‚Hältst wohl das süße Leben nicht aus, was? Gibt nur zwei Möglichkeiten, ins Land zu kommen. Flug nach Zypern, abends mit Frachtschiff von Larnaca nach Dschunieh, christlicher Hafen nördlich von Beirut. Oder Flug nach Amman und einen der libanesischen Fahrer anheuern, die Fotos und Fernsehmaterial von Beirut nach Jordanien zur Satellitenübermittlung bringen. Fahrt kostet dich zweihundertfünfzig Dollar. Brauchst ein Transitvisum für Syrien. Hab dir ein Zimmer im Commodore besorgt. Bis bald. Gruß Harry.' Das war's, Mr. DelCorso. Tut mir wirklich leid, Sie zu dieser Zeit anzurufen, aber es stand ‚dringend' drauf."

„Machen Sie sich keine Gedanken deswegen. Vielen Dank."

Freudige Erregung erfaßte ihn, und er konnte nicht gleich wieder einschlafen. In der Nacht auf einem Frachter von Zypern loszufahren, sprach eine romantische Ader in ihm an, aber es schien doch wesentlich sicherer, einen Wagen in Amman zu mieten. Er würde ein Visum für Jordanien brauchen, und für Syrien und den Libanon auch. Morgen also zu den Konsulaten. Dann Geld von der Bank abheben. Fünftausend dürften reichen. Die Flugtickets konnte er mit Kreditkarte bezahlen. Er zündete sich eine Zigarette an und versuchte, Ordnung in die aufgewühlten Gedanken und Gefühle zu bringen. Als das keinen Erfolg hatte, schlich er ins Badezimmer und nahm sich eine von Margarets Valiumtabletten. Valium . . . Würde sie damit fertigwerden? Ja, sie würde es schon schaffen. Er konnte die ganze Sache in zwei, vielleicht drei Wochen durchziehen. Als er sich wieder neben sie legte, betrachtete er ihre schlafende Gestalt mit widersprüchlichen Gefühlen; er war aufgeregt, weil er abreiste, dabei wünschte er gleichzeitig, er könnte bleiben, und fragte sich, warum er nicht der Ehemann und Vater sein konnte, den sie haben wollte. Er spürte, daß er ihr das eigentlich schuldete, weil sie in dieser unsicheren Welt der Mittelpunkt seines Lebens war, unversehrt und intakt. Und weil er in seinem tiefsten Innersten mit dem übereinstimmte, was ihr Vater einmal über ihn gesagt hatte: So wie er war, sei er nicht gut genug für sie. Mit ihr sollte etwas nicht stimmen? Nein, mit ihm. Er verdiente diese Vollblutfrau nicht, die sich jeden Mann hätte aussuchen können, aber trotzdem ihn gewählt hatte. Der Zorn, aus dem manchmal ihre Zwistigkeiten entsprangen, so merkte er jetzt, war ein Zorn auf sich selbst und auf jenen, ihm unverständlichen Teil seines Wesens, der ihn daran hinderte, seine Lebensweise dem Idealbild anzugleichen, das sie von ihm hatte. Warum konnte er seine Prinzipien nicht einmal ein wenig beiseite lassen und bei der Frage des Kirchgangs einen Kompromiß eingehen?

Selbstkritik kann man jedoch nicht allzu lange durchhalten. Während er Margaret ansah, stieg unmerklich der Ärger gegen sie auf, weil sie in ihm ein Gefühl der eigenen Wertlosigkeit erweckt hatte. Nicht die Dinge, die sie gesagt hatte, machten ihm zu schaffen, nicht die subtilen Hinweise auf seine Unwissenheit und seine Fehler; vielmehr tadelte bereits die Tatsache ihrer Existenz seine eigene — sie zwang ihn, sich mit ihr zu vergleichen, und dabei kam er nicht gut weg. Er stellte seine mangelnde Attraktivität gegen ihre Schönheit, seinen High-School-Abschluß gegen ihre Ausbildung einer Tochter aus gutem Hause, sein linkisches Wesen gegen ihre Anmut, den Wohlstand ihrer Familie gegen die Gewöhnlichkeit seiner Herkunft, ihre mütterlichen Tugenden gegen seine Unzulänglichkeit als Vater, seine Impulsivität gegen ihre besonnene Art, seine Seitensprünge gegen ihre Treue. Er überlegte, ob er ihren Ausrutschern mit dem Alkohol nur deswegen so viel Aufmerksamkeit schenkte, weil das wirklich der einzige ernstliche Makel war, den er an ihr finden konnte, und weil er ihm gestattete, seine eigenen Fehler zu vergessen und seine Unfähigkeit, diese Fehler auszumerzen. Als er nun die Kurven und Wölbungen ihrer Gestalt betrachtete, wurde ihm der Hauptgrund klar, warum er gehen mußte und immer so lange auf

Reisen war: er mußte sie verlassen, weil er sich selbst nicht mochte, wenn er bei ihr war. Diese Einsicht kam ihm zum erstenmal, jedenfalls hatte er dies noch nie so klar erkannt. Sie verwirrte und erschreckte ihn, denn er liebte und brauchte Margaret, und doch brauchte er es auch, von ihr und ihrer vorwurfsvollen Tugendhaftigkeit entfliehen zu können.

27

Zehn Tage nach dem gräßlichen Mord an Nabil fuhr Bolton zum Holiday Inn, in einem Schützenpanzer, den die Falangisten der libanesischen Armee entführt hatten. Das reguläre Militär war inzwischen auf eine Truppe von Nachtwächtern reduziert, die vor ausländischen Botschaften und dem Präsidentenpalast Posten standen, in dem seit Monaten keine funktionsfähige Regierung mehr arbeitete. Der Schützenpanzer war in der Dunkelheit kurz vor Morgengrauen eine enge Seitenstraße entlanggerasselt, wobei er mehrere Gewehrsalven von schlaflosen Moslems auf sich gezogen hatte, und vor der Laderampe auf der Rückseite des Hotels stehengeblieben. Wo früher einmal tiefgekühlte Steaks, Fischfilets und Kisten mit französischem Wein aus den Lastwagen geholt worden waren, flogen nun Kartons mit Handfeuerwaffenmunition, raketengetriebenen Granaten und Plastiksprengstoff aus dem Schützenpanzer auf den Boden und wurden von Männern im Tarnanzug in das Gebäude getragen.

Die kurze Fahrt von der Corniche zum Hotel hinauf hatte sie an kaum mehr als vier Häuserblocks vorbeigeführt, doch Bolton, der ständig damit gerechnet hatte, daß eine Rakete das Fahrzeug in ein Krematorium verwandelte, war es vorgekommen wie viele Meilen. Erleichtert kletterte er aus der rollenden Mausefalle und folgte seiner Eskorte Sami, einem dicklichen Mann mit schütterem Haar, der vor dem Krieg ein Möbelgeschäft geführt hatte, über die Laderampe in einen unbeleuchteten Korridor. Fanfare und Tusch. Er hatte es geschafft. Der erste Korrespondent, der in dieses Hotel hineingekommen war, das in jeder Pressemeldung, einschließlich seiner eigenen, mit dem Zusatz ‚heftig umkämpft' versehen wurde. Er fragte sich, warum er nicht den gewohnten Siegestaumel empfand. Vielleicht war es um halb fünf Uhr morgens noch zu früh, um wegen irgend etwas zu triumphieren. Vor ihm im Gang bildeten die *kataeb* mit ihrer Munitionslast eine Kette aus murmelnden Schatten. Sie bogen in einen zweiten Korridor ab, an dessen Wand Bolton einen Pfeil und das Schild ‚Rezeption' sah. Sami führte ihn jedoch in die entgegengesetzte Richtung, in die grell erleuchtete Küche, die zu einer Cafeteria für Stadtguerilleros umfunktioniert worden war: ein muskulöser Mann mit einem Revolver im Gürtel briet Spiegeleier, auf die schon ein gutes Dutzend *kataeb* mit Tellern in der Hand wartete; sie standen unterhalb der Edelstahltöpfe, die immer noch von den Haken an der Wand baumelten.

„Sie möchten vielleicht etwas zu sich nehmen, bevor wir mit Major Yussef zusammentreffen?"

„Nur eine Tasse Kaffee."

„Es gibt aber bloß Tee."

„Dann eben Tee."

Sami watschelte zu einem großen Behälter und ließ zwei Tassen volllaufen. „Wie Sie sehen, haben wir mehr, als wir brauchen. Ja, noch viel mehr. Ha! Gestern abend hat es Eiskrem gegeben! Die Kühlschränke sind so voll, daß es noch Wochen reicht."

„Und was wollt ihr machen, wenn sie doch mal leer werden? Essen ins Haus liefern lassen?"

„Bis dahin haben unsere Brüder in Ost-Beirut einen Korridor freigekämpft. Die Einnahme von Karatina war der erste Schritt dazu."

„Jaja, ich bin dabeigewesen. Keine große Leistung."

„Und falls es unseren Brüdern nicht gelingt, werden wir hier auch sterben, wenn wir müssen."

„Damit würde ich an Ihrer Stelle ganz fest rechnen."

„Was? Glauben Sie etwa, die *fedayin* haben uns eingeschlossen? Nein! Wie hätten wir denn Sie in dem Schützenpanzer hereinschleusen können, wenn wir eingeschlossen wären?"

„Das war Glück."

Der starke Tee schwemmte den kupfigen Nachgeschmack der Angst aus Boltons Mund, die ihn auf der Herfahrt gepackt hatte. Langsam schlürfte er aus der Tasse, während er seinen Cassettenrecorder auf dem Küchentisch aufbaute, und bemühte sich, den Enthusiasmus aufzubringen, mit dem er an seine Aufgabe herangehen sollte. Er dachte an die vielen Stunden, die Raymond und er damit verbracht hatten, wie er ins Hotel hinein (und wie er hoffte, auch wieder hinaus) kommen konnte, und an das Risiko, das er beim Treffen mit den Falangisten vorhin eingegangen war. Genüßlich stellte er sich die Wutraketen vor, die in den Büros der Konkurrenz einschlagen würden, sobald diese Story auf dem Agenturtelex und bei den Nachrichtensendern war. Auf Sendung. Sogar die Korrespondenten der großen Fernsehgesellschaften würden ihr Fett abbekommen. *Bolton von IPS bringt Live-Repo aus dem Holiday Inn. Könnt ihr mithalten?* Er hatte sich schon immer gewünscht, diesen

Bildschirmstars mit den seidenweichen Stimmen eins auszuwischen, doch jetzt, da er kurz davor stand . . . *Knüller! Exklusivmeldung! Sensation!* Scheiße. Nichts, so schien es, konnte den Nebel der Gleichgültigkeit in ihm vertreiben. Diese journalistischen Triumphe waren die Anstrengung und das Risiko nicht wert; und je länger er über diesen hier nachdachte, desto weniger erschien er ihm als der Lohn für Unternehmungsgeist und Erfindungsreichtum, sondern eher wie ein bravouröser Trick — das gleiche wie ein Sprung mit dem Motorrad über eine Pyramide aus brennenden Benzinfässern.

Die *kataeb,* alle mit kohlschwarzen Gesichtern, nachdem sie sich nicht rasiert hatten, suchten sich einen Platz zum Sitzen und begannen, mit Heißhunger zu essen. Da Bolton vom Geruch der gebratenen Eier doch Appetit bekam, bat er um eine Portion.

„Natürlich, natürlich. Vielleicht ist Major Yussef noch gar nicht wach, also haben wir sowieso viel Zeit. Wie möchten Sie die Eier? Lassen Sie mich raten: Eispiegel auf beiden Seiten gebraten. Alle Amerikaner essen sie so."

„Spiegel-ei."

„Ha! Ach, richtig: Spiegelei."

„Ich hätte sie lieber als Rühreier."

Sami gab die Bestellung auf. Während der Koch die Rühreier zubereitete, kamen drei weitere Milizionäre in die Küche gestürzt. Einer davon war ein streitlustiger Jugendlicher mit schwarzem Barett auf dem Kopf und einem goldenen Kruzifix am Hals; er trug ein knappes Unterhemd, über das er eine Kalaschnikow mit zusammenklappbarer Schulterstütze wie bei den Fallschirmjägern geschlungen hatte. Er sagte etwas zum Koch, dessen Kommentar wie eine Beleidigung klang, obwohl Bolton kein Wort verstand. Der Junge gab eine scharfe Antwort, und wie bei den meisten Auseinandersetzungen in diesem verrückten Land brach innerhalb von Sekunden die Gewalt los. Der Koch, der die Statur eines Rausschmeißers besaß, spritzte dem Jungen mit der Gabel heißes Fett ins Gesicht, stieß ihn gegen den Tisch und schlug ihm mit einem Aluminiumtopf über den Schädel. Die anderen beiden packten ihn an den Armen, bevor er ein zweites Mal ausholen konnte, wurden jedoch von einem halben Dutzend *kataeb* niedergerungen, die von ihrem Essen aufgesprungen waren. Da die drei hoffnungslos unterlegen waren, wurden sie aus der Küche hinausgeworfen wie betrunkene Flegel aus einer Bar, der Junge halb betäubt und taumelnd, auf seinem Gesicht ein Muster von Rinnsalen aus Blut.

„Worum ist es denn da eben gegangen?" fragte Bolton beiläufig. Er war solche plötzlichen Temperamentsausbrüche mittlerweile ebenso gewöhnt wie die Bewohner von tropischen Inseln einen Monsunsturm.

„Chamounisten", erwiderte Sami nicht ohne Verachtung. „Die Chamounisten haben uns ein paar Leute geschickt, etwa ein Dutzend, als Zeichen ihrer Solidarität, haben sie gesagt. In Wirklichkeit haben sie aber politische Absichten. Sie wollen nur den Maroniten einreden, daß sie an diesem Kampf teilnehmen, um die Rolle der Falange herunterzuspielen."

„Und worum ging es nun bei dem Streit? Wer die Stimmen der Christen bei den nächsten Wahlen bekommt?"

„Um Eiskrem."

„Aha?"

„Es war wegen der Politik. Es ging um das Eis. Der jüngere Kerl sagte zu unserem Koch, er solle ihnen Frühstück machen, weil gestern abend keiner der Chamounisten etwas von dem Eis abbekommen hat. Unser Mann hier erklärte, er wolle nichts für Chamounisten kochen, weil die mit ihren Arschlöchern essen. Dann hat der andere die Ehre der Frau unseres Kochs in Zweifel gezogen."

„Ich wette, seine Frau würde sich riesig freuen, wenn sie wüßte, wie gut er ihre Ehre verteidigt."

„Ach, er ist gar nicht verheiratet."

Mit einem mißtrauischen Blick auf Boltons Recorder reichte der bullige Koch die Rühreier hinaus, abgesehen vom Kopf des Chamounisten wohl die Hauptopfer der Schlägerei: weil sie auf dem Grill vergessen worden waren, hatten sie nun die Farbe von dunklem Zimt.

„Ja, seit gestern abend sind die Chamounisten sehr wütend auf uns", fuhr Sami fort. „Wir hatten gerade genügend Eiskrem für unsere eigenen Leute. An die mußten wir zuerst denken."

„Na sicher. Keine Portion Eis abzukriegen, ist wohl ein ordentlicher Grund, sich den Schädel einschlagen zu lassen."

Die Wände bebten leicht, als in einem der oberen Stockwerke eine Granate explodierte. Der Lärm wirkte auf die Milizionäre anscheinend wie ein Signal, denn sie warfen sich die Gewehre über und marschierten hinaus, so automatisch wie Fabrikarbeiter beim Klang der Sirene.

„Ich glaube, jetzt können wir zu Major Yussef hinein."

Bolton schlenderte hinter Sami in die Haupthalle; unter seinen Schuhen knirschte geborstenes Glas wie aufgeschütteter Kies. Unter einem Kronleuchter, der bedenklich lose von einem kreisförmigen Stuckeinsatz in der Decke herabhing, lag ein Falangist auf dem Rezeptionstisch ausgestreckt, hinter sich eine Reihe von Postfächern, an denen immer noch die Zimmerschlüsseln von ihren Haken baumelten. Ein weiterer Mann schlief in einem Sessel neben einem Schalter mit dem Schild ‚INF M ION'. Er hätte auch ein etwas schäbig gekleideter Hotelgast sein können, wären da nicht die Kalaschnikow in seinem Schoß und die Handgranaten an seinem Gürtel gewesen. Mit einem Seitenblick bemerkte Bolton, daß die drei Chamounisten sich nach dem Verlust ihrer Küchenprivilegien doch noch zu trösten gewußt hatten: sie hatten die Bar besetzt. Der Junge trug eine Bandage aus Servietten um den Kopf, die anderen beiden saßen auf Barhockern, vor sich eine Flasche mit irgendeiner klaren Flüssigkeit, wahrscheinlich der starke Schnaps, den man hier *arrak* nannte.

Das Büro des Hoteldirektors war zu Major Yussefs Kommandostelle umgewandelt worden. Den Majorsrang hatte Yussef in der libanesischen Armee innegehabt, bevor er desertierte und zu den Falangisten überlief, und er trug die Abzeichen immer noch an der Uniform.

„Willkommen, Mr. Bolton", begrüßte er ihn und erhob sich von seinem harten Lager. Er war von durchschnittlicher Größe und hatte sinnliche Lippen, die von einem lang geschwungenen Schnurrbart umrahmt wurden.

„Willkommen im Holiday Inn." Die wohlgeformten weißen Zähne blitzten hinter dem Schnurrbart. „Wir hoffen, Sie genießen Ihren Aufenthalt."

Der Bruder hat ja vielleicht einen Humor, dachte Bolton, während er den Recorder auf dem Tisch abstellte. Major Yussef sah an ihm vorbei zur Tür.

„Wo ist denn Ihr Team?"

„Mein Team?"

„Sie sind doch vom Fernsehen? NBC, oder?"

„Nein."

„ABC? CBS?"

„Nein."

„Man hatte mir gesagt, Sie wären vom Fernsehen."

Dieser verfluchte Raymond. Hat es gleich übertreiben müssen. „Da hat man sie falsch informiert. Ich bin vom Radio."

„Aha, NBC-Radio."

„Nein, nicht von NBC-Radio. Von IPS."

„Wie bitte?"

„I-P-S. Die Nachrichtenagentur."

„Nachrichtenagentur?" wiederholte Major Yussef leicht indigniert. „Von einer Nachrichtenagentur?"

„Allerdings, leider."

Völlig am Boden zerstört sank der Major auf einen Stuhl nieder; all seine Hoffnungen auf einen Auftritt in den Abendnachrichten mit John Chancellor oder Walter Cronkite waren dahin.

„Ich dachte, Sie wären vom überregionalen Fernsehen."

„Tut mir leid, Major, aber da hat ihnen jemand was Falsches erzählt."

Yussef trommelte mit den Fingern auf die Tischplatte und überlegte offenbar, was zu tun war. Nach einer kurzen Unterredung mit Sami entschied er, daß ein Radiointerview besser als gar nichts war. „Gut. Also die IPS-Nachrichtenagentur. Bitte sehr, fangen Sie an. Fragen Sie, was Sie wollen."

Bolton schaltete den Recorder ein und rezitierte eine Reihe von Routinefragen aus seinem Notizbuch. Er machte sich keine Illusionen, daß er auch nur eine einzige brauchbare Information aus Major Yussef herausholen würde. Und das war auch nicht nötig. Der Major hätte über alles mögliche sprechen können — über die Fußballoberliga, die Zensuren seiner Kinder, den Teepreis in China —, solange er nur redete und seine Stimme auf Band festgehalten wurde, denn das war der Beweis, daß der IPS-Mann vom Beiruter Büro ins Holiday Inn hineingekommen war und den Kommandeur der christlichen Milizen interviewt hatte.

Als die Scharade vorbei war, gestattete ihm der Major, sich überall umzusehen, solange Sami bei ihm blieb; ohne Eskorte könne er in Schwierigkeiten geraten.

„Soll mir recht sein. Zuerst mal will ich aufs Dach."

„Aufs Dach?" Samis rundes, feistes Gesicht lehnte sich in beinahe kummervolle Falten. „Aufs Dach?"

„Ja, sicher, aufs Dach."

„Aber auf dem Dach ist es viel zu gefährlich."

„Ja, Sami, doch nicht gefährlicher als irgendwo anders."

Wieder blitzte Major Yussefs gewaltiges Gebiß unter dem Schnurrbart auf. „Das wird dir guttun. Du bist ohnehin zu fett."

Der Generator erzeugte nicht genügend Strom für die Fahrstühle, und oben angekommen, befürchtete Bolton, der selbst ein wenig außer Atem war, daß Sami gleich einen Herzanfall erleiden würde. Die letzten fünfzehn Stockwerke hatte Bolton das Gewehr tragen müssen. Das Gesicht des einstigen Möbelverkäufers war ein scharlachroter Fleck und wies einzelne geplatzte Äderchen auf, als sie auf dem Dach ankamen. Er sank in einer Ecke zusammen und konnte eben noch den Scharfschützen und MG-Posten einige beruhigende Worte zumurmeln, denen das plötzliche Erscheinen eines großen blonden Mannes mit einem Cassettenrecorder in der Hand offenbar nicht ganz geheuer war.

Bolton verschaffte sich einen Überblick. Das Dach wurde von einer hohen Betonmauer umschlossen, vor der man Trümmer und Gerümpel aufgetürmt hatte. Über den Rand eines großen Steintopfes hingen die Zweige einer vertrockneten Pflanze. Drei Heckenschützen saßen um ein rundes Ding herum und ruhten sich aus; wahrscheinlich war es ein Abzugsschacht, denn daneben erhob sich ein garagenähnlicher Aufbau, in dem offenbar das Entlüftungssystem für das Restaurant einen Stock tiefer eingebaut war. Überall sah Bolton die Einschläge von Kugeln und Schrapnellsplittern, und das ganze Dach war mit Betonbrocken übersät, die aussahen wie Geröll auf der Mondoberfläche.

Die Umfassungsmauer war nicht hoch genug, um seinen Kopf zu schützen, also bückte er sich ein wenig und lugte durch einen Granateinschuß auf den Hügel, der sich hinter dem Hotel erhob: ein dichtes Gewirr von Wohnhäusern bis zu der Anhöhe, wo der Moore Tower aufragte, auf dessen Spitze sich die Umrisse der Zwillingsläufe einer Fliegerabwehrkanone vom grauen Morgenhimmel abhoben. Von der anderen Seite des Dachs konnte Bolton einen Blick auf das Hotel Phoenicia werfen; es war fast in Wurfweite für Handgranaten, die Ostseite bestand nur noch aus Einschüssen, Splitterrissen, schwarzen Explosionsspuren und zerschmetterten Fenstern, die von verkohlten Mauern eingerahmt wurden. Das gab reichlich Farbe für den Artikel — die Ästhetik der Zerstörung. Nun brauchte er aber noch Ton für seine Repo.

Doch es war ein ruhiger Morgen, und da er nicht genug Zynismus aufbrachte, die Falangisten zu bitten, ihm etwas Bum-Bum zu verschaffen, indem sie ihre Gewehre abfeuerten, setzte er sich neben Sami und wartete darauf, daß etwas geschah.

Wer warten kann, dem fällt alles in den Schoß. Ton. Lärm. Genug Lärm, um den Nachrichtenredakteuren in den Sendestudios Freude zu bereiten. Das Flakgeschütz eröffnete das Feuer, und die 40mm-Geschosse detonierten in so rascher Folge, daß es wie eine einzige Explosion klang. Die christliche Miliz verteilte sich auf ihre Stellungen, um sofort die Luft mit ihren AK47-Kalaschnikows zu zerfetzen. Bolton lag flach auf dem Bauch und hielt das Mikrofon in die Höhe. Auch vom Phoenicia waren nun Gewehrschüsse zu hören, dann wurde eine Rakete abgefeuert und flog mit einem Brüllen ins Ziel, das an ein tausendfach verstärktes menschliches Husten erinnerte. In der Luft über ihm knallte, pfiff und zischte es. Wundervoll. Der Soundtrack von *Im Westen nichts Neues* hätte nicht besser sein können. Oben auf dem Entlüftungsaufbau begann ein Scharfschütze, den Männern unter ihm zu winken und etwas zuzurufen; daraufhin stellten sie ihr Feuer langsam ein. Das Flakgeschütz krachte weiter, und auch die Gewehrschüsse aus den Fenstern des Phoenicia hörten nicht auf. Wie Soldaten im Schützengraben liefen mehrere Falangisten tief vornübergebeugt zu der Mauer, die dem Hotel, in dem sich die linken Moslems verschanzt hielten, am nächsten war, spähten durch die Öffnung einer MG-Schießscharte und begannen zu lachen.

„Hey, Sami, ich kriege hier wohl einen guten Witz nicht mit.“

„Was denn für einen Witz?“ Sami lag flach aufs Dach gepreßt, den Kopf zum Schutz hinter den großen Blumentopf gesteckt.

„Worüber lachen diese Typen bloß?“

„Über die Palästinenser. Weil sie unsere Arbeit erledigen.“

Bolton sprintete zu dem Maschinengewehr hinüber und sah tatsächlich, wie das 40mm-Geschütz auf dem Moore Tower, gleichsam wie der Preßlufthammer des lieben Gottes, tiefe Löcher in die Mauern des Phoenicia riß.

„Fedayin“, sagte einer der *kataeb* und machte dabei vor seiner Stirn eine kreisende Bewegung mit dem Zeigefinger. Auf seinem Gesicht lag ein überlegenes Grinsen, so als hätten die Moslems das Monopol auf den Wahnsinn gepachtet.

Bolton beobachtete den Bruderzwist eine Weile, während er über die möglichen Gründe dafür nachdachte. Dann rannte er wieder zur Rückseite des Dachs und fragte Sami, ob die Telefone funktionierten.

„Ja, ich glaube schon.“

„Los, gehen wir.“

Sami war mehr als glücklich darüber, wieder nach drinnen zu dürfen, und führte ihn drei Etagen tiefer. Auf dem Weg durch den Korridor kamen sie an mehreren Hotelzimmern vorbei, die geplündert und verwüstet worden waren; Brandspuren zogen sich auf den Gang hinaus wie schwarze Zungen. Die Türen der übrigen Räume waren ausgehängt oder weggesprengt.

„Ah, wir sind da.“ Sami zeigte auf den Eingang zu einer Suite, neben dem die Wand mit Lippenstift beschmiert war: *Lang lebe der Libanon — Lang lebe die Falange-Partei — Lang lebe das Blut der Zedern.*

„Sabalkhair, bonjour“, grüßte Sami vertraulich beim Eintreten. Am Fenster saß eine der schönsten Frauen, die Bolton je gesehen hatte, und spähte mit einem Fernglas über die Sandsackbarrikade. Sie trug eine getigerte Tarnuniform, die so gestärkt und gebügelt war, als käme sie eben vom Appell, und einen Patronengurt. Eine Winchester .30-06 lehnte neben ihr an der Wand, und zu ihren Füßen lag ein Diplomatenkoffer.

„Bonjour“, gab sie zurück, ohne das Fernglas abzusetzen.

„Leila, funktioniert dein Telefon?“

„Ja.“

Bolton fühlte ein Kribbeln zwischen den Beinen, und die Knie wurden ihm weich.

„Dieser Journalist hier müßte einen Anruf machen."

Erst jetzt drehte sich die schöne Frau zu den beiden um.

Ihre dunkelbraunen, heißen Augen — Erde und Feuer — musterten Bolton mit einem Ausdruck, den er nicht identifizieren konnte, einem seltsamen Gemisch aus Begierde und Desinteresse. „Aha, Sie sind Journalist."

„Stimmt."

„Amerikaner?"

„Genau."

„Das habe ich mir gedacht."

„Was meinen Sie damit — Sie haben sich das gedacht?"

„Ich habe eben darauf getippt, daß sie Amerikaner sind."

„Versteh ich nicht."

„Sie wohnen im achten Stock des Mazzan-Hauses."

Ein leichter, unangenehmer Schauer lief Bolton den Rücken hinab.

„Hiermit", beantwortete sie seine unausgesprochene Frage und zeigte mit einem lackierten Fingernagel auf das Zielfernrohr ihrer Winchester. „In Ihrem Haus sind nur Moslems. Als ich Sie zum erstenmal gesehen habe, durch die Jalousien, da war ich schon so nahe daran . . ." der Finger, mit dem sie gezeigt hatte, näherte sich auf Haaresbreite ihrer Daumenkuppe, „. . . aber dann habe ich ihr helles Haar und ihre Körpergröße bemerkt, und da wußte ich gleich, daß Sie kein Araber sein können."

„Wann war das?"

„Vor einer Woche."

„Darf ich mal?"

„Aber gerne."

Er ging zum Fenster und legte Leilas Winchester auf den Sandsack auf. Die Fensterläden seines Schlafzimmers schienen in der vierundzwanzigfachen Vergrößerung des Zielfernrohrs nur eine Armeslänge entfernt. Bolton stellte das Gewehr wieder ab und sah ihr ins Gesicht. „Vergangene Woche ist ein Mann in dem Stockwerk über mir erschossen worden. Von Ihnen?"

„Ja", antwortete sie sachlich.

„Er war achtzig Jahre alt."

„Ein Moslem."

„Sie sind mir ja eine."

Sie schien ihn mit Blicken zu verschlingen, fixierte ihn so, wie sie ihn in seiner Vorstellung letzte Woche fixiert haben mußte, als das Fadenkreuz über seine Brust gewandert war.

Du bist ja krank, dachte er. Du bist krank, und diese ganze Stadt ist krank, und daß ich dich am liebsten so lange vögeln würde, bis du umfällst, bedeutet nur, daß ich hier auch langsam krank werde. „Wo ist Ihr Telefon?"

„Im Schlafzimmer."

Dort fragte Bolton Sami leise: „Wer zum Teufel ist das?"

„Die Geliebte von Major Yussef. Bitte kommen Sie nicht auf die Idee, mit ihr zu flirten. Er würde Sie umbringen."

„Sie wäre höchstwahrscheinlich schneller damit."

Sami mußte den Hörer nehmen, weil der Falangist in der Telefonvermittlung nicht englisch sprach. Raymond, der zum Büro hinübergegangen war, nachdem Bolton den Schützenpanzer bestiegen hatte, meldete sich mit schläfriger Stimme. „Harry, bist du drin? Bist du in Sicherheit?"

„Sicherer als in meinem Schlafzimmer jedenfalls. Es ist recht gemütlich hier, Raymondo. Sie servieren einem sogar Eiskrem zum Dessert. Vielleicht laß ich mir nachher noch ein großes Tomatensandwich vom Zimmerkellner bringen, wenn das Gespräch zu Ende ist."

„Es wird viel geschossen draußen, Harry."

„Deshalb ruf ich dich ja an. Hör zu: Die Schießerei ist zwischen den Kameltreibern im Phoenicia und denen auf dem Moore Tower. Finde doch bitte mal heraus, was da genau vorgeht, und ruf mich dann zurück. Ich bin in Zimmer 3018."

„3018. Gut, bis später."

Während Bolton auf den Rückruf wartete, durchwanderte Sami die Zimmerflucht und inspizierte die Möbelstücke mit geübtem, kritischem Blick. Da dies die Räumlichkeiten von Major Yussefs Geliebter waren, hatte niemand sie geplündert; doch Sami nahm dies nun in Angriff. Eine Nachttischlampe aus Messing hatte es ihm angetan; er zog den Stecker heraus und stellte sie in eine Ecke. Dann legte er zwei Aschenbecher daneben, die er von einem Beistelltischchen genommen hatte; Lampe und Aschenbecher rollte er schließlich in einen kleinen Orientteppich ein, zu dem er bemerkte: „Maschinengeknüpft, aber ganz gut."

„Was wird denn die Freundin des Majors dazu sagen, daß du ihr die Bude leerräumst, Sami?"

„Dieser Tochter einer Hure fällt das doch überhaupt nicht auf."

Die Hurentochter suchte indessen weiter die Stadt nach geeigneten Zielen ab.

Beim Warten fiel Bolton ein Exemplar von *Monday Morning* auf, das auf der Kommode lag. Die englischsprachige Hochglanz-Monatszeitschrift, in der oft das Degenerierte mit dem Anspruchsvollen und das Geschmacklose mit dem Geistreichen verwechselt wurde, zeigte auf dem Titelblatt das Foto eines gutgebauten Modells, das ganz ähnlich wie Leila eine Uniform mit einem vor Patronen starrenden Koppelgurt trug, die Hose in ein Paar hochhackige Stiefel gesteckt. Die Frau stand vor einem ausgebombten Haus, über dem eine unterstrichene Schlagzeile verlief: SONDERAUSGABE FÜR DIE DAME — DIE MODE DER STADTGUERILLA.

Bolton starrte die Zeitschrift an und dachte: Das alles ist kein Traum, es passiert wirklich, und ich soll das ganze in einer dreiminütigen Radioreportage, in einem Artikel von sechshundert Wörtern sinnvoll darstellen.

Dann kam Raymonds Anruf. „Ich habe meinen Informanten bei den Palästinensern erreicht, Harry."

Bolton setzte sich auf den Bettrand und schlug seinen Notizblock auf.

„Die Schießerei findet zwischen der PFLP im Hotel Phoenicia und der PDFLP statt. Die PDFLP hat sich im Moore Tower verschanzt."

„Das weiß ich doch schon alles."

Ein vertrauter, scharfer Geruch wehte aus dem Nebenzimmer herein. Sekunden später hörte Bolton eine Explosion in der Straße hinter dem Hotel.

„In den Lagern sind ebenfalls Kämpfe ausgebrochen."

„In welchen?"

„Sabra und Chatila."

Der Gestank hing immer noch in der Luft. Eine zweite Explosion folgte. Im Nebenzimmer stritten lautstark auf arabisch Leila und Sami.

„Wie ist es dazu gekommen?"

Raymond erklärte es ihm, aber bei der schlechten Verbindung, dem Hämmern des Flakgeschützes, den Detonationen vor dem Hotel und dem Streit zwischen Sami und Leila mußte ihn Bolton bitten, es zu wiederholen.

„Ich sagte, daß ein paar von den PDFLP-Leuten beim letzten Waffenstillstand kein Geld bekommen hatten. Deshalb haben sie gestern abend alle Palästinensergruppen gebeten, noch einmal eine Feuerpause einzulegen, damit die Banken wieder öffnen und die Milizen ihren Sold erhalten könnten. Alle Splittergruppen waren einverstanden bis auf die PFLP. Das sind immer die radikalsten . . ."

„Moment mal", sagte Bolton und schrieb noch etwas schneller, um mitzukommen. „Okay, also weiter."

„Tja, eins gab das andere, und im Palästinenserlager Sabra wurden zwei Leute der PFLP von PDFLP-Hitzköpfen erschossen, deshalb liegen sie jetzt im Krieg."

„Gut. Sonst noch was?"

Sami kam hereingestürmt und brummte wütend vor sich hin. Er riß eine zweite Lampe aus der Steckdose, um sie mit seiner übrigen Beute im Teppich zu verstauen. Im selben Augenblick schlug ein Geschoß zwei oder drei Stock tiefer ein, so daß die Wände bebten.

„Sonst nichts, Harry, außer daß die PLO-Führung sich bemüht, die Kämpfe zu stoppen, damit die Palästinenser wieder auf die Christen schießen können.“

„Scheinen schon damit anzufangen. Ihr Raketenwerfer hat gerade einen Treffer erzielt.“

Sami stürzte in den Nebenraum und kreischte Leila an. Wieder kam der schwefelige Geruch herübergeweht. Es folgte eine weitere dumpfe Detonation.

„Harry, meiner Meinung nach solltest du nicht mehr viel länger dort bleiben. Ich kann dir den Wagen jederzeit hinschicken.“

„Gib mir noch eine halbe bis dreiviertel Stunde.“

Bolton legte auf und versuchte, die Grundzüge des Radiotexts in seinem Notizblock zu formulieren; aber die Schüsse und Explosionen und Samis Geschrei blockierten seine Gehirnwindungen. Gedankenfragmente und Satzfetzen flogen in seinem Kopf herum wie Schrapnell. *Holiday Inn . . . christliche Falangisten jetzt unter schwerem Beschuß . . . PFLP sitzt im Phoenicia auf der anderen Straßenseite . . . doch vor wenigen Minuten . . . heftiger Schußwechsel zwischen PFLP und PDFLP . . . erklären . . . Warum? . . . Streit zwischen Splittergruppen über Ausrufung eines Waffenstillstands . . . beschießen sich gegenseitig, weil sie sich nicht einigen konnten, das Feuer auf Christen einzustellen . . . völlig sinnlos das ganze . . . in der Festung der Falangisten inzwischen ein weibliches Mitglied der Christenmiliz angetroffen . . . nein, sagen wir weiblichen Scharfschützen . . . neben ihr eine Zeitschrift über die Damenmode im Guerillakampf . . . Scheiße, das nimmt mir doch keiner ab . . .*

Nun hörte Bolton, wie Kugeln in die Außenmauer einschlugen. Unter ständigem Fluchen kam Sami ins Schlafzimmer zurück, um sein Teppichbündel mit einem der Lampenkabel zusammenzuschnüren.

Meine Eskorte, ein Milizionär, der früher einmal Möbelverkäufer war, plünderte in einem Hotelzimmer Lampen und Teppiche, während . . . Frustriert klappte er den Block zu. Unmöglich, in diesem Irrenhaus einen klaren Gedanken zu fassen. Ich mach die Repo dann im Büro, schneid noch ein paar Interviewstellen mit Yussef mit rein und unterleg das ganze mit dem Bum-Bum vom Dach vorhin.

Sami knotete das Kabel fest um beide Enden des Teppichs und zog dann ein zweites durch die zwei Knoten hindurch, so daß er einen Haltegriff hatte. Sein Gesicht war rot angelaufen. Dünne Aderstränge traten auf seiner Stirn hervor.

„Sami, was ist denn da drüben bloß los?“

„Was da los ist?“ wiederholte er. „Geh doch mal rüber und sieh dir selbst an, was da los ist!“

Das tat Bolton auch. Leila trieb ihren radikalen Chic bis ins logische Extrem. Nachdem sie sich als Guerillagirl eingekleidet hatte, spielte sie die Rolle nun auch weiter. Sie hockte hinter der Sandsackbarrikade an einem Fenster ganz am Rand, von dem man auf das Phoenicia blickte, nahm aus ihrem Diplomatenkoffer Zündkapsel und Zündschnur, steckte beides in einen schlagballgroßen Klumpen Plastiksprengstoff, ließ sich dann auf die Knie nieder, wobei sich die getigerten Hosen über ihrem wohlgeformten Hintern spannten, und bog den Rücken durch wie eine läufige Katze. Sie hob kurz den Kopf, um über die Barrikade zu schauen, setzte die Zündschnur mit ihrem Bic-Feuerzeug in Brand und schleuderte die Plastikbombe mit einem lässigen Schlenkern der Hand aus dem Fenster.

. . . die Moslems im Phoenicia eröffneten das Feuer auf uns, nachdem die Milizionärin damit begonnen hatte, ihre Stellungen aus dem Fenster einer Suite im Holiday Inn mit Bomben zu bewerfen . . .

Der Bombenwurf wurde sofort mit einem Hagel von Kugeln erwidert, doch eine perverse Faszination hielt Bolton zurück. Er sah Leila beim Formen einer zweiten Plastikbombe zu. Einen Moment lang trafen sich ihre Blicke, aber er konnte nicht erkennen, woran sie dachte, falls sie überhaupt an etwas dachte. Gekonnt drückte sie eine zweite Zündschnur in die Zündkapsel, ließ sich wieder auf alle viere nieder und warf den hochexplosiven Stoff hinaus. Die Vorstellung, daß dieses bösartig-schöne Wesen vor kurzem nur einen Fingerdruck davon entfernt gewesen war, sein Leben auszulöschen, erregte ihn von neuem, und als er nun ihr Hinterteil betrachtete, wollte er ihr am liebsten die Hose herunterreißen und sie von hinten nehmen. Krank, krank. Sie macht *das* da scharf, und mich macht es scharf, ihr dabei zuzusehen, wie war das doch mit Sex und Gewalt? Ich werde bald genauso krank sein wie alle hier, wenn ich nicht sehr bald aus dieser Stadt verschwinde.

„Die verdammte Schlampe zieht das Feuer auf sich“, sagte er zu Sami.

„Was meinen Sie denn, worüber ich mit ihr gestritten habe? Das will sie ja gerade. Sie ist eine Fanatikerin. Und die Fanatiker mit Schlitzen zwischen den Beinen sind die Schlimmsten.“

„Komm, wir checken hier aus, Sami.“

Sie waren etwa zwanzig Stock tiefer gestiegen, als sie aus den Hotelkorridoren mehrere Schüsse aus Handfeuerwaffen hörten. Sami warf sich die Teppichrolle mit den Lampen über die Schulter, blieb kurz stehen und nahm die Kalaschnikow zur Hand. „Was meinen Sie, was das ist?"

Bolton hatte keine Lust, seiner Vermutung Ausdruck zu verleihen: die einzige logische Erklärung für die Schüsse war, daß die Palästinenser im Erdgeschoß angegriffen hatten, an einer Stelle durchgebrochen waren und die Falangisten jetzt von Etage zu Etage vor sich her trieben.

„Gibt sowieso nur einen Weg hier raus, Sami." Sie stiegen weiter die Treppen hinab, Sami als erster. Die Schüsse fielen nur vereinzelt, aber je näher sie kamen, desto mehr zitterte der schlaffe Körper des Möbelhändlers. Auch Bolton fiel es schwer, seine wachsende Panik unter Kontrolle zu halten; er wollte sich verstecken, unter einem Bett oder in einem Schrank, und nur die Entschlossenheit, aus diesem bleihaltigen Wolkenkuckucksheim zu entfliehen, trieb ihn weiter.

Sami war eben um die Ecke gebogen — sie hatten das dritte Stockwerk vor sich —, als die Tür zum Treppenabsatz aufgerissen wurde. Bolton erkannte den bandagierten Kopf und das goldene Kruzifix, das am braunen Hals des Jungen schimmerte; obwohl sein Bewußtsein ihm keinerlei Gefahr meldete, kehrte er instinktiv um und rannte davon. Sami, den seine Beutestücke behinderten, war weniger schnell. Bolton war mitten auf der Treppe zum vierten Stock, als er das Krachen eines automatischen Gewehrs hörte und danach das Geräusch eines Körpers, der die Stufen hinabpolterte. Gipsbrocken splitterten hinter ihm aus der Wand und trafen ihm am Rücken. Weg hier.

Er stürzte sich in den nächsten Korridor, wobei ihm der Recorder schmerzhaft in die Seite schlug, riß eine Tür auf und hechtete sich unter das Bett.

Er fühlte sich wie ein ertappter Liebhaber, der vor dem eifersüchtigen Ehemann flieht — angsterfüllt und dabei auch peinlich berührt. Unter einem Bett im Holiday Inn. In allen anderen Holiday Inns auf der ganzen Welt sind die Leute *auf* dem Bett, sehen fern, schlafen, onanieren, bumsen . . . und ich liege darunter, um mich vor einem verrückten Halbstarken zu verstecken, der zuviel Arrak gesoffen hat.

Jemand rannte durch den Gang. Wieder waren Gewehrschüsse zu hören.

Die anderen haben immer gerne erzählt, ich würde alles für eine Story tun, aber sterben werde ich nicht dafür. Ich habe nicht vor, so zu sterben, nicht für drei Minuten im Radio und ein paar Spaltenzentimeter auf Seite Eins. Jetzt rannten noch mehr Leute durch den Korridor und feuerten mit Kalaschnikows. Zwei Handgranatenexplosionen ließen den Fußboden erbeben. Bolton blieb mehrere Minuten lang unter dem Bett liegen, die Knie an den Körper gezogen, damit man seine Beine nicht sehen konnte.

Als er fand, es sei nun sicher genug, kroch er hervor und warf einen vorsichtigen Blick in den Gang. Am anderen Ende standen neben der Notausgangstür drei Männer in grünen Uniformen; ein vierter zerrte einen Toten aus einem Zimmer, das in dichten grauen Qualm gehüllt war. Als er auf dem Ärmel eines der Milizionäre den Aufnäher der *kataeb* mit dem Zedernmotiv erkannte, ging Bolton auf sie zu; seine Knie zitterten, als hätte er gerade fünfzig Schlußsprünge gemacht.

. . . der Falangist, der mich eskortierte, wurde von einem christlichen Kämpfer der Chamounisten erschossen, der sich betrunken hatte . . . aus Wut, weil das chamounistische Kontingent am Abend zuvor kein Eis bekommen hatte . . . mehrere Falangisten verfolgten ihn in ein Zimmer im vierten Stock, wo er mit Handgranaten getötet wurde . . . sollten Sie mir auch nur ein Wort davon glauben, Mr. und Mrs. America, dann hätte ich Ihnen außerdem noch ein wunderschönes Perpetuum mobile zu verkaufen, mit dem man auch Zwiebeln schneiden kann . . .

„Ah, der Mann von der Nachrichtenagentur, Gott sei Dank, daß Sie noch leben." Major Yussef schüttelte den Kopf und war offensichtlich dankbar dafür, daß er nun niemandem erklären mußte, warum ein amerikanischer Journalist umgekommen war. „Ich habe mir große Sorgen um Sie gemacht. Wir haben Sami auf der Treppe gefunden."

„Mir fehlt nichts."

Der junge Chamounist lag zu ihren Füßen. Sein Körper erinnerte an etwas, das man durch einen Kompostzerkleinerer geschickt hatte.

„Ich bedaure außerordentlich, daß sie bei dieser Szene zugegen sein mußten."

„Lange nicht so sehr wie ich."

„Dieser betrunkene Kerl hat unten im Erdgeschoß auch unseren Koch erschossen."

„Meine Eskorte hat er auch gekillt. Geben Sie mir eine neue? Ich will jetzt hier raus."

„Ich kann Sie aber nur aus dem Gebäude bringen. Danach müssen Sie auf eigene Faust weiter."

„Das ist alles schon arrangiert."

Der Wagen sollte in der Rue Pacha warten, außer Sichtweite der palästinensischen Schützen im Phoenicia. Er würde einen Viertelblock weit rennen und ein paar Haken schlagen müssen, um dorthin zu gelangen, und falls er es überlebte, würde er zurück ins Büro gehen und Artikel und Reportage durchgeben. Er wußte, er würde es tun. Die Cassette im Recorder und die Notizen auf dem Block würden ihn so lange verfolgen, bis er sie in eine Form gebracht hätte. Wenn die Vorfälle dieses ereignisreichen Morgens auch jetzt noch keinen Sinn für ihn ergaben, würde er doch irgendeinen roten Faden finden oder erfinden, der sie in einen Zusammenhang brachte; und dann würde er eine Story abschicken, für die er zur Belohnung ein ALLE FREUEN SICH UND LASSEN GRATULIEREN bekäme und die nächste Aufforderung, seinen Hals zu riskieren. Nein. So nicht mehr.

BIBI, bye-bye.

„Major Yussef, es wäre doch wohl äußerst peinlich für die Falange-Partei, wenn ich das veröffentliche, was ich hier gesehen habe, oder?"

„Ja, schon möglich, aber Sie können natürlich frei . . ."

„Dieser betrunkene Junge, der zwei Ihrer Leute getötet hat, dann Sami als Plünderer . . ."

„Sehr dumm von ihm, das in Gegenwart eines Reporters zu tun."

„Es wäre äußerst peinlich, vor allem im Radio."

Ein nervöses Lächeln erschien unter dem umgedrehten U von Yussefs Schnurrbart. „Dies ist ungewöhnlich, guter Mann von der Nachrichtenagentur. Sie wollen mir doch nicht . . . wie sagt man dazu? Eine Falle stellen?"

„Nein, das verspreche ich Ihnen."

„Es ist wirklich sehr ungewöhnlich."

„Ich weiß. Aber ich habe meine Gründe, und eine Falle will ich Ihnen nicht stellen."

„Also gut. Geben Sie mir die Cassette und den Notizblock."

Bolton gab ihm beides. Die Repo war damit noch nicht völlig gestorben; was das Telex anging, konnte er zwar auch einen Artikel aus dem Gedächtnis schreiben, aber ohne die Notizen wäre es viel leichter, der Versuchung zu widerstehen.

„Sehr ungewöhnlich, aber trotzdem danke ich Ihnen, Nachrichtenmann."

„Ich habe Ihnen zu danken, Major Yussef."

28

„PLO frißt Scheiße."

„Bravo." Bolton warf ein paar Vogelkörner in den Käfig. Stalinorgel senkte den weißen Kopf und pickte sie mit dem Schnabel auf. „Jetzt versuch mal das hier: Und . . . die . . . Christen . . . auch."

Stalinorgel gab keinen Laut von sich. Bolton steckte einen Bleistift durch die Gitterstäbe und versetzte ihm einen kräftigen Klaps zwischen die Augen. Zuckerbrot und Peitsche.

„Versuch's nochmal: Und . . . die . . . Christen . . . auch."

„Christen auch."

„Na bitte, es geht ja. Und jetzt beides zusammen, dann geb ich dir einen aus. Die . . . PLO . . . frißt . . . frißt . . . Scheiße . . . und . . . die . . . Christen . . . auch."

„PLO frißt Scheiße und die Christen auch."

„*Na wunderbar.*" Bolton warf noch mehr Vogelfutter hinein. Stalinorgels weißer Kopf fuhr hinab, der eckige rote Schwanz stellte sich steil in die Höhe. „Woody, ich geb einen für Stalinorgel aus."

Woodrow Wilson Nazarian, der armenische Bartender des Commodore, schüttelte mißbilligend den Kopf. „Bring ihm so ein Zeug bei, und eines Tages schmeißt mir hier einer 'ne Bombe rein."

„Bist du deswegen so nervös wie 'ne Nutte in der Kirche?"

„Dir kommt dieser Krieg jetzt vielleicht komisch vor . . ."

„Dieser Krieg ist niemals komisch gewesen", unterbrach ihn Bolton, der schon etwas betrunken war. „Schenk jetzt Stalinorgel einen Drink auf meine Kosten ein. Sehr gut, der Vogel. Er ist sogar so gut, daß ich ihn fast mitnehmen und mit seiner Nummer im Zirkus auftreten möchte."

„PLO frißt Scheiße und die Christen auch."

„Ein großartiger Vogel, ein afrikanischer Graupapagei."

„Ich weiß selber, was er ist. Von der ganzen Familie der Papageien können die afrikanischen Graupapageien am besten die menschliche Stimme nachahmen."

„Aber du mißbrauchst sein Talent für deinen Privatspaß."

„Jetzt schenk ihm schon einen Drink ein. Ich zahl's ja."

„Stalinorgel trinkt nicht."

„Dann zahl ich mir eben selber einen Drink."

Nazarian ließ einen kleinen Schuß I. W. Harper über das Eis in Boltons Glas laufen.

Bolton protestierte, worauf Nazarian erwiderte, der Amerikaner habe schon genug getrunken.

„Wer bist du denn, Woody? Der Vorsitzende des Beiruter Abstinenzlervereins? Es ist dein Job, Whiskey auszuschenken. Also schenk aus."

Wütend kippte der Armenier die Flasche, bis das Glas randvoll war; der Whiskey hatte eine klare, goldgelbe Färbung, wie der Horsepasture River unterhalb der Stromschnellen.

„PLO frißt Scheiße und die Christen auch."

„Stalinorgel, halt den Schnabel", sagte der Barmann. „Wer hier

Scheiße ißt, das ist Harry Bolton. Har-ry . . . Bol-ton . . . frißt . . . Scheiße."

„Harry Bolton frißt Scheiße."

„Damit hast du meine Gefühle verletzt, Woody."

„Und du hast meine Religion beleidigt. Ich bin Christ."

„Ich doch auch, du Teppichhändler. Der beste Christ aller Christen, ein hinterwäldlerischer Baptist aus dem Süden." Bolton klopfte mit den Fingern rhythmisch auf die Theke: „‚Hab als Baptist gelebt, bin als Baptist geboren, und steh, wenn ich weg bin, vor den himmlischen Toren'. Weg, Woddy, ich bin weg wie sonst was, so weg wie die Morgenlatte von heute früh."

„Wenn du's nur schon wärst."

„Ich werde sehr bald weg sein." Er legte das Telex aus New York vor Woody auf die Theke. „Und hier der Beweis. Einstweilen geh ich auch schon mal weg, aber bloß aufs Klo. Falls irgend jemand für mich anruft, soll er sich an meinen Presseagenten wenden."

Etwas schwankend machte er sich auf den Weg zur Männertoilette und konnte auf dem Weg die Brigade der Amateure beobachten, die die Arbeit mit dem Vergnügen verbanden. An einem Tisch saßen Purcell und seine Bande; man interviewte einander und überlegte, welches Gerücht man für bare Münze nehmen sollte. Klare Informationen waren in Beirut immer sehr schwer zu bekommen, aber diese Meister der journalistischen Alchimie konnten das unglaubwürdigste Geschwafel hernehmen und durch einfache Einfügung der Floskel ‚nach Ansicht von westlichen Beobachtern' — also nach ihrer eigenen Ansicht — aus dem Hörensagen eine Tatsache machen. An einem anderen Tisch saß die langbeinige Lizzie St.John — angesichts ihrer Haltung hätte man meinen können, es sei ihr entgangen, daß das britische Königreich nicht mehr Herr über die Sieben Weltmeere war — mit der Reporterin des *Rolling Stone,* die Bolton auch schon in Saigon gesehen hatte. Daneben kritzelte der Chefkorrespondent eines Fernsehteams den Text für seinen Kommentar. Ein hübsches Gesicht. Aber ein totaler Holzkopf.

Bolton beugte sich über das Pissoir und stützte sich mit einer Hand an der Wand ab. Die hübschen Gesichter und die Holzköpfe, all diese Amateure, von mir aus können sie es haben. In diesem Beruf war kein Platz mehr für einen Profi; es war ein Beruf für Stars und Stuntmänner. Vielleicht waren die dreißiger und die vierziger Jahre das Goldene Zeitalter der Kriegsberichterstatter gewesen; eine Ära, in der es noch Männer und Frauen gegeben hatte, die diesem Gewerbe eine gewisse Würde verleihen konnten. Aber heute gab es so etwas nicht mehr. Er versuchte sich vorzustellen, wie Edward R. Murrow unter einem Bett kauerte und ein Gebet ausstieß, Gott möge ihm den Erschießungstod durch einen mordgierigen Teenager ersparen.

BIBI, bye-bye.

Ich würde nicht einmal das Angebot akzeptieren, Chefkorrespondent einer überregionalen Fernsehgesellschaft zu werden. Ich könnte es auch gar nicht werden, dachte er, während er sein Spiegelbild betrachtete. Zu viele Falten, Nacken zu fett. Kein hübsches Gesicht, das mir hunderttausend im Jahr einbringt.

Hundert Mille im Jahr, soviel wolltest du ja auch aus deinen Immobilienschwindeln rausholen, Dad, du großer Plänemacher von Smoky Mountain, der reich werden wollte, indem er wohlhabenden Typen aus Florida nachlief; Leuten, die aus der Hitze da unten in die Berge von Carolina entfliehen wollten. Mit deinen Hinterwäldlermanieren hast du versucht, ihnen ihre hohen Firmenrenten abzuluchsen, und mit deinen Hinterwäldlermanieren hast du es geschafft, die vierhundert Hektar Land zu verlieren, die unserer Familie von George Washington persönlich übereignet worden waren. Ja verdammt nochmal, George Washington hat das Land Isaiah Bolton für seine Dienste bei der Schlacht von King's Mountain übereignet; diese Dienste hatten darin bestanden, sich von einer Musketenkugel des englischen Königs ein Bein abschießen zu lassen. Er hat sein Bein verloren und das Land gewonnen, du hast das Land und dich selbst verloren, aber mir hast du eingeimpft, daß ich immer gewinnen muß. Ich habe den Gedanken ans Gewinnen auch nicht aufgegeben, ich höre nur auf, solange ich vorn liege. Ich will nicht als fünfzigjähriger Büropenner enden, der es nicht mehr in den Beinen hat und sich die Stories aus den Fingern saugt, bis irgendso ein junger Wolf ankommt und mir den Job wegnimmt, verflucht nochmal, ich bin erst sechsunddreißig und saug mir mein Zeug jetzt schon aus den Fingern. Vierzig Hektar in der Gegend von Cullowhead, die hast du nicht verspielt, weil sie Mutters Familie gehörten. Direkt am Fuß des Yellow Mountain, ein sauberer Bach läuft mitten durch, und das Haus kann ich mir selbst bauen. Mit Holz arbeiten, zapfen, dübeln und kerben, das alles kann ich ja. In der High School hab ich mir das Taschengeld damit verdient, daß ich für diese reichen Typen aus Florida Holz gehackt hab. Schön war das, wie ich die Stücke mit einem Schlag spaltete, wie der Hammer auf den Keil knallte und das Klingen am frühen Morgen in den Bergen widerhallte. Wenn mir irgend jemand ein bißchen hilft, kann ich bis zum Herbst das Dach fertig haben; und dann setze ich mich an die Arbeit, und mit dem Buch verdiene ich vielleicht sogar genug, um die vierhundert Hektar zurückzukaufen. Ich werde deinen Fehler wieder ausbügeln, großer Plänemacher von Smoky Mountain.

Als Bolton an die Bar zurückkam, saß dort Raymond, frisch rasiert und gut angezogen wie üblich.

„Es ist alles in die Wege geleitet“, sagte er und zündete sich mit dem goldenen Dunhill-Feuerzeug eine Zigarette an.

Bolton antwortete nicht, sondern hievte sich auf den Barhocker und las noch einmal das Telex durch, das Woody auf der Theke hatte liegenlassen.

281203 BOLTON: BETR IHR TX 2711420. KUENDIGUNG WIRD ANGENOMMEN. SCHULDEN IHNEN NOCH GEHALT FUER DIESEN UND LETZTEN MONAT. HINTERLEGT BEI KOMMERZIALBANK IN ATHEN. SPESEN FUER REISE UND UMZUG AUF IHRE KOSTEN. ZU IHRER INFO: MCDANIELS WIRD JEDEM REDAKTEUR IM GANZEN LAND ERZAEHLEN DASS SIE DIE HOLIDAY INN STORY HABEN PLATZEN LASSEN. ER MEINT SIE WERDEN NICHT MAL EINEN JOB BEI DER LOKALREDAKTION IN FARGO/NORTH DAKOTA KRIEGEN WENN ER FERTIG IST. MFG/HALPRIN/TELE/NY

Darunter stand Boltons Antwort:

2811750 HALPRIN: BETR IHR TX 281203. WEITERLEITEN AN MCDANIELS: HABE KEINERLEI INTERESSE AM LOKALREDAKTIONSJOB IN FARGO. MIT ANDEREN WORTEN ER VERWECHSELT MICH WAHRSCHEINLICH MIT JEMANDEM DEN DAS EINEN DRECK KUEMMERT. BIBI. MFG/BOLTON/BEIRUT

Diesem telegrafischen Wortwechsel waren mehrere andere vorausgegangen, angefangen mit Boltons Nachricht, daß er keinen Artikel liefern würde, weil man ihm Cassette und Notizen konfisziert habe. Daraufhin wollte Halprin einen Text von ihm, in dem er die schlechte Behandlung durch die Falangisten schilderte. Bolton hatte dies abgelehnt, und zwar mit der Ausrede, daß ihm eine solche Story ernstliche Schwierigkeiten mit den christlichen Einheiten einbringen könne. Halprin hatte dann mit der Aufforderung gekontert, er solle aus dem Gedächtnis eine Meldung mit viel Farbe drin aufsetzen. Bolton hatte auf Amnesie wegen eines Bombentraumas plädiert. Dann kam McDaniels, der sich immer noch als Lieutenant-General McDaniels fühlte, und gab ihm den telegrafischen Befehl, einen Artikel zu senden. Da Bolton mit Befehlen schon immer Probleme gehabt hatte, beschloß er daraufhin, die Zeit sei nun reif, die Spielchen abzubrechen, sowohl die mit New York als die auch mit sich selbst. Kündigung und Punkt. Ein für allemal. Allerdings hatte es ihn überrascht, ja sogar ein wenig verletzt, daß seine Kündigung vom Heimatbüro ohne eine einzige Bitte auf Meinungsänderung akzeptiert worden war. KUENDIGUNG WIRD ANGENOMMEN. Der Satz versetzte ihm einen ebensolchen Stich wie das

Scheidungsurteil, das Dorothy und ihn getrennt hatte: nichts anderes hatte er die ganze Zeit gewollt, doch die Endgültigkeit deprimierte ihn.

„Tja, Harry, es ist alles geregelt."

„Hab dich schon beim ersten Mal verstanden." Bolton stürzte seinen Drink hinunter und bestellte den nächsten.

„Sarkashian hat alle Sachen gekauft, die du nicht mitnimmst."

„Für wieviel?"

„Zweitausend libanesische Pfund."

„Was, zweitausend? So viel war ja die Couch allein wert!"

„Mehr wollte mir Sarkashian nicht geben."

Du verlogener Teppichhändler, er hat dir viertausend gegeben, und du hast die Hälfte eingesteckt. „Was soll's, Raymond. Was soll's." Der Whiskey brannte Bolton in der Kehle.

„Ich werde ohnehin nicht viel Geld brauchen. Das Haus bau ich mir selber. Aus Zedern- und Kiefernholz."

„PLO frißt Scheiße und die Christen auch Harry Bolton frißt Scheiße."

Raymond warf einen irritierten Blick auf Stalinorgel.

„Laß dich nicht ärgern von ihm. Um mit Mark Aurel zu sprechen: Er spricht nichts als die Wahrheit, vor der sich niemand zu fürchten braucht. Bis auf den letzten Teil. Ich fresse keine Scheiße. Damit ist jetzt Schluß."

„Alles andere habe ich auch arrangiert", sagte Raymond in dem Versuch, das Gespräch sachlich zu halten. „Ich habe dir einen Flug von Damaskus nach Athen für übermorgen gebucht. Und einen sehr guten Mann ausgesucht, der dich am Morgen nach Syrien fährt."

„Bestens." Bolton trank den Whiskey aus, warf Woody einen Blick zu und zeigte auf sein leeres Glas. Unwillig goß ihm der Bartender nach. „Wann fahre ich los?"

„Um sechs. So früh am Morgen wird nicht so viel gekämpft, da müßte es leichter sein, aus der Stadt hinauszukommen."

Abfahrt nach Damaskus um sechs. Dann per Flugzeug nach Athen. Dann Athen — New York, New York — Atlanta, Atlanta — Asheville, da ein Auto mieten und nach Cullowhee fahren. Heute bin ich noch im Nahen Osten, und in einer Woche sitze ich in Cullowhee/North Carolina am Fuß des Yellow Mountain. Und dann werde ich — innehalten. Für immer. Teufel auch, er würde sich also auf einem kleinen Fleckchen dieser Erde niederlassen, die er kreuz und quer durchstreift hatte, seitdem er vor fünfzehn Jahren zum Militär gegangen war. Sich dort niederlassen ohne die Aussicht, daß ihn eine Woche, einen Monat, ein halbes Jahr später irgendein Ereignis an einen Ort verschlagen würde, den er noch nie zuvor gesehen hatte. Nie wieder würde er die Magie einer nächtlichen Landung in einer fremden Stadt erleben, den Zauber, auf dem Deck eines Überseedampfers in einen unbekannten Hafen einzulaufen, mit der Eisenbahn durch ein fernes Land zu fahren. Jeden Morgen würde er aufwachen und dabei wissen, daß er am nächsten und am übernächsten Morgen an eben diesem Platz aufwachen würde. Die Vorstellung, ein so voraussagbares Leben zu führen, drehte ihm abrupt den Magen um; sie beschwor einen Moment lang das Bild seiner selbst in dreißig Jahren herauf: ein lokales Original, ein wenig schrullig wie alle Leute, die zu lange an ein und demselben Ort blieben, eine Zielscheibe für die Neugier der reichen Leute aus Florida, die auf ihren Fahrten durch den Herbstwald vor seinem Blockhaus kurz anhalten würden. Da oben wohnt der alte Harry Bolton . . . Hat vor vielen Jahren in der Hütte da ein Buch geschrieben . . . Früher war er Reporter, damals, als es noch Zeitungen gegeben hat . . . Trinkt wohl ziemlich viel, der Gute . . . Halt. Scheiße, er würde innehalten.

„Die Tickets liegen im Büro", sagte Raymond und betrachtete dabei das Armband seiner Uhr. „Das Geld von Sarkashian auch."

Boltons Magen sank immer noch mit vierzig Meilen pro Stunde abwärts. Was sollte werden, wenn er mit dem normalen Leben nicht fertigwurde, das sich auf einer flachen Ebene abspielte statt auf einer Achterbahn? Die Koffer packen und wieder das hier machen? Er nahm einen großzügigen Schluck Whiskey, um den Absturz seines Magens zu verlangsamen. Letzten Endes war es ja nur Angst, die Angst vor dem Alltäglichen. Diese kleine Hure Journalismus versuchte, ihn wieder zurückzugewinnen, indem sie ihm mit dem natürlichen Feind des Journalisten drohte — dem Normalen. Ein weiterer Schuß I.W. Harper stoppte den schleudernden Magen gänzlich. Du Talminutte, diesmal wirst du mich nicht wieder so drankriegen wie letztes Jahr in Saigon. Bye-bye. Auch im Alltag liegt Magie, wenn man nur die Augen aufmacht.

„Hast du das Geld in Dollar umgewechselt?" Boltons Zunge fühlte sich geschwollen an, die Lippen wie betäubt.

„Ja. Ich hab dir doch gesagt, Harry: Es ist alles geregelt."

„Du bist wirklich ein Prinz unter den Menschen, Raymond. Wie sieht's auf den Straßen aus?"

„Ganz gut in dieser Gegend. Unten beim Hafen ist heute früh viel geschossen worden."

„Na, ich werd wohl mal meinen Schreibtisch ausräumen gehen."

„PLO frißt Scheiße und die Christen auch Harry Bolton frißt Scheiße."

Er gab dem Papagei noch eine Portion Vogelfutter. „Du frißt das hier, Stalinorgel. Und halt Kopf und Arsch schön unten."

Als er sich erhob, um hinauszugehen, kam es ihm vor, als stünde er vorne am Bug eines Zerstörers, in einem Sturm im Nordatlantik.

Das Deck schlingerte und stampfte immer noch, als er im Büro ankam, wo er sich eine Tasse von Raymonds teerähnlichem Kaffee einschenkte. Im Redaktionszimmer saß DelCorso und las die Telexmeldungen des Tages durch.

„Na, Nick, hast du dich schon im Paris des Nahen Ostens eingelebt? Drei Tage sollten ja eigentlich reichen."

„Ja, mehr als genug."

„Tja, Nick. Hast du mal nachgedacht, wie oft wir schon in irgendeinem ‚Paris' gewesen sind? Saigon, das Paris des Orients — Beirut, das Paris den Nahen Ostens — Algier, das Paris Nordafrikas. Aber nie in Paris, dem Paris Frankreichs. Was kommt als nächstes? Wie wär's mit, na zum Beispiel mit Bangui, dem Paris von Bongoland? In Zentralafrika waren wir noch nie."

DelCorso gab keine Antwort.

Bolton ging in sein Büro und fing an, in seinem Schreibtisch zu kramen, war aber zu beschwipst, um zu entscheiden, was sich zu behalten lohnte, oder um darüber nachzudenken, ob es sich überhaupt lohnte, irgend etwas aus der Zeit zu behalten, die nun hinter ihm lag. DelCorso war ihm nachgegangen und sah ihn mit einem ebenso mürrischen wie feierlichen Blick von der Tür her an.

„Willst du mir vielleicht irgendwas sagen?"

„Hab gerade die Meldungen durchgesehen. Am Hafen sind heute ziemlich schwere Kämpfe gewesen . . ."

„Na und?"

„Ich geh heut nachmittag mit Conklin und McCafferty mal hin. Hab gehört, Dunlop und Lutter werden auch dort sein, im eigenen Wagen, und vielleicht noch ein französisches Fernsehteam."

„Klingt ja großartig."

„Ich bin hier raufgekommen, weil ich dachte, du willst vielleicht mit. So haarige Sachen wie diese machen wir ja für gewöhnlich gemeinsam."

„Wie du wohl schon gehört hast, ist es Schluß damit, daß ich mir die Haare am Arsch verbrennen lasse."

„Ja, hab's eben von Dalman erfahren."

„Tja. Also bye-bye, ihr Buschkriege und Bongoschlachten, bye-bye, du Dritte Frittenwelt."

„Ich wollte es von dir selbst hören."

„Was wolltest du von mir hören?"

„Das du davonrennst."

„So würde ich das nicht nennen, Nick."

„Ich schon."

Bolton wurde nun sehr rasch nüchtern. „Also, ich nicht, Nick. Ich würde es nicht so nennen, denn wenn du es noch einmal Davonrennen nennst, dann schließ ich die Tür ab, und wir können es mit den Fäusten ausmachen."

„Verflucht nochmal, Horseman, du wärst es mir schuldig gewesen, es mir vor allen anderen zu sagen. Zehn Jahre, Mann. Seit dem Eisernen Dreieck sind wir zusammengewesen. Ich kann es einfach nicht glauben."

„Tut mir leid, daß ich's nicht mit dir abgesprochen hab, aber glauben mußt du es schon. Ich bin fertig damit. Punkt. Stop. Ende. Vorbei. Byebye."

Unter der durchgehenden schwarzen Braue glänzten DelCorsos Augen mit einem merkwürdigen Schimmer; er sah aus wie ein enttäuschter Liebhaber. „Du bist einer der Besten, Harry. Und ich auch. Wir haben die Pflicht . . ."

„Nein. Halt mir jetzt keine Reden über die Pflicht. Ich hab eine Pflicht: nicht dauernd meinen Arsch zu riskieren, nur damit ich fünf Minuten schneller als AP bin."

„Wir haben die Pflicht dazu, die Welt aufzuklären, was an solchen Orten wie diesem hier vorgeht."

„Halt dich bloß fest, bevor du zum Saturn abhebst mit deinem Gequatsche über Pflichten. Ich will dir mal was zeigen." Er blätterte durch einen Stapel von Nachrichten, die auf seinem Schreibtisch lagen, bis er die zwei fand, nach denen er suchte. „Hier, lies mal. Das sind die ersten beiden Anfragen, die sie Dalman als dem neuen Bürochef in Beirut geschickt haben."

292020 DALMAN: KATY UND DIE LADY SCHREIBEN DASS ARAFAT DIE MOSLEMTRUPPEN AUS EINEM GEHEIMEN HAUPTQUARTIER IN WEST BEIRUT KOMMANDIERT. KOENNEN SIE DORTHIN UND EIN INTERVIEW MIT IHM MACHEN? MFG/LUCAS/TELE/NY

292150 DALMAN: DANKE FUER ANALYSE DER BEMUEHUNGEN DES PREMIERMINISTERS ZUR BILDUNG EINER FRIEDENSREGIERUNG. HABEN HIER ERFAHREN DASS DER STUDENTENCHOR DER YALE UNIVERSITY ZUM OSTERFEST MEHRERE CHRISTLICHE WAISENHAEUSER IN EAST BEIRUT BESUCHEN WILL. UNSER KUNDE NEW HAVEN GAZETTE FORDERT 600-WORTARTIKEL UEBER IHRE ANKUNFT MORGEN AN. MFG/LUCAS/TELE/NY

„Willst du mir immer noch was über unsere Pflicht unterjubeln?" fragte Bolton, der beunruhigt darüber war, daß in den stechenden braunen Augen keinerlei Belustigung zu sehen war.

DelCorso schob die Telexblätter beiseite. „Stimmt ja. Das ist wirklich der letzte Mist. Aber das heißt doch nicht, daß du aus dem Geschäft aussteigen mußt. Du kannst ja ruhig diesen Affen von der Nachrichtenagentur da kündigen, aber dann mach eben freiberuflich weiter. Und überhaupt: du könntest auch einen Schreibtisch bei einer der Wochenzeitschriften kriegen, du brauchst die doch bloß zu fragen."

„Irgendwas ist bei jeder faul."

„Wenn alle in diesem Beruf so dächten wie du, dann . . ."

„Ja, *wenn!*" unterbrach ihn Bolton. „Aber das tun sie nicht, und wollen's auch nicht. Wenn, wenn. Alles Scheiße. Wenn Pilgervater Miles Standish damals auf der Suche nach einem Festtagsbraten kein Truthahn, sondern eine Katze vor die Flinte gekommen wäre, dann könnten wir heute zu Thanksgiving immer Muschi schlecken."

„Mußt du denn wirklich über alles einen blöden Spruch machen? Ich meine, wir haben doch die Pflicht, den Leuten zu zeigen, was hier vorgeht!"

„Wem denn? Was denn für Leuten?"

„Mr. und Mrs. Fettarsch, die in Amerika auf ihren fetten Ärschen bei ihren fettärschigen Kindern sitzen, fett, dumm und zufrieden."

„Was ist denn so schlimm daran, fett, dumm und zufrieden zu sein?"

„Kühe sind fett, dumm und zufrieden."

Bolton warf verzweifelt die Arme in die Höhe. „Nick, ich kann das einfach nicht, klar? Ich hab einfach nicht das gleiche Sendungsbewußtsein wie du. Vielleicht liegt's daran, daß du Fotograf bist und freiberuflich arbeitest. Von dir verlangt nie jemand, daß du Yassir Arafats geheimes Hauptquartier aufspürst oder über die Ankunft eines Studentenchors in einem Kriegsgebiet berichtest."

„Vergiß doch diese Wichser von Redakteuren. Es läuft ganz einfach darauf hinaus, daß ich mich verantwortlich fühle, wenn ich mir die Scheiße ansehe, die hier passiert, oder in Vietnam oder in Biafra. Irgendwie bin ich's ja auch. Und du genauso. Und die auch."

„Mr. und Mrs. Fettarsch in Amerika?"

„Genau."

Bolton sah seinen Freund lange an. Plötzlich wurde ihm etwas klar an diesem dunklen, leidenschaftlichen, temperamentvollen Mann — etwas, das ihm eigentlich schon vor Jahren hätte klarwerden sollen.

„Du verdammter Spinner, jetzt versteh ich. Du willst, daß die sich schuldig fühlen, genau wie du."

„Ich will, daß sie die Wahrheit sehen."

„Das glaube ich nicht, Nick. Du willst gar nicht, daß sie irgendwas sehen. Du willst, daß sie dafür büßen."

„Das ist doch . . ."

„Kein Quatsch. Du haßt sie, diese Menschen, denen du die Augen öffnen willst. Du haßt sie, weil sie ein ganz gewöhnliches Leben führen. Du hältst sie für gleichgültig, und deshalb willst du sie so schockieren, daß sie aufwachen."

„Quatsch."

„Kein Quatsch. Du willst, daß sie büßen. Sie sollen sich erst das Recht verdienen, fett, dumm und zufrieden zu sein, indem sie mit dem Kreuz auf dem Rücken herumlaufen, das du ihnen aufbürdest. Hast du je darüber nachgedacht, daß es ganz in Ordnung ist, wenn manche Leute ein normales Leben führen und sich über normale Probleme Sorgen machen? Würden sich noch mehr Leute nur um ihre fettärschigen Kinder und ihre Hypotheken kümmern, anstatt um Religion oder Ideologie oder Macht oder darum, wie sie ihr Leben ein bißchen aufregender machen könnten, dann hätten wir womöglich auch weniger Kriege wie diesen hier."

„Wie, zum Teufel, sind wir bloß in dieses philosophische Geschwätz geraten? Ich rede davon, daß du aus unserem Beruf aussteigen willst."

„Du hast mit diesem metaphysischen Kram angefangen. Mit unserer Pflicht, das Licht der Wahrheit auf den amerikanischen Frühstückstisch zu bringen."

„Vielleicht solltest du doch die Tür abschließen, denn ich sage es ttotzdem noch einmal."

„Na, los doch."

„Du rennst davon."

„Wovor? Vor meiner Pflicht?"

„Das ist nur die halbe Wahrheit."

„Und was ist die andere Hälfte?"

„Du rennst weg, und mich läßt du im Stich."

Wie eine Wochenschau rasten die Bilder der Erinnerung durch Boltons Kopf — der Nachmittag, an dem ihn eine Kugel erwischt hatte, während er DelCorso aus dem Eisernen Dreieck holte; ihre gemeinsame Angst in Kyrenia, unter dem MG-Feuer der Türken; all die beschissenen, gefährlichen Gegenden, wo er neben ihm geblieben war und niemals ans Weglaufen gedacht hatte. Er konnte sein Temperament einfach nicht im Zaum halten: Er stemmte die Stiefel gegen den Schreibtisch und warf ihn mit einem einzigen Tritt der langen, kräftigen Beine um.

„Mach bloß, daß du hier rauskommst!" Er sprang auf und bebte vor Wut. „Mach, daß du rauskommst, bevor ich dir dein blödes Spaghettigesicht kaputtschlage."

DelCorso blieb fest wie ein Baumstamm stehen, und um seine Mundwinkel spielte ein kaum wahrnehmbares Lächeln. „Also, kommst du mit heute nachmittag oder nicht?"

Eins mußte Bolton ihm lassen — DelCorso konnte manchmal kühl wie ein Gletscher sein. Genau das hat er von mir gewollt. Erst sollte ich in die Luft gehen, und dann doch mit ihm mitkommen, aus irgendeinem schwachsinnigen, altmodischen, kindischen, männlichen Ehrgefühl heraus.

„Nein", antwortete er und erlangte langsam seine Selbstbeherrschung wieder. „Verdammt nochmal, nein! Wenn du schon vom Büßen sprichst: Du bist mir noch was schuldig. Denk mal drüber nach."

„Das werde ich. Und du denk ein bißchen über das nach, was ich gerade gesagt habe."

„Ich werde versuchen, nicht darüber nachzudenken."

29

Die Toten hatte man in den Abwasserkanälen begraben, unter dicken Schichten Abfall vom nahe gelegenen Gemüsemarkt. Die Gullydeckel und Kanalgitter lagen nur halb auf den Löchern, und der Gestank der Leichen strömte heraus, der Geruch nach verrotteten Kohlköpfen, Rüben und Knoblauchzehen und der kühle, widerliche Hauch der Abwässer selbst. Die Körper derer , die schon länger tot waren, lagen unter der Straße; diejenigen, die in den Kämpfen am Morgen gefallen waren, lagen noch darauf: Moslems und Christen, Männer und Frauen. Manche waren einsam gestorben, manche in Gruppen, manche lagen in den Rinnsteinen, manche in Hauseingängen. Fast alle dreißig Meter sah DelCorso eine Leiche oder ein Leichenteil. Bisweilen allerdings täuschte das Ausmaß der Metzelei, denn in dieser Straße gab es viele Geschäfte und Boutiquen, die geplündert worden waren; einen Block weiter oben hatte DelCorso zwei Frauenbeine gesehen, so wohlgeformt wie diejenigen Margarets — Beine, die noch an einem halben Unterleib hingen, an den Füßen glänzende, hochhackige Schuhe, und fast hätte er sich beim Anblick einer so schönen Frau, die derart schrecklich verstümmelt war, übergeben, als er bemerkte, daß die Beine zu einer Schaufensterpuppe gehörten. Es lagen beinahe so viele Puppen herum wie echte Tote; allen hatte man sämtliche Kleider und Accessoires vom Leib gezerrt, die Köpfe abgeschlagen, Gliedmaßen abgerissen, die hölzernen Brüste amputiert, den Unterleib in Splitter zerschossen. In dem allgemeinen Chaos, zertrümmerte Ladenschilder und Fensterläden lagen auf den Gehsteigen, die mit Ziegeln und Schutt übersät waren — inmitten der Einschlagtrichter von Granaten und Raketen, die ein Regenguß am Morgen unter Wasser gesetzt hatte, und der umgekippten, rauchenden Autos war es leicht, einen Toten mit einer zerstörten Schaufensterpuppe zu verwechseln und umgekehrt. Die verstümmelten, entstellten Holzfiguren machten DelCorso noch mehr zu schaffen als der Anblick der Leichen. Er wußte nicht genau, warum. Etwa weil diese Abbilder des menschlichen Körpers noch menschlicher als Menschen aussahen, die im Tod weit mehr wie Puppen wirkten als die Puppen selbst? Vielleicht erweckten die Leichen deshalb kein besonderes Gefühl in ihm? Als er die zerstückelten Puppen betrachtete, stieg ein Grauen in ihm auf, das nicht das Grauen vor dem Tod war, sondern etwas anderes, das er nicht genau bezeichnen konnte. Aber das war doch schlimm: über die Zerstörung von lebensgroßen Puppen entsetzter zu sein als über die Vernichtung von Menschen. Er hätte sich vielleicht gefragt, ob ein Kurzschluß in seinem Gehirn aufgetreten war, hätte nicht Conklin auch eine Bemerkung darüber gemacht.

„Mann, ich verstehe diese Typen nicht", sagte er. „Sie haben doch wirklich genug andere Menschen, auf die sie schießen können, also warum müssen sie diese Dinger hier kaputtmachen?"

„Je mehr man rennt, desto mehr möchte man rennen", erwiderte McCafferty.

„Was soll denn das nun wieder bedeuten?"

„Na, wenn ihnen das Fleisch und Blut zum Kaputtschießen ausgeht, dann ballern die eben auf alles, was ihnen unterkommt. Diese Leute können einfach nicht genug kriegen vom Töten."

„I wanna go home", sang Conklin leise. „Oh, ich will so sehr nach Hause."

„Du denkst wohl schon wieder an den Sommer mit deinen kleinen Gören zu Hause in Baltimore, was, Conklin?"

Conklin starrte die Straße hinunter auf die schwärzlichen Überreste eines ausgebrannten alten Mercedes-Taxis. Im letzten Jahr hatte er einige Pfund zugenommen, wodurch er noch jünger aussah; hatte er vorher wie ein dicklicher Collegeschüler gewirkt, so ähnelte er jetzt einem Teenager, der den Babyspeck noch nicht ganz los war. „Ich denke nur an eins: Das hier ist das letzte Drecksloch, in dem ich Fotos machen werde."

„Du und D.C., ihr habt ja noch nicht einmal die Hälfte gesehen."

„Um es frei nach Spiro Agnew zu sagen: ‚Wenn du ein Drecksloch gesehen hast, hast du sie alle gesehen.'"

„Dieses hier ist aber was Besonderes."

„Schade, daß Wilson nicht da ist. Dem würde vielleicht sogar noch eine lustige Bemerkung dazu einfallen."

DelCorso ging immer noch der Streit mit Bolton im Kopf herum, und er fauchte: „Tu mir einen Gefallen, sprich nicht nochmal von Wilson."

„Ja, klar, Nick, hab ich ganz vergessen."

„Ich aber nicht."

Die drei Männer gingen weiter, dicht an den Mauern entlang. Auf der anderen Straßenseite gingen Dunlop, Lutter und das französische Fernsehteam; sie sahen aus wie eine Infanterieschwadron auf Patrouillengang durch die Ruinen einer halberoberten Stadt. Für DelCorso war die Rudelbildung unter Journalisten das gleiche, was Gruppensex für die Hohe Schule der Liebe bedeutete, doch in diesem Moment störte ihn die Gesellschaft nicht. Selbst Dunlops Gegenwart beruhigte ihn; an diesem Ort hatte *jedes* vertraute Gesicht etwas Tröstliches. In den vergangenen drei Tagen hatte er bereits gelernt, daß Fische, die in solchen Gewässern allein schwammen, weitaus mehr gefährdet waren als jene, die paarweise oder in Schwärmen zogen.

Dies schien die einzige Regel zu sein, die noch galt; ansonsten war das Überleben in dieser Stadt ein reines Glücksspiel.

Nach dem, was er aus den Meldungen in Boltons Büro herausgelesen hatte, waren die Falangisten am frühen Morgen von Karatina aus zum Angriff übergegangen und hatten versucht, das Gebiet einzunehmen, in dem sie sich nun befanden, irgendwo zwischen dem Hafen und den Überresten des *souk francais*. Anscheinend bemühten sich die Christen, einen Nachschubkorridor zum Holiday Inn freizukämpfen. Anscheinend — doch im Laufe der letzten halben Stunde hatte er keine Menschenseele auf den Straßen erblickt, weder Moslems noch Christen. Sicher war nur, daß sich der Krieg für den Augenblick anderswohin verlagert hatte. Im nächsten Augenblick konnte er schon wieder hier weitergehen. Vielleicht auch nicht. Das war das zweite, was er über den libanesischen Bürgerkrieg gelernt hatte: er streifte mit der Unberechenbarkeit eines psychopathischen Killers durch die Stadt und hinterließ kein durchgängiges Muster, an dem ein halbwegs intelligenter Mensch erkennen konnte, wo er als nächstes zuschlagen würde. In dieser unsicheren Atmosphäre kam es DelCorso fraglich vor, ob man sich wirklich noch auf die Faustregel verlassen konnte, wonach eine größere Gruppe mehr Sicherheit bot. Die Regel gründete sich sowohl auf eine Hoffnung als auch auf Erfahrung; man hoffte, daß die verschiedenen Milizen zwar vielleicht der Versuchung erlagen, einen einzelnen Reporter auszurauben, sich jedoch nicht trauen würden, auf eine ganze Gruppe von Journalisten zu feuern. Aber was sollte denn einen Heckenschützen daran hindern, einen von ihnen zu seinem Privatvergnügen abzuschießen? Da war nichts außer dem Glauben, daß eine um den Hals gehängte Kamera die gleiche Hemmschwelle darstellte wie zum Beispiel eine Rotkreuz-Armbinde oder der blaue Helm der UNO-Truppen. Es war nicht leicht, an einem solchen Glauben in diesem Krieg noch festzuhalten, in dem Zivilisten auf ihren eigenen Türschwellen massakriert wurden.

Zwei oder drei Häuserblocks vor ihnen hämmerte ein Maschinengewehr — es klang wie ein langgezogener Trommelwirbel. Die Männer beider Gruppen blieben stehen und warfen sich zu Boden. Dann verstummte das MG. Hinter DelCorso sang Conklin leise vor sich hin: *„I wanna go home, ooh, I wanna go home."*

„Conklin, für Leute wie uns ist das hier das Zuhause. Nach Baltimore kannst du sowieso nicht mehr zurück."

„Für Leute wie dich vielleicht, McCafferty, für mich jedenfalls nicht. Hey, D. C., das ist doch Schwachsinn. Was sollen wir denn hier?"

„Motive suchen", sagte McCafferty. „Ganz schlicht Motive suchen."

„Ach Blödsinn, Bilder von diesem Trümmerhaufen kauft dir doch höchstens der Herausgeber der Ruinen-Rundschau ab. Ich bezweifle, daß hier im Umkreis von einer Meile auch nur ein einziger lebendiger Schwanz herumbaumelt."

„Und was hat da gerade mit dem MG geschossen? Der Geist eines baumelnden Schwanzes vielleicht?"

„Alles ist möglich in dieser schlimmsten aller Welten. Was meinst du, Nick? Gehen wir doch zurück zu den Autos."

DelCorso gab keine Antwort und starrte auf die Kreuzung weiter vorn, bis sein Blick zur anderen Straßenseite gezogen wurde. Er sah kurz Dunlop an, und sie trafen ein stillschweigendes Einverständnis: Rückzug war vielleicht das klügste, aber keiner von beiden würde umkehren. DelCorso machte den Anfang. Er erhob sich ein Stück aus der Kniebeuge und schob sich in Richtung auf die Kreuzung vor, wo er wieder innehielt, als das Maschinengewehr von neuem zu feuern begann; das unregelmäßige Knattern klang wie überlaute Morsesignale.

„Nick, es hat doch gar keinen Sinn, noch weiterzugehen."

„Dann geh doch nicht weiter, Conklin. Das ist hier ein freies Land."

„Weiter als bis zur Kreuzung geh ich auf keinen Fall."

„Soll mir recht sein. Ich bin ja nicht dein Feldwebel."

DelCorso blieb an der Spitze, Conklin und McCafferty folgten dahinter, und auf der anderen Seite hielt Dunlop samt Kometenschweif mit. Die Querstraße war mit Artillerie und schweren Raketen bombardiert worden und noch weit mehr zerstört als die, auf der sie gingen. An einzelnen Stellen war das Pflaster zu Kies pulverisiert, und das morgendliche Gewitter hatte den Staub in Schlamm, die Bombentrichter in ausgezackte Tümpel verwandelt. Einige Häuser schwelten noch, der Geruch nasser Asche lag in der Luft, und über allem hing ein rauchender Fluch. Eine Villa im ottomanischen Stil hatte einen Volltreffer abbekommen und sah nun wie der Querschnitt eines Puppenhauses aus, das einem destruktiven Kind in die Hände gefallen war. Eine Wand war zur Gänze auseinandergerissen, was den Blick auf die Trümmer der intimen kleinen Welt freigab, die sich einst dahinter verborgen hatte — im Schlafzimmer ein Messingbett mit verbogenen Stäben, ein umgekippter Kühlschrank in der Küche, ein Eßtisch, der schief auf zwei Beinen stand. Auf dem unebenen Bürgersteig verstreut lagen Blätter, die die Explosionen aus den Bäumen gefegt hatte, so als hätte der Krieg auch die Jahreszeiten durcheinandergebracht.

Das freigelegte Innere des Hauses jagte DelCorso den gleichen kalten Schauer über den Rücken, erweckte das gleiche namenlose Grauen wie vorher die Schaufensterpuppen.

Im Laufe der vergangenen Jahre war er schon von jeder Spielart der Angst gepackt worden, aber diese war etwas völlig anderes. Er hätte sie gern benannt, eingeordnet, vor allem begriffen — nicht weil er auf einmal zum Wissenschaftler in Sachen Angst geworden oder der Illusion erlegen war, das Verstehen einer Gefühlsregung führe zu deren Beherrschung; vielmehr glaubte er, wenn es ihm gelänge zu verstehen, warum unbelebte Gegenstände das Gefühl ansprachen, dann könnte er auch die Wahrheit dessen, was hier geschah, begreifen; und diese Wahrheit würde dann jedes Silberkorn all seiner Fotos von diesem Krieg durchdringen.

Die Wahrheit, Harry, die Wahrheit will ich.

Er holte das zerstörte Haus in den Sucher seiner Leica, denn er hoffte, daß das eingeengte Sichtfeld die Wirbel der Verwirrung in seinem Verstand klären würde. Die Aufnahme war direkt und gewöhnlich; wären nicht die kalten Schauer auf seinem Rücken gewesen, er hätte sich gefühlt wie der Sachverständige einer Versicherung beim Fotografieren von Orkanschäden. Er ging ein Stück zur Seite, um einen anderen Winkel zu bekommen, und öffnete die Blende weiter, da der Rauch in der Luft dichter wurde. Wirbel der Verwirrung. Was ist das für eine Angst, die nicht die Angst vor dem Tod, vor Verstümmelung, Gefangenschaft, Folter oder Schmerz ist? Es hatte etwas mit dem Übergang vom Gewöhnlichen zum Außergewöhnlichen zu tun, vom Vertrauten zum Fremden. Straßen und Städte war er gewohnt; sie waren sein natürliches Element. Doch die Straßen dieser Stadt waren ihm fremder als alle

Wüsten, in denen er je gewesen war, fremder als jeder Urwald, durch den er sich schwitzend gekämpft hatte.

Musik. Er hätte schwören können, Musik zu hören, die eine Brise vom Hafen herübertrug — hohe, leise Flötentöne und ein paar Akkorde auf einer Gitarre. Die Töne verklangen, als der Wind sich legte. Er sah die Straße hinunter, und einen Block entfernt, dort wo sie zum Hafen hin abfiel, sah er durch den düsteren Rauch hindurch ein halbes Dutzend menschliche Gestalten. Sie bewegten sich im Kreis, wie bei einem primitiven Tanz. Wieder ein Windstoß, und die Musik begann von neuem. Es zog ihn hin zu den tanzenden Gestalten.

„Hey, Nick, ich hab das ernst gemeint. Diese Stadt hier ist total unberechenbar."

„Ach, was du nicht sagst."

„Ich weiß nicht, wer diese Typen da sind, und ich will's auch gar nicht rausfinden. Ich rühr mich keinen Schritt weiter."

„Ich brauch niemanden, der mir die Hand hält", antwortete DelCorso über die Schulter.

Conklin hockte sich an der Ecke zu Boden; sein pubertäres, pausbäkkiges Gesicht sah über der Ziegelsteinpyramide hervor, hinter der er sich in Sicherheit glaubte. „Deine Hand will sowieso keiner halten, Nick. Du bringst einem Pech."

Die Bemerkung traf ihn wie eine Pistolenkugel. „Hör mal zu, du Arschloch, hör mir gut zu: Was letztes Jahr mit Wilson passiert ist, ist eben passiert. Das war nicht meine Schuld!"

„Hab ich ja gar nicht behauptet. Ich hab nur gesagt, daß du Pech bringst."

„Mann, Conklin, du siehst doch Gespenster. Was soll's, D.C., ich komm mit. Brauche unbedingt ein Bild mit Menschen drauf, aber mit lebendigen."

DelCorso ging weiter auf die Gestalten zu, die jetzt still, aber dennoch irgendwie ruhelos herumstanden, so daß er an die vielen Stunden erinnert wurde, die er damit totgeschlagen hatte, mit seinen Freunden an der Straßenecke herumzuhängen, während der weite Himmel über Chicago langsam schwarz wurde und die Lichter der Stadt aufflammten; sie hatten immer darauf gewartet, daß etwas geschah, und er hatte gewußt, wenn nichts geschah, dann würde er einen Weg finden, etwas geschehen zu lassen. Auch jetzt wieder spürte er die gleiche Erwartung in der Luft, doch sie verhieß kein Abenteuer, sondern war eher eine böse Vorahnung. McCafferty ging neben ihm, die mattgrauen Augen unruhig, immer auf der Hut vor dem Schatten eines Heckenschützen am Fenster, der raschen Bewegung auf einem Dachfirst. Er ist eine Hure des

Kriegs, dachte DelCorso, aber wenn ich schon in Begleitung sein muß, dann lieber in Begleitung einer Hure, die im Straßenkampf geübt ist, als eines Vorstadtkindes wie Conklin.

Er hatte noch mehr Begleitung. Dunlop hatte Lutter und die übrigen hinter sich gelassen und warf von der gegenüberliegenden Straßenseite immer wieder Seitenblicke auf DelCorso, wie ein Langstreckenläufer, der sein Tempo an dem seines Gegners auf der Nebenbahn mißt. Auf allen dreien seiner Kameras waren kurze Objektive aufgeschraubt. Was hatte der große Könner nur vor? Es sah ihm gar nicht ähnlich, dicht heranzugehen. Vielleicht hatte der letzte Pulitzer seinen Mut wieder beflügelt. Hör auf, über ihn nachzudenken. Konzentrier dich. Es fällt schwer, sich zu konzentrieren, wenn man zwei andere dabei hat; es ist, als wollten Männer gleichzeitig mit ein und derselben Frau schlafen. Wirklich eine Art Gruppensex.

Ein Stück vor ihnen endete die Straße an einer Reihe von Wohnhäusern. Die neueren, höheren Gebäude wiesen da und dort Löcher von Raketeneinschüssen auf; die älteren Häuser mit ihren vielen geschwungenen Balkons, die von unzähligen Stücken von herumfliegendem Stahl abgehackt und aufgefressen waren, sahen aus wie von Riesenratten zernagte Riesenbaumkuchen. DelCorso stieg über eine weitere Schaufensterpuppe, deren gefärbte Synthetikhaare und blaue Augen fast zu lebensecht wirkten.

Nicht weit davon entfernt lag eine Frau mit teigigem Gesicht und schwabbligem Körper und sah überhaupt nicht lebensecht aus, sondern wie eine aufgedunsene Puppe. Sie trug das Bauernkleid der Moslems und lag unter einem Baum, in einem Haufen von abgerissener Rinde und Blättern; der Kopf lehnte gegen den Stamm, die Augen waren halb geschlossen und der Mund halb geöffnet; die Füße standen in einem unnatürlichen Winkel von den Beinen ab. Der Tod machte jeden zum Verrenkungskünstler. Auf der Brust der Toten zeichneten sich in gleichen Abständen drei bräunlich-rote runde Flecken ab, wie Medaillons, aus denen Bänder in derselben Farbe bis auf ihre Hüfte hingen. DelCorso trat vom Gehsteig auf die Straße, um die Frau in den Mittelpunkt des Suchers zu bekommen; er wählte eine ganz niedrige Blende, damit auch die Gruppe von Männern im Hintergrund noch scharf zu sehen sein würde.

Was sieht er da bloß? Dunlop, der ihn beobachtete, konnte weder einen journalistischen noch künstlerischen Wert in dem Bild einer toten Zivilperson finden, die auf einer zerstörten Straße lag, in einer Stadt voller zerstörter Straßen und toter Zivilisten. Es würde kein Kriegsfoto werden. Das eine, das er vor langer Zeit in Korea gemacht hatte, von zwei

Marineinfanteristen auf Patrouille, die bärtigen Gesichter unter den Stahlhelmen, im Spiel von Licht und Schatten, hatte eine Wirkung, in der sich das Grauen der modernen Kriegsführung andeutete, aber ebenso die Fähigkeit des Menschen, über die Gegebenheiten seiner Umwelt hinauszuwachsen — *das* war ein Kriegsfoto. Aber das da? Machten denn Fotografen nach einem Flugzeugunglück Aufnahmen von den verkohlten, zerfetzten Leichen? Manche schon, doch selbst die ließen die Details verschwimmen, weil sie genau wußten, daß keine Zeitung und keine Zeitschrift genug schlechten Geschmack besaß, um so etwas abzudrucken. Es hatte ja auch große Empörung verursacht, als damals auf manchen Titelseiten das Bild von Jayne Mansfields enthauptetem Körper zu sehen gewesen war, nachdem sie mit ihrem Wagen auf einer Brücke vor New Orleans in einen Laster gekracht war. Wenn also ausgesprochen blutrünstige Bilder ein Tabu waren, solange es um Flugzeugabstürze und Autounglücke ging, warum machten dann Bilder vom Krieg eine Ausnahme? Was in aller Welt sieht DelCorso dort, außer der Leiche einer Frau mit drei Einschüssen? Dunlop bemerkte, daß McCafferty nun ebenfalls die Kamera gehoben hatte. Na wunderbar. Zwei Kinder des Slums an der Front. Auch wenn er genau wußte, daß dies eine unfaire Gleichsetzung war, was das Talent betraf: McCafferty würde niemals ein bestimmtes Niveau übersteigen, genau wie manche Reporter, deren Fähigkeiten sich darauf beschränkten, Polizeiprotokolle umzuschreiben; DelCorso arbeitete auf einer völlig anderen Ebene. Er sah etwas. Und was sieht er also in dieser Szene, das ich nicht sehe? Dunlop hatte sich dieser Exkursion angeschlossen, um es herauszufinden. Seit dem Vorfall in Ashrafiyah vor zehn Tagen war seine Produktion fast auf Null gesunken. Vielleicht blockierte er sein Talent, weil er sich für die Mittäterschaft bei dem Mord bestrafen wollte. Er war sich nicht sicher. Möglicherweise war jeder Fotograf in gewissem Maß auch Komplize. Auf jeden Fall funktionierte er nicht mehr richtig, und die Raketen aus der *Time* -Redaktion hatten höllisch weh getan und ihn mit Verlegenheit und Zweifel an sich selbst erfüllt. Über einen Mann mit seinem Ruf durfte es keine Beschwerden wegen mangelnder Leistung geben. Er hatte Lutter wieder angestellt, um den Druck abzuschütteln. Lutters Job war es nun, ganz einfach so viel Film wie möglich zu verknipsen, dafür bekam er die übliche Provision, und Dunlop hatte Zeit, hinter das Geheimnis von DelCorsos visionärer Gabe zu kommen. Er würde nun von dem Mann lernen, den er geschult hatte. Er würde lernen, die hinderliche Hülle seines guten Geschmacks abzuwerfen und sich selbst vor dem Untergang zu retten. Nein, er würde noch einen Schritt weitergehen: Sich vor dem Untergehen zu retten, hieße ja nur, das Überleben zu sichern; er hatte jedoch vor, über den anderen zu triumphieren. Wenn Direktheit die neue Welle war, so würde P.X. Dunlop ganz obenauf reiten.

Nun stellte auch er seine Kamera auf die Frau ein, und indem er sich zwang, nicht auf die inneren Stimmen der Zensur zu hören, machte er ein Foto von ihr. Er änderte den Blickwinkel, indem er auf einen Schutthügel kletterte, machte noch ein Foto, stieg wieder hinunter und machte ein drittes; doch ohne das Spektakel des Krieges, ohne die Dramatik und das Heldentum — jene Bezugspunkte, die er gewöhnt war — kam er sich vor, als arbeitete er in einem Vakuum.

Möglicherweise hätte es ihn überrascht, daß auch DelCorso seine Fotos aufs Geratewohl machte. Wenn er eine bewußte Absicht verfolgte, so war es die zu verstehen, und die Frau, die wie vertilgtes Ungeziefer auf der Straße lag, schien einer der Schlüssel zu dem Geheimnis zu sein. Die Frau in ihrem ganz gewöhnlichen Kleid — in etwas vollkommen Außergewöhnliches umgewandelt durch die Einschüsse; mit ihren Rinnsalen von Blut, Auszeichnungen gleich, die ihr jemand an die Brust gesteckt hatte.

Als DelCorso die Sequenz fotografiert hatte, setzte er seinen Weg zu den Milizionären fort, die inzwischen die drei Fotografen bemerkt hatten und sich um einen Gegenstand in der Mitte der Straße scharten, als nähmen sie Aufstellung für ein Gruppenbild. DelCorso zählte sechs Mann. Sie waren etwa hundert Meter entfernt, nahe genug für ein starkes Tele, aber das längste Objektiv, das er dabeihatte, war sein 105mm. Er spürte die Drohung in ihren Bewegungen und ihrer Körperhaltung. Während er sich ihnen so näherte wie einer Meute tollwütiger Hunde, auf einen Angriff gefaßt, sobald er sie aus den Augen ließe, stellte er Verschlußzeit und Blende der Leica ein, ohne hinzusehen. Hinter ihm knirschten die Schritte der beiden anderen auf dem geborstenen Pflaster.

Der kalte Schauer auf DelCorsos Rücken erfaßte nun auch Hinterkopf und Schultern, bis er die Wirbelsäule hinabrann. Sechs Männer, fünf davon mit Kalaschnikows, der sechste mit einem Raketenwerfer im Arm, musterten ihn, doch er fürchtete sich weniger vor den Männern selbst oder ihren Waffen als vor dem, was sie darstellten; denn der kalte Schauer auf seinem Rücken war nicht die Furcht vor etwas so Irdischem und Konkretem wie einer Kugel; es war vielmehr das Entsetzen vor dem Übernatürlichen. Heiliger Erzengel Michael, beschütze uns im Kampf und sei auch unser Schutzherr gegen das Böse und die Fallstricke Satans . . . Satan, der Teufel. Es war ein Geist, den er fürchtete, ein bösartiger Geist, der in diesen ausgebrannten Häusern und den menschenleeren Straßen wohnte und seinen Schrei, der nur für die Seele hörbar war, durch die Raketeneinschüsse in den Mauern ausstieß, rund und schwarz wie Geschwüre, seinen Atem aus den Friedhofskloaken unter der Erde verströmte, von deren Gestank einem die Nase brannte, und aus den gebrochenen Glasaugen der ehemaligen Schaufensterschönheiten starrte.

Noch fünfzehn Meter weiter, und die Männer wären im Bereich seines 35mm-Objektivs; noch fünfzehn Meter weiter, und die Kamera würde festhalten können, was seine Augen jetzt sahen: sechs bizarre Figuren, Statisten in einem Science-Fiction-Thriller über eine Zukunft, in der die Zivilisation ausgespielt hat und die Städte dieser Welt von Wilden regiert werden. Einer der Männer hatte eine Mandoline um den Hals hängen und trug die blonde Perücke einer Schaufensterpuppe unter der grünen Mütze; der nächste hatte den Oberkörper in eine Decke gehüllt, gehalten von einem Gürtel, aus dem eine Flöte herausragte, die hautengen Hosen in hohe Stiefel gesteckt, so daß er aussah wie ein Schafhirte; ein dritter schien direkt aus einer Holzschnittillustration von Charles Dickens' Slums entstiegen — Zylinderhut, fadenscheinige Anzugjacke und zu große, mit Flicken übersäte Hosen; ein vierter, der nicht viel älter als fünfzehn aussah, trug trotz der Hitze einen Wollschal um den Hals; die letzten zwei waren etwas konventioneller in zusammengestükkelte Uniformteile gekleidet, dekoriert mit Handgranaten, Munitionsbeuteln und Patronengürteln, an denen die Kugeln wie Gebisse aus angefeilten Schneidezähnen mit Kupferspitzen wirkten; in den Läufen ihrer Gewehre steckten rote Blumen. Der Gegenstand, um den sie sich geschart hatten, war von weitem nicht von allem übrigen Müll zu unterscheiden gewesen; jetzt jedoch war er als die Leiche eines Christen mit gespreizten Gliedmaßen zu erkennen, dem man zwischen Unter- und Oberkiefer das an seiner Halskette befestigte goldene Kruzifix geklemmt hatte, so daß der Mund weit offen stand.

„Neben diesen Ganoven da würde eine Schlägerbande aus der Bronx wie eine Gruppe Pfadfinder aussehen", stellte McCafferty fest. Dunlop hielt sich in sicherem Abstand.

„Was sind das bloß für welche?"

„Jedenfalls wissen wir, daß es keine Christen sind. Das dürften verrückte Tunix sein, so wie die aussehen. Ist doch auch scheißegal. Bescheuert sind sie alle."

DelCorso spürte, daß McCafferty und er in irgend etwas hineingeplatzt waren, vielleicht in eine Zeremonie, so etwas wie eine Schwarze Totenmesse. Versuchsweise hob er die Kamera vors Auge. In den Spiegelprismen zeigte sich die Leiche des Christen im Vordergrund, dann die sechs Milizionäre aus dem Kuriositätenkabinett, und dahinter die perspektivisch verzerrte Straße, die so zerschossen war, daß sie wie einen ausgefahrene Schlammpiste wirkte. Zwischen den Häusern schwebte eine Schicht dicker grauer Rauch, der ständig wechselnde Schatten erzeugte, und eben genug Licht durchließ, um das Kruzifix aufblitzen zu lassen. Der Rauch war das Herzstück des Fotos; er qualmte aus dem Wrack eines Jeeps oder Kleinlasters weit im Hintergrund, war jedoch so dicht, daß das Fahrzeug auf dem Film gar nicht zu sehen sein, sondern der Eindruck entstehen würde, der Rauch stiege direkt aus der Erde auf.

Satans Feuer- und Schwefelwolke, das sichtbare Bild des Geistes, der in jedem einzelnen Häuserblock dieser Stadt spukte. Blende acht bei einem Zweihundertfünfzigstel — diese Verschlußzeit würde das Wabern des Qualms in der Bewegung festhalten. DelCorso machte zwei Fotos. Dann richtete einer der Milizionäre, einer von denen in Uniform und mit Blumenschmuck im Gewehr, seine Waffe auf ihn. Die scharlachroten Blüten, mit denen die Mündungsöffnung dekoriert war, nahm ihr nichts von ihrer Bedrohlichkeit. Der Mann rief etwas, das weder McCafferty noch DelCorso verstanden, doch seine Geste bedurfte keiner Übersetzung: Mach noch ein Bild, und ich knall dich ab.

30

Diesen Film habe ich schon einmal gesehen, dachte DelCorso. Mit so überlegten Bewegungen wie ein Mann, der einem tollwütigen Dobermann gegenübersteht, zeigte er dem Milizionär die plastikverschweißte Karte mit seiner Akkreditierung durch das Ministerium für Nachrichtenwesen.

„*Sahafi* — Journalist", sagte er und drehte die rotgelbe Karte ein paarmal in der Hand.

„Stimmt."

„*Sahafi amerikai.*" Um die Lippen des Mannes zuckte ein irres Grinsen. „*Sahafi amerikai.*"

Er gab DelCorso die Karte zurück und verlangte McCaffertys Ausweis, wobei er wiederholte: „*Sahafi amerikai*", und zwar in einem Tonfall, der andeutete, daß dieses Wort eine unheilvolle Nebenbedeutung besaß. Dann wandte er sich wieder DelCorso zu und deutete mit seiner Waffe: „Sie da. Ausweis!"

„Hab ich Ihnen doch gerade gezeigt."

„Er meint wohl *ihren* Ausweis."

„Aber wer zum Teufel sind sie?"

„Das läßt sich ja rausfinden." McCafferty deutete mit dem Finger auf den Mann und fragte: „Mourabintoun?"

„*Aiwa.*"

„Also Tunix, D.C."

DelCorso griff in die rechte Tasche und stöberte in den zusammengefalteten Ausweisen nach dem richtigen. Als er ihn hatte, hielt er ihn dem Mann hin. Der warf einen kurzen Blick darauf und gab ihn zurück.

Nachdem er MrCaffertys Ausweis ebenfalls geprüft hatte, winkte er mit dem Gewehr zu Dunlop, der die ganze Szene aus etwa dreißig Metern Entfernung fotografierte.

„Sie dort!" rief er laut. „Nein, Sie! Ausweis!"

Entweder hatte Dunlop nicht gehört oder falsch verstanden; er ging an den Straßenrand und hob wieder die Kamera. Winzige Stückchen von Blütenblättern wirbelten durch die Luft, als die Kalaschnikow losging und ihre Kugeln die Wand über Dunlops Kopf zerfetzten.

„Sie da! Nix Foto! Ausweis!"

Dunlop rappelte sich vom Gehsteig hoch, auf den er sich hatte fallen lassen, und machte ein paar vorsichtige Schritte auf ihn zu. „Verdammt nochmal, was . . ." begann er und versuchte, seine Würde wiederzugewinnen, indem er seinen besten Kommandoton aufbot, der allerdings wegen der Tenorlage seiner Stimme nicht besonders gebieterisch klang. „Verdammt nochmal, was sollte denn das eben, du Dreckskerl!"

„Reg dich bloß wieder ab, P.X.", warnte ihn McCafferty. „Die Brüder sind anscheinend ein bißchen fotoscheu. Sie wollen deinen Ausweis sehen. Kannst also nur hoffen, daß du einen von den Verrückten Tunix dabei hast."

Auf Dunlops Stirn erschienen tiefe Falten von den Augenbrauen bis hinauf zum Wirbel des kurzen grauen Haars, als er den Ausweis hervorholte. Nicht ohne Befriedigung bemerkte DelCorso, daß seine Hände zitterten. Dieser feige Kerl hat wahrscheinlich seit fünfundzwanzig Jahren nicht mehr erlebt, daß so dicht neben ihm eine Kugel einschlägt. Diesmal hat er kein Bataillon seiner Hollywood-Ledernacken dabei. Er stand nah genug bei Dunlop, um dessen nervösen Schweiß zu riechen, der sich auf dem wulstigen Nacken sammelte und feuchte Flecken in den Achseln seines Hemdes machte. Der Pulitzer. Dieser feige Dreckskerl hatte ihm den Pulitzer geklaut. Da gab es gar kein anderes Wort. Geklaut. Der Pulitzer — sehr intelligent, in dieser Situation daran zu denken. Er verbannte den Gedanken sofort, so wie ein Priester eine unreine Begierde verbannen würde. Er war als Freiberufler hier; falls er gefangengenommen wurde, hätte er keine einflußreiche Zeitschrift hinter sich, die alle Verbindungen spielen lassen würde, um ihn wieder freizubekommen; falls er verletzt würde, müßte er die Krankenhausrechnungen aus der eigenen Tasche bezahlen. Seine einzige Versicherung war die Wachsamkeit seiner Schutzgeister, die allerdings als Gegenleistung die Authentizität seiner Motive einforderten. Die Absicht. Über allem stand die Absicht.

Mit seiner Kalaschnikow deutete der Mourabintoun jetzt in eine Seitenstraße, die so eng war, daß man sie eine Gasse nennen mußte.

„Ich gehe jedenfalls nicht mit diesem geistesgestörten Kerl mit", sagte Dunlop.

„Glaub kaum, daß er uns da viel Wahl lassen wird, P.X."

„Wir wären doch hirnverbrannte Idioten, wenn wir da mitgehen."

„Wenn er uns wirklich umbringen will", gab DelCorso zu bedenken, „dann würde er es jetzt tun. Schließlich würde ihn hier keiner dafür anzeigen."

Der Mourabitoun-Kämpfer winkte von neuem mit der Waffe, diesmal etwas eindringlicher. Mit einem Mann, der ein geladenes Gewehr in der Hand hielt, gab es nichts zu diskutieren. Die drei Fotografen folgten ihm in die kleine Straße. Der zweite Uniformierte, der immer noch die Blume im Lauf seines Gewehrs trug, machte das Schlußlicht, was DelCorsos Zuversicht, daß sie nicht zu ihrer eigenen Hinrichtung geführt wurden, wieder ein wenig dämpfte. Er sah über die Schulter und versuchte, aus der Miene des Mannes etwas herauszulesen; der Milizionär starrte zurück; seine dunklen Augen waren ungefähr so ausdrucksvoll wie die Köpfe von Reißzwecken. In der Ferne begann das MG von neuem zu schießen. Der aus den Gullylöchern aufsteigende Gestank hing wie geronnen in der engen Schneise zwischen den Häusern, auf deren Mauern aus goldfarbenem Stein die Explosionen von Granaten schwarze Pulverstriemen geschmiert hatten. Ein Mann, der wohl bei den Kämpfen am Morgen getötet worden war, saß zusammengesunken an einem Laternenpfahl und streckte eine erstarrte Hand aus, in die irgendein Witzbold ein paar Geldstücke gelegt hatte.

Werde ich in wenigen Minuten auch so aussehen? Werden die Kugeln sich in mich bohren, und werde ich dann auf der Straße liegengelassen werden, als menschlicher Schutt, meine Leiche die Zielscheibe des Gespötts?

Sie wurden weg von der Straße, in einen Durchgang geführt, in dem es so dunkel und auch so feucht war wie in einem Keller; darüber verliefen zwei Balkonreihen, die sich beinahe berührten; es war, als fiele ein Lichtspalt durch eine halbgeöffnete Kellertür. Vor einem bogenförmigen Holztor befahl ihnen der Mourabintoun an der Spitze zu warten, dann ging er allein hinein. Einige Minuten später erschien er wieder und winkte sie in einen sonnenbeschienenen Hof.

Der Anblick der sechs Leichen, die da mit heruntergezogenen Hosen vor ihm auf dem goldenen, rechteckigen Fleck lagen, brachte DelCorso einen Moment lang aus der Fassung. In seinem Kopf entstand ein schwingendes Gefühl, wie man es verspürt, wenn man nach tagelanger Seereise wieder an Land geht, und sein Blick wurde leicht verschwommen. Die Leichen stanken nicht, und die Blutpfützen auf den Pflastersteinen waren noch nicht ganz getrocknet. Seiner Schätzung nach waren diese Christen vor kaum mehr als einer Stunde ermordet — nein, abgeschlachtet worden. Er blinzelte, um einen klaren Blick zu bekommen, doch was er sah, verschwamm sofort wieder, als wollten die Augen die abscheulichen Einzelheiten automatisch zensurieren, ihm zu verstehen geben, daß er dieses Grauen nicht in aller Deutlichkeit wahrnehmen sollte.

Auf den ersten Blick sah es so aus, als würde ihm jeder der abgeschlagenen Köpfe die Zunge herausstecken; bei genauerem Hinsehen wurde ihm klar, daß die Organe in den Mündern keine Zungen waren.

„Mein Gott!" stieß Dunlop hervor. Das Grau seiner Haare schien wie Blut über seine Stirn hinab und über das ganze Gesicht zu rinnen. „Allmächtiger Gott."

Die Moslemkämpfer legten ihre jugendlichen Gesichtzüge in Grimassen, die alles andere als jugendlich waren, und nahmen neben ihren Trophäen die Pose von Eroberern ein. Der, der als erster hineingegangen war, hatte ein ordentliches Arrangement zuwege gebracht, indem er jeden abgetrennten Kopf vor dem dazugehörigen Körper aufgestellt hatte, so daß die Köpfe und Rümpfe wie Bauteile kurz vor der Endmontage wirkten.

„Jetzt", sagte er, „jetzt Foto." Der andere stellte sich mit der Kalaschnikow im Anschlag auf, aus deren Lauf die Blume wie aus einer Vase sproß.

DelCorso, McCafferty und Dunlop rührten sich nicht. Der Mourabintoun richtete das Gewehr auf sie und wiederholte: „Foto. Jetzt! *Foto.*"

„Scheiß drauf!"

„Und ich dachte immer, du bist auf solche Schweinereien spezialisiert", bemerkte Dunlop voll Bitterkeit.

„Auf keinen Fall verschwende ich meinen Film auf diesen Scheißdreck. Kein Mensch würde davon ein Foto kaufen wollen."

„Hätte mir ja denken können, daß du es deswegen nicht machen willst."

„Halt jetzt bloß keine Predigt hier!"

„Wir sollten aber trotzdem lieber etwas unternehmen. Diese Typen dürften kaum Gewissensbisse haben, uns wegzupusten, wenn wir bei ihrem Spiel nicht mitmachen."

„Hast du 'ne Idee?"

„Na, Wir bluffen sie, du Schwachkopf. Wir tun so, als würden wir ein paar Fotos machen, damit diese Schlächter zufrieden sind, und dann verschwinden wir so schnell wie möglich."

Dunlop kämpfte gegen die Übelkeit an, stellte eine Verschlußzeit von einer Sekunde ein und machte die Blende außerdem weit auf, um das Negativ überzubelichten. Sogar dabei fühlte er sich noch wie ein Komplize bei dieser Tat, als er das entsetzliche Bild durch den Sucher betrachtete. Der Gedanke kam ihm, daß er auf diese Weise das Verbrechen weiterhin geheimhielt und daß es möglicherweise von mehr Gewissen zeugen würde, es aufzuzeichnen, der Welt einen Beweis für das zu liefern, was er hier und heute gesehen hatte. Andererseits hatte er in drei Jahrzehnten als Kriegsberichterstatter nicht die Überzeugung gewonnen, daß selbst der anschaulichste Beweis für die menschliche Barbarei ein zivilisierteres Verhalten förderte; im Gegenteil, es schien als fördere man dadurch, daß man solchen Akten mit Fotos den Schein einer Berechtigung verlieh und so die Fähigkeit der Menschen zur Empörung abtötete, die Barbarei nur noch mehr. Es war wohl besser, Monstrositäten wie diese hier in dem Dunkel zu belassen, in das sie gehörten. Er täuschte zwei oder drei Aufnahmen vor; plötzlich sah er am Rand des Blickfelds seines Objektivs DelCorso direkt zu Füßen einer der geköpften Leichen hocken, die Kamera auf den davor aufgebauten Kopf gerichtet.

„DelCorso, zum Teufel, was . . .?"

Der Auslöser klickte, dann war der Filmtransport zu hören.

Er konnte einfach nicht glauben, was er sah; wenn dieses groteske Schauspiel selbst McCafferty zuviel war, mochte auch dessen Motiv in reiner Gewinnsucht bestehen, wie konnte dann DelCorso finden, daß es das Filmmaterial wert war?

Wieder klickten Kameraverschluß und Aufzug.

Was sieht er nur? Was kann er darin sehen? Es erforderte fast ebensoviel Grausamkeit, dieses Verbrechen zu fotografieren, wie es zu begehen. Allmächtiger Gott, noch eine Stunde zuvor war er begierig gewesen, hinter das Geheimnis der visionären Kraft dieses Mannes zu kommen. Na schön, jetzt kannte er es: das Geheimnis lag darin, jeden Rest von Anstand und Urteilsvermögen abzulegen und sich einen Blick für das Brutale anzutrainieren, je blutiger, desto besser.

Schweinerei. „DelCorso . . .!"

DelCorso beachtete ihn nicht. Seine Augen und Gedanken hatten die Klarheit zurückgewonnen, jene Klarheit, die schmerzt. Er hielt die Leica hochkant, so daß die übrigen Leichen nicht im Bild waren, und konzentrierte sich auf die eine direkt vor ihm, auf den vollgestopften Mund, die halboffenen Augen, die ihn glasig und farblos anstarrten, auf den Rumpf darüber und den furchtbaren roten Krater zwischen den Beinen, der einer zerfetzen Nelkenblüte glich. Noch ein Antlitz des Krieges für euch, ihr Leser der Hochglanz-Nachrichtenmagazine. Eine zerfetzte Nelke, die Blume im Flintenlauf eines schießwütigen Kriegers, die Leichen um den Brunnen, angeordnet wie die Blütenblätter einer zerknitterten Blume. Ja, und nun begriff er auch, wo seine Angst herrührte. *Dorf.* Die Schaufensterpuppen auf der Straße, von Kugeln angenagt wie die umgestürzte Buddhastatue, vom Wahnsinn der Menschen in Stücke geschossen. *Dorf.* Der Soldat neben dem Buddha, der mit einem toten Vietcong genau das machte, was diese Männer hier mit der Christenmiliz getan hatten. *Dorf.* Der Rauch, der aus dem brennenden Jeep quoll, so wie der Rauch aus den lodernden Hütten, und die Moslemfrau am Boden unter dem Baum, deren Lippen genauso offen standen wie die Lippen der Frau, die er vor langer Zeit in jenem vom Dschungel abgegrenzten Lichtkreis fotografiert hatte. *Dorf.* Rach Giang.

DelCorso schoß ein Foto und watschelte dann, immer noch in der Hocke, im Entengang rückwärts, um die gesamte Szene ins Bild zu bekommen — die Obszönität der toten Körper, die beiden stolzen Mörder und die Widersinnigkeit der roten Blume im Lauf des Gewehrs. Er machte ein halbes Dutzend Schwarzweißbilder und nahm dann eine seiner Farbkameras zur Hand, um den weichgoldenen Schimmer des Lichts auf den Steinen der Hofmauern einzufangen. Das Gewöhnliche wurde zum Außergewöhnlichen. Er konnte sich den Hof vorstellen, so wie er zu dieser Tageszeit vor dem Krieg ausgesehen hatte: geachtete, ältere Männer aus der Nachbarschaft schlürften türkischen Kaffee im Schein der guten alten Sonne. Nun waren diese Rhythmen und Rituale des Alltags geborsten, doch die warme Sonne schien trotzdem.

„Los, hauen wir bloß schnell ab von hier", protestierte McCafferty. „So ein Foto kauft sowieso kein Mensch."

Schon möglich, dachte DelCorso, aber das ist mir egal, weil ich sie ja gar nicht verkaufen will. Sie sind nicht für den Markt bestimmt, diese Bilder sind nur für mich. Vielleicht mache ich eines Tages ein Buch daraus, eine Sammlung wie die Skizzen Goyas, Nick DelCorsos ganz persönliche Version der Greuel des Krieges.

Mit dem 50mm-Objektiv erfaßte er die Gesichter der Mourabintoun, deren Augen so aussahen wie jene der Männer von der B-Kompanie nach dem Erlebnis in Rach Giang: Augen, in denen der zarte Funke der Göttlichkeit ausgelöscht worden war, ersetzt durch das phosphoreszierende Glühen von Tieraugen in der Nacht. Dieser Blick ist eines der Greuel des Krieges, genauso ein Greuel wie das, was hier geschehen ist. Ich kenne diesen Blick; er war auch schon in meinen Augen. Ich weiß, in welchem Universum ihr jetzt seid, ihr zwei Mörder; ich bin schon einmal dort gewesen. Er richtete das Objektiv so, daß die beiden Augenpaare zum Brennpunkt des Bildes wurden und die Reihe der Leichen und die Kette der abgeschlagenen Köpfe in ihre Dunkelheit hineinsogen. Ja, ich weiß, in welchem Universum ihr seid — es hat euch nicht genügt, sie zu töten, ihr mußtet ihnen auch noch das antun — und ich weiß, daß eure Gesichter mehr sind als das Antlitz des Krieges; sie sind das Antlitz der Bestie, des Tieres. Das Tier der Apokalypse war los in diesen Straßen — das war die grundlegende Wahrheit dieses Krieges. Es war der Geist der Bestie, den DelCorso fürchtete — nicht etwas so Okkultes wie den Geist des Teufels, nein: den Geist der ewigen Bestie im Menschen.

DelCorso wandte die Kamera nach rechts und machte mehrere Aufnahmen, dann nach links und drückte noch ein paarmal ab; er verschoß Farb- und Schwarzweißfilme mit jeder Kamera, die er bei sich trug. Wieder erhob McCafferty Einspruch; sein Kopf zuckte auf dem kurzen Hals, als hätte er einen Krampf. „Verflucht nochmal, was machst du denn da bloß, Nick? Verschwinden wir jetzt endlich von hier!“

DelCorso schenkte ihm keinerlei Beachtung, weil er fürchtete, das magnetische Feld zwischen sich und den Milizionären zu brechen, die wie hypnotisiert von seinen Kameras und seinem geschäftigen Hin und Her zu sein schienen. Er beabsichtigte, soviel wie möglich aus diesem Moment herauszuholen; seine Schutzgötter verlangten es. Sie hatten ihm diese Gelegenheit geboten: noch einmal der Bestie gegenüberzutreten, ohne ihr zu erliegen, die Grausamkeit festzuhalten, ohne ihr zu erliegen, die Grausamkeit festzuhalten, ohne dabei Grausamkeit im Herzen zu tragen, zum Zeugen eines Massakers zu werden und jene Anklage zu erheben, die er vor vielen Jahren zu erheben versäumt hatte. Und mit jedem Bild auf dem Film spürte er, wie er leichter wurde, wie ein Taucher, der Gewichte von seinem Ballastgürtel abwarf, leichter und leichter wurde er, und stieg dabei zu dem Leuchten an der Oberfläche empor. Es war die Gnade, dieser Auftrieb.

Als er einen Schritt zurücktrat, um eine letzte Sequenz aufzunehmen, und dabei zur Vergrößerung der Schärfentiefe weit abblendete, erschien Dunlop am Rand des Bildausschnittes. Sein angewiderter Ausdruck grub tiefe Furchen und Falten in das Boxergesicht unter dem spitzen grauen Haarschopf. Na klar, du bist angewidert, du verurteilst das, P.X. Was ich hier tue, ist schlechter Geschmack. Du hast beim Fotografieren getrickst, weil du meinst, es zeugt von schlechtem Geschmack, die Wahrheit zu zeigen. Aber diese Scheußlichkeit da vor unseren Augen *ist* eben schlechter Geschmack. Du armer blinder Alter, mit all deinen Pulitzerpreisen, deinen Büchern und deinem guten Ruf kannst du doch nicht erkennen, daß es keine Dramatik mehr gibt, keine Großartigkeit und keine Helden mehr, nur noch Gesindel wie das hier, das Unmenschlichkeiten in seinen unmenschlichen kleinen Kriegen verübt.

Während Dunlop DelCorso zusah, empfand er weit mehr als Mißbilligung. Er befand sich in einem Zustand mühsam unterdrückter Wut; das ganze stieß ihn ab und faszinierte ihn zugleich, als beobachte er einen Mann bei einer unbeschreiblich obszönen Handlung. Er hatte ja schon viele Fotografen der Regenbogenpresse gesehen, aber selbst die allerschlimmsten waren nicht mit einem solchen Eifer an die Dinge herangegangen wie DelCorso jetzt. Ihn einen Effekthascher zu nennen, wäre zu großzügig; ihn als Schande des Berufsstandes zu bezeichnen, wäre genauso milde, wie es banal war. *Eine Schweinerei.* Was war geschehen? Er blickte auf seine Kameras, die ihm vor der Brust hingen, zwei Leicas und eine alte Nikomat, da und dort zerkratzt und verbeult, die Objektivkappen an den Rändern verbogen, aber die Mechanismen im Inneren in hervorragendem Zustand. Was war geschehen, und wo waren sie geblieben, die anständigen Menschen mit Prinzipien, die diesem Beruf Würde verliehen hatten, die Margaret Bourke-Whites, die David Douglas Duncans und die Robert Capas? Die Nazis hatten Fotografen dazu angestellt, solche Bilder wie DelCorso jetzt zu machen, Bilder von SS-Schlächtern, die mit stolzem Grinsen über den aufgetürmten Leichenbergen aus niedergemetzelten Juden und Polen standen. *Schweinerei.* Die Dickey Chapelles, die Gene Smiths, wo waren sie heute? DelCorso schien eine Vorliebe für Genitalverletzungen zu haben. Das Foto — von wegen Foto, so ein Dreck, dieser billige Schnappschuß, den er in Kambodscha von dem jungen Amerikaner mit der Wunde im Unterleib gemacht hatte. Verstümmelung verkauft sich eben gut. *Schweinerei.* Burrows und Carl Mydans, was war mit denen? Tot oder im Ruhestand. Er war der letzte aus dieser Generation, der noch arbeitete. Tot oder im Ruhestand. Tot. Plötzlich stieg er aus einer verborgenen Tiefe seines Innersten auf, dieser Wunsch, der so stark war, daß es ihm vorkam, er könne ihn durch seinen Willen Wirklichkeit werden lassen. Er versuchte, ihn von sich wegzuschieben, weil er seiner unwürdig war, aber der Wunsch hatte sich bereits in seinem Herzen und seinem Verstand festgefressen, wo er ein Bild zeichnete: DelCorso auf dem Rücken liegend, die Augen gebrochen unter der durchgehenden, buschigen Braue.

DelCorso machte das letzte Foto und spulte den Film zurück, und die Unterbrechung im Rhythmus seiner Bewegungen brach auch den Bann zwischen ihm und den Mourabintoun. Wie Gestalten in einem angehaltenen Trickfilm, der plötzlich weiterläuft, traten sie abrupt hinter den Leichen hervor und fuchtelten mit den Gewehren in der Luft. „*Yallah* — gehen wir!"

„Wird ja auch langsam Zeit", schimpfte McCafferty, als sie durch das Tor in die modrigen Schatten des Durchgangs traten.

„Wem willst du das bloß verkaufen?"

„Ich werde diese Fotos nicht verkaufen."

„Ach, wirklich?" nölte McCafferty. „Du ziehst diese ganze Show da ab, und dann willst du sie nicht mal verkaufen. Eines Tages werd ich dich vielleicht mal begreifen, D.C."

DelCorso gab keine Antwort. Er begriff jedenfalls, warum er es getan hatte. Er hatte damit die letzte Rate bezahlt. Daß es so war, merkte er daran, wie leicht ihm ums Herz war, ein beinahe körperliches Gefühl; es kam ihm vor, als schwebte er durch den engen Gang, hoch oben über den Balkons, die das Licht fernhielten, freischwebend wie die klare Luft selbst. Es war wirklich die Gnade. Er war befreit worden von dem Zwang zu schockieren und zu verunsichern, der ihn während der vergangenen zehn Jahre dazu getrieben hatte, sich bis an die äußersten Grenzen der Gefahr zu begeben, ohne dabei auf jene zu achten, die er mit sich zog, wie etwa Wilson.

Also hatte Bolton doch recht gehabt: durch seine Fotografien hatte er immer versucht, die Öffentlichkeit zu zwingen, seine Schuld mitzutragen — denn geteilte Schuld ist eben halbe Schuld. In Wirklichkeit aber hatte er sie doch allein tragen müssen, ganz wie er sich auch vor wenigen Minuten allein von ihr hatte befreien müssen. Bolton würde die Stadt morgen früh verlassen. Er mußte ihn unbedingt am Abend noch treffen, ihm sagen, daß er recht gehabt hatte, und sich für seinen dummen Vorwurf entschuldigen. Ach, Horseman, du hast mich besser gekannt als ich selber.

Schweinerei. Dunlop, der hinter DelCorso ging, fühlte sich schon besudelt, nur weil er in seiner Nähe war. Ein bohrender Schmerz brannte ihm im Magen, als er die schwarzen Locken auf DelCorsos Hinterkopf betrachtete, die breiten Schultern, die ihn kleiner erschienen ließen, als er war. Sagt, er würde nicht verkaufen, so ein Blödsinn. Was wollte er denn mit dem Dreck sonst machen? Sich das Zeug ins Fotoalbum kleben? Natürlich würde er es verkaufen, weil es sehr wohl einen Markt für

Schweinereien gab, und es würde sich mindestens ein Kritiker finden, der die Fotos für ihre Freimütigkeit lobte.

‚Mr. DelCorso schließt keine Kompromisse und zeigt die Realität der modernen Kriegsführung, so häßlich und schockierend diese auch sein mag.' Ja, er würde schockieren, und je mehr die Öffentlichkeit schokkiert wurde, desto mehr härtete sie sich ab gegen Schocks, und desto mehr verlangte sie nach noch stärkeren Schocks. Auf diese Weise bestimmten die DelCorsos die Marschrichtung und entschieden über den Geschmack, beziehungsweise über den Mangel daran, und die Dunlops wurden ins Abseits gedrängt. Altmodisch. Bereits jetzt bezeichneten einige der Leute, die Bücher über Kriegsfotografie verfaßten, seine Arbeit als altmodisch, durchzogen von den bräunlichen Sepiatönen der fernen Vergangenheit — als könne man seine Fotos mit denen aus dem Krimkrieg und der Schlacht von Gettysburg in einen Topf werfen. Wieder sah er das Bild vor seinem inneren Auge, mit schreckenserregender, befriedigender Deutlichkeit. Es besaß die Macht und die Inbrunst eines Gebets, eines optischen Gebets. Mein Gott, ich bete darum, daß er stirbt. Gern hätte Dunlop es geleugnet; einen solchen Wunsch zu hegen, stimmte nicht mit dem Bild überein, das er von sich selbst besaß. Doch irgendwie hatte DelCorso es immer verstanden, die gemeinsten und niedrigsten Wesenszüge ans Licht zu bringen, und diese geheimnisvolle Macht verstärkte Dunlops Haß auf ihn, bekräftigte nur noch seinen Wunsch, den er so verabscheuungswürdig fand.

Sie gingen den Weg zurück, durch den Gang auf die kleine Gasse und dann auf die Straße, und kamen gerade zurecht, um zu sehen, wie die übrigen vier Mourabintoun den toten Christen hinten an einem requirierten Panzerfahrzeug festbanden. Der Fahrer saß auf dem Gefechtsturm, einen Fuß auf den kurzen Stummellauf der 75mm-Kanone aufgestützt, eine Schutzbrille über den Mützenschirm gezogen; in Aussehen und Haltung erinnerte er an den deutschen Panzerführer aus dem *Wüstenfuchs.* In dem Schwarz des unrasierten Gesichts blitzte es weiß auf, als er für den französischen Kameramann lächelte, einen dieser europäischen Fernsehleute, die immer in Jeanshemden herumliefen, um damit ihre Zugehörigkeit zur Arbeiterklasse zu unterstreichen. Conklin und Lutter schossen Standfotos mit ihren Leicas. Man hatte den Toten an den Fußknöcheln festgezurrt. Jemand hatte das Kruzifix aus seinem Mund entfernt und mitgenommen, vielleicht als Souvenir, aber der Mund stand noch immer offen, als wollte er gerade einen Schrei ausstoßen. Dunlop hoffte, die Mourabintoun hätten nicht vor, wieder so ein Schauspiel vorzuführen wie dasjenige, das er vor ein paar Wochen gesehen hatte — die Leiche, die durch die Straßen geschleift, beschossen und mit Füßen getreten wurde, bis sie nur noch aussah wie ein Stück Abfall, das sich in der Stoßstange des Autos verfangen hatte. Er kratzte sich am Arm; Schmutz bröselt in kleinen Röllchen zwischen den Fingern herunter, die physische Manifestation der Dreckigkeit dieses Krieges. Er wollte sich in einem kochendheißen Bad abschrubben; in einer Woche fuhr er nach Hause, und er bezweifelte, daß er seine Frau anfassen könnte, ehe er sich nicht von jedem Gramm dieser Schweinerei gereinigt hätte.

„Wo seid ihr denn bloß gewesen?" Conklin ließ die Kamera sinken und wandte ihnen das rosa Kindergesicht zu.

„Die Tunix hatten da was, das sie uns gern zeigen wollten", sagte McCafferty.

„Ach ja?"

„Nichts, was dich interessieren würde. In Baltimore könntest du das jedenfalls nicht verkaufen."

„Wir haben gesehen, wie dieser Bursche da ein paar Schüsse auf P.X. abgegeben hat, und dann seid ihr alle verschwunden, also dachten wir, wir sollten besser mal nachsehen, was da passiert ist. Dann ist aber dieser Panzer aufgetaucht, und die vier Arschlöcher dort meinten, wir sollen bleiben, wo wir sind." Die rosa Haut wurde um einige Schattierungen dunkler. „Ich meine, wir hätten da nicht viel tun können . . ."

„Du brauchst dich doch nicht zu entschuldigen", sagte DelCorso. Im Nacken spürte er die blaue Kälte von Dunlops starrem Blick. „Conklin, wenn du wissen willst, was es da am Ende dieser Gasse zu sehen gibt, dann mußt du DelCorso fragen."

„Mensch, P.X., ich will doch gar nicht . . ."

„Frag ihn schon!" Dunlops Stimme hob sich zu einer pfeifenden, sich überschlagenden Tonlage, in der jede Silbe klang wie eine mit einer verstopften Flöte geblasene Note. „Er wird dir nur zu gerne über jede eklige Einzelheit berichten. Er wird sie der ganzen beschissenen Welt hinhalten, sobald er einen Markt für seine Pornografie gefunden hat."

DelCorso hatte diese hohe, vibrierende Stimme schon einmal gehört, vor Jahren in Saigon: *Du hast dein Land, deinen Beruf und mich verraten.* In dieser Stimme schwang ein viel tieferer Zorn mit, als die Worte ausdrückten. Vor ein paar Stunden, ja noch vor ein paar Minuten hätte DelCorso mit seiner eigenen Art der Wut darauf reagiert, doch jetzt hatten sich seine Gefühle zu Dunlop gewandelt; wenn sie auch nicht gerade herzliche waren, so waren sie doch frei von dem früheren Haß. Zu seiner Zeit war er einer der Besten, und er ist immer noch der Beste in seiner Art, aber dieser blinde alte Mann kann nicht begreifen, wie sehr sich alles verändert hat, daß im Kampf vergossenes Blut heute nicht mehr als heilig gilt, daß man im letzten Viertel des 20. Jahrhunderts nicht mehr von Helden sprechen kann, weil diese Zeit kein Anrecht auf sie hat. Wir haben etwas verloren. Keiner von uns wird jemals wieder, in aufrichtigem Stolz und voller Unschuld, Marinesoldaten dabei fotografieren, wie sie ihre Flagge auf irgendeinem Iwo Jima der Zukunft hissen.

Aus reiner Gewohnheit hielt er die Kamera vors Auge und richtete sie auf den toten Christen, am Bildrand das Beige des Panzerfahrzeugs. Zu solchen Bildern sind wir vom Schicksal verdammt, das hier und das, was wir dort hinten gerade gesehen haben, das ist die Wahrheit des Krieges in unserer Zeit. Noch einmal klickten Verschluß und Filmtransport. Als er das Objektiv auf den Fahrer richtete, begann der Mourabintoun, der auf Dunlop gefeuert hatte, wild zu gestikulieren. „Nein! Nix Foto!"

DelCorso machte einen Schritt zurück. „Was soll denn das?"

„Nix Foto! *Ruh* — geh weg! — *ruh!*"

„Ganz ruhig jetzt, D. C."

„Ich bin ja ganz ruhig. Es geht mir nicht in den Kopf, wieso er uns erst dieses Gemetzel da im Hof fotografieren läßt und jetzt auf einmal kamerascheu wird, nur weil ich ein ganz normales Foto von einem Panzerfahrzeug machen will."

„Die heißen eben nicht umsonst die Verrückten Tunix."

„Ruh, ruh!" Der Mourabintoun, in dessen Gefühlshaushalt eine unerklärliche Veränderung eingetreten war, machte jetzt wütende Gesten zu der gesamten Gruppe von Reportern und bedrohte sie mit seiner Kalaschnikow. *„Ruh! Ruh!* Nix Foto!"

Niemand hatte vor, einem bewaffneten Wahnsinnigen gegenüber für das Recht auf freie Presseberichterstattung einzutreten. Der Franzose nahm die 16mm-Kamera von der Schulter und warf dem Mann ein schwaches, besänftigendes Lächeln zu. Dann gingen sie alle die Straße hinauf, die zur Kreuzung bei der zerstörten Villa führte. Jeder hatte ein unangenehmes Gefühl, als er dem Moslem den Rücken zukehrte — Mourabintoun bedeutete auf arabisch ‚Schütze aus dem Hinterhalt'. Dunlop und DelCorso waren etwas hinter den anderen zurückgeblieben; Dunlop ging mit dem steifen, schlingernden Schritt eines alternden Sportlers, DelCorso hinkte ein wenig, denn sein krankes Bein begann nun auf die Anstrengungen des Tages zu reagieren. Er bemühte sich, den quälenden Schmerz zu ignorieren, weil er sich die Freude über seine Befreiung von der Besessenheit durch nichts schmälern lassen wollte.

Wäre nicht das Stechen in Wade und Fußgelenk gewesen, er hätte einen hohen, schwebenden, graziösen Luftsprung getan, wie ein Astronaut auf dem Mond. Er suchte sich einen Weg durch die Bombentrichter, die von Schmutz und Brocken des Straßenbelags umsäumt waren. Einen Moment blieb er stehen, nahm eine Schmerztablette aus der Erste-Hilfe-Tasche am Gürtel und schluckte sie ohne Wasser hinunter. Drüben auf dem Gehsteig lag die tote Moslemfrau und übte Zensur an seinem Glück; die blutigen Abzeichen auf ihren Brüsten waren wie drei tadelnde Blicke. Die Greuel des Krieges. Könnte er das nicht als Titel verwenden? Goya hätte sicher nichts dagegen gehabt, nicht wenn das Foto der Frau und all die anderen darin als Mahnung dienten. Ja, er würde ein Buch machen, wenn er wieder zu Hause war. Es sollte *Die Greuel des Krieges* heißen. Er würde sich ein halbes Jahr Zeit nehmen, um es fertigzustellen, und um den Einnahmenverlust wettzumachen, konnte er ja das Studio verkaufen und zu Hause arbeiten. Zu Hause. Das war eine weitere Tür, die ihm offenstand: Er konnte nun den Alltag leben, ohne dabei ständig unter quälender Rastlosigkeit zu leiden, denn er spürte, daß er jetzt Margarets würdig war.

Ihre Tugenden konnten ihn nicht mehr hemmen.

Er sah Margaret vor sich, verdrängte die kaputte Welt rings herum; ihre Fersen hoben sich ein wenig über den roten Sand des Tennisplatzes, die Beine streckten sich in einem Zug der langen Muskeln, den Arm hielt sie hoch in die Luft, und auch der Kopf war nach oben gewandt, um auf den Ball zu sehen, der nun geschlagen wurde, über das Netz geflogen kam; ihr Arm beschrieb beim Durchziehen einen Bogen vor den Brüsten, und ihr unberührtes Weiß strahlte in der Sonne.

Es war wie ein heftiger Windstoß, der einen morschen Zeltstoff zerfetzte. Dunlop und er hatten gerade noch Zeit, um zusammenzuzukken, bevor die Rakete hinter ihnen explodierte. Das Fernsehteam, McCafferty, Conklin und Lutter hatten schon die Kreuzung erreicht, waren etwa fünfundzwanzig Meter vor ihnen. DelCorso sah, wie sie sich flach auf den Boden warfen, im selben Moment, als er hinter einen kleinen Trümmerhaufen rollte, die einzige Deckung, die er finden konnte. Dunlop kam ebenfalls, warf sich dicht neben ihn hin, wobei seine Kameras aneinander schlugen. Von der Straße ringelte sich eine Rauchschlange himmelwärts, etwa auf halber Höhe zwischen ihnen und dem Panzerfahrzeug, das nun seine Kanone abfeuerte. Das kleine 75mm-Geschoß jaulte über ihre Köpfe hinweg. Instinktiv richtete DelCorso sein 105mm-Tele auf das Fahrzeug und die Mourabintoun, die hinter ein Gebäude an der Ecke der kleinen Gasse in Deckung rannten. Zu weit weg, mindestens einen Häuserblock. Die nächste Rakete schlug in ein Dach ein. Das Panzergeschütz antwortete wieder; dabei waren der Abschuß und das Pfeifen der Granate fast gleichzeitig zu hören. Dunlop nahm ein 400mm-Teleobjektiv aus der Kameratasche und stützte es auf dem Schutthügel ab.

Die dritte Rakete kippte das Panzerfahrzeug wie ein Spielzeugauto um und setzte es in Brand. Die Luke wurde aufgerissen, und der Fahrer wand sich heraus. Auf seinem Rücken loderten Flammen wie ein grelles Cape. Er rannte ein paar Meter, fiel zu Boden und rollte auf dem Pflaster, mit Armen und Beinen wild um sich schlagend. Wenn man nicht dicht dran ist, ist es nicht wahr, nicht echt. Angetrieben vom bedingungslosen Glauben an diesen Aphorismus, von der Überzeugung, daß er noch niemals so sehr wie jetzt unter dem segensreichen Einfluß seiner Schutzgötter gestanden hatte, und von dem ganzen hitzigen Ungestüm seines Wesens erhob sich DelCorso und rannte auf das Zwillingsleuchtfeuer aus brennendem Fleisch und brennendem Metall zu. Im Laufen stellte er die Kamera ein und berechnete Zeit, Entfernung und Risiko. Blende acht bei einer Zweihundertfünfzigstelsekunde. Noch hundert Meter weiter, etwa dort, wo die erste Rakete eingeschlagen hatte, und er war in Reichweite des Geschützes. Zu weit weg, und du bekommst dein Foto nicht — zu nahe dran, und du lebst nicht lange genug, um es zu machen. Wo verlief die unsichtbare Grenze zwischen den beiden Extremen? Die wahrscheinlichste Gefahr bestand in einem weiteren Raketentreffer, aber er würde relativ sicher sein, wenn er sein Foto aus dem Krater der ersten machte: Geschosse schlagen fast niemals zweimal an derselben Stelle ein; außerdem betrug der Abstand zwischen dem Trichter und dem Ziel — dem Panzerfahrzeug — noch weitere hundert Meter, was außerhalb des Trefferradius eines 122mm-Geschützes lag.

Schon konnte er den flachen Krater sehen, jetzt noch etwa fünfzig Meter vor ihm; dünne Rauchfähnchen stiegen vom Asphalt auf, der in der Detonation geschmolzen war. Weiter hinten sprang der Mourabintoun im Schafhirtengewand aus der Deckung der Hausmauer hervor, um eine Decke über den Panzerfahrer zu werfen, eine sich windende Gestalt in einem Rahmen aus Feuer. Die Decke ging sofort in Flammen auf. Der Mourabintoun sprang zurück und sah hilflos zu, wie Stoff und Fleisch verbrannten. DelCorso blieb stehen und machte schnell ein Foto. Da er außer Atem war und seine Hände zitterten, wußte er, daß er den Apparat nicht ruhig gehalten hatte. Wieder lief er vorwärts, und die von Löchern und Trümmern übersäte Straße erinnerte ihn an den unwegsamen Boden, über den er ein Jahr zuvor in Irland gerannt war.

Er fiel auf ein Knie, stützte den linken Ellenbogen darauf, um die Kamera stillzuhalten und die rechte Hand frei zu haben, damit er Entfernung und Blende einstellen konnte. Wieder zischte eine Rakete über ihn hinweg und detonierte neben dem Panzer, von dem jetzt nur die

Umrisse gegen die Flammen zu sehen waren. Rasch verkürzte er mit der Rechten die Verschlußzeit und machte eine Aufnahme von dem Mourabintoun, der in die Deckung der schmalen Gasse zurückrannte; seine Gestalt hob sich scharf ab von dem Rauchpilz der Granate. Nun kam ein weiterer der Milizionäre aus der Gasse hervor und feuerte einen Raketenwerfer ab, dessen kleines Projektil einen Bogen beschrieb und auf einem Häuserdach in der Ferne einschlug, während der Rückstoß eine Wolke aus Staub und Qualm aufwirbelte. Ein zweiter Moslemkämpfer feuerte sinnlos mit seiner Kalaschnikow in die Luft.

DelCorso richtete die Kamera auf die Mourabintoun; er nahm sie ganz an den rechten Rand des Suchers, die beiden Feuer an den linken. Wieder feuerte der Raketenwerfer. DelCorso drückte den Auslöser, als die Rückstoßwolke auf die Hausmauer prallte, wie eine Welle gegen eine Hafenmole. Er war immer noch zu weit weg, zu weit, um auch nur die Tatsachen richtig abzubilden, geschweige denn die Wahrheit. Aus dieser Entfernung würde das kleinere Feuer auf dem Foto nicht als ein brennender menschlicher Körper zu erkennnen sein, sondern mit einem geborstenen Teil des Panzerfahrzeugs verwechselt werden. Er wollte aber keine Zweideutigkeit; er wollte Klarheit. Zwanzig Meter. Er würde noch zwanzig Meter dazugeben. Tief gebückt bewegte er sich langsam vorwärts, mit einem Ohr immer auf das Zischen der nächsten Rakete lauschend, die Nerven bis zum äußersten gespannt. Es schien ihm, als sähe er durch den rußigen Dunst, der nun über der Straße lag, einen der Mourabintoun, der sein Gewehr so schwenkte wie ein Signalgast auf See seine Flagge. Noch zehn Meter. Plötzlch wurde seine Zuversicht von Zweifel und Angst erschüttert: der Schütze gab ihm ein Warnsignal. Wozu tue ich das? Die Absicht steht über allem anderen, und ich bin nun zwar von der Pflicht zur Buße entbunden, nicht aber von der Pflicht, die Wahrheit zu zeigen. Hier wurde ein Krieg geführt; was sich da vor ihm abspielte, war ein Straßenkampf, und er hatte die Pflicht, ihn so getreu aufzuzeichnen, wie er konnte. Das genügte ihm als legitime Begründung für die Gefahr, der er sich aussetzte, und deshalb sprintete er die nächsten zehn Meter, das heißt, es war eher die plumpe Imitation eines Sprints. Er kniete sich wieder hin, um die Leica aufzulegen, und hob die Kamera, durch die er, wie ein Spiegelbild seiner selbst, den Mourabintoun sah, der ebenfalls kniete und das Gewehr gehoben hatte.

31

DelCorso zögerte den Bruchteil einer Sekunde. Hätte er die auf ihn gerichtete Kalaschnikow mit freiem Auge gesehen, wäre er sofort in Deckung gegangen, doch das dazwischengeschaltete Linsensystem der Kamera ließ die Wirklichkeit der Gefahr ferner erscheinen. Im Sucherrahmen sahen der Schütze und sein Gewehr aus wie eine Fotografie.

Etwas versetzte ihm einen Schlag auf die Schläfe. Die Schwärze kam ihm vor wie die ewige Finsternis, und er hing in einer Leere, in der es kein Maß für Raum und Zeit gab. Er glaubte, eine Kugel hätte sich durch sein Gehirn gebort, und wunderte sich darüber, daß er immer noch denken konnte. Wann würde der Tod die letzten Fünkchen des Bewußtseins auslöschen?

Dann konnte er wieder sehen. Er sah den Moslemschützen, immer noch auf den Knieen, und den Lauf der Kalaschnikow, der langsam noch oben verzog, weil er auf Dauerfeuer eingestellt war. Über ihm flogen die Kugeln und machten ein Geräusch wie das Prasseln von heißem Fett in der Pfanne. Blut rann ihm die Wange hinunter. Was immer ihn da getroffen hatte, ein Querschläger oder ein herumfliegendes Stück Asphalt, er war rückwärts gestürzt und saß nun auf der Straße. In seiner Verwirrung zögerte er noch einmal den Bruchteil einer Sekunde, bevor er herumwirbelte und davonrannte. Schwerelos und unberührt von der Erdanziehungskraft, so schwebte er durch die Luft wie Neil Armstrong auf dem Mond. Da war kein Schmerz, nur das Bewußtsein eines wuchtigen Aufpralls, der ihn vom Erdboden hochhob und dann auf den Rükken warf.

Eine seiner Kameras stieß ihn beim Herumrollen in den Solarplexus. Er wollte aufstehen, um sich hinter dem Schutthaufen in Sicherheit zu bringen, aber das linke Bein knickte unter ihm ein. Im Fallen sah er kurz den sich rasch ausbreitenden roten Fleck auf seiner Brust und einen riesigen, blutigen Riß in der Hose, dort wo seine linke Kniescheibe gewesen war. Scheiße, schon wieder das Bein. Heiliger Erzengel Michael, beschütze uns im Kampf und sei auch unser Schutzherr gegen . . . Oh mein Gott, diesmal würde er das Bein ganz verlieren. Nach Atem ringend robbte er auf die Stelle zu, wo er Dunlop zurückgelassen hatte. Er hätte gern untersucht, wie schwer er getroffen worden war, und die Blutungen gestillt, aber er wagte keine Pause einzulegen: immer noch pfiffen Kugeln an ihm vorbei. Die Schweine wollten ihm den Rest geben. Er kroch weiter, indem er sich auf Unterarmen und Ellenbogen vorwärtszog, doch die kleine Pyramide aus Schutt, die Rettung verhieß, schien kein Stück näher zu rücken.

„Dunlop! Um Gottes willen! Dunlop!"

Weitere Schüsse fielen. Mit einem kurzen Blick über die Schulter sah er zwei Moslemkämpfer auf sich zurennen und im Laufen aus der Hüfte auf ihn schießen. Er kroch nun schneller, als er es für möglich gehalten hätte, wackelte dahin wie eine Art verkrüppelte Krabbe. Heiliger Erzengel Michael, hol mich hier raus.

„Dunlop! Dunlop!" Es kostete ihn fast all seine Kraft, um Hilfe zu schreien. Seine Lunge schmerzte, als hätte man ihm die Brust mit einem Gummischlauch zugeschnürt, der immer noch fester angezogen wurde. In seinem ausgetrockneten Mund klebte die Zunge am Gaumen und schmeckte nach alten Kupfermünzen. Je schneller er kroch, desto schwerer hatte sein Herz zu arbeiten, und beschleunigte dabei den Strom von Blut aus seinen Verletzungen am Kopf, in der Brust und am Bein. Sein eigenes Herz pumpte die Lebensenergien aus ihm hinaus. Langsam kroch schwere Müdigkeit an ihm hoch. Er kämpfte dagegen an, wie ein verbrauchter Boxer, der seine allerletzten Kraftreserven mobilisierte, aber sein Willen verlor die Gewalt über den Körper. Bald war er unfähig, mehr als vierzig Zentimeter auf einmal vorwärtszukommen, und wartete darauf, daß die Mourabintoun ihn einholten und seine Qual beendeten; nichts bedauerte er mehr, als daß er Margarets Gesicht nicht noch einmal sehen würde. Er bedauerte aber auch, keine Waffe zu haben, um diese Schweinehunde mit in den Tod zu nehmen.

Hinter dem Wall aus geborstenen Ziegeln beobachtete Dunlop die Gestalt, die weniger als fünfzig Meter vor ihm auf der Straße lag. Einige der für DelCorso bestimmten Kugeln waren schlecht gezielt und bohrten sich ins Plaster vor seiner Dekung. Er machte keine Bewegung, doch seine Lähmung wurde weniger durch die Angst, als vielmehr durch ungläubiges Staunen darüber verursacht, daß sein Wunsch sichtlich erfüllt worden war. Oder fast erfüllt. Es war immer noch Leben in DelCorso, aber dieses Leben würde nicht mehr lange dauern. Wie war diese Erfüllung zu erklären, ohne daß er selbst etwas dazu getan hatte? Er glaubte nicht an so etwas wie Voodoozauber; es konnte nichts anderes als ein Zufall gewesen sein, das zufällige Zusammentreffen seines Wunsches mit unausweichlichen Arithmetik des Schlachtfelds und DelCorsos eigener Unbesonnenheit. Einen Moment lang schoß ihm der Gedanke durch den Kopf, daß sich ihm jetzt die Chance bot, ein Held zu sein, nachdem er dreißig Jahre lang Helden fotografiert hatte, aber das Verhältnis von Risiko und Gewinn schien ihm zu ungünstig, als daß es Rechtfertigung genug gewesen wäre, sich der Gefahr auszusetzen. Er würde sein Leben aufs Spiel setzen, um einen Mann zu retten, der den Abschaum der Menschheit darstellte und außerdem so gut wie tot war. Eine Kugel pfiff über seinen Kopf hinweg. Fast im selben Augenblick heulte eine Rakete und schlug mit scharfem Krachen irgendwo zwischen DelCorso und den ihn verfolgenden Milizionären in der Straße ein, wo sie eine Staubfontäne aufwirbelte. Dunlop wandte sich um und rannte los, zurück zur Kreuzung. Die Schüsse und das Raketenfeuer lieferten ihm eine Entschuldigung dafür, daß er DelCorso im Stich ließ.

Er erreichte die Ecke, wo die anderen hinter einer Mauer kauerten, und sagte: „Hauen wir bloß ab von hier!"

„Wo hast du D.C. gelassen?"

„Der ist tot, McCafferty." Dunlop klang, als wäre er außer Atem, mehr als er es wirklich war. „Sie haben ihn erschossen. Zwei von den Kerlen kommen die Straße rauf, um uns auch zu erledigen."

„Tot? Hab ihn doch gerade noch schreien gehört . . . "

„Sie haben ihn umgebracht, verdammt nochmal. Sie werden uns alle umbringen, wenn wir nicht sofort verschwinden!"

„Wir können ihn doch nicht zurücklassen. Du hast selbst gesehen, was die mit den Toten machen!"

Dunlop fing Lutters Blick auf. Das Gesicht war haßerfüllt, und in den Augen lag das stillschweigende Versprechen, daß er Dunlop decken würde. „Ich finde, P.X. hat ganz recht."

Mit diesen Worten machten sich Dunlop, das Fernsehteam, Lutter und Conklin auf den Weg zu dem Autos, die drei Häuserblocks weiter geparkt waren. McCafferty sprang auf und hielt Conklin mit seinen kräftigen Armen zurück. „Verflucht nochmal, so einfach kommst du nicht nach Baltimore zurück!"

„Tim, er ist tot. Wir werden bei der Botschaft anrufen . . . "

„Ich werd nicht zulassen, daß sie mit D.C. das gleiche machen wie mit ihren anderen Opfern da hinten! Du setzt jetzt deinen fetten Arsch in Bewegung und holst unseren Wagen hierher!"

„Das wäre Selbstmord."

„Das kann dir egal sein, denn ich werd dich umlegen, wenn du nicht das Auto ranschaffst. Ich hole ihn jetzt."

Die Rakete hatte DelCorso vor der sofortigen Hinrichtung bewahrt. Er blickte nicht zurück, um festzustellen, ob sie die Mourabintoun getötet oder nur verscheucht hatte. Auf jeden Fall schossen sie nicht mehr auf ihn. Eine aufs Geratewohl gezielte Rakete, und doch hatte sie so genau getroffen, als hätte ihm jemand Feuerschutz geben wollen. Seine Schutzgeister — sie hatten ihn also nicht gänzlich verlassen. Was ihn jedoch verlassen hatte, war die Kraft. Sein Atem war ein schnelles, flaches Keuchen, und als er nun versuchte, sich vorwärtszuschleppen, konnte er nur wenige Zentimeter kriechen; jedes Stückchen kostete ihn enorme

Anstrengung. Mit schmerzenden Lungen kroch er die leicht ansteigende Straße hinauf und fühlte sich wie ein Kletterer, der in der dünnen Höhenluft eine senkrechte Wand erklimmt.

Von neuem stieg er auf, entledigte sich aller Fesseln der Schwerkraft. Nein, doch nicht. Jemand hob ihn auf. Wer? Sein linkes Auge war von getrocknetem Blut aus der Kopfwunde verklebt, und mit dem rechten konnte er nur verschwommen sehen, da der Schweiß darüberrann. Irgend jemand mit kräftigen Schultern hob ihn auf und trug ihn wie ein Feuerwehrmann davon. Über die breiten Schultern geworfen, den Kopf nach unten hängend, dachte er: Also werde ich doch überleben! Leben! Maggie Fitzgerald, ich werde weiterleben und dein Gesicht doch wiedersehen, und Dannys und Angelas auch, bald werde ich eure Gesichter alle wiedersehen! Wer war es?

„Dunlop? fragte er. Seine Stimme war kaum mehr als ein Flüstern.

„Scheiß-Dunlop. Der Dreckskerl hat sich dünne gemacht. Hat gesagt, du wärst tot, und dich hier zurückgelassen."

McCafferty. Das hätte er sich denken können. Wenn man im Hurenhaus sitzt, kann man damit rechnen, daß die Hure das richtige tut.

„Blute", brachte er heraus, während McCafferty losrannte. „Muß das Bluten stillen."

„Nicht reden!"

An der Ecke der Kreuzung, im Schutz eines Hauseingangs ließ sich McCafferty auf die Knie sinken und rollte DelCorso sanft von seinen Schultern ab. Er lag nun auf dem Rücken, den Kopf auf McCaffertys Schoß gebettet, und sah an sich herunter. Trotz des durch Blut und Schweiß getrübten Blickes erschreckte ihn das Ausmaß der Verletzungen: die Vorderseite seines Hemdes war eine einzige glänzendrote Fläche, und die Wade des linken Beins hing nur noch an einigen wenigen Knorpelenden und stand im rechten Winkel vom Oberschenkel ab. „Timm . . . ich . . . bin . . . ganz . . . *total* kaputt."

„Bleib jetzt ganz still liegen." McCafferty griff in DelCorsos Erste-Hilfe-Tasche und nahm eine Packung mit Kompressen und eine Rolle Leukoplast heraus.

„Total kaputt." Diesmal würde er das Bein sicher verlieren, oh mein Gott, er würde es verlieren, aber er lebte und hatte keine Schmerzen. Die Schmerzen würden noch kommen, aber wenn er Glück hatte, war er schon im Krankenhaus, wenn sie kamen, und die süße Gnade des Morphiums würden in seinen Adern kreisen.

„Ganz ruhig jetzt, D.C. Nicht sprechen."

Ganz ruhig. Ganz ruhig, Mark. *Wilson.* War ihm das hier wegen Wilson zugestoßen? Noch eine Schuld, die zu begleichen gewesen war?

Hatte er in seinem blindwütigen Eifer zur Begleichung der ursprünglichen Schuld dabei noch andere Verpflichtungen auf sich geladen, die nun der Reihe nach fällig wurden?

McCafferty riß das blutige Hemd auseinander. Er legte mehrere Kompressen auf die Wunde und befestigte sie mit dem Leukoplast, das er einmal um DelCorsos Rücken schlang, kreuzweise über die Schultern führte und schließlich hinter dem Nacken verknotete, so daß der Verband dem Schultergurt eines Infanteristen aus früheren Zeiten ähnelte.

Es konnte nicht wegen Wilson sein. Er hätte nichts unternehmen können, um Wilsons Tod zu verhüten. Aber wenn nicht wegen Wilson, warum dann? In zehn Jahren hatte er nicht einmal einen Kratzer abbekommen, und jedesmal, wenn er dem Tod oder einer Verwundung entronnen war, hatte er das als Zeichen der Gnade seiner Götter betrachtet. Vor weniger als einer Stunde hatten sie ihm sogar ihren allerhöchsten Segen erteilt, also warum war es geschehen?

„Sag mir, ob das hier weh tut?"

Behutsam begann McCafferty, den verdrehten Unterschenkel gerade zu stellen.

„Nein, es . . . "

„Na bestens."

„Es ist mir einfach unverständlich."

„Ob es weh tut, hab ich gefragt."

„Nein."

„Gut." McCafferty ließ DelCorsos Kopf vorsichtig zu Boden sinken und sammelte dann vier Holzlatten aus den herumliegenden Trümmern. Eins legte er unter das verletzte Bein, das zweite darüber, die nächsten beiden rechts und links davon, und verschnürte schließlich das ganze fest mit Leukoplast.

„Tut das weh, D.C.?'„

„Ich begreife es nicht."

„Verdammt, hör mir zu! Spürst du irgendwas davon?"

„Nein."

„Also gut." Mit dem letzten Rest Leukoplast legte McCafferty einen Druckverband über der zerfetzten Kniescheibe an. „Ist das zu fest?"

„Begreife es nicht."

„Ist das zu fest?"

„Ich . . . ich . . . begreife es . . . nicht."

„Man packt es doch nie, wenn man einen Treffer gekriegt hat. Und jetzt sei still."

„Zehn Jahr lang, und nie getroffen. Nicht mal einen Kratzer."

„Du hast ganz einfach dein Glück herausgefordert und Pech gehabt. Du hast kein Glück mehr gehabt, D.C., das ist alles."

„Glück?" Aus irgend einem Grund war dieses Wort, oder die Art, wie McCafferty es ausgesprochen hatte, für DelCorso ebenso schrecklich wie der Anblick seiner Verletzungen. „Kein Glück mehr gehabt?" fragte er ungläubig.

„Na klar. Jetzt hör mir gut zu. Ich habe mein möglichstes getan. Conklin bringt gleich den Wagen. Wir schaffen dich in die amerikanische Uni-Klinik, und vielleicht hast du doch noch ein bißchen Glück übrig. Aber wenn du mit diesem blöden Gequatsche nicht aufhörst, geht dir das auch noch flöten!"

„Glück?" In Panik starrte er in McCaffertys breites Gesicht, suchte in den dicht nebeneinander liegenden grauen Augen noch eine andere gnädigere Antwort. Doch da war keine. Er hatte kein Glück mehr gehabt. War es so schrecklich einfach? Wenn das stimmte, dann hatte es niemals irgendwelche Schutzgötter gegeben, keinen heiligen Auftrag, keine Sünde und daher auch keine Erlösung. Dann war ihm dies zugestoßen, weil er sein Glück aufs Spiel gesetzt hatte, aus keinem anderen Grund. Dann hatte er die vergangenen zehn Jahre in einer Täuschung gelebt. Jetzt wußte er auch, warum das Wort ihn erschreckt hatte: es besaß den furchtbaren Klang der Wahrheit. Er hob ein wenig den Kopf, gerade so weit, um das letzte Licht der Sonne zu sehen, die weit weg über den Dächern schwebte. Sie flößte ihm Hoffnung ein. Er wußte, daß er hoffen mußte, wenn er überleben wollte. Er mußte daran glauben, daß es etwas anderes als nur Glück gab, denn ohne Glauben hätte er keinen weiteren Tag voller Gefahren mehr ertragen können. Selbst wenn sein Glaube an eine Schar von Privatgöttern, an heilige Aufträge und an das Schicksal nur eine einzige komplizierte verwobene Illusion gewesen waren, so mußte er eben etwas anderes finden, an das er glauben konnte, und dazu blieb ihm nicht mehr viel Zeit. Überhaupt keine Zeit mehr. Er mußte es jetzt sofort finden. *Die Wahrheit.* Auch wenn sie schlicht, einfach, häßlich, abscheulich sein mochte — die Wahrheit war besser als eine kompliziert aufgebaute, schöne Täuschung.

Er konnte immer noch an die Wahrheit glauben, und an seine Pflicht, die Wahrheit aufzuspüren. Nun wurde er ruhiger. Das Aufspüren der Wahrheit. Gab es denn einen besseren Grund, unter Einsatz des eigenen Lebens an Orte wie Beirut zu kommen? Und was das Glück betraf, so würde er in Zukunft besonnener sein und es nicht herausfordern.

Bis jetzt hatte er verdammt viel Glück gehabt — er hatte es weit gebracht, hatte Margaret geheiratet, war Vater von zwei prächtigen Kindern und hatte einen Kugelhagel aus automatischen Waffen überlebt.

Na schön, er würde wahrscheinlich das Bein verlieren, aber das war irgendwie auszugleichen. Er hatte Glück, daß McCafferty da war, daß Conklin den Wagen holte, daß sie ihn bald ins Krankenhaus bringen und ihn mit Morphium vollpumpen würden, bevor die Schmerzen einsetzten. Keine Schmerzen, bitte, bitte keine Schmerzen, heiliger Erzengel Michael, beschütze uns im Kampf und sei auch unser Schutzherr gegen den Schmerz. Ich weiß, wie das ist, bitte keine Schmerzen. Kaum hatte er seine Bitte ausgestoßen, da schnitt sich aus der Kniewunde ein rotierendes Messer in seinen Oberschenkel, zerfetzte dort alle Nervenfasern und entrang seiner Kehle einen schrillen Schrei. „Tim!"

„Ganz ruhig jetzt."

„Tut weh."

„Ich kann doch nichts dagegen machen . . . Ganz ruhig . . . Gleich kommt Conklin mit dem Auto."

„Tasche." Seine Stimme war so hoch wie die eines kleinen Jungen. „Tabletten."

McCafferty holte zwei Percodan-Tabletten aus der Ersten-Hilfe-Tasche und zwängte sie zwischen DelCorsos zusammengepreßte Zähne. Das Messer wirbelte in ihm herum, die Schneiden so scharf wie Rasierklingen, so heiß wie weißglühender Stahl. DelCorso brachte nicht genügend Speichel zusammen, um die Schmerzpillen hinunterzuschlucken. Nun fühlte er sich völlig verlassen, völlig allein. Kein Glück mehr. Alles vorbei. Dann gelang es ihm, die Kapseln mit seiner sandpapierrauhen Zunge in den Hals zu drücken und sie hinunterzuwürgen. Es würde eine Zeitlang dauern, bis sie wirkten; und selbst dann konnten sie nicht viel helfen. Dieser Grad der Agonie, den sich niemand vorstellen konnte, der es nicht selbst erlebt hatte, erforderte den stechenden Kuß von Mutter Morphium. Kein Glück mehr. Scheiße. Sonderbarerweise wurde er in dieser Bitterkeit und Verzweiflung ruhiger. Scheiße. „Tim . . . "

„Quatsch nicht dauernd, zum Teufel . . . Auto kommt gleich . . . in ein paar Minuten hörst du's."

„Tim?" Es kam ihm vor, als hätte er etwas Wichtiges zu sagen, das er unbedingt noch loswerden mußte. „Tim?"

„Was denn, verdammt nochmal, was denn?"

„Scheiße."

Er hörte den Wagen kommen, aber das Motorengeräusch erfüllte ihn mit neuem Schrecken, dem Schrecken der wiedererwachten Hoffnung. Die Hoffnung, daß er bald aus Schmerz und Tod erlöst werden würde, der Schrecken, daß diese Hoffnung nur eine weitere Illusion war. Das Auto würde auf eine Mine auffahren oder von einer Granate getroffen werden, bevor es bei ihm war. Bitte hol mich hier raus. Bitte bitte bitte.

Je lauter das Brummen des Motors anschwoll, desto mehr hoffte er, desto größer wurde seine Angst, desto inständiger betete er. Bitte hol mich hier raus. Heiliger Erzengel Michael, erlöse mich von Schmerz und Tod, hol mich hier raus. Lauter und lauter wurde der Lärm des Mercedes-Diesels in seinen Ohren; dann zerrissen die Fesseln der Schwerkraft eine nach der anderen. Conklin und McCafferty hoben ihn vom Boden, um ihn auf den Rücksitz zu legen; Conklin faßte ihm an den Fußgelenken, McCafferty unter den Achseln. Der Fahrer öffnete die Tür und kurz bevor DelCorso hineingeschoben wurde, war er sich absolut sicher, die Sonne zu sehen, so hell wie am Mittag — nein, noch heller, und sie schien in so reiner Klarheit, daß er ganz geblendet war. Er spürte die Sprungfedern des Rücksitzes, das Rucken des Wagens, der nun wendete und die Straße entlangraste, aber sehen konnte er nichts mehr. Er hörte Conklin sagen: „Tim, ich bin so schnell gekommen wie ich konnte", und McCaffertys Antwort: „Ist ja nicht deine Schuld. Hat eben Pech gehabt, weiter nichts", aber er konnte die beiden nicht sehen. Der Wagen fuhr jetzt sehr schnell, immer schneller, und die Geschwindigkeit drehte ihm den Magen um wie ein Sturzflug. Bitte bitte, mach daß ich es schaffe, hol mich hier raus, hol mich hier raus. Schneller, zu schnell. Ein tonnenschweres Gewicht preßte ihn in den Sitz. Bitte hol mich hier raus.

McCafferty hatte nicht recht behalten. DelCorsos Glück war nicht vorbei; seine Götter existierten sehr wohl, und sie hatten ihm ihre Gnade nicht gänzlich entzogen. Sie holten ihn raus.

32

Die vertrauten Rituale waren vorüber. Die Stewardessen hatten erläutert, was man in dem unwahrscheinlichen Fall eines Absturzes machen sollte (sterben, was sonst? dachte Bolton), hatten gezeigt, wie man sich die Sauerstoffmaske über Mund und Nase stülpte, die Schwimmwesten aufblies, die Sicherheitsgurte anschnallte. Der Captain hatte alle Passagiere willkommen an Bord geheißen und sie über die Flughöhe, Reisegeschwindigkeit und voraussichtliche Ankunftszeit in New York informiert. Er wünschte jedermann einen angenehmen Flug. Mittlerweile befand sich die 747 der Olympic Airways irgendwo über dem Ägäischen Meer, das Rauchverbot war aufgehoben, und die Stewardessen schoben Wagen mit Getränken durch den Gang. Bolton bat nur um ein Glas, nein danke, kein Eis. Er goß sich einen doppelten I.W.Harper aus seinem Flachmann ein, lehnte sich zurück und versuchte die vergangenen drei Tage zu vergessen.

„Weißt du", sagte er, „du mußt das nicht unbedingt tun."

„Ich würde alles tun, um aus diesem beschissenen Drecksloch rauszukommen."

„Wieso mußt du eigentlich immer den harten Mann spielen?"

„Also gut. Ich tu's, weil ich es will. Ich bin dabeigewesen. Und ich finde, es ist besser, wenn sie es von mir erfährt als aus zweiter Hand."

„Du meinst, du hast also doch ein Herz?"

„Ich kann logisch denken, das ist alles. Wenn ich sie wäre, dann würde ich's auch gleich richtig hören wollen."

„Wenn du nur einen logischen Verstand und kein Herz hättest, wärst du gar nicht erst dageblieben, um ihn rauszuholen."

„Schon möglich. Aber man läßt seinen Kumpel nicht auf dem Spielfeld des Gegners zurück, schon gar nicht dann, wenn die Gegner Eierabschneider sind."

„Auf der Botschaft hat man mir gesagt, daß ein Typ vom Außenministerium zum Frachtflughafen der TMA kommen wird, um die Formalitäten zu erledigen."

„Und was passiert danach?"

„Dann wird sie ihn wohl mit nach Hause nehmen." Keiner der beiden Männer konnte sich überwinden, die Ladung mit ‚es' zu bezeichnen.

Bolton trank das Glas halb leer und goß es gleich wieder voll. Er hatte Margaret nur zweimal gesehen, und beide Male nur kurz, deshalb wußte er nicht sicher, was er zu erwarten hatte. Wenn er sich jetzt ordentlich einen hinter die Binde goß, würde er schlafen können und seinen eigenen Schmerz betäuben, bevor er sich mit dem ihren auseinandersetzen mußte. Er hätte mitkommen sollen, als DelCorso ihn darum gebeten hatte, ein letztes Mal in die Bresche springen und so. Wenn er dabei gewesen wäre, dann vielleicht . . .

„Ich hab sowas oft gemacht, als ich aus Vietnam zurück bin."

„Was? In einer Boeing 747 geflogen?"

„Nachdem sie die Telegramme verschickt hatten, bin ich immer zu den Angehörigen und hab ihnen erzählt, was sie wissen wollten."

„Muß ja eine tolle Aufgabe gewesen sein."

„Naja, immer noch besser als ein Pfahl im Herz, aber es war schon beschissen. Am Ende war ich soweit, daß ich gar nichts mehr gefühlt hab und ungeduldig wurde. Erinnere mich noch an eine Frau, die wollte es wirklich ganz genau wissen. Ist er verstümmelt worden, wird der Sarg geschlossen sein? Und ich hab ihr dauernd versichert: Nein, er ist nicht verstümmelt, und sie hat immer wieder danach gefragt, bis ich schließlich sagte: ‚Also gut, meine Dame, sie haben ihm beide Beine abgeschossen, wenn Sie's schon unbedingt hören wollen.'"

„Und was hat sie gemacht?"
„Mir eine runtergehauen."
„Glaube allerdings kaum, daß wir noch viel reden müssen. Mann, die Story war in jeder Zeitung und in allen Nachrichten. Echt komisch, daß mich mal jemand fotografiert und interviewt."
„Kann ich mir denken. Wieso hast du eigentlich so wenig über Dunlop erzählt? Du hättest dieses feige Schwein doch meilenweit durch den Dreck ziehen können."
„Weil ich nicht wollte, daß er meinen irischen Arsch wegen Verleumdung vor Gericht schleppt. Außerdem hätte es sowieso nichts genützt, wenn er geblieben wäre. D. C. hat einfach die falsche Karte ausgespielt."
„Trotzdem wird sie ein paar Fragen stellen. Zum Beispiel danach, wie es passiert ist."
„Das hab ich jetzt schon zwei Dutzend Reportern erzählt, einschließlich dir. Er ist da herumgehüpft, als ob er kugelsicher wäre, hat einen Treffer ins Knie gekriegt, und dann ist ihm noch ein Querschläger in die Brust gezischt. Weiß aber nicht, ob's das war oder der Blutverlust. Mann, das Zeug ist literweise aus ihm rausgeflossen!"
„Und das willst du ihr erzählen?"
„Ja, aber nicht mit diesen Worten. Es war ja sowieso in der Zeitung."
„Schon sonderbar: Jeden Tag sterben Hunderte von Leuten in Beirut und sind nichts als Zahlen im letzten Absatz. Dann erwischt's mal einen von der Presse, und gleich wird eine Riesenschlagzeile draus."
„Ja, als ob sowas nicht passieren dürfte."
„Was willst du sagen, wenn sie dir die Frage stellt, auf die es keine Antwort gibt?"
„Was für eine?"
„Warum."
„Hast die falsche Karte ausgespielt." McCafferty schüttete das Bier in sich hinein. „Pech gehabt. Da gibt's keine andere Antwort."
„Ich glaube kaum, daß das reicht."
„Dann mußt du ihr die Antwort geben."
„Kann ich nicht. Ich hab mich das in den letzten drei Tagen selber dauernd gefragt. Als ich davon gehört hab, als ich ihn im Krankenhaus gesehen hab, wo dieser Arzt an ihm rumgeschnipselt hat, als ob er ein Versuchspräprat wäre, und dann jedes Mal, wenn ich nach irgendeinem Beamten mit dem richtigen Stempel gesucht hab, damit wir ihn endlich da rauskriegen; und ich hab mich danach gefragt, als wir ihn in das TMA-Frachtflugzeug gepackt haben. Keine Antwort."
„Na, vielleicht fragt sie gar nicht danach."

Bolton antwortete nicht, sondern stürzte den Whiskey hinunter, um den pochenden Schmerz in dem Teil seines Ichs zu betäuben, den er sich nie hatte verletzten lassen wollen.

„Und du machst also wirklich Schluß damit, Harry? Du willst nach Hause, nachdem wir das alles hinter uns haben?"

„Da kannst du die Ranch drauf verwetten, vor allem nach dem hier. Ich hab ihn zehn Jahre lang gekannt, verdammt. Mein Hubschrauber hat ihn aus dem Eisernen Dreieck rausgeholt, damals, 66, als es ihn an demselben Bein erwischt hatte. Kaum ein Auftrag, den wir nicht zusammen gemacht haben, und ich sage mir die ganze Zeit: Er ist nicht mehr da, und daß du ihn aus dem Dschungel geholt hast, hat ihm eigentlich nicht das Leben gerettet, nur seinen Tod um ein paar Jahre aufgeschoben, und jetzt ist er nicht mehr da, und du mußt damit fertigwerden. Ich weiß, daß ich es muß, aber jetzt geht das noch nicht. Verdammt nochmal, ich kann's nicht, genausowenig wie ich sagen könnte, warum und wozu. Tja, das wäre auch eine gute Frage, die sie stellen könnte. Wozu? Wofür? Für ein Foto auf Seite sechsundvierzig?"

„Das beantworte mal auch lieber du."

„Ich hab drüber nachgedacht. Vielleicht fällt mir dazu was ein. Mir ist aufgegangen, daß er an das geglaubt hat, was er gemacht hat. Er wollte die Wahrheit zeigen und weitergeben. Er hat sich als eine Art gewissenhafter Kurier oder als aufrichtigen Zeugen gesehen. Und er ist gestorben beim Aufspüren der Wahrheit. Wie hört sich das an?"

„Wird wahrscheinlich das richtige sein für sie. Eine Frau, die ihren Alten verloren hat, braucht etwas, an dem sie sich festhalten kann."

„Aber wie hört es sich für dich an?"

„Ich brauche nichts zum Festhalten."

„Ich schon, glaub ich."

„Dann wirst du wohl kaum von mir hören wollen, wie ich wirklich darüber denke."

„Doch, schieß los."

„Hör zu: Ihr zwei, ihr wart echt gute Kumpels, also willst du bestimmt nicht hören, wie sich das für mich anhört."

„Ich bin fast erwachsen, McCafferty. Ich werd schon damit fertig."

„Ach, vergiß es." McCafferty goß den Rest des Biers in den Plastikbecher und schüttete es mit einem Schluck hinunter.

„Aber ich kann dir sagen, was D.C.s letztes Wort war."

„Und, was war's?"

McCafferty sagte es ihm, und in seinen Augen sah Bolton den gleichen Ausdruck, den er aus dem Blick mancher Prostituierter kannte: ein zynisches Funkeln, so stark, daß es keines Wortes mehr bedurfte.